ÅKE HOLMBERG
PRIVATDETEKTIV TIEGELMANN

ÅKE HOLMBERG

Privatdetektiv Tiegelmann

MIT ZEICHNUNGEN
VON
ULRIK SCHRAMM

SPECTRUM VERLAG

Genehmigte Sonderausgabe
© 1978 by Spectrum Verlag Stuttgart
Alle Rechte vorbehalten
Übersetzung: Ida Clemenz
Einbandgestaltung: Karlheinz Groß
Illustrationen: Ulrik Schramm
Titel der schwedischen Ausgabe: »Ture Sventon, Privatdetektiv«
verlegt bei Rabén & Sjögren, Stockholm
Nachdruck mit freundlicher Genehmigung des TOSA Verlag, Wien

ISBN 3-7976-1318-0

PRIVATDETEKTIV TIEGELMANN

Wie Teffan Tiegelmann wirklich heißt *1*

Die Hauptstraße der großen Stadt zieht sich mitten durch das Geschäftsviertel. Dort rollt der Verkehr in stetem Strom dahin. Jeder kann sich vorstellen, daß es bequem ist, in dieser Gegend sein Geschäftslokal zu besitzen, und es läßt sich denken, wie günstig es für einen Privatdetektiv sein mußte, sein Büro in dieser Straße aufzuschlagen, spielen sich doch rings um sein Standquartier die verschiedensten Vorfälle ab. Der aufmerksame Spaziergänger, der an diesem schönen Sommertag durch die Hauptstraße schlenderte, brauchte sich also nicht weiter zu wundern, wenn er am Portal eines der Häuser ein Schild entdeckte, auf dem zu lesen stand:

> Privatdetektiv
> ## TEFFAN TIEGELMANN

Er war ein unscheinbarer Mann, dieser Tiegelmann, klein und mager, aber sein Aussehen gewann durch das scharfe Profil, das ihn auszeichnete. Eben saß der Detektiv an seinem Schreibtisch und strich sich bekümmert und gedankenvoll über seinen schwarzen Vollbart. Die Nase war groß und schmal — er glich einem Habicht, wenn man sich einen Habicht mit Vollbart vorstellen kann. Der Detektiv blickte alles andere als fröhlich drein.

Der kleine Mann, scharfsinnig und kühn wie kein zweiter, übernahm mit Vorliebe die gefährlichsten Aufträge. Er war vielleicht der geschickteste Privatdetektiv im ganzen Land. Der Haken war nur der, daß er nie einen Auftrag erhielt. Wenn es an der Tür klingelte, dann war es zumeist ein Hausierer, der Schuhriemen verkaufen wollte; fast nie aber kam jemand, der von Teffan Tiegelmann die Beschattung eines verdächtigen Individuums oder die Fahndung nach einem kostbaren Perlenhalsband verlangte, das kurz zuvor verschwunden war. Und deshalb wußte auch niemand, wie geschickt Teffan Tiegelmann handeln konnte. Das wußte nur er selbst.

Alle Menschen haben ihre besonderen kleinen Eigenheiten, und Teffan Tiegelmann besaß deren zwei. Erstens konnte er nicht

«Stephan Siegelmann»

klar und verständlich angeben, wie er eigentlich hieß. Es klang eher wie Teffan Tiegelmann, und deshalb hatte er eigenmächtig seinen Namen geändert und sich dies amtlich bestätigen lassen, so daß er sich nun wirklich Teffan Tiegelmann schrieb. Auch gegen die Schreibweise von «Teffan» statt Stefan oder Stephan hatte der Beamte nichts eingewendet. Tiegelmann konnte übrigens auch nicht Sahnentörtchen sagen — es klang wie Tahnentörtchen. Und wenn er Pistole meinte, kam dabei Pitole heraus. Es läßt sich leider nicht verhehlen: Tiegelmann stieß ein wenig mit der Zunge an, der S-Laut glückte ihm nicht.

Die zweite merkwürdige Eigenheit unseres Helden war, daß er immer so beschäftigt schien, obwohl er nie etwas zu tun hatte. Wenn zufällig ein Besucher in seinem Büro auftauchte, dann mußte der Ankömmling glauben, Tiegelmann sei förmlich mit gefährlichen Aufträgen überhäuft. Das Telephon läutete in einem fort, und Tiegelmann antwortete etwa: «Hallo. — Ja, ist gut! Aber merkt euch: Die Pitolen nur im Notfall anwenden! Merkt euch das, Jungens!» Oder es bekam der Besuch zu seiner Verblüffung zu hören, daß Tiegelmann «... ihn bis Rio de Janeiro beschattet ... mit der brasilianischen Polizei zusammen gearbeitet» habe. Das klang höchst eindrucksvoll, aber der Gast konnte ja nicht wissen, daß es nur Fräulein Hanselmeier, Tiegelmanns Sekretärin, war, die von einem andern Zimmer her anrief. Sie hatte strengen Befehl, das Telephon in Gang zu halten, wenn Tiegelmann zufällig Besuch erhielt.

Das Büro bestand aus zwei Räumen, und in dem kleineren saß also Fräulein Hanselmeier, eine ältere, grauhaarige, sehr verläßliche Dame mit Brillen. Eben jetzt war sie schwer beschäftigt. Sie strickte an einem Paar Topflappen, die sie bis zum Namenstag ihrer Schwester fertigstellen wollte, und deshalb wurde sie ein wenig ungeduldig, als das Telephon klingelte. Es war ihr Chef, Privatdetektiv T. Tiegelmann, der von seinem Zimmer aus anrief.

«Tja, Fräulein Handelmeier», sagte er, «wollen wir uns nicht jedes ein Tahnentörtchen kommen lassen? Bitte rufen Sie Rosa um zwei Tahnentörtchen an.»

Das Beste, was Teffan Tiegelmann sich nur wünschen konnte,

waren Sahnentörtchen. War er froh, dann brauchte er ein Sahnentörtchen, um zu feiern, und war er traurig, dann wollte er eines haben, um dadurch in bessere Stimmung zu geraten. Und die Konditorei Rosa galt als das einzige Lokal in der ganzen Stadt, wo man das ganze Jahr hindurch Sahnentörtchen kaufen konnte.

«Gefüllte?» fragte Fräulein Hanselmeier.

«Selbstverständlich! Ordentlich gefüllt. Wir nehmen sie vorläufig auf Pump.»

Die Rosa-Sahnentörtchen rückten bald an — groß, gerade richtig braun und mit viel Sahne, die nach allen Seiten überquoll —, sie schmeckten ganz ausgezeichnet. Ein solches Sahnentörtchen ist just das, was man braucht, wenn man sich völlig heruntergekommen fühlt.

Der Privatdetektiv nahm den Vollbart ab, stopfte ihn in die Schreibtischlade und begann zu essen.

Ein Sommertag in Preißelbeerkirchen   2

Weit im Süden unseres Landes liegt ein Städtchen, das Preißelbeerkirchen heißt. Diesen Namen haben wohl noch nicht viele gehört, aber es ist ja auch eines der allerkleinsten Städtchen des Landes. Dort gibt es nur eine einzige Straße, ein kleines, kurzes Straßenstümpfchen, das sich «Hauptstraße» nennt. Als größtes und vornehmstes Haus in der Hauptstraße gilt das «Grand Hotel».

Jetzt war Hochsommer, und Preißelbeerkirchen döste in der Hitze der Hundstage. In dem kleinen dreieckigen Park neben der Straße saßen ein paar Leute im Schatten der hohen Bäume und blickten auf die bunten Blumenrabatten; auf der Hauptstraße aber war kein Mensch zu sehen. Am Außenrande des Städtchens, gegen den Johannesberg zu, lag eine nette Villa, ein kleines safrangelbes Ding mit Glasveranden. Sie hieß «Friedrichsruh». Ein schöner, schattiger Garter schloß sich an das Haus, da gab es duftende Blumen und viele sich schlängelnde kleine Kieswege.

In der Villa Friedrichsruh wohnten zwei herzensgute, liebe alte Fräulein, Friederike und Friedlinde Friedborn. Sie waren beide weißhaarig und kinderlieb. Man konnte sie häufig beobachten, wie sie im Garten umherwandelten und auf die Blumen guckten — besonders auf die Reseden —, mitunter aber schimmerte ihr weißes Haar auf der oberen Veranda, wo sie oft saßen und in die Gegend hinaus-

blickten. Des Abends pflegten sie dort zu verweilen, um den Sonnenuntergang hinter dem Johannesberg zu betrachten.

Auf dem Fensterbrett in der Halle stand ein großer Silberpokal.
Man konnte ihn schon von der Straße aus sehen, besonders wenn die
Sonne auf ihn schien, so daß er funkelte und glänzte. Der Vater der
Fräulein Friedborn war Baumeister gewesen, und als er fünfzig Jahre
diesen Beruf ausgeübt hatte, steuerten zweihundertsieben seiner
Freunde zu einem Jubiläumsgeschenk zusammen. Sie kauften einen
großen, stattlichen Silberpokal, dies war eben jener Pokal, den man
schon von der Straße aus wahrnehmen konnte; eine sehr kostbare
Sache, und ein teures Andenken.

Baumeister Friedborn hatte bei Lebzeiten viel für alte schöne
Waffen übriggehabt, er war in alte Waffen förmlich verliebt gewesen
und hatte sich auch eine wertvolle Sammlung angelegt. Diese fand
ihren Platz auf einer Wand in der Halle, gerade über den Korb-
möbeln. Da gab es Schwerter, Hellebarden, krumme und gerade
Dolche, Gewehre und Pistolen.

Die größte Kostbarkeit aber war doch eine Reiterpistole aus den
Tagen des Dreißigjährigen Krieges. Ein Vorfahr der alten Damen,
Friedrich Friedborn, hatte sie in der Schlacht bei Lützen benützt.

Jeden Sommer pflegten die Schwestern vier Kinder einzuladen,
vier kleine Verwandte, die eine Zeitlang auf Friedrichsruh wohnen
durften. An schönen Tagen tranken die Kleinen Himbeersaft in der
Laube, bei Regenwetter wurde Schokolade mit Schlagsahne in der
oberen Veranda serviert. Wenn auch ganz Preißelbeerkirchen stumm
und verlassen dalag, so konnte man dessen fast sicher sein, daß es
rings um die Villa Friedrichsruh Leben und Bewegung gab. Lisbeth,
Hans, Bernd und Christine spielten alle möglichen lustigen Spiele,
ohne auf die Pfingstrosen und Ringelblumen zu treten. Oder sie
drängten sich alle in einer großen grünen Tonne an der Hausecke
zusammen und spielten Schiffbrüchige.

Heute, wo so schönes Wetter herrschte, sollten die Kinder natürlich draußen in der Laube sitzen. Nun warteten sie auf Lisbeth, die in
Lassingers Zuckerbäckerei gegangen war, um einen Zuckerkuchen
und vierzehn Cremeschnitten zu kaufen. Sonst pflegten die guten
alten Fräulein selbst Kuchen und Krapfen zu backen, doch jetzt war
es zu heiß, um am Herd zu stehen. Dann warteten alle noch auf
Hans. Er tollte draußen auf der Straße herum und spielte mit einigen
anderen Jungen Fußball. Die Sonne brannte hernieder — wenn nur
Lisbeth mit den Cremeschnitten bald käme, die sollten gut schmecken
zu einem Glas Himbeersaft!

Da tauchte Lisbeth auf; jetzt war es Zeit, nach Hans zu rufen.
Aber Bernd und Christine entdeckten schon von weitem, daß Lisbeth
keine Tüte in der Hand trug. Wo hatte sie die Cremeschnitten? Wo

den Zuckerkuchen? Lisbeth brachte weder das eine noch das andere mit. Sie weinte laut, als sie die Gartentür öffnete.

«Aber liebes Lisbethchen, was in aller Welt...?» rief Tante Friederike und eilte ihr entgegen.

Lisbeth heulte, daß ihr die Tränen nur so herunterkollerten. Das Mädchen hatte am Morgen ein reines gelbes Kleid angezogen, von Tante Friederike selbst gebügelt. Und nun war es völlig beschmutzt.

«Was hast du bloß getrieben? Wo bist du gewesen?» fragte Tante Friederike ganz schreckensbleich, aber Lisbeth heulte unentwegt drauflos. Sie vermochte nicht zu antworten.

Tante Friedlinde schoß ebenfalls herbei und war genau so entsetzt wie Tante Friederike.

«Bist du denn nach Hause gekollert?» fragte Bernd. Als Lisbeth sich ein wenig beruhigt hatte, erfuhren sie endlich den Hergang. Die Kleine hatte wirklich vierzehn Cremeschnitten und einen Zuckerkuchen in Lassingers Konditorei gekauft. Als sie auf dem Heimweg die Hauptstraße entlang ging, begegnete sie einem fremden Mann. Er kam gerade auf sie zu; es schien Lisbeth, als schiele er auf die beiden Papiersäcke hin, die sie trug. Lisbeth trat auf die Straße hinaus, um an ihm vorbeizukommen. Da rief er ihr etwas Unverständliches zu, sie aber bekam Angst und begann zu laufen. Der Mann rannte ihr nach und stellte ihr ein Bein, so daß sie hinfiel, wo die Straße am schmutzigsten war.

«Das ist ja ganz unglaublich!» bemerkte Tante Friedlinde und blickte Tante Friederike an, die vergeblich nach Worten rang. «Ich ließ beide Säcke auf die Straße fallen, dann riß er sie an sich», berichtete Lisbeth. Diese hatte sich indes einigermaßen beruhigt, nur ein wenig schluchzte sie noch. «Der Kerl steckte sofort eine Cremeschnitte in den Mund, ich glaube, er schluckte sie auf einen Bissen hinunter. Und dann nahm er noch eine Schnitte und aß immer weiter.»

Nun war Fräulein Friederike an der Reihe, dazwischen zu rufen: «Das ist ja ganz unglaublich!»

«Und sagte er etwas zu dir?» wollte Bernd wissen. Er fand die Geschichte aufregend und unheimlich zugleich. Wie oft war er die Hauptstraße entlang gegangen, aber nie war ihm etwas Derartiges zugestoßen!

«Dieser Idiot!» rief Lisbeth, während sie ein letztes Schluchzen hinunterschluckte. «Als ich sagte, das sind meine Cremeschnitten, grinste der Mann bloß: ,Na, da darf man sich doch als Gast einladen?' und stopfte im Handumdrehen alle vierzehn Cremeschnitten in sich hinein. Und dann machte er sich an den Zuckerkuchen! Er hielt ihn mit beiden Händen fest und biß hinein wie in ein Butterbrot.»

«So, was machte er dann?» wollte Bernd wissen.

«Das weiß ich doch nicht, denn ich lief heim, aber er schrie mir nach, daß er morgen lieber weichen Lebkuchen haben wolle.»

«So etwas habe ich in meinem Leben nicht gehört!» entsetzte sich Tante Friederike.

«Wie sah er denn aus?» fragte Tante Friedlinde.

«Er war mächtig groß und dick. Nein, nicht gerade dick, aber bestimmt sehr groß und breit.»

«Kannst du ihn nicht ein bißchen genauer beschreiben?»

«Freilich kann ich das. Er trug eine weiße Mütze, so eine Sportmütze mit Schirm, wißt ihr. Und einen grauen Anzug, ein blaues Hemd. Er war so groß und plump, mindestens wie ein Ochse.»

«Daß so etwas hier in Preißelbeerkirchen geschehen kann! Wer mag das nur sein?»

«Er wirkte wie ein Ochse. Ein idiotischer Ochse!» behauptete Lisbeth. Sie schluchzte nicht mehr, dafür war sie jetzt zu aufgebracht.

«Nun, es ist am besten, du ziehst dieses Kleid zunächst aus. Das blaue hängt im Schrank», riet Tante Friederike. Christine war daneben gestanden und hatte zugehört, ohne ein Wort zu verlieren. Ich getraue mich nie mehr in Lassingers Zuckerbäckerei zu gehen, dachte sie.

In diesem Augenblick kam Hans dahergelaufen. Man sah es ihm von weitem an, daß irgend etwas nicht geheuer war. Und wirklich, als er näher war, bemerkten sie, daß er am rechten Bein blutete. Bei genauerem Hinsehen konnten sie auch Spuren von Tränen entdecken, die auf seinen staubbedeckten, sonnverbrannten Wangen eingetrocknet waren.

«Was ist denn mit dir los?» forschte Tante Friedlinde.

«Du liebe Zeit, was ist denn jetzt wieder geschehen?» rief Tante Friederike.

«Ich bin von Schnapp gebissen worden», antwortete Hans zornig.

Schnapp war der Hund des Nachbarn. Das Biest galt als bösartig, darum durfte es nie frei umherlaufen und mußte sich damit begnügen, hinter dem hohen Zaun hervorzubellen.

«Aber was hattest du denn mit dem Hund zu tun? War er denn los?»

«Wir kickten auf der Straße —»

Tante Friederike wandte sich hilflos fragend an Bernd: «Was tat er?»

«Kicken. Fußballspielen, klar», erläuterte Bernd.

«Wir kickten Ball auf der Straße, und da kam ein mieser Kunde —»

«Mieser Kunde?» wiederholte Tante Friedlinde verständnislos.

«Ja, ein mieser Kunde! Na, so ein Landstreicher», verdeutschte Bernd ein wenig ungeduldig. Er war schon auf die Fortsetzung von Hansens Bericht gespannt.

«Der gab dem Ball einen Tritt, daß er über den Zaun flog», fuhr Hans fort. «Wirklich eine Frechheit, nicht? Er tat es nicht etwa zum Spaß. Klar, daß keiner den Ball holen wollte, denn es ist doch kein Vergnügen, von Schnapp gebissen zu werden. So sagten wir also zu dem Kerl, er möge selber über den Zaun klettern, aber der meinte, er sei als Kletterer jetzt nicht mehr so in Form wie früher einmal. Wegen der Gicht. Er habe in einem Bein stets Schmerzen. Dann versprach er dem, der den Ball holen würde, fünfzig Pfennig. Das fanden wir recht anständig, und natürlich wollte jeder die fünfzig Pfennig haben. Außerdem ließ sich Schnapp nirgends blicken, daher dachten wir, wenn man ganz still und vorsichtig hinüberklettere, werde schon nichts passieren. Also losten wir mit Grashalmen, wer es tun solle, und ich zog den längsten Halm. Ich stieg so leise wie möglich über den Zaun. Der Ball lag mitten auf dem Rasen, und es war ziemlich weit bis dorthin. Trotzdem hätte ich es fein geschafft, denn Schnapp war nirgends zu sehen. Aber gerade als ich den Ball nehmen wollte, begann der Gauner draußen aus Leibeskräften zu pfeifen und zu schreien. Und dann kam klarerweise Schnapp angesprungen! Ich konnte nicht mehr entwischen. Eben als ich auf dem Zaun oben saß, sprang das Biest hoch und biß mich ins Bein.»

«So etwas habe ich in meinem Leben nicht gehört!» entsetzte sich Friedlinde.

«Es ist einfach unglaublich! So etwas geschieht hier in Preißelbeerkirchen!» rief Tante Friederike.

«Und als ich wieder auf der Straße stand, schlug sich dieser Idiot grinsend auf den Schenkel und meinte, da ich den Ball nicht geholt hätte, sei es auch mit den fünfzig Pfennig Essig. ‚Ich werde ihn nächstes Mal selber holen‘, sagte er, ‚denn mir scheint, meine Gicht hat ein wenig nachgelassen.‘ Und dann ging er davon.»

«Wie sah der Mann denn aus?» forschte Fräulein Friedlinde.

«Glich er nicht einem Ochsen, sag?» fragte Bernd eifrig.

«Trug er nicht eine weiße Mütze?» wollte Christine, nicht minder aufgeregt, wissen.

«Doch», antwortete Hans.

Alle blickten einander schweigend und recht beklommen an.

«Ihr dürft heute nicht mehr auf die Straße hinaus», warnte Tante Friederike die vier Kinder.

«Nein, unter keiner Bedingung», pflichtete Tante Friedlinde bei; «solange sich dieser Mann in Preißelbeerkirchen aufhält, ist gar nicht daran zu denken. Während der siebzig Jahre, die ich hier wohne, habe ich so etwas noch nicht gehört.»

«Ich auch nicht», erklärte Tante Friederike, «und ich wohne doch schon einundsiebzig Jahre hier.»

Endlich saßen alle in der Laube. Aber an diesem Tag mußten die kleinen Gäste mit Zwieback zum Himbeersaft vorliebnehmen. Zwieback ist ja nicht gerade dasselbe wie frische Cremeschnitten und bei weitem nicht so gut wie Zuckerkuchen. Aber solange der Mann mit der weißen Mütze sich frei und unbehelligt in der Stadt herumtrieb, wagte sich niemand vor die Gartentür.

Da saßen nun Lisbeth, Hans, Bernd und Christine und tauchten einen Zwieback nach dem anderen in den roten Himbeersaft, bis die harten Dinger gerade richtig weich wurden. Lisbeth hatte ihr gelbes Kleid mit einem blauen vertauscht, und Hans trug einen Verband um das Bein.

Da klapperte es im Briefkasten an der Gartentür.

«Der Briefträger!» rief Hans und sprang auf, um den Brief zu holen. Er war an die «Fräuleins auf Friedrichsruh» adressiert.

«Wie seltsam», murmelte Tante Friedlinde, indem sie das Schreiben aufbrach. «An die Fräuleins auf Friedrichsruh ... von wem mag der Brief sein?»

Die beiden alten Schwestern lehnten ihre weißhaarigen Köpfe aneinander und lasen:

> ...*Wäre dankbar, wenn die Fräuleins bis zum Donnerstag 3.000 Mark für den Unterzeichneten bereitlegen könnten, da er diese Summe benötigt. Am sichersten wäre es, wenn Sie das Geld in ein Kuvert stecken und in die große hohle Eiche am Hang des Johannesberges legen wollten. Im Ablehnungsfall weiß man nicht, was geschehen könnte.*
>
> *Auf jeden Fall täten die Damen gut daran, die Polizei nicht in die Sache zu ziehen. Ich habe so irgendwie das Gefühl, daß sich dann etwas noch Schlimmeres ereignen könnte. Wie ich gehört habe, ist es tatsächlich schon vorgekommen, daß einmal eine ganze Villa in die Luft flog. Diese war zwar rot gestrichen, aber soviel ich davon verstehe, kann das gleiche auch mit einer gelben Villa geschehen, und das wäre doch schade, wo wir so schönes Wetter haben. Alles, was die Damen zu tun haben, wäre, spätestens am Donnerstag abend ein Kuvert, 3.000 Mark enthaltend, in die alte, stattliche hohle Eiche, den König des Waldes, zu legen.*
>
> *Mit den besten Wünschen für Ihre Gesundheit und die Zukunft und in der Hoffnung, daß das schöne Sommerwetter anhalten wird, habe ich die Ehre zu zeichnen*
>
> > *als ihr ganz ergebener*
> >
> > > *Wilhelm Wiesel*

Die beiden alten, gutherzigen Damen verstanden das, was sie da lasen, zuerst nicht recht.

«Der König des Waldes ...?» flüsterte Fräulein Friederike.

Als sie den Brief zum zweitenmal studiert hatten, begannen sie Un-

heil zu wittern. Und als beide das Schreiben halblaut zum drittenmal gelesen hatten, erkannten sie, daß eine große Gefahr drohte.

«Was steht denn in dem Brief?» fragte Bernd, seinen siebenten
Zwieback anbeißend.

«Ist der Brief vom Ochsen?» forschte Lisbeth mit ängstlichen
Augen.

Die beiden alten Damen seufzten.

«Jetzt sollt ihr euren Himbeersaft trinken, Kinder», mahnte Tante
Friederike traurig. «Und dann ... dann, glaube ich, ist es am besten,
wenn ihr zu Bett geht.»

«Was? Niederlegen sollen wir uns?!» rief Bernd, Lisbeth, Christine
und Hans wie aus einem Mund. Der Zwieback fiel ihnen vor Entsetzen in den Himbeersaft. Es war ja erst drei Uhr nachmittags.

«Ja», erklärte Tante Friedlinde, «es ist am besten, wenn ihr alle
zu Bett geht. Ihr bekommt auch jedes eine Tafel Schokolade.»

Die Sonne strahlte so hell wie immer über Preißelbeerkirchen. Das
kleine Städtchen, von dem wenige Menschen auf der Welt etwas
wußten, döste in der Hitze. Im Garten der gelben Villa prunkten die
Pfingstrosen mit ihren leuchtenden Farben, Bienen und Hummeln
flogen summend umher. Obwohl der Himmel so blau war, wie er
nur sein konnte, schien es den beiden gutherzigen Fräulein in der
Villa Friedrichsruh, als käme eine riesige schwarze Wolke am
Himmel herangesegelt, die alles zu überschatten drohte.

Teffan Tiegelmann bekommt einen Auftrag 3

Ein heißer Tag ist gar nicht so unangenehm, wenn man zu Preißelbeerkirchen im Schatten dichtbelaubter Gartenbäume in einer Hänge-
matte ruht. Puh, welche Hitze, seufzt man — aber das ist eine bloße
Redensart; in Wahrheit fühlen sich die Bewohner der kleinen Villa
Friedrichsruh recht wohl in der Wärme und bei den Blumen und
Vögeln und den vier kleinen Verwandten, die vielleicht gerade in
einer Tonne Schiffbrüchige spielen. In der großen Stadt ist es etwas
ganz anderes. Da zittert die Hitze über der Hauptstraße, daß der
Asphalt weich wie Moos wird.

Fräulein Friederike Friedborn schritt mit einer Tasche in der Hand
langsam den Gehsteig entlang. In der Tasche befanden sich eine
Zahnbürste, zwei Orangen sowie eine Menge anderer Kleinigkeiten,
die man braucht, wenn man auf Reisen geht. Tante Friederike hatte

die weite Fahrt nach der Hauptstadt angetreten, um dort einen verläßlichen Privatdetektiv aufzusuchen. In Preißelbeerkirchen gab es
wohl einen Schutzmann, er hieß Klang. Dieser war ohne Zweifel verläßlich; aber es stand ja so deutlich in dem Brief des Herrn Wiesel,
daß sich die Empfänger des Schreibens nicht an die Polizei wenden
dürften.

Fräulein Friedborn war sehr müde. In ihrem Kopf drehte sich alles
von der Hitze und dem Großstadtlärm. Wo sollte sie einen Privatdetektiv auftreiben? Sie hatte keine Ahnung, an wen sie sich wenden
solle. Da erblickte sie an einem Toreingang ein Schild:

Privatdetektiv

TEFFAN TIEGELMANN

O wie gut, dachte sie. Ich fühle, daß ich bald nicht mehr weiter
kann.

Sooft es an der Tür zu Tiegelmanns Büro klopfte, pflegte es fast
immer jemand zu sein, der irgendeine Ware anpries. Fräulein Hanselmeier öffnete und wollte eben sagen, daß sie keine Schuhriemen
brauche; aber diesmal stand eine ältere weißhaarige Dame vor der
Tür, die freundlich, aber ein wenig erschöpft aussah. Außerdem
schien sie sehr aufgeregt zu sein.

«Ist Herr Detektiv Friedborn zu sprechen? ... oder ... nein, ich
meine, ist Fräulein Tiegelmann zu Hause», fragte die fremde Dame.

«Bitte, treten Sie ein», forderte Fräulein Hanselmeier den Gast gelassen auf. «Wen darf ich melden?»

«Herrn Wiesel», stöhnte die fremde Dame, während sie auf einen
Stuhl sank. «Nein, was sage ich da ... ich meine Wilhelm Friedborn.
Puh, was für eine Hitze ist heute. Ich verwechsle schon alle Namen!»

Fräulein Hanselmeier ging zu Herrn Tiegelmann hinein, der eben
ein Kreuzworträtsel auflöste, und meldete:

«Es ist ein Fräulein Friedborn-Wiesel da, das Sie sprechen möchte,
Herr Tiegelmann.»

«Aha! Bitten Sie die Dame Platz zu nehmen, ich werde im Augenblick frei sein», antwortete Herr Tiegelmann und grübelte weiter
über «9 *waagrecht ... orientalische Münze*». «Orientalische Münze?
— Warum nicht ebensogut hiesiges Geld», murmelte Tiegelmann,
mit der Hand in die Tasche fahrend. Darin befanden sich nur ein
Fünfzigpfennigstück und eine Mark.

Dann öffnete er die Tür zum äußeren Zimmer, und eine weiß-

haarige Dame mit freundlichem, aber ängstlichem Ausdruck trat ein
Sie grüßte Tiegelmann und nannte ihren Namen: Friedborn.

«Tiegelmann», erwiderte der Detektiv kurz.

«Ich komme direkt von der Stadt», erklärte Fräulein Friedborn,
vor Mattigkeit auf einen Stuhl sinkend.

«Von wo?»

«Ich meine von Preißelbeerkirchen.»

Tiegelmann konnte sich an keinen Ort dieses Namens erinnern.
Preißelbeerkirchen stand bestimmt nicht in meinem Geographiebuch,
als ich in die Schule ging, dachte er.

«Preißelbeerkirchen... hm, wo liegt dies Städtchen gleich?»

«Preißelbeerkirchen... weit im Südwesten. Es war so heiß im
Zug», antwortete Fräulein Friedborn. «Wenn ich nicht die Orangen
bei mir gehabt hätte...»

Sie überreichte Tiegelmann einen Brief zum Lesen. Der Detektiv
setzte sich in seinen Schreibtischsessel und warf einen Blick auf die
Unterschrift. Kaum hatte er den Namen Wilhelm Wiesel gelesen, so
fuhr er auf, als sei der ganze Sitz mit Reißnägeln bestreut gewesen.

«Der Wiesel!» brach er aus, als habe er mitten am hellichten Tag
ein Gespenst gesehen.

«Kennen Sie Herrn Wiesel?» fragte Fräulein Friedborn erstaunt.

Ehe Tiegelmann antworten konnte, schrillte das Telephon.

«Verzeihen Sie!» Tiegelmann hob den Hörer ab. «Hallo. — Es ist
gut. Aber die Pitole nur im Notfall anwenden. Merkt euch das, nur
im Notfall! — Guten Morgen.»

Als Tiegelmann den Brief zu Ende gelesen hatte, fragte Fräulein
Friedborn:

«Wer ist dieser Wiesel?»

«Ja, das ist die Frage. Wer ist wohl dieser Wiesel? Alles, was man
weiß, ist, daß er immer wieder verschwindet!»

«Er verschwindet immer?»

«Ja, sobald ihn die Polizei fassen will, verschwindet er. Niemand
hat Wilhelm Wiesel je gesehen. Niemand kann ihn beschreiben. Er
taucht einmal hier auf, dann einmal anderswo. Aber sobald die Polizei
ihn festnehmen will, macht er sich davon. Niemand hat ihn jemals
erblickt.»

«Das klingt ja ganz unheimlich», meinte Fräulein Friedborn.

«Wenn ich nur einen Anhaltspunkt, eine Richtschnur hätte, liebes
Fräulein!»

«Richtschnur?» Fräulein Friedborn wollte ihre Tasche öffnen, um
darin nachzusehen.

«Hat sich vielleicht in der letzten Zeit eine fremde Person in
Preißelbeerkirchen gezeigt? Denken Sie nach, liebes Fräulein. Sind
Sie vielleicht auf der Straße jemand begegnet, den Sie nicht kennen?»

«Nein... doch, jetzt, wo Sie es sagen, da... Oh, es ist entsetzlich! Ein Fremder ist derart böse, daß es ganz unglaublich ist.»

Fräulein Friedborn berichtete ausführlich, was Lisbeth und Hans zugestoßen war. Sie fragte, ob Tiegelmann glaube, der Mann mit der weißen Mütze könne möglicherweise Wiesel sein.

«Es ist noch zu früh, um darüber jetzt schon ein Urteil abzugeben. Das einzige, was man von Wiesel weiß, ist, daß er klein und schmal wie ein Wiesel sein soll. Er ist angeblich einmal durch ein Schlüsselloch hinausgekrochen.»

«Ist so etwas wirklich möglich?!» rief die alte Dame aus.

«Es war in einem abgelegenen Tal und...»

Nun schrillte das Telephon abermals.

«Kann man denn niemals seine Ruhe haben», brummte Tiegelmann ungeduldig und nahm den Hörer ab. «Hallo. — Ja, er hält sich in einem Abflußkanal in der Sauerbrunngasse versteckt. Gewiß, als Klavierstimmer verkleidet, aber er hat keine Möglichkeit, zu entkommen. Ich habe das ganze Viertel umstellen lassen. — Danke. Guten Morgen.» Herr Tiegelmann macht einen sehr vertrauenerweckenden Eindruck, dachte Fräulein Friedborn. Ein Klavierstimmer in der Sauerbrunngasse... mit so jemandem würde Klang nie fertig werden.

«Ja, wie gesagt, Wiesel kroch durch ein Schlüsselloch hinaus. Obzwar es natürlich ein ungewöhnlich großes Schlüsselloch war. Er befand sich damals in einem abgelegenen Tal und hatte sich in einer kleinen, aber sehr alten Scheune versteckt. Aus der Zeit der Kreuzzüge. Und der Schlüssel war ungefähr so groß wie... tja, sagen wir, wie eine Bratpfanne, so daß es immerhin ein großes Schlüsselloch war...; aber auf jeden Fall, bedenken Sie dies, Fräulein Friedborn, haben wir es hier mit einem Menschen zu tun, der durch ein Schlüsselloch schlüpfen kann!»

«Wie entsetzlich», stöhnte das alte Fräulein und strich sich mit dem Taschentuch über die Stirn, wobei sich ein angenehmer Duft von Kölnischwasser im Zimmer verbreitete. Plötzlich fiel ihr etwas ein.

«Ja, aber in diesem Fall kann es unmöglich der gleiche Mann sein! Die Kinder bezeugen, daß der böse Mann mit der weißen Mütze mindestens so groß wie ein Ochse sein soll.»

«Tja... noch will ich mich über diesen Fall nicht äußern.»

«Es wäre zu schön, wenn Sie selbst nach Preißelbeerkirchen reisen und die Sache in die Hand nehmen wollten, Herr Tiegelmann. Wir würden uns alle viel ruhiger fühlen.»

Tiegelmann erkannte, daß er jetzt die große Gelegenheit seines Lebens habe. Wem es gelang, Wilhelm Wiesel zu ergreifen, der hatte etwas erreicht, was allen anderen bisher mißglückt war. Tiegelmann sah schon prachtvolle Schlagzeilen in den Zeitungen vor sich:

Teffan Tiegelmann löft das Rätfel um Wiefel!

Auffehenerregende Jagd in Preißelbeerkirchen!

Aber — wie weit kommt man mit einer Mark fünfzig? Nach Preißelbeerkirchen gewiß nicht! Woher sollte er das nötige Geld nehmen? Tante Hilda in Waldbrunn war wohl die einzige, die ein wenig Kapital besaß, aber sie redete lieber von Rheumatismus und von Zugluft als von Geldangelegenheiten.

«Es wäre uns eine große Beruhigung, wenn Sie nach Preißelbeerkirchen reisen wollten», fuhr Fräulein Friedborn fort.

«Nicht, daß ich für den Fall kein Interesse hätte, aber ich bin augenblicklich schrecklich in Anspruch genommen. Muß sofort in die Sauerbrunngasse...», murmelte Tiegelmann.

«O wie schade... Ich hatte gehofft...» Die nette alte Dame sah recht müde und traurig aus.

«Fräulein Friedborn, ich werde Ihnen spätestens am Nachmittag mitteilen, ob ich mich des Falles annehmen kann.»

Teffan Tiegelmann hatte seinen Entschluß gefaßt: er wollte nur ein Gespräch mit Waldbrunn anmelden und mit Tante Hilda wegen eines kleinen Darlehens unterhandeln.

Der Besucher mit dem Teppich   *4*

Kaum hatte Fräulein Friederike Friedborn das Büro des Privatdetektivs Teffan Tiegelmann verlassen, als es wieder läutete. Fräulein Hanselmeier öffnete, und ein dunkelhäutiger Fremder mit einem runden Hut auf dem Kopf stand vor ihr. Er machte keineswegs den Eindruck eines gewöhnlichen Menschen — gerade das Gegenteil. Das Merkwürdigste schienen seine Augen zu sein. Sie waren dunkel, ja, man konnte ruhig sagen, schwarz wie die Nacht und ebenso unergründlich. Unter dem Arm trug er etwas, das wie ein zusammengerollter Teppich aussah.

«Wir kaufen nichts», meinte Fräulein Hanselmeier mißtrauisch.

Der Fremde verbeugte sich stumm, ohne zu antworten.

«Was wünschen Sie?» fragte Fräulein Hanselmeier.

Der Fremde nahm seinen runden Hut ab, und Fräulein Hanselmeier gewahrte zu ihrer Verblüffung, daß er unter diesem noch eine Kopfbedeckung trug, eine rote Mütze mit einer Troddel, einen Fes.

«Was wünschen Sie?» wiederholte Fräulein Hanselmeier.

«Mein minderwertiger Besuch gilt Herrn Detektiv Tiegelmann», erklärte der geheimnisvolle Fremde und verbeugte sich wieder, wobei die schwarze Quaste hin- und herbaumelte.

Fräulein Hanselmeier ließ ihn zu Tiegelmann eintreten. Sie wagte einfach nicht, ihm den Zutritt zu verwehren. Tiegelmann starrte den Besucher an, der groß und schlank und mit unergründlichen Augen, die jetzt schwarzem Samt glichen, vor ihm stand. Das rote Ding da auf seinem Kopf war auch wirklich sonderbar. Sehr sonderbar. Es sah orientalisch aus. Und unter dem Arm trug der seltsame Kauz einen zusammengerollten Gegenstand, offensichtlich einen Teppich.

«Worum handelt es sich?» fragte Tiegelmann scharf.

«Mein Name», antwortete der Mann mit den unergründlichen Samtaugen, «ist Omar.» Dabei verbeugte er sich langsam und würdevoll.

«Tiegelmann», stellte der Detektiv sich vor.

Dann sprach für eine Weile keiner etwas. Der fremde Mann stand ganz unbeweglich da. Tiegelmann wurde nachgerade bänglich zumute.

«Worum handelt es sich?» fragte er nochmals und verlieh seiner Stimme einen recht drohenden Ton.

«Es ist mir eine außerordentliche Ehre», begann der Besucher, «Herrn Tiegelmann persönlich kennenzulernen.»

Tiegelmann trommelte ungeduldig mit den Fingern auf die Tischplatte. Dann wurde es wieder eine kleine Weile still im Zimmer. Nur die verworrenen Geräusche des Verkehrs drangen von der Hauptstraße herauf. Tiegelmann vermied es, den Mann anzusehen. Er wußte nicht, was er sagen sollte. Sobald er nur ein Wort äußerte, verbeugte sich der Fremde. Ganz so, wie wenn man Wasser auf eine Gans schüttet. Detektive sind beständig Gefahren der verschiedensten Art ausgesetzt, und Tiegelmann glaubte zu ahnen, daß dieser Mann etwas Böses im Schilde führe. Oder, daß er etwas verkaufen wolle.

«Handelt es sich um Schuhriemen?» fragte der Detektiv. «Ich kaufe keine Schuhriemen.»

Der dunkelhäutige Fremde verbeugte sich gemessen mit einem fast unmerklichen Lächeln.

«Auch ich kaufe keine Schuhriemen», erwiderte er. «Ich benütze nie welche.»

Tiegelmann schielte verdutzt auf die Füße des Fremden. Der Mann trug eine Art spitz zulaufender Pantoffel, die freilich recht weich und bequem aussahen, aber nicht geeignet schienen, damit in der Hauptstraße der großen Stadt herumzuspazieren.

«Ich erbte von meinem Vater einen Teppich», erklärte Herr Omar.
Tiegelmann war derart verblüfft, daß ihm der Mund offen blieb.
Dann wurde er ärgerlich und bemerkte hastig:

«Ach so? Was Teppiche betrifft, so erbte ich noch um einige mehr!
Eine Türmatte und einen Vorzimmerteppich, einen rotgestreiften
Läufer und einen Teppich unter den Speisetisch, ferner zwei Bett-
vorleger — also Teppiche erbte ich jedenfalls genug!»

Der Fremdling gab seine Zustimmung durch ein leichtes Senken
seines Hauptes zu erkennen. «Meiner unmaßgeblichen Meinung nach
dürfte aber vielleicht doch noch ein Teppich fehlen.»

Ha! fuhr es Tiegelmann durch den Kopf. Das hätte ich mir gleich
denken können. Er ist ein Teppichhändler.

«Absolut nicht!» rief er und schlug mit der Hand auf den Tisch.
«Ich kaufte vor zwei Jahren einen Teppich auf Raten und habe ihn
noch nicht... Na, das gehört nicht hierher. Ich kaufe keinen
Teppich.»

«Wenn Sie keinen Teppich von mir kaufen, dann werde ich Ihnen
natürlich auch keinen Teppich verkaufen können, Herr Tiegelmann»,
meinte der orientalische Besucher rätselhaft und rollte seinen Teppich
auf dem Fußboden auseinander.

Wenn es wenigstens ein neuer Teppich mit Farben und Glanz gewesen wäre! Dieser Teppich... ja, der war verschossen und an den
Rändern abgenützt. Er war auch in der Mitte fehlerhaft. Ein Teppich,
mit dem hausieren zu gehen man sich schämen sollte.

«Ich erbte zwei Teppiche von meinem Vater», wiederholte Herr
Omar, «und dies ist einer davon.»

«Ja», antwortete Tiegelmann, «das hätte ich mir denken können.»

«Es gibt nicht viele Menschen, die zwei Teppiche besitzen», fuhr
der Fremde fort, ohne sich an Tiegelmanns Worte zu kehren.

«Nein, aber ich kenne eine Menge Leute, die sieben, acht Teppiche
besitzen.»

«Gewiß», stimmte der Mann mit den unergründlichen Augen bei,
«aber keine fliegenden», und verbeugte sich dabei fast bis zum Boden.

«Wie bitte?» fragte Tiegelmann, dem diese ewige Verbeugungen
auf die Nerven gingen.

«Keine fliegenden», wiederholte der Besucher, ohne eine Miene zu
verziehen. «Keine fliegenden Teppiche. Verstanden?»

Was meint er nur? dachte Tiegelmann. Fliegende Teppiche? Von
solchen hatte er in Büchern gelesen. Vor vielen Jahren hatte ihm sein
Vater zu Weihnachten ein Buch mit orientalischen Märchen ge-
schenkt. Darin war von einem fliegenden Teppich die Rede. Möglicherweise existieren im Morgenland oder in fremden Gegenden
wirklich fliegende Teppiche. In jenen Gebieten scheint es ja so viel
Merkwürdiges zu geben, aber hier auf der Hauptstraße — mitten in

der Stadt — traten niemals fliegende Teppiche in Erscheinung. Teffan Tiegelmann begann zu argwöhnen, daß der Mann mit der roten Mütze und den schwarzen, unergründlichen Augen nicht ganz bei Trost sei. Vielleicht war er sogar gemeingefährlich.

«Wenn Sie den Teppich versuchen wollten, Herr Tiegelmann, dann könnten wir gut eine kleine Probefahrt machen», schlug der Mann mit den Samtaugen vor. «Bitte, setzen Sie sich!» und wies auf den Teppich.

Tiegelmann hatte sich zur Regel gemacht, wenn man es mit gefährlichen Narren zu tun habe, sei es immer am klügsten, den Leuten ihren Willen zu lassen.

«Bitte, setzen Sie sich doch!» wiederholte der Fremde, auf den Teppich zeigend, der nun ausgebreitet zwischen ihnen auf dem Boden lag. Tiegelmann fand, es sei wohl am klügsten, sich auf dem Teppich niederzulassen.

«Wohin wünschen Sie nun zu fliegen?» fragte der Mann.

«Tja, ich könnte zum Beispiel einen Ausflug machen nach ... dem Lustgarten», schlug Tiegelmann vor, nur um etwas zu sagen. Er kam sich lächerlich vor, wie er da saß, und außerdem hegte er alle möglichen Befürchtungen darüber, was dem Fremden jetzt noch Seltsames einfallen könnte.

«Der Lustgarten ist ein schöner Park», meinte der Orientale mit seiner unvermeidlichen Verbeugung. «Wenn ich auch für meine geringe Person dort die großen, herrlichen Kakteen vermisse, die alle Parks in meiner Heimat zieren.»

«Stimmt! So ist es!» pflichtete Tiegelmann sofort bei, «auch mir haben im Lustgarten immer die Kakteen gefehlt.»

«Nun braucht man nur mit der Hand über die Fransen des Teppichs zu streichen und ‚Lustgarten‘ zu sagen», fuhr der Fremde fort.

«Natürlich, das ist ja so einfach», murmelte Tiegelmann, der es für das Ratsamste hielt, zu allem ja zu sagen. Er wollte sogleich mit der Hand über den Teppich streichen, als Herr Omar einwand:

«Einen Augenblick!» rief er. «Ach! Ich hatte ja das Fenster zu öffnen vergessen.»

«Natürlich, das Fenster», hauchte Tiegelmann, dem so ungemütlich wie nur möglich wurde. Man konnte ja nicht wissen, auf was für Ideen dieser Mann noch kam. Der Detektiv sah zu seinem Entsetzen, daß Herr Omar ans Fenster trat und es weit öffnete. Dann wandte er sich an Tiegelmann und sagte: «Jetzt!»

Tiegelmann strich gehorsam mit der Hand über die Fransen des Teppichs und wiederholte «Lustgarten». Kaum war das Wort ausgesprochen, als der Teppich sich vom Boden erhob und zum Fenster hinausflog.

Teffan Tiegelmann unternimmt seinen ersten Flug 5

N un flog Tiegelmann über die Stadt! Etwas so Wunderbares hatte
er noch nie erlebt. Tief unter ihm glitten die Hausdächer, Schornsteine und Straßen dahin. Die Hauptstraße glich einer langen, schmalen Rinne, die Menschen erschienen nicht größer als Ameisen. Er sah
das Wasser des Flusses glitzern.

Dann machte der Teppich eine Schwenkung über den Hauptbahnhof, wo eine Menge Straßenbahnen und Autobusse standen, nicht
größer als kleine nette Bauklötzchen. Nie hätte er gedacht, daß der
Hauptbahnhof so eindrucksvoll sei. Schließlich landete er langsam
und weich auf einem Rasenplatz im Lustgarten, dicht neben einer

Rabatte mit roten und gelben Blumen. Teffan Tiegelmann dehnte sich in der Sonne und gähnte vor Wohlbehagen. Er streichelte nunmehr den prächtigen Teppich.

«Es liegt jedenfalls ein tieferer Sinn als man glauben möchte, in diesen alten arabischen Märchen», murmelte er. Und als er daran dachte, wie höflich Herr Omar gewesen war, wie er sich bei jedem zweiten Wort verbeugt hatte und wie unfreundlich er, Tiegelmann selbst, sich verhalten — da schämte er sich geradezu. «Ich werde ihn zu einem Tahnentörtchen einladen und mich ebenso oft verbeugen wie er», dachte er.

Tiegelmann betrachtete den Teppich näher. Der roch ein wenig nach Pferd... Nein, nicht nach Pferd... Wo hatte er nur diesen Geruch schon früher verspürt? Im Zirkus? Ja, nun fiel es ihm ein. Er hatte neulich im Zirkus zwei Kamele gesehen, und während der Pause war er in den Stall hinausgegangen und hatte die Tiere gestreichelt, denn Tiegelmann war ein großer Tierfreund, und Kamele liebte er besonders. So war es: der Teppich verbreitete einen überaus behaglichen Kamelgeruch.

Im übrigen aber sah der Teppich wie irgendein anderer abgenützter, langweiliger Bodenbelag aus, so einer, wie man sie beim Frühjahrsreinemachen auf die Stange hängt, mit ein paar Schlägen klopft und dazu sagt: «Was werden sich die Nachbarn denken? Es ist an der Zeit, einen neuen Vorzimmerteppich anzuschaffen.»

Ferner dachte Teffan Tiegelmann an Willi Wiesel, der sich eben jetzt weit im Süden des Landes in dem kleinen Städtchen Preißelbeerkirchen aufhielt und vielleicht gerade im besten Zuge war, einen neuen Streich auszuführen. Tiegelmann erkannte, wie nützlich ihm ein fliegender Teppich sein könnte. Autos werden, was Geschwindigkeit betrifft, bedeutend überschätzt, meinte er, und Eisenbahnen ebenfalls.

Tiegelmann wußte nicht, welchen Tagespreis gebrauchte fliegende Teppiche besaßen, aber er argwöhnte, wie sehr er sich auch verbeugen und Sahnentörtchen anbieten mochte, Omar würde doch seinen Teppich nicht für Einsfünfzig verkaufen. Der seltsame Orientale würde ihn zusammenrollen, sich ein letztes Mal verneigen, den runden Hut über den roten Fes stülpen, den Teppich unter den Arm nehmen und für immer im Volksgewimmel verschwinden.

«Wenn Tante Hilda nur ein bißchen leichter zu behandeln wäre», sagte er zu sich selbst, während er so grübelnd neben dem Blumenrondell lag. Tante Hilda wollte aus bestimmten Gründen nicht gern von Geld sprechen. «Aber jeder hat eben seinen eigenen Geschmack», seufzte er, indem er seine ganze Habe in der Westentasche befühlte. Dann seufzte er von neuem.

Schließlich raffte sich der Detektiv zusammen, schlug mit der Hand

auf den Teppich und rief: «Du sollst mein werden! Ich rufe Tante
Hilda in Waldbrunn an. Ich sage, daß ich einen Teppich brauche,
weil es so stark durch die Fußbodenritzen zieht. Dafür hat sie Verständnis.» Doch nun schien es wahrhaftig an der Zeit, wieder ins
Büro zurückzukehren. Er lag schon allzu lange hier im Lustgarten auf
dem Teppich und hatte vor sich hingegrübelt.

Eben als ein Parkwächter auf ihn zutrat, um ihm zu bedeuten, daß
es verboten sei, auf dem Rasen zu liegen, strich Tiegelmann über die
Fransen und flüsterte: «Ins Büro.» Ein Schauer wonniger Erregung
durchrieselte ihn, als der Teppich sofort, wie von unsichtbaren Händen gehoben, in die Luft und über die Bäume des Parkes hinwegflog.

Ehe Tiegelmann sich besinnen konnte, sauste der Teppich durch
das Fenster in sein Bürozimmer und landete mit einem leichten Stoß
auf dem Fußboden. Herr Omar, der noch anwesend war, verbeugte
sich tief und schloß das Fenster. Privatdetektiv Teffan Tiegelmann
machte eine noch tiefere Ehrenbezeigung. Fast bis zum Boden.

Teffan Tiegelmann kauft einen fliegenden Teppich   6

«Sind Herr Tiegelmann mit dem Teppich zufrieden gewesen? Meine
eigene bescheidene Meinung ist, daß er rasch und zugleich weich
fliegt.»

«Darf ich Ihnen vielleicht ein Tahnentörtchen aufwarten?» fragte
Tiegelmann zurück. Der Mann aus dem Morgenlande wußte natürlich nicht, was ein ‚Tahnentörtchen‘ war.

«Es wäre mir eine große Ehre, mit Herrn Tiegelmann gemeinsam
ein Tahnentörtchen zu genießen», erklärte dieser mit einer achtungs-
vollen Verbeugung. Tiegelmann bat Fräulein Hanselmeier, sofort die
Konditorei um drei Sahnentörtchen anzurufen. «Gefüllte natürlich!»
Und mit leiserer Stimme fügte er hinzu: «Wir nehmen diese vorläufig
auf Pump.»

Während der Detektiv und sein Gast auf den Botenjungen von der
Konditorei warteten, begann Tiegelmann vorsichtig über den Wunderteppich zu sprechen. Er wollte seine Gier nicht zeigen, denn er
war dessen sicher, daß Omar dann einen allzu hohen Preis verlangen
würde. Es mochte ohnehin schwer genug sein, von Tante Hilde Geld
geborgt zu bekommen. Deshalb erzählte er neuerlich, daß er leider
nicht weniger als sieben Teppiche von seinem Vater geerbt habe,
richtig wären es neun, wenn man ein paar kleine Bettvorleger dazu

rechnen wollte, die eigentlich schon fadenscheinig waren, aber doch im Notfall verwendet werden konnten.

«Neun Stück! So daß ich genau genommen keinen mehr brauche.»

«Kann denn wirklich einer Ihrer Teppiche fliegen?» erkundigte sich Herr Omar.

«Fliegen? ... Tja, das weiß ich nicht so genau, das habe ich tatsächlich bisher nicht versucht.»

«Wenn Herr Tiegelmann keine augenblickliche Verwendung für diesen Teppich haben, dann möchte ich ihn nicht verkaufen», versicherte der Araber.

«Tja ... das kommt darauf an ... Ich finde, er ist recht abgenützt an den Rändern.»

«Ja», bestätigte der Fremde, «er ist gegen den Rand zu abgestoßen.»

«Und in der Mitte auch. Dort ist er beinahe noch mehr abgenützt.»

«Richtig», gab Herr Omar zu. «Dort pflegte mein Vater immer zu sitzen, wenn er flog.» Er zeigte auf eine Stelle, die so abgeschabt war, daß der Beschauer nichts mehr vom Muster zu erkennen vermochte. «Dies war eben sein Lieblingsplatz. Er flog oft zwischen Medina und Mekka hin und her, wenn er Kamelgeschäfte tätigte. Und mein Großvater, der flog oft von Mekka nach Medina; er handelte mit gebrauchten Zelten; der alte Mann saß auch immer auf der gleichen Stelle des Teppichs. Und so etwas nützt ab.»

«So richtig abgenützt», bestätigte Tiegelmann. «Ich kann für eine derart abgenützte Sache natürlich nicht viel bezahlen.»

Der Araber verbeugte sich, ohne zu antworten. Tiegelmann begann bereits ein wenig ungeduldig zu werden. Im allgemeinen geben Leute, die etwas verkaufen wollen, nicht den kleinsten Fehler zu, aber dieser Mann ließ ganz ruhig alle Einwände gelten.

«Ich finde, aufrichtig gesagt, daß er auch nach Kamel riecht», fuhr Tiegelmann fort.

«Ja», stimmte Herr Omar mit einer Verbeugung zu, «er riecht nach Wüstentieren.»

«Er stinkt geradezu gräßlich», betonte Tiegelmann, um den Wert des Teppichs zu drücken.

«Das merkt man besonders, wenn es ganz windstill ist, so wie heute», gab Herr Omar mit einer ehrfurchtsvollen Verbeugung zu.

«Ja, aber ein solcher Duft ist doch nicht angenehm», meinte Tiegelmann.

«Nein, besonders beim Segeln ist Windstille unangenehm», pflichtete der Araber bei, indem er auf das Wort ,Windstill' zurückkam.

«Ich meine, daß es unangenehm ist, wenn der Teppich nach Kamel riecht. Versuchen Sie!» beteuerte Tiegelmann und sog die Luft durch die Nase ein. «Es riecht ja im ganzen Zimmer nach Kamelen!»

26

Der arabische Fremdling sog ebenfalls die Luft durch die Nase ein. Er sah ganz verklärt aus, als er den seltsamen Geruch verspürte.

«Es kommt einem schier so vor, als wäre man in einen Kamelstall geraten», fuhr Tiegelmann fort, der es sich in den Kopf gesetzt hatte, den Teppich so billig wie möglich zu erstehen.

«Das wollte ich eben sagen! An Karawanserei gemahnt der Duft.» Omar blickte beinahe wehmütig drein und sog noch einmal die Luft durch die Nase ein. Tiegelmann trommelte indes ungeduldig mit den Fingerspitzen auf den Schreibtisch. So etwas hatte er noch nie erlebt. Es war schier unmöglich, mit einem Menschen von Geschäften zu reden, der einen Bückling nach dem anderen machte und jedes Wenn und Aber zugab.

«Wie hoch ist denn der Preis?» fragte er gerade heraus.

«Es wäre mir eine große Ehre, Herrn Tiegelmann den Teppich für fünfhundert Dinar verkaufen zu dürfen», erklärte der Besitzer des Teppichs.

«Fünfhundert was?» meinte Tiegelmann verdutzt.

«Dinar», sagte der Araber mit einer besonders tiefen Verbeugung.

«Ja so, Dinar!» rief Tiegelmann, der sich plötzlich entsann, daß er erst kurz zuvor in einem Kreuzworträtsel, das er bis zur Hälfte aufgelöst hatte, auf dieses Wort gestoßen war. Ganz recht, Dinar bedeutete «orientalische Münze». Jetzt fiel es ihm ein. Er hatte keine Ahnung, welcher Markbetrag diesen fünfhundert Dinaren entsprach, aber er glaubte bestimmt, daß die Forderung zu hoch war.

«Fünfhundert ist zuviel für ein so altes, abgenütztes Ding. Und außerdem riecht das Zeug nach Kamel.»

«Zugegeben», erwiderte Omar und begann langsam den Teppich zusammenzurollen. «Fünfhundert ist um hundert mehr als vierhundert, und vierhundert wäre eine runde Summe.» Dabei sah der Orientale unergründlicher aus denn je. Seine Augen waren dunkel wie die Nacht. Tiegelmann dachte zufällig an Willi Wiesel und fuhr sich verzweifelt in die Haare. Da klopfte Fräulein Hanselmeier an die Tür. Sie streckte den Kopf herein und flüsterte, um nicht zu stören:

«Bitte schön, wenn's beliebt.»

Fräulein Hanselmeier hatte im äußeren Zimmer einen Tisch hübsch gedeckt, der zu gemütlichem Verweilen einlud. Darauf stand ein Teller, worauf drei große, schön gebackene Sahnentörtchen prangten, mit viel Sahne und Mandelmasse, viel Vanillezucker obendrauf.

«Bitte indessen anzufangen», entschuldigte sich Herr Tiegelmann. «Ich muß nur rasch telephonieren.»

Herr Tiegelmann schloß die Tür, nahm den Hörer ab und verlangte ein Blitzgespräch mit Waldbrunn.

«Tante Hilda, kannst du mir bitte fünfhundert Dinar sofort borgen?» begann er. «Es handelt sich um ein fliegendes Wiesel ... oder, was sage ich, einen Teppich.» Tiegelmann war beinahe atemlos vor Eifer. «Einen Teppich, weil es so schrecklich vom Fußboden zieht.»

Als Tante Hilda hörte, daß Teffan wegen des Zuges vom Fußboden, zur Vorbeugung eines Rheumatismus, einen Teppich benötigte, fand sie, daß sie sich nicht gut weigern konnte, das verlangte Darlehen zu geben. Sie versprach, noch am selben Tag auf ihre Bank zu gehen und fünfhundert Dinar einzuwechseln. ‚Alles Nähere werde ich ihr dann erklären‘, dachte Teffan. ‚Wenn ich den Wiesel gefangen habe und sie die großen Schlagzeilen in den Zeitungen zu sehen kriegt, wird sie meine Bitte schon verstehen.‘ Währenddessen hatten Fräulein Hanselmeier und Herr Omar jedes mit seinem Sahnentörtchen begonnen.

«Es ist zum erstenmal, daß ich Tahnentörtchen speise», bemerkte der arabische Fremdling mit einer Verbeugung.

«Oh!» machte Fräulein Hanselmeier. Er stößt auch mit der Zunge an, dachte sie. Sonst sieht er aber gut aus. So dunkel und so romantisch. Schade — ein Orientale!

Nun kam Tiegelmann zurück und ließ sich am Tisch nieder. «Ich habe eben mit Waldbrunn gesprochen», erklärte er, «und der Bank Auftrag gegeben, fünfhundert Dinar zu überweisen. Vermute, das Geld ist morgen hier. Paßt es Ihnen so?»

Herr Omar verneigte sich so tief, daß ein kleines Sahnenklümpchen an seinem rechten Ohr kleben blieb.

«Der Teppich hat seinen Besitzer gewechselt», sprach er feierlich, ohne eine Miene zu verziehen.

«Gut!» rief Tiegelmann und machte sich an sein Sahnentörtchen.

«Ich höre eben, daß man in Herrn Omars Heimat keine Sahnentörtchen ißt», meinte Fräulein Hanselmeier.

«Nicht?» verwunderte sich Tiegelmann. «Was ißt man denn sonst?»

«Zuweilen essen wir Chepchouka.»

«Wie bitte?»

Der Araber verneigte sich tief. «Wir pflegen Chepchouka zu essen.»

«Ach so», meinte Herr Tiegelmann unsicher, «ja, dann . . .»

«Wie hübsch das klingt!» rief Fräulein Hanselmeier. Chep . . .?»

«Chepchouka. Ein wohlschmeckendes und zugleich leichtes Gemüsegericht, das sich besonders für heiße Tage eignet, wenn der Wüstenwind bläst, und das tut er fast immer.»

«Und womit unterhalten sich die Leute sonst in der Wüste?» erkundigte sich Tiegelmann.

«Wir unternehmen manchmal einen Ritt.»

«Zu Pferde?» fragte Fräulein Hanselmeier interessiert.

«Nein, zu Kamel», antwortete Herr Omar mit einer tiefen Verbeugung. «Und dann trinken wir ziemlich oft Kaffee.»

Herr Tiegelmann glaubte ein unendliches, sonnenbeschienenes

Sandmeer vor sich zu sehen. In der Ferne erblickte er undeutlich die Palmen einer Oase, eine Reihe Kamele zog langsam und gelassen über den Wüstensand dahin. Er hörte die Glocken in den hohen Minaretten mit fremdem, seltsamem Ton erklingen. Drinnen im Zelt saßen die Wüstenbewohner und aßen Chepchouka und tranken Kaffee, und über alles ergoß sich der Sonnenschein wie gleißendes Gold. Ich muß wirklich einmal auf einen kurzen Besuch hinunterfliegen, dachte Tiegelmann, und laut sagte er:

«Aber etwas so Feines wie Tahnentörtchen mit Schlagtahne und Mandelmatte habt ihr jedenfalls nicht zu Haute in der Wüste?»

Der Besucher lächelte rätselhaft. Seine Augen waren unergründlicher denn je.

«Tahnentörtchen haben wir freilich nicht», gab er mit einem Bückling zu. Schade eigentlich, daß er mit der Zunge anstößt, überlegte Fräulein Hanselmeier.

«Das dachte ich mir», beteuerte Herr Tiegelmann und wischte sich einen kleinen Sahnenklecks von der Nase weg.

Kommt Herr Tiegelmann noch nicht bald? 7

Daheim in Preißelbeerkirchen vermochten die Leute die Sonnenglut kaum mehr zu ertragen. Auch solche, die ebenso alt waren wie die Schwestern Friedborn, konnten sich eines ähnlichen Sommers nicht entsinnen. Jeden Tag war das Wetter herrlich und die Hitze war so groß, daß die Rasenflächen sich braun färbten, die Blumen schlaff herabhingen und eine dicke Staubschicht die Straße bedeckte.

Die Bewohner der Villa Friedrichsruh hatten viel Arbeit mit dem Begießen der Pfingstrosen, Ringelblumen, Rosen und Reseden. Lisbeth, Bernd, Hans und Christine pflegten dabei mitzuhelfen. Jedes von den Kindern besaß seine kleine Gießkanne, mit der das Gießen ein Heidenspaß war. Lisbeth schwang stolz eine weiße, Bernd eine rote, Hans eine grüne und Christine eine gelbe Kanne. Nun aber befanden sich die vier Kännchen unbenutzt im Geräteschuppen, sie standen in einer Reihe dort, ohne wie gewöhnlich des Abends herausgeholt zu werden.

Die vier Kinder durften nicht ausgehen, sie durften sich nicht einmal im Garten aufhalten. Und nicht genug damit, daß sie im Haus sein mußten: sie hatten sogar den strengen Befehl, im Bett zu bleiben. Im Bett zu liegen, wenn man erkältet ist, fällt schon schwer, aber das Bett zu hüten, ohne erkältet zu sein, ist noch viel gräßlicher. Es kribbelt im ganzen Körper, es zuckt in den Beinen, und der grundlos zur Bettruhe Verdammte hat das Gefühl, auf dem besten Wege zu sein, in eine schwere Krankheit zu verfallen, wenn er nicht bald aufstehen und umherlaufen darf wie jeder andere Mensch.

«Meine armen kleinen Freunde», klagte Fräulein Friedlinde und gab jedem eine Tafel Nußschokolade, «ihr müßt begreifen, daß es nur zu eurem eigenen Besten ist. Denkt an den Mann mit der weißen Mütze!».

«Ja, aber wir könnten doch wenigstens aufstehen!» rief Christine aus ihrem Bett.

«Behaupte ich auch!» schrie Hans aus einem anderen Zimmer. «Es genügt doch, wenn man drinnen bleibt!»

«Auch meine Meinung!» brüllte Bernd. «Es ist genug und übergenug! Warum sollen wir immer im Bett liegen? Wir sind doch nicht todkrank!»

«Ich wenigstens nicht», meldete sich Lisbeth und biß ein Stück von ihrer Schokolade ab.

«Begreift doch», bat Tante Friedlinde, «wenn ihr aufstehen dürftet und angekleidet wäret, dann könntet ihr es im Haus gar nicht aushalten, davon bin ich überzeugt. Auf eins, zwei, drei würdet ihr alle Vorsicht vergessen. Ja, ich weiß, daß ihr anfinget, wie richtige kleine Vogeljungen herumzufliegen, und der Mann mit der weißen Mütze würde euch erwischen.»

«Auf uns hat er's ja gar nicht abgesehen, er will bloß deinen Silberpokal!» meinte Bernd störrisch.

Die beiden alten Schwestern hätten am liebsten Lisbeth, Christine, Hans und Bernd nach Hause zu ihren Eltern geschickt, aber das ging nicht, es war ganz unmöglich, denn die Eltern waren verreist. Nun meinten sie, die Verantwortung nur dann tragen zu können, wenn sie die Kinder ins Bett steckten. Mehr konnten sie nicht tun. Wollte denn der Detektiv Tiegelmann gar nicht kommen? Heute war schon Donnerstag, und spätestens am Abend mußte das Geld in die alte, hohle Eiche auf dem Johannesberg hinterlegt werden — denn sonst ...

«Ist es sicher, daß er kommt?» fragte Fräulein Friedlinde.

«Ja, meine Liebe», antwortete Fräulein Friederike. «Sowie er hörte, daß es sich um Wilhelm Wiesel handelt, geriet er in Eifer. Er sehnte sich geradezu danach, hierher nach Preißelbeerkirchen zu reisen.»

Solange Privatdetektiv Teffan Tiegelmann nicht da war, lebten die beiden Damen in beständiger Angst, der Mann mit der weißen Mütze könne auftauchen. Alle beide waren überzeugt davon, daß der Kerl und Wilhelm Wiesel ein und dieselbe Person seien. Dann und wann warfen sie von der oberen Veranda einen unruhig spähenden Blick

die Straße entlang, ungefähr wie die Wache auf einem Schoner nach
verräterischen Untiefen und Gefahren Ausguck hält.

«Was wollt ihr heute lieber, Schokolade oder Himbeersaft?» erkundigte sich Tante Friederike und warf einen Blick zu den vier
kleinen Verwandten hinein, die in ihren Betten in zwei Zimmern
lagen.

«Himbeersaft!» kam es sofort von Hans.

«Schokolade!» rief Christine.

«Bei dieser Hitze? Himbeersaft natürlich!» schrie Lisbeth.

«Ich will viel lieber Schokolade haben!» brüllte Bernd.

Eine Weile später waren sie um den runden Tisch auf der Veranda
versammelt. Alle vier saßen sie dort in ihren grünen Pyjamas. Sie bekamen Himbeersaft und Schokolade, denn die Kleinen taten den beiden alten Fräulein leid; die verstanden so gut, wie schwer es war, im
Bett liegen zu müssen. Heute durften sich die Kinder soviel Kakao,
Zucker und Sahne nehmen, als sie nur wollten; Hans zeigte Tante
Friedlinde, daß er sich die halbe Tasse mit herrlicher Schokolade-
creme angefüllt hatte.

«Ihr sollt euch soviel nehmen, als ihr Lust habt», ermunterte Tante
Friedlinde.

Wie sie gerade so beieinander saßen, vernahmen sie plötzlich einen
dumpfen Plumps. Es klang, als komme er von irgendwo über ihren

Köpfen, vielleicht vom Dach der Villa her. Die Kinder hörten auf, in ihren Tassen zu rühren und mit ihren Gläsern zu klirren, und den beiden alten Damen blieb beinahe das Herz stehen. Alle hielten sich mäuschenstill und lauschten.

Nun erklangen Schritte. Jemand ging über das Blechdach! Jetzt schwirrte ein Geräusch auf, als würde die kleine viereckige Luke auf dem Dach geöffnet, und dann tappte es über den Dachboden. Die Schritte näherten sich... und gleich darauf stand eine sonderbare Gestalt vor ihnen. Sie war ein wenig klein von Wuchs, hatte eine Lederhaube mit großen Autobrillen auf dem Kopf und trug einen mächtigen Pack, der aus einem Sack, einer Blechschachtel, einem Spirituskocher, einem Kaffeetopf, einem Feldstecher sowie einem zusammengerollten Teppich bestand. «Tiegelmann», sagte der Fremdling und verbeugte sich tief.

8 *Erkundungsflug über Preißelbeerkirchen*

Tiegelmanns Flug mit dem Zauberteppich war wundervoll gelungen. Nun hatte er sein Flugzeug im Ernst erprobt — und der Teppich hat seine Bewährung bestanden. Herr Tiegelmann mußte an eine ganze Menge denken, ehe er sich auf den Weg machte; es galt, nichts zu vergessen! Er hatte verschiedene Kleider in einen Sack verstaut, für den Fall, daß er sich maskieren müßte. Ein Spirituskocher und ein Kaffeetopf durften nicht fehlen, denn eine Tasse Kaffee schmeckt immer gut, wenn man sich auf einer Luftreise befindet. Weiters nahm er die große Schachtel mit, in der er Sahnentörtchen zu verwahren pflegte, wenn er auf Reisen ging. Ein scharfer Feldstecher war eine Selbstverständlichkeit, und schließlich steckte er seine Dienstpistole in die Tasche. Er hatte also nichts vergessen.

Als der Teppich gestartet war, schloß Fräulein Hanselmeier das Fenster hinter ihm. Da der Tag drückend heiß war, hatte Tiegelmann den großen schwarzen Rauschebart nicht umgenommen. Er trug statt dessen einen kleinen leichten Schnurrbart, doch diesen wehte ihm der Wind schon über den ersten Häusern weg. Als er über das Stadtwäldchen flog, zündete er den Spirituskocher an. Der summte so traulich, und bald begann sich herrlicher Kaffeeduft mit dem Geruch der Blumen zu mischen, der von den Hausgärten so mancher kleiner Landhäuser emporstieg. Als der Kaffee zubereitet war, nahm Tiegelmann sein erstes Sahnentörtchen aus der Schachtel.

Krähen schwärmten ringsumher in den Lüften; der Detektiv warf ihnen ein Stück von den Sahnentörtchen zu. Damit zog er einen ganzen Kometenschweif von kreischenden Krähen und Dohlen hinter sich her, die ihn eine weite Strecke begleiteten. Schließlich legte er sich zu einem Mittagsschläfchen zur Ruhe und erwachte nicht eher, als bis er sich über den Bergen nördlich Preißelbeerkirchens befand. Und jetzt war er am Ziel!

«Oh, Herr Tiegelmann», rief Fräulein Friederike erstaunt, «wie froh bin ich, daß Sie endlich da sind! Hier meine Schwester.»

«Tiegelmann», wiederholte der Ankömmling mit einer tiefen Verbeugung. Und dann begrüßte er Lisbeth, Hans, Christine und Bernd.

«Habt ihr heute verschlafen, meine jungen Freunde?» fragte er diese mit einem erstaunten Blick auf ihre grünen Pyjamas.

«Nicht im Leben!» wehrte Hans ab. «Wir dürfen nicht aufstehen, bloß weil der Ochse den großen Silbertopf klauen will.»

«Nein, aber Hänschen!» ermahnte ihn Tante Friedlinde.

«Aber wie kommen Sie eigentlich hierher?» wollte Fräulein Friederike wissen. «Uns war es, als fielen Sie vom Himmel. Benutzten Sie vielleicht ein Flugzeug?»

«Nein, keineswegs. Ich habe meinen Teppich!»

Alle blickten erstaunt den Teppich an. Sie hatten wohl schon einmal von fliegenden Teppichen gehört, aber niemand hatte je einen Zauberteppich gesehen. Es war ja kaum glaublich, daß es wirklich solche Dinge gab.

«Lieber Onkel Tiegelmann, dürfen wir nicht einmal auf dem Teppich reisen?» bettelte Christine.

«Ja!» stimmten die drei anderen zu. «Lieber Onkel Tiegelmann! Einmal bloß!»

«Kommt gar nicht in Frage!» brach Tante Friederike aus. «Das dürft ihr bestimmt nicht.»

«Ihr könntet herunterfallen und euch verletzen!» meinte Tante Friedlinde.

«Ja, und dann könntet ihr euch sehr leicht erkälten», fügte Tante Friederike hinzu. «Es herrscht sicher ein entsetzlicher Zug während der Fahrt.»

«Heute geht kein nennenswerter Wind», wandte Herr Tiegelmann ein. «Ich werde euch gern alle zusammen zu einem Rundflug über die Ortschaft mitnehmen. Ich glaube, daß wir alle auf dem Teppich Platz haben.» Friederike und Friedlinde blickten ratlos und ängstlich drein. «Dann könnt ihr mir die Straßen und Plätze zeigen», fuhr Detektiv Tiegelmann fort. «Das wäre sehr wertvoll, denn ich gedenke, sofort mit den erforderlichen Nachforschungen zu beginnen. Aber zuerst würde ein Glas Himbeersaft gut schmecken.» Tiegelmann nahm die pelzgefütterte, prächtige Motorradhaube ab. Sein Kopf dünkte ihn jetzt wie ein warmer Napfkuchen, über den man zerlassene Butter gegossen hat.

«Bitte nehmen Sie Platz», forderte Fräulein Friederike den Gast auf und bot ihm ein Glas Himbeersaft an. «Aber, Kinder, ich glaube, ihr habt alle Schnitten und Kuchen aufgegessen! Was können wir jetzt aufwarten?»

«Dafür findet sich schon Rat», meinte Teffan Tiegelmann. Er stellte die «Tahnentörtchentachtel» auf den Tisch und öffnete den Deckel. «Darf ich anbieten?»

Alle beugten sich vor, um den Inhalt zu erspähen. Die große Schachtel enthielt herrlichste Sahnentörtchen.

«Nein, so etwas ... Sahnentörtchen mitten im Sommer!» rief Fräulein Friederike verdutzt aus. «So etwas Gutes!»

«Bäckt man denn diese hier in der Stadt nicht?» fragte Tiegelmann erstaunt.

«Doch, aber Sahnentörtchen gibt es nur an Festtagen.»

«Hätte ich mir denken können. Bei mir daheim ist es das gleiche Elend. In der ganzen Stadt gibt es nur eine einzige Konditorei, die fachgemäß betrieben wird, und das ist die Konfiterie Roda. Nicht zu glauben!»

Jedes nahm ein Sahnentörtchen, und es blieben trotzdem eine Menge in der Schachtel, sie war noch immer halbvoll. Nachdem die ganze Gesellschaft Himbeersaft getrunken und Rosa-Sahnentörtchen gegessen hatte, breitete Teffan Tiegelmann den Teppich auf dem Boden aus und öffnete das Fenster.

«Bitte einzusteigen!» lud der Detektiv die Anwesenden ein.

Die vier Kinder stürmten sogleich hinzu und setzten sich; aber die beiden alten Damen meinten, es würde ihnen etwas schwerfallen, sich auf den Teppich niederzulassen. Und wenn es ihnen vielleicht auch gelänge, sich ganz niedrig zu setzen, so möchte es ihnen noch schwerer fallen, sich dann wieder zu erheben. Aber draußen im Garten standen zwei kleine Feldstühle, die man hereinholte und auf den Teppich stellte; auf diese Weise wurde es den beiden Fräulein Friedborn leicht, Platz zu nehmen.

Teffan Tiegelmann selbst setzte sich ganz vorne hin — bei den Fransen — hinter ihm saßen Christine und Hans nebeneinander, dann Bernd und Lisbeth, und ganz rückwärts schlossen die Fräulein Friedlinde und Friederike in ihren bequemen Feldstühlen den Reigen.

Nun saßen alle auf dem Teppich. Es erschien ihnen ganz umheimlich aufregend, als Tiegelmann mit der Hand über die Fransen strich und leise vor sich hinredete:

«Rund über Preißelbeerkirchen und zurück zur Veranda.»

Wie von unsichtbaren Händen getragen, erhob sich der Teppich und schwebte durch das Fenster hinaus ins Freie. Wunderbar, zur Abwechslung einmal Preißelbeerkirchen von oben zu sehen! Der Tag war sehr warm; aber hier fächelte der Wind dem Flieger und seinen Fluggästen gerade angenehm ums Gesicht. Tief unter ihnen war nun die kleine, wohlbekannte Ortschaft mit ihrer einzigen Straße und all ihren Häuschen und netten Gärten hingelagert, während hoch oben über dem blauen Himmel einige wollige weiße Wölkchen dahinsegelten.

«Gestatten die Damen, daß ich rauche?» fragte Tiegelmann, indem er eine lange Zigarre hervorzog.

«Aber bitte! Tun Sie, was Ihnen beliebt, Herr Tiegelmann», erwiderte Fräulein Friederike.

«Bernd!» rief Fräulein Friedlinde. «Sitz nicht so nahe am Rand!»

«Also, meine jungen Freunde», begann Tiegelmann mit einem tiefen Zug an der Zigarre, «zeigt mir nun die verschiedenen Örtlichkeiten des Städtchens.»

«Schau, dort waren wir zum Kaffee eingeladen!» rief Lisbeth, und wies auf einen Rasenplatz mit einer Gruppe weißer Gartenmöbel.

«Ja, doch die Sahne war recht sauer», fiel Christine ein.

«Aber Christinchen!» ermahnte Tante Friedlinde.

Tiegelmann nahm seinen Feldstecher aus dem Futteral und betrachtete die Gartenmöbel.

«Und was ist dort für ein Haus?» Er wies auf ein Gebäude an der Hauptstraße, das trotz der weiten Entfernung ungewöhnlich groß aussah.

«Das Grand Hotel», antwortete Bernd. «Darin hielt der Turnverein sein Wohltätigkeitsfest ab.»

«Aha!» Herr Tiegelmann richtete den Feldstecher auf das Grand Hotel. «Sieht ziemlich verdächtig aus», brummte er. Tatsächlich, Herr Privatdetektiv Tiegelmann sah durch den Feldstecher einen riesigen Mann mit weißer Mütze aus dem Hotel heraustreten. «Hätte ich mir denken können», murmelte er vor sich hin. Aber um seine Mitreisenden nicht zu erschrecken, erwähnte er nichts von dem, was er gesehen hatte. Auf einem fliegenden Teppich heißt es ein bißchen vorsichtig sein!

«Und dort ist der Bahnhof!» rief Christine und zeigte eifrig hin.

«Nicht so nahe an den Rand!» ermahnte Tante Friederike von ihrem Feldstuhl aus die Kleinen.

Herr Tiegelmann richtete sein Fernglas auf das Stationsgebäude, das von hier oben nicht größer als eine Tortenschachtel aussah. Die Schienen glichen Räderspuren auf nassen Asphaltstraßen, und die Lokomotive, die drei Wagen zog, sah einem Spielzeug ähnlich. «Eisenbahnstationen sind im allgemeinen bereits überholt», murmelte Tiegelmann vor sich hin. «Und Eisenbahnen nicht minder. Wenigstens, was das Reisen betrifft.» Er streichelte hiebei seinen getreuen Teppich.

«Dort geht der Missetäter!» schrien Bernd, Lisbeth, Hans und Christine zugleich. Sie zeigten wie wild auf ihn und beugten sich über den Rand des Teppichs hinaus, um besser sehen zu können.

«Werdet ihr stillsitzen!» befahlen Tante Friederike und Tante Friedlinde wie aus einem Mund. «Herr Tiegelmann, bitte, sagen Sie den Kindern, daß sie vorsichtiger sind. Sie könnten ja allzu leicht herunterfallen.»

«Sitzt still, meine jungen Freunde! Man kann sich sehr schwer verletzen, wenn man hinunterfällt! Ein Daumen ist bald verstaucht, wenn nicht mehr passiert», mahnte Tiegelmann.

«Schaut, dort ist doch der Ochse mit der weißen Mütze!»

«Du lieber Gott», hauchte Tante Friedlinde und griff sich ans Herz. «... nein, ich mag gar nicht hinsehen.»

«Er steht jetzt vor unserer Villa!» schrie Hans.

«Das ist ja gräßlich!» seufze Tante Friederike. «Nein, ich mag auch nicht hinsehen», wiederholte sie die Worte ihrer Schwester.

Privatdetektiv Teffan Tiegelmann langte nunmehr nach seinem scharfen Feldstecher, um die Villa Friedrichsruh genau in Augenschein zu nehmen. Um den Garten des Hauses zog sich eine Fliederhecke. Außerhalb der Hecke stand ein großer Mann, ein richtiger Goliath, und blickte in den Garten. Im Augenblick kam er außer Sicht, die Hecke verdeckte ihn. Niemand sagte ein Wort, es war allen gruselig zumute. Teffan Tiegelmann ließ das Fernglas sinken. Um seinen Mund zeigte sich ein verbissener Zug. Der Detektiv glich mehr denn je einem Habicht.

Eine kurze Weile später landete der Teppich in weichem Gleitflug und erreichte durch das offene Fenster der oberen Veranda sein Ziel. Der Mann mit der weißen Mütze war jedoch nicht zu sehen.

Auf dem Tisch stand die «Tahnentörtchentachtel». Tiegelmann streckte die Hand aus, um sie beiseite zu stellen —, als er plötzlich innehielt und wie versteinert dastand. Bevor sie zu dem Rundflug über die Stadt starteten, waren noch ungefähr zwölf Sahnentörtchen vorhanden. Alle beugten sich erstaunt vor und guckten in die Schachtel. Die Schachtel war leer!

Tiegelmann im Wespennest *9*

Eine Weile später, als die zwei Fräuleins Friedborn in der Veranda saßen, trug sich etwas höchst Merkwürdiges zu. Die beiden hatten schon oft dort geweilt, aber noch nie war ihnen etwas so Seltsames untergekommen.

Sie bemerkten, daß eine fremde Frau das Haus verließ und quer über die Rasenfläche zur Gartentür schritt. Die Frau trug ein blaues Kleid und eine weiße Schürze; sie glich einer Reinemachefrau aus dem Grand Hotel. Nun wandte sich die geheimnisvolle Gestalt um und blickte zur Veranda. Die alten Damen gewahrten zu ihrem Entsetzen, daß die Erscheinung eine große Zigarre im Mund hielt.

«Vergnügten Nachmittag indessen!» rief die Reinemachefrau, indem sie zur Veranda hinaufwinkte. Und dann warf sie die Zigarre fort, raffte mit der einen Hand ihren Rock und ging mit großen Schritten zur Gartentür hinaus.

«Das kann wohl nur Herr Tiegelmann gewesen sein», erklärte Fräulein Friederike, nachdem sie sich ein wenig gefaßt hatte.

«Der dürfte sehr geschickt sein», meinte Fräulein Friedlinde. «Ich fühle mich viel ruhiger, seit er hier ist.»

«Er ist raffiniert, meine Liebe. Als ich bei ihm in der Stadt weilte, hatte er gerade einen Klavierstimmer einkreisen lassen. Das brächte unser Klang niemals fertig!»

Herr Tiegelmann eilte geradewegs auf das Grand Hotel zu. Dann drückte er die Klinke einer Hintertür. Diese war verschlossen. «Hätte ich mir denken können», murmelte der Detektiv und hob eine rostige Sicherheitsnadel auf, die im Sand lag. Mit dieser stocherte er das Schloß auf. «Lächerlich verschlossen!» brummte er und öffnete die Tür. Er trat ein und kam in einen ganz kleinen Korridor. Zu beiden Seiten lagen Fremdenzimmer. Links: Zimmer Nr. 101 — rechts: Zimmer Nr. 102, und mehr Räume gab es nicht.

Tiegelmann klopfte versuchsweise an die Tür zu Zimmer 101, und eine Stimme antwortete: «Herein!» Tiegelmann öffnete und sah eine ältere Dame vor sich, die in Wollunterwäsche reiste. Sie fuhr ihn sofort an:

«Fräulein, warum haben Sie das Wasser in der Karaffe nicht gewechselt!»

«Komme gleich!» flötete Tiegelmann im höchsten Fistelton und schloß die Tür. Dann klopfte er bei Zimmer 102. Er glaubte eine gedämpfte Unterhaltung zu vernehmen, die bei seinem Pochen sofort verstummte.

Nach einer Weile öffnete sich die Tür. Privatdetektiv Teffan Tiegelmann stand Auge in Auge mit dem an Gestalt größten und ungemütlichsten Menschen, den er je gesehen hatte. Das plumpe, sonnverbrannte Gesicht des Kerls glich fast einem Roastbeef.

«Was gibt es?» fragte der Hüne und blickte auf Tiegelmann herunter, als sei dieser eine Fliege, die man am liebsten sofort verscheuchen möchte.

«Bitte, Telephon», fistelte Tiegelmann, zum Korridor hinauszeigend.

Der Hüne, den die Kinder mit einem Ochsen verglichen, schielte die Aufräumerin mißtrauisch an und schob sich langsam auf den Gang. Tiegelmann schlüpfte sofort ins Zimmer 102. Dort befand sich jetzt kein Mensch. Tiegelmann wollte eben die Schreibtischlade untersuchen, als er ein schwaches Geräusch vom Kleiderschrank her vernahm. Rasch tauchte er unter das Bett — er tat es im letzten Augenblick! Die Schranktür öffnete sich, und von seinem Versteck aus sah Tiegelmann ein Paar schmale, sorgsam gebügelte Hosenbeine durch das Zimmer gehen und sich auf einen Stuhl am Fenster setzen. Dazu gehörte ein Paar kleiner, wohlgeputzter, blanker, spitzer Schuhe.

Nach einiger Zeit kehrte der ‚Ochse' zurück. Tiegelmann betrachtete dessen riesige braune, staubige Stiefel. Der Stuhl krachte, als der Koloß sich setzte.

«Es meldete sich niemand am Apparat», murrte der Hüne. Seine Stimme klang wie ein Erdbeben, wenn er sprach. «Ich werde mir die Aufräumerin bei Gelegenheit vorknöpfen!»

Herr Tiegelmann hörte nun, wie eine Flasche entkorkt wurde und dann ein Plätschern in Weingläsern.

«Du magst doch auch ein Tröpfchen?» fragte eine dünne, piepsende Stimme. Jetzt sprudelte es zweimal, als ob Wasser in zwei Gläser eingegossen würde.

«Ich mach' mir nichts aus Himbeersaft», knurrte der Riese. «Ich bin mehr hungrig.»

«Himbeersaft ist nahrhaft», belehrte die kreischende, schrille Stimme. «Himbeersaft enthält eine Menge C-Vitamine.»

«Ich wünsche ein Roastbeef», grollte der Ochse.

«Du sollst dein Roastbeef kriegen. Heute nacht, um Mitternacht herum, werden wir auf den Berg stiefeln und uns die dreitausend Mark beibiegen. Nachher bestellen wir das Roastbeef.»

«Das einzige, was ich seit gestern aß, waren die paar Cremeschnitten, die mir zufällig auf der Hauptstraße in die Hände fielen. Und dann Zuckerkuchen.»

«Ja, aber dies ist doch was besonders Gutes!»

«Quark. Weicher Pfefferkuchen hat mehr Geschmack. Ich will mein R o a s t b e e f haben.»

«Du sollst dein Fleisch haben, Freundchen. Mit Zwiebel nach allen Schikanen zubereitet.»

«Wenn aber in der Eiche kein Geld hinterlegt ist? Man kann doch nicht sein ganzes Leben lang ohne Roastbeef sein!»

«Ruhe», mahnte die piepsende Stimme und trank einen Schluck Himbeersaft. «Die beiden Fräulein Friedborn sind feine alte Damen, auf die man sich verlassen kann.»

«Ja, aber wenn?»

«In diesem Fall borgen wir uns den großen Silberpokal aus, den wir durchs Fenster sahen. Und noch ein paar andere nette Kleinigkeiten. Willst du nicht noch ein Gläschen?»

«Na, dann aber nur ein ganz kleines Gläschen.»

Tiegelmann hörte, wie es in das Glas plätscherte.

«Sag stopp, wenn's genug ist», forderte die zarte, piepsende Stimme auf.

«Stopp!» kam es wie ein Donnerschlag vom Ochsen zurück. «Ich mache mir nichts aus Himbeersaft, habe ich schon einmal erklärt.»

«Prost!» rief die dünne Stimme.

«Heute habe ich nur ein paar alte, quatschige Sahnentörtchen gegessen, die ich in einer Schachtel fand.»

«Sahnentörtchen sind doch immer gut!»

«Ich will ein Roastbeef haben! Du Kleiner denkst nicht im mindesten an mich. Du kannst ja vielleicht den ganzen Sommer hindurch von Himbeersaft leben, klein und jämmerlich wie du bist!»

«Darüber sei du nur froh!»

«Froh kannst du selber sein. Habe nicht ich dich in einer Tasche ins Hotel getragen? Du könntest dir ja gar nicht helfen ohne mich! Du sitzt bloß im Kleiderschrank und läßt es dir gut gehen.»

«Hör zu, mein Alterchen», piepste die dünne, quiekende Stimme. «Wenn wir heute nacht kein Geld in der Eiche finden — ich sage nur wenn — dann gehen wir geradeswegs in die Villa Friedrichsruh und holen den Pokal. Dies können wir ruhig mitten am hellichten Tag tun. Sagen wir nächsten Freitag vormittag um neun Uhr dreißig. Vergiß nicht, einen Sack mitzunehmen! Die zwei Fräulein Friedborn sind feine, sympathische Menschen, die würden sich nie an die Polizei wenden.»

«Hauptsache bleibt, daß ich sehr bald mein Roastbeef kriege.»

«Willst du nicht noch ein Gläschen?»

«Nein, danke, durchaus nicht!»

«Jetzt könntest du uns eine Abendzeitung holen, damit wir sehen, was der Wetterbericht sagt. Wenn vielleicht Gefahr ist, daß Regen bevorsteht, nehme ich mir heute nacht meinen Schirm mit, damit ich nicht durchnäßt werde und friere.»

Nun schritten die kleinen, blanken, spitzen Schuhe zurück in den Kleiderschrank und die großen braunen, schmutzigen aus dem Zimmer.

Privatdetektiv Teffan Tiegelmann seinerseits verließ den Raum ebenfalls. Er nieste ein paarmal kräftig im Korridor, denn unter dem Bett war es leider ziemlich staubig gewesen.

Privatdetektiv Teffan Tiegelmann saß an dem runden Tisch in der unteren Veranda der Villa Friedrichsruh und speiste zusammen mit den zwei Fräulein Friedborn und dem Kindervierblatt zu Abend. Es gab gekochte Forellen und Blaubeerpfannkuchen.

«Es ist so, wie ich es geahnt habe», erklärte Teffan Tiegelmann. «Der Mann mit der weißen Mütze ist nicht Wilhelm Wiesel!»

«Sie meinen, Herr Wiesel...», rasch verbesserte sich Fräulein Friederike unruhig, «... vielmehr, Herr Tiegelmann?»

«Es ist genau so, wie ich es von Anfang an argwöhnte. Wiesel sitzt in einem Kleiderschrank und trinkt Himbeersaft. Deshalb bekommt ihn kein Mensch zu sehen. Man trifft nur den ‚Ochsen‘, aber auf ihn wirft niemand einen Verdacht.»

«Mir war der Kerl immer verdächtig!» rief Lisbeth, die freilich nicht vergessen konnte, wie der ‚Ochse‘ ihr auf der Hauptstraße ein Bein gestellt hatte.

«Mir schien der Ochse auch verdächtig!» rief Hans, der noch immer einen Verband um das Bein trug.

«Heute nacht gilt es», betonte Herr Tiegelmann. «Heute nacht werden das Wiesel und der Ochse auf den Johannesberg schleichen, um das Geld zu holen: ich meinerseits will auf den Berg spazieren, um mir das Wiesel samt dem Ochsen zu kaufen!»

Alle hörten zu essen auf; sie blickten Tiegelmann verdutzt an.

«Ein ausgezeichneter Pfannkuchen», fuhr der Detektiv fort, «ich hoffe, daß ihr sogleich mit auf den Johannesberg geht, wenn wir gegessen haben. Ihr müßt mir die Eiche zeigen, damit ich in der Nacht die richtige finde!»

«Das ist sehr einfach; sie steht am nördlichen Berghang», erklärte Fräulein Friederike. «Dies weiß ich, weil ich vergangene Woche dort saß und Strümpfe stopfte.»

«Nein, meine Liebe», widersprach Fräulein Friedlinde. «Auf dem südlichen Hang. Ich weiß es genau, weil ich mich eines Tages unter diese Eiche stellte, als ein Platzregen niederging.»

«Heuer im Sommer gab's gar keinen Platzregen», fiel Lisbeth ein.

«Richtig, es war im vorigen Sommer, Kindchen. In dieser Richtung steht die alte Eiche», meinte Fräulein Friedlinde, mit dem Finger zeigend.

«Aber nein! In dieser Richtung», entgegnete Hans und wies ganz anderswohin. «Ich war vorige Woche drinnen in der Eiche.» Hans besaß ein Versteck in dem alten hohlen Baum; dort hatte er ein Indianerbuch, Kaugummi und einen glänzenden kohlschwarzen Klumpen verborgen, den er aufgelesen hatte, als man die Straße reparierte, und den er vielleicht noch einmal gut brauchen konnte. Also wußte er sehr gut, in welcher Richtung die Eiche stand.

«Nie im Leben!» rief Bernd und zeigte in eine andere Richtung. «Dort steht der Baum. Ich kletterte vor ein paar Tagen hinauf, also muß ich es wohl wissen.»

«Klettern darfst du nicht», schalt Tante Friedlinde. «Du könntest dir weh tun und leicht herunterfallen.»

«Tat ich auch, aber ich habe mich nicht ein bißchen verletzt», versicherte Bernd, der ganz blau um die Lippen war von dem guten Heidelbeerpfannkuchen.

Nun waren Lisbeth und Christine an der Reihe, ihre Meinung abzugeben. Beide wußten sehr gut, in welche Richtung man gehen müsse, um zu der bewußten Eiche zu kommen. Sie hatten in und um die Eiche so oft Vater, Mutter und Kind gespielt, daß es keine Kunst war, den richtigen Weg zur Eiche zu finden. Schließlich waren alle Meinungen widersprechend.

Herr Tiegelmann saß ruhig da und blickte von einem zum anderen.

«Eins — zwei — drei — vier — fünf», zählte er an den Fingern her. «Wie viele Eichen, die in Frage kämen, gibt es denn eigentlich? Na ja», setzte er hinzu, sich den Mund abwischend, «es ist wohl am besten, wir marschieren auf den Berg hinauf und sehen uns die Geschichte aus der Nähe an. Mahlzeit!»

Nun würde es sich bald zeigen, wer recht hatte, denn Tiegelmann wollte feststellen, wo die Eiche wuchs. Sie wanderten eine geraume Weile auf dem Berg umher und entdeckten schließlich, daß jeder recht hatte: da gab es nicht weniger als fünf große, prächtige hohle Eichen.

An welche von den fünf Eichen hatte Wilhelm Wiesel gedacht, als er den Erpresserbrief schrieb? Wie sollte er in die Falle gehen, wenn der Baum nicht feststand? Tiegelmann hatte schon einen glänzenden Plan entworfen: In ein großes Kuvert wollte er ... nicht dreitausend Mark, sondern etwas anderes, zum Beispiel Zeitungspapier, gut versiegelt legen. Nachher wollte er das Kuvert mit Reißnägeln in der Eiche festmachen. Den fliegenden Teppich hätte er im voraus vor der Eiche ausgebreitet. Während Wiesel und der Ochse gerade im besten Zug waren, sich über all die Fixierung zu ärgern, und sie zu entfernen versuchten, wollte er selbst hinschleichen, mit der Hand über die Fransen streichen und «Ins Büro» flüstern. Dann sollte der Teppich mit allen dreien noch in der Nacht in die Stadt zurückfliegen. Auch wollte er vorher mit Fräulein Hanselmeier telephonieren, die dafür sorgen sollte, daß die Polizei sie im Büro empfing. Fräulein Hanselmeier sollte auch veranlassen, daß eine Anzahl von Zeitungsreportern und Pressephotographen anwesend war.

Die Unklarheit über die Lage des Baumes machte die schönen Pläne zunichte.

Teffan Tiegelmann schritt schweigend in düstere Gedanken versunken dahin, als er nach Friedrichsruh zurückkehrte. Die vier Kinder wußten nicht recht, worum es sich handelte, aber sie merkten, daß nicht alles so war, wie es sein sollte, und gingen deshalb so leise wie möglich, um Onkel Tiegelmann nicht zu stören.

Der Privatdetektiv grübelte und grübelte. Wäre er nicht ein so außerordentlich geschickter Privatdetektiv gewesen, dann hätte er nicht so bald einen neuen Weg sich zu finden bemüht, um Wiesel und seinen Helfershelfer zu fangen. Aber Teffan Tiegelmann war vielleicht der geschickteste Privatdetektiv im ganzen Land, obwohl niemand außer ihm selbst das wußte, und da erschien es ja nicht so verwunderlich, daß er sich einen neuen Plan ausgedacht hatte, noch ehe sie bei der Villa angelangt waren. Herr Tiegelmann begann sogleich seinen neuen Plan zu entwickeln, als alle in den Korbstühlen in der Halle saßen und Kaffee tranken.

«Es gibt demnach fünf hohle Eichen auf dem Johannesberg. Wer kann wissen, welche Eiche Wiesel meinte, als er vom König des Waldes faselte? Schlamperei! Es muß daher jeder von uns bei einem dieser Bäume Wache halten. Ich hoffe, meine jungen Freunde. daß ihr mir helfen werdet?»

Bernd und Christine fanden es aufregend, aber Hans und Lisbeth blickten einander verlegen an. Sie waren dem Mann mit der weißen Mütze schon einmal begegnet und zeigten keine Lust, ihm noch einmal in die Quere zu kommen. Vor allem nicht mitten in der Nacht auf dem Johannesberg!

Die zwei Fräulein Friedborn aber gerieten sofort in heillosen Schrecken.

«Aber lieber Herr Tiegelmann!» stammelte Fräulein Friederike. «Davon kann doch gar. keine Rede sein! Wenn dieser große garstige Kerl die Kinder wieder entdeckt! Nein, es kann keine Rede davon sein, diese Verantwortung können wir nicht übernehmen!»

«Niemand wird uns finden», versicherte Tiegelmann ruhig, indem er ein Stück Zucker in die Tasse warf.

«Ja ... wieso denn nicht?» fragten sie wie aus einem Mund.

«Weil wir unsichtbar sein werden.»

11   *Der nächtliche Spuk*

Gegen Abend umdüsterte sich der Himmel. Es sah beinahe so aus, als sei es mit dem schönen Sommerwetter zu Ende. Eine halbe Stunde vor Mitternacht war die Nacht bereits viel dunkler als in den vorhergegangenen Nächten dieses Sommers. Alle Häuser und Villen in Preißelbeerkirchen lagen im Finstern. Nur in Friedrichsruh schimmerte noch Licht aus einem Fenster. Menschenleer zog sich der Weg zum Johannisberg hinauf, niemand begegnete dem wandernden Wäldchen, das im Gänsemarsch den Hang hinaufpilgerte.

Voran stapfte ein Wacholderbusch, hinter diesem marschierten zwei kleine Fliedersträucher und den Beschluß machten zwei Tännchen. Es waren Privatdetektiv Teffan Tiegelmann und seine vier Gehilfen, die gut getarnt durch die Nacht dahinwanderten. Das Ganze war des Meisterdetektivs Tiegelmann großartige Idee!

Die beiden alten Damen hatten ihm geholfen und Fliederzweige auf die Kleider der Mädchen sowie Tannenzweige auf die Anzüge der Jungen genäht. Nun gehörten schon gute Augen dazu, einen Unterschied zwischen einem gewöhnlichen Fliederstrauch und Lisbeth und Christine zu erkennen. Man konnte auch eine richtige Tanne kaum von Hans und Bernd auseinanderhalten. Tiegelmann selbst glich einem der ungezählten Wacholderbüsche. Das heißt, solange sie sich bewegten, war ja der Verdacht naheliegend, daß mit diesen Büschen etwas Besonderes los sei, vor allem mit dem ersten, der eine schwere Rolle trug, offenbar einen Teppich. Aber wenn sie still unter dem Buschwerk standen, konnte sie bestimmt niemand von den anderen Waldbäumen unterscheiden. Und das war doch gerade der Zweck. Jeder sollte bei seiner Eiche Wache halten, und wenn dann Wiesel und Ochse auftauchten, um das Geld zu holen, sollte der, der gerade an dieser Eiche die Wache hatte, einen Käuzchenruf abgeben. Sobald Tiegelmann den Vogelruf hörte, wollte er sich dann vorsichtig der Eiche nähern, um hinter den beiden Schurken den Teppich auszubreiten, wenn die zwei gerade eifrigst bemüht waren, die Reißnägel zu entfernen, mit denen das Kuvert festgemacht war. In dem Augenblick, in dem die beiden Gauner auf den Teppich traten, wollte der Wacholderbusch über die Fransen des Teppichs streichen und flüstern: «Ins Büro.» Gelang es, dann hatte Privatdetektiv Teffan Tiegelmann aus der großen Stadt Wiesel und seinen Helfershelfer gefangen!

Dieser Plan war einfach und gleichzeitig so überlegt, daß wahrlich nicht viele gute Privatdetektive ihn hätten erfinden können, vielleicht nur ein einziger! Teffan Tiegelmann war sich dieser Tatsache bewußt, während er in dem dunklen, schweigenden Wald seine jungen Gehilfen hinter sich dahinwandern hörte. Bald, schon morgen, hoffte er der berühmteste Privatdetektiv im ganzen Land zu sein!

,Wacholderbuſch löſt das Rätſel um Wieſel!'

,Unglaubliche Großtat Tefian Tiegelmanns in Preißelbeerkirchen!'

so würden die Schlagzeilen der Zeitungen lauten. Dann dachte er an seinen prächtigen Teppich und fühlte sich höchst befriedigt, obwohl ihm einige Wacholdernadeln in den Kragen gerutscht waren und fürchterlich stachen. Als die wandernde Baumreihe auf den Berg gelangt war, teilte sich die Schar. Jeder wandte sich in seine Richtung und trug ein großes Kuvert und viele Reißnägel bei sich. Es war gruselig, in die Eiche hineinzukriechen und das Kuvert zu befestigen. Denn drinnen war es völlig finster, und während sie sich mit den Reißnägeln beschäftigten, glaubte jeder schon Schritte zu hören. Darum atmeten sie alle auf, als sie mit dem Hinterlegen des Kuverts fertig waren und sich ein Stück abseits zwischen einige Büsche stellen konnten. Dort waren sie sicher, niemand konnte sie im Dunkeln erkennen.

Jetzt blieb nichts mehr zu tun, als in Geduld zu warten. Bald rauschte es schwach in den Kronen der Bäume; weit, weit weg ratterte ein Zug, sonst war kein Laut zu vernehmen. Undeutlich hoben sich die Baumstämme rundherum voneinander ab, doch wenn die Kinder emporblickten, sahen sie, wie sich die Zweige gegen den grauen Himmel abzeichneten.

Hans dachte eben daran, daß es empfehlenswert sei, das Indianerbuch, den Kaugummi und den glänzenden schwarzen Klumpen aus der Eiche herauszuholen. Wenn Wiesel und Ochse diese Dinge erblickten, würden sie sich sicher nicht scheuen, solche Kostbarkeiten zu stehlen. Eben wollte der kleine Tannenbaum zur Eiche hinspringen, als er hinter sich Schritte hörte. Diesmal war es keine Einbildung. Zwei Schatten, ein riesig großer und ein ungewöhnlich kleiner, schoben sich in einer Entfernung von nur ein paar Metern an ihm vorbei. Der große Schatten schnaufte, ihm ging offenbar der Atem aus, aber der kleine huschte leicht und lautlos dahin. Beide traten vor die Eiche. Hans sah ein kleines Flämmchen aufblitzen. Das war Wiesel, der eben ein Zündhölzchen angestrichen hatte. Sie suchten sogleich nach dem Kuvert. Jetzt war für Hans die Zeit gekommen, den vereinbarten Ton abzugeben.

«Huitt, huitt!»

Die beiden Gestalten an der Eiche standen sofort still und lauschten, aber gleich darauf zündeten sie wieder ein Zündhölzchen an. Einer kroch in den großen hohlen Baum hinein.

Privatdetektiv Teffan Tiegelmann rannte auf den Käuzchenruf herzu. Es ist nicht so leicht, über den Kamm des Johannesbergs zu laufen, denn der Boden ist ziemlich steinig und uneben, und ein Wacholderbuschkostüm sowie ein zusammengerollter Teppich unter dem Arm erleichtern die Sache keineswegs. Tiegelmann glitt aus und stolperte, und die scharfen Nadeln bohrten sich in seine Haut. Zugleich waren ihm auch schon Nadeln in die Hose gerutscht.

Hans, der voll Aufregung wartete, sah ihn endlich sich nähern. Der Wacholderbusch verlangsamte das Tempo und schlich schließlich behutsam, Schritt für Schritt, auf die Eiche zu. Hans fühlte sich nunmehr ruhiger, denn er stand nicht gern so allein da, obwohl er wirklich unsichtbar war.

Das Wiesel und der Ochse waren unterdessen in die Eiche hineingekrabbelt, und deshalb war es für Tiegelmann eine Kleinigkeit, den Teppich hinter ihnen auf dem Boden auszubreiten. Sobald sie aus der Eiche herauskrochen, mußten beide auf den Teppich steigen. Tiegelmann selbst stellte sich bei den Fransen auf und gab sich Mühe, ganz wie ein gewöhnlicher Wacholderbusch dazustehen. Seine Hand hielt krampfhaft eine Pistole in der Tasche. Teffan Tiegelmann war auf alles gefaßt!

In der Eiche mühte sich der Ochse mit den Reißnägeln ab. Er brach sich einen Fingernagel nach dem anderen, bis Wiesel gelassen sein Federmesserchen zu Hilfe nahm.

«Bedenke, wenn jemand kommt!» keuchte der Ochse.

«Ja, diese Anhöhe ist ein beliebter Ausflugsort für nächtliche Spaziergänger! Hier wird es wohl bald einen Verkehr geben, du wirst schon sehen», spöttelte das Wiesel und entfernte mühelos einen Reißnagel nach dem anderen.

«Glaubst du?» fragte der Ochse aufgeregt und blickte sich im Dunkel um. Er verstand nie, wenn das Wiesel Spaß machte. Mißmutig sog er an seinen Fingerspitzen, die ihm wehtaten. «Du!» zischte er zwischen den Zähnen. «Diese alten Schachteln haben das Kuvert mit zehntausend Reißnägeln festgemacht, damit es nur ja recht viel Zeit braucht, die Dinger herauszubekommen. Hier ringsum kann es möglicherweise nur so von Polizisten und Detektiven wimmeln, die es auf uns abgesehen haben!»

Daraufhin umklammerte Tiegelmann seine Pistole noch fester.

«Siehst du jemand kommen?» fragte das Wiesel ruhig, indem es den vorletzten Reißnagel entfernte.

«Das ist bei der Finsternis wohl nicht gut möglich. Ich kann mich selbst kaum sehen», knurrte der Ochse.

46

«Dann kann auch niemand uns erkennen, alter Junge.»

Der Ochse stöhnte ein wenig und lutschte an seinen verletzten Fingerspitzen.

«Jetzt ist nur mehr ein Reißnagel übrig, dann haben wir das Geld», flüsterte Wilhelm Wiesel und nieste. Er litt jeden Sommer an einem bösartigen Heuschnupfen. «Was willst du morgen lieber haben — Roastbeef oder einen Löffel prima Rhabarbercreme?»

«Roastbeef!» rief der Ochse sofort. Plötzlich fiel ihm ein, daß Wilhelm Wiesel vielleicht nur Witze mache, und da wurde er zornig, denn in bezug auf das Essen verstand der Hüne keinen Spaß. Er war in Schweiß geraten, zog schnaufend den Rock aus und kroch aus der Eiche.

Teffan Tiegelmann war bereit, vorsichtig über die Fransen zu streichen und «Ins Büro» zu flüstern, sobald der andere Gauner auch aus der Eiche heraustieg.

«Na also», frohlockte Wiesel. «Da haben wir das hinterlegte Kuvert.» Dieser sprang geschmeidig gerade auf den Teppich hinunter, ein großes Kuvert in der Hand haltend. Beide fieberten danach, den Inhalt des Kuverts zu untersuchen. Der Ochse warf seinen Rock von sich und stülpte ihn gerade über einen Wacholderbusch. Tiegelmann spürte sofort, daß etwas Weiches über seinen Kopf fiel, dann wurde es ganz pechschwarz um ihn. Es blieb ihm daher nichts anderes übrig, als jetzt still wie ein Stock stehen zu bleiben.

Wiesel schnitt das Kuvert in aller Eile mit dem Taschenmesser auf Der Ochse stützte sich mit der einen Hand auf den Wacholderbusch und trocknete sich mit der andern die Stirn. Schweißtropfen perlten ihm vor Aufregung herab.

Aber jetzt hatte Wiesel entdeckt, was im Kuvert steckte: er hielt ein altes Stück Zeitungspapier in der Hand, das er mit einem Zündhölzchen näher beleuchtete.

«Jetzt haben wir die Bescherung! Wertloses Zeug!» zischte er zwischen den Zähnen hervor.

«Das hab' ich ja gewußt! Und du faselst den ganzen Tag von Roastbeef!» grollte der Ochse.

«Hast du vielleicht Rhabarber bekommen?» fragte Wiesel mit leiser, höhnischer Stimme. Er war so erbittert, daß er Worte kaum herausbringen konnte. Da wußte der Ochse, daß es am geratensten war, den Mund zu halten. «Morgen gehen wir, wie verabredet, nach Friedrichsruh und borgen uns den Pokal und noch ein paar andere niedliche Dinge aus! Punkt halb zehn! Verschlaf dich nicht! Nimm einen Sack mit!»

Der Hüne riß seinen Rock sogleich an sich und zog ihn an.

Jetzt oder nie! Teffan Tiegelmann bückte sich rasch, strich über die Fransen und flüsterte, eben als das Wiesel nieste: «Ins Büro.»

Der Teppich rührte sich nicht vom Fleck. Das Wiesel und der Ochse aber verschwanden bitter enttäuscht und erbost schweigend zwischen den Bäumen.

12 *Erfolglose Rückkehr vom Berg*

Wäre jemand mitten in der Nacht an der Villa Friedrichsruh vorbeigekommen, dann hätte er zunächst geglaubt, die gelbe Villa schlafe wie alle anderen Häuser in Preißelbeerkirchen. Aber etwas später hätte er vielleicht entdeckt, daß aus einem Fenster Licht schimmerte — ein kleiner Lichtstreifen unterhalb der Rollgardinen. Nehmen wir an, dieser Mensch, der zufällig mitten in der Nacht vorbeiging, sei ein ungewöhnlich neugieriger Erdenbürger — dann schlich er vielleicht durch die Gartentür hinein, obwohl er nicht das geringste dort zu tun hatte, und bis zu dem Fenster hin, woher das Licht kam — das Fenster über dem Resedenbeet. Und wenn er so ungezogen gewesen wäre, sich aus purer Neugierde in das Resedenbeet zu stellen und durch die Ritzen zu gucken, um zu erfahren, warum in aller Welt in Friedrichsruh noch nicht alle Bewohner der Ruhe pflegten, obwohl es schon so spät war — ja, dann hätte er zwei alte weißhaarige Damen mit Papierwickeln in den Haaren erblickt, die auf den Rohrstühlen unter der Waffensammlung saßen. Und wer etwa nie den Mann mit der weißen Mütze gesehen und nie den Namen ‚Wiesel' gehört hatte und nicht wußte, daß Privatdetektiv Tiegelmann mit vier jungen Gehilfen auf dem Johannesberg weilte, der mußte sich fragen, warum in aller Welt die beiden alten Damen nicht schlafen gehen konnten, wo es doch schon so spät war. Der neugierige Fremde konnte ja nicht wissen, daß diese aufblieben und darauf warteten, daß zwei kleine Fliederbüsche und zwei Tännchen vom Berg zurückkehrten.

Da wachten die beiden alten Schwestern, schwiegen und lauschten. Kein Laut ließ sich von draußen hören, nur in dem Korbsofa, auf dem sie saßen, knisterte und knackte es zuweilen.

«Sitz doch ein bißchen still, meine Liebe», bat Fräulein Friedlinde. «Ich kann nichts hören, wenn du die ganze Zeit raschelst.»

«Ich lärme doch nicht, meine Liebe. Ich sitze ganz still.»

Die beiden Fräulein standen auf, denn sie konnten beim Sitzen nicht lauschen, weil das Sofa leicht krachte, sobald sie nur atmeten. Aber als das Geräusch verstummt war, flüsterte Fräulein Friederike:

«Sei jetzt ganz still!» Sie hielt zur Sicherheit einen Finger in die Luft, und so standen sie beide da und lauschten, konnten aber keinen Laut hören.

«Du wirst sehen, unsere kleinen Tannen und Fliederbüsche werden jeden Augenblick kommen», fuhr Fräulein Friederike fort.

«Glaubst du, liebe Friederike?»

«Ich weiß es, meine Liebe. Sicher ist Herr Tiegelmann schon auf dem Weg nach der Stadt mit diesen beiden garstigen Gesellen. Er wollte ja den Teppich benützen, erklärte er — nicht den Nachtzug.»

«Und dann brauchen wir uns nie mehr vor dieser unheimlichen Mütze zu fürchten!» rief Fräulein Friedlinde begeistert aus.

«Nie mehr!» stimmte Fräulein Friederike zu.

Aber auf einmal seufzte Fräulein Friedlinde wieder, und da stöhnte Fräulein Friederike zurück. Dann standen beide wieder horchend still. Aber alles, was sie vernehmen konnten, war wehmütiges Rauschen in den Tannenwipfeln. Wenn der neugierige Fremde so ungezogen gewesen wäre, daß er all dies belauscht und zum Überfluß auch noch die Reseden dabei niedergetreten hätte, dann hätte er jetzt etwas höchst Seltsames zu sehen bekommen: Da schwankten in der dunklen Sommernacht ein Wacholderbusch, zwei Tännchen und zwei winzig kleine Fliederbüsche über den Kiesweg daher. Der Wacholderbusch trug einen zusammengerollten Teppich. Das ganze wandernde Wäldchen zog geradewegs auf die Villa Friedrichsruh zu.

«Aber liebe Kinder!» riefen Tante Friedlinde und Tante Friederike und umarmten alle vier Büsche auf einmal. «Wie lange ihr ausgewesen seid!» Und dann fiel ihnen plötzlich der merkwürdige Umstand auf, daß der Wacholderbusch Tiegelmann in die Villa Friedrichsruh mitgekommen war. Warum befand er sich nicht mit den beiden Schurken auf dem Weg zur Hauptstadt? «Was ist geschehen?» fragten sie.

Hans, Lisbeth, Bernd und Christine wollten eben einen gewaltigen Bericht vom Stapel lassen, als der Privatdetektiv sie unterbrach:

«Danke für die Hilfe. Ihr seid tüchtig gewesen. Jetzt marsch ins Bett mit euch!»

Ja, da half nichts, die Kleinen mußten schlafen gehen.

«Lieber Onkel Tiegelmann!» rief Christine von der Treppe. «Dürfen wir nicht auch morgen wieder Bäume sein?» Dabei kniff sie in eines ihrer Fliederblätter.

«Onkel Tiegelmann!» schrie Hans. «Ich gebe doch eine prachtvolle Tanne ab?»

«Marsch ins Bett!» schmetterte Tiegelmann mit solchem Nachdruck, daß sie alle die Treppe hinauf verschwanden. Daß Tiegelmann mit einem solchen Stimmaufwand sprach, rührte nicht daher, daß sein Hemd voll scharfer Wacholdernadeln war — nein, er war der einzige, der so richtig wußte, in welch unerhörter Gefahr die Bewohner von Friedrichsruh nun schwebten. Sobald der Teppich nicht fliegen wollte, war es unmöglich, Wiesel zu fangen, was auch bisher noch niemandem gelungen war. Die netten alten Damen müßten in Hinkunft ständig in Furcht vor Wilhelm Wiesel leben. Unausdenkbare Katastrophen können eintreten. «Tiegelmann...», würden sie sagen, «ja, der führte zwar gute Sahnentörtchen bei sich, aber ein besonders tüchtiger Privatdetektiv war er nicht!»

Als die vier Kinder endlich zu Bett gegangen waren, kehrten die beiden alten Fräulein besorgt zu Tiegelmann zurück, der in seinem Wacholderkostüm ungeduldig unten in der Halle auf und ab schritt.

«Der Teppich wollte nicht fliegen. Er funktionierte nicht. Wiesel und Ochse laufen noch immer frei herum!»

Die Fräulein blickten entsetzt auf den zusammengerollten Teppich, der bei der Tür lag.

«Diese arabischen Teppiche mögen zwar haltbar und in vieler Hinsicht ganz gut sein», schalt Tiegelmann, «aber sie haben den Fehler, daß man sich nicht auf sie verlassen kann.»

«Ach», seufzten Fräulein Friederike und Fräulein Friedlinde. Mit weinerlicher Miene starrten sie vor sich hin, hatten sie doch so große Erwartungen in den Wunderteppich gesetzt. Beide waren fest überzeugt gewesen, Tiegelmann sei mit den Schurken auf dem Weg nach der großen Stadt. Er hätte jetzt schon längst über alle Berge sein müssen.

Fräulein Friederike betrachtete den Teppich plötzlich genauer. Sie erhob sich, rollte diesen auseinander und musterte ihn. Fräulein Friedlinde trat auch hinzu und besichtigte den Teppich eingehend. Dann blickten die beiden Damen einander erstaunt an.

«Aber lieber Herr Tiegelmann! Das ist doch unser alter Vorzimmerteppich!» erklärten die beiden Fräulein schließlich im Chor.

13   *Tiegelmann kann sich auf seinen Teppich verlassen*

»Wie bitte? Ihr Vorzimmerteppich?!» kam es wie ein Pistolenschuß aus Tiegelmanns Mund. Er lief auf den Teppich zu und glotzte ihn an. «Bitte, machen Sie mehr Licht!»

Die Fräulein drehten alle Lampen an, und Tiegelmann sah nun deutlich, daß der Teppich, der da vor ihm ausgebreitet lag, nicht der seine war, obwohl er ein ganz ähnliches Muster aufwies. Zur Sicherheit bückte er sich und roch daran. Nein, nicht der leiseste Kamelgeruch!

«Was ging da vor?!» frage Tiegelmann mit gerunzelten Brauen.
«Ich legte meinen Teppich hierher», und wies auf den Fußboden.
«Wer hat ihn weggenommen?»

Es wurde ganz still im Raum. Tiegelmann blickte von einem Fräulein zum anderen.

«Jetzt verstehe ich alles!» rief Fräulein Friederike plötzlich aus. «Wir hatten heute Reinemachen, und wahrscheinlich ist hiebei eine Verwechslung geschehen! Vermutlich ist Ihr Teppich zum Lüften hinausgehängt worden statt des Vorzimmerteppichs!»

«Zum Lüften?» fragte Tiegelmann verdutzt, während er sich den Rücken kratzte.

«Ja», erklärte Fräulein Friedlinde. «Donnerstag pflegen wir immer unsere Teppiche zu lüften. Ich bin dessen fast sicher, daß er draußen auf der Klopfstange hängt.»

Tiegelmann schoß zur Tür und in die dunkle Sommernacht hinaus. Hinter der Villa war wirklich ein Gestell, über das die Teppiche gehängt werden, wenn sie zum Klopfen hergerichtet sind. Schon von weitem konnte er einen Teppich erkennen, der in dem schwachen Nachtwind leise hin- und herschaukelte. Sogleich spürte Tiegelmann auch den Kamelgeruch. Er riß den Teppich an sich und führte ihn an die Nase. Ja, der strömte den bekannten, starken Tiergeruch aus. Er roch wie mindestens hundert alte, ehrwürdige Kamele! Das ist der Wunderteppich! Jetzt begriff der Detektiv, warum der Blick seines Freundes Omar so sehnsüchtig geleuchtet hatte, sobald die Rede auf seine arabische Heimat, auf Kamele und dergleichen gekommen war. Zur größeren Sicherheit machte Tiegelmann einen Flug rund um das Haus, und es zeigte sich, daß kein Fehler an dem Teppich festzustellen war.

Der Detektiv rollte ihn zusammen und nahm ihn mit sich ins Haus hinein. Und nun wurde erst recht allen offenbar, was für ein geschickter Privatdetektiv trotz allem in Tiegelmann steckte. Noch ehe er bis in die Halle gekommen war, hatte er einen neuen, unfehlbaren Plan entworfen, um Wiesel und Ochsen zu fangen.

,WIESEL IN DEM STÄDTCHEN PREISSELBEERKIRCHEN FESTGENOMMEN! PHANTASTISCHE VERBRECHERJAGD T. TIEGELMANNS.'

Von solchen Telegrammen an die Weltpresse träumte der Privatdetektiv. Tiegelmann erklärte nunmehr seinen neuen Plan.

«Wir sind in ein Wespennest getreten», begann er; «jetzt sind Wiesel und Ochse wütend wie die Hummeln. Um punkt halb zehn

Uhr werden sie hier sein. Sie kommen, um den großen Silberpokal zu holen. Aber das spielt keine Rolle: wenn sie eintreten, nehme ich sie sofort auf den Teppich und fliege mit Ihnen direkt nach der Stadt.»

«Aber lieber Herr Tiegelmann, wie soll das wohl zugehen?»

«Ganz einfach. Ich lege den Teppich auf den Kiesplatz hier draußen. Wenn Wiesel und Ochse anrücken, marschieren sie automatisch auf den Teppich los, und sobald ich sie an Bord habe, starte ich den Teppich und fliege nach Hause.»

«Aber mein bester Herr Tiegelmann, ist es denn so sicher, daß diese beiden Verbrecher ganz von selbst auf den Teppich steigen werden? Warum sollten sie das denn tun?»

«Grenzenlos einfach: der große Silber-Jubiläumspokal wird mitten auf dem Teppich stehen.»

«Ah!»

«Aber werden die Verbrecher sich denn getrauen, den Pokal zu nehmen, wenn Sie selbst auf dem Teppich sitzen?»

«Ich werde als zehnjähriger Junge im Matrosenanzug verkleidet sein, so daß sie sich vor mir nicht zu fürchten brauchen. Ganz einfach!» versicherte Tiegelmann und blickte dabei drein wie ein zufriedener Habicht. «Wollen die Damen dann so freundlich sein und mein Büro anrufen, sobald Sie sehen, daß ich gestartet bin. Teilen Sie Fräulein Handelmeier mit, ich sei mit Ochs und Wiesel auf dem Weg ins Büro und sie möge dafür sorgen, daß ein halbes Dutzend Polizisten und viele Zeitungsleute anwesend sind, wenn wir gegen Nachmittag ankommen. Und Photographen! Vergessen Sie ja die Photographen nicht!»

«Wir werden Fräulein Hanselmeier alles ausrichten», versprach Fräulein Friederike.

Dann wünschten sie einander angenehme Ruhe. Die Nacht war anstrengend gewesen, und sie alle fühlten sich müde.

«Schlafen Sie wohl, Herr Tiegelmann!» sagten die beiden Fräulein und begaben sich auf ihre Zimmer.

«Danke, gleichfalls!» erwiderte Privatdetektiv Teffan Tiegelmann mit einem Gähnen. Er ging auf die Vortreppe und zog sein Wacholderkostüm aus, um nicht im Haus alles mit Nadeln zu bestreuen. Hierauf breitete er den fliegenden Teppich auf den Fußboden in der Halle aus, warf sich der Länge nach darauf und fiel sofort in einen tiefen, erquickenden Schlaf.

Die Uhr zeigte die neunte Stunde — und der Himmel strahlte in der nämlichen Bläue wie an allen anderen Tagen in diesem Sommer. Im Garten der Villa Friedrichsruh spielten die Kinder wie gewöhnlich. Es schien sogar, als tummelten sich heute mehr Kinder herum als sonst. Hätte sich etwa ein Passant an die Gartentür gestellt und die muntere Gesellschaft genau beobachtet, so hätte er heute deren fünf statt vier gezählt. Den Jungen dort im weißen, zerknitterten Matrosenanzug hatte er bestimmt früher nicht bemerkt; er war etwas größer als die anderen und trug eine Mütze, auf der «Kriegsmarine» zu lesen stand.

Teffan Tiegelmann übte sich in seiner neuen Verkleidung. Er war ein sehr gewissenhafter Privatdetektiv, und wenn er als Junge angezogen war, dann wollte er sich auch darein finden, zu spielen und zu laufen wie ein Junge, so daß niemand den geringsten Unterschied zwischen ihm und Hans und Bernd merken konnte. Deshalb trieb er einmal einen Reifen vor sich her, ein andermal lief er rund um Blumenrabatte. Dann spielte er Plumpsack mit den anderen, und schließlich übten sich er und Hans im Bockspringen. Hernach setzte er sich in die Laube und ruhte sich aus, während er sich eine große Zigarre anzündete.

Tiegelmann sah auf die Uhr; sie zeigte zehn Minuten nach neun. Nun war es bald Zeit, den fliegenden Teppich auf dem Kiesweg auszubreiten. Tiegelmann hatte vor, darauf sein ganzes Gepäck unterzubringen, so daß alles klar für den Rückflug war: den Sack, den Spirituskocher, die Kaffeepfanne, die ,Tahnentörtchenschachtel' und den Feldstecher. Im letzten Augenblick wollte er dann den großen Silberpokal holen, so daß er weithin sichtbar in der Sonne blitzte. Solche Menschen wie Wiesel und Ochse wurden von Silberpokalen angelockt wie Fliegen vom Zucker, das wußte er.

Herr Tiegelmann warf einen letzten Blick über den Garten hin. Die vier Kinder waren in die grüne Tonne an der Hausecke gekrochen, so daß man nur ihre Köpfe sah.

«Onkel Tiegelmann», riefen sie, «wir spielen Schiffbrüchige!» Sie fanden, Teffan Tiegelmann sei der gemütlichste Onkel, der ihnen je begegnet war. Ihm verdankten sie es, daß sie sich in Tannen und Fliederbüsche verwandeln und mitten in der Nacht auf den Johannesberg wandern durften. Keinem anderen Menschen wäre jemals etwas auch nur halb so Spannendes eingefallen. Nun hatte er sich gar selbst als Junge verkleidet — und auf diese Idee wäre bestimmt auch niemand anders gekommen.

«Ist recht!» rief Tiegelmann von seiner Laube her. «Aber sobald ich auf meiner Signalpfeife blase, lauft ihr hinein. Merkt euch das! Kein Mensch darf sich im Garten aufhalten, nachdem ich gepfiffen habe.»

Nun war es Zeit, den Teppich auf den Kiesweg zu legen. Tiegelmann tat es. Sicherheitshalber beugte er sich vor, um zu riechen, und spürte den beruhigenden Kamelgeruch. In der Sahnentörtchenschachtel befand sich die Reisekost, Cremeschnitten aus Lassingers Konditorei. In Preißelbeerkirchen wurden ja keine Tahnentörtchen gebacken! Lächerlich!

Als alle Vorbereitungen getroffen waren, ging Tiegelmann zur Gartentür und hielt nach allen Seiten Umschau. Niemand zeigte sich, aber für die Kinder war es jetzt wohl an der Zeit, im Haus zu verschwinden, deshalb blies er auf seiner Signalpfeife. Schließlich setzte er sich wieder in die Laube und rauchte weiter. Von dort aus konnte er den Eingang zur Villa überwachen.

Vorsichtig steckte der Detektiv die Hand in die Tasche, um nachzufühlen, ob er die Pistole bei sich trug. Kein Mensch würde wagen, unbewaffnet gemeinsam mit Wiesel und Ochse auf einem fliegenden Teppich zu reisen! Die Pistole befand sich nicht in der Tasche. «Wo habe ich meine Pistole?» dachte er. Auf dem Hallentisch vergessen? Eben als Tiegelmann aufstand, um ins Haus zu gehen und die Pistole zu holen, hörte er es im Laub rascheln. Als er sich umwandte, sah er den Ochsen, der seinen plumpen Kopf zwischen das Gebüsch hindurchsteckte. Im nächsten Augenblick stand der Koloß im Eingang zur Laube. Er wirkte noch größer als sonst, und Tiegelmann in seinem kindlichen Matrosenanzug sah kümmerlicher denn je aus. Der Ochse trug einen leeren Sack über der Schulter.

«Weiß deine Mutter, daß du rauchst?» fragte der Ochse mit seiner heiseren Stimme.

Tiegelmann warf die Zigarre weg. «Nein...», erwiderte er, «tut auch nichts, es ist niemand zu Hause. Ich bin ganz allein.»

«Aha?» machte der Ochse und riß den Mund auf. «Aha!» schnaufte er noch einmal, und mit einem Male sah er sehr zufrieden drein. Ein paar gellende Pfiffe drangen aus seinem Mund, und es zeigte sich ein kleiner, schmächtiger Mann in dunkelblauem, schön gebügeltem Anzug mit kleinen, spitzen Schuhen. Es war unmöglich, zu sagen, woher er kam; er tauchte einfach auf, als sei er aus der Luft gezaubert worden.

«Der Knirps da erklärt mir, daß er allein zu Hause ist», beteuerte der Ochse.

Wiesel pfiff zufrieden durch die Vorderzähne.

«Und schönes Wetter haben wir auch», meinte er, indem er ein paarmal nieste.

Tiegelmann schlüpfte blitzschnell aus der Laube. Er lief, um den großen Jubiläumspokal zu holen. Da kein Mensch zu Hause war, wollten Wiesel und Ochse schnurstracks hineingehen und ohne viel Federlesens den Sack anfüllen. Ruhigere und bessere Arbeitsverhältnisse konnten sich die beiden Gauner kaum wünschen.

Doch jäh blieben beide stehen, als sie plötzlich dem Knirps im weißen Anzug begegneten. Er kam mit dem großen Silberpokal in den Armen daher.

«Du, hör einmal, mein Alterchen», begann Wiesel. Aber Tiegelmann blieb nicht stehen, er lief gerade auf den Teppich zu.

Mitten auf dem Teppich stand jetzt auch noch eine grüne Tonne! Verflixte Rangen! dachte sich Tiegelmann. Wozu hatten die Kinder die Tonne auf den Teppich gerollt? Doch war jetzt nichts mehr zu machen. Der Detektiv setzte sich zu den Fransen und hielt den Silberpokal fest. Alles ging nach Wunsch. Da Wiesel und Ochse so erpicht auf den Silberpokal waren, folgten sie Tiegelmann dicht auf den Fersen. Sowie die beiden auf dem Teppich standen, strich Tiegelmann mit der Hand über die Fransen und flüsterte: «Ins Büro.»

Wie von unsichtbaren Händen gehoben, stieg der Teppich in die Luft und segelte mit Tiegelmann, Wiesel und Ochse, dem Silberpokal und der grünen Tonne dahin.

Auf der Veranda erschienen die weißhaarigen Köpfe der beiden alten Fräulein. Sie winkten Tiegelmann zu und riefen etwas durchs offene Fenster, aber der Teppich war schon zu weit entfernt, man konnte die Damen nicht mehr verstehen.

Privatdetektiv Teffan Tiegelmann verließ nunmehr Preißelbeerkirchen.

Eine gefährliche Luftreise 15

Wiesel und Ochse saßen vollkommen verdutzt auf dem Teppich Sie glotzten über den Rand, aber es war schon zu spät zum Abspringen. Die beiden waren gefangen. Teffan Tiegelmann hatte nicht nur gute Sahnentörtchen mit nach Preißelbeerkirchen gebracht — er war gewiß ein geschickter Privatdetektiv, vielleicht der geschickteste im ganzen Land. Aber er wußte, daß der Flug gefährlich sein würde: er trug leider seine verläßliche Dienstpistole nicht bei sich, die hatte er nirgends mehr finden können. Nun winkte er ein letztes Mal zu der Villa Friedrichsruh. Der Teppich entfernte sich rasch von Preißelbeerkirchen und entschwand den Blicken der alten Damen.

Da tauchten plötzlich vier Köpfe aus der Tonne auf. Tiegelmann, Wiesel und Ochse starrten verblüfft die vier fröhlichen Gesichter an.

«Was tut denn ihr hier?» fragte Tiegelmann mit schmetternder Stimme.

«Wir fliegen!» schrie Lisbeth.

«Dürfen wir nicht alle Tage fliegen, lieber Onkel Tiegelmann?» bat Christine.

«Wir sind schon viel höher als die Tannen», kam es von Hans. «Schaut nur, was für eine kleine Liliputvilla dort rückwärts Friedrichsruh ist. Sie sieht jetzt nicht größer aus, als Onkel Tiegelmanns Tahnentörtchentachtel!»

Tiegelmann schien wütend zu sein.

«Wir spielten Landung auf einer unbewohnten Insel.»

Mit einem Mal entdeckten die Kinder, wer auf dem anderen Ende des Teppichs saß. Den einen der beiden Fluggäste erkannten sie sofort — den Mann mit der weißen Mütze. Da wurden die Kinder auf einmal ganz still. Sie fanden die Luftreise nun nicht mehr so lustig wie zu Beginn.

Tiegelmann blickte sich verzweifelt um. Schon lag das Städtchen in weiter Ferne. Zuerst kam ihm der Gedanke, zur Villa Friedrichsruh zurückzukehren. Es schien ihm nicht ratsam, Lisbeth, Hans, Christine und Bernd auf diese äußerst gefährliche Reise mitzunehmen. Aber anderseits getraute er sich auch nicht, den Teppich zurückzusteuern und wieder im Garten niedergehen zu lassen; das hätte soviel bedeutet, wie die beiden Gefangenen entwischen zu lassen.

Indessen war ein ziemlich starker Wind aufgekommen, aber er wehte in ihrer Richtung, und deshalb spürten ihn die Reisenden nicht im geringsten. Es ging mit großer Geschwindigkeit dahin. Wälder, Bäche und Äcker glitten unten vorbei, hie und da lagen kleine Ortschaften mit verstreuten kleinen Spielzeughäusern tief unter ihnen. Wiesel und Ochse hatten sich nach und nach von dem ersten Schrecken erholt. Nun begannen sie gedämpft miteinander zu reden.

«Wir sind auf einem fliegenden Teppich», erklärte der Ochse.

Wiesel fand es nicht der Mühe wert, darauf zu antworten.

«Aber es gibt doch keine fliegenden Teppiche», fuhr der Ochse fort.

«Das merk' ich», schnauzte Wiesel ihn an.

«Ich hörte, wie dieser weißgekleidete Knirps vorhin sagte: ‚Ins Büro', als wir starteten. Ich will unter keinen Umständen schnurstracks in ein Büro fliegen.»

«Ich auch nicht», fauchte Wiesel. «Das Büroleben ist nie etwas für mich gewesen.»

«Vielleicht fliegen wir geradewegs in ein Polizeibüro?» meinte der Ochse und blickte Wiesel, der ihn keiner Antwort würdigte, fragend

56

an. «Diese vielen Schreibmaschinen in einem Büro gehen mir auf die Nerven!»

«Ja, und dann all diese Polizisten — wenn es ein Polizeibüro ist», höhnte Wiesel. «Sei einmal still, damit ich überlegen kann.» Nachdem Herr Wiesel eine Weile gegrübelt hatte, meinte er nachdenklich: «Wir sind nicht imstande, den Kurs des Teppichs zu ändern.»

«Nein. Und unseren eigenen auch nicht», stöhnte der Ochse bekümmert.

«Halt den Mund, Ochse!» knurrte Wiesel.

Es hinderte ihn immer am Denken, wenn der Ochse redete.

Herr Tiegelmann beobachtete die beiden wachsam. Er hörte nicht alles, was sie sagten, aber er wußte, daß es galt, auf der Hut zu sein. Jedenfalls war es geboten, sich aufs Äußerste gefaßt zu machen.

«Hör einmal, Ochse», fragte Wiesel interessiert, «wie starteten wir denn eigentlich? Wenn ich mir die Sache überlege, dann kommt mir vor, als sei dieser Lausejunge mit der Hand über den Teppich gefahren, als er ‚Ins Büro‘ sagte.»

«Darauf habe ich nicht genau geachtet.»

«Aber ich. Wir wollen auf jeden Fall versuchen, ob wir den Kurs nicht ändern können.»

«Und wohin dann?»

«Wir gehen in Mehldorf nieder, das ist ein ruhiges und gemütliches Nest.»

Wiesel, der nicht wußte, daß man beim Zauberteppich mit der Hand nur über die Fransen streichen durfte, strich über den Teppich und zischte zwischen den Zähnen: «Mehldorf.»

Der Teppich wich aber keinen Zoll von seinem Kurs ab.

«Du mußt so reden, daß es der Teppich auch hört. Du murmelst ja bloß», grunzte Ochse. Da schrie er: «Mehldorf!!!» Dabei klatschte er auf den Teppich, daß der Staub aufwirbelte. Aber der Teppich kümmerte sich nicht im geringsten um diese Weisung. Er flog unerbittlich geradeaus weiter.

Jetzt schwebten sie so hoch in der klaren Luft, daß der Boden fast wie eine Landkarte aussah.

«Dort münden unsre zwei Flüsse ineinander!» rief Christine jetzt eifrig. Und wirklich, man konnte die zwei Flüsse genau wie im Atlas erkennen, falls man ordentlich Geographie gelernt hatte.

«Das klügste, was wir im Augenblick tun können, ist, diese Knirpse zunächst über Bord zu werfen», flüsterte Wiesel dem Ochsen zu, der sich näher zu ihm beugte, um besser zu hören. «Wenn wir nun unsere Begleiter an die Luft setzen, dann ist es ganz egal, wo wir Land betreten.»

«Und wenn wir im Büro der Polizei landen?»

«Spielt auch keine Rolle. Niemand kennt uns. Kein Gericht kann uns etwas beweisen, wenn wir allein sind», wisperte Wiesel dem Ochsen ins Ohr. «Ochse, steck diesen weißgekleideten Jungen in die Tonne! Und dann werfen wir das ganze Gesindel über Bord.» Sie flogen gerade über einen langgestreckten See. Es war ein Stausee, aber das wußte Wiesel wieder nicht, denn er hatte seine Geographieaufgaben nie ordentlich gelernt. «Spute dich jetzt! Wir werfen die Tonne hier hinunter. Sie wird schon an Land schwimmen, dann besteht keine Lebensgefahr für die Rangen!»

Tiegelmann, der die ganze Zeit mit gespitzten Ohren dasaß, gelang es, aufzuschnappen, was diese beiden Gauner mit der Tonne vorhatten. Der Ochse erhob sich und kam einen Schritt auf ihn zu.

Herr Tiegelmann stand ebenfalls sogleich auf.

«Hier wird nichts über Bord geworfen! Die Tonne werden wir noch einmal gut gebrauchen können!» erklärte Tiegelmann. Und aus seiner weißen Matrosenbluse zog er ein fürchterliches Ding hervor: die große Reiterpistole. Als er seine eigene Dienstpistole in der Halle der Villa nicht finden konnte, hatte er in der Eile die erstbeste Waffe an sich gerissen, die ihm unter die Hand kam. Der Ochse zauderte, als er die doppelläufige Pistole auf sich gerichtet sah.

«Pah!» schrie Wiesel mit seiner quiekenden Stimme. «Hast du Angst vor dem Bengel? Das ist doch bloß eine Spielzeugpistole, die der Junge vielleicht zu Weihnachten bekommen hat. Los! Schmeiß die Tonne in den See!»

Der Ochse rückte näher. Lisbeth, Hans, Christine und Bernd hatten sich ganz in das Faß verkrochen, sie getrauten sich nicht, den Kopf über den Rand zu strecken.

«Der Ochse will uns in den Stausee werfen», klagte Lisbeth mit weinerlicher Stimme.

«Nie im Leben! Onkel Tiegelmann ist ja da. Der schaukelt die Sache schon», prahlte Hans. Es klang aber fast so, als sitze ihm auch das Weinen in der Kehle.

«Er kann gar nichts dagegen tun, denn der Ochse ist tausendmal stärker als er», flüsterte Lisbeth, der schon eine Träne im linken Auge glänzte.

«Heul nicht, Lieschen», tröstete Hans. Aber wer ganz genau hinsah, konnte in seinem rechten Augenwinkel auch eine Träne bemerken.

Dies war die schwerste Aufgabe, die Teffan Tiegelmann bisher erlebt hatte. Kein Privatdetektiv auf Erden hatte je etwas Ärgeres mitgemacht. Der Ochse besaß Riesenkräfte. Wer konnte ihn daran hindern, auch Teffan Tiegelmann am Kragen zu packen, ihn in das Faß zu stecken und dann die ganze Tonne in den See zu werfen? Das Unheimliche an dieser Fahrt war, daß der Ochse tun konnte, was ihm beliebte, solange dieser Teppich zwischen Himmel und Erde dahinschwebte. Oder was Wilhelm Wiesel anordnete — und das war beinahe noch schlimmer!

Teffan Tiegelmann fingerte während der ganzen Zeit an der alten Reiterpistole. Er mußte leider feststellen, daß sie dem Ochsen keinen Schrecken einjagte — und darüber brauchte sich auch niemand zu wundern. Zugegeben, die alte Pistole war schön, der Kolben war mit Perlmutter eingelegt — aber Perlmutter schreckt wohl keinen Menschen von der Sorte des Ochsen.

Plötzlich packte der Ochse Teffan Tiegelmann. Er umklammerte mit seiner Riesenpranke Tiegelmanns linken Arm und hielt ihn wie in einem Schraubstock fest. In diesem Augenblick kam Teffan Tiegelmanns volle Geistesgegenwart zutage.

«Hört einmal, ihr beiden», rief er. «Ihr könnt den Kurs des Wunderteppichs nicht ändern! Aber ich kann es!»

Der Ochse warf ihm einen unentschlossenen, schiefen Blick zu.

«Warte einen Augenblick», piepste Wiesel. «Was sagte er?»

«Ich wiederhole, daß ich den Kurs ändern kann! Wenn ihr beiden euch anständig aufführt, bin ich bereit, den Teppich an einem ruhigen Ort niedergehen zu lassen.»

Es wurde ganz still. Nur das schwache, sausende Geräusch war vernehmbar, das man immer auf einem fliegenden arabischen Teppich hört.

«Du könntest also in Mehldorf niedergehen?» schrie Wiesel von seinem Platz auf der anderen Seite des Teppichs.

«In Mehldorf? Ich finde zwar nicht, daß Mehldorf ein besonders ruhiger Ort wäre, aber weshalb sollte ich nicht in Mehldorf landen können!»

«So tu es! Und schwatz weniger!»

«Dann rühr die Tonne nicht an! Und mich auch nicht!»

«Komm her, Ochse! Wir wollen lieber in Mehldorf landen», flüsterte Wiesel.

Der Ochse ließ Tiegelmanns Arm los, was ein recht angenehmes Gefühl auslöste. Teffan Tiegelmann, der in den letzten Tagen so oft von sensationellen großen Zeitungsschlagzeilen geträumt hatte, sah nun die gleichen Schlagzeilen ins leere Nichts entschwinden, wie schon so oft zuvor! Er glaubte nun wirklich, daß kein Mensch auf der Welt diese beiden Kerle festnehmen könne. Aber wenn solche Verbrecher dem Überfallenen nur die Wahl lassen, entweder in einen Stausee geworfen zu werden oder in Mehldorf zu landen, dann entscheidet sich der kluge Mann doch lieber für Mehldorf.

«Fahr schnurgerade nach Mehldorf!» schrie Wiesel, dem es immer mehr darum zu tun war, dorthin zu kommen.

«Sagen Sie diesem Ochsen, daß er sich setzen soll! Er verstellt mir die ganze Aussicht.»

«Komm her und setz dich!» schrie Wiesel, der geradezu darauf brannte, in Mehldorf auszusteigen.

Der Ochse brummte etwas vor sich hin und schob sich an seinen Platz zurück. Er hätte es für richtig gefunden, die Tonne in den See zu werfen! Sein Gefühl sagte ihm, daß er seine Muskeln gebrauchen müsse. Und den Kindern hätte es nichts geschadet, die wären sicher heil an Land geschwommen.

Sobald der Ochse sich gesetzt hatte, strich Tiegelmann mit der Hand über die Fransen des Teppichs und flüsterte zitternd: «Mehldorf.» Das Wort schien ihm grabesdumpf zu klingen. Der Teppich änderte sofort die Richtung und vollführte eine scharfe Schwenkung nach links. Nun ging der Kurs schnurstracks nach Mehldorf — Tiegelmann wurde wieder einmal vom Pech verfolgt! In Mehldorf hatte er bestimmt nichts verloren!

Die ganze Zeit fingerte Tiegelmann an der schweren Reiterpistole herum. Er seufzte. Mehldorf mochte ja in vieler Hinsicht ein netter Ort sein, ein wichtiger Eisenbahnknotenpunkt, aber der Privatdetektiv hatte in Mehldorf auf keinen Fall etwas zu suchen!

Alle Mühe war vergeblich gewesen.

Tiegelmann fingerte zornig an der doppelläufigen schwedischen Pistole. Und wie er diese so ahnungslos abtastete, geriet er zufällig mit dem Zeigefinger an den Hahn.

Die Pistole war geladen!

16 Der Teppich landet im Büro

Die Pistole war geladen, wie sie überhaupt nur geladen sein konnte! Sie war noch seit den Tagen des Dreißigjährigen Krieges schußbereit, ohne daß ein Mensch eine Ahnung davon hatte!

Nun aber ging der Schuß tatsächlich los. Es setzte einen ohrenbetäubenden Knall ab. Niemand hätte eine Pistole brisanter laden können als der Vorfahre der zwei Fräulein Friedborn, Friedrich Friedborn von den kaiserlichen Reitern. Seine Kameraden pflegten ihn daher den ‚Donnerlader‘ zu nennen. Es krachte diesmal ganz unglaublich. Sieben Krähen und zwei andere größere Vögel fielen tot zur Erde, und am Strand des Stausees tief unten erhob sich ein Schwarm Elstern von einem Vogelbeerbaum, wo diese Vögel eben ihre Mahlzeit hielten. Tiegelmanns Gesicht verfärbte sich ganz schwarz von dem Pulverdampf, der aus dem einen Lauf der Pistole

qualmte. Der ‚Donnerlader‘ hatte wie immer seine Sache ordentlich gemacht! Dem Wiesel und dem Ochsen blieb die Sprache weg. Wiesel hatte die Nase schwarz vom Pulverrauch, und der Ochse rieb sich die Augen, die zu brennen begonnen hatten. Der Schuß war zwar haarscharf über ihren Köpfen hinweggegangen, aber niemand auf dem fliegenden Teppich war verletzt worden.

Herr Tiegelmann wischte sich zunächst das Gesicht mit dem Blusenärmel ab, dann hob er die doppelläufige Pistole gegen das Wiesel und den Ochsen und bemerkte lächelnd: «Es ist noch ein Schuß übrig!»

Hierauf strich er rasch mit der Hand über die Fransen und rief: «Ins Büro.» Und wieder änderte der treue kamelduftende Teppich seinen Kurs; er flog nun geradewegs auf die große Stadt zu, in Privatdetektiv Teffan Tiegelmanns Büro. «Will bloß hoffen, daß der andere Lauf auch geladen ist», dachte Tiegelmann bei sich. «Diese alten Waffen aus dem siebzehnten Jahrhundert werden jedenfalls heutzutage gewaltig unterschätzt.»

Nach und nach fand der schlaue Meister seine gute Laune wieder.

«Hallo, ihr dort in der Tonne!» rief er. «Kommt heraus und schöpft ein bißchen frische Luft!»

Vier Köpfe recken sich vorsichtig über den Rand des Fasses.

«Was meint ihr jetzt zu einem Täßchen Kaffee? Und einer Cremeschnitte?»

«Her mit dem Kaffee!» schrie der Ochse sofort. «Und mit den Cremeschnitten!»

«Ruhe dort!» donnerte Tiegelmann. «Während Lisbeth alles für den Kaffee vorbereitet, kann Hans den Spirituskocher anzünden.»

Lisbeth und Hans krochen aus der Tonne heraus. Sie blickten sich vorsichtig um; ein wenig blaß waren sie wohl unter der Sonnenbräune, aber als sie bemerkten, daß Onkel Tiegelmann so vergnügt wie nur je lächelte, spürten sie auch keine Furcht mehr. Bald summte es traulich im Spirituskocher, und ein herrlicher Kaffeeduft vermengte sich mit dem Kamelgeruch.

Tiegelmann saß nun im Kreise der Kinder; sie tranken Kaffee und aßen Cremeschnitten aus Lassingers Konditorei in Preißelbeerkirchen, weil dort leider keine Sahnentörtchen gebacken wurden! Die Pistole lag auf den Knien des Detektivs; er hielt die ganze Zeit ein wachsames Auge auf Wiesel und den Ochsen.

«Was würden die Herren zu einem Schälchen Kaffee sagen?» fragte er, nachdem er und die Kinder fertiggetrunken hatten.

«Rede nicht so viel», grunzte der Ochse, indem er sich den Mund leckte; «mehr Kaffee und weniger Geschwätz!»

Der Ochse bekam Kaffee und Cremeschnitten gereicht. Er goß das Getränk in sich hinein und fand es ziemlich schwach. Die Cremeschnitten schlang er auf einen Happen hinunter. Wiesel wollte nichts essen.

«Fehlt dem Kaffee etwas?» fragte Tiegelmann neugierig.

«Ich esse nie auf nüchternen Magen», meinte das kleine wütende Wiesel.

Der Teppich sauste mit großer Geschwindigkeit dahin. Die großen Wälder waren bereits überflogen, und als es Zeit zu einem zweiten Täßchen Kaffee wurde, glänzte in der Ferne etwas in der Sommersonne auf — ein glitzerndes Wasser.

«Das ist der Strom!» rief Christine, die ein ‚Sehr gut‘ in Geographie hatte.

«Jetzt räumt alles auf, damit wir dann klar zum Landen sind», befahl Tiegelmann und zündete sich eine große Zigarre an.

Die vier Kinder halfen zusammen, um die Tassen und alles andere einzupacken. Sie machten tadellos Ordnung, daß es wirklich sauber auf dem Teppich aussah.

«Hier liegt Onkel Tiegelmanns Pistole!» rief Bernd, in die Sahnentörtchenschachtel zeigend. Tiegelmann hatte am vorhergehenden Abend seine Dienstpistole in die Schachtel getan und dann die Cremeschnitten daraufgelegt, ohne sich daran zu erinnern. Es war gut, zu wissen, wo sich die Pistole befand, im übrigen aber konnte sich der Privatdetektiv auch mit der alten Reiterpistole ausgezeichnet behelfen!

«Jetzt sieht man die Stadt schon!» schrie Hans, indem er eifrig hinzeigte.

«Paß auf!» ermahnte Tiegelmann. «Geh nicht zu nahe an den Rand! Setz dich brav nieder!» Hans gehorchte und wies immer wieder mit dem Finger.

Ja, wirklich! Dort lag die Stadt mit all ihren Häusern und Straßen. Sie sah wie ein graues Labyrinth aus. Hier und dort ragte ein Kirchturm empor. Deutlich traten der Dom, das Rathaus und dicht dahinter die beiden Spitztürme der Erlöserkirche aus dem Häusergewirr hervor. Hell glitzerte der Strom, der die riesige Stadt durchzog. Vom Stadtrand herauf stiegen jetzt Scharen von Krähen und umkreisten die Reisenden krächzend; Unmengen dieses schwarzen Gesindels folgten dem fliegenden Teppich. Christine fuhr mit der Hand in die Sahnentörtchenschachtel und bröselte ein Stückchen von einer Cremeschnitte ab.

«Nein, laß das bleiben!» rief Tiegelmann, aber es war bereits zu spät: Christine hatte die Krume schon den Krähen zugeworfen, die ganz aufgeregt wurden. Sie flatterten doppelt so schnell mit ihren Flügeln und krächzten noch viel mehr. Ehe Tiegelmann ihn daran hindern konnte, hatte auch Bernd ein Stück Cremeschnitte hinausgeworfen. Nun wurden die Vögel vollkommen verrückt. Sie vollführten einen ohrenzerreißenden Lärm und flatterten, als hätten sie Feuer unter den Schwanzfedern. Im Sturzflug sausten sie auf die Törtchenschachtel herunter, hackten auf den Deckel los und schrien den Reisenden auf dem Teppich gellende Rufe in die Ohren.

Tiegelmann fürchtete, daß die Krähen bis ins Büro mitfliegen könnten. Er hob die doppelläufige Reiterpistole. Der zweite Lauf war tatsächlich auch geladen! Der Schuß ging mit einem so fürchterlichen Knall los, daß die Krähen Hals über Kopf die Flucht ergriffen und erst auf dem nächsten Berg haltzumachen wagten. Der ‚Donnerlader‘ hatte seine Sache wie zuvor gut gemacht.

«Werden wir jetzt bald landen?» fragte Lisbeth. Alle waren schon in freudigster Erregung, ausgenommen Wiesel und der Ochse, die ein Gesicht machten, als hätten sie Zahnweh. Diesen lag an einer reibungslosen Landung nicht besonders, fühlten sie sich doch in der Stadt nicht allzu wohl.

«Wir sind im Augenblick am Ziel. Darf ich um die Fahrkarten bitten!» scherzte Tiegelmann zufrieden und tat einen tiefen Zug aus seiner Zigarre.

«Was Onkel Tiegelmann für Späße macht», lachte Christine.

«Wo werden wir landen?» wollte Hans wissen. Onkel Tiegelmann zeigte auf eine Straße, die wie eine lange Rinne aussah — das war die Hauptstraße. ,Hoffe bloß, daß Fräulein Hanselmeier nicht vergessen hat, das Fenster zu öffnen', dachte er im stillen bei sich.

Der Meisterdetektiv nahm den Feldstecher hervor und richtete ihn auf seine Bürofenster. Gottlob, beide Fenster standen schon weit offen. Und dahinter drängten sich die Menschen und blickten spähend zum Himmel empor. Es waren die Leute von der Zeitung, Photographen und Polizisten!

Alle harrten auf die Wiederkehr des unerreichten Privatdetektivs Teffan Tiegelmann, der Wiesel und seinen Helfershelfer gefangen hatte.

17 *Zeitungsberichte werden gelesen*

Der folgende Tag nach der geglückten Landung war ebenso schön wie alle anderen Tage in diesem Sommer. Die Hitze zitterte über der Hauptstraße, der Asphalt war weich wie Moos. An einem solchen Tag sollte man sich lieber in einem kleinen, gemütlichen Städtchen aufhalten. Aber in der Großstadt zu leben war auch nicht so übel. Wer heute das Haus in der Hauptstraße mit dem Schild in der Einfahrt betrat, auf dem

Privatdetektiv
TEFFAN TIEGELMANN

stand, und Tiegelmanns Büro aufsuchte, konnte den Privatdetektiv selbst antreffen und in einer Menge Zeitungen blättern sehen, die auf dem Tisch ausgebreitet lagen. Dort saßen auch die Sekretärin Fräulein Hanselmeier und vier junge Freunde des Detektivs: Christine, Bernd, Hans und Lisbeth. Alle blätterten in Zeitungen und betrachteten mit größter Aufmerksamkeit die Bilder.

Tiegelmann las eben einen Artikel auf der ersten Seite mit riesigen, prächtigen Überschriften:

Großtat eines Detektivs. Teffan Tiegelmann löst das Rätsel. Der Ochse ebenfalls entlarvt.

Dann folgte ein Bericht über die spannenden Abenteuer, die Tiegelmann erlebt hatte. Alle Menschen, die den Artikel lasen, waren glücklich, daß Wiesel und der Ochse endlich festsaßen. Niemand brauchte sich mehr wegen der Gauner Sorgen zu machen. «Teffan Tiegelmann dürfte ohne Zweifel der fähigste Privatdetektiv im ganzen Land sein», hieß es in den Zeitungen. Früher hatte das nur Tiegelmann selbst gewußt, aber jetzt erfuhren es auch alle anderen Zeitungsleser. Im Nebenzimmer saßen schon eine Menge Leute, die darauf warteten, mit dem klugen, mutigen Mann sprechen zu können. Alle hatten gefährliche Aufträge und wären dankbar gewesen, wenn der berühmte Privatdetektiv Zeit gefunden hätte, sich ihnen zu widmen. Gerade jetzt aber fand Tiegelmann keine freie Minute. Er mußte alle Zeitungen durchstudieren und viele Bilder ansehen. Schließlich wollte er auch seinem Freunde Omar eine Ansichtskarte schicken mit Grüßen vom Teppich und Tante Hilde in Waldbrunn Nachricht zukommen lassen.

«Hier bin ich!» rief Bernd und zeigte auf ein Bild in einem der Blätter. Wirklich, Bernd war abgebildet, ebenso Christine, Lisbeth und Hans. Die Bilder waren gut gelungen, und es würde viel Spaß machen, sie Tante Friedlinde und Tante Friederike zu zeigen, wenn das Kinderquartett wieder nach Preißelbeerkirchen kam. Auf einem anderen Bild sah man den berühmten Detektiv, wie er seinen jungen Gehilfen die Hand schüttelte und ihnen dankte. Unter den Bildern stand: «*T. Tiegelmann dankt Bernd dafür, daß er eine Tanne spielte.*» — «*Onkel Tiegelmann drückt Christine herzlich die Hand.*» «*Dank für die Hilfe, Lisbeth*», sagte der Bezwinger des Wiesels. «*Bravo Hans, du bist ein ganzer Kerl*», lobt Teffan Tiegelmann den jungen Mann. Wieder ein anderes Bild zeigte Lisbeth mit der Sahnentörtchenschachtel in der Hand. Unter dem Bild stand: «*Diese Schachtel, in der Detektiv Tiegelmann Sahnentörtchen verwahrte, erwies sich plötzlich als leer — eine gräßliche Entdeckung.*»

Und weiter gab es eine Abbildung von Tiegelmann in seinem Matrosenanzug, wie er die Reiterpistole in der Hand hielt. Der Text dazu lautete: «*Die alten, mit Perlmutter eingelegten Reiterpistolen werden heutzutage gewaltig unterschätzt, sagt Teffan Tiegelmann, indem er der Ansicht ist, daß das siebzehnte Jahrhundert ein wirklich goldenes Zeitalter der Waffenerzeugung war.*»

Es gab auch ein Bildnis von Fräulein Hanselmeier, wie sie mit dem Telephonhörer am Ohr an ihrem Schreibtisch saß. «*Detektiv Tiegelmanns Sekretärin, Fräulein Hanselmeier, nimmt eben eine wichtige Meldung entgegen*», stand darunter.

Um so recht bequem in all den Tageszeitungen blättern und die Bilder betrachten zu können, setzten sich Tiegelmann und seine vier Freunde auf den Teppich, der ausgebreitet auf dem Boden lag. Man kann bekanntlich nirgends so gut eine Zeitlang studieren, wie auf einem Teppich. Jetzt wäre aber doch ein Tahnentörtchen nicht zu verachten, dachte Tiegelmann. Er bat Fräulein Hanselmeier, sie möchte so lieb sein und die Konditorei Rosa um sechs Tahnentörtchen anrufen. Gefüllte natürlich!

Die Rosa-Sahnentörtchen wurden bald geliefert. Sie schmeckten ganz ausgezeichnet — gerade richtig braun waren sie und mit viel Sahne gefüllt, die nach allen Seiten herausquoll.

«Lieber Onkel Tiegelmann, können wir nicht ein bißchen mit dem Teppich fliegen?» bat Lisbeth.

«Ja, lieber Onkel Tiegelmann!» rief auch Hans.

«Es ist schon so lange her, seit wir auf dem Teppich geflogen sind!» drängte Christine, indem sie ein kleines Sahnenklümpchen vom Daumen leckte.

«Wir dürfen doch einen Rundflug um die Stadt machen?» bat Hans.

«Um die Stadt?» wiederholte Tiegelmann, der an den Fransen fingerte und an etwas ganz anderes dachte.

Er hatte kaum «Um die Stadt» gesagt, als der Teppich auch schon durch das offene Fenster ins Freie flog. Die fünf Passagiere schwebten hinaus in den klaren Sonnenschein. Jeder der Fluggäste hielt ein halb aufgegessenes Sahnentörtchen in der Hand.

DETEKTIV TIEGELMANN IN DER WÜSTE

Tiegelmann braucht einen kurzen Urlaub *1*

Kaum war der Meisterdetektiv Teffan Tiegelmann von seinem Rundflug zurückgekehrt und mit dem Wunderteppich in seinem Arbeitsraum gut gelandet, vernahm er aus dem Vorzimmer Stimmen.

Sein Büro war jetzt immer voll von Leuten, die zum Teil schwierige und gefährliche Aufträge für ihn zur Erledigung bereit hatten. Einer wollte, er möge nach einem Kanarienvogel fahnden, der am Johannisabend aus einem Bodenfenster geflogen war, ein anderer wieder, er möge eine Person mit braunen Schuhen aufspüren, die zuletzt auf dem Marktplatz beobachtet worden war und sich verdächtig benahm, ein dritter, Tiegelmann solle einen Straßenbahnschaffner der Linie 3 beschatten. An der Tür zum Wartezimmer stand ein stattlicher Mann mit düsterem, hohlwangigem Gesicht, der den Verdacht hegte, sein böser Nachbar habe ihm sein neues Gebiß gestohlen. Es waren so viele Leute da, daß ein Teil keinen Platz zum Sitzen fand.

Alle hatten teils mühsame, teils gefährliche Aufträge für ihn.

Herr Tiegelmann ging in das nächste Zimmer, wo seine Sekretärin, Fräulein Hanselmeier, an ihrem Schreibtisch saß. Sie war immer sehr beschäftigt und konnte deshalb nie den Topflappen fertigstricken, der in der Schreibtischlade versteckt lag.

«Etwas Besonderes los gewesen?» fragte Tiegelmann.

«Herr Omar hat angerufen.»

«Herr Omar?»

«Ja, Herr Omar.»

«Angerufen hat er?» fragte der Meisterdetektiv eindringlich.

«Weshalb setzt Sie dies in Erstaunen?»

«Wo ist er denn augenblicklich zu erreichen?»

«In der Arabischen Wüste. Er hat gerade Urlaub und fragte an, ob Sie nicht dorthin reisen und einen Teller Chepchouka mit ihm essen wollten.»

«So, so, eine reizende Einladung!» Tiegelmann seufzte. Er glich einem schwermütigen Habicht mit einem ganz, ganz spitzen Gesicht. «Wann sollte ich Zeit haben, in der Arabischen Wüste Chepchouka zu essen?» Er zog den falschen Bart aus der Tasche. «Ich habe nicht einmal Gelegenheit, ein Tahnentörtchen in Ruhe zu speisen!» Er legte indessen seine Dienstpistole neben den Bart auf den Tisch. Es war die Reiterpistole aus den Tagen des Dreißigjährigen Krieges.

«Ich war im Vorbeigehen in der Konditorei Roda und kaufte ein paar gefüllte Tahnentörtchen», bemerkte er, indem er den Karton öffnete. «Wenn Sie ein wenig Kaffee aufstellen wollten, Fräulein Handelmeier, dann lassen wir beide uns die Tahnentörtchen köstlich schmecken! Hat Herr Omar sonst nichts gesagt?» erkundigte sich Tiegelmann.

«Ja, er erzählte, daß er jetzt im Urlaub jeden Tag herrliche Ritte auf einem Kamel unternehme. Er fragte, ob Herr Tiegelmann nicht mitreiten wolle.»

«Zu liebenswürdig!» meinte Herr Tiegelmann und wischte sich einen kleinen Sahnenklecks von der Nase weg. Er hatte sich immer danach gesehnt, auf einem Kamel zu reiten. Tiegelmann liebte Kamele sehr. «Sagte der Herr aus dem Morgenland sonst noch was?»

«Er berichtete, sooft er von seinen Ritten nach Hause komme, trinke er sechs Tassen Kaffee in einem prächtigen Beduinenzelt.»

«Wie viele Tassen?»

«Sechs, so sagte er.»

«So, so, sechs! Ich habe nie Zeit, mehr als drei Tassen zu trinken!» seufzte Tiegelmann und sah schwermütiger denn je drein.

Hinter Fräulein Hanselmeiers Zimmer lag Privatdetektiv Teffan Tiegelmanns persönliches Empfangszimmer. Dorthin ging er und versperrte die Tür hinter sich. Dann setzte er sich an seinen Schreibtisch und schloß die Augen. Jetzt sah er ein unendliches Sandmeer vor sich, wo Kamele in ihrem langsamen Gleichschritt dahinzogen, er sah ein Zelt, wo man Chepchouka aß, das leichte bekömmliche Gemüse des fernen Morgenlandes.

«Ich brauche einen kleinen Urlaub», murmelte er vor sich hin.

Teffan Tiegelmann glaubte Glocken von den hohen Minaretts mit fremdem, seltsamem Klang zu hören, drinnen im Zelt indessen trank man nach dem Ritt Kaffee, und über alles strömte der Sonnenschein hin wie gleißendes Gold.

«Ich weiß bestimmt, daß ich einen kurzen Urlaub nötig habe», sagte Tiegelmann so laut, daß Fräulein Hanselmeier an die Tür klopfte und fragte, ob er vielleicht einen besonderen Wunsch habe.

«Natürlich, Urlaub!»

Fräulein Hanselmeier fand, das treffe sich ausgezeichnet. Sie wollte allzu gerne ihre Topflappen bis Weihnachten fertig haben, und es war nicht mehr lang bis dorthin.

Ingenieur Brombeer macht Kühlschränke 2

In einer Ecke des Zimmers lag der fliegende Teppich zusammengerollt. Ein besonderer Duft strömte dort dem Besucher entgegen, der zuerst glauben mochte, es rieche nach Pferden; aber beim Nähertreten merkte jeder, daß es eher nach Kamelen stank. Jedesmal, wenn Tiegelmann den Kamelgeruch spürte, dachte er an Omar und daran, wie schön es wäre, diesen in seiner Wüstenheimat zu besuchen. Omar verbrachte seinen Urlaub in einer bekannt schönen Oase, die Kaf hieß. Für gewöhnlich wohnte er in der Stadt Dschuf, ein paar Meilen davon entfernt.

Nun sollte endlich doch zur Reise gestartet werden. Herr Tiegelmann wollte in die Arabische Wüste fliegen! Nach Arabien zu fahren ist herrlich! Wo sähe ein Reisender schönere Orte unterwegs, wo könnte er besser die Alpen und das Mittelländische Meer besichtigen? Und am Ziel winken die prächtigsten Urlaubsfreuden: auf einem Kamel zu reiten, Chepchouka zu essen und gemeinsam mit Omar im Zelt Kaffee zu trinken.

Der einzige Nachteil an der Arabischen Wüste wäre der Mangel an Sahnentörtchen! In ganz Asien mit seinen unermeßlich reichen Naturschätzen gibt es leider kein einziges Sahnentörtchen. Der reichste Sultan des Fernen Ostens hat keine Möglichkeit, in eine Konditorei einzutreten und Sahnentörtchen zu kaufen — weder gefüllte noch ungefüllte —, und es fragt sich, ob dies nicht das Allerrätselvollste an diesem rätselhaften Weltteil ist.

Teffan Tiegelmann erkannte sofort, daß es sinnlos wäre, gefüllte Sahnentörtchen auf die Reise mitzunehmen. In Arabien gibt es möglicherweise Sahne und Mandelmasse, so daß man die Törtchen dort von einem geschickten Konditor hätte füllen lassen können — aber konnte sich der Reisende darauf wirklich verlassen?

Ein Privatdetektiv muß sich immer zu helfen wissen, und so dauerte es denn auch nicht lange, bis Tiegelmann Rat wußte. Er kannte einen Kühlschrank-Ingenieur, einen sehr tüchtigen Fachmann, der eine Art tragbaren Kühlschrank erfunden hatte, den man mit sich führen konnte, ungefähr, wie man eine Schreibmaschine oder einen transportablen Radioapparat trägt. Diese besonderen Kühlschränke hießen «Gletscher» und waren in den verschiedensten Größen vorrätig: *Gletscher* Nr. 1, *Gletscher* Nr. 2, *Gletscher* Nr. 3 und so weiter bis zu *Gletscher* Nr. 12. Nummer zwölf war das größte tragbare Modell; man brauchte ein paar Dienstmänner, um den Schrank von der Stelle zu schaffen, aber dafür hatten auch Speisen für eine Familie von sechzig bis siebzig Personen darin Platz. Tiegelmann war der Ansicht,

Gletscher Nr. 3 oder 4 sei das passendste Modell, um darin Sahnentörtchen während einer Reise nach Arabien aufzubewahren.

Der Kühlschrank-Ingenieur hieß Ambrosius Brombeer. Seine Fabrik führte den Namen «Brombeer-Kühlschrank-A.G.» und befand sich gleich außerhalb der Stadt. Tiegelmann setzte unverzüglich seinen runden Hut auf und reiste mit seinem Teppich dorthin.

Kühlschrank-Ingenieur Brombeer, ein großer, wohlbeleibter Herr mit herabhängendem Schnurrbart, empfing den Meisterdetektiv sehr freundlich in seinem Büro.

Tiegelmann merkte sofort, daß Brombeer diesmal ein wenig zerstreut und unruhig war. Ein Privatdetektiv soll alles beobachten, und es mußte ihm auffallen, daß Brombeer fünfmal seinen roten Bleistift verlor, dann eine Blumenvase umwarf, so daß alles Wasser auf den Teppich floß. So oft es an die Tür klopfte, fuhr Brombeer wie der Blitz in die Höhe und stieß den Schreibtischsessel um. Auch diese Einzelheit fiel Privatdetektiv Tiegelmann auf.

«Herr Ingenieur», begann Tiegelmann, «ich muß eine Reise nach dem Süden antreten und brauche hiezu einen transportablen Kühlschrank».

«In diesem Fall empfehle ich Ihnen *Gletscher* Nr. 3. Der Dreier ist ein besonders leichtes, aber gleichzeitig geräumiges Modell, das sich vorzugsweise für Reisen nach dem Süden eignet.»

«Wie viele Tahnentörtchen faßt ein Dreier?» erkundigte sich Meister Tiegelmann.

«Sahnentörtchen? Ja, warten Sie mal...», antwortete Ingenieur Brombeer und nahm seinen Rechenschieber aus der Westentasche. Er strich sich über den Schnurrbart und begann zu dividieren. «Sollen es gefüllte oder ungefüllte sein?»

«Gefüllte!» rief Tiegelmann aus, «Gefüllte, natürlich!»

«Der Dreier faßt dreißig gefüllte Sahnentörtchen.»

«Nur dreißig?» Tiegelmann begann in Gedanken zu rechnen. «Das ist nicht viel. Ich reise bis nach Kaf in der Arabischen Wüste.»

«Möglicherweise können wir zweiunddreißig Sahnentörtchen darin unterbringen, aber mehr würde ich nicht raten. Sonst werden sie zu Brei zerquetscht.»

«Dann ist es vielleicht doch besser, wenn ich statt dessen den Vierer nehme?»

«*Gletscher* Nr. 4 ist wohl etwas geräumiger, aber anderseits ist er bedeutend schwerer», meinte der Kühlschrank-Ingenieur. «Der Dreier ist ein leichtes, handliches Modell für Reisen. Er ist auf der Oberseite mit einem Handgriff versehen, man trägt ihn wie eine Tasche.»

«Das ist dumm», bemerkte Tiegelmann, indem er sich das Kinn strich. «Dreißig Tahnentörtchen sind nicht viel.»

«Zweiunddreißig», verbesserte Brombeer.

«Das sind nur um zwei mehr. Zweiunddreißig Tahnentörtchen reichen höchstens bis nach Athen. Ich verzehre gewiß schon das letzte über dem Olymp. Und was mache ich dann? Haben Sie das bedacht, Herr Ingenieur?»

«Nein», gab der Kühlschrank-Ingenieur zu. «Das habe ich tatsächlich nicht bedacht.»

Beide saßen eine Weile schweigend da und grübelten.

«*Gletscher* Nr. 4 faßt mindestens vierzig Gefüllte», fuhr Ingenieur Brombeer fort. «Und in den Fünfer könnte man, glaube ich, gegen sechzig unterbringen.»

«Aber ich will keinen großen, plumpen Kasten mit auf die Reise nehmen, Sie verstehen!»

Wieder schwiegen beide und wälzten von neuem dieses Problem. Ein verworrenes Geräusch drang aus der Fabrik, das Klirren von Werkzeugen und das dumpfe Rasseln von Maschinen.

«Herr Tiegelmann», flüsterte Ingenieur Brombeer und spähte um sich, als fürchte er, belauscht zu werden. «Herr Tiegelmann», murmelte er und guckte zur Vorsicht noch unter den Schreibtisch. «Ich will Ihnen etwas sagen...» Er redete so leise, daß Tiegelmann sich vorbeugen mußte, um ihn zu verstehen. «Ich will Ihnen etwas zeigen...»

«Ja, und?»

«Ich konstruierte...» Ingenieur Brombeer wisperte derart leise, daß Tiegelmann nicht folgen konnte, obwohl er die Hand hinter das Ohr hielt. «Ich konstruierte...»

Er ist sehr aufgeregt, dachte Tiegelmann. Möchte wissen, was er im Sinne führt.

«Sie haben wohl noch nie vom Nordpol gehört, Herr Tiegelmann?» flüsterte der Ingenieur.

Eine seltsame Speise 3

»Vom Nordpol?» fragte Tiegelmann ein wenig verdutzt.

«Ssst!» zischte Brombeer. «Nicht so laut! Es ist noch ein Geheimnis.»

«Der Nordpol ist doch kein Geheimnis mehr! Der ist schon längst entdeckt!»

«Entdeckt!» Der Kühlschrank-Ingenieur wankte, als hätte er einen tödlichen Hieb erhalten. Dann raffte er sich wieder auf und sagte:

«Ich meine ja nicht den geographischen Nordpol — ich meine den *Nordpol*, meinen neuen, alles überbietenden Kühlschrank, den besten Freund der Hausfrau.»

Der Ingenieur schlich zur Tür und schloß sie ab. Dann fuhr er sich mit dem Taschentuch über die Stirn und nahm einen Schlüsselbund aus der Hosentasche, worauf er einen großen Kassenschrank öffnete, der in die Wand eingebaut war. Daraus entnahm er ein Ding, das einer Reisetasche glich, in der ein Pyjama, ein Anzug, ein Paar Schuhe, zwei Butterbrote mit Käse und eine Zahnbürste Platz hatten. Der einzige Unterschied war der, daß diese Tasche aus Metall, in weißer Farbe, hergestellt war. Jeder Uneingeweihte mußte glauben, es sei ein transportabler *Gletscher*schrank (Modell 3). Tiegelmann hätte darauf schwören können, daß er einen *Gletscher* Nr. 3 vor sich habe, bis er zufällig las, was auf einer kleinen ovalen Metallplatte an der Vorderseite stand: *Nordpol*.

«Ach so, dies hier ist der *Nordpol?*» staunte Tiegelmann.

«Ssst! Es ist ein Geheimnis», zischte Brombeer, sich nach allen Seiten umsehend. Er spähte auch in den Papierkorb, aber als er feststellte, daß sich kein unbefugter Lauscher darin befand, beruhigte er sich einigermaßen.

«Ich will Ihnen die Sache erklären. Der *Nordpol* ist eine neue Konstruktion. Ich habe das Patent noch nicht angemeldet.»

«Ja, dann . . .», murmelte Tiegelmann.

«Bis jetzt habe ich den *Nordpol* erst in einem einzigen Exemplar hergestellt.»

«Aha . . »

«Ja. Ich besitze zwar noch kein Patent auf den *Nordpol*, aber er ist ein Vermögen wert. Nehmen Sie an, jemand würde diesen Schrank stehlen und ihn zerlegen, um zu sehen, wie er konstruiert ist . . .»

«Gewiß», nickte Tiegelmann, der nun die ganze Tragweite der Gefahr erkannte. Er glich erneut einem Habicht, während er so dastand und den *Nordpol* beaugapfelte. «Das ist kein gewöhnlicher Kühlschrank», fuhr sein Erfinder, Ingenieur Brombeer, fort. «Es ist im Gegenteil ein äußerst ungewöhnlicher Kühlschrank. Der *Nordpol* wird unsere ganze Ernährungsweise verändern. Er stellt eine umwälzende Erfindung dar. Der *Nordpol* wird der beste Freund aller überarbeiteten Hausfrauen werden.»

«Ach nein?» entgegnete Herr Tiegelmann. «Aber entschuldigen Sie, Herr Ingenieur, ich bin ein wenig in Eile . . .»

«Der *Nordpol*», setzte der Kühlschrank-Konstrukteur fort, ohne auf Tiegelmann zu hören, «der *Nordpol* wird in zwölf verschiedenen Größen hergestellt werden, ganz wie der *Gletscher*. Aber der Unterschied ist der: Wenn ich einen Rostbraten in den *Gletscher* lege, dann zeigt sich der Rostbraten unverändert, wenn ich ihn am nächsten Tag heraushole, um ihn zum Mittagessen zu verspeisen. Bloß kälter, selbstverständlich!»

«Und wie sieht der Rostbraten aus, wenn ich ihn aus diesem *Nordpol* herausnehme?» fragte Tiegelmann, indem er einen Blick auf die Uhr warf.

«Das ist ein Unterschied», flüsterte Brombeer, «ein kolossaler Unterschied!»

Er öffnete den Kühlschrank. Gleichzeitig ertönte Musik.

«Was ist denn das?» fragte Tiegelmann verdutzt.

«Ein Militärmarsch», antwortete Brombeer, sich mit dem Taschentuch die Stirn trocknend.

«Ich meine, woher kommt die Musik?» fragte Tiegelmann, indem er sich im Raum umblickte.

«Aus dem *Nordpol*», entgegnete Ingenieur Brombeer. «Der *Nordpol* ist mit einem eingebauten Radioapparat versehen, der automatisch zu spielen beginnt, sobald die Hausfrau die Kühlschranktür öffnet. Bedenken Sie, was ein bißchen gute Musik für eine überarbeitete Hausfrau bedeutet! Es wird, wie ich sagte: Der *Nordpol* wird der beste Freund der Hausfrau werden!»

Tiegelmann blickte neugierig in den Kühlschrank hinein. Innen glich der beste Freund der Hausfrauen einem gewöhnlichen Kühlschrank. Da standen ein paar Schüsseln mit einigen sonderbaren Kleinigkeiten darauf. Kleine, verschrumpfte Speisereste, hätte man glauben können. Ganz unappetitlich. Sie glichen am ehesten kleinen Fleischklößen, die schon so lange in der Speisekammer standen, daß es nun an der Zeit schien, sie wegzuwerfen. Gar nicht einladend. Aber Ingenieur Brombeer nahm eine der Schüsseln heraus und fragte Tiegelmann, ob er ihn zu einer kleinen Kostprobe einladen dürfe. Dazu spielte der unsichtbare Radioapparat eben ein paar feierliche Fanfarentöne, als sei Tiegelmann zu einem Bankett eingeladen worden.

«Danke», erklärte schließlich Herr Tiegelmann, die Schüssel mißtrauisch betrachtend, «aber ich habe ziemlich reichlich zu Mittag gegessen.»

«Unsinn», meinte der freundliche Kühlschrank-Ingenieur. «Ich möchte Sie gerne zu einer kleinen Kostprobe aus dem *Nordpol* einladen.»

«Vielen Dank.» Tiegelmann blickte auf die Uhr. «Aber ich werde bald zu Abend essen.»

«Unsinn», wiederholte der gastfreundliche Fabrikant. «Dies hier ist Fleischpudding, den meine Frau zubereitet hat. Fleischpudding mit Preißelbeerkompott.»

«Aha...», machte Tiegelmann, der nicht wußte, was er davon halten solle. Das Radio sandte mehrere feierliche Hornstöße ins Weite.

«Ja, ich sage immer, niemand kann so gut Fleischpudding kochen wie meine Frau.»

In diesem Augenblick klopfte es an die Tür, und Ingenieur Brombeer zuckte wie von einer Wespe gestochen zusammen. Er warf die Kühlschranktür zu, stellte das Radio ab und schloß den *Nordpol* in den Kassenschrank ein. Den Teller mit den unansehnlichen Speiseresten vergaß er auf dem Schreibtisch. Danach ging er zur Tür und sperrte sie auf. Ein kleiner blasser Mann mit heimtückischem Aussehen trat ins Zimmer. Er hatte eine spitze Nase und trug einen dunkelblauen Anzug mit sauber gebügelter Hose. Auf seiner Nase saßen große Hornbrillen, und ein kleiner rötlichgelber Schnurrbart suchte auf seiner Oberlippe Halt zu finden. Tiegelmann bemerkte, daß seine Schuhe klein und spitz zulaufend waren.

«Darf ich vorstellen ... Putzschrankassistent Kühlig ... ich meine, Kühlschrankassistent Putzig ... und Tiegeldetektiv Privatmann ... Privatdetektiv Tiegelmann meine ich», sagte der zerfahrene Ingenieur, zur Tür des Kassenschrankes schielend.

Kühlschrankassistent Putzig und Privatdetektiv Tiegelmann begrüßten einander. Tiegelmann fiel der unstete Blick Putzigs auf. Der Detektiv vermochte nicht festzustellen, nach welcher Richtung der Mann eigentlich sah. Tiegelmann musterte ihn scharf. Er glaubte ihm schon früher einmal begegnet zu sein, wußte aber nicht, wo.

«Angenehm». sagte Putzig mit einem Niesen.

«Sehr angenehm», gab Tiegelmann zurück. Er glich einem wachsamen Habicht.

«Tja», meinte Putzig zu Brombeer, «wenn für heute nichts mehr zu tun ist, will ich gehen.» Er nieste dreimal und blickte gleichzeitig auf Brombeer, Tiegelmann und den Kassenschrank.

«Tun Sie das nur!» erwiderte Brombeer.

«Also dann Mahlzeit!» wünschte Putzig.

«Also Mahlzeit!» gab Brombeer zurück.

«Mahlzeit!» echote Tiegelmann.

Der kleine Kühlschrankassistent wollte eben das Zimmer mit einem letzten Niesen verlassen, er litt das ganze Jahr an einem bösartigen Heuschnupfen, als er plötzlich innehielt.

Er stand wie versteinert und starrte auf den Schreibtisch. Brombeer wandte sich ebenfalls dem Schreibtisch zu. Das gleiche tat auch Privatdetektiv Teffan Tiegelmann. Auf dem Teller lag ein gutgebackener, frischer Fleischpudding. Ein großes, herrliches Stück Fleischpudding mit frischem hellrotem Preißelbeerkompott.

Tiegelmann wird zum Abendessen eingeladen   *4*

«Also dann Mahlzeit!» wiederholte Ingenieur Brombeer und schob
Putzig zur Tür hinaus. Der Assistent blickte so drein, als wolle er am
liebsten dableiben. Vermutlich war Fleischpudding sein Lieblings-
gericht. Er hatte die ganze Zeit auf das Essen hingestarrt. Ingenieur
Brombeer versperrte die Tür hinter ihm und wischte sich mit dem
Taschentuch die Stirn ab.

«Ich traue diesem Manne nicht», stöhnte er.

«Aha», meinte Tiegelmann.

«Nein», ächzte Brombeer. «Ich glaube, daß er den Fleischpudding... ich meine den *Nordpol* stehlen will.»

Meisterdetektiv Tiegelmann brachte im Augenblick weder für Putzig noch für den *Nordpol* das geringste Interesse auf. Er trat an den Schreibtisch. Es war kein Irrtum: der Fleischpudding war Wirklichkeit. Er hatte nie einen vorzüglicher zubereiteten Fleischpudding gesehen. Das Preißelbeerkompott ebenfalls. Teffan Tiegelmann beugte sich vor und roch. Er spürte den delikaten Duft von frischgebackenem Fleischpudding und den köstlich säuerlichen Geruch des Preißelbeerkompotts. Mit Abscheu dachte er an die unansehnlichen, verschrumpften Speisereste, die vorher auf dem Teller gelegen waren, und es wurde ihm ungemütlich. Seine Augen blickten doppelt wachsam, er glich mehr denn je einem Habicht. Tiegelmann steckte die Hand in die Tasche und fühlte nach, ob er die Pistole bei sich trage. Ein Privatdetektiv ist ständig allen möglichen Gefahren ausgesetzt, und wenn er bemerkt, wie sich ekliges Rattenfutter in köstlichen Fleischpudding mit Preißelbeerkompott verwandelt, dann hat er allen Grund, auf seiner Hut zu sein! Tiegelmann umklammerte die Pistole in der Tasche und hielt ein wachsames Auge auf Ingenieur Brombeer und den Fleischpudding.

Teffan Tiegelmann war auf alles gefaßt.

«Wie soll ich das verstehen?» fragte er scharf.

«Bitte?» meinte Brombeer zerstreut. «Ach so, der Fleischpudding! Es ist gut, daß Sie mich erinnern. Den wollen wir zum Abendbrot speisen. Hätte beinahe vergessen...» Er öffnete den Kassenschrank und nahm den *Nordpol* wieder heraus. Hierauf sperrte er den Kühlschrank auf, und sogleich ertönte eine großartige Symphonie in a moll. Hernach stellte er den Teller in den Kühlschrank und begann:

«Herr Tiegelmann! Wir haben eine Menge zu besprechen. Begleiten Sie mich heim», schlug Ingenieur Brombeer vor.

«Wieso?» fragte Tiegelmann. Die Symphonie rauschte in vollen Klängen und verschlang die Worte des Kühlschrank-Ingenieurs.

«Heim!» schrie Ingenieur Brombeer. «Begleiten Sie mich nach Hause!»

«Nein!» brüllte Tiegelmann, indem er seine Uhr zog. «Keine Spur. Es ist erst dreiviertel fünf.»

«Wie bitte?» fragte Ingenieur Brombeer mit der Hand hinter dem Ohr. Die Symphonie erbrauste immer stärker. Jeder Mann im Orchester tat offenbar sein Äußerstes. Brombeer trat einen Schritt näher, um besser zu verstehen, was Herr Tiegelmann redete. «Wie bitte?»

«Es ist dreiviertel fünf», schrie Tiegelmann, indem er den Kolben der Reiterpistole in seiner Tasche fest umklammerte.

«Wie spät es ist?» erkundigte sich nochmals Ingenieur Brombeer und stellte das Radio ab. Er nahm seine goldene Uhr aus der Westentasche. «Es ist dreiviertel fünf», erklärte er freundlich.

Tiegelmann war allmählich überzeugt davon, daß Ingenieur Brombeer nicht ganz bei Sinnen sei. Die jetzige Lage dünkte ihn mehr als unbehaglich. Der Detektiv war schließlich auf seinem Teppich zur Kühlschrankfabrik geflogen, um sich in aller Ruhe mit Ingenieur Brombeer über ein passendes Kühlschrankmodell für eine Reise nach Arabien zu beraten — und was ist geschehen? Rattenfutter verwandelt sich in Fleischpudding mit Preißelbeerkompott. Den heimtückischen Assistenten glaubt er auch schon früher einmal gesehen zu haben, und der Kühlschrank-Konstrukteur führt sich so sonderbar auf, daß man auf das Ärgste gefaßt sein muß.

Ingenieur Brombeer setzte den Hut auf und zog den Überrock an.

«Herr Tiegelmann», bemerkte er, «ich glaube, um es gerade heraus zu sagen, daß Putzig den *Nordpol* stehlen will. Möchten Sie es nicht übernehmen, den Mann zu entlarven? Kommen Sie bitte mit mir nach Hause zum Abendessen, dann können wir die Sache in Ruhe besprechen.»

Detektiv Tiegelmann wollte eben antworten, daß er gegenwärtig keinerlei Aufträge übernehmen könne, da er bald in die Arabische Wüste abreisen müsse, als gerade in diesem Augenblick Ingenieur Brombeer die Kühlschranktür öffnete und die Symphonie wieder in höchster Klangstärke hervorbrauste.

«Ein ganz einfaches kleines Abendessen», schrie Brombeer. Er nahm den Kühlschrank, wie man eine Tasche hält, und stellte das Radio wieder ab.

«Ganz einfaches Gericht», wiederholte er. «Es ist nur Fleischpudding mit Preißelbeerkompott!»

Die Villa auf dem Zwetschkensteig 5

In Pfirsichdorf gibt es eine Straße, die Zwetschkensteig heißt. Wenn ein Besucher die weiße Gartentüre zu einer dieser Villen öffnet, bleibt er wohl einen Augenblick stehen, um sich an den vielen schönen Blumen und Sträuchern zu erfreuen, die in den Anlagen wachsen, natürlich wenn es Sommer ist. Jetzt war Winter; es fehlten nur noch einige Tage bis Weihnachten; da konnte man ebensogut weitergehen bis zur Vorhaustüre, wo auf einem Messingschildchen zu lesen stand:

AMBROSIUS BROMBEER

Die Villa war sehr zweckmäßig gebaut und eingerichtet — gerade recht für eine Familie von vier Personen. Sie war hell gestrichen, hatte grüne Fensterläden und war mit allen modernen Bequemlichkeiten versehen. Selbstverständlich fehlten auch Kühlschränke nicht. Keine Villa in ganz Pfirsichdorf und Umgebung war so gut ausgestattet in bezug auf elektrische Geräte. Da gab es einmal einen großen Eisschrank in der Küche. Ein kleiner transportabler Schrank (*Gletscher* Nr. 1) stand im Speisezimmer unter dem Tisch, damit die Hausfrau nicht erst in die Küche hinausgehen mußte, um den Gemüsesalat zu holen, der von gestern übriggeblieben war. Außerdem befand sich ein *Gletscher*-Schrank (Modell 3) im Schlafzimmer, falls beim Erwachen ein Schluck frischen, guten Orangensafts gewünscht wird. In der Küche prunkte auch ein Wärmeschrank der bekannten Marke *Äquatorial*. Ingenieur Brombeer hatte auch diesen Schrank zum Aufbewahren warmer Speisen konstruiert, bekannt war der Fachmann aber mehr durch seine Kühlschränkekonstruktionen.

Erika und Erich, die Kinder des Ehepaares Brombeer, saßen in der Halle und schnitten buntfarbiges Seidenpapier für den Christbaum zu. Heute war der erste Tag der Weihnachtsferien, ein sehr vergnüglicher Tag! Natürlich ist der Weihnachtsabend noch schöner, aber wenn er vorüber ist, denkt jedermann: Wenn nur heute die Weihnachtsferien erst anfingen! Jetzt hatten sie erst begonnen, und da dachten Erika und Erich: Wenn nur heute schon Heiliger Abend wäre!

Beide trugen Bergschuhe an den Füßen. Früher hatten sie ihre Bergschuhe nie im Haus anhaben dürfen, weil sie unvermeidlicherweise Schmutz hereintrugen, wenn sie die Sohlen auch noch so gut abputzten. Jetzt brauchten sie die Schuhe nie zu wechseln. Sie durften mit den Bergschuhen auf den feinsten Teppichen umhergehen, selbst wenn sie geradewegs aus dem nassen Schnee ins Zimmer traten. Ihr Vater hatte nämlich eine automatische Schuhreinigungsmaschine erfunden, die ihren Platz gleich hinter der Außentür einnahm. Dort steckte man zuerst den einen Fuß, dann den andern in die Maschine. Bürsten, die mit großer Geschwindigkeit in einem heißen Luftstrom rotierten, reinigten und trockneten die schmutzigsten und feuchtesten Schuhe im Nu. Ingenieur Brombeer hatte berechnet, daß die Kosten für den Apparat *Rotobürst* schon nach einem Jahr, drei Monaten und einer Woche dank dem verminderten Verbrauch von Bohnerwachs hereingebracht seien.

Das Telephon läutete.

«Geht zum Apparat, Erich oder Erika!» rief die Mutter. Sie war beim Lebkuchenbacken und konnte die Arbeit nicht unterbrechen. Erich hob den Hörer ab, dann rief er: «Privatdetektiv Tiegelmann kommt!»

«Ach», staunte die Mutter. «Warum tut er das wohl? Ich habe nichts verloren.» Sie fuhr mit der Hand unter die Schürze und fühlte nach, ob die Goldbrosche noch an ihrem Platz haftete.

«Vater sagt, Privatdetektiv Tiegelmann kommt mit ihm zum Abendessen!»

«Was stellt sich der Vater vor?» fragte die Mutter nachdenklich. «Ich habe doch jetzt mitten in der Weihnachtsarbeit keinen Vorrat zu Hause, den ich Gästen anbieten könnte. Recht unangenehm!»

«Vater meint, du brauchst dir keine Sorgen zu machen. ‚Wir essen eine Zauberspeise‘, so fügte er hinzu.»

«Gut!» rief die Mutter erleichtert aus. «Das läßt sich hören! Möchte bloß wissen, was dieser Herr Tiegelmann hier zu tun hat.»

«Glaubst du, Mutti, daß er und Vater auf dem Zauberteppich herfliegen?»

«Au fein, dieser Teppich!» rief Erika, die sich über das Treppengeländer beugte und zuhörte.

Erika und Erich wußten, daß Tiegelmann der einzige Privatdetektiv war, der einen fliegenden Teppich besaß. Einmal, ganz vor kurzem, als Erich Schi fuhr, hatte er ein sausendes Geräusch über sich gehört, und als er emporblickte, einen Teppich in ziemlich geringer Höhe dahinfliegen sehen. Auf dem Teppich saß ein Mann mit scharfem Profil und einem Feldstecher in der Hand. Erich wußte sofort, daß dies nur Privatdetektiv Tiegelmann sein konnte, der auf Erkundung unterwegs war. Erika hatte den Wunderteppich noch nie gesehen.

«Wovon redest du?» fragte die Mutter. «Teppich? Nein, da hoffe ich doch, daß Vater vernünftig genug ist, solche Flüge bleiben zu lassen. Er könnte sich bei dieser Kälte einen Schnupfen holen.»

«Ja, aber glaubst du, Mutter, daß Erika und ich einmal nach dem Essen fliegen dürfen, wenn wir recht schön darum bitten?»

«Kommt gar nicht in Frage.»

«Doch, liebe Mutti», schmeichelte Erika. «Wir ziehen warme Sachen an, so daß uns nicht ein bißchen kalt sein wird.»

«Wir werden ja sehen», entgegnete die Mutter und schob das letzte Backblech mit Lebkuchen in das Rohr. Sie gab jedem Kind einen frischgebackenen Lebkuchenmann und hieß sie den Tisch decken. Während Erika und Erich dies taten, hörten sie einen leichten Plumps, als sei etwas auf den Boden gefallen. Beide blickten gespannt zur Glastür. Tatsächlich stand ihr Vater, der Kühlschrank-Ingenieur Ambrosius Brombeer in der Veranda, der seinen Kühlschrank *Nordpol* in der Hand trug. Bedächtig klopfte er an das Glas und machte Zeichen, die Tür zu öffnen. Ihm zur Seite befand sich eine kleinere Gestalt, mit einen runden Hut auf dem Kopf und scharfem Profil. Der berühmte Mann rollte einen Teppich zusammen. Privatdetektiv Teffan Tiegelmann war also mit seinem Handwerkszeug angekommen!

6   *Tiegelmann speist ein Zaubermahl*

«Herzlich willkommen, Herr Tiegelmann!» grüßte Frau Brombeer. Zu ihrem Mann sagte sie: «Du hast doch das Abendessen mitgebracht, Ambrosius?»

«Gewiß, meine Liebe», erwiderte Ingenieur Brombeer und überreichte ihr den transportablen Kühlschrank *Nordpol*.

«Heute gibt's ein Zaubermahl!» riefen Erich und Erika dazwischen.

«Wie bitte?» fragte Meister Tiegelmann, der nicht vergessen hatte, wie unheimlich es gewesen war, plötzlich eine Portion Fleischpudding auf dem Schreibtisch zu sehen. «Was sagt ihr, meine jungen Freunde? Zauber-Abendbrot?» fragte er mißtrauisch.

«Die Kinder nennen es so», lachte Frau Brombeer. «Mein Mann hat eine neue Art erfunden, Speisen einzufrieren.»

«Ssst!» warnte Ingenieur Brombeer, sich nach allen Seiten umblickend. Nicht so laut!»

«Worum handelt es sich?» fragte Tiegelmann interessiert. Er steckte die Hand in die Tasche und vergewisserte sich, ob die Reiterpistole griffbereit war.

«Detektiv Tiegelmann und ich haben einiges zu besprechen, während wir auf das Essen warten», erklärte der Kühlschrank-Ingenieur, indem er sich mit dem Taschentuch die Stirne wischte.

«Aber, lieber Ambrosius, das Essen ist im Augenblick fertig», rief die Hausfrau und zeigte auf den Kühlschrank. «Darf ich Ihnen, Meister Tiegelmann, zeigen, wie der Kühlschrank funktioniert?»

«Ssst!» zischte Brombeer, sorgfältig die Verandatür schließend.

Alle begaben sich in die Küche — Erich und Erika schielten neugierig nach dem zusammengerollten Teppich, den Herr Tiegelmann unter dem Arm trug. Wenn er ihn bloß einmal weglegte, dann wollten sie ihn genauer untersuchen. Der Teppich verbreitete einen seltsamen Geruch — erinnerte irgendwie an den Zirkus.

Frau Brombeer setzte den Eisschrank auf den Küchentisch, nachdem sie die Schüssel mit Lebkuchen beiseite geräumt hatte. Alle stellten sich um den Tisch, doch Meister Tiegelmann war auf seiner Hut. Die Hausfrau öffnete den Schrank. Sogleich ertönte Ziehharmonikamusik. Herr Tiegelmann äugte vorsichtig in den *Nordpol* hinein. Dort standen verschiedene Schüsseln und Teller, die er schon vorher gesehen hatte. Auf diesen lagen kleine verschrumpelte, unansehnliche Speisereste.

«Dürften wir Sie bitte zu einem Fleischpudding einladen, Herr Tiegelmann?»

«Besten Dank!» erwiderte der Meisterdetektiv gemessen. Er wollte nicht gerade unhöflich sein.

Frau Brombeer zog eine der Schüsseln hervor, auf der etwas lag, das wie Rattengift aussah. Dann nahm sie eine andere Schüssel hervor, die einen ebenso kümmerlichen Anblick bot.

«Fleischpudding mit Preißelbeerkompott!» erklärte Ingenieur Brombeer. «Ich bitte meine Frau stets: Gib mir nur eine Portion guten Fleischpudding mit frischem Preißelbeerkompott, dann verlange ich gar nichts anderes! Ich leugne nicht, daß Lungenhaschee gut ist. Und Eisbein. Vieles andere kann wunderbar schmecken. Aber ich predige immer: Gib mir nur eine Portion guten, ordentlich zubereiteten Fleischpudding!»

Detektiv Tiegelmann hörte kaum zu. Er starrte unentwegt auf die beiden Schüsseln. Zu seinem höchsten Erstaunen sah er, wie die ekligen, verschrumpelten Speisereste zu wachsen begannen... sie schwollen an... veränderten ihre Form... Auf beiden Schüsseln lag nun zu den Klängen einer Ziehharmonika guter, schmackhafter Fleischpudding und frisches, herrliches Preißelbeerkompott. Tiegelmann blickte von einem Teller zum anderen. Ingenieur Brombeer eilte zum Fenster und ließ die Rollgardinen herab. Frau Brombeer zog die letzten Lebkuchen aus dem Backrohr und stellte den Fleischpudding zum Aufwärmen ins Rohr.

Dann entnahm sie dem *Nordpol* einen kleinen, wahrlich unappetitlichen Gegenstand, der einem Markstück glich, aber viel unansehnlicher aussah. Die Hausfrau legte diesen auf einen Tortenteller, und plötzlich, zu den Klängen einer Polka, begann das kleine runde Ding zu wachsen und entwickelte sich zu einer Torte, zu einer köstlichen «Prinzeßtorte». Diese ist mit grünem Marzipan überzogen und erfreut sich allgemein einer außergewöhnlichen Wertschätzung.

«So», sagte Frau Brombeer, «darf ich jetzt bitten?»

Die Hausleute und ihr Gast begaben sich in das Speisezimmer und ließen sich am Tisch nieder. Tiegelmann kostete anfangs mißtrauisch von dem Fleischpudding. Er nahm ein kleines Stück auf die Gabel. Es schmeckte wahrlich wie gewöhnlicher Fleischpudding.

«Ein Zaubermahl ist schon was Pfundiges», versicherte Erich und häufte Preißelbeerkompott auf seinen Teller. Meister Tiegelmann war recht hungrig. Er aß mit gutem Appetit. Mit seinem Scharfsinn erkannte er sofort, daß dies merkwürdige Essen nicht gerade lebensgefährlich sein konnte, da die ganze Familie es sich schmecken ließ.

«Erklären Sie mir doch bitte», forderte er den Kühlschrank-Ingenieur auf, «wie geht das zu?»

«Die einfachste Sache von der Welt», antwortete Ingenieur Brombeer. «Bitte, reichen Sie mir diesen Fleischpudding! Danke. Der ganze Vorgang ist mehr als einfach — und doch eigentlich sehr verwickelt.»

«Kann ich mir vorstellen», murmelte Tiegelmann zustimmend.

«Haben Sie schon einmal vakuumgetrocknetes Gemüse gesehen? Ich habe ein Verfahren erfunden, durch das man jedes x-beliebige Nahrungsmittel trocknen und einschrumpfen lassen kann. Legen Sie eine Stangenwurst in den *Nordpol;* Sie werden sehen, sie trocknet, sie schrumpft ein und kann jahrelang dort liegen, bis man sie eines Tages braucht. Eine Hausfrau kann zwanzig Pfund gut abgelegenes Rindfleisch in den Schrank legen — das ganze Stück schrumpft zusammen, so daß es kaum größer als ein Rostbraten ist. Bitte, reichen Sie mir ein wenig von dem Preißelbeerkompott! Danke. Wenn man die Speisen nach längerer Zeit aus dem *Nordpol*-Schrank herausnimmt, schwellen sie von selbst auf ihre ursprüngliche Größe an.»

«Wie kann etwas von selbst anschwellen?» fragte Meister Tiegelmann interessiert. Er fühlte aber immer weniger Mißtrauen gegen die angebotenen Speisen.

«Durch die Feuchtigkeit der Luft. Speisen, die im *Nordpol* konserviert werden, saugen die Luftfeuchtigkeit an. Gleichzeitig geht ein chemischer Prozeß vor sich, der im Verein mit ... ja, kurz gesagt; sehr einfach — und doch sehr verwickelt.»

«Der Fleischpudding ist ganz vorzüglich», warf Herr Tiegelmann ein, der sich nun vollkommen sicher fühlte.

«Reiche Herrn Tiegelmann noch einen Fleischpudding! Wie Sie verstehen werden, großer Meister, wird der *Nordpol* die Lebensweise der Menschheit umwälzen. Außerdem habe ich einen Radioapparat zur Freude der Benützer einbauen lassen. Hier sind ein paar Reklamevorschläge, die ich mir zurechtlegte.» Ingenieur Brombeer übergab Tiegelmann ein Stück Papier.

Tiegelmann las verdutzt:

NORDPOL
der beste Freund der Hausfrau ist da!
Jetzt können Sie in einem einzigen arbeitssparenden Schub

Fleischpudding für den Bedarf eines ganzen Jahres herstellen!
Als besonderen Vorteil besitzt der NORDPOL einen eingebauten
7-Röhren-Radioapparat. Zu den Klängen eines Meisterwerkes der
Musik entnehmen Sie Ihren Tagesbedarf an Fleischpudding mit
Preißelbeerkompott.

«Macht sich gut», meinte Tiegelmann. Mit steigender Neugierde
las er weiter:

Genießen Sie die Sensation, am Johannisabend Weihnachts-
schinken zu speisen! Zu Weihnachten blieb Ihnen ein Stück Schin-
ken übrig! Sparen Sie ihn bis zum Johannisabend! Der Nordpol
macht die Hausarbeit leichter und verbreitet allgemeines Behagen.
Die größten Modelle sind mit doppelten Lautsprechern versehen,
was eine einzig dastehende Klangreinheit ermöglicht. Der beste
Freund der Hausfrau, der Kühlschrank NORDPOL ist da!

Während Tiegelmann die Ankündigungstexte genau las, hatte sich
eine düstere Wolke über die Stirn des Kühlschrank-Ingenieurs gelegt.
Frau Brombeer, die wußte, daß er sich oft über die Zukunft des *Nord-*
pols Sorgen machte, fragte, um seine trüben Gedanken zu verscheu-
chen:
«Ambrosius, hast du wieder etwas Neues erfunden?»
«Doch!» Ambrosius strahlte auf. «Ich habe gestern eine herrliche
Idee gehabt!»
«Was denn?»
«Einen rotierenden Christbaumfuß.»
Erika und Erich blickten von ihren Tortenstücken auf. Einen rotie-
renden Christbaumfuß? Weihnachten stand bevor, und alles, was mit
Weihnachten zusammenhing, interessierte sie besonders.
«Die Leute erhitzen sich so leicht, wenn sie den Reigen um den
Weihnachtsbaum tanzen — und müde werden sie auch davon», er-
klärte der Ingenieur. «Warum nicht lieber den Baum drehen lassen —
da können die Anwesenden stillstehen! Ist doch viel praktischer! Und
die alte Großmama kann schließlich auch mit dabei sein.»
Tiegelmann blieb die Sprache weg. Aber dies kam daher, daß er
nie zuvor bei einem Erfinder zu Abend gegessen hatte. Gegen Ende
der Mahlzeit war der Meisterdetektiv nicht mehr im geringsten argwöhnisch. Er aß mit gutem Appetit. Herr Brombeer war ein prächtiger und ungewöhnlich strebsamer Kühlschrank-Ingenieur, wenn
auch von Natur ein wenig nervös. Und Frau Brombeers Zaubermahl
schmeckte vortrefflich. Tiegelmann bedankte sich mit einem kräftigen
«Mahlzeit» und gab der Meinung Ausdruck, daß er seit Tagen keinen
so guten Fleischpudding gegessen habe.

7 Eine geschäftliche Besprechung

Nach dem Abendessen begaben sich der Ingenieur und Tiegelmann in ein anderes Zimmer.

«Wir müssen uns ein wenig über den *Nordpol* unterhalten», begann der Hausherr.

«Gerne», erwiderte Tiegelmann zufrieden. «Das Preißelbeerkompott schmeckte herrlich, und an dem Ton des Lautsprechers finde ich nichts auszusetzen. Der beste Kühlschrank, den ich je sah.»

Ingenieur Brombeer seufzte tief.

«Ich bin ernstlich besorgt um die Zukunft des *Nordpol*.»

«Gar kein Anlaß», beruhigte Herr Tiegelmann. «Prima Ton in dem Kühlschrank.»

«Ich bin von Spionen umgeben», raunte der besorgte Ingenieur. Sein Gesicht wurde blaß, seine Stimme unruhig.

«Aha», gab Herr Tiegelmann von sich. Ein Privatdetektiv sieht in gefährlichen und ungewöhnlichen Umständen nichts Besonderes, deshalb fand es Tiegelmann ganz natürlich, daß ein Erfinder von Spionen umgeben sein sollte. «Ein wundervolles Preißelbeerkompott!» fügte er beruhigend hinzu, indem er sich eine große Zigarre anzündete.

«Ich will die Karten offen auf den Tisch legen», begann der Kühlschrank-Ingenieur, indem er sich mit dem Taschentuch die Stirne abwischte. «Ich werde den Fleischpudding auf den Tisch legen . . . äh, wie zerstreut ich bin! Die Karten, meine ich. Die Zeichnungen zum *Nordpol* sind nämlich verschwunden!»

Tiegelmann war darüber nicht im geringsten erstaunt. Ein Privatdetektiv ist daran gewöhnt, daß besonders Wichtiges verschwindet. Perlenhalsbänder, Geld, Akten- und Brieftaschen — das alles und mehr verschwindet in einem ununterbrochenen Strom!

«Die Pläne zum Nordpol also sind wirklich fort», stöhnte Ingenieur Brombeer.

«Kann ich mir denken», meinte Herr Tiegelmann mit einem tiefen Zug aus seiner Zigarre. «Eine wirklich gute Zigarre!» fügte er zufrieden hinzu. «Feines Aroma!»

«Ich wollte nämlich gestern Feuer machen. Ich legte einige Holzscheite in den offenen Kamin, und dann zündete ich, o ich Tor, mit den Zeichnungen das Feuer an.» Ingenieur Brombeer war noch blässer geworden.

«Dann ist in der Sache ‚Konstruktionszeichnungen' nichts zu machen. Sie sind eben verbrannt», stellte Herr Tiegelmann fest. «Man soll nie mit Kühlschrankzeichnungen Feuer machen. Und wenn es noch so kalt draußen ist.»

«Nein, das weiß ich. Aber ich war der festen Meinung, Zeitungspapier zu verwenden.»

«Ach so!»

«Natürlich kann ich neue Zeichnungen anfertigen. Ich habe alle Maße im Kopf. Übrigens besitze ich ja den Kühlschrank selbst auch — aber neue Zeichnungen kosten Zeit. Das schlimmste ist...» Ingenieur Brombeer sah sich vorsichtig nach allen Seiten um, senkte die Stimme zu einem heiseren Flüstern und raunte: «Das schlimmste ist, daß man den Wunderschrank stehlen will!»

«Kein Wunder!» meinte Tiegelmann. «Ein so guter Kühlschrank!» Der Detektiv hatte noch nie von einer wertvollen Sache reden gehört, ohne daß sie früher oder später gestohlen worden wäre. Infolge seiner Überbeanspruchung spürte er, daß er einen kurzen Urlaub nötig habe.

«Ich habe meinen Assistenten im Verdacht — den Putzig», fuhr Ingenieur Brombeer fort. «Tagsüber befindet sich der *Nordpol* im Kontor. Ich schließe ihn im Kassenschrank ein; doch mehrere Male habe ich Putzig dabei erwischt, wie er sich mit einem Schlüsselbund in der Hand an dem Kassenschrank zu schaffen machte. Einmal, als ich das Kontor betrat, zog er sein Taschentuch heraus und gab an, der Schrank sei staubig; ein anderes Mal klatschte er mit der Hand auf den Schrank und behauptete, eine Kakerlake*) entdeckt zu haben.»

«Wo befindet sich der *Nordpol* jeweils während der Nacht?» fragte der Meisterdetektiv.

«Hier im Hause. Ich lasse ihn nie aus der Hand. Gestern abend war ich im Theater und blieb die ganze Vorstellung über auf meinem Sitz und hielt den *Nordpol* mit den Knien fest. Gerade in der letzten Zeit sind meine Frau und ich mitten in der Nacht mehrmals erwacht. Wir hörten Schritte. Es schlich jemand im Haus umher, jemand, der den *Nordpol* stehlen wollte. Ich habe den *Nordpol* jede Nacht unter dem Bett liegen, und mindestens dreimal des Nachts stehe ich auf, um nachzusehen, ob der wertvolle Schatz noch da ist.»

Privatdetektiv Tiegelmann versank in tiefe Gedanken. Vor dem Fenster lag das Dunkel stiller Neumondnächte. Es raschelte leise in den Wipfeln der Bäume.

«Sagen Sie mir bitte», fragte er schließlich, indem er die Asche von der Zigarre streifte, «kann man im *Nordpol* auch Tahnentörtchen einfrieren? Gefüllte?»

«Selbstverständlich! Gefüllt oder ungefüllt, spielt keine Rolle. Der *Nordpol* wird für die ganze Lebensweise der Menschen umwälzend sein. In Zukunft können müde Hausfrauen für mehrere Jahre im voraus Sahnentörtchen backen.»

*) Kakerlake = Dialektausdruck für Schabe.

«Und schrumpfen die Tahnentörtchen wohl auch ordentlich zusammen? Ich meine gefüllte Tahnentörtchen?»

«Sie gehen so ein, daß sie nicht größer als kleine Nüsse sind», erklärte der Hausherr dienstbeflissen.

Tiegelmann grübelte und blickte starr vor sich:

«Herr Ingenieur», sagte er schließlich. «Es gibt nur eine Art, den Schrank zu retten, und die ist, ihn im Augenblick in meine Obhut zu geben. Ich nehme ihn mit in die Arabische Wüste. Währenddessen können Sie in aller Ruhe neue Zeichnungen fertigstellen. Wieviel eingefrorene Tahnentörtchen, gefüllte natürlich, haben in einem *Nordpol*-Schrank Platz?»

Der Kühlschrank-Ingenieur nahm den Rechenschieber aus der Westentasche, um die Antwort herauszufinden.

«Eintausendzweihundert gefüllte Nüsse, oder richtiger gesagt, Sahnentörtchen.»

«Das reicht. Ich brauche nicht mehr als hundert unterzubringen. Wenn Sie gestatten, nehme ich also den Schrank noch heute abend auf die Reise mit.»

«Ausgezeichnet! Damit ist der *Nordpol* in Sicherheit geborgen!»

In diesem Augenblick fuhr Tiegelmann zusammen und ließ die Zigarre fallen. Er starrte zum Fenster hinaus.

«Großartig», fuhr Ingenieur Brombeer, ohne den Vorfall wahrzunehmen, fort. «Dann brauche ich nicht mehr mitten in der Nacht aufzustehen und unter das Bett zu gucken!»

Der Meisterdetektiv Tiegelmann wandte seinen Blick nicht weg. Er hörte nicht, was Ingenieur Brombeer redete.

«Jetzt kann ich endlich ruhig schlafen gehen!» Ingenieur Brombeer hob die Zigarre auf, und in diesem Augenblick erst bemerkte er, daß Herr Tiegelmann ganz sonderbar dreinschaute.

«Zieht es vielleicht vom Fenster her?» fragte er höflich und drückte auf einen Knopf, worauf sich die Gardinen lautlos vor dem Fenster schlossen.

Meister Tiegelmann hatte ein kleines, spitzes Gesicht vor der Scheibe sich abzeichnen gesehen. Ein unheimlicher Fremdling, der in das Zimmer spähte. Privatdetektiv Tiegelmann erhob sich vom Stuhl und verabschiedete sich von seinem Gastgeber. Er glich wieder einem Habicht.

Privatdetektiv Teffan Tiegelmann eilte zur Straßenbahnhaltestelle. Er trug den *Nordpol* in der rechten Hand wie eine Tasche. Seine wachsamen Blicke glitten nach allen Seiten, doch sah er keinen Menschen. Ein Privatdetektiv ist gewöhnt, andere zu beschatten, aber er ist nicht so sehr darauf eingestellt, selbst beobachtet zu werden; deshalb bemerkte er auch nicht, wie ein kleiner, schmächtiger Mann mit spitzer Nase und sorgfältig gebügelter Hose hinter ihm einherschlich.

An der Haltestelle ‚Kleestraße‘ stieg Tiegelmann in die Straßenbahn. Er nahm im ersten Wagen Platz, während im gleichen Augenblick der kleine Mann in den Beiwagen sprang.

Meister Tiegelmann saß mit dem *Nordpol* auf dem Schoß da und überlegte angestrengt. Wo hatte er das spitze Gesicht schon einmal gesehen? Als er ausstieg, schien er mit seinem ungewöhnlichen Scharfsinn das ganze Problem gelöst zu haben. Der Mann mit dem spitzen Gesicht hinter der Fensterscheibe war Kühlschrankassistent Putzig, und — Kühlschrankassistent Putzig seinerseits ist niemand anderer als Willi Wiesel!

Ja, Willi Wiesel!

Jeder gute Privatdetektiv im ganzen Land kennt Wilhelm Wiesel! Er war der am schwersten zu fangende und aalglatteste Verbrecher, den es gab. Auch jeder ungeschickte Privatdetektiv weiß von Willi Wiesel zu berichten. Es ist fast unmöglich, ihn zu fangen. Teffan Tiegelmann aus der Hauptstadt ist der einzige, dem es bisher gelang, seiner habhaft zu werden. Es war auch eine allen bekannte Tatsache, daß Wiesel augenblicklich wieder durchgebrannt war und sich auf freiem Fuße befand. Der durchtriebene Gauner war nicht länger als drei Minuten eingesperrt gewesen, als ihm die Flucht gelang. Niemand weiß, wie das zugegangen sein konnte.

Im gleichen Augenblick, als es Tiegelmann klar wurde, daß Wiesel und Putzig ein und dieselbe Person waren, entdeckte er, daß er den Teppich bei der Familie Brombeer vergessen hatte. Tiegelmann war ganz unnötigerweise mit der Straßenbahn gefahren. Aber jeder, der einmal dieses spitze Gesicht durch die Fensterscheibe spähen sah, weiß, wie schwer es dann fällt, an einen fliegenden Teppich zu denken. Nun war es zu spät, zurückzufahren und den Teppich zu holen. Die Familie Brombeer lag gewiß schon zu Bett. Tiegelmann mußte sich daher bis morgen gedulden.

Als der Detektiv mit dem *Nordpol* in der Hand sein Haus in der Hauptstraße betrat, wurde er von Putzig-Wiesel nicht aus den Augen gelassen. Der kleine listige Mann stand vor einer Auslage auf dem anderen Gehsteig und betrachtete Strickwaren. Aber der Gauner schien auch hinten am Kopf Augen zu besitzen, weil er gleichzeitig Tiegelmann beobachten konnte.

Am nächsten Morgen kündigte sich ein strahlender Wintertag an. Der Schnee lag silberweiß glänzend auf den Dächern der Häuser und zog sich in großen Wehen die Gehsteige entlang.

Beinahe zu schade, heute abzureisen, dachte Tiegelmann bei sich, als er durch das Fenster hinausblickte und sah, wie der Schnee in der Sonne glitzerte. Anderseits strahlt ja in der Arabischen Wüste die gleiche Sonne. Dort gibt es natürlich keinen Schnee. Dafür liegt Sand. Und so begann Tiegelmann, sich für seine große Reise zu rüsten. Er meinte, hundert Sahnentörtchen, oder vielleicht sicherheitshalber einige darüber, würden gerade reichen.

«Fräulein Handelmeier», rief er seiner Sekretärin zu, «lassen Sie von der Konditorei dreihundert gefüllte Tahnentörtchen herauf-schicken.»

Fräulein Hanselmeier notierte den Auftrag auf einem Block und versprach, sofort anzurufen. Tiegelmann holte seinen Feldstecher, den Sack mit den falschen Bärten und allerlei Kostümen sowie den Spirituskocher mit der Kaffeepfanne hervor. Die Sahnentörtchen-schachtel hingegen brauchte er diesmal nicht! Dafür hatte er nun den *Nordpol*.

Die Sahnentörtchen von Rosa ließen nicht lange auf sich warten. Zehn Laufburschen lieferten fünfzig Kartons ab. In jedem Karton befanden sich sechs große Sahnentörtchen, gerade richtig braun und mit viel Schlagsahne, die nach beiden Seiten herausquoll. Fräulein Hanselmeier lud die Burschen, weil doch Weihnachten vor der Tür stand, zum Kaffee ein. Während die zehn Laufjungen um den runden Tisch saßen und heißen Kaffee in sich hineinschlürften, begann Tiegelmann mit dem Einfrieren der Sahnentörtchen. Eine wirklich spannende Tätigkeit! Tiegelmann öffnete zunächst die Kühlschrank-tür, und sogleich ertönte fröhliche und laute Unterhaltungsmusik. Der Meister nahm den Fleischpudding heraus und legte fünfundzwanzig Sahnentörtchen in den Schrank, worauf er diesen schloß. Nach fünf Minuten öffnete er die Schranktür und siehe — da lagen fünfund-zwanzig kleine, verschrumpelte Dinger, die nach gar nichts aussahen.

«Brombeer ist wirklich findig», murmelte Tiegelmann freudig. «Kein Wunder, daß man ihm den *Nordpol* stehlen will.»

Der Detektiv legte nun hintereinander fünfundzwanzig Sahnen-törtchen in den Schrank. Beim Öffnen ließ der Apparat Musik er-tönen, geschlossen fror er die Törtchen fest, alles ging wie ein Uhr-werk vor sich. Als alle dreihundert Stück eingefroren waren, begab sich Tiegelmann in die Stadt, um noch einige für die Reise notwen-dige Einkäufe zu besorgen.

Sobald Meister Tiegelmann auf der Straße erschien, wurde er scharf von jenem kleinen Mann beobachtet, der vorgab, Strickwaren anzusehen — jener kleine Mann mit spitzer Nase und einer irgendwie heimtückisch wirkenden wohlgebügelten Hose. Tiegelmann schritt die Hauptstraße hinauf, ohne das geringste zu ahnen. Er blieb vor einem Herrenkleidergeschäft stehen. Dort lagen Tropenhelme in der Auslage.

```
******************
*                *
*    PASSENDE     *
*                *
* WEIHNACHTSGESCHENKE *
*                *
******************
```

stand auf einem Schild zu lesen.

Tiegelmann betrat den Laden und begann verschiedene Tropenhelme zu probieren. Leider waren sie alle zu klein. Jeder Helm saß derart lose auf dem Kopf, daß sich Tiegelmann unschwer vorstellen konnte, wie ihn der erste Windstoß in der Wüste herunterwehte. Der Geschäftsführer versprach ihm, einen Helm zu passender Größe auszuweiten, indessen begab sich der Meisterdetektiv in ein anderes Kaufhaus, um einen arabischen Sprachkurs auf Grammophonplatten zu kaufen. Wer den Schallplattenkurs ordentlich mitmachte, konnte in einigen Stunden fließend arabisch sprechen.

Als Tiegelmann in das Herrenkleidergeschäft zurückkam, hatte der diensteifrige Geschäftsmann den Tropenhelm so ausgeweitet, daß er nun bis über die Ohren reichte. Tiegelmann sah weder Sonne noch Mond, wenn er ihn auf dem Kopf trug. Aber der Verkäufer erklärte mit einem Tonfall, als spreche er aus alter Erfahrung, daß in den Tropen oft heftige Platzregen fielen, und da schrumpften die Helme immer ein.

«Ich glaube, er wird Ihnen sehr gut passen», meinte der Verkäufer.

Meister Tiegelmann bezahlte die Rechnung und kehrte sogleich in sein Büro zurück.

Der Dienstmann berichtet 9

«Ist jemand hier gewesen?» fragte Meister Tiegelmann mit energischer Stimme.

Fräulein Hanselmeier war in ihre Strickarbeit vertieft. Sie blickte von dem in Arbeit befindlichen Topflappen auf, den ihre Schwester zu Weihnachten bekommen sollte.

«Ja, ein Herr wollte Sie sprechen. Er fragte nach dem Privatdetektiv und trat schnurstracks in Ihr Zimmer ein und erklärte, daß er dort lieber warten wolle. Schließlich ging er fort, ehe Sie kamen.»

«Der *Nordpol* ist weg!» rief der Meister entsetzt beim Betreten seines Arbeitszimmers.

«Der Kühlschrank, der unter dem Schreibtisch stand?»

«Es befanden sich dreihundert Tahnentörtchen darin!!!»

«Der Kerl kam mir gleich verdächtig vor. Er trug einen Regenmantel über dem Arm, und es schien mir, daß der Mantel ungewöhnlich groß aussah, als er sich entfernte», meinte die Sekretärin.

«Warum haben Sie ihn denn nicht zurückgehalten?!» kam es wie Pistolenschüsse aus Tiegelmanns Mund. Er hatte nie zuvor so sehr einem Habicht ähnlich gesehen.

«Der Mann zog eine Pistole aus der Tasche und —»

«Eine Pitole?»

«Ja, er fuchtelte mit einer Pistole herum und sagte, ich müsse mich mucksmäuschenstill verhalten wie ein ausgestopfter Mops.»

Tiegelmann raufte sich die Haare.

«Beschreiben Sie mir sein Aussehen!» befahl er.

«Viereckig, weiß und mit einem Griff oben», gab das Fräulein schüchtern zur Antwort.

«Ich meine den Dieb!»

«Er war klein und schmächtig und sah ordentlich heimtückisch aus, fand ich», bemerkte Fräulein Hanselmeier, indem sie weiterstrickte.

«Das war Wiesel! Immer wieder Wiesel! Konnten Sie ihn denn nicht am Fortgehen hindern?»

«Sobald er draußen war, öffnete ich das Fenster und rief dem ersten Dienstmann, den ich bemerkte, zu, er solle den Mann mit dem Regenmantel nicht aus dem Auge lassen! Herr Wiesel eilte die Hauptstraße hinunter, und ich sah den Dienstmann zehn Schritte hinter ihm gehen. Beide verschwanden um die Ecke einer Querstraße.»

Es ist von großer Wichtigkeit für einen Privatdetektiv, eine ruhige und geistesgegenwärtige Sekretärin zu besitzen! In diesem Augenblick läutete es an der Tür. Es war der Dienstmann. Er nahm die Kappe ab und schneuzte sich in ein rotes Taschentuch.

«Nun?» fragte Tiegelmann. «Schnell! Reden Sie!»

«Der Mann sprang in ein Auto, und ich sprang in ein Taxi. Er fuhr zum Flughafen.»

«Zum Flughafen!» brach Tiegelmann aus und erblaßte.

«Ja, zum Flughafen», wiederholte der Dienstmann. «Er flitzte auf eine Maschine zu, die startbereit dastand. Eine Menge Passagiere wollte wegfliegen. Das Flugzeug startete fast im gleichen Augenblick; er kann von Glück sagen, daß er noch mitkam.»

«Glück! Ha!» Tiegelmann trommelte mit den Fingern auf den Tisch.

«Ich selbst hatte nicht Gelegenheit, weiter als bis zum Flugfeld nachzufahren. Außerdem soll ich in zehn Minuten im Central eine Tasche abholen», erklärte der Dienstmann, indem er seine Uhr zog. «Macht hundert Mark samt dem Geld für das Auto.»

«Wohin fuhr der Fremde, wissen Sie das?»

«Ziel der Maschine ist Dschuf. Aber ich muß in zehn Minuten eine Tasche abholen, also . . .»

«Nach Dschuf!!!?»

«Nach Dschuf. Meine Rechnung macht hundert Mark geradeaus.»

Zwischenlandung hinter Pfirsichdorf 10

Erika und Erich warteten gespannt darauf, daß Onkel Tiegelmann zurückkommen und seinen Teppich holen würde. Es hatte ihnen am vergangenen Abend eine große Enttäuschung bereitet, daß der Meister mit der Straßenbahn in die Stadt fuhr.

Nun tuschelten die Kinder in einem fort. Sie hatten sich's in den Kopf gesetzt, auf dem Teppich mit in die Stadt zu fliegen. Ihre Mutter getrauten sie sich nicht zu fragen. Sie fürchteten, Mutti könnte vielleicht meinen, daß das Wetter zu kalt und windig sei.

Der Wintertag währte nicht lang. Das Dunkel der Nacht hatte sich bald über Pfirsichdorf gesenkt, als Tiegelmann mit seinem ganzen Gepäck anlangte: mit dem Feldstecher am Riemen um den Hals, der Reiterpistole, der Sahnentörtchenschachtel, dem Kleidersack, dem Spirituskocher und der Kaffeepfanne. In der Sahnentörtchenschachtel waren Butterbrote und zehn Sahnentörtchen verwahrt. Außerdem schleppte er ein Reisegrammophon und eine Anzahl Schallplatten mit.

Frau Brombeer erschrak; sie erkannte den Detektiv zuerst nicht. Er trug den Tropenhelm auf dem Kopf, und außerdem verbarg ein großer Vollbart das halbe Gesicht. Wenn es sich nur um eine einfache Urlaubsreise in das arabische Binnenland gehandelt hätte, wäre die Maskierung nicht nötig gewesen, aber bei einer Jagd auf Putzig-Wiesel war äußerste Vorsicht geboten!

Als Frau Brombeer sich ein wenig gefaßt hatte, führte sie den

Meisterdetektiv zu dem Teppich, der wohlverwahrt auf dem Fußboden der Veranda lag.

«Ich legte ihn auf die Veranda hinaus, damit Sie ihn gleich zur Hand haben», erklärte sie. Die gewissenhafte Hausfrau wollte nicht eingestehen, daß sie den Teppich deshalb entfernt hatte, weil er einen ekelhaften Kamelgeruch um sich verbreitete.

«Ausgezeichnet», lobte Herr Tiegelmann und trat mit seinem ganzen Gepäck gleich auf die Veranda hinaus. «Adieu, Frau Brombeer, und angenehme Feiertage! Und bitte, grüßen Sie auch Herrn Ingenieur Brombeer von mir!»

«Glückliche Reise, Herr Tiegelmann, und frohe Weihnachten!» wünschte Frau Brombeer und schloß die Tür, damit der Kamelgeruch nicht ins Haus dringe.

Beinahe kohlschwarze Dunkelheit umgab Meister Tiegelmann. Die Laterne auf der Straße vermochte die Veranda, die auf beiden Seiten mit Buschwerk bewachsen war, nicht zu erhellen. Tiegelmann rollte den Teppich aus, legte sein Gepäck zurecht und knotete sich ein warmes Tuch um den Hals. Dann setzte er sich vorne an die Fransen und wollte eben starten ...

Plötzlich hielt er inne, er glaubte etwas rascheln zu hören. Tiegelmann blickte sich um, aber da glitt ihm der Tropenhelm über die Augen, so daß er weder Sonne, noch Mond, noch Laterne sehen konnte. Er schob sich den Tropenhelm zurecht und wandte sich um, konnte aber im Finstern nur die undeutlichen Umrisse seines Gepäcks hinter sich erkennen.

Herr Tiegelmann strich mit der Hand über die Fransen und flüsterte «Kaf».

Wie von unsichtbaren Händen gehoben, schwebte der Teppich in die Luft und nahm Kurs nach Süden, über die Dächer des Städtchens hinweg. Es wehte ein ziemlich kalter Wind; Tiegelmann knüpfte das Halstuch fester. Was für eine herrliche Reise wäre ihm bevorgestanden, wenn ihn nicht Wiesel ewig in Unruhe versetzt hätte! Nach seiner Ankunft hätte er friedlich auf der Oase in Herrn Omars Zelt Weihnachten feiern können. Jetzt war alles zerstört! Sofort mußte er mit weiterer Erkundungsarbeit beginnen, sobald er den Teppich verließ. Tiegelmann machte sich nicht die geringste Sorge, daß er Wiesel nicht fangen würde —, aber ein Privatdetektiv braucht auch einmal einen kurzen Urlaub!

Der Teppich flog jetzt rasch dahin. Tiegelmann zündete den Spirituskocher an und stellte die Kaffeepfanne auf. Als er Kaffee getrunken und ein Sahnentörtchen gegessen hatte, gewahrte er unter sich eine Ortschaft, die an der Eisenbahn lag. Die Geleise eines großen Bahnhofs glänzten im Mondschein. Viele Häuser waren hell erleuchtet, besonders der Bahnhof. Tiegelmann richtete den Feldstecher dorthin und las den Namen der Station. «Aha, ein Ort, unweit von Pfirsichdorf», murmelte er. «Eisenbahnen werden im großen und ganzen in bezug auf Geschwindigkeit überschätzt! Wenigstens, sofern es sich darum handelt, eine Reise schnell zu machen.»

Plötzlich vernahm er klar und deutlich eine Stimme hinter sich, die rief: «Onkel Tiegelmann!»

Der Privatdetektiv wandte sich so heftig um, daß ihm der Tropenhelm über die Augen hinabrutschte. Es war ein reines Wunder, daß er nicht auf den Bahnsteig hinunterfiel. Tiegelmann schob den Helm aus der Stirne, und im Lichterglanz des Bahnhofs sah er hinter dem Gepäck zwei Köpfe sich abzeichnen. Er zog eine Taschenlampe heraus. In ihrem Lichtschein erkannte er deutlich Erika und Erich Brombeer aus Pfirsichdorf!

«Wir sind's!» erklärte Erich ein wenig unsicher.

«Wohin fahren wir, Onkel Tiegelmann?» fragte Erika ebenso schüchtern.

Tiegelmann saß wie vom Donner gerührt da.

«Wir glaubten, du wolltest nur — nur um die Stadt fliegen, Onkel Tiegelmann», stotterte Erich.

«Ja, wir meinten, daß du nur in die Stadt reisen wolltest», wiederholte Erika.

Tiegelmann strich mit der Hand über die Fransen und sagte kurz und bestimmt: «Zur Station.» Der Teppich senkte sich sogleich und landete glatt zwischen einem Milchwagen und einem Lastauto hinter dem Stationsgebäude. Tiegelmann ergriff einen Teil seines Gepäcks und begab sich in den Wartesaal. Erika und Erich trotteten mit dem Rest der Ladung hinterdrein. Tiegelmann nahm die Kinder mit zu einer Telephonzelle. Mit knapper Not fand darin alles Platz — die Sahnentörtchenschachtel, der Feldstecher, der Teppich, der Spirituskocher, die Kaffeepfanne, Tiegelmann, der Tropenhelm und Erich mit Erika. Mehr hat in einer Telephonzelle wirklich nicht Platz.

«Hallo!» meldete sich Ingenieur Brombeer, der vor nicht allzulanger Zeit nach Hause gekommen war. «Hallo!»

«Ist dort Ingenieur Brombeer?» rief Tiegelmann in den Hörer.

«Ich werde fragen. Einen Augenblick, bitte», stotterte der zerstreute Ingenieur. «Ja so ... hm ... ja, er selbst am Apparat!»

«Hier spricht Privatdetektiv Tiegelmann. Ihre Kinder sind bei mir. Sie schlichen heimlich auf den Teppich. Wir sind im nächsten Ort.»

«So, so, im nächsten Ort? Wir fragten uns schon, wo denn die Kinder bleiben. Wir glaubten, sie hielten sich bei den Nachbarn auf. So, so, im nächsten Ort sind die beiden!»

«Ich befinde mich auf dem Weg in die Arabische Wüste», betonte Meister Tiegelmann mit fester Stimme.

«Ja, dort ist es wohl gewiß wärmer. Ich bin zwar nie dort gewesen,

aber im nächsten Ort war ich schon einmal!» antwortete der freundliche, zerstreute Kühlschrank-Ingenieur.

Tiegelmann fragte scharf:

«Was soll ich mit den Kindern anfangen? Ich habe Eile. Soll ich
sie vielleicht nach Arabien mitnehmen?»

«Wäre ja schrecklich freundlich, wenn Sie dies tun wollten. Daß
sie nur zurückkommen, bis die Schule wieder anfängt.»

Tiegelmann war derart verdutzt, daß er nicht wußte, was er darauf
antworten sollte.

«Ist Frau Brombeer zu Hause?» fragte er daraufhin.

«Wer? Frau Brombeer? . . . Ach so, meine Frau! Ja, ich weiß. Nein,
ich kann sie nicht sehen. Wie lange bleiben Sie aus, Herr Tiegelmann?»

«Drei Minuten», tönte die energische Stimme der Telephonistin dazwischen.

«So, so, drei Minuten nur?» rief der Ingenieur laut in den Apparat.
«Na, da kommen sie bestimmt nach Hause, ehe die Schule anfängt,
vermute ich.»

Tiegelmann blieb die Sprache weg.

«Darf ich sprechen?» bat Erich eifrig und nahm den Telephonhörer.
«Paps! Dürfen Erika und ich mit nach Arabien?»

«Lieber Paps!» schrie Erika dazwischen.

«Wenn ihr nur immer warme Füße habt, sonst macht sich Mutti
Sorgen. Und vergeßt nicht, euch umzusehen, wenn ihr reist, dabei
lernt ihr ein wenig Geographie. Richtet Herrn Tiegelmann aus, er soll
nicht vergessen, den *Nordpol* wieder zurückzubringen. Adieu alle miteinander und glückliche Reise!»

«Adieu, adieu, küß Mutti von uns!» rief Erich und beeilte sich, den
Hörer aufzulegen. «Wir dürfen mit, wenn wir nur warm an den
Füßen haben», erklärte der Junge zu Tiegelmann. «Und du sollst den
Nordpol nicht vergessen.»

11   Ein Morgen auf dem Teppich

Herrlich ist es, auf einem fliegenden Teppich zu erwachen und die
Sonne über die Alpen leuchten zu sehen. Der Wind wehte nicht allzu
stark, es herrschte ausgezeichnetes Flugwetter, obwohl die Luft natürlich ziemlich kühl war. Nun saßen sie alle ein wenig verfroren da und

warteten darauf, daß der Kaffee kochen solle. Der Spirituskocher summte überaus gemütlich.

«Ist dort das Matterhorn?» fragte Erika, indem sie auf einen hohen Alpengipfel zeigte.

«Schon möglich», antwortete Tiegelmann. «Oder der Mont Blanc. Kann auch der Monte Rosa oder so etwas sein.» Er hielt daraufhin seinen scharfen Feldstecher vor die Augen und erklärte gelassen: «Auf jeden Fall ist es ein Alpengipfel.»

In der Zeit, bis der Kaffee kochte, war es angebracht, arabisch sprechen zu lernen. Tiegelmann wählte eine Platte, zog das Grammophon auf, und dann lernten alle einige nützliche Sätze auf arabisch. Zum Beispiel:

«Striegle das Kamel besser, Ali! — Wann geht die nächste Karawane nach Medina ab? — Bitte, zeigen Sie mir den Weg zum Pastetenbäcker!»

Sobald der Kaffee fertig war, goß Tiegelmann drei Tassen voll und holte drei ‚Gefüllte‘ aus der Sahnentörtchenschachtel.

«Onkel Tiegelmann», fragte Erich, «wann werden wir denn am Ziel sein?»

Meister Tiegelmann zog seine Uhr.

«Vermutlich in drei Stunden. Wenn der Schirokko bläst, kann es sechs Stunden dauern. Das kommt ganz darauf an.»

«Was ist denn das, der Schirokko?»

«Das ist warmer Gegenwind aus Marokko.»

Nach dem Kaffee übten sie sich wieder in der fremden Sprache.

«Kurz zuvor sah ich plötzlich eine wunderbare Fata Morgana», legte Erika los.

«Es wäre mir ein großes Vergnügen, Sie diese Fata Morgana beschreiben zu hören», meinte Meister Tiegelmann, worauf Erika fortsetzte:

«Ich sah drei Kameltreiber unter einer Palme.»

«Es ist mir eine große Ehre, dies zu hören», meinte Tiegelmann, und Erika glaubte gehört zu haben: «Darf ich Sie zu einer Tasse Kaffee in meinem geringen Zelt einladen?» Herr Tiegelmann schüttelte sein Haupt. Nachdem sie einige weitere arabische Sätze gelernt hatten, bemerkten die Kinder plötzlich ein großes blauglitzerndes Wasser am Horizont.

Das Mittelländische Meer!

Sobald sie die Alpen überflogen hatten, wurde es bereits viel wärmer. Über dem Mittelmeer lag geradezu Frühlingswetter in der Luft, obwohl Weihnachten bevorstand. Die Flugreisenden benötigten nichts Warmes mehr, sogar Tiegelmann nahm seinen leichteren Vollbart um. Endlich näherten sie sich den sonnigen südlichen Ländern! Tiegelmann wurde so vergnügt, daß er am liebsten in Hemdärmeln sitzen wollte. Aber dann fiel ihm ein, daß er ‚streng genommen' in einer dienstlichen Erhebung unterwegs war, und deshalb zog er den Rock wieder an. Wiesel! Ewig dieses Wiesel!

Immer wärmer strahlte die Sonne. Der Teppich flog ruhig und gleichmäßig in der stillen, klaren Luft dahin. Nur das eintönige, sausende Geräusch, das man stets auf einem fliegenden Teppich hört, war vernehmbar. Unter dem Flugzeug, so weit das Auge reichte, dehnte sich jetzt der Wasserspiegel. Die Sonne brannte heiß. Da streckten sich alle drei auf dem Teppich aus und ließen sich die Sonne gerade ins Gesicht scheinen. Gestern hatten sie noch in der kleinen Villa in Pfirsichhof geweilt! Heute würden sie einen neuen Weltteil sehen, Palmen und Kamele!

«Bitte, zeigen Sie mir den Weg zum nächsten Pastetenbäcker!» tönte es aus dem Grammophon. «Es wird mir eine Ehre sein —», und mit einem Male war die Platte zu Ende.

«Land!» schrie Erich und zeigte mit dem Finger ostwärts. Teffan Tiegelmann und Erika blickten in die angegebene Richtung.

«Ja, dort!» schrie Erika.

Tiegelmann setzte sicherheitshalber den Feldstecher an die Augen und spähte in die unendliche Weite. Ja, wirklich. Dort nahm das Meer ein Ende, und ein Streifen Land wuchs aus dem Wasser.

Der Flug ging rasch dahin. Der Wind hatte sich verstärkt, aber es war kein Schirokko. Es war ein ganz anderer Wind. Ehe sie sich besinnen konnten, befanden sie sich über einer großen Stadt. Vielleicht: Alexandrien. Auf einem fliegenden Teppich ist es immer schwer, zu wissen wie die Städte heißen. Wenn man mit der Eisenbahn fährt, gibt es weniger Zweifel. Da guckt der Passagier bloß zum Fenster hinaus und kann den Stationsnamen feststellen.

Als sie die große unbekannte Stadt hinter sich hatten, erblickten sie einen Kanal, vermutlich den Suez-Kanal. Auf dem Weiterflug sahen sie mehrere Städte, deren Namen zu erraten nicht der Mühe wert war, und dann folgte eine unendlich weite Wüste. Das mußte Arabien sein.

Eine Reihe träger Kamele zog über den Sand dahin, hier und dort lagen grüne Oasen mit Palmen, und über der Landschaft strahlte gleißender Sonnenschein wie geschmolzenes Gold.

«Jetzt gönnen wir uns ein Tahnentörtchen», meinte Meister Tiegelmann und öffnete die Sahnentörtchenschachtel. Es waren nur mehr drei Stück vorhanden.

Allmählich war es Zeit, einzupacken und auf dem Teppich Ordnung zu schaffen. Der Teppich hatte sich bisher keineswegs um eine der Oasen gekümmert, aber jeden Augenblick konnte er sich senken. Erika betätigte sich eifrig als Putzfrau. Erich verstaute die arabischen Sprachkursplatten, und Meister Tiegelmann schlang eine Schnur um

die leere Sahnentörtchenschachtel. Der Teppich begann sichtlich zögernder zu fliegen. Herr Tiegelmann bemerkte, daß er die Fahrt verlangsamte. «Hätte ich mir denken können», murmelte er mit dem Feldstecher vor den Augen. Zuerst konnte er nur Sand und wieder Sand wahrnehmen, aber jetzt gewahrte er eine Gruppe grüner Palmen, die sich vom Sand deutlich abhob. «Hier liegt wohl Kaf», meinte er. «Wenn es sich nicht um eine Luftspiegelung handelt!»

Bald tauchten einige Zelte unter den Palmen auf. Der Teppich flog in geringer Höhe. Er senkte sich immer mehr. Mit einem leichten Aufschlag landete er schließlich unter einer hohen schattigen Palme. In unmittelbarer Nähe wartete ein großer Mann von orientalischem Aussehen. Seine Augen waren schwarz wie die Nacht. Es war Herr Omar, der sich tief verneigte.

«Es ist mir eine ganz große Freude, Herrn Tiegelmann wiederzusehen», begrüßte er seinen Gast.

«Guten Tag, guten Tag!» rief Tiegelmann in fließendem Arabisch und lüftete den Tropenhelm. «Dies hier sind Erika und Erich Brombeer aus Pfirsichdorf.»

Omar verneigte sich zweimal vor den unbekannten Kleinen.

99

«Es ist mir eine große Ehre, Ihre Bekanntschaft zu machen», legte Erich auf arabisch los, indem er sich ebenfalls verbeugte.

«Bitte, zeigen Sie mir den Weg zum nächsten Pastetenbäcker!» plapperte Erika schnell in der neu erlernten Sprache.

12 Ein Kamel wurde gestohlen

Omar wohnte in der Stadt Dschuf, aber die Ferien verbrachte er immer in der Oase Kaf, die ein paar Meilen von der Stadt entfernt lag. Er hauste in einem schön genähten Sportzelt, das im Schatten unter den Palmen stand. Tiegelmann, Erich und Erika ließen sich jedes auf einem Kissen nieder, und Omar bot Chepchouka an, ein leichtes, aber zugleich nahrhaftes Gemüse, das besonders an heißen Tagen zuträglich ist, wenn der Wüstenwind bläst, und der bläst fast immer. Dann tranken sie Kaffee.

«Ich besaß gestern drei Kamele», begann Omar mit einer Verbeugung.

«Aha», stammelte Tiegelmann und trank einen Schluck Kaffee.

«Rubin, Smaragd und Juwel», fuhr Omar fort. «Heute besitze ich nur noch zwei: Rubin und Smaragd.»

«Also ist das dritte gestohlen worden?» erwiderte Tiegelmann sofort.

Herr Omar verbeugte sich voll Hochachtung. «Juwel ist gestohlen worden», bestätigte er.

«Kann ich mir denken», lächelte Tiegelmann. Ein Privatdetektiv ist nie erstaunt, wenn er hört, daß ein Kamel gestohlen wurde. «Guter Kaffee, was?» meinte er. «Gerade richtig stark. Prächtiges Aroma!»

Eine Weile saß die Gesellschaft schweigend beieinander. Nur das säuselnde Geräusch des Wüstenwindes in den Palmwipfeln unterbrach die Stille.

«Herr Tiegelmann», bat Omar mit einer besonders tiefen Verbeugung, «finden Sie mein Juwel wieder! Lassen Sie mich mein Tier wiedersehen!»

Privatdetektiv Tiegelmann seufzte. Er hatte sich vorgenommen, seinen Urlaub in Frieden und Ruhe zu verbringen. Er wollte weder an Kamele noch an Wiesel denken.

«Ich muß zuerst den *Nordpol* auffinden», erklärte er mit erhobener Stimme.

Omar zeigte niemals Erstaunen.

«Den *Nordpol*?» fragte er ein wenig enttäuscht.

«Mein Paps hat den *Nordpol* erfunden», rief Erich.

«Herrn Brombeers Vater ist also Forschungsreisender?» fragte Omar interessiert.

«Keineswegs, er ist Kühlschrank-Ingenieur», erklärte Tiegelmann. Omar verneigte sich, ohne eine Miene zu verziehen.

«Im *Nordpol* ist auch eine Lautsprecheranlage eingebaut», versicherte Erika.

Omar verneigte sich mit orientalischer Ruhe. Alle schwiegen. Der Wüstenwind säuselte weiterhin in den Palmwipfeln.

«Es sind dreihundert Tahnentörtchen im *Nordpol* verwahrt», schloß Tiegelmann traurig seine Erklärungen.

Omar sah auch jetzt nicht besonders erstaunt drein.

«Der *Nordpol* ist ein Kühlschrank», wiederholte Meister Tiegelmann.

«Mit eingebautem Lautsprecher», setzte Erich hinzu. «Mein Paps hat dies Gerät erfunden.»

Omar verneigte sich achtungsvoll.

«Ich bin mit der Auffindung allzusehr beschäftigt», fuhr Tiegelmann fort, «und habe keine Zeit für Juwel —» Er hielt mit seiner Ausführung inne, als er den wehmütigen Blick in Omars Augen sah. Und als er daran dachte, wie höflich sich Omar erwies und wie oft er sich verneigte, zögerte er noch mehr. «Ich werde Ihrem Wunsche entsprechen», seufzte er endlich. «Wie sah das Kamel aus?» fragte er, seinen Notizblock hervorziehend. «Beschreiben Sie mir das Tier!»

«Es wird mir ein großes Vergnügen sein», begann Omar mit bekümmerter Stimme. «Juwel war mein getreuer Freund. Wie oft hat er mich in brennender Sonne getragen —»

«Verzeihung», unterbrach Tiegelmann, «beschreiben Sie mir jetzt sein Aussehen!»

«Es wird mir eine große Ehre sein. Meiner unmaßgeblichen Meinung nach war Juwel ein außerordentlich stattliches und gutgewachsenes Kamel. Auf der großen Kamelausstellung im vergangenen Jahr errang Juwel —»

«Besondere Kennzeichen?» warf Tiegelmann ungeduldig ein.

«Ja», Omar verneigte sich. «Treue, Ausdauer und einen gleichmäßigen, angenehmen Gang.»

Tiegelmann klopfte etwas ungeduldig mit dem Bleistift auf das Buch.

«Es wäre mir eine große Ehre, Ihnen den Kamelstall zeigen zu dürfen», schlug Omar, sich erhebend, vor.

Tiegelmann, Erich und Erika erhoben sich gleichfalls von ihren Kissen. In der Nähe des Zeltes lag ein einfacher Sommerstall. Dort ruhten zwei kauende Kamele, der dritte Verschlag war leer. Oberhalb der drei Boxen waren die Namen der Kamele mit arabischen Buchstaben auf kleinen Tafeln angebracht.

«Juwel, Smaragd, Rubin», las Erika.

Smaragd und Rubin hörten zu kauen auf. Die Tiere wandten die Köpfe und blickten die Besucher an; schließlich kauten sie weiter. Erich und Erika streichelten sie und gaben jedem ein Stück Zucker.

«Haben Herr Omar jemand besonders in Verdacht?» fragte Meister Tiegelmann mit erhöhter Anteilnahme.

«Ja», antwortete Omar, «ich hege Mißtrauen gegen eine gewisse Person.»

«Erzählen Sie», rief Tiegelmann, den Bleistift zückend.

«Es wird mir eine große Ehre sein», willfahrte Omar. «Das Flugzeug nach Dschuf mußte heute morgen in dieser unbedeutenden Oase eine Notlandung vornehmen.»

Tiegelmann erschrak so, daß ihm der Tropenhelm über die Augen rutschte. «Anlaß hiezu war Benzinmangel», fuhr Omar fort. «Benzin wurde von Dschuf herbeigeschafft, indessen die Passagiere in der Oase einen Spaziergang unternahmen. Einer von ihnen hatte aber ganz besondere Eile. Er nahm sich sofort mein Juwel und ritt nach Dschuf weiter.»

«Beschreiben Sie mir doch sein Aussehen!»

«Es wird mir eine große Ehre sein.» Omar verneigte sich. «Ein Auge war blau, das andere braun.»

«Was sagen Sie?» fragte Tiegelmann verdutzt.

«Ja», beharrte Omar, «Juwel ist das einzige Kamel in der ganzen Wüste, das ein blaues und ein braunes Auge hat.»

«Schön.» Tiegelmann notierte sich die Angaben. «Beschreiben Sie aber lieber den Kameldieb!»

«Ich hatte nur Gelegenheit, ihn aus der Entfernung zu beobachten. Er ritt auf Juwel. Ich bemerkte aber sofort, daß er sehr klein war. Er führte eine weiße Reisetasche bei sich und verschwand in der Richtung nach —»

«Der *Nordpol!!!*» kam es wie ein Pistolenschuß aus Tiegelmanns Mund.

«Nein, meiner unmaßgeblichen Meinung nach nahm er Kurs nach Dschuf, das ostsüdöstlich von dieser unbedeutenden Oase liegt», berichtigte Omar mit einer Verneigung.

«Warum versuchten Sie nicht, den Dieb festzunehmen?»

«Ich sattelte sogleich Rubin, aber der Gauner hatte schon einen zu großen Vorsprung gewonnen. Juwel ist außergewöhnlich rasch.»

«Aber du lieber Himmel!» rief Tiegelmann aus. «Sie besitzen doch einen fliegenden Teppich?»

«Mein fliegender Teppich befindet sich augenblicklich bedauerlicherweise in der Kunststopferei zum Ausbessern.»

«Ich nehme sofort die Nachforschung auf», erklärte Tiegelmann und fühlte nach, ob er die Dienstpistole in der Tasche trage.

Rubin und Smaragd wurden gesattelt, was Erika und Erich höchst aufregend fanden. Auf einem Kamel durch die Wüste zu reiten erschien ihnen ebenso vergnüglich, wie auf dem fliegenden Teppich zu reisen. Die Kamele knieten nieder, damit man sie besteigen könne. Und als sie sich auf ihre langen Beine erhoben, saßen die Reiter so hoch oben, daß sie eine großartige Aussicht über das Sandmeer genossen. Omar und Erika ritten auf Rubin, Privatdetektiv Teffan Tiegelmann und Erich Brombeer auf Smaragd. Tiegelmann nahm sein Fernrohr aus der Schutzhülle. Eben, als man losziehen wollte, schlug Omar vor:

«Verzeihen Sie, Herr Tiegelmann, aber wir würden bedeutend rascher Dschuf erreichen, wenn wir auf Euer Wohlgeboren Teppich flögen.»

«Natürlich!» stimmte Tiegelmann so heftig zu, daß ihm der Tropenhelm erneut über die Augen rutschte.

Rubin und Smaragd ließen sich mit aufreizender Langsamkeit nieder, worauf die Kamelreiter absprangen. Einige Augenblicke später saßen alle vier auf dem Teppich. Tiegelmann wollte eben mit der Hand über die Fransen streichen und «Dschuf» sagen, als er plötzlich innehielt. Ein Privatdetektiv muß an alles denken!

«Nein», erklärte er, «wir nehmen doch die Kamele!»

Omar verbeugte sich, ohne eine Miene zu verziehen, und alle vier stiegen vom Teppich herunter, den Tiegelmann wieder zusammenrollte und unter den Arm nahm. Omar ließ die Kamele von neuem niederknien, und die vier Reiter kletterten abermals in ihre Sitze. Daraufhin setzte sich die kleine Karawane in Bewegung. Rubin schritt voran, Smaragd folgte hinterdrein. Tiegelmann nahm das Fernglas aus der Schutzhülle.

Gelassen begann er dann zu erklären, warum es keinen Sinn habe, auf dem Teppich zu fliegen. Er rechne damit, Willi Wiesel sofort zu fangen, wenn sie in Dschuf ankämen. In diesem Fall müsse er Wiesel auf kürzestem Wege in die Heimatstadt bringen, und auf diesem Flug wage er die Kinder nicht mitzunehmen. Denn Wiesel sei nicht zu trauen. Tiegelmann selbst war darauf gefaßt, während der ganzen Fahrt mit der geladenen Pistole in der Hand dasitzen zu müssen. Deshalb hielt er es für geboten, auf den Kamelen nach Dschuf zu reiten, damit Omar und die Geschwister Brombeer die Möglichkeit besäßen, in die Oase zurückzugelangen. Sobald Meister Tiegelmann Wiesel in der Heimat abgeliefert hatte, wollte er nach der Oase zurückfliegen, um gemeinsam mit Omar, Erich und Erika in Frieden und Ruhe seinen Urlaub unter Palmen zu verbringen. Dann würde es herrlich sein, bei Sonnenuntergang vor dem Zelt zu sitzen und zu den Klängen eines schönen mesopotamischen Volksliedes Zaubersahnentörtchen aus dem *Nordpol* herauszuholen. All dies erklärte Privatdetektiv Tiegelmann mit lauter Stimme, während die kleine Karawane über das Sandmeer dahintrottete.

Doch inzwischen hatte sich der Wüstenwind erhoben, und Omar und Erika auf dem vorderen Kamel konnten nur einige abgerissene Worte verstehen. Omar drehte sich in orientalischer Höflichkeit ständig um und verneigte sich mit gewohnter Ruhe.

Bald sahen die Reiter nur noch Sand um sich her. Erika und Erich hatten zuerst gemeint, der Kamelritt werde ebenso spannend sein wie ein Flug auf dem Teppich, aber nach einer Stunde fanden sie, daß diese Reise doch ein wenig einförmig sei. Tiegelmann seinerseits grübelte in seiner Art über ein schwieriges Problem. Warum, so fragte er sich, ziehen die Leute auf Kamelen durch die Wüste, wenn es Teppiche gibt? In anderen Ländern mochten Kamele natürlich unendlich wertvoll sein, aber hier, in der Heimat der fliegenden Teppiche, fand er, daß die Kamele ein wenig überschätzt würden. Nach einiger Zeit begegneten sie zwei langen Karawanen. Die Kamele trugen große Lasten auf dem Rücken, und die Kameltreiber gingen mit Stöcken in den Händen daneben her. Schließlich bemerkten sie in der Luft einen fliegenden Teppich. Ein altes bärtiges Männchen flog in ganz geringer Höhe über sie hin. Als Fracht befanden sich noch zwei Ziegen auf dem Teppich. Erika und Erich winkten dem Alten zu, aber er grüßte nicht zurück. Nach einer Weile erblickten sie einen anderen, größeren Teppich, auf dem eine ganze Familie saß: Großvater, Großmutter, Vater, Mutter und sechs Kinder. Sie plauderten und lachten, ihre Kleider flatterten lustig im Wind. Die Kinder lagen auf dem Bauch und guckten über den Rand des Teppichs in die Tiefe. Man sah nur ihre Köpfe. Die Kleinen winkten Erich und Erika zu, die kaum Zeit fanden, ein Zeichen des Dankes zu geben, ehe der Teppich verschwunden war. Meister Tiegelmann sah dem raschen, luftigen Teppich gedankenvoll nach! Ich muß mit Omar über die Sache reden, dachte er.

Dann hielt die kleine Karawane ihren Einzug in Dschuf. In allen orientalischen Städten wimmelte es immer. Dschuf war zwar keine überaus große Stadt, doch groß genug, um nur so von Menschen zu wimmeln. Die vier ritten an dem großen Bazar vorbei, und Omar stellte Rubin und Smaragd in einer Karawanserei ein. Dann schritt Tiegelmann sofort daran, die Ausforschungsarbeit einzuleiten. Zunächst wollte er in der Stadt umhergehen und fragen, ob ein kleiner,

verschlagener Mann mit einer weißen Tasche gesehen worden sei. Omar sollte den Weg zeigen, denn als erstes Ziel gab der Privatdetektiv an:

«Meiner unmaßgeblichen Meinung nach sollten wir zuerst beim besten Pastetenbäcker nachfragen.»

Der ehrenwerte Pastetenbäcker 14

Die arabischen Pasteten genießen in der Welt einen hervorragenden Ruf. Pasteten in anderen Ländern sind häufig mit irgendeinem Fehler behaftet. Die arabische Pastete dagegen ist immer gerade richtig groß, richtig durchgebacken, und die Füllung ist stets köstlich zubereitet.

In Dschuf gab es viele geschickte und ehrenwerte Pastetenbäcker, aber Muhammed an der Karawanenstraße wurde für den besten und ehrenwertesten angesehen. Die frischgebackenen Pasteten lagen reihenweise in seinem Laden und dufteten herrlich. Muhammed war besonders für seine beiden Hausmarken bekannt: *Des Beduinen Heimweh'* und *Sonntagstraum des Kameltreibers'*. Das «Heimweh» war mit Hammelfleisch gefüllt, der «Sonntagstraum» mit einem Gelee aus frischen Feigen.

Beim Pastetenbäcker Muhammed pflegte Omar regelmäßig seine Pasteten zu kaufen. Zu diesem berühmten Pastetenbäcker wies nun Omar den Weg. Der Laden lag etwas abseits, in einem Eckhaus der Karawanenstraße am Rande der Stadt. Hier wimmelte es nicht so sehr von Menschen. Auf der Karawanenstraße begegnete man nur gelegentlich Wanderern, die Pasteten auf den Armen trugen. Bisweilen eilte der Laufbursche Ibn daher, der gleich zehn Pasteten auf einmal schleppte.

Omar, Tiegelmann, Erika und Erich traten zusammen ein, gefolgt von einer schwarzen Katze, die sich auf der Karawanenstraße herumgetrieben hatte. Im Laden herrschte düsteres Zwielicht, denn das einzige Fenster bestand nur aus einer Luke, die auf die Schattenseite der Straße hinausführte. Aber trotz des Dämmerlichtes im Laden schufen die herrlichsten Düfte von Frischgebackenem ein behagliches Gefühl. Undeutlich hoben sich Pasteten in langen Reihen voneinander ab. In der dunkelsten Ecke stand ein Mann und knetete Teig. Er war der kräftigste Teigmischer, den Tiegelmann je gesehen hatte, denn er bearbeitete den Pastetenteig, daß der Trog in allen Fugen krachte. Die hoch aufgekrempelten Ärmel gaben Muskeln frei, die einem Ringkämpfer — ja beinahe deren zwei — Ehre gemacht hätten. Kein Wunder, daß Bäcker Muhammeds Pasteten an Güte unerreicht waren!

Die
delikatesten
Pasteten
der
Wüste

konnte man im «Wüstenkurier» lesen. Diese Behauptung entsprach der vollen Wahrheit. Fragt nur Herrn Omar! Die schwarze Katze hatte sich in der Bäckerei auf eine kleine Entdeckungsreise begeben.

Auf einmal erblickte der Teigmischer das Tier. Sofort hörte er auf zu kneten und wich an die Wand zurück. Dort stand er, starrte die Katze an und schrie:

«Eine Katze! Seht euch die Katze an!»

Das Tier sprang wieder auf die Straße hinaus. Der Teigkneter warf die Tür knallend hinter ihr zu, nachdem er dreimal über seine linke Schulter gespuckt hatte. Aha, dachte Tiegelmann, der alles beobachtete, der Mann fürchtet sich vor Katzen.

Da kam Muhammed selbst hereingestürzt.

«*Traum* oder *Heimweh?*» schrie der Pastetenbäcker. (Er hatte früher einmal in einer Hafenstadt mit äußerst gemischter Bevölkerung gewohnt, und dort war keine Gelegenheit vorhanden, sich die gleiche gastfreie Freundlichkeit anzueignen, die zum Beispiel Omar auszeichnete.)

«*Traum* oder *Heimweh?*»

Omar verneigte sich und antwortete:

«*Traum* und *Heimweh.*»

Muhammed schmiß zwei Pasteten hin. Omar bezahlte, wobei er sagte:

«Diese Pastetenbäckerei wird von einem ständigen Strom hungriger Menschen aus nah und fern durchflutet. Haben Herr Muhammed in diesem Strom vielleicht eine gewisse Person gesehen, in Kleidern von abendländischem Schnitt und mit dreihundert Sahnentörtchen in einer weißen Reisetasche, Marke ‚*Nordpol*‘?»

Muhammed warf Omar einen giftigen Blick zu, ohne zu antworten. Der Teigmischer hörte zu kneten auf, er stand unbeweglich drüben in der Dämmerung und horchte. Tiegelmann war auf seiner Hut.

«Dieser Mann stahl — aus Benzinmangel — ein Kamel namens Juwel», fuhr Omar fort.

Muhammed schoß wütende Blicke auf die Kunden. Der Teigmischer stand abwartend da. Tiegelmann war auf seiner Hut. «Nein!» schrie Muhammed, als er lange genug wütende Blicke geschossen hatte. «Ich habe weder Menschen noch Kamele, weder Taschen noch Juwelen gesehen. Wünschen Sie noch mehr Pasteten heute? Na, dann — Mahlzeit!»

Omar, Tiegelmann, Erika und Erich verließen das Geschäft. Omar trug auf jedem Arm eine Pastete.

«Er schien wütend zu sein», meinte Tiegelmann, indem er den Tropenhelm aus der Stirne schob. «Hat er vielleicht Zahnweh?»

«Auch ich habe mir oft Gedanken darüber gemacht, ob er nicht vielleicht eine Wurzelbehandlung nötig hätte. Aber er ist ein ehrenwerter Pastetenbäcker. Seine Ware scheint mir besonders wohlschmekkend.»

Sie gingen durch die ganze Stadt und fragten, ob man einen kleinen, heimtückischen Abendländer mit weißer Reisetasche, Marke *Nordpol*, bemerkt habe. Tiegelmann hielt es für unnötig, zu sagen, daß der *Nordpol* ein umwälzender Kühlschrank war. Ein Beduine zeigte zwar auf Tiegelmann und behauptete, daß dieser es sei, aber Omar versicherte dem eigensinnigen, albernen Beduinen, daß er sich irre. Ein Fakir, der auf Nägeln saß, konnte nicht antworten, da er sich gerade ein Messer durch die Zunge gestochen hatte, aber er deutete durch Kopfschütteln und gurgelnde Kehllaute an, daß er leider keinen solchen Fremdling bemerkt habe.

Es wurde immer schwüler. Die Hitze auf den Straßen begann unleidlich zu werden. Alles drängte nach Hause, um das Mittagsschläfchen zu halten. Omar schlug vor, die Ausforschungsarbeit aufzuschieben, bis die ärgste Hitze vorüber sei.

«Gut, aber nicht zu lange», willigte Tiegelmann mit einem Blick auf seine Uhr ein.

«Fünf oder sechs Stunden nur», versicherte Omar mit orientalischer Ruhe. «Meiner unmaßgeblichen Meinung zufolge erkundet man besser, wenn die Abendkühle beginnt.»

Unsere vier Reisenden suchten ein Kaffeehaus auf, wo sie aus kleinen Tassen arabischen Kaffee tranken. Omar und Tiegelmann hatten erst zwölf Tassen getrunken, als es Erika und Erich langweilig zu werden begann; sie wollten nicht länger untätig dort sitzen.

«Onkel Tiegelmann», sagte Erika, «wir gehen hinaus und sehen uns einmal die Stadt an.»

«Ja, aber lauft nicht zu weit fort!» mahnte Tiegelmann. «Seid vorsichtig, damit ihr euch nicht verirrt!»

Erich und Erika wanderten in dem glühenden orientalischen Sonnenschein. Das Gewimmel auf den Straßen hatte bedeutend abgenommen. Dschuf döste in der Mittagshitze.

«In diese Richtung gehen wir!» meinte Erich. Dabei stolperte er über eine tote Katze. Die Stadt war ein richtiges Labyrinth kleiner weißer Häuser. Erich und Erika stiefelten in dieses Häusergewirr hinein.

Kommen denn die jungen Brombeers noch nicht bald?» fragte Tiegelmann, indem er auf die Uhr sah. Beide waren schon über eine Stunde aus, und Tiegelmann brannte darauf, die Erkundungsarbeit fortzusetzen. Omar leerte ruhig seine Tasse guten arabischen Kaffees und meinte:

«Die Stadt ist ziemlich klein, aber doch verhältnismäßig zu groß, um als so richtig klein bezeichnet zu werden. Hier gibt es viele Häuser und Straßen, die möglicherweise für einen reisenden Fremden von einem gewissen bescheidenen Interesse sein mögen.»

«Wir haben Eile», warf Tiegelmann ungeduldig ein.

Omar verneigte sich teilnehmend und bestellte noch mehr Kaffee. Tiegelmann wurde immer unruhiger. Sie waren nun schon lange dagesessen und hatten Kaffee getrunken, und die Geschwister Brombeer aus Pfirsichdorf kamen noch immer nicht zurück.

«Wenn Herrn Tiegelmann kein Kaffee mehr gefällig ist, könnten wir hinausgehen und nachsehen», schlug Omar vor. «Wir wollen ja ohnehin nach Herrn Wiesel fragen, und da könnten wir uns gleichzeitig nach dem jungen Fräulein und dem jungen Herrn Brombeer erkundigen.»

Die ärgste Hitze war bereits vorüber. Auf den Straßen hatte es wieder zu wimmeln begonnen.

«Lassen Sie uns zuerst zum Pastetenbäcker Muhammed gehen!» sagte Omar.

«Zu dem mit den Zahnschmerzen?» polterte Tiegelmann. «Der weiß doch nichts.»

«Seine Pasteten schmecken gleichwohl vortrefflich. Sie sind immer gerade richtig gebacken, und es ließe sich denken, daß die Geschwister Brombeer dorthin gegangen sind, um sich am *Heimweh* gütlich zu tun.»

Also begaben sie sich in die Karawanenstraße und öffneten die Pastetenbäckereitür. Der Teigmischer hatte seine Arbeit unterbrochen. Er war nirgends zu sehen. Auch der Laufjunge Ibn fehlte. Nach einiger Zeit tauchte Muhammed im Zwielicht auf.

«*Traum* oder *Heimweh?*» schrie er.

«*Traum*», erwiderte Omar mit einer Verneigung. «Einen mittelgroßen *Sonntagstraum*. Bitte, schicken Sie ihn mit meinem Nachbarn. dem Zeltmacher Hassan, der morgen in aller Frühe in die Oase hinausfliegt.»

«Sonst noch etwas?»

«Bitte, sagen Sie uns, ob zwei Kinder, von denen das eine ein Mädchen und das andere ein Junge ist, hier gesehen worden sind.»

Muhammed schoß schweigend wütende Blicke auf die beiden. Er sah grimmiger drein denn je. Schließlich knurrte er:

«Ich habe keine Kinder bemerkt. Seit mehreren Jahren habe ich nicht ein einziges Kind gesehen. Übrigens ist dies hier kein Auskunftsbüro. Mahlzeit!»

Tiegelmann und Omar traten wieder auf die Straße hinaus. Sie suchten, bis es dunkel wurde, dann ritten sie in die Oase zurück. Tiegelmann grübelte die ganze Zeit, wie er alle Probleme unfehlbar mit einem Plan lösen könne. Nun fehlten: zwei Kinder, ein Kamel und ein Kühlschrank, Marke *Nordpol*. Selten sah sich ein Privatdetektiv einer schwierigeren Aufgabe gegenüber.

Tiegelmann und Omar saßen schließlich in der Abendkühle vor dem Zelt. Sie hatten einen Teller Chepchouka und ein *Heimweh* mit Hammelfülle verzehrt. Das Dunkel war über die Oase und die ganze Wüste gesunken. Durch die Wipfel der Palmen, die leise raschelten. blinkten große morgenländische Sterne. In weiter Ferne heulte ein Schakal.

«Finden Herr Tiegelmann diese bescheidene Oase nicht schön?» fragte Omar.

Tiegelmann war sehr bekümmert. Er hatte noch keinen unfehlbaren Plan ausgedacht, und deshalb war er im Augenblick nicht in der Lage, die Schönheit der Wüste zu genießen.

«Hier ist zuviel Sand», nörgelte er, «beim Kuckuck, viel zuviel Sand!»

Omar verneigte sich schweigend im Dunkel.

«Die Hälfte wäre genug. Und wozu sollen die Kamele nütze sein», fragte Tiegelmann scharf, «wenn es Teppiche gibt?»

Omar reichte Tiegelmann eine Tasse Kaffee.

«Auf einer längeren Reise erspart man ja mehrere Tage, wenn man fliegt», beharrte Tiegelmann.

«Die Zahl der Tage spielt im Osten keine Rolle.»

«Aber angenommen, es gilt, eine frischgebackene Pastete zu holen?»

«Meine unmaßgebliche Meinung ist die, daß Pasteten nicht allzu heiß und frisch gebacken verzehrt werden sollen.»

Tiegelmann seufzte.

«Aber angenommen, es ist halb drei Uhr nachmittags, und angenommen, Sie müssen um Punkt drei Uhr in Dschuf sein. Da taugen Kamele auf keinen Fall.»

«Vier Uhr ist auch eine gute Stunde, um in Dschuf anzukommen. Ich für meine bescheidene Person ziehe gleichwohl sechs Uhr vor, weil sich da die wohltuende Abendkühle herabzusenken begonnen hat.»

Tiegelmann seufzte, und Omar verneigte sich.

In dieser Nacht konnte Tiegelmann nicht schlafen. Er lag wach und

110

versuchte einen unfehlbaren Plan auszubrüten. Als die Morgensonne aufging, grübelte er noch immer. Nie war Tiegelmann vor einer schwierigeren Aufgabe gestanden.

Ihr Nachbar, der Zeltmacher Hassan, der eben auf seinem Teppich von Dschuf geflogen kam, überbrachte Omar eine schöne, frisch gebackene Pastete von Muhammed. Tiegelmann und Omar setzten sich nieder, um rasch zu frühstücken, ehe sie nach Dschuf reisten, um die Nachforschungen fortzusetzen.

Omar schnitt zwei prächtige Scheiben von dem ‚Sonntagstraum des Kameltreibers‘ herunter.

«Es wäre mir eine große Freude, zu hören, daß Herr Tiegelmann diese arabische Pastete schmackhaft finden», sagte er.

Tiegelmann nahm den Teller entgegen, von dem ein herrlicher Duft emporstieg.

«Sie ist ebenso gut wie ein ungefülltes Tahnentörtchen», stellte er fest. Da die Zeit knapp war, biß er ein riesiges Stück ab. Sofort spürte er etwas Hartes und Scharfes im Mund, an dem er sich beinahe die Zunge zerschnitten hätte. Wenn dies der Sonntagstraum eines Kameltreibers sein sollte, dann litt der Kameltreiber in diesem Fall an Alpdrücken. Tiegelmann hörte zu essen auf und schaute Omar an, aber dieser kaute zufrieden weiter. Der Privatdetektiv nahm vorsichtig den Alptraumbissen aus dem Mund und legte ihn auf den Teller. Jetzt hörte auch Omar zu essen auf.

«Es wäre mir ein großer Kummer, wenn Herr Tiegelmann meine bescheidene Pastete nicht schmackhaft finden sollte», begann er mit einem wehmütigen, fragenden Ausdruck in den schwarzen Augen.

Tiegelmann stocherte mit der Gabel in dem Traumbissen. Er war in der Mitte besonders hart. Tiegelmann fuhr fort, zu stochern und zu kratzen, und bald hatte er etwas freigelegt, das einer Rasierklinge glich. Omar saß still wie eine Bildsäule. Tiegelmann fischte das Ding mit zwei Fingern vom Teller und wischte es am Zelttuch ab. Es war aber keine Rasierklinge. Das Ding entpuppte sich als ein ovales Metallschildchen mit Buchstaben darauf. In der hellen Morgensonne glänzte ihnen ein Name entgegen:

NORDPOL

Privatdetektiv T. Tiegelmann glich einem Habicht, der eben ganz unerwartet eine kleine Taube erblickt hat. Er saß still und grübelte scharf, während die Strahlen der Morgensonne auf dem Metallschildchen blitzten, das er immer noch zwischen zwei Fingern drehte. Omar verhielt sich ebenfalls ganz ruhig, um seinen Gast nicht zu stören, aber er kaute verstohlen und schielte nach der Pastete.

«Ha!» rief Tiegelmann und sprang auf. «Wir haben keine Zeit zu verlieren.»

Mit großen Schritten lief er in das Zelt hinein, um seinen fliegenden Teppich zu holen, und breitete ihn auf dem Wüstensand aus. Er warf den Kleidersack auf den Teppich und fühlte nach, ob er die Dienstpistole in der Tasche trage. Dann startete er mit solcher Geschwindigkeit, daß ihm der Tropenhelm auf die Nase rutschte und Omar kaum noch Zeit fand, sich zu setzen.

«Der ‚Nordpol' befindet sich beim Pastetenbäcker!» erklärte Tiegelmann aufgeregt.

«Dann muß Herr Wiesel das *Nordpol*schild in den *Sonntagstraum* gegeben haben», meinte Omar hinter ihm. «Weshalb tat er das?»

Das fragte sich Tiegelmann auch.

«Es ist noch zu früh, um sich über diese Tatsache zu äußern», erwiderte er scharf und rückte den Tropenhelm zurecht, der ihm wieder über die Nase geglitten war.

«Glauben Sie, daß der Pastetenbäcker auch Juwel versteckt hält?»

«Es wäre mir eine große Freude, Juwel wiederzusehen», murmelte Omar mit gedämpfter Stimme. «Übrigens glaube ich, daß Herrn Muhammeds Pasteten bedeutend überschätzt werden. Was ist Ihre Meinung über diese Pasteten?»

«Sie schmecken abscheulich!» schrie Tiegelmann.

«Früher hielt ich diese Pasteten für unvergleichlich wohlschmeckend, aber meine unmaßgebliche Meinung ist, daß ich hierin geirrt habe.»

«Die schlechtesten Pasteten in der Wüste! Nie schlechtere gekannt! Dieser elende Pastetenkleisterer!» brüllte Tiegelmann und stocherte ein Pastetenstück aus seinen Vorderzähnen.

Der Teppich sauste geschwind dahin, und bald langten sie in Dschuf an, wo es schon zu wimmeln begonnen hatte. In der Karawanenstraße begegneten sie mehreren Kunden mit Pasteten auf den Armen, aber der Laufbursche Ibn war nicht zu sehen. Vorsichtig spähten sie durch das Fenster. Der Laden stand gerade leer, auch der Teigmischer ließ sich nicht blicken.

Tiegelmann fingerte zögernd an der Dienstpistole. Da sah er, daß Omar sich zu der Kellerluke niedergebeugt hatte. Tiegelmann trat hinzu. In der Luke sah er etwas Großes, Undeutliches und Zottiges, das sich langsam bewegte. Er blickte schärfer hin. Es war ein Kamelkopf. Das eine Auge war blau, das andere braun.

Jeder, der einmal in der Karawanenstraße einen Kamelkopf durch eine Kellerluke gucken sah, weiß, wie sehr einen das in Erstaunen setzt. Unstreitig wird sich die Frage erheben, warum das Kamel in dem ungesunden Keller steht, statt sich draußen im Freien zu tummeln.

«Juwel», murmelte Omar mit gebrochener Stimme.

«Aha», sagte Tiegelmann, «so ist das.»

«Was tust du hier, alter Junge?» fragte Omar traurig, und Juwel sah ihn mit treuherzigen, wehmütigen Augen von verschiedener Farbe an.

«Hier ist sowohl der ‚*Nordpol*‘ wie Juwel zu finden», flüsterte Tiegelmann. «Jetzt kriegen wir zwei Fliegen mit einem Schlag.»

«Mein Juwel ist keine Fliege», verwahrte sich Omar. In seiner Stimme zitterte ein ganz leiser Vorwurf.

Die Straße lag verödet da. Tiegelmann zog Omar mit sich auf eine kleine Entdeckungsfahrt um die Ecke herum. Dort befand sich eine hohe Tür. Tiegelmann drückte vorsichtig an der Klinke. Die Tür war verschlossen. Plötzlich öffnete sie sich von innen, und ein riesiger Araber trat heraus. Es war der Teigmischer, der Muskeln besaß wie ein Ringkämpfer — ja beinahe wie deren zwei. Übrigens stak ein langer krummer Dolch in seiner roten Schärpe. Er stemmte die Fäuste in die Seiten und glotzte Tiegelmann und Omar an. Seine Augen funkelten gefährlich.

«Verzeihung», fragte Tiegelmann, «ist hier der Eingang zur Pastetenkleisterei ... äh, ich meine, zur Pastetenbäckerei?»

«Nein, der Ausgang», gurgelte der Teigmischer aus tiefster Kehle, indem er die Hand an den Dolch legte. «Verschwinden!» donnerte er und knallte die Tür zu. Omar und Tiegelmann verschwanden um die Ecke. Dort blickten sie noch einmal auf den Kamelkopf.

«Onkel Tiegelmann», flüsterte da eine Stimme aus der dunklen Kellertiefe. Tiegelmann und Omar sahen einander an.

«Ssst!» zischte Tiegelmann.

Der Pastetenbäcker selbst war auf die Türschwelle hinausgetreten. Er warf ihnen die ganze Zeit, während sie gebückt dastanden, schiefe Blicke zu. Omar hatte es auf einmal eilig, eine seiner Sandalen festzubinden, und Tiegelmann tat, als entferne er ein wenig Kamelmist von seinem linken Schuh.

«Guten Morgen, Herr Muhammed», grüßte Omar. «Wir machen nur einen kleinen Morgenspaziergang. Es ist uns ein großes Vergnügen, an der berühmten Pastetenbäckerei vorbeizukommen.»

Muhammed schielte ihnen mißtrauisch nach, als sie die Straße entlang weiterschritten.

«Wir müssen einen Plan entwerfen», erklärte Tiegelmann. «So geht es nicht. Muhammed hat schon Lunte gerochen.»

«Dann lassen Sie uns ins Kaffeehaus gehen und nachdenken!» schlug Omar mit orientalischer Ruhe vor.

Beide schlenderten also dorthin und begannen, arabischen Kaffee aus kleinen Tassen zu trinken. Tiegelmann grübelte scharf, während Omar, um ihn nicht zu stören, vorsichtig den ,Wüstenkurier' las.

«Die Kinder sind beim Pastetenkleisterer gefangen...», murmelte Tiegelmann, «der *Nordpol* ist dort ... Juwel steht dort ...»

«Ja», sagte Omar gedämpft, indem er von seiner Zeitung aufblickte. «Juwel steht dort.»

«... und ich bin sicher, daß Wiesel sich auch dort aufhält ... Der Teigmischer ist mitverwickelt ... wo ist der Laufjunge? ... Die ganze Pastetenkleisterei ist mitverwickelt ... Ich muß sie überrumpeln ... Beim geringsten Zeichen von Gefahr kann Wiesel einen Teppich mieten und mit dem *Nordpol* davonfliegen ...»

Selten war ein Privatdetektiv wohl vor einer schwierigeren Aufgabe gestanden!

«Verzeihung», sagte Omar plötzlich, auf eine Anzeige im ,Wüstenkurier' zeigend.

«Worum handelt es sich?» fragte Tiegelmann ein wenig ungeduldig.

Omar las:

EHRLICHER UND NÜCHTERNER
TEIGMISCHER ERHÄLT AB SOFORT DAUER-
POSTEN FÜR KÜRZERE ZEIT BEI PASTETEN-
BÄCKER MUHAMMED.

«Aha!» rief Tiegelmann. Dann grübelte er wieder eine Weile und wurde dabei immer mehr einem Habicht ähnlich. «Ich verdinge mich als Teigmischer», beschloß er.

Omar fand dieses Vorhaben kühn und verneigte sich deshalb schweigend und achtungsvoll. Dann zeigte er auf eine Anzeige ein Stück weiter unten und las:

Flinker und wendiger Laufjunge erhält ab
sofort Dauerposten, zukunftsreiche Anstellung bei
Pastetenbäcker Muhammed, Karawanenstraße.

«Aha!» machte Tiegelmann.

«Ich gedenke, mich um den Posten zu bemühen», meinte Omar. «Ich bin meiner eigenen unmaßgeblichen Meinung nach flink und wendig.»

Tiegelmann blickte Omar erstaunt an.

«Ich könnte vielleicht in geringem Maß bei der Ausforschungsarbeit von Nutzen sein», fügte Omar mit einer bescheidenen Verbeugung hinzu.

«Es ist gefährlich», warnte Tiegelmann, sich wachsam im Lokal umblickend.

«Es ist mir eine innere Pflicht, meine Dienste dem anzubieten, der mir wieder zu Juwel verhilft», beteuerte Omar mit einer weiteren Verneigung.

«Herr Omar!» rief Tiegelmann. — «Herr Omar, Sie sind ... Sie sind wirklich eine Zierde der Wüste!» Und um Omar nicht nachzustehen, verbeugte er sich dreimal, worauf er Omars Hand fest drückte.

Beide nahmen dann den Kleidersack mit sich in einen verlassenen Hinterhof, wo sie sich verkleideten.

«Die Geschwister Brombeer aus Pfirsichdorf sind sehr tüchtig», sagte sich Tiegelmann und befühlte die kleine ovale ‚Nordpol-Platte‘ in der Tasche.

In Muhammeds Keller 17

Die Geschwister Brombeer aus Pfirsichdorf erlebten entsetzliche Stunden. Sie waren in dem glühheißen Labyrinth umhergeschlendert, und als sie zum Kaffeehaus zurückkehren wollten, gelangten sie in die Karawanenstraße. Eben hatten sie sich entschlossen, in der Pastetenbäckerei um den Weg zu fragen, als sie in einer Kellerluke einen Kamelkopf entdeckten — einen Kamelkopf mit einem blauen und einem braunen Auge!

Sofort eilten die Kinder in die Bäckerei, um Muhammed zu verständigen, daß in seinem Keller ein gestohlenes Kamel stehe. Sie glaubten, Muhammed würde diese Mitteilung zu schätzen wissen. Statt dessen schielte er die Geschwister wild und giftig an, packte sie an den Armen und schleppte sie in den Keller hinunter, wo Juwel stand. Dort stellte Muhammed ein ausgiebiges Verhör an, hielt die Kinder fest und fragte. Erich und Erika antworteten nichts. Schließlich erwiderten sie etwas in einer fremden Sprache.

Der Pastetenbäcker, der seine Jugend in einer Hafenstadt mit gemischtsprachiger Bevölkerung zugebracht hatte, glaubte die fremde Sprache zu erkennen. Er rief durch die Tür nach rückwärts:

«Herr Putzig! Kommen Sie einmal her!»

Aus dem inneren Raum trat ein kleiner Mann mit spitzem Gesicht und unstetem Blick. Erich und Erika erkannten ihn sofort. Sie hatten ihn oft in der Fabrik gesehen. Es war der Gehilfe ihres Vaters — der Kühlschrank-Assistent Putzig. Dieser Mann starrte die Kinder entsetzt an.

«Herr Putzig, Sie stammen ja aus dem Lande da oben. Sie verstehen vielleicht, was die Kinder sagen, die aus Ihrer Heimat kommen», erklärte Muhammed. «Fragen Sie, wie sie heißen und warum sie hier herumschnüffeln!»

Wiesel stand ganz still und starrte nur Ingenieur Brombeers Kinder an, als sähe er Gespenster. Die Erde ist doch ziemlich groß, es gibt viele Länder auf ihr und noch mehr Städte und noch viel mehr Keller. Wie konnten die Brombeerschen Kinder aus Pfirsichdorf plötzlich in diesem arabischen Keller auftauchen? Schließlich sagte Wiesel:

«Lassen Sie die beiden nicht los! Bewachen Sie die Türen! Diese Kinder sind Spione!»

Der Pastetenbäcker befahl daraufhin dem Teigmischer, die Tür zu bewachen. Der riesenhafte Bäckergehilfe warf eine Kameldecke auf den Erdboden vor der Tür, und dort saß er dann die ganze Zeit im Zwielicht und kaute an einem *Traum* oder an einem *Heimweh*. Zuweilen verließ er seinen Posten und holte sich eine neue Pastete aus dem Kellergang, wohin Muhammed die frisch gebackenen Pasteten zum Auskühlen zu stellen pflegte. Zu Erika und Erich knurrte er:

«Probiert es nur, zu schreien, dann sollt ihr schon sehen! Dann werde ich euch in die Arbeit nehmen!»

Erich und Erika setzten sich auf ein paar muffige Säcke in einen Winkel. Sie gewöhnten sich bald an das Dunkel. Jetzt konnten sie Juwel deutlich erkennen — nicht nur den Kopf, der von dem Licht, das durch die Luke fiel, beleuchtet war. Sie sahen auch den fürchterlichen Teigmischer mit dem Dolch im Gürtel. Er schmatzte die ganze Zeit an seinen Pasteten und kümmerte sich nicht um die Kinder, solange sie sich ruhig verhielten. Die Luft war so dumpf, daß jeder Atemzug Ekel erregte. Zuweilen stampfte Juwel auf den Erdboden, und manchmal hörten die Kinder in den dunklen Ecken etwas kratzen. Vermutlich waren es Ratten.

Nach einer Weile schlief der Teigmischer ein; er lag mitten vor der Tür und schnarchte. Erich und Erika sehnten sich nach Hause. Die Arabische Wüste kam ihnen nicht mehr ganz so vergnüglich vor, wie sie sie sich vorgestellt hatten.

Aus dem inneren Raum hörten sie Stimmen und Geräusch. Zuweilen verstummte der Lärm, dann klirrte es wieder, und einmal fielen auch ein paar Worte.

«Glaubst du, daß Onkel Tiegelmann unsere Spur finden kann?» fragte Erich leise.

«Wie sollte er wissen, daß wir uns hier aufhalten?» flüsterte Erika.

«Ja, àber er ist doch Detektiv!» meinte Erich.

«Dann findet er uns vielleicht. Wenn es nur nicht zu lange dauert!»

Aus dem anderen Raum drang abgerissener Lärm ungeduldiger Stimmen und das Klirren von Werkzeug.

«Komm!» zischte Erich mit einem Blick auf den Teigmischer, der mit offenem Mund schnarchte.

Die beiden schlichen auf den Zehen zu der inneren Tür hin, die nur angelehnt war, und spähten durch die Ritze. Auf einem Tisch mitten in dem Gewölbe lag der *Nordpol*.

«Vaters Kühlschrank!» flüsterte Erich.

Ein fremder junger Araber stand, mit einem Stemmeisen in der Hand, über den Schrank gebeugt. Erich und Erika wußten nicht, was er mit dem *Nordpol* vorhatte, aber es war offenbar, daß ihm das, was er tun wollte, nicht gelang. Er drehte den Kühlschrank und musterte ihn von allen Seiten. Manchmal öffnete er die Tür, und dann spielte sofort das Radio. Neben dem Araber stand der Laufjunge Ibn mit Werkzeug: einer Hufzange, einem Schraubenzieher und einem Schraubenschlüssel.

Assistent Putzig lehnte daneben und schaute zu. Er kaute an seinen Fingernägeln, sein Blick irrte nach allen Richtungen. Vermutlich hatte auch er sich einen arabischen Schnellkurs angeschafft, denn er sagte auf arabisch zu dem fremden Mann:

«Wie geht es?»

«Ich begreife nicht, wie dieser Kühlschrank konstruiert ist. Ich kann mir den Mechanismus nicht erklären», antwortete der fremde Araber.

«Ich weiß aber, daß du Kühlschrank-Ingenieur bist», zischte Wiesel.

«Das bist du doch auch!» antwortete der Ingenieur.

«Das geht dich nichts an!» fauchte Wiesel so drohend, daß der arabische Ingenieur schnell seine Arbeit fortsetzte. «Du behauptest, daß du die Technische Hochschule in Medina absolviert hast!»

«Das habe ich auch.»

«Die Abteilung für Aufzüge oder Baggerwerke oder ähnliches?» fragte das wütende Wiesel.

«Die Lehrkanzel für Kühlschranktechnik», entgegnete der fremde Mann stolz.

«Was habt ihr denn dort getrieben? Etwa Ping-Pong gespielt?»

Der Kühlschrank-Ingenieur aus Medina biß die Zähne zusammen und betrachtete forschend den *Nordpol*.

«Diese Konstruktion ist ganz neuartig», meinte er. «Ich brauche etwas Zeit, bevor ich ... Kann ich den Schraubenschlüssel da haben?»

Der Laufjunge reichte ihm das Verlangte. Der arabische Kühlschrank-Ingenieur beugte sich über den Schrank und bemühte sich, eine Schraube zu finden, wo er den Schraubenzieher ansetzen könnte.

Erich und Erika spähten durch die Türspalte. Erich hauchte seiner Schwester ins Ohr:

«Jetzt verstehe ich!»

«Ich auch», flüsterte Erika zurück.

Der arabische Kühlschrank-Ingenieur gab indessen Ibn den Schraubenzieher zurück und wischte sich mit einem karierten Taschentuch die Stirn ab.

«Na?» zischte Putzig-Wiesel.

«Diese Konstruktion ist vollkommen neuartig und —»

«Das weiß ich auch», sagte Wiesel und nieste.

«Und alles braucht seine Zeit», schloß der arabische Kühlschrank-Ingenieur.

«Die Frage ist nur, wieviel Zeit die Nachschöpfung braucht. Wirst du fertig, solange wir noch leben, oder willst du die Arbeit deinen Nachkommen hinterlassen?» zischte Wiesel, der grenzenlos boshaft sein konnte.

Nun ließ sich der Botenjunge Ibn vernehmen, der bisher geschwiegen hatte:

«Könnten wir nicht indessen einen Krapfen da kosten?»

«Ja, wir brauchen eine Arbeitspause», stimmte der arabische Ingenieur zu.

«Ha!» stieß Wiesel ungeduldig hervor, worauf er nieste.

Der Ingenieur öffnete die Schranktür, und das Radio begann zu spielen. Dem *Nordpol*, dem besten Freund der Hausfrau, entnahmen sie eine Unmenge kleiner gefüllter Sahnentörtchen, die nicht größer als Nüsse waren. Während sie darauf warteten, daß die Törtchen zu natürlicher Größe wuchsen, hörten sie der Kinderstunde aus Mekka zu. Klein Hussein, fünf Jahre alt, sang:

«Ali klein, ging allein
in den Wüstensand hinein...»

«Abstellen!» schrie Putzig-Wiesel.

«Wir sollten uns doch noch ein bißchen mehr anhören», meinte Ibn. Jetzt sang Klein Ben Hassan, zwei Jahre alt:

«Dromedar, hopp hopp —
Laufe im Galopp
Durch die Wüste zur Oase,
Aber fall nicht auf die Nase!»

«Abstellen!» fauchte Wiesel, der gar nicht zum Zuhören aufgelegt war.

Währenddessen hatten die Sahnentörtchen aus der Konditorei Rosa zu ihrer richtigen Größe anschwellen können. Es war eine riesige Menge Törtchen, die sie aus dem Schrank herausgenommen hatten. Zuerst, als sie noch klein wie Nüsse waren, hatte es gar nicht danach ausgesehen, daß es so viele waren. Jetzt aber schien es, als wollten sie den ganzen Keller füllen. Sie waren gerade richtig braun gebacken, und die Sahne quoll nach allen Seiten heraus. Putzig-Wiesel, der arabische Kühlschrank-Ingenieur und der Botenjunge Ibn schlangen gierig ein Törtchen nach dem anderen in sich hinein. Erich und Erika schlichen zu den muffigen Säcken in der Ecke zurück.

«Das ist Vaters Kühlschrank!» flüsterte Erika.

«Ja, und sie essen Onkel Tiegelmanns Sahnentörtchen», gab Erich ebenso leise zurück.

«Und jetzt will dieser Idiot den Schrank mit einem Schraubenschlüssel zerlegen, um zu sehen, wie er drinnen aussieht», wisperte Erika.

«Darin liegt doch das Geheimnis!»

Beide schwiegen. Der Teigmischer schnarchte.

«Wenn wir nur eine Botschaft an Onkel Tiegelmann schicken könnten ...»

«Ja, aber wie?»

«Ein Zeichen oder so etwas!»

«Ja, aber ... wie denn?»

«Ssst! Jetzt kommt jemand.»

Es war der Pastetenbäcker. Als er bemerkte, daß der Teigmischer schnarchte, trat er zu ihm und versetzte ihm einen aufmunternden Fußtritt. Dann schoß er Erich und Erika von der Seite giftige Blicke zu. Er murmelte etwas ganz tief in der Kehle und warf ihnen ein Stück angebranntes *Heimweh* hin. Schließlich ging er wieder. Die Mittagshitze senkte sich über die Stadt. Bald verstummten die Stimmen und das Geklapper im anderen Gewölbe — statt dessen rasselte ein Schnarchen durch den Raum. Erika und Erich grübelten über einen Weg nach, auf dem sie Onkel Tiegelmann eine Nachricht schicken könnten. Beide zerbrachen sich die Köpfe, bis auch sie auf ihren muffigen Säcken einschliefen.

In Muhammeds Pastetenbäckerei in der Karawanenstraße trat ein kleiner Mann mit schwarzem, spitz zulaufendem Bart. Er trug die gewöhnlichen arabischen Alltagskleider, und das einzige Merkwürdige an ihm war sein Profil, das ungewöhnlich scharf wirkte. Muhammed kam in den Laden und schrie wie immer:

«*Traum* oder *Heimweh?*»

«Keineswegs! Die reine Wirklichkeit», antwortete der kleine Mann mit scharfer Stimme. «Ich suche eine Anstellung als Teigmischer.»

«Eine Anstellung suchst du? Aha! Wie heißt du?»

«Hassan!» kam die Antwort des Stellungsuchenden wie aus der Pistole geschossen. «Hassan!»

«Hast du früher schon Teig geknetet?» donnerte der Bäcker.

«Ich habe in jeder Wüste Teig geknetet. Und auch in jeder Stadt.»

Er trat ohne weiteres an den Teigtrog, streifte die Ärmel hinauf und begann zu kneten. Seine Arme arbeiteten wie ein Uhrwerk. Der Pastetenbäcker schaute ihm verblüfft zu, hatte aber noch kein Wort über die Lippen gebracht, als auch schon ein lang aufgeschossener Jüngling in einem zerknitterten weißen Matrosenanzug eintrat. Auf dem Kopf trug er eine Mütze mit der Aufschrift: ‚Kriegsmarine‘. Im übrigen waren seine Augen hinter blauen Brillen verborgen.

Muhammed starrte den Jungen mißtrauisch an.

«*Traum* oder *Heimweh?*» schrie er wie gewöhnlich.

«Ja», antwortete der große Bursche im Matrosenanzug mit einer ehrfurchtsvollen Verbeugung. «Es ist meine Sehnsucht und mein innigster Traum, in dieser berühmten Pastetenbäckerei eine Anstellung zu bekommen. Mein untertäniger Besuch wurde durch eine Anzeige veranlaßt, die ich das unverdiente Glück hatte, in der heutigen Nummer des ‚Wüstenkuriers‘ zu lesen. Dieser hervorragenden Zeitung entnahm ich, daß ein aussichtsreicher Posten frei ist —»

«Steh nicht da und schwatz so einen Haufen Unsinn! Wie heißt du?»

«Mein bescheidener Name lautet Ali Ben Hassan El Omar Hussein Muhammed.»

«Ali genügt!»

«Es ist eine unverdiente Ehre für mich, meine Kräfte als Botenjunge zur Verfügung stellen zu dürfen. Ich möchte in aller Demut darauf hinweisen, daß ich immer in dem vollkommen unverdienten Rufe stand, flink und wendig zu sein. Ich —»

«Quatsch nicht! Was hast du vorher für eine Arbeit ausgeübt?»

«Ich bin früher durch große Teile der Wüste sowohl mit Pasteten wie mit anderen, weniger bedeutenden Artikeln gelaufen.»

«Halt den Mund! Es ist schon bald Abend!» unterbrach Muhammed.

«Weshalb hast du so läppische Kleider am Leib?» fragte er schließlich mißtrauisch.

«Ich besaß früher eine Anstellung in einem abendländischen Unternehmen. Dort waren wir alle nach der europäischen Mode in Matrosenanzüge gekleidet.»

«Halt den Schnabel! Mir scheint, du bist aus diesem idiotischen Anzug herausgewachsen.» Muhammed sah argwöhnisch drein.

«Ich habe in der letzten Zeit die Ehre gehabt, außerordentlich rasch zu wachsen», erklärte Ali, indem er sich verbeugte. «Mein früherer Chef hatte die Güte, immer zu sagen: ‚Ali wächst, daß es nur so knackt‘.»

«Nimm die Pastete da und schwatz weniger!» brüllte der Bäcker. «Spring in die Bazarstraße Nr. 9 b und liefere sie beim Teppichweber Ben Hussein ab!»

«Es ist mir eine große Ehre», flötete der neue Laufbursche, achtungsvoll die Pastete entgegennehmend, «persönlich eine so schön gebackene Pastete abliefern zu —»

«Wirst du still sein! Hau ab!»

«Es wird mir eine große Ehre sein, unter vollkommenem Schweigen in die Bazarstraße Nr. 9 b abzuhauen», dienerte Ali, wobei er sich mehrmals verbeugte und die Tür öffnete.

Der Bäcker warf ihm einen seiner Pantoffel nach, aber Ali hatte die Tür schon geschlossen. Muhammed sah ihn vor dem Fenster stehen und sich dreimal verneigen, ehe er mit langsamen, würdevollen Schritten weiterging.

Mein armes Juwel, dachte Omar bei sich, während er, die Pastete auf dem Arm, in die Bazarstraße stolzierte.

«Warte nur, Pastetenkleisterer! Ich bin ganz nüchtern!» sagte Herr Tiegelmann zu sich, während er den Teig knetete.

Der neue Teigmischer begann einen unfehlbaren Plan zu entwerfen, wobei seine Arme wie die Flügel einer Windmühle arbeiteten.
Im Verlaufe des Tages zeigte Hassan, der neue Teigmischer, ein auffallendes Interesse für die Kellerstiege. Immer wieder erwischte ihn Muhammed, wie er an der Treppe stand und lauschte. Hassan erklärte jedesmal, er sei äußerst musikalisch und habe auf die zarten Klänge von Herrn Muhammeds Radio gehorcht.

Um die Mittagszeit, als die unerträgliche Hitze sich auf Dschuf herabsenkte und der Pastetenbäcker drinnen im Laden eingeschlummert war, steigerte sich Hassans Sehnsucht nach ein wenig guter Musik so sehr, daß er auf den Zehen bis in den Keller hinunterschlich. Dort lagen Herr Putzig-Wiesel, der Kühlschrank-Ingenieur aus Medina und der Botenjunge Ibn und schnarchten. Auf dem Tisch stand der Kühlschrank *Nordpol*, der leise spielte. Darauf befanden sich ein Schraubenzieher, ein Schraubenschlüssel und einige gefüllte Sahnentörtchen.

Wären nicht die Geschwister Brombeer und das Kamel Juwel zu berücksichtigen gewesen, so hätte der neue Teigmischer wahrscheinlich den musikalischen Kühlschrank unter den Arm genommen und seine Stellung auf Zehenspitzen verlassen. Im Verlauf des Tages zeigte Ali, der neue Botenjunge, ebenfalls ein auffallendes Interesse für die Kellerluke. Immer wieder erwischte ihn Muhammed dabei, wie er vor der Luke kauerte. Jedesmal erklärte Ali, sein geringes Schuhband habe sich gelöst. Und jedesmal entfernte er sich nach vielen Verbeugungen mit einer frisch gebackenen Pastete auf dem Arm. Den Geschwistern Erich und Erika war bereits bekannt, daß Onkel Tiegelmann und Onkel Omar eingetroffen waren. Während der Teigmischer vor der Tür schnarchte, hörten beide plötzlich leise an der Luke rufen. Sie schlichen hin und erkannten Onkel Omar. Er warf ihnen einen kleinen *Sonntagstraum* zu, den er eigentlich bei einem Teppichweber hätte abgeben sollen, und flüsterte, sie sollten sich bereit halten.

Die Kinder wußten zwar nicht, wofür sie sich bereit halten sollten, aber sie horchten auf jeden Laut und versuchten irgendein Zeichen von Tiegelmann oder Omar zu erhaschen. Doch an diesem Tag ereignete sich nichts.

Als Tiegelmann und Omar am Abend mit ihrer Arbeit fertig waren, flogen sie in die Oase heim. Während die Palmen am Horizont auftauchten, sagte Omar:

«Es wäre ganz besonders wertvoll, zu erfahren, ob Sie, Herr Tiegelmann, einen neuen Plan ausgedacht haben, um Juwel zu befreien. Und natürlich auch die Geschwister Brombeer und den *Nordpol,*» fügte er hinzu.

«Ja!!!» kam es wie ein Pistolenschuß aus Tiegelmanns Mund.

Omar verneigte sich achtungsvoll auf dem Teppich. Keiner sprach weiter, bis sie vor dem Zelt in der Oase saßen und Kaffee tranken.

«Kann man sich darauf verlassen, daß um die Mittagszeit alle Leute ein Mittagsschläfchen halten?» fragte Tiegelmann.

«Sicherlich», antwortete Omar. «Die orientalische Mittagshitze bewirkt eine schwere Schläfrigkeit, so daß nur Leute, die an Schlaflosigkeit leiden, sich bis später am Tag wachhalten können.»

«Morgen um die Mittagszeit geht es los», verkündete Privatdetektiv Tiegelmann.

Omar verzog keine Miene, aber er verneigte sich tief.

«Hören Sie genau zu!» bat Herr Tiegelmann.

Omar beugte sich näher zu ihm und lauschte. Seine schwarzen Augen waren unergründlich wie die Nacht.

«Sobald der Pastetenbäcker Sie mit dem ersten Schub weggeschickt hat, rennen Sie in den Hinterhof und wechseln die Kleider. Ziehen Sie Ihr übliches Alltagsgewand an. Dann gehen Sie in die Pastetenkleisterei zurück, und wenn der Kleisterer schreit ‚*Traum* oder *Heimweh*‘, so antworten Sie . . .»

Herr Tiegelmann sah sich wachsam um. Omar rückte noch näher.

«So haben Sie zu antworten: Heute werde ich in der Oase ein größeres Fest geben und dazu die ganze Zeltmachervereinigung einladen. Schicken Sie mir daher um die Mittagszeit einen riesigen *Traum!*»

Anfangs saß Omar ganz still, dann wiederholte er: «Einen riesigen *Traum* um die Mittagszeit.»

«*Einen Riesentraum!* Sagen Sie folgendes zu Muhammed: Machen Sie dem Botenjungen Beine! Er braucht nicht jeden Tag seinen Mittagsschlaf zu halten. Schicken Sie ihn um die Mittagszeit mit der Bestellung auf den Weg!»

Omar verneigte sich: «Einen Riesentraum um die Mittagszeit.»

«Hierauf wechseln Sie wieder die Kleider, ziehen den Matrosenanzug an und kehren in die Bäckerei zurück. Wenn der Pastetenkleisterer gegen die Mittagszeit den *Riesentraum* fertig hat, wird er sagen: Ali, nimm den Teppich und flieg mit dieser Pastete zu Herrn Omar in die Oase, der den Zeltmachern ein Mittagessen gibt. Dann nehmen Sie die Pastete und eilen in den Hinterhof. Dort warte ich mit dem Teppich, und dann fliegen wir gemeinsam hierher.»

«Und Juwel?» fragte Omar mit leiser Stimme.

«Juwel langt ein wenig später ein. Ich kann nichts dafür, daß Kamele langsamer reisen als fliegende Teppiche.»

«Und unsere jungen Freunde, die Geschwister Brombeer?»

«Wir versammeln uns alle hier», sagte Tiegelmann.

Nach einer Weile fragte Omar weiter:

«Und der Kühlschrank *Nordpol?*»

«Wie gesagt, wir versammeln uns alle hier in der Oase.»

Beide saßen eine Weile still, in tiefe Gedanken versunken. Die Dämmerung senkte sich über die Oase Kaf. Schließlich flüsterte Omar so leise, daß Tiegelmann ihn kaum verstehen konnte:

«Auch Juwel soll hier eintreffen?»

«Wieso Juwel? Juwel trottet morgen heim. Die Kellerluft ist nichts für ein Kamel.»

Der Abendwind hatte sich indessen erhoben; das Rascheln in den Palmen wurde stärker und klang bald wie stürzendes Wasser. Die Seiten des Zeltes bewegten sich sachte. Die Sonne war verschwunden.

Hassan und Ali fanden sich am nächsten Morgen zu früher Zeit in der Pastetenbäckerei ein. Hassan begann Teig zu kneten, so daß der Trog in allen Fugen knackte, und Ali nahm unter vielen Bücklingen eine Portion Pasteten entgegen und beteuerte, daß es ihm eine große Ehre sein werde, diese persönlich den Kunden übergeben zu dürfen. Ein Weilchen später betrat Herr Omar die Bäckerei und betonte, er habe die Ehre, Herrn Muhammed einen guten Morgen zu wünschen.

«*Traum* oder *Heimweh?*» donnerte Muhammed.

«*Kameltreibers Sonntagstraum* ist eine einzig dastehende Pastete», begann Omar mit einer Verbeugung.

«*Traum* oder *Heimweh?*» donnerte Muhammed noch einmal.

«Ich habe heute die Zeltmachervereinigung zu einem einfachen Mittagessen in mein geringes Zelt in der Oase Kaf eingeladen. Einen großen *Sonntagstraum* würden diese Zeltmacher zu schätzen wissen. Will Herr Muhammed die Gewogenheit haben und auf meine Rechnung das größtmögliche Modell backen?»

«Sonst noch etwas gefällig?»

«Wenn Herrn Muhammeds flinker Botenjunge geneigt sein wollte, gegen Mittag mit der Pastete auf dem Teppich hinauszufliegen...»

«Die Pastete wird geliefert. Sonst ein Wunsch?»

«Meine geringe Person hat keinen weiteren Wunsch für heute.»

«Guten Morgen dann!» brüllte Muhammed von neuem.

«Gestatten Sie mir, den tiefstgefühlten Dank...»

«Guten Morgen!» donnerte Muhammed. Omar verbeugte sich und ging. Muhammed sah ihn nachher vor dem Fenster stehen und sich dreimal verneigen, ehe er in der Karawanenstraße verschwand.

Eine Weile später kehrte Ali zurück. Er wurde von Muhammed mit Schelten überhäuft, da er zu lange ausgeblieben war. Ali antwortete ehrerbietig, er sei zwar lange ausgeblieben, aber er habe sich trotzdem so sehr beeilt, wie es in seinem unbedeutenden Vermögen gestanden sei.

«Keine Widerrede!» unterbrach ihn Muhammed und machte sich an den größten *Sonntagstraum*, den er je gebacken hatte.

Währenddessen saßen Erich und Erika auf ihren muffigen Säcken und hörten die Ratten in den Ecken huschen. Beide waren reisefertig, obwohl sie nicht wußten, wozu sie bereit sein sollten. Juwel stand an seinem alltäglichen Platz und sah durch die Luke hinaus. Der kräftige Teigmischer saß wie gewöhnlich vor der hohen Kellertür.

Aus dem inneren Gewölbe drangen ungeduldige Stimmen. Man hörte den Kühlschrank-Ingenieur aus Medina rufen, daß er nun zum Stemmeisen greifen und den Schrank aufbrechen werde! Assistent Putzig verbot ihm jedoch, den Mechanismus zu zerstören.

Plötzlich klopfte es leise an die hohe Tür. Der Teigmischer stürmte hinauf und öffnete. Hassan stand davor.

«Wissen Sie, Herr Teigmischer», stotterte Hassan, indem er sich mit einem Lappen die Stirn abwischte, «ich hatte heute nacht einen so schaurigen Alptraum.»

«Damit habe ich nichts zu schaffen», grollte der gewaltige Teigmischer, mit der Hand nach dem Dolch greifend. «Verschwinden!»

«Mir träumte, daß ich eine Pastete aß», fuhr Hassan fort, ohne jedoch der Aufforderung Folge zu leisten. «Sie sah sehr gut aus; aber als ich sie auseinanderschnitt...» Hassan zitterte am ganzen Körper und vermochte kaum weiterzureden.

«Was weiter?» fragte der Teigmischer und hörte zu kauen auf.

«Als ich die Pastete auseinanderschnitt... ich meinte, es sei Hammelfülle drin...» Dem Armen klapperten die Zähne im Mund.

«Ja, was weiter?» Der Teigmischer sah, daß Hassan leichenblaß im Gesicht wurde.

«Es befand sich keine Hammelfülle in der Pastete», flüsterte Hassan, sich nach allen Seiten umblickend. «Es war...»

«Was?» fragte der Teigmischer und riß den Mund weit auf.

«Es war...», hauchte Hassan und wischte sich den kalten Schweiß von der Stirn, «es war ein kleines schwarzes, ekliges Ding, das wuchs und immer größer wurde. Dann sah ich, was es war...»

«Was?» fragte der Teigmischer verblüfft.

«Eine schwarze Katze», flüsterte Hassan und sank zu Boden. «Muhammed hatte die Pastete gebacken», stöhnte er. «Er hatte sie mit einer Katze gefüllt, die wuchs. Die Pastete war verhext!»

Der Teigmischer riß den Mund noch mehr auf.

«Und das ärgste war... das ärgste war, daß ich nicht träumte. Es war alles Wirklichkeit!»

Hassan schlich sich daraufhin auf wankenden Beinen davon. Der Teigmischer glotzte ihm mit offenem Munde nach, dann starrte er auf den Pastetenbissen, den er in der Hand hielt. Plötzlich warf er ihn von sich und spie eine Krume aus, die ihm zwischen den Zähnen hängen geblieben war. Hierauf spuckte er dreimal über die linke Schulter und kehrte an seinen Platz vor der Tür zurück.

Der Mittag nahte heran. Hitze senkte sich über die Stadt und die Pastetenbäckerei. Die Stimmen und das Geklapper in dem inneren Kellerraum verstummten nach und nach. Bald erklangen nur mehr rasselnde Schnarchtöne.

Der riesenhafte *Sonntagstraum* war fertig. Die Pastete sah aus, als könne sie die ganze Zeltmachervereinigung und außerdem noch zehn oder zwölf schlecht bezahlte Kameltreiber sättigen. Heiß und dampfend stand sie auf dem Boden; einen solchen *Sonntagstraum* hatte noch keiner gesehen. Muhammed stellte den *Traum* zum Auskühlen in den Kellergang. Dort hörte er hinter der Tür schnarchen. Er selbst hatte sich bisher damit begnügen müssen zu gähnen.

Als Muhammed in den Backraum zurückgekehrt war, fiel er sofort in Schlaf. Die heutige Hitze drückte ärger als je. Nach einer kurzen Weile weckten ihn Schritte auf der Kellertreppe. Es war Hassan, der die Riesenpastete auf den Armen herauftrug.

«Jetzt ist sie abgekühlt», erklärte Hassan, indem er die Pastete auf den Boden stellte und mit dem Finger in die mürbe Rinde stach.

«Das ist meine Sache!» brüllte Muhammed. «Der Teigkneter hat sich um den Teigtrog zu kümmern!» Da schrie Hassan:

«Hallo, Laufbursch! Nimm einen Teppich und flieg mit diesem *Traum* zu Herrn Omar nach Kaf. Aber rasch!»

Ali stand mit seiner kleinen Matrosenmütze in der Hand da und verbeugte sich abwechselnd vor Muhammed und Hassan.

«Je größer die Pastete, desto größer die Ehre», erklärte er.

«Halt die Klappe!» schrie Hassan.

«Das ist meine Sache!» brüllte Muhammed. «Halt die Klappe!»

«Gerne!» erklärte Hassan.

«Ich spreche zu Ali», donnerte Muhammed.

Ali hob die schwere Pastete auf.

«Hilf dem Taugenichts, daß er weiterkommt!» schrie Muhammed, worauf er fürchterlich gähnte und zu schlafen wünschte.

Hassan und Ali nahmen die Pastete und verließen Muhammeds Pastetenbäckerei. Die Karawanenstraße lag leer und verlassen da. Aus all den niedrigen Steinhäuschen drang tiefes Schnarchen. Privatdetektiv Teffan Tiegelmann und Herr Omar trugen die größte Pastete des Morgenlandes.

Endlich erreichten die Männer den Hinterhof, wo Tiegelmann seinen Teppich und den Sack mit den Kleidern versteckt hatte. Tiegelmann setzte den Tropenhelm auf und ließ sich vorne bei den Fransen seines getreuen Teppichs nieder. *Des Kameltreibers Sonntagstraum* stand mitten drauf. Omar nahm hinter dem *Traum* Platz.

Tiegelmann strich mit der Hand über die Fransen und flüsterte «Kaf». Wie von unsichtbaren Händen gehoben, schwebte der Teppich in die Luft und steuerte schnurstracks zur Oase.

Als sie ein Stück vorangekommen waren, gewahrten sie unter sich eine riesige Karawane.

«Herr Tiegelmann!» rief Omar hinter der Pastete. Er fuhr fort zu sprechen und zu zeigen, aber Tiegelmann konnte nicht verstehen, was Omar redete.

Plötzlich stand Omar auf und rief:

«Dort kommen die Zeltmacher!»

«Was reden Sie da?» fragte Tiegelmann. Es hatte sich ein Wüstenwind erhoben, so daß er Omar nicht verstehen konnte.

126

Bald tauchten die Palmen der Oase am Horizont auf. Der Teppich senkte sich und landete mit einem leichten Plumps vor Omars Zelt. Man stellte die Pastete auf einen kleinen Tisch im Freien und badete dann in einem Bach mit kühlem, kristallklarem Wasser. Aus dem Sack nahmen sie ihre Alltagskleider. Beide sanken ermattet am Tisch nieder. Die Pastete war so groß, daß sie einander nicht sahen. Meister Tiegelmann erhob sich dann und bot Herrn Omar eine Zigarre an.

«Tja, jetzt ist dieses kleine Abenteuer zu Ende», meinte er.

«Juwel ist noch nicht angelangt». bemerkte Omar.

«Kamele bewegen sich überhaupt etwas langsam. Im übrigen aber halte ich sie für treue Tiere», antwortete Tiegelmann.

Für einen Privatdetektiv bedeutet es eine ganz natürliche Sache, schwierige, gefahrvolle Probleme zu lösen, und wenn alles glücklich vorüber ist, fühlt er sich nicht abgehetzter als ein Klavierstimmer, der eben ein Klavier gestimmt hat.

«Herrliche Oase! Kühl und angenehm», meinte Herr Tiegelmann. Omar seufzte geduldig hinter der Pastete.

«Erlauben Sie, Herr Tiegelmann, daß ich für einen bescheidenen Augenblick Ihren Feldstecher benütze?»

Meister Tiegelmann reichte ihm das Verlangte, während Herr Omar lange hindurchblickte.

«Nun versammeln wir uns wieder alle friedlich in der Oase. Unser Abenteuer ist zu Ende», meinte Omar endlich mit gedämpfter Freude und gab Herrn Tiegelmann den Feldstecher zurück. Der Meisterdetektiv hielt ihn an die Augen. Zuerst sah er nur Sand, aber schließlich nahm er einen winzigen Punkt darin aus.

Meister Tiegelmann steckte das Fernglas in die Tasche. «Es stimmt», murmelte er. «Dort kommt Juwel. Hätte ich mir gleich denken können!»

Der Punkt näherte sich, er wuchs und wurde zu einem großen, stattlichen Kamel mit einem blauen und einem braunen Auge, das auf seinem Rücken die zwei Geschwister aus Pfirsichdorf trug.

E rich und Erika merkten an diesem Morgen, daß etwas im Gange war. Mit dem Teigmischer war auch nicht alles wie sonst. Er saß heute ganz still in dem Dämmerlicht und starrte vor sich hin.

In Dschuf gab es viele Katzen; überall schlichen sie umher, auf Straßen, in Fenstern, auf Höfen. Aber im Haus des Pastetenbäckers hatten Erich und Erika nie eine Katze gesehen. Deshalb schien es ihnen merkwürdig, daß gerade an diesem Morgen ein großer schwarzer Kater auftauchte. Er kam durch die Kellerlucke hereingeschossen, daß es beinahe so aussah, als sei er durch die Kellerluke hereingeworfen worden.

Das Tier landete mitten auf dem Fußboden. Dort machte es einen Buckel und ließ den buschigen Schweif kerzengerade in die Luft stehen. Die gelben Augen funkelten gespenstisch im Zwielicht. Der Teigmischer drückte sich mit aufgerissenem Mund an die Wand. Er zog den krummen Dolch und spuckte über die linke Schulter.

«Seht ihr die Katze?» grollte der Wächter.

«Nein», murmelte Erich, und Erika flüsterte: «Nein.»

Der Teigmischer riß die Tür weit auf, so daß es im Gewölbe ganz hell wurde. Der Kater fauchte und sprang mit einem Satz hinaus. Dann warf der Teigmischer die Tür zu und sank ermattet auf seinen gewohnten Platz. Dort saß er lange Zeit völlig unbeweglich.

Doch bald ließ sich wiederholtes Knurren aus dem Magen des Teigmischers vernehmen. Er hatte seit mehreren Stunden keine Pastete gegessen. Schließlich erhob sich der Mann von seinem Platz und ging in den anderen Kellerraum. Dort lagen nur zwei Pasteten. Die eine war ein mittelgroßes *Heimweh*, die andere ein besonders großer *Sonntagstraum*, ein *Riesentraum*. Schließlich entschied sich der Teigmischer für die mittelgroße Pastete, und er kehrte tapfer zu seinem gewohnten Platz an der Tür zurück.

Dort stellte der Mann die Pastete auf den Boden und näherte ihr den Dolch, um ein Stück abzuschneiden, zog aber den Arm gleich wieder zurück. Doch sein Magen knurrte stärker als je zuvor.

Erich und Erika sahen ihm verblüfft zu.

Schließlich fuhr er mit dem Dolch durch die mürbe, schön gebackene Kruste und schnitt ein Stück vom oberen Teil ab. Vorsichtig beugte er sich vor und spähte in die Pastete hinunter.

Was nun weiter geschah, war merkwürdig und unheimlich.

Die Pastete war nicht mit Hammelfleisch gefüllt. Sie war überhaupt kaum mit etwas gefüllt — nur mit einem kleinen, garstigen schwarzen Ding, das rasch wuchs und aus der Pastete heraussprang. Eine kleine schwarze Katze war's mit Rauhreif auf dem Pelz. Das Tier wuchs zusehends und wandelte sich zu einer ungewöhnlich großen arabischen Katze, die ruhig auf dem Boden hin und her spazierte.

Das war zuviel für den Bäckergehilfen! Er riß die Tür auf und stürzte auf die Straße hinaus.

Erika und Erich waren reisefertig. Mit den Kindern auf dem Rücken marschierte das Kamel durch die hohe Tür hinaus in den klaren Sonnenschein.

Auf der Karawanenstraße begegneten die Kinder zwölf Kameltreibern, die im Gleichschritt dahermarschiert kamen, so daß ihnen der Schweiß herunterrann. Alle trugen schwarze Vollbärte und blaue Brillen und waren bis an die Zähne bewaffnet. Sie zogen geradewegs zu Muhammeds Pastetenbäckerei.

«Onkel Tiegelmann ist auf jeden Fall schrecklich geschickt», bemerkte Erich. «Eine Katze im *Nordpol* einzufrieren, würde nicht jedem einfallen.»

«Auch nicht, sie in einer Pastete zu verbergen!»

«Aber du mußt bedenken, er ist Privatdetektiv!»

«Ja, das weiß ich doch!» erwiderte das Mädchen.

Und dann waren sie da. «Guten Tag, meine jungen Freunde!» begrüßte der Meisterdetektiv die Ankömmlinge.

«Es bereitet mir ein großes Vergnügen, euch beide auf dieser unbedeutenden Oase wiederzusehen», erklärte Omar, indem er Juwel anblickte. Und Juwel blickte Omar mit seinem blauen und seinem braunen Auge an. Omar gab Juwel zehn Zuckerstücke und führte es in den Sommerstall.

Meister Tiegelmann, Herr Omar, Erika und Erich setzten sich um den Tisch, auf dem die große Pastete thronte.

«Onkel Tiegelmann», fragte Erich, «wo ist der *Nordpol*?»

«Nun», sagte Tiegelmann, «wir wollen uns lieber diesen *Sonntagstraum* einmal näher besehen. Herr Omar, darf ich Sie um ein Messer bemühen — das größte, das Sie besitzen.»

Omar holte ein ungeheures morgenländisches Vorschneidemesser herbei.

«Danke.» Tiegelmann schnitt die Pastete an. Die hellbraune, mürbe Kruste fiel in Stücke, und auf dem Tisch stand der beste Freund der Hausfrau, der Kühlschrank *Nordpol!*

Tiegelmann öffnete das Gerät, und die herrlichen Klänge einer zauberhaften Melodie tönten über die Oase hin. Tiegelmann schaltete das Radio aus und verkündete kurz: «Die Tahnentörtchen sind alle!»

«Es wäre mir eine große Ehre, zu Chepchouka einladen zu dürfen», entgegnete Omar und verbeugte sich, ohne eine Miene zu verziehen.

«Na ja, . . .», seufzte Meister Tiegelmann.

«Erzähle jetzt, Onkel Tiegelmann!» riefen Erika und Erich.

«Was soll ich erzählen?»

«Wie du den *Nordpol* entführt hast, natürlich!»

«Den *Nordpol?* — Ach so! Ja, das war eine Kleinigkeit. Als die Pastete unten im Kellergang zum Abkühlen stand, schlich ich hin. Einfachste Sache von der Welt!» Meister Tiegelmann zündete sich indes eine Zigarre an. «Ich schnitt vorsichtig den oberen Teil der Kruste weg, und dann räumte ich die ganze Fülle heraus, nahm einen Eimer und schippte literweise elenden Feigenkleister hinein. Hierauf füllte ich die Pastete mit dem Kühlschrank, und schließlich hoben Herr Omar und ich die Pastete auf den Teppich und flogen mit ihr hierhier», schloß Meister Tiegelmann seine Ausführungen.

«Aber was wollte Putzig eigentlich tun?» fragte Erika.

«Putzig-Wiesel? Er arbeitet zusammen mit einem Ingenieur aus Medina, der eine gewisse Kühlschrankpraxis besitzt. Der aber wurde aus unserem System nicht klug. In diesem Land hier ist die Kühlschranktechnik nicht so hoch entwickelt. Obwohl andererseits», wandte Herr Tiegelmann sich höflich an Omar, «hier die Kamelzucht sehr entwickelt ist. Damit war es bei mir zu Hause nie weit her.»

Herr Omar verneigte sich, erfreut über die gezollte Anerkennung.

«Die beiden versuchten auszuspionieren, wie der Kühlschrank konstruiert ist», setzte Meister Tiegelmann fort. «Vermutlich wollten sie die Herstellung im großen beginnen.»

«Und Juwel?» fragte Omar.

«Tja — Juwel. Der Pastetenkleisterer beabsichtigte wohl, mit einem Kühlschrank, in dem gefrorene Pasteten enthalten sind, in der Wüste umherzureiten und gute Geschäfte zu machen.»

«Onkel Tiegelmann!» fiel ihm Erich unvermittelt ins Wort. «Auf der Karawanenstraße begegneten wir zwölf sonderbaren Kameltreibern. Sie trugen schwarze Vollbärte und blaue Brillen.»

«Das sind Detektive», erklärte Meister Tiegelmann. «Ich zeigte den Diebstahl bei der Polizei in Dschuf an, wo man mir versprach, die ganze Pastetenkleckserbande festzunehmen.»

Nun wollte die ganze Gesellschaft endlich in Frieden und Ruhe in der schönen Oase Weihnachten feiern ...

DETEKTIV TIEGELMANN IN LONDON

Lord Hubbard hat Sorgen   **1**

E in düsterer Novemberabend hing über London. Die Straßen waren
in dichtesten Nebel gehüllt. Lord Hubbard, der Park Street Nr. 87
wohnte, lag in seinem Bett und las. Er war ein Mann in den Fünf-
zigern und trug einen herabhängenden rötlichbraunen Schnurrbart.
Eben hatte er sich in der Küche eine Tasse heißen, guten Tee zubereitet. Es war Donnerstag, der Tag, an dem Betty und Joan frei hatten. Lord Hubbard weilte allein im Haus mit seiner Nichte Mary und
seinem Neffen Dick. Tiefe Stille herrschte in dem Gebäude.

Da gab's draußen im Korridor ein Geräusch. Der Lord ließ das
Buch sinken und lauschte. Jetzt hörte man es wieder. Lord Hubbard
dachte, Mary oder Dick hätten wohl ihr Zimmer verlassen.

Lord Hubbard zog seinen Schlafrock an, nahm eine Taschenlampe
vom Nachttischchen und trat auf den Korridor hinaus. Das Licht war
abgedreht, aber jetzt war kein Laut mehr zu vernehmen. Der Lord
ging zu den Kindern hinein. Die lagen da und schliefen laut atmend.

Sonderbar, dachte der Lord und trat wieder in die Halle hinaus.
Er drehte das Licht an und rief über das Treppengeländer:

«Hallo! Ist jemand da?»

Niemand antwortete. Na ja, dachte er, es wird sich schon eine
natürliche Erklärung finden.

Am nächsten Tag saß Lord Hubbard in der Bibliothek und ging
unbezahlte Rechnungen durch. Seufzend überlegte er, daß er auf jeden
Fall an Tante Viktoria schreiben müsse. Sehr unangenehm, sie be-
lästigen zu müssen, wenn sie sich auf Reisen befand, aber er sah wie
gewöhnlich keinen anderen Ausweg. Viktoria Smith's Mann war zu
seiner Zeit wegen seiner Unterhosen bekannt gewesen — das heißt, er
erzeugte Unterhosen, gründete eine Fabrik und erzeugte nunmehr in
großen Mengen Unterhosen. Dann hatte der Sohn den Betrieb übernommen, und der fabrizierte beinahe noch mehr. Augenblicklich waren

er und seine Frau verreist — in Sachen Unterhosen. Eine Geschäftsreise. Und aus diesem Grunde wohnten ihre beiden Kinder Mary und Dick beim Lord. Dieser wollte eben einen Brief an Tante Viktoria aufsetzen, als Joan, die Köchin, in ihrer großen weißen Schürze in die Bibliothek kam.

«Es stimmt etwas nicht hier in diesem Haus», sagte sie, und Lord Hubbard bemerkte zu seinem Entsetzen, daß sie gerade so ein Gesicht machte wie eine Köchin, die ihre Stellung kündigen will.

«Vorhin, als ich beim Fleischer um ein Roastbeef anrufen wollte, stand ein fremder Mann beim Telephon. ,Jetzt ist alles in Ordnung', sagte er. ,Was ist in Ordnung?' fragte ich und bereute, daß ich nicht den Mörserstößel bei mir trug. ,Das Telephon', erwiderte er. ,Jetzt braucht man nur mehr auf den Knopf zu drücken'», meinte er. ,Das Telephon ist nie kaputt gewesen', rief ich, aber da war er schon weg.»

«Sonderbar», murmelte der Lord, an seiner Pfeife saugend; «aber alles wird sich gewiß auf eine natürliche Art erklären.»

Am nächsten Morgen kam Lord Hubbard in die Halle, wo Betty eben die Teppiche absaugte. Der Lord trug einen karierten Anzug, sein Schnurrbart hing wie gewöhnlich über die Lippen.

«Guten Morgen», grüßte er. «Was für Wetter haben wir heute?»

«Das weiß ich nicht, aber vorhin stand ein fremder Mann im Badezimmer», antwortete sie und machte gerade so ein Gesicht wie tags zuvor die Köchin.

«Ein fremder Mensch im Badezimmer? Klingt unangenehm. Waren Sie gerade beim Baden?»

«Nein, das nicht», antwortete das Hausmädchen beleidigt. «Ich wollte die Badewanne nur reinigen.»

«Na, dann war es ja nicht so gefährlich», meinte Lord Hubbard.

«Er sagte, jetzt sei alles in Ordnung. ,Was denn?' fragte ich. ,Das Ablaufrohr', entgegnete er. Jetzt könne man ruhig wieder baden. Aber an dem Ablauf war gar nichts zu richten.»

«Na ja», beruhigte der Lord; «aber alles wird sich gewiß auf eine natürliche Weise erklären!»

Betty gab keine Antwort. Sie arbeitete verdrossen mit dem Staubsauger weiter. Am Abend saß der Lord wieder in der Bibliothek und ging seine Rechnungen durch. Jetzt muß ich aber wirklich an Tante Viktoria schreiben, dachte er. Darf es nicht länger aufschieben.

Da bemerkte der Lord plötzlich, daß ein Paar Schuhe unter der Gardine hervorlugten. Er saß ganz still und überlegte. Die Schuhe bewegten sich nicht. Möglicherweise sind die Schuhe getarnte Schußwaffen, meinte der Lord und erhob sich leise vom Stuhl. Er schlich auf den Zehen aus dem Zimmer und schloß die Tür geräuschlos ab. Dann lief er in sein Schlafzimmer, holte eine Pistole aus der Nachttischlade und schlich wieder hinunter. Der Lord hielt die Pistole schußbereit und öffnete die Tür.

Die Schuhe waren fort. Lord Hubbard blickte hinter die Gardinen, guckte in alle Winkel des Zimmers. Es war niemand da. Die Bibliothek hatte nur eine Tür, das Fenster war ordentlich geschlossen, die Riegel waren vorgelegt. Gleichwohl befanden sich die Schuhe nicht mehr im Zimmer.

Lord Hubbard sank auf einen Stuhl und grübelte.

Lord Hubbard reist zu Teffan Tiegelmann   2

Fräulein Hanselmeier öffnete die Tür zum Zimmer des Privatdetektivs T. Tiegelmann.

Ein Fremder in kariertem Anzug mit einer Tasche in der Hand trat ein und stellte sich als Lord Hubbard vor.

«Tiegelmann», entgegnete der Detektiv. «Bitte nehmen Sie Platz! Worum handelt es sich?»

«Angenehmes Wetter heute», meinte der Lord.

Tiegelmann blickte aufmerksam durch das Fenster hinaus. Es war feuchtkalt, und außerdem lag Nebel in der Luft.

«Es ist neblig», stellte er fest.

Lord Hubbard blickte ebenfalls zum Fenster hinaus, aber er konnte keinen Nebel entdecken.

«Wohne in London», fuhr Hubbard fort. «Besitze ein Haus in der Park Street.»

Tiegelmann zog einen Block heraus und notierte diese Angaben.

«Ist etwas gestohlen worden?» forschte er.

«Soviel ich weiß, nein. Vermisse nichts. Bin das ganze bewegliche Eigentum an Hand eines Inventarverzeichnisses durchgegangen.»

«Ist das Verzeichnis zuverlässig?» fragte Tiegelmann. «Vielleicht ist es schon alt?»

«Ach nein, nicht besonders. Es stammt aus dem Jahre 1881, als mein Großvater starb.»

«Worum handelt es sich?» fragte Tiegelmann. Er nahm seine Taschenuhr heraus und legte sie vor sich auf den Tisch.

«Um ohne Umschweife zur Sache zu kommen», erklärte Lord Hubbard, an seiner Pfeife schmauchend, «die ganze Geschichte sieht ziemlich sonderbar aus. Kann sie einfach nicht erklären.»

«Meine Zeit ist knapp bemessen», warf Tiegelmann ein.

«In diesem Fall werde ich mich beeilen. Wir gesagt, ich kann durchaus keine Erklärung finden, und darum bin ich zu Ihnen, weltberühmter Detektiv, gereist!»

«Weshalb?»

«Offenbar schleicht jemand nachts im Haus umher. Und ich glaube fast, bei Tage auch.»

Tiegelmann notierte das Gehörte.

«Es ließe sich ja denken», fuhr Lord Hubbard fort, «daß ein Einbrecher sein Unwesen treibt, der sich noch nicht für etwas Bestimmtes entschieden hat. Er will vielleicht eine Gelegenheit auskundschaften.»

«Wer wohnt im Haus?» wollte Herr Tiegelmann nunmehr wissen.

«Gegenwärtig ich, meine kleine Nichte Mary und mein Neffe Dick. Deren Eltern sind verreist. Geschäftsreise. Handelt sich um Unterhosen. Kennen Sie vielleicht die Firma Smith, Smith & Smith?»

«Sehr gut», antwortete Herr Tiegelmann höflich, obwohl er sich nicht entsinnen konnte, je von den Unterhosen der Herren Smith gehört zu haben. «Erstklassige Ware.»

«Weiß gerade nicht. Finde, es ist der reine Schund. Der Mann meiner Tante machte jedenfalls eine Unmenge Geld mit seinen Unterhosen. Wurde zum Überfluß sogar geadelt.»

Tiegelmann seufzte ungeduldig.

«Vermute, Sie erinnern sich an Anthony Smith?» fuhr Lord Hubbard fort «Das ist nämlich der Kaufmann, mein Schwager, dem jetzt die Fabrik gehört. Er verlor vor einigen Jahren fünfhundert seiner Unterhosen in Mehldorf, als er sich auf einer Geschäftsreise befand, und damals haben Sie ihm geholfen. Deshalb dachte ich, daß ich mich auch diesmal an Sie wenden sollte.»

Anthony Smith? Ja, das stimmt. Tiegelmann erinnerte sich jetzt, daß seinerzeit Fabrikant Smith auf unerklärliche Art seine Unterhosen verloren hatte. Meister Tiegelmann hatte den Fall gelöst.

«Wohnen noch mehr Personen im Haus?» fragte Tiegelmann weiter.

«Ja, habe ein Hausmädchen, Betty heißt sie. Und dann die Köchin Joan. Aber Butler gibt es keinen im Haus. Ein guter Butler ist nicht um viel Geld zu bekommen.»

«Wann wurden die Schritte zuerst gehört?» fragte Tiegelmann.

«Es war an einem Abend. Die Kinder lagen schon zu Bett. Hatte mich eben selbst niedergelegt...» Und der Lord erzählte, was an jenem Abend vorgegangen war. «An einem anderen Tag, es war ein schöner, sonniger Herbsttag», setzte er fort, «saß ich in der Bibliothek, als ich plötzlich ein Paar Schuhe unter der Gardine hervorstehen sah. Ein Paar Schuhe! Tatsache! Ist mir nie vorher passiert. Glaubte, es sei Betty, unser Dienstmädchen nämlich.»

«Warum sollte sie hinter der Gardine stehen? Spielte sie vielleicht Verstecken?» forschte Tiegelmann argwöhnisch.

«Verstecken?» entgegnete Hubbard mit aufrichtigem Erstaunen.

Wie kann ein Meisterdetektiv glauben, daß Betty Verstecken spielt!

«Nein», sagte er laut, «ich glaubte, daß Betty ein Paar Schuhe unter die Gardine in der Bibliothek gestellt hätte.»

«Pflegt sie das zu tun?»

«Ja, gewiß pflegt sie Schuhe zu putzen. Sie macht es immer ordentlich, das muß ich ihr lassen.»

Teffan Tiegelmann war ein stark beschäftigter Privatdetektiv, und er verlangte, daß ein Besucher seinen Fall klar und deutlich vorbringe. Noch wußte er nicht, was dieser weitgereiste Fremde von ihm wünschte. Auf seinem Block hatte er notiert: Smith, Smith, Smith & Smith, (schlechte) Unterhosen — Mary, Dick — Schritte — ein Paar Schuhe unter der Gardine. Was hatte dies zu bedeuten?

«Dann bemerkte ich, daß die Gardine sich ein wenig bewegte» setzte Lord Hubbard fort.

«Aha! Somit hielt sich dort ein Einbrecher verborgen!» folgerte Tiegelmann. Er war nicht im geringsten erstaunt. Ein Privatdetektiv ist gewöhnt, daß Leute hinter Gardinen versteckt sind. Das kommt jeden Tag vor. Gewöhnlich haben Schuhe in solch einem Fall bei genauer Betrachtung eine Pistole in der Wand! «Beschreiben Sie das Aussehen!» gebot Tiegelmann scharf und zog den Notizblock heran.

«Ganz dunkel, gerade und breit.»

«Lang oder kurz?»

«Sehr lang. Bis zur Decke hinauf und mit Fransen unten.»

Tiegelmann, der genau notierte, hielt inne.

«Fransen unten?» fragte er scharf. «Ich habe noch nie etwas von Einbrechern mit Fransen unten gehört!»

Lord Hubbard betrachtete Herrn Tiegelmann forschend. Lustiges Volk, diese Privatdetektive!

«Wir sprachen doch von den Gardinen», erklärte er. «Sie sind aus rotem Samt mit Fransen unten.»

«Wer stand hinter der Gardine?»

«Ein vollkommen fremder Mensch. Kann mich nicht erinnern, ihn je gesehen zu haben.»

«Schildern Sie ihn genauer, damit wir eine klare Beschreibung bekommen», bat Teffan Tiegelmann.

«Ich sah nur die Kappen seiner Schuhe. Sie waren spitz und schön geputzt.»

«Spitze Schuhkappen?!!» kam es wie ein Pistolenschuß aus Tiegelmanns Mund.

Sollte dies am Ende Wiesel sein? Der Bursche zeigte sich immer in schön geputzten spitzen Schuhen und stand oft hinter Gardinen!

«Erzählen Sie weiter!» bat Tiegelmann, und Lord Hubbard berichtete, daß der Mann verschwunden sei, obwohl er die Tür versperrt hatte und das Fenster geschlossen war.

«Er befand sich nicht im Zimmer. Ich kam mir vor wie ein Idiot! Solches ist mir nie vorher passiert», schloß Hubbard.

«Haargenau!» murmelte Tiegelmann. «Es stimmt. Spitze Schuhe und spurlos verschwunden. Kenne das. Spurlos verschwunden.»

«Wenn ich nur begreifen könnte, was der Kerl will. Er schleicht immer auf eine äußerst beunruhigende Art im Hause umher. Und deshalb frage ich Sie, ob Sie sich des Falles annehmen wollen. Hatte zuerst die Absicht, mich an Scotland Yard zu wenden.»

«Scotland Yard? Tja, immerhin. Viele von ihnen sind prächtige Burschen. Aber ich werde sehen, was ich tun kann. Sagen Sie mir nur eins: Gibt es Tahnentörtchen in London?»

«Thanentörtchen?» wunderte sich Lord Hubbard. Er dachte scharf nach. Tahnentörtchen? «Nein», antwortete er dann, «ich bin nie einem Tahnentörtchen in London begegnet.»

«Hätte ich mir denken können!» rief Tiegelmann. Ha! Lächerlich! Plötzlich öffnete Fräulein Hanselmeier die Tür und steckte den Kopf herein:

«Herr Omar wartet!» meldete sie.

«Wer ist draußen?» fragte Meister Tiegelmann. «Herr Omar?»

«Ja, Herr Omar aus der Arabischen Wüste.»

Ein Privatdetektiv ist an Überraschungen gewöhnt. Tiegelmann sagte sich sofort, wenn sein Freund Omar im Wartezimmer war, dann mußte er aus irgendeinem Anlaß aus der Wüste hierhergereist sein.

Im gleichen Augenblick tauchte Herr Omar selbst in der Tür auf. Er trug einen Straßenanzug nach abendländischem Schnitt, aber an den Füßen ein Paar weiche, pantoffelähnliche Schuhe, die spitz und an den Zehen leicht aufwärtsgebogen waren.

«Es ist mir eine große Ehre, Herrn Tiegelmann persönlich begrüßen zu dürfen», sagte er und verbeugte sich.

«Angenehme Überraschung», gab Herr Tiegelmann zurück. «Darf ich zu einem Tahnentörtchen einladen?»

«Von meinen früheren Besuchen bei Herrn Tiegelmann bewahre ich diese Tahnentörtchen in dankbarer Erinnerung.»

«Fräulein Handelmeier!» rief Tiegelmann. «Bitte rufen Sie bei der Konditorei Roda um vierzehn Gefüllte an.»

Die Rosasahnentörtchen kamen bald, und sie schmeckten ganz ausgezeichnet — gerade richtig braun waren sie und mit viel Sahne gefüllt, die nach allen Seiten herausquoll. Fräulein Hanselmeier deckte den Kaffeetisch, Meister Tiegelmann, Lord Hubbard, Fräulein Hanselmeier und Herr Omar nahmen dann Platz.

«Mein geringer Besuch ist durch eine unbedeutende Entzündung in der Luftröhre verursacht», erklärte Omar mit leichtem Hüsteln. «Ich habe die Ehre, auf dem Wege nach London zu sein, um meine Luftröhre zu kurieren.»

«Aber dort herrscht doch um diese Jahreszeit ein rauhes, feuchtes Klima?» meinte Fräulein Hanselmeier besorgt.

«Ja», bestätigte Omar mit einer höflichen Verneigung. «Ich will meine Luftröhre in dem feuchten Klima zu heilen versuchen.»

«Der heiße Wüstenwind im Verein mit umherfliegenden Sandteilchen haben meine Luftröhre ausgetrocknet», erklärte Omar. «Die Trockenheit hat einen unbedeutenden trockenen Husten verursacht.»

«Mein Arzt, Doktor Hussein von der Westlichen Bazarstraße, hat mir geraten, ein feuchtes, am besten nebliges Klima aufzusuchen. Ich brauche Feuchtigkeit in der Luftröhre. Er schlug mir daher London im November vor.»

«Das ist der rechte Ort», bestätigte Lord Hubbard.

«Ich befinde mich also hier nur auf einer unbedeutenden Durchreise und gedenke, schon heute abend nach London weiterzufahren.»

«In diesem Fall», erklärte Tiegelmann, ein paar Krumen von seinem Rockärmel streifend, «reisen wir vielleicht zusammen. Ich nehme meinen Teppich.»

«Da mein fliegender Teppich augenblicklich beim Kunststopfen ist, wäre es von außerordentlichem Wert für mich, auf Herrn Tiegelmanns Teppich mitreisen zu dürfen.»

Meister Tiegelmann fragte, ob Lord Hubbard ihnen auf der Reise Gesellschaft leisten wolle.

«Nehme gern Ihr Fahrzeug zur Überfahrt, wenn Platz vorhanden.»

Meister Tiegelmann machte sich rasch reisefertig. Er legte zehn gutgebackene Sahnentörtchen in die Sahnentörtchenschachtel. Ferner holte er den Spirituskocher herbei, die Kaffeepfanne sowie den Sack, der Kleider verschiedener Art und eine Anzahl falscher Bärte enthielt. Das ganze Gepäck legte er dann auf den Teppich. Endlich hängte er sich seinen scharfen Feldstecher an einem Riemen um den Hals und steckte seine Dienstpistole in die Tasche. Schließlich nahm er einen schwarzen, mit Wolle gefütterten Vollbart um.

Nach diesen Vorbereitungen öffnete Tiegeimann das Fenster. Die kühle, rauhkalte Novemberluft drang zusammen mit dem Straßenlärm in das Zimmer. Privatdetektiv Teffan Tiegelmann, Herr Omar sowie Lord Hubbard setzten sich in einer Reihe auf den Teppich.

«Adieu, Fräulein Handelmeier. Bitte, schließen Sie das Fenster hinter uns», verabschiedete sich Meister Tiegelmann. Und nun strich er mit der Hand über die Fransen des Teppichs und flüsterte vor sich hin:

«Park Street Nr. 87, London, England.»

Wie von unsichtbaren Händen gehoben, schwebte der Teppich in die Luft und flog durch das Fenster hinaus. Nach kurzer Zeit erblickte man nur noch einen kleinen Punkt über den Häuserdächern, bald war auch dieser verschwunden.

3   *Die Ankunft in Park Street*

Der Teppich hatte zeitig in der Morgendämmerung das Festland hinter sich gelassen, er näherte sich nun der Weltstadt an der Themse und glitt in den Nebel hinein. Die drei Passagiere wurden füreinander fast unsichtbar. Sie konnten einer vom andern nicht einmal einen Schimmer erhaschen. Wie in Milch getaucht saßen sie da. Von unten herauf drang verworrenes Geräusch aus den Straßen der Weltstadt, die zum Leben erwachte. Sonst hörten sie nur das leise Sausen, das immer auf einem fliegenden Teppich zu hören ist. Privatdetektiv Tiegelmann wandte sich um und sah nichts als Nebel.

«Hallo», rief er, «ist alles wohlauf?»

«All right», ließ sich eine Stimme hinter ihm im Nebel vernehmen. Das war Lord Hubbard.

«Ich habe bereits das unverdiente Vergnügen, eine gewisse Linderung in der Luftröhre zu verspüren», meldete sich Herrn Omars Stimme. Und die beiden anderen hörten, wie er einen besonders langen, orientalischen Atemzug tat, um das Klima besser zu genießen.

«Eine Tasse heißer Tee wird uns gut schmecken, wenn wir ankommen», meinte Lord Hubbard, seine Pfeife anzündend.

Die Fluggäste hatten eine ziemlich kalte Nacht durchgemacht. Tiegelmann war schwer beschäftigt gewesen, auf dem Spirituskocher Kaffee zu bereiten, zu dem dann jeder ein Sahnentörtchen aß. Jetzt waren alle froh, bald am Ziel zu sein. Irgendwo in diesem Milchmeer lag Park Street Nr. 87. Jeden Augenblick konnte sich der Teppich senken und landen.

Jeder, der einmal im dichten Nebel auf einem fliegenden Teppich gereist ist, weiß, wie sehr es den Fluggast in Erstaunen setzt, wenn er plötzlich einen leichten Stoß spürt und sich auf der Erde befindet. In dem dichten Milchmeer hat der Reisende nicht bemerkt, daß der Teppich sich senkte — jetzt sitzt er plötzlich auf dem Boden, und das sausende Geräusch hat aufgehört. Es gibt Leute, die bei einer solchen Gelegenheit geradezu dumm dreinsehen.

«Was ist das?» grunzte der Lord.

«Meiner unmaßgeblichen Meinung nach dürfte die Landung erfolgt sein», meinte Omar und legte die Hand auf den Boden neben sich. Es war Kies. Die Fluggäste saßen somit auf einem Kiesweg.

Tiegelmann war der erste, der auf die Beine kam. Sein schwarzer Vollbart tauchte dicht neben den anderen auf.

«Ist hier Park Street Nr. 87, London?» fragte er scharf.

«Nur einen Augenblick, dann werden wir gleich sehen, ob wir zu Hause sind», erklärte Lord Hubbard.

«Nur keine Zeit verlieren! Ich muß sofort mit der Ausforschungstätigkeit beginnen!» kam es ungeduldig von Tiegelmann.

«Ganz recht, jetzt heißt es schnell sein», stimmte Lord Hubbard zu.

«Ist dies hier Park Street Nr. 87?» wiederholte Tiegelmann.

Gerade in diesem Augenblick wehte eine leichte Morgenbrise über
die Stadt hin. Das Nebelmeer geriet dadurch in eine gewisse Unord-
nung, es wurde tatsächlich an einigen Stellen etwas dünner, und die
drei Männer erhaschten den Schimmer eines Hauses. Sie sahen einige
hohe, schmale Fenster und ein Tor mit zwei weißen Säulen davor.

War dies nun Lord Hubbards Wohnung? Hatte der Teppich im
Nebel den rechten Weg gefunden? Die beiden anderen sahen den
Lord fragend an, und Tiegelmann forschte mit einer Stimme, die
den stärksten Nebel durchdringen konnte:

«Sind wir am Ziel? Wohnen Sie hier?»

«Selbstverständlich», antwortete der Lord erstaunt. «Mein Großvater kaufte seinerzeit dieses Haus. Habe immer hier gewohnt!»

Lord Hubbard öffnete das Tor mit seinem Schlüssel und trat zur
Seite. Privatdetektiv Teffan Tiegelmann nahm die Törtchenschachtel,
den Teppich, den Spirituskocher, den Feldstecher und die Kaffeepfanne und ging in aller Eile ins Haus hinein. Herr Omar verbeugte
sich achtungsvoll im Nebel und folgte.

Im Speisezimmer in Park Street Nr. 87, London, standen schwere,
düstere Möbel. Der Morgen war auch von jener düsteren Londoner
Novemberart, aber ein Feuer im offenen Kamin verbreitete eine gewisse Behaglichkeit im Raum.

Um den Tisch, der für eine Familie samt Bekannten von ungefähr
dreißig Personen bestimmt schien, saßen Lord Hubbard, Privatdetektiv Teffan Tiegelmann, Herr Omar aus der Arabischen Wüste,
das Mädchen Mary und der Junge Dick.

Lord Hubbard, dessen Familie und Gäste mit der Mahlzeit begonnen hatten, blickte aufmerksam in die Runde.

Herr Tiegelmann, der seinen schwarzen Vollbart neben den Teller
gelegt hatte, saß in tiefe Gedanken versunken da. Er stützte den Ellbogen auf den Tisch, lehnte den Kopf in die Hand und zweifelte nicht
daran, daß der geheimnisvolle Unbekannte W. Wiesel war. Vermutlich arbeitete der Bube mit anderen zusammen, vielleicht mit einer
ganzen Verbrecherbande!

«Hören Sie einmal zu», begann Herr Tiegelmann und klopfte mit
der Gabel auf die polierte Tischplatte. «Ich beginne sogleich mit der
Ausforschungsarbeit. Bitten Sie das Dienstpersonal herein.»

«Ja», antwortete Lord Hubbard, «aber Butler haben wir keinen.»

«Ich werde die Leute rufen», erbot sich Mary und steckte den Rest
ihres Orangenmarmeladebrotes, während sie hinauslief, in den Mund.
Die anderen warteten gespannt, aber es blieb eine Zeitlang still im

Haus; dies kam daher, daß Mary hinter der Tür erst eine Unmenge Marmelade hinunterschluckte, ehe sie rufen konnte: «Betty, Joan!»

Endlich erschien Joan, die groß und dick war und eine riesige weiße Schürze umhatte; Betty hingegen sah klein und blaß aus. Tiegelmann legte seinen Notizblock vor sich auf den Tisch. Er wandte sich zuerst an die Köchin.

«Erzählen Sie, was Sie wissen», begann er. «Haben Sie hier etwas Ungewöhnliches gesehen oder gehört?»

«Ja, das habe ich wirklich», antwortete Joan.

«Ist jemand hier im Hause gesehen worden, während ich fort war?» fragte Hubbard, um bei der Ausforschungsarbeit mitzuhelfen.

«Gesehen habe ich niemand, Gott sei Dank, aber gehört.»

Meister Tiegelmann zog den Notizblock näher zu sich. Lord Hubbard murmelte etwas von ‚natürlicher Aufklärung‘, Omar sah noch unergründlicher aus als die Nacht. Dick und Mary wechselten einen Blick; Detektive waren für die Kinder etwas ganz Neues.

«Ich hörte heute nacht die Bodentreppe knarren», fuhr Joan fort.

«Das hörte ich auch», rief Betty dazwischen.

«Und dann hörte ich, wie Fräulein Polly fauchte», erklärte Joan.

«Wer fauchte?»

«Fräulein Polly natürlich. Ich doch nicht!»

«Wer ist Fräulein Polly?» fragte Tiegelmann mit fester Stimme.

«Und als ich dieser Tage ins Badezimmer trat, stand ein fremder Mann darin», unterbrach Betty mit weitaufgerissenen Augen. «Dieser Fremde sagte, jetzt sei es in Ordnung, und dann ging er davon; aber ich hörte, wie Fräulein Polly fauchte.»

Wieder dieses Fräulein Polly. Ivan warf ein:

«Und als ich den Fleischer anrufen wollte, stand ein fremder Mann beim Telephon und sagte, jetzt sei es in Ordnung, und dann entfernte er sich. Ich hörte Fräulein Polly fauchen, ehe er verschwand!»

«Hört einmal», rief Privatdetektiv Tiegelmann und klopfte so heftig auf den Tisch, daß ein wenig von dem weißen Verputz von der Decke abblätterte und zu Boden fiel. «Wer ist Fräulein Polly?»

Ehe jemand zum Antworten Zeit fand, ließ sich plötzlich ein schleichendes Geräusch vor der Tür vernehmen.

Eine weiße Angorakatze stand in der Türöffnung und blickte die Anwesenden mit kalten, gelbgrünen Augen an.

Tiefe Stille herrschte im Speisezimmer. Dann zwitscherte Mary:

«Miez! Komm, Fräulein Miez!» Sie schnippte mit den Fingern, um die Katze an sich zu locken. Doch Orangenmarmelade klebte an den Händen, da war das Schnalzen nicht zu hören. Die Katze blieb ruhig in der Türöffnung stehen, nur ihr Schweif bewegte sich.

«Stell dich nicht an, Fräulein Polly!» rief Dick und schnippte auch mit den Fingern. Doch auch sein Schnalzen konnte man nicht vernehmen. Fräulein Polly schlug Schnörkel mit dem Schweif und beobachtete die Versammlung kalt mit ihren gelben Augen.

«Hat Fräulein Polly ihr Frühstück erhalten?» fragte Lord Hubbard, Joan anblickend. Doch gleich darauf lenkte er hastig ein: «Keine Eile. Einen halben Hering bei Gelegenheit!»

«Habe ich je die Heringe für die Katze vergessen?» murrte Joan.

«Nein, nein, nein», gab der Hausherr zurück.

Privatdetektiv Teffan Tiegelmann fand, daß zuviel von Katzen und Heringen gesprochen wurde. Er klopfte mit dem Bleistift.

«Wir setzen fort», erklärte er. «Ist jemand hier, der eine weitere Aufklärung geben kann?»

Niemand wußte noch mehr von dem geheimnisvollen Mann zu sagen, nur Joan murmelte, daß es ihr mit dem Bisherigen schon reiche, und Dick stotterte von einer Pistole, die er nicht zu leihen bekam.

«In diesem Fall», fuhr Tiegelmann fort und holte die Törtchenschachtel unter dem Stuhl hervor, «möchte ich Sie bitten, sich einmal dieses Gebäck anzusehen.»

Joan trat näher und guckte in die Schachtel hinein. Ein großes, schön gebackenes Törtchen lag vor ihr. Der obere Teil glich einem Deckel, und unter dem Deckel quoll nach allen Seiten Sahne hervor. Tiegelmann hob vorsichtig den Törtchendeckel und zeigte der Köchin, daß darunter Mandelmasse verborgen war. Er bat sie, eine Anzahl solcher Törtchen jeden Tag zu backen, solange er im Haus weile.

Lord Hubbard räusperte sich und erklärte, daß es in der Nähe einen ausgezeichneten Zuckerbäckerladen gebe. Besonders die mit Schokolade überzogenen Keks dort... Tiegelmann versicherte, er habe die Londoner Zuckerbäcker immer sehr geschätzt. Ihr einziger Fehler sei ihre Einseitigkeit. Er, Tiegelmann, müsse leider feststellen, daß sie sich jedenfalls weigerten, Tahnentörtchen zu backen.

Lord Hubbard bat Tiegelmann und Omar, ihn in das obere Stockwerk zu begleiten, damit er ihnen ihre Zimmer zeigen könne. Lord Hubbard, Tiegelmann, Omar, Mary, Dick und Fräulein Polly marschierten im Gänsemarsch die Treppe hinauf.

Meister Tiegelmann und Omar bekamen das gewünschte kalte, feuchte Zimmer mit einem Vorhang aus erstklassigem Nebel. Omar verbeugte sich achtungsvoll und erklärte, das Zimmer werde von unschätzbarem Nutzen für seine Luftröhre sein, in der er schon jetzt mit Vergnügen eine beachtliche Linderung verspüre.

«Wir beginnen sofort», bemerkte Herr Tiegelmann, der mehr denn je einem Habicht glich. «Die einzige Art, eine erfolgreiche Bewachung des Hauses durchzuführen, liegt darin, die Kleider zu tauschen. Bitte, ziehen Sie diesen karierten Anzug aus! Von diesem Augenblick an bin ich Lord Hubbard.»

Lord Hubbard dachte darüber nach.

«Ich verstehe», meinte er, «aber wer bin dann ich...?»

«Es ist noch zu früh, um sich über diese Sache zu äußern», stellte Meister Tiegelmann mit scharfer Stimme fest.

Lord Hubbard begab sich in den Ankleideraum. Nach einer Weile kehrte er im Schlafrock in Tiegelmanns Zimmer zurück.

«Von diesem Augenblick an bin ich Lord Hubbard», wiederholte Herr Tiegelmann und suchte das Badezimmer auf, wo er sich umkleidete. Dann wählte er gewissenhaft einen Schnurrbart aus dem Kleidersack, ein herabhängendes rötlich-braunes Ding. Ferner veränderte er sein ganzes Gesicht, so daß niemand ihn von Lord Hubbard unterscheiden konnte.

Dick und Mary starrten ihn verdutzt an, als er wieder zu ihnen trat. Sie fürchteten sich beinahe. Polly schnüffelte an seinen Hosenbeinen und fauchte. Herr Omar verbeugte sich mit orientalischer Ruhe.

In diesem Augenblick öffnete sich die Tür und Lord Hubbard trat ein. In einem karierten Anzug, einem Anzug von gleichem Stoff und Schnitt. Jetzt konnte niemand die zwei unterscheiden.

Beide blieben schweigend stehen und musterten einander.

Der Lord fühlte ein gewisses Unbehagen und schloß die Augen. Einen Augenblick lang wußte er nicht, ob er Lord Hubbard oder Tiegelmann sei. Oder ob Lord Tiegelmann Privatdetektiv Hubbard wäre.

«Tragen Sie immer die gleiche Art Anzüge?» fragte Tiegelmann Lord Hubbard.

«Habe nur diese Sorte für den Wochentag.»

Tiegelmann schnalzte ungeduldig mit der Zunge. «Na ja. Bleiben Sie bloß im Zimmer! Daß niemand uns zusammen sieht.» Dann wandte er sich an Omar. «Wollen Sie uns als Butler dienen? Wäre wegen der Bewachung nötig!»

Herr Omar verbeugte sich dienstbereit.

«Das wäre ganz ausgezeichnet!» brach Lord Hubbard aus. «Praktisch aber unmöglich!»

«Ich weiß», unterbrach Tiegelmann.

«Es ist mir eine unverdiente Ehre, als Butler in Vertretung in die-

sem Hause wirken zu dürfen», beteuerte Omar mit einer ehrerbietigen Verbeugung. Seine Augen waren so unergründlich wie immer. «Ich werde nach meinen schwachen Kräften versuchen, dem Vertrauen zu entsprechen, das mir so gütig erwiesen wurde.»

Lord Hubbard holte einen steifen weißen Kragen und einen stattlichen schwarzen Anzug herbei. In diesen Kleidern konnte ihn niemand von einem orientalischen Butler unterscheiden.

«So», rief Tiegelmann und nahm eine Reservepistole aus der Tasche. «Nehmen Sie diese Pistole!»

«Ich habe meine in der Nachttischlade», erklärte Lord Hubbard.

«Gut. Aber merken Sie sich: Die Pistolen nur im Notfall anwenden! Merkt euch das, Jungen — nur im Notfall!» Dann wandte er sich an Mary und Dick. «Und ihr, meine jungen Freunde, merkt euch: Was ihr hier gehört und gesehen habt, ist ein Geheimnis! Jetzt bin ich euer Onkel!»

Meister Tiegelmann saß in tiefe Gedanken versunken da, als Omar mit einem Sahnentörtchen auf einem Tablett lautlos eintrat.

«Es ist mir ein großes Vergnügen, diesen schön gebackenen Gruß aus der Küche persönlich überbringen zu dürfen», sagte er.

Herr Tiegelmann kostete vorsichtig von dem Sahnentörtchen, dann aß er rascher. «Es ist zwar klein», meinte er, «aber dafür, daß es klein ist, hat es so ziemlich die richtige Größe!»

Ein Weilchen später, als der Meisterdetektiv wieder in tiefe Gedanken versunken dasaß, tauchte Butler Omar ebenso lautlos auf wie vorhin. Er trug einen Silberteller in der Hand, auf dem ein Brief lag.

«Es ist mir eine große Ehre, dieses Schreiben zu überreichen —»

«Danke», unterbrach Herr Tiegelmann und nahm den Brief. Da er an Lord Hubbard adressiert war, brach Tiegelmann ihn sofort auf.

Es ist von außerordentlicher Wichtigkeit für einen Privatdetektiv sich in die Rolle einzuleben, die er gerade spielt. Lord Hubbard hatte nach der Verkleidung auch einen Augenblick die Augen geschlossen und nicht recht gewußt, wer er war. Teffan Tiegelmann dagegen schloß die Augen nicht. Ohne also weiter zu überlegen, brach er das Kuvert auf und las.

Mein lieber Neffe!

Glaubst Du, es Dir merken zu können, daß Fräulein Polly einen halben Hering, ein Stückchen Kalbfleisch und zwei Näpfchen Sahne pro Tag bekommen muß? Ich möchte Dich nur daran erinnern. Ich verlasse mich auf Dich, oder besser gesagt, ich verlasse mich nicht auf Dich. Es tut mir leid, es sagen zu müssen, daß Du schon als kleiner Junge nachlässig warst. Aber ich rechne damit, bei meiner Rückkehr nach London Fräulein Polly bei guter Gesundheit anzutreffen! Du verlangst ständig, daß ich mich für Deine Haushaltssorgen interessieren soll. Ist es dann zuviel verlangt, wenn Deine Tante von Dir fordert, daß Du nicht vergessen sollst: einen halben Hering, ein Stückchen Kalbfleisch und zwei Näpfchen Sahne?

Beste Grüße von Deiner
Dich liebenden Tante
Viktoria

«Ha!» rief Tiegelmann zornig aus. «Nachlässig? Ich! Als Junge?»

Plötzlich horchte Tiegelmann auf. Er vernahm deutlich ein leise schnurrendes Geräusch im Zimmer, konnte aber nicht feststellen, woher es kam. Es klang wie ein leise arbeitender Motor mit gleichmäßigem, angenehmem Gang. Ein Privatdetektiv ist fortwährend Gefahren aller Art ausgesetzt, und wenn er plötzlich einen Motor im Zimmer hört, hat er Grund genug, auf der Hut zu sein. Tiegelmann nahm die Reiterpistole aus der Tasche und blickte sich um. Es klang, als befinde sich der Motor in der Nähe des Kamins. Dort standen zwei hohe Lehnsessel, die zwar unschuldig aussahen, die Tiegelmann aber doch ein wenig genauer zu untersuchen beschloß. Auf dem einen lag ein rotes Kissen, auf dem anderen ein weißes. Sonst nichts. Tiegelmann glaubte, sich geirrt zu haben und trat nun statt dessen an eines der Bücherregale. Da hörte er den Motor hinter sich wieder anlaufen. Tiegelmann wandte sich heftig um und zückte die Pistole. Das weiße Kissen erhob sich und machte einen Satz auf den Boden hinunter. Tiegelmann-Hubbard erkannte sofort, daß der Motor nur Fräulein Polly gewesen war, die schnurrend im Lehnstuhl gedöst hatte. Ärgerlich versuchte er, diese aufdringliche Katze zu erwischen, aber Polly sprang weg und fauchte. Es war unmöglich, sie zu fangen. Ein eleganter Angorasprung führte sie auf eines der Bücherregale hinauf. Dort saß sie und starrte Tiegelmann mit rätselhaften, unbeweglichen gelbgrünen Augen an. Tiegelmann sank ermattet in seinen Stuhl.

Es ist ungewiß, wie lange Tiegelmann dasaß und nachdachte. Es kann eine ziemlich lange Zeit gedauert haben. Jedenfalls, als er aufstand, hatte er das Rätsel um Fräulein Polly gelöst.

Meister Tiegelmann trat an eines der Bücherregale heran und suchte nach einem Lexikon. Schließlich fand er ein Buch, das ,Britanniens kleiner Alleswisser' hieß, ein vortreffliches Werk, in dem er eine der ersten Seiten aufschlug und las:

«A n g o r a k a t z e, stammt von der türkischen Hauptstadt gleichen Namens her. A. ist eine große Abart des Katzengeschlechts, obwohl sie keineswegs die Größe beispielsweise des Tigers oder des Pumas erreicht. Die Farbe ist meistens weiß, manchmal (bei sumpfigen Wegverhältnissen) gelb oder grau. Die Pelzhaare erreichen die nicht zu verachtende Länge von zehn Zentimetern.»

Der Privatdetektiv stand mit dem Rücken zum Fenster, während er diese Angaben las. Er merkte deshalb nicht, daß vor einem der Fenster eine Gestalt auftauchte. Ein Mann mit kleinem, spitzem Gesicht spähte in die Hubbardsche Bibliothek hinein. Im nächsten Augenblick wurde die Erscheinung wieder vom Nebel verschlungen.

Gleich darauf zeigte sich Omar in der Tür:

«Es ist mir eine große Ehre, zu melden, daß ein Herr Smith zu einem — sagen wir zufälligen — Besuch erschienen ist.»

Smith? dachte Tiegelmann-Hubbard. Wo hatte er den Namen nur schon gehört? Ja richtig — Smiths Unterhosen. Ein Verwandtenbesuch!

«Lieber alter Freund, schön, dich zu sehen!» rief Tiegelmann-Hubbard und ging dem Besucher mit ausgestreckter Hand entgegen. «Wie gehen die Geschäfte?»

Der Besucher, ein kleiner Mann mit spitzem Gesicht, das mit einer goldgefaßten Brille geziert war, hinter der zwei listige Augen nach allen Seiten schielten, blieb verblüfft und argwöhnisch stehen.

«Wieviel Unterhosen verkaufst du am Tag, alter Schwindler?»

147

fuhr Tiegelmann fort und klopfte dem Mann kräftig auf den Rücken.

Der Fremde blickte ausgesprochen mißtrauisch drein.

«Entschuldigen Sie», sagte er. «Mein Name ist Smith. Ich bin Sekretär des V. V. K.»

«V V. K.? Warten Sie mal», antwortete Tiegelmann und strich sich den rötlichbraunen Schnurrbart.

«Ja. Verein der Vereinigten Katzenfreunde.»

Ein Privatdetektiv muß eine rasche Auffassungsgabe besitzen. Tiegelmann hatte kaum das Wort Katzenfreund gehört, als er schon auf der Hut war. Er musterte den Mann scharf.

«Desto besser. Hielt Sie für einen Verwandten. Nehmen Sie Platz!«

Beide setzten sich. Der fremde kleine Mann, der einen dunkelblauen Anzug mit wohlgebügelter Hose und sorgfältig geputzte, spitze Schuhe trug, antwortete nicht. Seine Augen schielten nach allen Richtungen.

Tiegelmann war es vollkommen klar, wen er vor sich hatte, obwohl keine Miene in seinem gemütlichen Hubbardgesicht dieses gefährliche Wissen verriet.

«Eine Tasse Tee gefällig, Herr Smith?» fragte Tiegelmann-Hubbard gastfreundlich und klingelte dem Butler.

«Vielen herzlichen Dank», wehrte Sekretär Smith ab und nieste. Er saß auf dem äußersten Stuhlrand.

«Es wird mir ein besonderes Vergnügen sein, an diesem kalten Tag eine Tasse guten, heißen Tee servieren zu dürfen. Ich erlaube mir gleichwohl darauf hinzuweisen, daß die wärmenden Eigenschaften des Kaffees wohl ebenso groß sind wie die des Tees!»

«Bringen Sie uns nur irgend etwas Warmes», unterbrach Herr Tiegelmann-Hubbard. Omar verschwand lautlos.

Smith äugte ihm mißtrauisch nach.

«Nun ja!» begann Herr Smith energisch und setzte sich auf dem Stuhl besser zurecht. «Wie ich bereits erwähnte, bin ich Sekretär im Verein der Vereinigten Katzenfreunde Londons. Morgen wird unsere große Ausstellung eröffnet, und natürlich muß Fräulein Polly auch dabei sein. Kein Zweifel! Sagten Sie etwas?« sprach der Mann mit fröhlichem Eifer und nieste dreimal.

Privatdetektiv Tiegelmann glich eigentlich in diesem Augenblick erschreckend einem Habicht, aber seine geschickte Maskierung bewirkte, daß niemand es entdecken konnte. Der rotbraune Schnurrbart hing friedlich herunter, während Tiegelmann an seiner Pfeife schmauchte.

«Fräulein Polly pflegt immer teilzunehmen. Gerade heute morgen sagte ich zur Leitung: Es ist denkbar, daß es ein Erdbeben gibt, so etwas kann man nie wissen, aber eines ist gewiß, Jungens: Polly kommt!»

Tiegelmann sog an seiner Pfeife und blies eine behagliche Rauchwolke in die Hubbardsche Bibliothek.

«Aufrichtig gesagt, Herr Smith, diese Katze gehört nicht mir», erklärte er.

«Das wissen wir! Sie gehört Frau Viktoria Smith. Wir von den Vereinigten Katzenfreunden wissen alles über Katzen, haha!»

«Aha. Ja so.»

«Das heißt», fuhr Smith höflich fort, «wir kennen alle tonangebenden Katzen. Vom erstbesten gestreiften Katzenbalg in einer Kellerluke auf der Baker Street — nein, von dem wissen wir vielleicht nicht viel.»

Der morgenländische Butler tauchte lautlos mit einem Kaffeebrett aus dem Nichts auf.

«Ich habe den unerwarteten Vorzug, daß es mir gelang, in der Küchenabteilung die Teezubereitung abzustellen», erklärte er mit innerer Befriedigung. «Es ist mir ein großes Vergnügen, Ihnen arabischen Kaffee aus meiner Heimat servieren zu dürfen.»

Lord Hubbard-Tiegelmann zog die eine Braue leicht empor und machte eine kurze Bewegung gegen die Tasche, wo er die Dienstpistole verwahrte. Omar antwortete mit einem unmerklichen arabischen

Nicken und legte einen orientalischen Zeigefinger an die Hosentasche, wo sich die Reservepistole befand, worauf er verschwand. Es gab keinen Zweifel, daß dieser Omar aus der Arabischen Wüste ein großes Gefühl der Sicherheit einflößte.

«Ja», sagte Tiegelmann-Hubbard, «in diesem Fall muß Fräulein Polly natürlich heuer auch dabei sein.»

«Ausgezeichnet!» rief der Sekretär der Vereinigten Katzenfreunde aus und rieb sich vor Vergnügen die Hände. «Ich habe einen bequemen Korb mitgebracht, der draußen in der Halle steht, und könnte sie sofort mitnehmen. Auf diese Art sind Sie alle Mühe los.» Der Besucher erhob sich, fast zappelnd vor Ungeduld. Er sah vergnügt drein. «Wo ist sie?» Dabei blickte er gleichzeitig nach allen Seiten.

«Sehr bedauerlich, sagen zu müssen, daß das Tier leider nicht zu Hause ist.»

Der kleine Mann erstarrte. Nur seine schielenden Augen gingen ratlos im Zimmer umher.

«Sie ist bei einem Tierarzt. Einem Magenspezialisten. Polly hat zu viele Heringe verspeist. Die Köchin verwöhnt sie. ‚Das kann niemals gut gehen. Joan‘, pflegte ich immer zu sagen.»

Mister Smith stand still und grübelte. Nur seine schielenden Augen arbeiteten fieberhaft.

«Wann kommt sie heim?»

«Die Köchin? Warten Sie mal ... ach so, Fräulein Polly! Ja, die bleibt beim Tierarzt in Behandlung bis heute abend. Sie wissen, wie das ist — Magen auspumpen und so weiter. Braucht alles eine Unmenge Zeit. Wurde selbst voriges Jahr ausgepumpt.»

«Ich hole sie morgen um diese Zeit. Sonst ist es zu spät.»

«Es wäre schrecklich freundlich, wenn Sie das tun wollten.»

Der Sekretär entfernte sich. An der Tür stand Butler Omar mit dem Mantel und Hut des Besuchers.

«Es ist mir eine große Ehre, Herrn Smith persönlich in diesen gutgeschnittenen Mantel helfen zu dürfen», sagte er.

«Halten Sie den Mund!» zischte der kleine wütende Sekretär. Dann flüsterte er argwöhnisch: «Ist Fräulein Polly zu Hause?»

«Zu meinem großen Kummer muß ich erklären, daß das Fräulein auf Grund einer augenblicklichen Magenverstimmung den diplomierten Tierarzt aufsuchen mußte», antwortete Omar.

Mit einem der ehrerbietigen Bücklinge, die morgenländische Butler in aller Herren Ländern berühmt gemacht haben, reichte Omar Herrn Smith den Hut und den Katzenkorb, worauf er das Haustor öffnete.

Sobald die Tür hinter Smith ins Schloß gefallen war, stürmte ein seltsamer Fensterputzer in die Halle. Es war Privatdetektiv Tiegelmann, der sich in unglaublich kurzer Zeit verkleidet hatte.

«Schnell, Herr Omar», rief er, «wir müssen ihn beschatten!»

«Es wird mir eine große Ehre sein», versicherte Omar.

Meister Tiegelmann reichte ihm einen grauen Vollbart, den Omar mit orientalischer Geschicklichkeit umnahm, worauf beide durch die Tür hinausstürmten und auf der Straße weiterliefen. Ein Londoner Nebel von unübertrefflicher Dichte hüllte sie plötzlich ein. Sie blieben stehen und lauschten. Zur Rechten hörten sie hastige Schritte, die sich wieder entfernten.

«In diese Richtung!» rief Tiegelmann und griff nach der Reiterpistole in der Tasche. Sie stürmten nach rechts und schlugen mit den Köpfen an ein Drei-Tonnen-Lastauto.

Beide liefen ein Stück weiter, worauf sie wieder haltmachten und horchten. Nur der Lärm der Großstadt und der Klang von Kirchenglocken, vermischt mit dem Rasseln eines vorüberfahrenden Autobusses, drangen an ihr Ohr. Im übrigen herrschte tiefste Stille.

«Ha!» schrie Tiegelmann. «Nicht daran zu denken, daß man in dieser Straße weitergehen kann, wie sie auch heißen mag.»

«Little Street», flüsterte eine Stimme, die neben ihm ertönte. Es war jedoch nicht Herrn Omars Stimme. Meister Tiegelmann nahm undeutlich eine Gestalt an seiner Seite wahr.

«Verzeihung, ich glaubte, der Herr habe gefragt, wie die Straße heißt», fuhr die fremde Stimme freundlich fort.

«Ha!» machte Tiegelmann und kehrte nach Hause zurück.

Omar nahm den grauen Vollbart ab und sprach seinen warmen Dank für die Leihgabe aus. Tiegelmann verwandelte sich rasch wieder vom Fensterputzer in Lord Hubbard.

Eine Weile später saßen alle in der Bibliothek versammelt: Privatdetektiv Tiegelmann-Hubbard, Lord Hubbard, Herr Omar und die beiden jungen Verwandten Mary und Dick. Unter den Anwesenden fehlte auch die Angorakatze der alten Frau Smith, Fräulein Polly, nicht. Sie tranken Tee, das Feuer im Kamin glühte behaglich.

«Es dauerte nicht lange», erklärte Privatdetektiv Tiegelmann, «bis ich den Zusammenhang ahnte. Wiesel will die Angorakatze stehlen. Er weiß, daß Frau Smith sehr an der Katze hängt. Erpressung!» Tiegelmanns Stimme klang drohend; er zündete sich eine dicke Zigarre an. «Wiesel will die Katze stehlen und dann ein Lösegeld erpressen!»

«Aha, so steht es also», nickte Lord Hubbard und zündete seine

Pfeife an. «Ich habe mir den Kopf darüber zerbrochen, warum er wohl hier umherschlich.»

«Der Gauner schleicht hier umher, um Polly zu stehlen. Erinnert euch, daß die Katze jedesmal fauchte, wenn er auftauchte! Sie läßt sich von einem Fremden schwer fangen. Heute versuchte er eine neue Methode: er fand sich als Sekretär eines Katzenvereines ein, den es überhaupt nicht gibt, und wollte Polly in aller Freundschaft zu einer Ausstellung mitnehmen, die, wie ich feststellte, gar nicht stattfindet.»

«So liegt es also», meinte Lord Hubbard und blies eine Rauchwolke aus. «Aber wir werden uns nicht hinters Licht führen lassen!»

«Er kommt morgen wieder. Da empfehle ich, ihn die Katze mitnehmen zu lassen», meinte der Meisterdetektiv.

Alle sahen Teffan Tiegelmann verdutzt an. Auf Dicks Hose fiel ein Klecks Marmelade. Fräulein Polly bewegte ihren Schweif in großen Kreisen. Lord Hubbard grübelte mit besorgter Miene.

«Vermute, dies wäre ein Fehler», wandte der Hausherr ein. «Will die Katze lieber behalten. Sonst würde meine Tante... ich bin abhängig... ich meine...»

«Nein, er soll die Katze nur mitnehmen», beharrte Tiegelmann mit fester Stimme. «Der Bursche arbeitet vermutlich mit einer Verbrecherbande zusammen, die es zu entlarven gilt.»

«Ach so, ja, in diesem Fall... Kenne mich in solchen Sachen nicht genau aus», meinte Lord Hubbard mit bekümmerter Miene.

«Lieber Onkel Tiegelmann, dürfen wir dabei sein, wenn Wiesel kommt?» rief Mary.

«Ja, das dürfen wir doch», fiel Dick mit undeutlicher Stimme ein.

«Dick, mein Junge, du mußt erst hinunteressen, ehe du sprichst», ermahnte Lord Hubbard. «Mary ißt immer zuerst brav hinunter!»

«Sie hat nicht soviel Marmelade auf ihrem Brot», verteidigte sich Dick.

«Auf der Hose auch nicht!» spottete Mary.

«Meine jungen Freunde», erklärte Meister Tiegelmann. «Wiesel ist gefährlich! Aber hört zu: Ihr könnt meinetwegen hereinkommen und Herrn Sekretär Smith begrüßen. Das macht sich nur angenehm und natürlich. Die Hauptsache ist, daß er nichts wittert!»

Am Nachmittag saß Tiegelmann-Hubbard allein in tiefe Gedanken versunken in der Bibliothek. Das Feuer im Kamin war ausgegangen. Die Dämmerung hatte sich über die nebelerfüllte Weltstadt gesenkt. Es herrschte tiefe Stille im Haus bis auf den schwachen Lärm, der entsteht, wenn in der Küche ein Kalbsbraten zubereitet wird.

Meister Tiegelmann drehte das Licht aus, um besser denken zu können, und um noch besser denken zu können, schloß er die Augen. Nach einer Weile begann er tief und ruhig zu atmen. Der rote Schnurrbart bewegte sich mit jedem Atemzug auf und ab.

Da ließ sich ein schwaches, zögerndes, schleichendes Geräusch vernehmen — eben jenes Geräusch, das immer entsteht, wenn ein Paar kleine, spitze, wohlgeputzte Schuhe im Dunkel vorwärtstasten. Aber Tiegelmann-Hubbard atmete weiter tief und ruhig. Ein Mann in einem tadellos gebügelten blauen Anzug stand unsichtbar im tiefsten Schlagschatten des Raumes. Er hielt eine Pistole in der einen Hand und eine Taschenlampe in der anderen. Er knipste die Taschenlampe an und ließ den Lichtkegel über die Wände der Bibliothek spielen, bis der Lichtschein plötzlich einen Mann mit kariertem Anzug und rotbraunem Schnurrbart traf, der schlafend in einem Stuhl saß. Lord Hubbard! Der Eindringling schaltete sofort die Lampe aus und stand still. Vorsichtshalber unterließ er sogar das Atmen. Lord Hubbard bewegte sich nicht. Da schlich der Mann auf den Zehen in das nächste Zimmer, in dem es ebenfalls fast völlig dunkel war.

Sogleich erhob sich Tiegelmann-Hubbard lautlos und folgte dem anderen Schatten, der weiter in die Halle hinausglitt.

Der kleine, schmächtige Schatten setzte eben den Fuß auf die erste Treppenstufe, als noch ein Schatten, ein orientalischer Butlerschatten, an der Seite des Tiegelmann-Hubbardschen Schattens auftauchte.

«Eine Person, die nicht die Güte hatte, ihre Ankunft zu melden, weilt hier im Haus zu Besuch», flüsterte der orientalische Schatten.

«Pistole bereithalten», raunte der Meisterdetektiv.

Der orientalische Schatten verbeugte sich mit der Versicherung, er halte die Pistole in voller Bereitschaft.

Währenddessen war der dunkle Schatten die Treppe hinaufgelangt, die von dichten Schlagschatten in undurchdringliche Finsternis gehüllt wurde. Nur nach dem verschiedenen Klang der Treppenstufen konnten die beiden anderen Schatten seinen Gang verfolgen. «Sechs ...neun...elf», murmelte Tiegelmann leise. Jede Treppenstufe knackte nämlich auf eine andere Art, und Tiegelmann wußte deshalb genau, wie weit der Schatten gelangt war.

Teffan Tiegelmann und Omar folgten behutsam dem Schatten.

«Wir nehmen ihn fest», raunte Tiegelmann. «Dann ist er wie in einer Mausefalle gefangen.»

Der fremde Mann war in der oberen Halle verschwunden. Tiegelmann hielt seine Reiterpistole und Omar seine Reservepistole in höchster Bereitschaft. Wiesel zu fangen war sonst praktisch unmöglich, aber diesmal saß er fest! Die beiden gingen Schritt für Schritt vorsichtig in die Halle.

Plötzlich wurde die Stille von einem entsetzlichen Schrei zerrissen. Und dann fauchte Fräulein Polly, und Betty schrie entsetzt:

«Hier ist er!»

Und dann hörte man Mary kreischen:

«Das Licht läßt sich nicht aufdrehen!»

«Jetzt ist er hier!»

Meister Tiegelmann und Omar starrten vor sich hin, konnten aber das Dunkel nicht durchdringen, in das die ganze Hubbardsche Liegenschaft eingehüllt war. Tiegelmann, der damit rechnete, daß Wiesel bewaffnet war, wollte seine Taschenlampe nicht benützen. Wenn sie selbst ungesehen auf der Treppe standen, konnten sie Wiesel am sichersten überrumpeln.

Da trat eines jener vollkommen unglaublichen Ereignisse ein, wie sie sich nur im Zusammenhang mit Wilhelm Wiesel ergeben können. Tiegelmann und Omar hörten ein hastiges Knacken der Treppenstufen; sie merkten, daß jemand stolperte und zwischen ihren Beinen die Treppe hinunterrollte. Sofort knipste Tiegelmann seine Taschenlampe an und konnte gerade noch Wiesels schmalen Rücken ausnehmen, ehe dieser wie ein dahinrollendes Knäuel in der unteren Halle verschwand. Beide stürmten hinterdrein. Wiesel lief im Dunkel in die Bibliothek, deren Tür er hinter sich zuschlug und verriegelte.

«Zerschießen Sie das Schloß!» befahl Tiegelmann Omar. «Das Zimmer hat keinen anderen Eingang oder Ausgang!»

Omar setzte mit orientalischer Geistesgegenwart seine Pistole an das Schloß und feuerte. Das Schloß wurde zerschmettert — Tiegelmann riß die Tür auf. Das alles war das Werk eines Augenblicks. Beide traten mit erhobenen Pistolen vorsichtig in das Zimmer ein.

«Hände hoch! Das Spiel ist zu Ende!» rief der Meisterdetektiv.

Das Zimmer war jedoch leer. Omar versuchte die Deckenbeleuchtung einzuschalten, aber vergeblich. Tiegelmann ließ die Taschenlampe in alle Ecken leuchten. Das Fenster war geschlossen. Doch Smith-Wiesel befand sich nicht in der Bibliothek.

In der Türöffnung drängten sich Lord Hubbard, Joan, Betty, Mary und Dick. Alle waren vom Schuß wie gelähmt, außer Lord Hubbard, der mit der Pfeife im Mund in das Zimmer trat und erklärte:

«Wette ein Pfund, daß er sich nicht hier aufhält.»

Tiegelmann nahm eine gründliche Untersuchung des Zimmers vor.

«Wette zehn Pfund», meinte Lord Hubbard. «Unnötig zu suchen. Hält sich ganz wo anders auf!»

Tiegelmann verlöschte seine Lampe. Er stand einen Augenblick in tiefe Gedanken versunken und sagte zu Dick und Mary:

«Meine jungen Freunde, seht nach, ob die Hauptsicherung nicht herausgeschraubt ist.»

Mary und Dick wollten eben davonstürmen, als das Licht von selbst zu brennen anfing, und Omar durch die Tür eintrat:

«Ich hatte schon die Ehre, die Sicherung zu überprüfen. Meiner unmaßgeblichen Ansicht nach war diese herausgeschraubt worden!»

Meisterdetektiv Tiegelmann erkannte, daß er für diesen Abend und die kommende Nacht nichts mehr zu fürchten hatte. Seine große Erfahrung ließ ihn keinen weiteren Besuch Wiesels vor dem nächsten Tag erwarten, wo der Sekretär des Vereines der Vereinigten Katzenfreunde sich einfinden würde, um Polly zu holen. Der unerwartete Besuch Wiesels an diesem Abend zeigte, daß er der Auskunft, Polly sei beim Tierarzt, nicht traute. Wiesel war offenbar nicht leichtgläubig!

Alle zogen sich nun in ihre Schlafräume zurück. Lord Hubbard suchte ein Fremdenzimmer auf, und Herr Tiegelmann begab sich in das Zimmer des Lords. Er schlüpfte aus dem karierten Anzug und entfernte den herabhängenden Schnurrbart, den er auf das Nachttischchen legte. Eine Weile später sank er in tiefen, erquickenden Schlummer und erwachte erst am nächsten Morgen, als Betty an die Tür klopfte. Sie wollte eine Tasse Tee vor dem Frühstück noch servieren und hatte den Befehl, sich nach dem Geschmack jedes einzelnen zu richten.

«Guten Morgen», grüßte sie und zog die Gardinen auf. «Ist eine Tasse Tee oder Kaffee oder Milch gefällig?» fragte sie.

Herr Tiegelmann antwortete, daß ihm Kaffee lieber sei.

Während der Detektiv auf den Kaffee wartete, studierte er ein kleines praktisches Handbuch, betitelt: ,*Hundert Arten der Ausforschungstätigkeit im Nebel.*' Dort stand zu lesen, im dichten Nebel müsse ein beschattender Detektiv mittels einer Sicherheitsnadel eine Schnur am Mantel der zu beschattenden Person befestigen und selbst das andere Ende der Schnur festhalten. In besonders schweren Fällen müsse er so nahe hinter der beschatteten Person gehen, daß er sie jeden Augenblick durch Ausstrecken des rechten Armes erreichen könne.

«Aha, ein guter Rat», murmelte Tiegelmann gedankenvoll.

Betty kam mit dem Kaffee und einem frisch gebackenen, wohlgefüllten Sahnentörtchen.

«Danke.» Meister Tiegelmann biß ein Stück des Sahnentörtchens ab.

«Bitte verschaffen Sie mir eine Schnur und eine Sicherheitsnadel», bat Tiegelmann und wischte sich einen kleinen Sahnenklecks von der Nase. Betty war bereit, diese Dinge herbeizubringen, und Tiegelmann beschäftigte sich weiter mit Sahnentörtchen, Kaffee und Handbuch.

Um Punkt zehn Uhr saß Hubbard-Tiegelmann mit seiner Reiterpistole in der Tasche in der Bibliothek. Lord Hubbard befand sich indes im Fremdenzimmer, wo er während Sekretär Smiths Besuch bleiben sollte. Bei jeder Ausforschungstätigkeit ist es nämlich von äußerster Wichtigkeit, daß nicht zwei Lords gleichzeitig auftreten. Nichts könnte so leicht unnötigen Argwohn hervorrufen.

Dick und Mary warteten gespannt auf Smiths Ankunft. Sie hatten ihre Weisungen erhalten. Es kam ihnen alles sehr spannend, aber auch sehr schaurig vor.

«Zu dumm, daß wir nicht sicherheitshalber jeder eine Pistole einstecken können», meinte Dick.

«Du kannst ja auf jeden Fall deine Wasserpistole nehmen», schlug Mary vor.

«Sei nicht so blöd!» Aber Dick lud doch seine Wasserpistole und steckte sie zu sich.

Butler Omar war auf seinem Posten — schweigend und, praktisch genommen, unsichtbar. Meister Tiegelmann-Hubbard saß mit ausgestreckten Beinen in einem tiefen Lehnstuhl und tat, als studiere er die Morgenzeitung. Er fuhr zusammen, als er eine Meldung las:

Der Verein der Vereinigten Katzenfreunde

macht auf seine jährliche Ausstellung reinrassiger Katzen aufmerksam. Es liegt im Interesse eines jeden Mitgliedes, seinem schönen Haustier einmal im Jahre zu vergönnen, daß es ausgestellt wird. Jede Katze legt Wert auf diese Aufmerksamkeit. Anmeldungen werden von Sekretär Smith entgegengenommen, der auch das Abholen und Zurückbringen unserer vierbeinigen Freunde besorgt.

«Ha!» murmelte Tiegelmann. «Das hätte ich mir denken können. Hier haben wir es mit einer ausgesprochenen Bande zu tun.» Und er umklammerte die Reiterpistole in seiner Tasche fester.

Butler Omar stand plötzlich in der Tür und berichtete:

«Es ist mir eine große Ehre melden zu dürfen, daß Sekretär Smith von den Vereinigten Katzenfreunden Londons sich zu einem — Besuch eingefunden hat.»

Er verbeugte sich respektvoll, und Herr Smith trat ein. Meister Tiegelmann bewegte fast unmerklich die rechte Augenbraue, und Omar machte daraufhin eine ebenso unmerkliche Bewegung mit dem Zeigefinger gegen seine orientalische Hosentasche, in der er seine geladene Reservepistole verwahrte. Danach verschwand er lautlos in die Halle hinaus, wo er mit einer Sicherheitsnadel eine starke Schnur an Smith-Wiesels Mantel befestigte.

«Nein, sieh da, Herr Smith! Guten Tag!» rief Meister Tiegelmann-Hubbard. «Der Nebel will nicht weichen. Naßkaltes Wetter.»

Teffan Tiegelmann merkte, daß Wiesel hinter seinen zierlichen Brillen mehr denn je schielte. Er war zweifelsohne auf der Hut.

«Nehmen Sie nur Platz!» lud Tiegelmann ein und zeigte auf einen alleinstehenden tiefen Lehnstuhl, in dem Smith-Wiesel so versank, daß nur seine unsteten Augen und seine spitze Nase hervorlugten.

«Womit kann ich dienen?» fragte Lord Hubbard-Tiegelmann.

«Es handelt sich doch um die Katzenausstellung», antwortete der Besucher mit erkünsteltem Lachen und strampelte ein wenig mit den Beinen, als wünsche er, aus dem Stuhl herauszukommen.

«Ja! Die Ausstellung. Hätte ich beinahe vergessen!»

«Sehen Sie hier in der Zeitung», kam es eifrig von dem tiefen Fauteuil her; dabei machte Herr Smith verzweifelte Anstrengungen, sich aus seinem Sitz hochzurappeln.

«Habe eben die Meldung gelesen. Pflege immer zu behaupten, daß eine Ausstellung dann und wann das wenigste ist, was wir für unsere vierbeinigen Freunde tun können.»

«Wo ist Fräulein Polly?» erkundigte sich Smith-Wiesel und guckte in alle Ecken gleichzeitig. «Sie ist doch heute wieder gesund?»

«Bitte, holen Sie Fräulein Polly!» befahl Lord Tiegelmann-Hubbard seinem Butler.

«Es wird mir eine große Ehre sein, Fräulein Polly zu holen», antwortete Butler Omar. «Persönlich habe ich immer die bescheidene Ansicht gehegt, daß Fräulein Polly —»

«Beeilen Sie sich! Weniger Geschwätz!» drängte die ungeduldige Stimme des Sekretärs aus der Tiefe des Stuhles.

«Es wird mir eine große Ehre sein, unter weniger Geschwätz zu —»

«Los!» zischte Wiesel und nieste.

«Ich werde es nach meinen bescheidenen Kräften versuchen», versicherte Butler Omar und verbeugte sich gegen den Stuhlrücken.

«Redet er nicht ein bißchen viel?» fragte Herr Smith argwöhnisch.

«Schwer, heutzutage einen fehlerlosen Butler zu bekommen», erklärte Tiegelmann-Hubbard entschuldigend.

«Ich weiß. Ich hatte selbst die größten Schwierigkeiten, jemand zu finden», bestätigte der Sekretär der Vereinigten Katzenfreunde und nieste dreimal.

Nun wurden Schritte hörbar, und Smith drehte sich beunruhigt im Stuhl um. Er beruhigte sich, als er sah, daß nur ein Mädchen und ein Junge ins Zimmer traten.

«Onkel», rief der Junge, «dürfen wir hinausgehen und spielen?»

«Bitte, Onkel!» schmeichelte das Mädchen.

«Kommt zuerst her und grüßt schön!» ermahnte Onkel Hubbard-Tiegelmann. «Dies ist Sekretär Smith.»

«Guten Tag!» grüßte Mary und streckte ihre Hand hin.

«Wie heißt du, liebes Kind?» piepste Sekretär Smith.

«Mary.»

«Und du?» wandte sich Smith an Dick.

«Dick.»

Mary und Dick blickten auf den Teppich und schnitten Gesichter, als müßten sie zum Zahnarzt gehen. Das kam daher, daß beiden ein wenig unheimlich zumute war. Herr Smith dachte nach, um etwas recht Passendes zu sagen.

«Habt ihr eure Aufgaben ordentlich gemacht?» fragte er.

«Nein», antwortete Dick und zeichnete mit der Schuhspitze auf dem Boden. Mary guckte den Teppich an und schüttelte den Kopf, daß ihr das Haar wie ein Vorhang ins Gesicht fiel.

«O weh, o weh!» machte Onkel Smith und versuchte mehr denn je, einem freundlichen Mann zu gleichen. «Warum denn nicht?»

«Wir haben Ferien. Es ist Scharlach in der Schule!»

Dick und Mary fuhren fort, mit der Schuhspitze auf dem Hubbardschen Bibliotheksteppich zu zeichnen. Dann lief Mary hastig aus dem Zimmer. Dick jedoch blieb an der Tür stehen und zog eine Pistole aus der Tasche. Herr Smith von den Vereinigten Katzenfreunden drehte sich zufällig gerade in diesem Augenblick um. Es war nur eine Wasserpistole, aber sie besaß doch eine gewisse Ähnlichkeit mit einer gewöhnlichen Pistole. Smiths unsteter Blick erstarrte. Er tat einen Sprung aus dem Stuhl heraus und fuhr blitzschnell mit der Hand in die rechte Hosentasche. Meister Tiegelmann steckte die Hand ebenso blitzschnell in die rechte Hosentasche.

Smith beruhigte sich, als er die Kinder die Außentür öffnen und in den Nebel hinauseilen hörte. Die Tür fiel zu, und es trat Stille im Haus ein.

«Kinder sind Kinder», meinte Meister Hubbard-Tiegelmann.

«Das ist es ja», stimmte Smith verständnisvoll bei.

Ohne daß man einen Laut gehört hätte, stand plötzlich der orientalische Butler mit einer bildschönen Angorakatze auf dem Arm mitten im Zimmer.

«Fräulein Polly», meldete er mit einer respektvollen Verbeugung. «Ich nahm mir auch die Freiheit, den Katzenkorb zu bringen, den Herr Smith mitzunehmen die Güte hatte.» Mit einer morgenländischen Verneigung zauberte er einen Korb hervor.

Der kleine Sekretär wußte sich vor Vergnügen kaum zu fassen. Er griff in die Westentasche und gab Omar eine falsche Silbermünze.

«Hier, mein guter Mann», sagte er.

«Es ist mir eine unverdiente Ehre —» begann Omar.

«Schnick-schnack!» unterbrach ihn Sekretär Smith und steckte rasch die schneeweiße Angorakatze in den Korb.

«Adieu, adieu, Pollylein!» rief Lord Hubbard-Tiegelmann und klopfte mit dem Zeigefinger auf den Deckel.

«Der Verein der Vereinigten Katzenfreunde Londons gibt Gewähr, daß die Katze im gleichen Augenblick, wo die Ausstellung zu Ende ist, zurückgebracht werden wird», versprach Smith feierlich.

«Hat keine Eile», meinte Hubbard-Tiegelmann gemütlich und schmauchte an seiner Pfeife. «Nur keine Hetzerei!»

Sekretär Smith verabschiedete sich, ergriff den Korb und eilte zur

Tür. Er hatte noch nicht drei Schritte getan, als er wie angewurzelt stehen blieb. Ein Mann mit kariertem Anzug, herabhängendem Schnurrbart und einer Pfeife im Mund trat in das Zimmer — Lord Hubbard. Smith-Wiesel blinzelte, nieste und kniff sich in den Arm. Er warf einen Blick hinter sich. Dort stand ebenfalls Lord Hubbard!

«Verzeihung», grüßte Lord Hubbard, der eben eingetreten war, zu Lord Hubbard, der schon vorher im Zimmer geweilt hatte, «entsetzlich langweilig auf die Dauer, so im Zimmer zu sitzen. Was sagen Sie zu einer Partie Ping-Pong, Detektiv Tiegelmann?»

Sekretär Smith zog blitzschnell seine Pistole aus der Hosentasche. «Hände hoch!» zischte er mit erhobener Waffe den Hausherrn an.

Lord Hubbard sandte eine friedliche Rauchwolke aus und streckte erstaunt die Hände empor. Tiegelmann, dem es nicht rasch genug gelang, seine Reiterpistole aus der Tasche zu ziehen, hob ebenfalls die Hände. Omar, der sich im kritischen Augenblick eben bückte, um einen Zigarrenstummel vom Teppich aufzulesen, mußte auch die Hände in die Höhe strecken.

Smith-Wiesel schritt mit dem Katzenkorb in der einen und der Pistole in der anderen Hand rücklings zum Ausgang. Er schlug die Tür zur Bibliothek zu und versuchte, sie von außen zu verriegeln. Es war unmöglich, da Omar am vorhergenden Abend mit einem wohlgezielten Schuß das Schloß zerschmettert hatte. Als Smith-Wiesel merkte, daß die Tür sich nicht abschließen ließ, lief er schleunigst zum Ausgang, griff nach Hut und Mantel und verschwand im Nebel.

Die drei in der Bibliothek eingeschlossenen Männer, die sich in der Eile nicht daran erinnerten, daß das Schloß fehlte, stemmten mit vereinten Kräften die Schultern gegen die Tür und sprengten sie, worauf sie mit erhobenen geladenen Pistolen weiterstürmten. Sie rannten durch die Außentüre, die offenstand. Als sie auf den Kiesweg hinausgekommen waren, hörten sie ein Auto, das einen Gang nach dem andern einschaltete und im Londoner Nebel verschwand.

Die Männer im Keller **8**

Während Smith-Wiesel bei Hubbard zu Besuch weilte, saßen in einem ganz anderen Bezirk der Stadt drei Männer in einem Kellerloch und warteten auf Wiesels Rückkunft. Diese Männer waren der Brillantenfranz, der Liliputaneredi, die vom Festland stammten, sowie ihr Freund Jimmy, der in London wohnte.

Das Lokal lag in der Black Street, einem jener unansehnlichen,

gruseligen Hintergäßchen, die sich am allerbesten im undurchdring-
lichen Nebel ausnehmen. Der niedrige Raum wies nur einen feuchten
Lehmboden auf; ein Regal enthielt fünfzig Schraubenschlüssel verschiedener Größe, sechshundert Dietriche hingen in Reihen an Nägeln; ferner gab es dort zehn Glasschneidediamanten, zwei braune
und drei graugestreifte, mit Sand gefüllte Wollstrümpfe, einen Kon-
servenöffner und einige Laternen.

In einer Ecke befand sich ein runder Tisch mit einer Petroleum-
lampe darauf. Darum standen einige mit rotgestreiftem Zeug bezo-
gene Stühle. Zwei Luken nahe unter der Decke führten auf die Gasse
hinaus. Vor den Fenstern hingen kleine, blaue Gardinen.

Jimmy war in eine prächtige rotgestreifte Jacke gekleidet. Auf dem
Kopf trug er einen glänzenden hohen Hut, eine sogenannte Angströhre, den er sich von einem völlig verkrachten Börsenmakler entlehnt hatte, der den Zylinder gerade wegstellte, als er sich die Stirn
mit dem Taschentuch abwischen mußte.

«Ihr habt euch also daheim nicht wohlgefühlt, Jungens?» fragte
Jimmy. «Was tatet ihr zuvor?»

«Vorher arbeiteten wir beide in der Juwelierbranche, doch die
Zeiten sind schlechter geworden», antwortete der Brillantenfranz.

«Ja, das ist klar», seufzte Jimmy. «Aber wir dürfen den Mut nicht
verlieren. Es gilt, auszuharren und vorwärtszuschauen.»

«Damit hast du ganz recht, Jimmy», stimmte der Liliputaner zu.

«Aber sagt jetzt einmal ehrlich, Jungens», fuhr Jimmy fort, «kann
man sich auf diesen William Wiesel verlassen?»

«Der Wiesel? Du kennst ihn nicht. Der weiß sich immer zu helfen.»

«Sich zu helfen? Ja, aber hilft er auch uns?» fragte Jimmy. «Ich
kenne ihn nicht. Zwar, verläßlich sieht er schon aus, das gebe ich zu.»

«Er kann jede Minute mit der Katze hier eintreffen.»

«Warum arbeitet er nicht daheim? Weshalb reiste er hierher?»

«Eine Luftveränderung tat ihm not. Er spürte, daß es gesünder ist,
wenn er sich eine Zeitlang hier aufhält.»

«Aha!» meinte Jimmy. «Ja, wenn man sich nur auf ihn verlassen kann!»

«Das mußt du ihm doch ansehen, daß er verläßlich ist», sagte der
Liliputaner. «Der kann jeden hinters Licht führen!»

«Der einzige, der ihm dauernd einen Baum aufstellt, ist dieser
Tiegelmann», versicherte der Brillantenfranz.

«Wer ist Tiegelmann?» fragte Jimmy mit nachdenklich gerunzelter Stirn. «Ich habe nie etwas von ihm gehört.»

«Da kannst du froh sein», versicherte der Liliputaner. «Tiegelmann ist tatsächlich einer der ungemütlichsten Menschen, die man
sich denken kann. So einer, der einem überall ein Bein stellt.»

«Ja», stimmte der Brillantenfranz zu, «manche Menschen benehmen
sich unleidlich. Nur wegen dieses Tiegelmann haben wir es

daheim nicht ausgehalten. Keine Ruhe zur Arbeit, nicht die geringste Gemütlichkeit.»

«Ach so», grunzte Jimmy. «Ja, ich kenne weder William Wiesel noch Tiegelmann. Das einzige, was ich weiß, ist, daß wir diese Katze brauchen. Lord Hubbard bezahlt jeden Preis, um sie wiederzukriegen! Er getraut sich auf keinen Fall, mit der alten Frau Smith Krach zu haben.»

«Nur ruhig!» Der Liliputaner sah auf die Uhr. «Nur ruhig! Wiesel kann jeden Augenblick mit der Katze hier sein. Aber Jimmy, wenn wir nun ein rundes Sümmchen für die Katze verlangen — bist du sicher, daß der Lord auch bezahlen kann?»

«Nein», antwortete Jimmy, «das kann er nicht; aber Frau Smith stellt ihm im Notfall jeden Betrag zur Verfügung.»

Alle drei brachen in ein schallendes Gelächter aus. Es schien wirklich gemütlich in dem Kellerlokal in der Black Street zu werden.

Plötzlich klopfte es an die Tür — zwölf Schläge in raschem Takt, ein starker Faustschlag, sieben Schläge in langsamerer Folge und schließlich drei Schläge abwechselnd einmal schnell, dann wieder langsam. Das war das vereinbarte Signal. Der Brillantenfranz ging, um zu öffnen. Draußen im Nebel stand Wilhelm (William) Wiesel mit einem Korb in der Hand.

«Haltet ihr hier euren Mittagsschlaf?» fragte er gereizt und nieste.

Wiesel stellte den Korb auf den Tisch, öffnete den Deckel, und die anderen beugten sich eifrig vor, um den Inhalt des Korbes zu sehen. Sie gewahrten eine Angorakatze, die so weiß wie Schnee war. Die Katze starrte die ganze Runde mit kalten gelbgrünen Augen an und hätte den Schweif in Schnörkeln bewegt, wenn es im Korb nicht zu eng dazu gewesen wäre. Alle sahen einander sehr befriedigt an.

«War der Fang sehr schwer?» fragte der Brillantenfranz teilnehmend, während der Liliputaneredi Wiesel einen Stuhl zurechtrückte.

«Jetzt will ich einen Brief an Hubbard schreiben», erklärte Wiesel. «Ich verlange —»

«Ich?» schnob Jimmy. «Wir!»

«Was sagt er?» unterbrach Wiesel gereizt.

«Ich?... Wir!» wiederholte Jimmy mit gerunzelter Stirn.

«Geh Papier und ein Kuvert kaufen, dann werde ich einen Brief an Hubbard schreiben», wandte sich Wiesel an den Liliputaner.

«Wird besorgt!» flüsterte der Liliputaneredi und verschwand.

«Und du gehst Bücklinge und Sahne kaufen», befahl Wiesel Jimmy.

«Ich bin nicht hungrig», brummte Jimmy, ohne sich vom Fleck zu rühren.

«Was sagt er?» fragte Wiesel ungeduldig.

«Er hat keinen Hunger», erläuterte der Brillantenfranz.

Wiesel blickte Jimmy so drohend an, daß es diesem geraten schien, mit der Hand in die Hosentasche zu fahren. Ohne daß jemand merkte, wie es zuging, hielt Wiesel plötzlich eine Pistole in der rechten Hand; in der linken hielt er ebenfalls eine Pistole fest. Jimmy zog sogleich ein rotkariertes Schnupftuch aus der Hosentasche und schneuzte sich verlegen.

«Geh und kaufe Bücklinge und Sahne! Kein Mensch bezahlt uns einen Groschen für eine tote Katze», zischte Wiesel. «Eine tote Katze ist praktisch wertlos, sie muß zu essen kriegen!»

«Ich würde ja gerne laufen», brummte Jimmy, «aber hier bekommt man nirgends Bücklinge zu kaufen. Habe nie etwas davon gehört.»

«Dann hör besser zu, wenn von Bücklingen die Rede ist!»

«Warte einen Augenblick!» meinte der Brillantenfranz nachdenklich. «Es kann sein, daß er recht hat. Bückling ist das gleiche wie Hering, und Heringe gibt's hierzulande nicht!»

«Quatsch!» fuhr Wiesel ungeduldig dazwischen. «Hering und Bückling ist nicht dasselbe! Wenn ich ein Kilo Heringe verlange, dann bekomme ich Heringe und nicht Bücklinge! Und wenn ich Bücklinge verlange, dann krieg' ich auch Bücklinge.»

«Aber ich habe keine Flasche. Worin soll ich die Sahne holen?»

«In deiner Angströhre», spottete Wiesel, der grenzenlos boshaft sein konnte. «Die hat für ein paar Liter Platz. Los jetzt!» Jimmy lief.

Wiesel setzte sich an den Tisch und begann, über den Brief an Lord Hubbard nachzudenken. Er kaute an seinen Fingernägeln. Seine Blicke irrten nach allen Seiten. Der Brillantenfranz bürstete ein wenig Staub von Wiesels Mantel ab und bemerkte, daß eine Schnur mit einer Sicherheitsnadel am Mantel befestigt war. Das sah ein wenig verdächtig aus, aber er wagte nicht zu fragen.

Mary und Dick berichten 9

Als Sekretär Smith-Wiesels Auto im Nebel verschwunden war, meinte Lord Hubbard:

«Jetzt ist Fräulein Polly futsch! Und die Bibliothekstür ist auch futsch», fügte er, sich die Schulter reibend, hinzu.

«Es wäre vielleicht klüger gewesen, im Zimmer zu bleiben», schnitt ihm Tiegelmann das Wort ab.

«Ja», gab Hubbard zu, «ich vergaß wirklich ganz diesen verflixten Katzensekretär. Ob wir uns nicht vielleicht doch mit Scotland Yard beraten sollten?»

«Die Jungens von Scotland Yard haben keine Ahnung von Wiesels Methoden», betonte Meister Tiegelmann.

Lord Hubbard seufzte. Wieviel Sorgen: Fräulein Polly fort, Joan hat gekündigt, Betty sagt den Dienst auf, unbezahlte Rechnungen, und Tante Viktoria ist im Anzug! So etwas kann dem Stärksten einen Knacks geben. Lord Hubbard fühlte den Boden unter den Füßen wanken. Er brauchte eine Weile Ruhe und Entspannung und suchte deshalb seinen Club auf.

Tiegelmann seinerseits blickte nur immer wieder auf die Uhr. Schließlich stellte er sich an das Gartentor. Er versuchte die Straße entlang zu sehen, nahm aber kaum die Gartentür wahr. Er horchte gespannt. Da hörte er ein Auto herankommen. Jetzt tauchte es aus dem Nebel auf und hielt zögernd vor Nr. 87. Es war ein Mietauto.

Mary und Dick sprangen heraus. Beide waren sehr aufgeregt.

«Onkel Tiegelmann! Onkel Tiegelmann! Wir wissen, wo Wiesel und Fräulein Polly sich aufhalten!» rief Dick.

«Lieber Onkel Tiegelmann, bezahle das Taxi», bat Mary.

Dick und Mary berichteten. Sie hatten Tiegelmanns Anweisungen bis aufs I-Tüpfelchen befolgt und demnach an der Hecke Ausguck gehalten, um zu sehen, ob Sekretär Smith im Auto ankam, wie Onkel Tiegelmann es vermutete. Und so war es auch gewesen. Smith parkte das Auto vor dem Haus und stieg mit einem Korb in der Hand aus. Nachdem er sich argwöhnisch nach allen Seiten umgesehen hatte, trat er durch die Gartentüre. Eine Weile später liefen die beiden Kinder ebenfalls ins Haus und begrüßten ihn. Danach rannten sie zum Auto zurück, und Dick öffnete den Deckel des Kofferraumes. Er war nicht verschlossen, deshalb brauchte Dick den Dietrich nicht anzuwenden. mit dem Onkel Tiegelmann ihn ausgerüstet hatte. Die Kinder krochen in den Raum und warfen den Deckel hinter sich zu. Sie fanden gerade Platz dort drinnen, obwohl ihnen der Nacken steif wurde, weil sie so gekrümmt kauern mußten. Bald entdeckten die Kinder, daß man in das Auto blicken konnte, sobald man den Hintersitz ein wenig hob.

In dem Augenblick, als die beiden den Rücksitz ein bißchen in die Höhe gehoben hatten, sprang der Mann mit der hinterhältigen Nase und dem Korb in das Auto. Er startete, so schnell er konnte, und die Kinder hielten es für ein reines Wunder, daß er in der nebelverhüllten Großstadt nicht gegen ein Gebäude fuhr.

Mary und Dick guckten durch die Ritze.

«Es ist Wiesel», flüsterte Mary.

«Ja, und er hat Polly bei sich», antwortete Dick.

Der Korb stand vor ihnen auf dem Boden; sie sahen, wie sich die weiße Katze drinnen bewegte. So nahe stand der Korb bei ihnen, daß sie nur die Hand hätten ausstrecken müssen, um den Deckel zu öffnen und die Katze an sich nehmen zu können; aber das wäre sinnlos gewesen. Ihre Aufgabe war einzig und allein, still und unbemerkt auszukundschaften.

Das Auto schlängelte sich im Nebel kreuz und quer durch die Stadt. Dick und Mary hatten keine Ahnung, wo sie sich befanden. Sie wußten nicht einmal, in welcher Richtung sie fuhren. Es war, als gehe man mit verbundenen Augen durch ein Labyrinth. Manchmal blieb das Auto stehen, und sie glaubten, schon am Ziel zu sein. Sie getrauten sich nicht mehr den Rücksitz zu heben, lagen still und wagten kaum zu atmen. Aber es waren nur Straßenkreuzungen, an denen der Wagen stehenblieb.

Endlich befanden sie sich doch am Ziel. Sobald das Auto hielt, wurde der Motor abgestellt, eine der Türen öffnete sich und wurde dann wieder zugeschlagen. Da hoben die Kinder den Rücksitz und lugten hinaus. Der Mann war fort, und mit ihm der Katzenkorb.

«Guck!» wisperte Mary.

Durch die Ritze konnten sie den Vorgang undeutlich wahrnehmen. Der Mann stand vor einem niedrigen Kellereinlaß, den Korb fest in der Hand haltend. Mit der anderen Hand vollführte er eine Reihe von Klopf- und Poltertönen an der Tür. Als niemand aufmachte, begann er zur Sicherheit noch mit dem Fuß gegen die Tür zu stoßen. Jetzt erst wurde geöffnet.

«Haltet ihr hier einen Mittagsschlaf?» fragte der Mann mit scheltender Stimme und verschwand durch die Öffnung.

Mary und Dick lagen noch ein Weilchen still. Als alles ruhig blieb, schoben sie mit vereinten Kräften den Rücksitz weg und krabbelten hervor. Der Nacken tat ihnen weh, und ihre Knie waren zerschunden. Sie öffneten flink den Wagenschlag und sprangen hinaus.

Beide Kinder erwiesen sich als brauchbare Mitarbeiter. Mary schrieb auf, welche Nummer das Auto trug, und Dick merkte sich den Namen der Straße und die Hausnummer. ‚Black Street Nr. 9.‘ Dann suchten sie ein Mietauto.

Es gelang den Kindern bald, ein freies Taxi zu entdecken. Wie auf Bestellung kam es aus dem Nebel herausgeglitten. Der Fahrer betrachtete mißtrauisch die beiden barhäuptigen, zerzausten Gestalten, die heranstürmten und schrien, als ob es brenne.

«Habt ihr Geld?» fragte er die Kinder.

«Nein, aber wir bezahlen am Ziel, wenn wir daheim sind», erklärte Dick. «Park Street Nr. 87.» Sie sprangen in das Auto. Der Fahrer schien nicht ganz überzeugt zu sein.

«Wir haben es schrecklich eilig», rief Mary von ihrem Platz.

«Eilig, ja!» brummte der Fahrer und starrte in das dichte Milchmeer hinein. Aber er fuhr los!

Natürlich konnten die Kinder ihre Erlebnisse nicht in einem Zusammenhang erzählen. Es kam erst nach und nach alles heraus. Das einzige, wofür Meister Tiegelmann sich nach dem Bericht interessierte, war ‚Black Street Nr. 9, Kellertür‘.

Er lud daher die Reiterpistole und rief nach Omar. Keine Antwort erfolgte. Er rief nach Lord Hubbard. Wieder ertönte keine Antwort. Dann breitete er seinen Teppich auf den Kiesweg vor dem Haus aus und startete. Einen Augenblick später war der Meisterdetektiv allein im Milchmeer verschwunden.

Teffan Tiegelmann im Kellerloch 10

Mit einem sanften Stoß landete Tiegelmann vor einem Haus, das ein äußerst verdächtiges Aussehen zeigte. Das Auto, von dem die Kinder gesprochen hatten, stand vor der Kellertür. Danach zu urteilen, befand sich Wiesel immer noch hier. Mit raschen Bewegungen rollte Tiegelmann den Teppich zusammen und verbarg ihn unter Zeitungen und anderem Gerümpel an der Hauswand. Mit äußerster Wachsamkeit, die furchterregende Reiterpistole in der Hand, näherte er sich der Tür. Diese war nicht verschlossen. Er schob sie auf, trat ein und befand sich in einem dunklen Gang, an dessen Ende eine andere Tür war. Tiegelmann lauschte, hörte aber keinen Laut.

Der Detektiv hielt die Reiterpistole in der erhobenen Hand und schlich Schritt für Schritt in dem Gang weiter. Vor der Tür horchte er wieder. Es befanden sich Leute drinnen. Jemand ging über den Fußboden, ein Stuhl scharrte. Tiegelmann versuchte die Klinke — die Tür war nicht verschlossen. Er schob sie einen Spalt breit auf und spähte hinein.

Drinnen saß Wiesel an einem Tisch und kaute an seinen Fingernägeln. Den anderen Mann erkannte Meister Tiegelmann ebenfalls. Es war der Brillantenfranz aus seiner Heimatstadt. Auf dem Tisch stand der Korb mit der weißen Katze.

«Hände hoch!» kam es wie ein Pistolenschuß von der Tür her.

Die beiden Männer fuhren zusammen. Sie sahen ganz verdutzt drein, und nicht einmal Wiesel brachte seine Pistole in Anschlag.

Den Angerufenen blieb nichts übrig, als die Hände zu heben.

«So ist's recht. Jetzt sieht es gleich ein bißchen gemütlicher aus», erklärte Meister Tiegelmann. »Dreht euch um!»

Wiesel und der Brillantenfranz folgten dem Befehl. Meister Tiegelmann zog vorsichtig eine Pistole aus der Rocktasche des Brillantenfranz hervor. In den Taschen Wiesels fand er zunächst zwei mittelgroße Revolver, dann eine besonders kleine und schließlich eine ungewöhnlich große Pistole, die Wiesel in einer eigens dazu angefertigten Tasche verwahrte. Alle Pistolen nahm Meister Tiegelmann seinen Gegnern ab und steckte sie zu sich. Dann zog sich der Detektiv rücklings vorsichtig zur Tür zurück, um die beiden Männer im Keller einzusperren, während er die Polizei herbeirief.

«Sieh da, Smith-Wiesel!» lächelte er. «Aha! Aber diesmal ist's nicht programmgemäß gegangen!»

Wiesel antwortete nicht und blickte finster drein.

Da fühlte Tiegelmann einen harten Gegenstand in seinem Rücken.

«Hände hoch!» grollte eine Stimme hinter ihm.

Teffan Tiegelmann blieb nichts anderes übrig, als die Hände emporzuheben. Wiesel und der Brillantenfranz ließen daraufhin die ihren sinken. Der Mann hinter Tiegelmann riß dessen Reiterpistole an sich und begann in Tiegelmanns Taschen zu wühlen. Er zog all die Pistolen wieder hervor, die er unter die Besitzer verteilte. Es war der Liliputaneredi. Tiegelmann erkannte ihn sofort.

«Angenehm, Sie so nah zu sehen, Herr Tiegelmann», piepste Wiesel, und die anderen lachten aus vollem Hals. «Man trifft sich eben

zuweilen», fuhr Wiesel fort, worüber die anderen ein neues Gelächter anschlugen, daß es im Keller widerhallte.

Da ließ sich plötzlich eine mächtige Stimme vernehmen:

«Es wäre mir ein großes Vergnügen, wenn die Herren die Güte
haben wollten, ihre Hände sofort in den Luftraum zu erheben!» Wiesel, der Brillantenfranz und der Liliputaneredi fuhren mit ihren Händen in die Höhe, Meister Tiegelmann jedoch ließ die seinen sinken.
Es war Omar, der sich mit orientalischer Geräuschlosigkeit, die
Reservepistole schußbereit in der Hand, eingefunden hatte.

«Ausgezeichnet, Herr Omar!» lobte ihn Meister Tiegelmann und
raffte eilig alle Pistolen zusammen, während Omar an der Tür stand
und die anderen mit seiner Reservepistole in Schach hielt. Seine
Augen waren unergründlich wie die morgenländische Nacht.

«Ausgezeichnet, Herr Omar!» wiederholte Meister Tiegelmann.

Herr Omar verbeugte sich und gab an:

«Die Adresse wurde mir gütigst von Fräulein Mary und Herrn
Dick mitgeteilt.»

«Wie gesagt, Herr Wiesel», dabei wandte sich Tiegelmann an
diesen, «man trifft sich eben zuweilen.»

Aus irgendeinem Grunde lachte keiner der drei Erpresser mehr.
Sie blickten mürrisch und zornig drein mit ihren erhobenen Händen.
Mit einem Mal fühlte Herr Omar, der immer noch in der Türöffnung
stand, einen harten Gegenstand an seinem Rücken, und eine Stimme
hinter ihm grölte: «Hände hoch!»

Das war Jimmy! Omar und Tiegelmann streckten die Hände in

die Höhe, die drei Erpresser hingegen senkten die ihren. In der einen Hand hielt Jimmy die Pistole schußbereit, in der anderen den Zylinder, als wäre der ein Milchtopf.

Während Jimmy seine Gegner Tiegelmann und Omar bewachte, sammelten Wiesel und seine Helfershelfer alle Pistolen ein. Tiegelmann und Omar mußten sich mit erhobenen Händen in eine Ecke des Kellers stellen. Die anderen traten um den Tisch, wo sie ihre Pistolen in bequemer Reichweite liegen hatten.

«Wie schon gesagt, man trifft sich eben zuweilen, Herr Tiegelmann», höhnte Wiesel mit seiner piepsenden Stimme, und alle Erpresser brüllten los vor Lachen, daß es das Dach hätte heben können.

Plötzlich ertönte eine neue Stimme von einer der Luken her:
«Wäre vielleicht gut, die Hände sofort ein wenig zu heben!»

Es war Lord Hubbard. Wiesel, der Brillantenfranz, der Liliputaner und Jimmy hoben verdutzt die Hände hoch. Meister Tiegelmann und Omar ließen die ihren sinken. Lord Hubbard, der die Luke geöffnet hatte, ohne daß jemand es merkte, lag bäuchlings auf dem Gehsteig und blickte, eine Pistole schußbereit in der Hand, in den Keller.

«Kam eben vom Club heim, als ich diese Anschrift von den beiden Kindern erhielt», erklärte er. «Am besten, Sie strecken vielleicht auch beide Hände in die Höhe», wandte er sich, mit der Pistole fuchtelnd, an Jimmy, der immer noch mit einer Hand den Hut wie eine Kanne vor sich hielt. Ohne zu überlegen, setzte Jimmy den Hut auf den Kopf, so daß ihm zum allgemeinen Erstaunen drei Liter Sahne über das Gesicht herunterrannen!

Teffan Tiegelmann untersuchte Jimmys Taschen, fand aber nichts als ein Paket übelriechender geräucherter Fische, die Bücklingen ähnelten. Der Meisterdetektiv und Lord Hubbard bewachten die ganze Bande, während Omar Scotland Yard anrief. Es dauerte nicht lange, bis man die Sirenen des Überfallkommandos auf der Straße hörte. Die Hörner verstummten, Bremsen quietschten, die Polizeimannschaften sprangen ab, und Herr Omar führte die Polizisten mit orientalischer Höflichkeit in den Keller.

Zuerst trat ein großer, gemütlich aussehender Polizeiinspektor ein.

«Hat es hier ein bißchen Radau gegeben?» fragte er. «Oh, sieh da, Jimmy! Schon eine Weile nicht gesehen!» Die anderen drei kannte er nicht, aber in der Luke entdeckte er ein bekanntes Gesicht. «Guten Tag», grüßte er und legte zwei Finger an den spitzen Helm. «Kaltes Wetter heute.»

«Könnte ein wenig wärmer sein», antwortete Lord Hubbard oben in der Luke. «Eine Tasse heißer Tee würde gut tun!»

«Gerade das, was ich auch immer sage», bestätigte der Polizeiinspektor. «Aber was ist eigentlich hier los?» Er blickte sich um und kratzte sich hinter dem Ohr.

168

Privatdetektiv Tiegelmann trat vor.

«Mein Name», sagte er, «ist Teffan Tiegelmann.»

Alle Polizisten sahen erstaunt auf den Meister. Sie hatten schon öfters von ihm gehört.

«Führt diese vier ab! Ich erstatte dann die Anzeige.»

«Jawohl, Herr Tiegelmann, wird befolgt», antwortete der Polizeiinspektor und legte zwei Finger an den spitzen Helm.

«Es ist gut, Jungens, jetzt werdet ihr ohne mich fertig», dankte Meister Tiegelmann, die Reiterpistole in die Tasche steckend.

Willi (William) Smith-Wiesel, der Brillantenfranz, der Liliputaneredi und Jimmy wurden gefesselt und abgeführt. Wiesel schielte heimtückisch nach allen Seiten und nieste dreimal verächtlich.

«Gestatten Sie», entschuldigte sich Omar und entfernte eine Schnur von Wiesels Mantel. «Meiner bescheidenen Meinung nach dürfte diese Schnur für die Ausforschungsarbeit nicht mehr nötig sein.»

Nun kam Lord Hubbard zu den anderen in den Keller hinab und dankte Tiegelmann:

«Ganz, wie mein Schwager Anthony Smith zu sagen pflegt: Wendet euch nur an Teffan Tiegelmann, wenn ihr in der Patsche sitzt!»

«Tja, die Sache wäre geschaukelt», meinte Tiegelmann. Er putzte ein wenig Staub von seinem Rockärmel und zündete sich eine dicke Zigarre an. «Aber was ist das für eine Pistole?» fragte er argwöhnisch und betrachtete kritisch die Schußwaffe, die Lord Hubbard in der Hand hielt.

«Konnte meine eigene in der Eile nicht finden», erklärte der Lord. «Ich lieh mir diese hier von Dick aus.» Alle blickten verblüfft auf die Waffe, mit der Lord Hubbard die ganze Verbrecherbande in Schach gehalten hatte. «Ich meinte, es riskieren zu müssen», fuhr Lord Hubbard fort. Er zielte auf die Luke und sandte einen haarscharfen Wasserstrahl auf die Straße hinaus.

«Es hat uns zur großen Ehre gereicht, Zeugen dieser Tapferkeit vor dem Feinde sein zu dürfen», beteuerte Omar und verbeugte sich achtungsvoll. «Es wäre von unschätzbarem Wert gewesen, Wiesels Gesicht zu beobachten, wenn er von dieser Schußwaffe gewußt hätte!»

Eilige Schritte kamen den Gang entlang, und eifriges Gewisper drang in den Raum. Das waren Mary und Dick.

«Wir nahmen ein Auto, um zu erfahren, wie die Sache ausging», erklärte Dick. «Eben sahen wir noch, wie unsre Polizisten mit der ganzen Bande wegfuhren.»

«Ihr habt euch gut gehalten, meine jungen Freunde», lobte sie Meister Tiegelmann. «Aber jetzt ist es Zeit, wieder nach Hause zurückzukehren. Wir nehmen am besten den Teppich.»

In diesem Augenblick trat etwas vollkommen Unerwartetes ein!

Die bildschöne Angorakatze hatte schon lange geargwöhnt, daß draußen auf der Straße im dichten Nebel ein ziemlich reger Verkehr von Ratten herrschen müsse. Ihr Magen erinnerte sie jetzt, daß sie noch kein Frühstück gegessen hatte. So tat sie einen eleganten Sprung zur Luke hinauf und hinaus auf die Straße. Sofort wurde sie von einem ehrenwerten Lumpensammler eingefangen, der eben zufällig mit seinem Sack vorbeikam. Im nächsten Augenblick waren er und die Katze in der nebelverhüllten Großstadt verschwunden.

11   *Rückkehr in die Park Street*

Während die Vorkommnisse im Keller der Black Street in atemraubender Spannung abrollten, hatte sich ein scharfer, kalter west-nordwestlicher Wind erhoben. Der dichte Nebel, der schon seit mehreren Tagen über der Stadt lagerte, wurde zerstreut. Die Sonne brach über der Weltstadt an der Themse aus den Wolken hervor.

Privatdetektiv T. Tiegelmann breitete sogleich seinen Teppich auf der Straße aus, und zur allgemeinen Verwunderung setzten sich fünf Personen darauf: Lord Hubbard, Omar, Mary, Dick und Tiegelmann.

«Sitzt jetzt still, meine jungen Freunde», ermahnte Teffan Tiegelmann und bat: «Nicht so nahe am Rand!»

Er strich über die Fransen und flüsterte: «87, Park Street.»

Wie von unsichtbaren Händen gehoben, schwebte der Teppich in die klare Herbstluft und nahm Kurs auf das angegebene Ziel. Es wurde ein herrlicher Flug.

Jetzt senkte sich der Teppich und landete auf dem Kiesweg vor dem Hubbardschen Besitz. Kaum waren alle im Haus, meinte Betty:

«Das Essen ist fertig. Joan läßt sagen, daß der Braten kalt wird.»

«Natürlich!» rief Lord Hubbard. «Am besten, wir setzen uns gleich zu Tisch, damit wenigstens Joan nicht ... ich meine, damit der Braten nicht kalt wird.»

Sie ließen sich wohlgelaunt an dem langen, glänzenden Eßtisch nieder. Die Sonne schien durch die hohen Fenster, aber Lord Hubbard freute sich nicht. Es kam ihm so sonderbar vor, daß man Roastbeef und Obstpudding mit Vanillesauce essen sollte, wenn eine unersetzliche Angorakatze verschwunden war. Was ist es eigentlich für eine Freude, Wiesel zu entlarven um das Opfer einer Angorakatze?

Dick wußte auch nichts zu sagen. Sein Zutrauen zu Privatdetektiven hatte einen ernsten Knacks bekommen. Meister Tiegelmann zeigte jedoch vortrefflichen Appetit.

«Ausgezeichneter Obstpudding», meinte er und streute irrtümlich eine Prise Salz über den Pudding.

Nur Herr Omar behielt seine bewährte Ruhe bei.

«Es war mir eine große Ehre, einige Zeit in diesem glücklichen und gesunden Heim zubringen zu dürfen», sagte er und tat einige besonders tiefe, aber gleichzeitig leichte und unbehinderte Atemzüge.

«Onkel Tiegelmann», fragte Mary, «wie konnte denn Wiesel aus der Bibliothek verschwinden, wenn das Fenster und die Tür und alles verschlossen war?»

«Frage ich mich auch», schloß sich Dick mit fester Stimme an.

«Es ist noch zu früh, um sich über diese Sache zu äußern», erklärte Meister Tiegelmann mit einem alles wissenden Ton.

Es wurde noch stiller um den Tisch.

Betty kam mit einem Telegramm an Lord Hubbard, Park Street 87, London, herein. Der Lord riß das Telegramm auf und las halblaut:

ANKOMME LONDON HEUTE ABEND — *STOP* —
HOFFE POLLY GESUND — *STOP* — TANTE VIKTORIA

Die Stille um den Tisch wurde beinahe gespenstisch.

«Verzeihung», begann Meister Tiegelmann schließlich und erhob sich. «Ich habe ein wenig Eile. Muß sofort nach Hause reisen.» Er blickte auf seine Uhr. «Kommen Sie mit, Herr Omar?» fragte er.

«Da ich dank dem hiesigen Klima», antwortete Omar, «die unverdiente Freude habe, meine Luftröhre vollkommen wiederhergestellt zu fühlen, nehme ich das Anerbieten dankbar an.»

«Kaffee gefällig?» fragte Lord Hubbard, um sich auf jeden Fall bis zuletzt gastfreundlich zu erweisen.

«Es wird uns ein großes Vergnügen sein, einige Tassen trinken zu dürfen», antwortete Omar und verneigte sich.

«Während wir dann den Kaffee trinken, will ich den Fall Polly aufzuklären versuchen», meinte Teffan Tiegelmann.

Meister Tiegelmann löst das letzte Geheimnis *12*

Alle Anwesenden nahmen nun Platz in der Halle, die in herrlichste Novembersonne gebadet dalag. Dick und Mary ließen sich auf einer geschnitzten Eichentruhe nieder, Lord Hubbard und Herr Omar jeder in einem bequemen Stuhl. Joan und Betty, die Tiegelmanns Erklärung hören sollten, wurden auch hereingerufen. Meisterdetektiv Tiegelmann selbst blieb mit seiner Tasse in der Hand stehen.

«Ich möchte nur in aller Kürze einen Bericht über den Fall erstatten», begann er mit einem Blick auf seine Uhr.

«Meinetwegen», brummte Lord Hubbard. «Aber gibt es überhaupt noch etwas zu berichten?»

«Also», begann Herr Tiegelmann, «wir hörten geheimnisvolle Geräusche hier im Haus, abgerissene Töne und dergleichen. Diese Geräusche wurden immer von Pollys Fauchen begleitet.

Schon in einem frühen Stadium lag es also auf der Hand, daß die Schurken es auf Polly abgesehen hatten. Sie wußten, daß Frau Smith sehr an Polly hängt. Ein Erpressungsversuch liegt vor. Sobald ich erfuhr, daß unter den Bibliotheksgardinen ein Paar spitze Schuhe sichtbar geworden waren, lenkte sich mein Verdacht in eine bestimmte Richtung. Als ich dann vernahm, daß die Schuhe spurlos aus der Bibliothek verschwanden, war ich meiner Sache sicher. Dies konnte nur Wilhelm Wiesels Werk sein.»

«Ja, aber wie konnte er verschwinden, wenn das Fenster und die Tür und alles geschlossen war?» fragte Dick.

«Ja, erzähle, Onkel Tiegelmann!» rief Mary in ihrem karierten Kleidchen von der Truhe her. Alle hatten sich über diesen Umstand den Kopf zerbrochen und blickten jetzt Teffan Tiegelmann an. Sogar Lord Hubbard zeigte für einen Augenblick Interesse.

«Als ich gestern abend das Zimmer untersuchte, sah ich im offenen Kamin ein Seil in die Asche herabhängen. Wollte es eben packen, als es eingezogen wurde und im Rauchfang verschwand. Daher ist Wiesel die ganze Zeit hin durch den Schornstein gekommen und gegangen.»

Lord Hubbard seufzte. «Dacht' ich's doch, daß es einmal eine natürliche Aufklärung geben würde», murmelte er düster.

«Wie wir wissen, fand Wiesel sich mitten am hellen Tag hier ein. Als Sekretär einer Katzenvereinigung, die nicht besteht.»

Lord Hubbard stöhnte. Nicht genug damit, daß Privatdetektive Katzen verschwinden lassen — schwatzen sie auch noch eine Menge Unsinn, den sowieso jeder schon kennt.

«Als Wiesel heute erschien, mußte ich ihn die Katze mitnehmen lassen. Sonst hätte ich die Bande nie aufspüren können!»

«Ja, ich weiß», ächzte Lord Hubbard. «Ich erinnere mich daran.»

«Dank der Aufmerksamkeit unserer jungen Freunde hier konnten wir die ganze Erpresserbande in der Black Street sicherstellen», fuhr Meister Tiegelmann fort. «Man kann nie vorsichtig genug sein, wenn man es mit Willi Wiesel zu tun hat! Ich wagte es daher nicht, ihm Fräulein Polly zu übergeben.»

Alle sahen Tiegelmann verständnislos an. Lord Hubbard öffnete den Mund, als wolle er etwas sagen.

«Ich gab also dem Butler Omar den Auftrag, sofort eine andere Angorakatze zu besorgen.»

Hier verbeugte sich Omar und erklärte:

«Es war mir ein großes Vergnügen, zu einem bekannten Katzenhändler in der Bond Street zu gehen und ein, meiner bescheidenen Meinung nach, äußerst ähnliches Exemplar einer Katze auszuwählen, das zwar nicht von Angora selbst herstammt, sondern nur von einer unbedeutenden Vorstadt Angoras, aber ich rechnete damit, daß niemand im Nebel diesen kleinen Unterschied bemerken würde.»

Lord Hubbard erhob sich aus dem Stuhl.

«Wo ist...?» unterbrach er gespannt die Ausführungen.

Eben trat Joan mit einer Schüssel gefüllter Sahnentörtchen ein, die den echten Sahnentörtchen aus der Konditorei Rosa so täuschend ähnlich sahen, daß man Privatdetektiv sein mußte, um den Unterschied herauszuspüren.

«Ich habe Ihre Schachtel auch gefüllt, Herr Tiegelmann», erklärte Joan, «damit Sie auf der Heimreise Sahnentörtchen essen können.»

«Danke. Ich habe die Londoner Tahnentörtchen immer erstklassig gefunden», meinte Tiegelmann.

Jeder Mensch besitzt seine kleine Eigenheit, und Joans Stolz bestand darin, daß sie es gern hörte, wenn man das Essen lobte.

«Von heute an ist das Haus vollkommen befreit von Katzen und Heringen», setzte Meister Tiegelmann fort.

«Dann will ich gern bleiben», erklärte Joan.

«Ja, in diesem Fall bleibe ich auch», stimmte Betty zu.

«Aber Fräulein Polly?» fragte Lord Hubbard und erhob sich wieder aus dem Stuhl.

Mary und Dick sprangen von der Hubbardschen Truhe herunter und öffneten den Deckel. Ein ohrenbetäubender Kampferduft drang in die Halle. Aus der Truhe aber hüpfte Fräulein Polly auf den Hallenboden. Sie blickte sich mit ihren gelbgrünen Augen um. Der üppige Schweif bewegte sich in raschen Kreisen.

«Im großen und ganzen ein interessanter Fall», schloß Tiegelmann und breitete den Teppich auf dem Fußboden aus. Dann legte er die Dienstpistole, die Sahnentörtchenschachtel, den Feldstecher, den Kleidersack, die Kaffeepfanne und den Spirituskocher auf den Teppich. Er verabschiedete sich von den Anwesenden und öffnete die Tür auf die Straße hinaus. Lord Hubbard drückte die Hoffnung auf ein Wiedersehen aus und erklärte, daß sein Schwager Anthony in der Unterhosenfirma ihm einen wirklich guten Rat gegeben habe.

Meister Tiegelmann und Omar setzten sich auf den Teppich. Privatdetektiv Teffan Tiegelmann strich mit der Hand über die Fransen und sagte zum Abschied:

«Lord Hubbard, bitte begeben Sie sich zur Polizei und geben Sie die Erpressungsanzeige zu Protokoll. Nun sitzt Wilhelm Wiesel endgültig hinter Schloß und Riegel. Die Menschen brauchen ihn nicht mehr zu fürchten; damit habe ich die schwerste Aufgabe, die mir bisher als Detektiv gestellt wurde, gelöst.»

Dann flüsterte er, zum Teppich gewandt: «Ins Büro.»

Wie von unsichtbaren Händen gehoben, schwebte der Zauberteppich vom Fußboden empor und flog mit seinem Meister, dem Privatdetektiv Teffan Tiegelmann, und dessen Gefährten Omar durch die Tür hinaus in den hellen Sonnenschein.

DETEKTIV TIEGELMANN UND ISABELLA

Isabella verschwindet   *1*

Isabella war eine Schönheit. Man konnte sich keine schönere Schönheit vorstellen.
Sie hatte einen Hals wie ein Schwan, nur noch schöner, der Kopf war klein und fein,
und der Blick der braunen Augen träumerisch und mild und zuweilen feurig. Sie besaß sehr schöne Beine und einen schönen Gang. Kurz gesagt, Direktor Gustavsson
hing sehr an Isabella. Manchmal war er der Ansicht, daß ihre kleinen feinen Ohren das
Allerschönste wären, dann wieder gefiel ihm der Schwanz am besten. Denn der
war lang und gewellt.

Isabella war ein Anglo-Araber. Ein milchweißer Anglo-Araber. Isabellas Vor-
fahren von der arabischen Linie waren mit einem Beduinen auf dem Rücken durch die
Berge gestreift, die von der englischen Linie waren mit einem roten Frack auf dem
Leib über die Hecken gesprungen. Isabella selbst hatte sich dem Zirkusberuf gewidmet.

»Trapezkünstler sind ja ganz gut«, pflegte Direktor Gustavsson zu sagen. »Auch die Bauchredner. Ich sage kein Wort gegen Bauchredner. Aber ich wiederhole immer und immer wieder: Zeigt mir eure Vollblutpferde, und ich sage euch, was für ein Zirkus ihr seid.«

Direktor Gustavsson war sozusagen auf dem Pferd zur Welt gekommen, jedenfalls in einem Zirkus, und unter Pferden aufgewachsen. Er wußte, wovon er sprach. Sein Zirkus hieß Rinaldo, Zirkus Rinaldo, und er selbst nannte sich auch Rinaldo, Max Rinaldo. Erik Gustavsson hieß er nur in seinen freien Stunden.

Seine Frau hieß Rita Rinaldo. Auch sie war sehr schön, und Vanja Gustavsson hieß sie nur in ihrer Freizeit. Sie ritt Isabella. Ihr Kopf (der von Frau Gustavsson) war klein und fein, sie hatte einen Hals wie ein Schwan, nur noch schöner. Ihre Augen waren groß und dunkel, manchmal träumerisch. Aber zuweilen meinte Direktor Gustavsson beinahe, ihre kleinen feinen Ohren wären das Allerschönste.

Sie war es also, die Isabella ritt, das kostbarste Pferd, das man jemals im Zirkus Rinaldo besessen hatte, und der war doch bekannt für seine schönen Pferde. Für die Galavorstellung in Stockholm hatte man eine Phantasie-Gavotte eingeübt, von der man sich viel erwartete.

»Zwar, wer von den Zuschauern versteht schon etwas davon?« murmelte Direktor Gustavsson vor sich hin, als er auf einem roten Plüschsessel in der Loge neben der Manege saß und der Gavotte zusah. Es war eine kleine, private Familienprobe. Kurz vorher hatte der ganze Zirkus Generalprobe mit Orchester abgehalten. Ein Plattenspieler mit kräftigem Lautsprecher lärmte die Melodie hervor. Frau Gustavsson saß in hellgrauer Reithose im Damensattel, und um Isabellas anglo-arabische Hufe wirbelte der Staub. Am Abend würde Miß Rita in einem langen Abendkleid aus feuerroter Seide auftreten, mit einer roten Feder im schwarzen Haar und langen, roten Handschuhen. Isabella würde goldenes Zaumzeug tragen und noch milchweißer und anglo-arabischer sein als sonst. Es sollte der Höhepunkt des Abends werden. »Zwar, wer wird es schon verstehen«, murmelte der Direktor. Er befingerte die Zigarre, die er laut Vorschrift der Feuerversicherung im Zelt nicht anzünden durfte. »Solltest du die Volte nicht ein bißchen kühner nehmen?« fragte er.

»Still jetzt!« gab Frau Gustavsson zurück und nahm die Volte, wie es ihr paßte.

Die Stunden vergingen, die Septembersonne begann zu sinken, und Direktor Gustavssons Mutter, die alte Frau Gustavsson-Rinaldo, verkaufte am Schalter Eintrittskarten. Die Galavorstellung sollte um acht Uhr beginnen, und schon um sieben hatte sie das letzte Billet verkauft — eine einzelne Parkettkarte an einen älteren Herrn, der auswärts zu abend gegessen hatte.

Es war ein schöner Herbstabend. Stockholm ist bekannt dafür, eine schöne Sommerstadt zu sein, doch niemand denkt daran, daß sie auch eine schöne Herbststadt ist. Am nördlichen Außenrand der Herbststadt, gerade dort, wo die Besiedlung spärlicher wird, gibt es ein offenes Gelände, gerade groß genug für einen Zirkus. Man kann sich kein besseres Gelände denken. Ringsumher stehen Bäume, deren Grün sich schon ein wenig in Gelb verfärbt. Und man hat ausgezeichnete Straßenbahnverbindungen nach allen Richtungen.

Das Gelände war mit einem hohen Lattenzaun eingehegt worden. Dort drinnen hatte man zwei große Zelte errichtet, das eine, das eigentliche Zirkuszelt, riesig groß, das andere, das Tierzelt, etwas kleiner, aber auch noch von eindrucksvoller Größe.

Auf dem Standplatz rings um die Zelte standen die Wagen, blau und weiß. Blau war die Farbe des Zirkus Rinaldo, eine vornehme und festliche, besonders schöne Schattierung. Das Orchester, »Rinaldos Blaue Bläser«, trug blaue Jacken, die Wagen waren blau und weiß, die Vollblutpferde prangten in blauen Decken mit einem großen roten »R« an den Ecken, und das Manegepersonal war in prachtvolle Livreen in echtem Rinaldo-Blau mit viel Gold darauf gekleidet. Der ganze Zirkus ging in Hellblau, dem Rinaldo-Blau.

Nun drängte sich alles zusammen. Nichts kann festlicher sein, als wenn sich alles in Erwartung der Galavorstellung zusammendrängt. Die Lampen leuchten in der Dämmerung rings um die großen Zelte, aus der Ferne hört man schon, daß die Blauen Bläser innerhalb des Zelttuches zu blasen begonnen haben. — Man sucht die Eintrittskarte hervor, die man von Frau Gustavsson gekauft hat, und achtet darauf, daß die ganze Familie beisammenbleibt.

Endlich begann die Premiere. Eine erstklassige Nummer löste die andere ab. Seiltänzer, Zauberkünstler, Clowns und Vollblutpferde strömten ein und aus. Alles ging ausgezeichnet, bis man zum Höhepunkt des Abends, Miß Ritas Schulritt, kam.

Da war Isabella verschwunden.

Wenn ein Anglo-Araber verschwunden ist, tut man am besten, sich zu allererst an Privatdetektiv Teffan Tiegelmann in der unteren Drottningstraße in Stockholm zu wenden.

Deshalb eilte Direktor Gustavsson auch schon am nächsten Morgen, nach einer schlaflos verbrachten Nacht, dorthin. Fräulein Hanselmeier, Tiegelmanns Sekretärin, ließ ihn ein. Sie fragte, ob der Besuch vorgemerkt sei.

»Vorgemerkt? Wann hätte ich Zeit haben sollen, mich vormerken zu lassen!« stieß Direktor Gustavsson beinahe atemlos hervor. »Es ist dringend! Kann ich mit Herrn Tiegelmann sprechen?«

»Bitte, nehmen Sie inzwischen Platz. Es sind einige Herrschaften vor Ihnen.«

Direktor Gustavsson sank auf einen Stuhl, wischte sich mit dem Taschentuch den Schweiß von der Stirn und dachte an Isabella. Wo mochte sie jetzt sein? Es kam auf Minuten an. Aber es waren viele Leute vor ihm. Links zum Beispiel saß ein vorsichtiger Mann, der sein ganzes erspartes Kapital in einem Landgut angelegt hatte, in dem es spukte (es handelte sich um den Kopf eines Mannes, der in der Allee wandelte). Rechts saß ein älterer Herr ohne Kanarienvogel. Dieser war am Freitag davongeflogen, weil man das Herbstreinemachen nicht länger aufschieben konnte.

Aber schließlich und endlich war niemand mehr vor ihm. Fräulein Hanselmeier erschien in der Tür und forderte ihn auf:

»Bitte, Herr Direktor!«

Direktor Gustavsson-Rinaldo, der längst startbereit gewesen war, fuhr auf und stürzte zu dem Privatdetektiv hinein.

»Tiegelmann«, stellte dieser sich vor. »Bitte nehmen Sie Platz. Worum handelt es sich?« fragte er und betrachtete den Mann auf der anderen Seite des Tisches. Der Besucher trug einen Siegelring am kleinen Finger und über der Weste eine schmale, goldene Kette. Er hatte ein großes Gesicht mit großer Nase, und sein Haar war in einer hübschen Tolle über der Stirn angeordnet. Tiegelmann beugte sich vorsichtig hinab und betrachtete seine Schuhe. Sie waren braun und weiß und sahen vornehm und festlich aus.

»Ich nehme an, Herr Tiegelmann, daß der Zirkus Rinaldo Ihnen ein Begriff ist«, begann der Mann mit den festlichen Schuhen.

»Selbstverständlich«, antwortete Tiegelmann sofort und zog seinen Notizblock heran. »Ist eines von den Tieren verschwunden? Das weiße Pferd etwa?« fragte er geradeaus, um Zeit zu sparen. Er entsann sich, daß ihm während seiner Spaziergänge draußen vor der Stadt verschiedene Zäune mit bunten Plakaten aufgefallen waren, auf denen man eine wunderschöne Reiterin auf einem unerhört weißen Pferd sah.

Direktor Gustavsson, der lange genug nach einem Anfang gesucht hatte, geriet aus der Fassung. Ist einem ein Tier abhanden gekommen, dann will man es am liebsten selber erzählen. Ganz besonders, wenn es sich um einen Anglo-Araber handelt. Kein Mensch, der einen Anglo-Araber verloren hat, will, daß ein anderer vor ihm die Neuigkeit mitteilt. Schließlich und endlich handelt es sich ja um seinen eigenen Anglo-Araber.

Er gab also zuerst keine Antwort. Dann rückte er sich im Stuhl zurecht und begann von neuem:

»Sie kennen also den Zirkus Rinaldo, Herr Tiegelmann?«

»Den Zirkus Rinaldo?« gab Tiegelmann zurück. »Sehr gut.« Er trommelte mit den Fingern auf den Tisch.

»Zwar, mein eigentlicher Name ist Gustavsson«, erklärte der Direktor, um darzutun, daß er eigentlich Rinaldo hieß.

Tiegelmann wartete.

»Wir treten jeden Herbst in Stockholm auf, wie Sie vielleicht wissen, Herr Tiegelmann — ? Gestern hatten wir Premiere. Meine Frau ist eine berühmte Reiterin. Ich weiß nicht, Herr Tiegelmann, ob Sie sie kennen — ?«

»Sehr gut!« fiel Tiegelmann rasch ein. »International bekannt«, setzte er versuchsweise hinzu und blickte den Zirkusdirektor an, der ernst nickte.

»Nun war es mir endlich geglückt, ihr ein Pferd zu verschaffen, das genau zu ihr paßte. Ein wunderbares Exemplar«, betonte der Direktor und blickte Tiegelmann, der von Pferden keine Ahnung hatte, beinahe drohend an.

»Und dieses Exemplar ist also fort?« forschte Tiegelmann.

Der Direktor mußte endlich zugeben, daß dies der Fall sei. Er konnte es nicht geradezu ableugnen.

»Es war ein sehr, sehr kostbares Tier«, klagte er leise und senkte den Blick zu Boden.

»Sonst wäre es nicht fort«, bemerkte Tiegelmann mit einem Blick auf die Uhr.

»Jetzt ist alles zerstört. Wir sind berühmt wegen unserer Pferde. Unsere Vorstellungen kosten eine enorme Arbeit. Enorm. Ich habe mich eigentlich nie für etwas anderes als für Pferde interessiert. Meine Frau ist ganz verzweifelt.«

T. Tiegelmann brachte einen Ton hervor, der seine Teilnahme zeigen sollte.

»Ich komme sofort hinaus zum Zirkus und sehe mich um«, versprach er, während er die Tür zum Zimmer der Sekretärin öffnete. »Fräulein Hanselmeier, ich bin im Zirkus Rinaldo, falls etwas sein sollte.«

Privatdetektiv Teffan Tiegelmann und Direktor Erik Gustavsson passierten den Eingang des Zirkusgeländes. Im blau und weiß lackierten Kassawagen hatte eben der Kartenverkauf für den heutigen Tag begonnen. Der Direktor steckte den Kopf zum Schalter hinein und zischte so leise, daß kein unbefugter Kartenkäufer etwas verstehen konnte:

»Nun also, Mamachen, jetzt sind wir da. Dies ist Herr Tiegelmann.« Und ebenso leise zu Tiegelmann: »Darf ich vorstellen: Meine Mutter, Frau Gustavsson.«

Tiegelmann sah eine ältere, etwas füllige Dame in roter Bluse, die trotz der guten Straßenbahnverbindungen und des schönen Herbstwetters sowohl am Zirkusberuf wie an Privatdetektiven zu zweifeln schien. Sie streckte, ohne etwas Besonderes zu äußern, ihre Hand aus dem Schalter.

»Am besten gehen wir gleich hier hinein«, schlug Direktor Rinaldo vor, und sie betraten das größere Zirkuszelt.

Es gab über dreitausend Zuschauerplätze auf ansteigenden, blaugestrichenen Holzbänken, und ganz nahe an der Manege, die gleichsam in gespenstischem Schweigen dalag, befand sich ein Kranz roter Plüschsessel — die Logenplätze. Die helle Herbstsonne schien auf die Zeltbahn, so daß das ganze Zelt schimmerte, als wäre es aus reinstem Gold. Das Gold wurde von vier riesigen Masten sowie einer ausreichenden Anzahl von Stangen und Seilen gestützt.

Tiegelmann blickte empor und gewahrte in der höchsten Höhe, ganz unter dem Zeltdach, einige kleine, lebensgefährliche Trapeze, die an äußerst ungemütlichen kleinen Plattformen festgebunden waren.

»Ja, wir haben einige wirkliche Spitzenartisten auf den Trapezen«, erklärte der Direktor. »Die drei Marengos. Sie haben kein Schutznetz.«

»Ach so, nicht?« wunderte sich Tiegelmann. Ein starkes, ordentliches Netz ist wohl das Mindeste, was ein Spitzenartist sich zulegen sollte, dachte er. Vermutlich sind alle drei zu schlecht bezahlt.

Sie schritten weiter, durch einen kurzen, überdeckten Gang in das andere Zelt hinein, wo die Tiere hausten. Um diese Zeit begegnete ihnen niemand in dem Gang. aber während der Vorstellungen war das anders. Da war der Verkehr hier äußerst lebhaft. Da konnte zur gleichen Zeit ein Seiltänzer hinausströmen, während eine Anzahl Schimpansen hereinströmte. Oder es strömten drei Trapezkünstler der Spitzenklasse herein und mußten wegen einiger erschöpfter Elefanten beiseite treten. Oder man hörte Hufe stampfen, und es kam ein Strom von Vollblutpferden mit gelben oder roten Federn herein, so nervös, daß man nur das Weiße ihrer Augen sah.

Um diese Tageszeit war jedoch alles still. Sie betraten das Tierzelt. Es war bedeutend niedriger, aber die Sonne schien ebenso hell auf die Zeltbahn, und es herrschte die gleiche warme und goldene Atmosphäre. Hier gab es Reihen von Käfigen und Einhegungen und Boxen mit Gängen dazwischen. Hier hausten drei Seelöwen, zwei Löwen (gewöhnliche, vom Lande), drei Elefanten, neun Hunde, drei Kamele und ganze Reihen von Pferden. Immer, wenn man glaubte, die Pferde wären zu Ende, entdeckte man noch eine Reihe Pferde. Und über all dem leuchtete die große Rinaldosche Zeltbahn wie Gold.

»Dort drüben hat also ein Pferd gestanden?« fragte Tiegelmann und ging mit raschen Schritten auf eine der Boxen zu.

»Ein Pferd?!« rief Direktor Gustavsson in beinahe beleidigtem Ton. »Ja, das ist wohl das geringste, was man sagen kann«, setzte er mit leiserer Stimme hinzu.

»Fehlt sonst noch etwas?« erkundigte T. Tiegelmann sich mit so scharfer Stimme, daß ein Löwe davon erwachte.

»Sonst noch etwas? Das fehlte gerade noch!« schrie der Direktor atemlos. Er glaubte eigentlich nicht so sehr an Privatdetektive, jedenfalls nicht, wenn es sich um Pferde handelte. Obwohl man ja irgend etwas in der Sache unternehmen mußte.

»Haben Sie die Elefanten gezählt?« forschte Tiegelmann.

»Wie bitte? Die Elefanten?« Der Direktor blieb jäh stehen. Er drehte sich um und blickte auf die drei riesigen, kahlen, grauen, sanft wogenden Rücken, die sich wie Berge über all die Käfige erhoben.

»Und wie ist es mit den Löwen? Fehlen keine?« drang Tiegelmann weiter in ihn und zückte den Notizblock.

»Es fehlen keine Löwen. Es fehlt ein Pferd! Ein Löwe unter den Pferden!« knirschte der Direktor ungeduldig.

Tiegelmann betrachtete ihn forschend.

»Zeigen Sie mir den Verschlag«, forderte er ihn auf.

»Die Box, meinen Sie wohl. Wir hielten Isabella nicht in einem Verschlag, sondern in einer Box!« verbesserte ihn Direktor Gustavsson. Den Unterschied zwischen einem Verschlag und einer Box begriff ein Privatdetektiv natürlich nicht. Und ein solcher Mann sollte Isabella wieder herbeischaffen! »Hier ist die Box!« Er betonte nochmals das letzte Wort und riß eine Tür auf.

Isabella besaß eine kleine anglo-arabische Abteilung für sich allein, wo sie nicht angebunden zu sein brauchte, ein kleines Viereck mit geradeso hohen Wänden, daß sie ihren Kopf darüberstrecken konnte.

»Hier!«

Privatdetektiv Teffan Tiegelmann verschwand in der anglo-arabischen Box, um eine vorläufige Untersuchung anzustellen. Direktor Gustavsson blieb draußen und zuckte die Achseln.

Tiegelmann blieb länger drinnen, als ein Zirkusdirektor es im allgemeinen von einem Privatdetektiv erwartet. Als er sich schließlich auf die Zehen stellte und über den Rand lugte, sah er Herrn Tiegelmann unbeweglich in tiefen Gedanken versunken dastehen und auf das Stroh hinunterstarren.

»Gibt's irgend etwas?« fragte Gustavssons Kopf über den Rand.

T. Tiegelmann antwortete nichts. Er versank in noch tiefere Gedanken. Alles war still in dem durchsonnten, schwülen Zelt. Man hörte nur das Klirren von den schweren Ketten der Elefanten und das schauerliche Gähnen eines eben erwachten Löwen. Im übrigen war alles friedlich und still im Rinaldoschen Tierzelt. Das einzige, was man hörte, war das Geschnatter der Schimpansen und das dumpfe Aufschlagen der Pferdehufe in den Verschlägen. Draußen rasselte eine Straßenbahn vorbei. Sonst tiefe Stille.

Endlich kam Tiegelmann aus dem Gang heraus und bat:

»Berichten Sie alles, was Sie wissen.«

»Ich weiß nichts«, antwortete Gustavsson-Rinaldo. Er wirkte selbst wie ein Fragezeichen, das die Achseln zuckt. »Obwohl — wir könnten uns ja auf jeden Fall in den Wagen setzen und darüber sprechen.«

Rinaldos besaßen ihren Wagen, der unter den anderen stand, obwohl sie nicht darin wohnten. Wenigstens jetzt nicht mehr. Die alte Frau Gustavsson fand es unbequem, und die junge Frau Gustavsson wollte gern ein Badezimmer und dies und jenes haben. Rinaldos wohnten im Hotel, aber sie hatten ihren Wagen. In diesem nahm Direktor Gustavsson Beschwerden von seinem Personal entgegen und diskutierte Kontrakte, hier zog er seinen Galarock an und Miß Rita ihr Feuerrotes. Und in diesem Wagen trank die alte Frau Gustavsson ihren Kaffee, wenn sie die letzte Eintrittskarte verkauft hatte.

Der Gustavssonsche Direktionswagen war wie alle anderen Wohnwagen sehr behaglich. Da standen ein kleiner Schreibtisch mit einigen Stühlen und ein Sofa, auf dem man ausruhen konnte. Außerdem gab es ein paar bequeme, feine Polstersessel, die dazu bestimmt waren, darin zu sitzen, eine Zigarre zu rauchen und Kontrakte zu diskutieren. Diese Direktionspolstersessel waren niedrig und gemütlich und mit geblümtem Stoff bezogen. An schönen Abenden, wenn das Publikum während der Pause hinausströmte, um eine Nase voll frischer Luft zu schöpfen, pflegte die Tür des beleuchteten Wagens weit offen zu stehen. »Seht, wie gemütlich!« sagte man dann, während man eine Zigarette hervorholte. Und doch hatte man noch nicht alles gesehen. Es gab da nämlich auch hinter einem Vorhang eine winzige Küche. Sie war so klein, diese Küche, daß man unmöglich umfallen konnte, wenn man Kaffee kochte.

Als die Herren Tiegelmann und Gustavsson in den Wagen kamen, saß die schöne Frau Gustavsson mit ihrem schwarzen Haar auf dem Sofa und nähte einen Knopf an einen kleinen blauen Leibrock. Neben ihr auf dem Sofa lag ein ähnliches Modell, ebenfalls in einer kleinen Nummer. Dort lagen auch zwei breite, rote Schärpen. In eine Ecke hingeworfen erblickte man einige schwarze Reitstiefel. Privatdetektiv T. Tiegelmann fiel sofort auf, daß diese Stiefel kaum für erwachsene Reiter bestimmt sein konnten. An der Wand hing in einem durchsichtigen Plastikfutteral ein langes, feuerrotes Seidenkleid und daneben, ohne Futteral, ein Direktorsfrack.

»Hier haben wir Herrn Tiegelmann!« verkündete der Direktor. »Nun also!« fügte er mit so forscher Stimme hinzu, als habe er Isabella bereits zurückgewonnen. Es machte gar nicht den Eindruck, als zweifle er noch an Privatdetektiven. Er rieb sich sogar die Hände. »Hier haben wir Herrn Tiegelmann, meine Liebe!« wiederholte er aufmunternd.

»Guten Tag«, grüßte Frau Gustavsson.

Tiegelmann betrachtete sie forschend. Er glaubte eine gewisse Ähnlichkeit zwischen Frau Gustavsson und Miß Rita auf den Reklamebildern zu erkennen. Obzwar andererseits der Unterschied bedeutend war. Miß Rita sah strahlend fröhlich aus — Frau Gustavsson hatte etwas Düsteres an sich. Miß Rita saß zu Pferde — Frau Gustavsson hingegen auf dem Sofa. Miß Rita hielt eine Reitpeitsche in der Hand — Frau Gustavsson einen kleinen, blauen Rock. Trotz all dieser Unterschiede glaubte Tiegelmann eine gewisse Ähnlichkeit feststellen zu können.

»Vielleicht dürfen wir Ihnen eine Tasse Kaffee anbieten, während wir uns unterhalten?« fragte der Direktor.

Frau Gustavsson schenkte ein wenig von dem guten Kaffee ein, den sie vorhin gekocht hatte, und stellte eine Schüssel mit kleinen Kuchen hin, die aus einer gutgeführten Konditorei in der Nähe stammten.

Nichts kann gemütlicher sein, als in einem Zirkuswagen Kaffee zu trinken. Die Herbstsonne strömt durch die kleinen Fenster herein, von denen eines wegen der Lüftung geöffnet ist, die kleinen Gardinen wehen, und man nickt so nebenbei einem Elefantenwärter zu, der eben draußen auf dem Sandplatz vorbeigeht. Das einzig Unerquickliche in diesem Zirkuswagen bildet das Verschwinden eines Pferdes. Man spürt gewissermaßen, daß etwas fehlt.

»Ja«, meinte Tiegelmann und bediente sich mit einem gutgebackenen Konditoreikuchen, »nun will ich alle Einzelheiten wissen. Alles von Interesse.«

Frau Vanja Gustavsson blickte Tiegelmann an, ohne ein Wort zu äußern. Sie machte nur ein gelangweiltes Gesicht, obwohl alles in dem Wagen so gemütlich war. Schließlich brummte sie widerwillig:

»Da gibt es nicht viel zu erzählen.«

»Doch, immerhin, meine Liebe. Wir müssen bloß nachdenken«, sagte ihr Mann und setzte sich im Stuhl zurecht, daß es knackte.

Eben hatte Direktor Gustavsson mit dem richtigen Nachdenken begonnen, als die Tür aufgerissen wurde und zwei Kinder hereinstürzten, ein blonder Junge in langer blauer Hose und ein dunkelhaariges Mädchen in karierten langen Hosen.

»Solltet ihr jetzt nicht proben?« fragte Direktor Gustavsson. »Kommt und begrüßt Herrn Privatdetektiv Tiegelmann. Dies hier sind Erik und Vanja. Klein-Erik und Klein-Vanja.«

Tiegelmann begrüßte Klein-Erik und Klein-Vanja.

»Dürfen wir ein Glas Saft haben?« bettelte Klein-Vanja.

»Der Saft steht auf dem Regal«, antwortete Frau Gustavsson und blickte dabei zum Fenster hinaus.

»Schwarze Johannisbeeren?« fragte Klein-Erik.

Beide zwängten sich in die Küche, nahmen jedes sein Glas und gossen schwarzen Johannisbeersaft aus der Flasche auf dem Regal ein. Dann schöpften sie mit einer Kelle aus einem kupfernen Deckelkrug, der auf dem Boden stand, Wasser und schütteten es hinzu. Sie kamen wieder zu den Eltern herein, und jedes Kind holte sich seinen Kuchen vom Tisch.

»Auf Wiedersehen!« rief ihnen ihr Vater nach, und beide zogen mit ihren Saftgläsern und Kuchen ab.

»Sie treten in der ersten Nummer auf, in einem Kosakenritt«, erklärte ihr Vater Herrn Tiegelmann. »Jedes hat sein eigenes irisches Pony. Sie haben sie vielleicht im Stall gesehen. Irische Ponys gerade in der richtigen Größe für die Kinder. Sie sind recht tüchtig, muß ich sagen.«

»Also weiter!« forderte Tiegelmann mit dem Notizblock in der Hand auf. »Lassen Sie mich nun alles hören, was Sie wissen!«

»Ich für mein Teil weiß nichts«, entgegnete Frau Gustavsson. »Bloß, daß unser neues Pferd weg ist, das weiß ich!«

Tiegelmann trommelte ungeduldig mit den Fingern auf den Direktionstisch.

»Gestatten Sie, eine Zigarre gefällig, während wir plaudern?« fragte Direktor Gustavsson und bot aus einer großen Kiste die wohlbekannte Marke Premiere an.

»Herzlichen Dank«, nickte Tiegelmann und zündete sich eine Premiere an. »Wann wurde der Diebstahl entdeckt?«

»Gestern abend, knapp vor dem Auftritt«, antwortete der Direktor und zündete sich ebenfalls eine Premiere an.

»Wann haben Sie das Pferd zuletzt gesehen?«

»Tja«, meinte der Direktor, »das ist schwer zu sagen, wann ich selbst Isabella zuletzt sah. Man hat ja so vieles im Kopf vor der Galavorstellung, daß man nicht herumlaufen und kontrollieren kann, ob jedes Tier noch an seinem Platz ist. Aber soviel ist sicher: zu Beginn der Vorstellung war Isabella bestimmt in ihrer Box. Darauf kann Larsson schwören.«

»Larsson?«

»Das ist unser ältester Pferdewärter. Er hatte Isabella zu betreuen. Wir können uns vollkommen auf ihn verlassen. Larsson schwört alle Eide, daß das Pferd in seiner Box war, als der zweite Teil des Programms begann.«

»Aha!« machte Tiegelmann, »wenn es so ist.«

»Ja«, fuhr Direktor Gustavsson fort, »während der Pause, als das Publikum umherging und sich die Tiere ansah, hielt er sich dauernd in der Nähe von Isabella auf. Die Leute drängen sich ja hinzu und machen die Pferde nervös, was wirklich ungebührlich ist, und so befahl ich Larsson: ‚Halte dich während der Pause in der Nähe von Isabella, Larsson!‘«

»Übrigens habe ich das angeordnet«, warf Frau Gustavsson ein, ohne den Blick vom Fenster abzuwenden.

»Wie meintest du?« fragte Erik Gustavsson, der froh war, daß Vanja ein Wort sprach.

»Daß ich das eigentlich angeordnet habe«, wiederholte Vanja.

»Ja gewiß, meine Liebe . . .« gab der Direktor zu und blickte seine Frau ein wenig verwundert an. Obwohl er es nett fand, daß sie überhaupt etwas äußerte.

»Larsson sah also Isabella in der Pause. Wann entdeckte er, daß sie nicht mehr da war?« fragte Tiegelmann.

»Als er sie satteln sollte. Eine Viertelstunde vor dem Auftritt ungefähr. Da war sie fort«, berichtete Direktor Gustavsson. Er tat einen Zug an seiner Premiere. »Aber ich frage mich, wie kann das zugegangen sein? Wie kann man ein ganzes Pferd wegführen, ohne daß es bemerkt wird? Was? Mitten vor der Nase des ganzen Stallpersonals? Es war ja alles voller Leute! Wie? Ein Affe, das mag noch hingehen, da verliere ich kein Wort. Aber ein Pferd! Ein ganzes Pferd! Wie? Ein schneeweißer Araber, der so auffallend ist!«

»Es gibt sicher irgendeine natürliche Erklärung«, bemerkte Tiegelmann. »Ich werde ein wenig später das Stallpersonal verhören. Aber heute abend will ich mir die Vorstellung ansehen. Bitte, legen Sie eine Eintrittskarte beiseite für . . .« Tiegelmann grübelte. »Für Lundin.«

»Lundin?«

»Ja, Landvermesser Lundin.«

Direktor Gustavsson öffnete verdutzt den Mund, um etwas zu sagen, dann machte er aber statt dessen die Tür auf und rief hinaus auf den Sandplatz, wo die kleinen Kosaken mit ihren Saftgläsern in der Hand umhergingen.

»Sagt Großmutter, sie soll für Privatdetektiv Tiegelmann eine Karte beiseitelegen. Nein, für Lundin meine ich. Für Landvermesser Lundin!« Er rief es mit Direktionsstimme, so daß man es über den ganzen Platz hören konnte. Tiegelmann vermochte ihm nicht Einhalt zu gebieten.

Als Tiegelmann den Zirkus verließ, stand ein erwachsener Kosak in blauem Leibrock mit roter Schärpe, in der Hand eine Reitpeitsche, in der Zeltöffnung und blickte ihm nach.

Es war halb acht Uhr. Zeit für den Bezirkslandvermesser Lundin, sich in die Galavorstellung im Zirkus Rinaldo zu begeben.

Der Landvermesser sah genauso aus, wie ein Landvermesser eben aussieht,
als er das Büro in der unteren Drottningstraße verließ. Er trug einen kleinkarierten
Anzug und Brillen, er wirkte genauso verwittert und zugleich ein wenig kurzsichtig,
wie ein Bezirkslandvermesser auf einem gelegentlichen Besuch in der Hauptstadt.
In der Hand trug er eine ebenso geräumige Aktentasche aus hellem Leder mit Dienst-
papieren darin, wie sie ein Bezirkslandvermesser mit Alterszulage mit sich zu führen
pflegt, wenn er geradewegs von einer Versammlung in den Zirkus geht, um sich
ein wenig zu entspannen.

Der Landvermesser ging die Drottningstraße hinauf. Der Verkehr hatte nachgelassen, es kamen nur noch vereinzelte Autos vorbei, im übrigen hörte man nur
Stimmen und klappernde Schritte. Es war ein außerordentlich milder und schöner
Herbstabend. Auf dem Hügel gegen das Observatorium zu, wo die Baumwipfel
von den absolut letzten Sonnenstrahlen des Tages vergoldet wurden, nahm der
Landvermesser seinen Hut ab. Das dunkle Haar auf seinem Scheitel war ziemlich
schütter.

Unter dem Observatoriumwäldchen setzte er sich auf eine Bank. Er blickte sich
um. Die Augen unter den dunklen, buschigen Brauen beobachteten wachsam die
Vorübergehenden. Mit einer raschen Bewegung öffnete er seine Aktentasche und
zog seine furchteinflößende Dienstpistole heraus, die er in eine eigens dafür ange-
fertigte Innentasche seines Anzuges steckte. Es galt, sie bequem zur Hand zu haben.
T. Tiegelmann-Lundin wußte, daß er in einer gefährlichen Angelegenheit unterwegs
war.

Er blickte auf seine goldene Uhr, die aussah, als sei sie die Gabe treudenkender
Landvermessungskollegen zum fünfzigsten Geburtstag. Die Erinnerungsgabe zeigte ein Viertel vor acht.

»Gerade recht«, murmelte T. Tiegelmann-Lundin und erhob sich.

Er schritt durch die Nordstraße weiter und erreichte das eingezäunte Zirkusgelände
gerade zur richtigen Zeit. Man hörte schon Rinaldos Blaue Bläser hinter dem Zelttuch, aber die eigentliche Vorstellung hatte noch nicht begonnen. Vor der Kasse
stand eine kurze, aber ungeduldige Schlange, und drinnen saß die alte Frau Gustavsson mit einer anderen Dame. Beide arbeiteten schwer, um die letzten Eintrittskarten zu verkaufen. Rings um den Eingang stand außerdem noch eine kleine,
zerstreute Schar von Personen herum, die sich das Ganze ansah. (Eine solche Schar
findet man am Eingang zu einem jeden gutgeführten Zirkus. Ihre Aufgabe besteht
ganz einfach darin, dort zu stehen.)

»Die Eintrittskarte für Lundin«, verlangte Tiegelmann-Lundin, als er an die
Reihe kam. Er glich mehr denn je einem Landvermesser, der vor Eifer brennt, in
ein Zirkuszelt hineinzukommen.

Dabei warf er Frau Gustavsson einen durchdringenden Blick zu.

Frau Gustavsson zuckte zusammen und fragte in der Eile:

»Sind Sie Herr Tie —?«

»Landvermesser Lundin«, unterbrach Tiegelmann blitzschnell, und Frau Gustavsson überreichte ihm wortlos eine ausgezeichnete Eintrittskarte. Sie nickte dreimal dabei. »Ist schon bezahlt«, flüsterte sie geheimnisvoll und nickte noch ein paarmal, um zu zeigen, daß sie völlig eingeweiht sei. Sie hatte nie zuvor einen Privatdetektiv in Ausübung seiner Tätigkeit gesehen und fand es sehr spannend. Er wirkt auf jeden Fall sehr geschickt, dachte sie, und weil sie schon so im Zuge war, nickte sie auch dem nächsten Kartenkäufer geheimnisvoll zu.

Tiegelmann-Lundin hatte einen ausgezeichneten Platz erhalten. Er saß auf einem der roten Plüschsessel in allernächster Nähe der Manege, gleich neben dem überdeckten Gang, der in das andere Zelt hinüberführte. Man kann nicht besser sitzen, wenn man dienstlich unterwegs ist. Von diesem Platz aus kann man alle Auftretenden, die ein- und ausgehen, im Auge behalten, und ebenso alle Gehilfen in ihren rinaldoblauen Livreen, die in Trüppchen beisammen stehen, während sie darauf warten, ein Seil zu spannen oder dergleichen. Man kann nicht besser sitzen. Aber schließlich hatte ja auch die alte Frau Gustavsson den Platz eigens reserviert. Sie war wegen ihrer ausgezeichneten Platzreservierung bekannt.

Die Blauen verstummten. Es wurde unheimlich still. Der ganze Zirkus holte Atem. Alles Erdenkliche konnte sich nun ereignen. Man hörte nur, wie die zuletzt Gekommenen auf ihre Plätze stolperten.

Bezirkslandvermesser Lundin legte seine Aktentasche weg und las das Programm. Die erste Nummer hieß: »Die 4 POTJAKINS — die todesverachtende Kosakenfamilie. Russische Reiter ohne Gegenstück.«

Nun begannen Rinaldos Blaue wieder zu blasen. Sie bliesen, daß es wie ein gewaltiges Erdbeben klang, und die vier Reiter ohne Gegenstück sprengten unter lauten Rufen und Schüssen herein. Die Familie Potjakin bestand aus zwei größeren Kosaken, einem männlichen und einem weiblichen, und zwei kleineren. Alle trugen blaue Röcke mit roten Schärpen und runde Pelzmützen. Die kleineren Kosaken sprengten jeder auf seinem braunen irischen Pony herum, daß die Sägespäne wirbelten. Die irischen Ponys waren von sehr passendem Format für kleinere Reiter. Ein solches Pony ist lange nicht so groß wie ein Araber, aber auch nicht so beängstigend klein wie ein Shetlandpony. Man kann sich kein passenderes Format denken. Die beiden jungen Potjakins, Klein-Vanja und Klein-Erik, ritten sehr gut, aber Tiegelmann interessierte sich am meisten für den Kosaken in der Zeltöffnung. Er sah es mit erschreckender Deutlichkeit vor sich, wie dieser Kosak ihm nachgeblickt hatte, und erinnerte sich, mit welch lauter Direktionsstimme Herr Gustavsson seinen, Tiegelmanns Namen, über den Platz gerufen hatte.

Tiegelmann hatte ein extra wachsames Auge für diesen Kosaken. Manchmal bemerkte er, daß Kosak Potjakin ihn ansah, ausgerechnet ihn unter tausenden Zuschauern. Nun war er zu allem Überfluß noch auf dem Pferderücken aufgestanden, und eben, als er vorbeiwirbelte, begegneten sich ihre Blicke wieder. Es gab keinen Zweifel — und dennoch konnte er keinen besonderen Grund haben, einen Bezirkslandvermesser anzusehen, der sich am Abend im Zirkus entspannte. Tiegelmann fand es jedenfalls verdächtig und unbehaglich und verdoppelte seine Wachsamkeit.

Die Kinder Gustavsson waren übrigens sehr tüchtig. Klein-Vanja stand ebenfalls in ihrer ganzen Größe auf ihrem irischen Pony. Dann sprang sie in die Sägespäne hinunter und lief nebenher. Danach schwang sie sich wieder in den Sattel hinauf. Und Klein-Erik, der glitt auf der einen Seite seines Ponys hinab. Dort hing er in dem einen Steigbügel, erwischte den anderen unter dem Bauch seines Pferdchens und brachte es zur allgemeinen Verblüffung fertig, auf diesem Wege wieder in den Sattel zu gelangen. Unter dem Bauch des Pferdes, das in rasender Schnelligkeit dahingaloppierte! Man konnte sich keinen geschickteren kleinen Kosaken denken.

Eine außerordentliche Nummer folgte der anderen. Tiegelmann konnte sich des Eindrucks nicht erwehren, daß er dies alles schon früher einmal gesehen habe. Da er aber nie zuvor im Zirkus Rinaldo gewesen war, mußte es wohl ein Irrtum sein.

Als nächstes folgten ein paar Bodenakrobaten, die »2 NAVARROS«. Es erwies sich, daß die Lebensaufgabe dieser Künstler darin besteht, mit den Beinen in der Luft auf dem Boden zu liegen und auf den Fußsohlen große Ringe zu balancieren und mit großen Bällen zu jonglieren.

Nach ihnen produzierten sich »ALFREDO & Co.« — zwei Clowns. Der eine, ein ungewöhnlich großer Clown, holte zu einem tödlichen Schlag auf den anderen aus, der mindestens um einige Nummern kleiner war. Der kleinere bückte sich und knüpfte sein Schuhband, so daß der Schlag in die Luft ging und der größere Clown das Gleichgewicht verlor und mit einem ungeheuren Plumps auf die Nase fiel. Der kleinere, ein gutherziger und besonders versöhnlicher Clown, half dem großen auf und bürstete ihn obendrein mit einer Kleiderbürste ab, die er offenbar immer in der Tasche trug. Der Große wartete, bis er fertig abgebürstet war, dann holte er zu einem neuen, lebensgefährlichen Schlag auf den Kleineren aus, der wieder den Moment benützte, um sein Schuhband zu knüpfen, so daß der Größere mit demselben Krach hinfiel. Diesmal weigerte sich der Kleine trotz seiner gutherzigen Veranlagung, die Kleiderbürste hervorzuholen. Der größere Clown zeigte auf seinen staubigen Rockärmel, aber der kleinere, der sich nun als äußerst dickköpfig erwies, stand nur da und schüttelte den Kopf. Da wurde der Große sehr zornig, was nur ganz natürlich ist, so staubig, wie er war. Er traf Anstalten, einen noch furchtbareren Hieb auszuteilen, doch den wartete der kleine Dickkopf gar nicht erst ab, er nahm einen Anlauf und sprang auf den Großen los, der ihn indessen so geschickt auffing, daß er auf seinen Schultern landete. Dort stand der kleine Clown nun kerzengerade und winkte nach allen Seiten, während das ganze Zelt in lauten Beifall ausbrach.

Bezirkslandvermesser Tiegelmann-Lundin konnte weder an den Bodenakrobaten noch an den Clowns etwas besonders Verdächtiges entdecken.

Nun strömte eine Reihe Pferde aus dem Gang herein, eine lange Reihe Rinaldoscher Vollblüter, die immer weiter hereinströmten, selbst wenn man schon glaubte, nun müsse es aber zu Ende sein. Es war eine einzigartige Pferdepracht. Die ganze Manege wimmelte von besonders wohlgebauten Füchsen mit gelben und grünen Federbüschen auf den Köpfen und weißem Zaumzeug.

Miß Rita stand inmitten der Pferdepracht in einem langen grünen Kleid mit zwei riesigen weißen Peitschen, die in den Sägespänen schleiften. Auch sie war sehr wohlgebaut. Neben ihr stand Direktor Max Rinaldo im Frack. Er sah äußerst stattlich und gutgelaunt aus mit den weißen Zähnen und den riesigen Peitschen, die im Sägemehl schleiften.

Bezirkslandvermesser Lundin saß so niedrig — in gleicher Höhe mit der Manege —, daß er kaum einen ordentlichen Überblick über das Ehepaar Rinaldo hatte. Zuweilen, wenn gerade zwischen den Vollblütern eine zufällige Lücke entstand, konnte er ihre Gesichter sehen, aber im nächsten Augenblick war die Lücke verschwunden, und er sah nichts als Pferde. Er bemerkte indessen, als eben eine Vollblutlücke entstand, daß auch Miß Rita gutgelaunt aussah, strahlend gutgelaunt.

186

Die Pferde trabten in zwei schönen Kreisen herum, eines nach dieser, das andere nach jener Richtung, die Hufe pochten weich, das Zaumzeug knarrte leise, die Federbüsche wehten, und das Ehepaar Rinaldo knallte. Sie brachten einzigartig scharfe, festliche Knalle mit ihren weißen Peitschen hervor, richtige Pistolenschüsse.

Tiegelmann saß so nahe, daß er die Pferde gleich neben sich hatte. Er bekam beinahe die Schweife ins Gesicht. Man konnte sich keinen besseren Platz vorstellen. Er las im Programm: »RINALDOS BERÜHMTE PFERDE, vorgestellt in einem großen Festakt von MAX RINALDO und MISS RITA.«

Als die Festnummer zu Ende war, strömten die Pferde rasch und in schöner Ordnung hinaus, eines nach dem anderen. Max Rinaldo strömte ebenfalls hinaus, so daß Miß Rita allein mit ihren Peitschen zurückblieb. Herein kam nun ein Paar Schecken, weiß mit großen, herrlichen Flecken in Rotbraun — Castor und Pollux. Sie waren beide schön und lebhaft, diese Schecken, und daß es edle Tiere waren, erkannte man an den Köpfen und Schweifen. Außerdem hatten sie eine gewisse Munterkeit an sich, die wahrscheinlich von den Flecken herrührte.

Miß Rita zeigte, daß sie auf eine Leiter klettern konnten. Sie kletterten zu einer kleinen Plattform hinauf und wieder herunter. Hierauf tanzten sie einen Wiener Walzer, den Rinaldos Blaue ausgesucht schön und gefühlvoll spielten.

Privatdetektiv Teffan Tiegelmann betrachtete alles mit schärfster Aufmerksamkeit.

Miß Rita bedankte sich für den Beifall des Zeltes mit ihrem strahlendsten Lächeln, und Castor und Pollux bedankten sich ebenfalls, indem sie sich mit gestreckten Vorderbeinen verbeugten. Von seinem ausgezeichneten Platz aus konnte Tiegelmann beobachten, daß Miß Ritas Lächeln verschwand, sobald sie den Gang erreicht hatte. Es war, als verlösche eine 100-Watt-Glühbirne.

Die letzte Nummer vor der Pause war ein Luftakt (oder richtiger gesagt, die vorletzte), das Programm versprach nämlich nach dem Luftakt eine kurze Extranummer: »ORIENTALISCHES ZWISCHENSPIEL — eine Überraschung der Direktion.«

Der Luftakt wurde von drei Artisten der Spitzenklasse ausgeführt: »Die 3 MARENGOS — Luftartisten, die einen ganzen Weltteil in Spannung hielten.« Während dieses Luftaktes kam Bezirkslandvermesser Lundin zu der Einsicht, daß der Fall Isabella sehr ernst sei.

Eine Warnung im Dunkeln 4

Es zeigte sich, daß die drei Marengos von selbst leuchteten. Zuerst wußte man das nicht, weil sie den ersten Teil des Luftaktes in voller Beleuchtung ausführten. Die drei Marengos hingen in Trapezen, die hoch oben unter dem Zeltdach heftig schaukelten. Einer dieser Marengos stürzte sich kopfüber ins Ungewisse, wurde aber zum größten Glück von einem ihm begegnenden Artisten in einem anderen Trapez aufgefangen.

Dann erfuhren alle durch einen Lautsprecher, daß die drei Marengos den Luftakt im Dunkeln wiederholen würden. Und, wie das Publikum bereits gesehen habe: ohne Schutznetz. (Alle überzeugten sich sicherheitshalber noch einmal, ob das Schutznetz auch wirklich fehle.) Dann wurde das Publikum ermahnt, die Artisten nicht durch Sprechen oder Lärmen zu stören, da diese einer vollkommenen Stille bedürften, um sich auf ihre Aufgabe konzentrieren zu können.

Die vollkommene Stille trat ein. Das ganze Zelt hielt den Atem an. Die Stille war so überwältigend, daß jeder Beliebige sich auf das äußerste hätte konzentrieren können.

Tiegelmann fiel auf, daß alle Zirkusangestellten in den rinaldoblauen Livreen sowie eine Anzahl Pferdewärter und Löwenbändiger aus dem Inneren sich im Gang versammelt hatten, um zuzusehen. Vermutlich auch die Schimpansendresseure und Seiltänzer. Die Öffnung zum Gang stand voller Leute, die auf die drei Marengos gafften. Dies war offenbar ein Höhepunkt des Programms, und da es ein neues Programm war, erregte es noch die Neugierde des Personals.

Bezirksfeldvermesser Lundin verdoppelte seine Wachsamkeit.

Das Licht erlosch, und man entdeckte zu seinem Entsetzen, daß die drei Marengos von selbst leuchteten. Sie hatten an ihren Marengotrikots vorne und hinten einen phosphoreszierenden Streifen, und diese unheimlichen Streifen waren das einzige, was man sehen konnte. Sie sahen aus wie große, selbstleuchtende Raupen, die sich lautlos oben im Dunkeln bewegten. Und zu allem Überfluß benützten Rinaldos Blaue die Gelegenheit, einen leisen, gedämpften, äußerst drohend klingenden Trommelwirbel hervorzubringen.

Zwei von den Raupen hatten nun begonnen, in äußerst heftigem Tempo vor- und zurückzuschwingen. Man wußte, daß sie an den Trapezen hingen, obwohl man es nicht sah. Man sah nur das unheimliche Dunkel und diese schwingenden Raupen mit ihrem unheimlichen Schein. Die dritte Raupe stand unbeweglich.

Eine der fliegenden Raupen fing nun die stillstehende, so daß auch diese ins Schaukeln geriet. Es sah nun so aus, als sei die eine Raupe die Fortsetzung der anderen, besser gesagt wie ein Anhängsel, und man ahnte schon voll Entsetzen, daß dieses Anhängsel seinen Griff loslassen, durch das Dunkel fliegen und von einem anderen der Gespensterwürmer aufgefangen würde.

In diesem Augenblick, als die Spannung in dem verdunkelten Zelt ihren Höhepunkt erreicht hatte und jedes Augenpaar an den Gespensterraupen in der Höhe hing, spürte Tiegelmann eine Berührung. Er fuhr blitzschnell mit der Hand in die spezialkonstruierte Innentasche. Er versuchte die Finsternis mit den Blicken zu durchdringen und sah, wie ein Schatten sich entfernte und sich den Weg durch die Gruppe im Gang bahnte, wodurch eine schwache Bewegung entstand.

Nichts kann mehr irritieren als verdunkelte Luftakte. Teffan Tiegelmann fand, daß jeder Luftakt bei guter Beleuchtung ausgeführt werden sollte. Er war der Ansicht, daß die ganze Zirkuskunst eigentlich unter guten Beleuchtungsverhältnissen vorgeführt werden sollte.

Er hatte alles Interesse an den Marengos verloren. Was wollte der Schatten von ihm?

Die fliegende Marengo-Raupe ließ nun den Griff los — und stürzte todesmutig hinab. Das ganze Zelt stieß einen Schrei des Entsetzens aus. Im selben Augenblick wurde das Licht eingeschaltet. Die Artisten standen wohlbehalten mitten in der Manege mit einer Leine um den Leib, die auf eine weiche und ausreichende Weise den Sturz gebremst hatte. Es war ein einzigartiger Trick in der Spitzenklasse.

Tiegelmann schielte vorsichtig zu der Gruppe im Gang hin, die sich bereits aufzulösen begann. Man konnte unmöglich feststellen, wer der Schatten war. Und dies alles nur, weil man darauf bestanden hatte, das Licht auszuschalten. Plötzlich entdeckte er, was der Schatten gewollt hatte. An seinem kleinkarierten Rock haftete ein mit einer Stecknadel befestigtes Stück Papier. Auf dem Zettel stand:

KOMM NICHT NOCH EINMAL HIERHER. ES GEHT UMS LEBEN!

EIN AUFRICHTIGER FREUND.

Die letzte Nummer vor der Pause hatte schon begonnen, das ORIENTALISCHE INTERMEZZO, eine Überraschung der Direktion.

Die Überraschung bestand aus drei orientalischen Kamelen, die langsam und ernsthaft um die Arena schritten. Auf dem ersten dieser Kamele saß ein Araber und warf Datteln ins Publikum.

Der Araber war Herr Omar.

Auf dem ersten Kamel saß Herr Omar von der arabischen Wüste und warf Datteln ins Publikum. Tatsächlich! Herr Omar saß auf dem Kamel und warf Datteln.

Bei einer solchen Gelegenheit muß man die Ruhe bewahren. Man darf nichts überstürzen. Wenn man plötzlich entdeckt, daß einer unserer Freunde, der im arabischen Binnenland ansässig ist, im Zirkus Rinaldo auf einem Kamel reitet, muß man vor allem die Ruhe bewahren.

Tiegelmann bewahrte seine Ruhe. Er machte die Augen ganz fest zu. Dann blickte er auf den Fußboden, um die Augen zu gewöhnen. Hierauf richtete er den Blick scharf auf die Zirkusarena. Das Kamel war noch da. Herr Omar saß noch darauf. Auch die beiden anderen Kamele weilten noch immer in der Rinaldoschen Manege.

Es konnte keine Sinnestäuschung sein. Herr Omar hatte vor sich auf dem Kamel einen kleinen arabischen Karawanensack, gefüllt mit wohlschmeckenden Datteln, die in hygienisches Papier eingewickelt waren. Er fuhr mit der Hand in den Sack und warf immer eine ganze Handvoll ins Publikum, das sie eifrig zu fangen versuchte. Neben Tiegelmann saß ein Mann, der unangenehm schmatzte. Es konnte also keine Sinnestäuschung sein.

Eine orientalische Fata Morgana aus dem arabischen Binnenland, die auf Grund besonders günstiger atmosphärischer Verhältnisse im Zirkus Rinaldo in Stockholm sichtbar war, konnte es auch nicht sein. Von derart günstigen atmosphärischen Verhältnissen hatte Tiegelmann niemals gehört. Er hielt sie für ausgeschlossen.

Der Bezirkslandvermesser erkannte, daß dieses Orientalische Zwischenspiel eine natürliche Erklärung haben mußte. Er blickte genauer auf das Intermezzo, das langsam einen Kreis um den anderen rings um die Manege abschritt. Es bestand in erster Linie aus Herrn Omar selbst. Seine Augen waren dunkel und unergründlich wie die orientalische Nacht. Auf dem Kopfe trug er nicht wie gewöhnlich seinen roten Fez. Er war in einen Burnus gekleidet, den schönen arabischen Nationalmantel mit der Kapuze über dem Kopf, der sowohl gegen Regenschauer als auch gegen leichtere Sandstürme schützt.

Die beiden anderen Kamele wurden von einem verläßlichen älteren Beduinen betreut, der neben ihnen herstapfte. Der alte bärtige Beduine war seinem Äußeren nach ein wenig zerlumpt, besaß aber nichtsdestoweniger den festen, gleichsam in die

Ferne schauenden Blick, den man oft bei den alten, erfahrenen Kameltreibern antrifft.

Nachdem der Landvermesser T. Tiegelmann-Lundin sich ein wenig gefaßt hatte, erkannte er den ganzen Nutzen dieser orientalischen Extranummer. Er konnte sich keine bessere Extranummer wünschen. Niemand könnte auf eine schweigsamere und gewissenhaftere Weise die internen Untersuchungsarbeiten durchführen als Herr Omar, der sich zum größten Glück auf das Zirkusgewerbe verlegt zu haben schien (wie das auch gekommen sein mochte). Und sicher konnte man sich auch von diesem erfahrenen und verläßlichen alten Kameltreiber gute Hilfe erwarten.

Tiegelmann fand die Extranummer ausgezeichnet. Er konnte sich nicht erinnern, je eine bessere Extranummer gesehen zu haben. Es gelang ihm, eine Dattel im Flug zu erhaschen, die der schmatzende Mann eben zu greifen versuchte. Es war eine wirklich wohlschmeckende Dattel. Tiegelmann konnte sich nicht entsinnen, je eine Reklamedattel mit ausgesuchterem Aroma gekostet zu haben. Er fand das ganze orientalische Zwischenspiel außerordentlich sehenswert und geglückt.

Indessen galt es, mit größter Vorsicht zu handeln. Er selbst war — obwohl er sich bis zur Unkenntlichkeit verkleidet hatte — bereits entlarvt. Dies zeigte am besten, von welch rasch arbeitenden und rücksichtslosen Widersachern er umgeben war. Niemand durfte ihn zusammen mit Herrn Omar sehen. Dies konnte nämlich leicht den Eindruck erwecken, daß sie miteinander bekannt waren, und in diesem Fall könnten Herrn Omars Nachforschungen erschwert oder gar unmöglich gemacht werden.

Die Karawane verschwand. Nun war eine Pause von fünfzehn Minuten. Während dieser Minuten hatte das Publikum Gelegenheit, sich die Tiere anzusehen. Bezirkslandvermesser Lundin, der ein großer Tierfreund und besonders an Kamelen interessiert war, beschloß, die Gelegenheit zu benutzen. Er ließ sich jedoch Zeit. Langsam und gleichsam ziellos schlenderte er die Reihen von Verschlägen und Käfigen entlang. Es herrschte ein fürchterliches Gedränge. Der ganze tierfreundliche Teil des Galapublikums war ins Tierzelt geeilt. Schließlich erblickte Tiegelmann die drei Kamele, die ihre ernsten, eigensinnigen Köpfe über ein paar Käfige mit irgendeinem unbedeutenden Inhalt emporreckten.

Der Kamelfreund Lundin schlug langsam diese Richtung ein. Der Beduine hatte schon angefangen, die Kamele abzuzäumen, die sich in das Stroh niedergelassen hatten. Herr Omar war nirgends zu erblicken. Ringsum stand alles voller Leute, die auf die drei Kamele gafften, als hätten sie nie zuvor ein Kamel gesehen. Manchmal stellte einer der Tierfreunde eine einfache Frage in bezug auf die Lebensgewohnheiten und allgemeinen Verhältnisse der Kamele. Der alte Beduine, der knietief im Stroh stand und sich mit dem Zaumzeug abmühte, machte einen etwas ungeduldigen Eindruck.

»Wann wiederkäuen sie denn?« fragte ein Kamelfreund aus dem Parkett.

Der Araber murmelte einige zornige Worte, die niemand verstand.

»Wieviel Grad Wärme kann es in einer richtigen Wüste haben?« erkundigte sich ein jüngeres Talent vom dritten Platz.

Unverständliches Gemurmel des Kameltreibers.

Eine Dame im mittleren Alter vom unteren Parkett, mit faltigem Gesicht und Regenschirm, hatte plötzlich einen Geistesblitz.

»Das Schiff der Wüste!« rief sie und zeigte mit dem Regenschirm auf die Kamele. Sie strahlte über das ganze Gesicht vor Entzücken. »Das Schiff der Wüste!«

Der Kameltreiber brachte einen Laut hervor, der wie ein unterdrückter orientalischer Fluch klang, obwohl er möglicherweise etwas ganz anderes bedeutete.

Privatdetektiv Teffan Tiegelmann, der sich einige Jahre früher, anläßlich eines Besuches bei Herrn Omar, einen orientalischen Sprachkurs auf Schallplatten (zehn doppelseitige Platten) angeschafft hatte, sagt mit leiser Stimme in tadellosem Arabisch zu dem Beduinen im Stroh:

»Hallo!«

Der Beduine hielt in seiner Beschäftigung mit den Kamelen inne.

»Wo ist Herr Omar?« fragte Tiegelmann leise.

Der Beduine wandte Tiegelmann sein altes, bärtiges Gesicht zu.

»Wo ist Herr Omar?« wiederholte Tiegelmann. »Schnell! Aber sprich leise!«

Der Kameltreiber, der über eine ziemlich gute Auffassungsgabe verfügte, glaubte zu erkennen, daß der Fremdling mit den Augengläsern und der Aktentasche Bezirkslandvermesser sei. In dem Teil der arabischen Wüste, wo er als Kameltreiber diente, hatte nämlich vor einigen Jahren eine Anzahl nordischer Landvermesser eine Studienreise unternommen, um die Vermessungstechnik in Landschaften mit ausgeprägtem Wüstencharakter zu studieren.

Deshalb argwöhnte der Kameltreiber, der vergleichsweise rasch denken konnte, sofort, daß dieser Landvermesser eine wichtige Neuigkeit betreffs Herrn Omars Bauplatz in der Oase Kaf mitzuteilen habe, wahrscheinlich eine Neuigkeit von katastrophaler Natur, die unter Außenstehenden nicht bekannt werden durfte. Mit orientalischer Geistesgegenwart sagte er daher mit leiser Stimme und ohne eine Miene zu verziehen:

»Im Wagen.«

»Aha!« machte Tiegelmann mit unhörbarer Stimme. »In welchem Wagen?«

»In dem, der zwischen dem Wagen der russischen Kosakenreiter und dem des Direktors steht«, antwortete der verläßliche und aufgeweckte Beduine mit völlig unhörbarer Stimme, wobei er so tat, als mache er unter einem der Wüstenschiffe, das sich erhoben hatte, sauber.

»Aha!« flüsterte Tiegelmann in tadellosem Arabisch. »Könnte ich nicht einen alten Mantel oder dergleichen ausborgen, wenn ich dort hingehe? Niemand darf mich erkennen. Aber warte, bis wir allein sind.«

Der erfahrene, alte Beduine verbeugte sich schweigend. Er war nun überzeugt, daß Herrn Omars wertvolles Urlaubsgrundstück in der Oase Kaf, wo er sich so oft während seiner Karawanenzüge bei einer Tasse Kaffee unter den Palmen entspannt hatte, von einer ernsten Gefahr bedroht war. Vermutlich war das ganze Grundstück infolge eines Fehlers bei der Vermessung verlorengegangen.

Sobald die Glocke geläutet und das tierfreundliche Publikum sich an seine Plätze zurückgedrängt hatte, holte er aus einem Sack einen alten, zerschlissenen Reserveburnus heraus, den er auf seinen Wanderungen durch die Wüste bei sich zu haben pflegte. (Die Nächte können nämlich im arabischen Binnenland ziemlich kühl sein, und außerdem kann einem, besonders in Berggegenden, leicht alles gestohlen werden, was man auf dem Leibe hat. Ein erfahrener Kameltreiber reist daher nicht gern ohne Reserveburnus.)

Bezirkslandvermesser T. Tiegelmann-Lundin blickte sich wachsam nach allen Seiten um. Überall waren Leute. Es gab keine Möglichkeit, sich einen schützenden Burnus überzuwerfen, ohne vom ganzen Stall gesehen zu werden.

Eben da trotteten zum größten Glück ein paar Elefanten vorbei. Es gibt kaum ein Tier, hinter dem man sich so gut verbergen kann. Man hat berechnet, daß ein einziger ausgewachsener Elefant drei Dutzend Landvermesser verdecken kann. (Vergleichsweise sollte man erwähnen, daß ein so umfangreiches Tier wie ein Kamel kaum den dritten Teil verdeckt, während beispielsweise das Zebra nur eine ganz geringe Anzahl verdecken dürfte, die sich außerdem noch in der Hocke befinden muß. Das Verdeckungsvermögen des Löwen konnte aus praktischen Gründen nicht mit Sicherheit festgestellt werden.)

Während die Elefanten vorbeitrotteten, hatte Tiegelmann also die beste Gelegenheit, in den Reserveburnus zu schlüpfen und die Falten der Kopfbedeckung zu ordnen. Aus der Aktentasche zog er einen schwarzen Vollbart, der freilich allzu wohlfrisiert war, um zu einem alten, zerschlissenen und fleckigen Reserveburnus zu passen, andererseits aber durch seine Größe viel verbarg.

»Kein Wort!« murmelte Tiegelmann.

Der alte, müde Beduine fuhr schweigend in seiner Hantierung mit den Kamelen fort.

Tiegelmann ging mit möglichst orientalischen Schritten und mit jenem festen, gewissermaßen in die Ferne schauenden Blick, der den erfahrenen Kameltreiber auszeichnet, auf den Zeltausgang zu.

Ein Pferdebursche sprach ihn im Vorbeigehen an. Ohne den Kopf zu wenden, knurrte er ein paar arabische Worte und sah fernseherischer drein denn je. Der Pferdewärter äußerte nichts mehr. Tiegelmann erreichte ohne weiteren Zwischenfall den Ausgang.

Er hatte nicht die Absicht, sich den Rest der Vorstellung anzusehen. Er hatte schon genug gesehen. Dank seiner großen Erfahrung wußte er bereits, wie der Fall Isabella lag. Natürlich nur in großen Zügen. Die Einzelheiten konnte er noch nicht unterscheiden, aber durch energische Routineuntersuchungen hoffte er bald das ganze Rätsel gelöst zu haben und eingreifen zu können.

Der hohe Herbsthimmel war klar und reichlich mit Sternen bestreut. Auf der Straße draußen brannten die Laternen, aber das eigentliche Zirkusgelände war ziemlich sparsam beleuchtet. Da und dort verbreiteten die kleinen Fenster der Wagen, die auf dem Platze verstreut standen, einen warmen, traulichen Schein. In der Ferne säuselte der Abendwind in hohen, schwarzen Baumkronen.

Privatdetektiv Teffan Tiegelmann suchte sich langsam den Weg zwischen den Wagen, bis er den richtigen zwischen dem Direktionswagen und dem der russischen Reiter gefunden hatte. In allen dreien brannte Licht.

5 *Warum Herr Omar Reklamedatteln warf*

Nach der orientalischen Extranummer hatte Herr Omar sich mit dem geleerten Dattelsack in seinen Wagen zurückgezogen. Er hatte den Burnus abgelegt, stand nun in abendländischen Hemdärmeln mitten im Wagen und trank aus einer winzigen Tasse Kaffee. Er sah müde und gleichzeitig zufrieden aus. Der leere Dattelsack lag auf dem Tisch.

Alle Zirkuswagen haben kleine Treppen vor den Eingangstüren. Herr Omar hörte, wie jemand mit hastigen Schritten die drei Stufen heraufkam, die zu seiner Tür führten. Nun klopfte dieser Jemand an die Tür.

»Sollte Muhammed schon mit den Kamelen fertig sein?« murmelte Herr Omar mit einem Blick auf seine orientalische Taschenuhr vor sich hin. »Das kann doch nicht gut möglich sein.«

Mit morgenländischer Ruhe leerte er die Tasse und stellte sie auf den Tisch. Dann schlüpfte er in seinen dunklen, abendländischen Rock und räumte den Dattelsack vom Tisch weg. Inzwischen hatte es noch einmal, diesmal mit einer gewissen Ungeduld, an die Tür geklopft.

Herr Omar machte die Tür weit auf. Herein stürzte ein Araber in einem alten, schleißigen Reserveburnus, aber mit einem besonders wohlgepflegten Vollbart. Herr Omar verbeugte sich schweigend.

Der Vollbart warf die Tür hinter sich zu und riegelte sie ab.

»Herr Omar!« rief der Vollbart und riß sich diesen vom Gesicht.

Vor Herrn Omar stand eine fremde Person mittleren Alters in kleinkariertem Anzug und mit Augengläsern. Herr Omar verbeugte sich unter erneutem Schweigen.

»Ich bin es«, erklärte der Fremde. »Teffan Tiegelmann.«

»Herr Tiegelmann!« rief Herr Omar mit gedämpfter, morgenländischer Freude in der Stimme aus. »Es ist mir eine große Freude, Herrn Tiegelmann wiederzusehen. Dieses unerwartete und für mich so —«

»Weshalb sind Sie hier, Herr Omar?« unterbrach ihn Tiegelmann etwas atemlos.

»Wollen Sie nicht in unserem geringen Wagen Platz nehmen, Herr Tiegelmann?«

Tiegelmann setzte sich auf einen Stuhl. Herr Omar selbst fand Platz auf einer Holzkiste, die Büchsen mit konserviertem Kraftfutter für Kamele enthielt.

»Weshalb sind Sie hier, Herr Omar?«

»Ich habe die Ehre, auf Kamelrücken rings um Herrn Rinaldos wohlgepflegte Manege zu reiten und nach meinem geringen Vermögen als Geschenk der Direktion Datteln auszuteilen. Es ist mir indessen ein großer Kummer, daß ich die hintersten Reihen nicht erreichen kann. Ich —«

»Ich weiß, ich weiß, aber wie kommt es nur, daß Sie hier sind?« rief Tiegelmann dazwischen.

»In diesem Wagen? Herr Rinaldo hatte die Güte, ihn mir zur Verfügung zu stellen. Ich habe hier Gelegenheit, nach meinem geringen Auftreten im Intermezzo die Kleider zu wechseln. Der alte Muhammed, mein Kamelassistent, wohnt in diesem behaglichen Wagen. Ich selbst genieße den Vorzug, während meines Stockholmer Aufenthaltes bei einem geehrten Verwandten, einem geringen Teppichhändler, in der Observatoriumstraße zu wohnen.«

»Warum treten Sie im Zirkus Rinaldo auf?« fragte Tiegelmann mit fester Stimme.

»Ich las durch glücklichen Zufall in unserer Zeitschrift ,Palmenblatt' eine Anzeige. Wünscht Herr Tiegelmann vielleicht eine Tasse Kaffee?«

»Herzlichen Dank, Herr Omar«, stimmte Tiegelmann zu. »Welche Anzeige, Herr Omar? Bitte erklären Sie mir die Sache so rasch wie möglich.«

»Es wird mir ein großes Vergnügen sein, mit der größtmöglichen Eile alles zu erklären«, versicherte Herr Omar mit einer Verbeugung. Er goß ein wenig guten, starken Kaffee in zwei kleine, orientalische Tassen. »Ich hegte seit langem die geringe

Absicht, eine Erholungs- und Urlaubsreise in die nordischen Länder zu unternehmen. Durch einen glücklichen Zufall traf ich im ‚Palmenblatt' auf eine Annonce, durch die eine geachtete internationale Zirkusagentur einen Dattelausteiler aus meinem arabischen Heimatland suchte, der über eine geringere Anzahl eingeborener Kamele verfügt und bereit war, während Direktor Rinaldos Tournee in den nordischen Ländern eine Extranummer durchzuführen. Es handelte sich darum, aus Reklamegründen im Namen der Direktion eine Anzahl Datteln unter das Publikum zu verteilen.«

»Aha!« warf Tiegelmann ein. »Ich verstehe.«

»Ja«, fuhr Herr Omar mit einer Verbeugung fort. »Ich nahm mir die Freiheit, auf die Anzeige zu antworten. Dadurch erhielt ich das unverdiente Vergnügen einer freien Urlaubsreise hierher, nicht nur für meine geringe Person, sondern auch für meine drei Kamele, die auf diese Art für einige Zeit einen freien Aufenthalt in den nordischen Ländern genießen, wo sie noch nie geweilt haben.«

»Ach so, es sind also Ihre eigenen Kamele?«

»Juwel, Rubin und Smaragd«, bestätigte Herr Omar mit einer anspruchslosen Verbeugung. »Es besteht die Absicht, an den Nachmittagen kleineren Kindern bis zu einer Anzahl von vieren auf einmal Gelegenheit zu geben, draußen auf dem Platz auf den Kamelen zu reiten. Außerdem habe ich mir für meinen Kamelassistenten freie Fahrt ausbedungen, da es mir kaum in meinem geringen Vermögen zu stehen schien, allein —«

»Der mit dem Bart? So hängt das also zusammen«, sagte Tiegelmann, und leerte eine Tasse.

»Ja«, bestätigte Herr Omar, die Tassen aufs neue füllend. »Ich hatte das Glück, für die Dauer der Tournee einen anerkannt geschickten und verläßlichen Gehilfen anstellen zu können. Er hat im Laufe der Jahre an einer großen Zahl von Karawanenzügen unter den schwersten Wüstenverhältnissen teilgenommen. Von Zeit zu Zeit nahm er einen wohlverdienten Erholungsaufenthalt in der Oase Kaf, wo ich für gewöhnlich meine Freizeit zubringe, so daß ich das Vergnügen hatte, dem alten Muhammed eine Tasse Kaffee oder einen Teller chepchouka vor meinem geringen Zelt anbieten zu dürfen.«

»Auf diese Weise also. Jetzt ist mir alles klar«, murmelte Tiegelmann.

»Die Reise«, setzte Herr Omar mit orientalischer Ruhe fort, »unternahmen wir auf dem Schiffswege.«

»Ach so, mit dem Schiff? Aber hören Sie, Herr Omar —«

»Mit einem außerordentlichen Seeschiff, in Lloyds höchste Klasse eingestuft, hatten wir das Vergnügen, ohne eigene Unkosten von Mokka direkt zu dem schönen, wohlgepflegten Freihafen von Stockholm gebracht zu werden.«

»Herzlich willkommen, Herr Omar!« rief Tiegelmann aus und erhob sich. Auch Herr Omar stand auf, und beide schüttelten einander noch einmal die Hand.

»Es paßt ganz ausgezeichnet, Herr Omar, ganz ausgezeichnet!« rief Tiegelmann aus, und nahm wieder auf seinem Stuhl Platz. Herr Omar setzte sich auf die Konservenkiste. »Ich brauche gerade einen verläßlichen Mithelfer. Hier im Zirkus hat sich eine traurige Sache ereignet.«

»Isabella«, sagte Herr Omar mit einer Verbeugung.

»Ja so, Sie haben davon gehört, Herr Omar?«

»Das ganze Zirkusunternehmen spricht von nichts anderem. Dagegen gelangte es nicht zu meiner geringen Kenntnis, daß Herr Tiegelmann die Güte hat, sich der Untersuchungsarbeit anzunehmen.«

»Ich benötige einen Gehilfen für die inneren Untersuchungsarbeiten hier im Zirkus«, fuhr Tiegelmann fort. »Es paßt ganz ausgezeichnet.«

Herr Omar seufzte unhörbar. Seine Augen waren dunkel und unergründlich.

»Es wird mir ein großes Vergnügen sein«, versicherte er mit einem vollkommen unhörbaren, morgenländischen Seufzer, »nach meinem geringen Vermögen Herrn Tiegelmann bei den inneren Nachforschungen behilflich zu sein.«

Herr Omar war nicht erstaunt. Jedesmal, wenn er seinen Freund Teffan Tiegelmann traf, wurde er in innere Nachforschungen gefährlichster Art hineingezogen.

»Wie steht es mit dem Kamelwärter? Ist er verläßlich?« fragte Tiegelmann.

»Dem alten Muhammed könnte man jedes Kamel anvertrauen.«

»Aber sonst? Ist er verläßlich als Mensch? Es kann sein, daß wir bei den inneren Nachforschungen hier Hilfe brauchen.«

»In bezug auf innere Nachforschungen dürfte es dem alten Muhammed in gewisser Hinsicht an Erfahrung fehlen, da er sich meines Wissens in seinem Heimatland niemals Nachforschungen gewidmet hat. Als Mensch dürfte der alte Muhammed hingegen in jeder Beziehung ein verläßlicher Kameltreiber sein.«

Tiegelmann erklärte mit gesenkter Stimme: »Es steht außer Zweifel, daß es hier im Rinaldo irgendeinen rücksichtslosen Verbrecher gibt.«

Herr Omar verbeugte sich schweigend.

»Lassen Sie niemand merken, daß wir einander kennen. Aber halten Sie die Augen offen!«

Herr Omar versprach, nach seinem geringen Vermögen die Augen offen zu halten.

»Ich möchte Sie nicht ohne Not in Unruhe versetzen, aber wir haben es mit sehr gefährlichen Widersachern zu tun.«

»Ich weiß. Ich hatte vorhin das Mißvergnügen, diese Mitteilung in meiner geringen Tasche zu finden«, sagte Herr Omar. Er zeigte ein Stück beschriebenes Papier. Tiegelmann las:

REISE HEIM IN DIE WÜSTE! FOLGE EINEM GUTEN RAT.
ES KANN DAS LEBEN GELTEN!

EIN AUFRICHTIGER FREUND.

»Aha!« machte Tiegelmann.

Der Fall Isabella schien sich noch schwerer lösen zu lassen, als er gedacht hatte.

Tiegelmann untersucht den Wagen des Kosaken 6

»Wir wollen uns zuerst den Wagen der russischen Reiter ein wenig näher ansehen«, schlug Tiegelmann vor. Er reichte Herrn Omar eine Reservepistole, die in seiner Aktentasche verwahrt gewesen war.

Der Kies knirschte. Das Unangenehme bei Kies ist, daß er immer knirscht, wie vorsichtig man auch gehen mag. Sie nahmen das erleuchtete Fenster des Reiterwagens aufs Korn und lenkten vorsichtig ihre Schritte dorthin. Beim Näherkommen bemerkten sie, daß das Fenster nur angelehnt war. Sie hörten gedämpfte Stimmen. Tiegelmann bedauerte, daß er sich nie einen doppelseitigen russischen Schallplatten-sprachkurs angeschafft hatte. Je näher sie kamen, desto ärger knirschte der Kies unter den Sohlen.

Daß man noch keinen geräuschlosen Kies erfunden hat, dachte Tiegelmann. Wo man doch sonst so vieles erfindet. Als eine Straßenbahn der Linie 3 mit genügendem Lärm draußen auf der Straße vorbeifuhr, nahmen sie die Gelegenheit wahr, um ein paar besonders lange Schritte zu machen. Sie standen nun unter einem Fenster auf der einen Längsseite des Wagens, nicht auf jener zur Straße hin, sondern auf der anderen, die ganz im Schatten lag und deshalb eine bessere Akustik besaß, weil sie vor dem Verkehrslärm ein wenig geschützt war.

Tiegelmann und Omar verstanden jedes Wort, obwohl die Unterhaltung im Wagen mit leisen Stimmen geführt wurde.

»Niemals! Das tue ich niemals!« sagte eine weibliche Stimme auf Schwedisch. Tiegelmann verstand jedes Wort.

»Ach so, du tust es nicht?« gab eine männliche Stimme auf Schwedisch zurück. Tiegelmann verstand alles.

»Es ist eine widerwärtige Sache. Dazu bekommst du mich niemals«, fuhr die weibliche Stimme, immer noch auf Schwedisch, fort, wenn es auch klang, als habe sie etwas Dickes im Hals.

Aha! dachte Tiegelmann und verdoppelte seine Aufmerksamkeit.

»Und wie war es beim letzten Mal? Da war es auch eine widerwärtige Sache. Und wer machte es? Was? Wer machte es? Was? Wer machte es?« ertönte die männliche Stimme.

Die weibliche Stimme bekam nun etwas noch Dickeres in den Hals und antwortete nur mit einem Schluchzen auf Schwedisch.

»Was?« fuhr der Mann fort, »aber bei der Geldverteilung willst du dabei sein, was? Da pflegst du nichts dagegen zu haben, was?«

Ich habe es ja gewußt, dachte Tiegelmann. Die Kosaken sind darin verwickelt. Aber wieso sprechen sie Schwedisch? Jedenfalls war er ihnen nun auf der Spur. Der Fall Isabella begann sich wieder ein wenig zu lichten. Die Lösung des Rätsels befand sich in diesem Wagen.

Er blickte auf das kleine Fenster. Es saß zu hoch, als daß man hätte in den Wagen hineinsehen können. Unter dem Fenster mußte sich indessen einer der Reiter gewaschen haben: das Waschgestell stand noch dort, ein dünnes Metallding auf drei Beinen mit einem ziemlich unbequemen Waschbecken darauf.

»Stellen Sie sich ein wenig abseits und halten Sie Ausschau, Herr Omar. Husten Sie, falls jemand kommt.«

Herr Omar stellte sich abseits und machte sich zum Husten bereit.

Tiegelmann ergriff eine vorspringende Leiste des Wagens und stellte vorsichtig den einen Fuß in das Waschbecken. Er zog sich langsam in die Höhe, bis er in den Wagen hineinsehen konnte. Die kleine gestreifte Gardine war nicht ganz vorgezogen.

»Jetzt ist gerade die richtige Zeit, um zurückzuschieben«, knurrte drinnen die männliche Stimme.

»Ich schiebe zurück, wann ich will«, trumpfte die weibliche Stimme auf.

Tiegelmann streckte den Kopf so weit gegen das Fenster vor, als er es wagen konnte. Er sah einen Tisch mit einer großen runden Pelzmütze und zwei leere

Bierflaschen darauf. Die Kosaken selbst erblickte er hingegen nicht. Sie mußten ganz unter dem Fenster sitzen, denn sie konnten unmöglich rücklings aus dem Wagen gegangen sein.

Er streckte den Kopf so weit hinein, daß ihn niemand sehen konnte. Dann wagte er es noch ein wenig weiter.

Mit einem ohrenbetäubenden Geklirre gab das Waschgestell nach, und Tiegelmann fiel zu Boden.

Der Fehler, den Waschgestelle im allgemeinen haben, ist der, daß sie nicht hinreichend standfest konstruiert sind. Die Schüssel taugt wohl dazu, sich darin zu waschen, sobald man aber versucht, hinaufzuklettern und sich hineinzustellen, merkt man die ganze Schwäche der Konstruktion. Ein anderer Mangel ist auch, daß sie nicht genügend leise sind. Sie machen viel zu viel Geräusch. Das Waschbecken vollführte einen Lärm, als es auf dem Boden umherkollerte, daß man meinen konnte, drei oder vier Waschbecken seien zu gleicher Zeit in Tätigkeit.

Herr Omar, die Reservepistole in Bereitschaft, hielt gespannt Ausschau. Jeden Augenblick erwartete er, ein paar fuchsteufelswilde Reiter aus dem Wagen herauspreschen zu sehen.

Er sah Herrn Tiegelmann sich erheben und versuchen, das Waschgestell, in das er sich verheddert hatte, von seinem Bein wegzuschleudern. Zu seiner Verwunderung unterhielten die Stimmen im Wagen sich so ungestört weiter, als sei das Waschgestell von der gediegensten und leisesten Konstruktion gewesen.

»Der Wagen ist leer!« rief Tiegelmann, ohne sich die Mühe zu nehmen, seine Stimme zu dämpfen.

»Es ist mir ein großes Vergnügen, dies zu hören«, beteuerte Omar und steckte die Reservepistole in die Tasche, ohne eine Miene zu verziehen.

»Das da drinnen«, erklärte Tiegelmann, »ist nur das Radio. Ein Hörspiel.«

»Mit einem meisterhaften Vortrag, meiner geringen Meinung nach«, versicherte Herr Omar, der im Schlagschatten stand.

»Herr Omar«, verkündete Tiegelmann und rieb sich das Bein, »ich gehe in den Wagen hinein. Halten Sie Ausschau. Pfeifen Sie, wenn jemand kommt. Sollte etwas geschehen, dann schicken Sie Leute hierher.«

Sodann stieg er die kleine Treppe hinan, und Herr Omar sah, wie er in dem verlassenen Reiterwagen verschwand, der die ganze Zeit für sich selbst redete.

Herr Omar war der Ansicht, daß sein eigener Wagen der beste Aussichtspunkt sei. Er begab sich dorthin, löschte das Licht, um selbst nicht gesehen zu werden, und stellte sich ans Fenster. Er konnte von hier aus den Reiterwagen gut überblicken.

»Möchte wissen«, murmelte er im Dunkeln vor sich hin, »warum Herr Tiegelmann ausgerechnet gegen jene Reiter ohne Gegenstück Argwohn hegt? Hier gibt es ja eine Vielfalt hervorragender Artisten, diese Clowns zum Beispiel. Aber sicher hat Herr Tiegelmann schon die Geschicklichkeit gehabt, ein Beweisstück zu finden, das —«

Nun öffnete sich die Tür, und der alte Muhammed, der die Kamele endlich abgeschirrt hatte, trat in den Wagen, um ein wenig guten, stärkenden Abendkaffee zu bekommen.

»Muhammed«, sprach Herr Omar ihn vom Fenster her mit leiser Stimme an, »es ist etwas geschehen. Wir müssen auf unserer Hut sein.«

Er deutete auf das erleuchtete Reiterfenster.

»Ich weiß«, brummte Muhammed und näherte seinen bärtigen Kopf dem Fenster. Er konnte im Reiterwagen einen Kopf ausnehmen, der sich rasch hin- und herbewegte. Er erkannte, daß es wahrhaftig der Bezirkslandvermesser vom Stall war.

»Wie soll dies hier enden, Herr Omar?« fragte er mit seiner rauhen Stimme. Dabei steckte er sich ein großes, außerordentlich saftiges Stück arabischen Kautabaks in den Mund. Er blickte auf den Landvermesserkopf und fuhr fort: »Ist es wirklich ganz und gar verloren? Es war doch so schön!«

»Ja«, antwortete Herr Omar, »ich habe kaum je etwas Schöneres gesehen. Gleichwohl muß man abwarten, Muhammed.«

»Und mit einer so guten Lage«, murmelte der alte Muhammed kauend.

Herr Omar betrachtete ihn forschend.

»Und so schattig!« fuhr Muhammed mit hellseherischem Blick fort.

Herr Omar betrachtete ihn noch forschender.

»Auch ich finde, daß die Reise hierher anstrengend war«, sagte er schließlich mit vollem arabischem Verständnis. »Auch in meinem geringen Kopf geht von den Wellen noch alles durcheinander.«

Muhammed wandte sich nun seinerseits Herrn Omar zu. Er kaute und schaute und kaute, äußerte aber nichts. Der alte Kameltreiber fühlte sich müde. Die Sterne leuchteten schon. Es war spät.

Teffan Tiegelmann zog die Tür hinter sich zu und blickte sich um. In dem Wagen befanden sich ein Tisch und ein paar Stühle. Auf dem Tisch lag die eine Kosakenmütze, aber die andere war nicht zu sehen. Ein blauer Rock lag hingeworfen auf einem schmalen Sofa, doch der zweite war nicht da. Ebenso nur ein Paar Stiefel, nicht aber zwei. Dagegen zwei Bierflaschen. Hinter einem geblümten Vorhang an der einen Wand befanden sich ein Anzug und ein Paar Schuhe.

Aha! dachte Tiegelmann. Seine große Erfahrung sagte ihm sofort, daß nur der eine der Kosaken, nämlich der männliche, in diesem Wagen hauste. Nicht der weibliche. Offenbar war die »Kosakenfamilie im Sattel« nur Bluff. Im Sattel, das mag ja sein, aber »Familie« war Bluff. Die Kinder waren Gustavssons eigene, und die beiden Erwachsenen waren auch keine Familie. Zusammengestoppelte Leute. Vermutlich waren sie nicht einmal verwandt.

Dagegen teilte der männliche Kosak den Wagen mit einer anderen Person, der die Schuhe und der Anzug gehörten. Und diese Person machte noch im Zelt Dienst, sonst hätte sie schon die Kleider gewechselt.

Tiegelmann besah sich den Anzug genauer. Es war ein kleiner, dunkelblauer Cheviotanzug mit einer heimtückischen, wohlgebügelten Hose. Die Schuhe waren sehr ordentlich und blank geputzt. Und vorne spitz. Kaum hatte Tiegelmann das bemerkt, als er mit der Hand in die Tasche fuhr und nachfühlte, ob seine Dienstpistole auch da sei.

Es gab keinen Zweifel: In diesem Wagen wohnte Willi Wiesel.

Aus gewissen Gründen hatte er schon geargwöhnt, daß Willi Wiesel in die Affäre Isabella verwickelt sein müsse. Nun war jeder Zweifel ausgeschlossen!

Immer wieder dieser Wiesel!

Plötzlich hörte er Herrn Omar pfeifen! Er pfiff ein arabisches Volkslied (Wenn ich durch die Wüste wandre), und Tiegelmann fand gerade noch Zeit, hinter den Vorhang zu schlüpfen und sich hinter Wilhelm Wiesels Kleidern zu verbergen, als auch schon die Tür aufgerissen wurde und zwei Männer hereinkamen.

Durch ein unbedeutendes Mottenloch genau in der richtigen Höhe gewann Tiegelmann einen guten Ausblick auf die beiden Männer. Der eine war der russische Kosak, obwohl er jetzt einen karierten Rock und eine Hose in einer unangenehmen braunen Schattierung trug. Der andere Mann war ein Mann mit groben, aber völlig unbeweglichen Gesichtszügen und dunklem, ungemein wohlgepflegtem, öligem Haar. Er war in einen außergewöhnlich gutgeschnittenen schlachtschiffgrauen Herbstanzug Marke »Löwe« gekleidet (»Wählen Sie Löwe! In einem Löwenanzug sehen Sie jeden Tag wie ein Salonlöwe aus, aber zu einem erschwinglichen Preis«).

»Hör einmal, Kosak, wo hast du denn das Pferdevieh? Ich habe den Karren oben in einer Seitengasse geparkt.«

»Da draus kann nichts werden, kapierst du, Direktor? Heute abend nicht.«

»Ah! Du fährst also heim nach Tranas, Kosak, was? Und warum wird nichts daraus?«

»Nur immer mit der Ruhe«, antwortete der Kosak. »Willi will nicht. Nicht gerade jetzt.«

»Dreh das Radio dort ab! Will nicht? Was meinst du damit! Ich hab' doch den Karren klar!«

»Das ist fein, Direktor, wirklich fein, daß du den Karren klar hast, aber heute abend geben wir Ruhe«, redete der Kosak drauflos. Er stellte das Radio ab.

»Ruhe geben? Warum denn das, wo ich den Karren bereit habe?« fragte der Direktor. Sein großes, unbewegliches und flaches Gesicht glich einer kleinen Wand mit der Zeichnung eines Gesichtes darauf.

»Willi will nicht. Es ist etwas schief gegangen. Wir müssen warten, bis es wieder in Ordnung ist.«

»Bis was in Ordnung ist? Was meinst du damit, Kosak? Ich habe doch den Karren klar!«

»Das höre ich ja, Direktor, das höre ich«, beschwichtigte der Kosak. Dann neigte er sich zu dem Direktor hin und fügte mit leiserer Stimme hinzu: »Wir werden beobachtet, weißt du.«

»Was? Von wem denn?«

»Rinaldo hat sich einen Detektiv genommen, weißt du. Teffan Tiegelmann«, erklärte der Kosak.

»Tiegelmann von der Drottningstraße?« Der Direktor drehte das Wandgesicht dem Kosaken zu. Nicht durch das beste Mottenloch der Welt hätte man bemerken können, ob er erstaunt war oder nicht.

»Eben der. Zwar unsereiner ist ja sofort daraufgekommen und hat Wiesel beizeiten warnen können.«

»Owehowehoweh!« machte der Direktor.

»Das bringt unser Wiesel bald wieder ins Lot. Tiegelmann war heute abend hier, verkleidet, weißt du, und hat sich an der Kasse eine Eintrittskarte für Landvermesser Lundin abgeholt. Was? Das ist doch nicht recht gescheit, was?« erzählte der Kosak von Tranas mit einem lauten Gelächter ohne Gegenstück. Der Direktor starrte ihn an, und als er merkte, daß er lachte, brach er selbst in ein kürzeres, eintöniges Lachen aus.

»Zwar, ich begreife nicht, wohin er seither gekommen ist«, fuhr der Kosak fort. »Wir behielten ihn die ganze Zeit im Auge, und sahen ihn noch dortstehen und irgendeinen Quatsch mit einem Kamelkerl reden. Er wollte natürlich so tun, als sähe er sich während der Pause das Viehzeug an, damit es nur ja recht natürlich wirkt. Was?!« Der Kosak schlug wieder ein Reitergelächter ohne Gegenstück an. Nachdem der Kosak mit seinem Lachen so ziemlich in Fahrt gekommen war, stimmte auch der Direktor ein und hörte fast gleichzeitig mit ihm auf.

»Jaha. Und wo ist er dann hingekommen?«

»Zuletzt haben wir ihn bei den Kamelen gesehen, dann war er weg. Genau. Wie vom Erdboden verschluckt. Was?«

»O weh, du! Ja, wenn der hier herumschnüffelt, können wir uns auf ein bißchen was gefaßt machen. Dann ist das Risiko jetzt zu groß.«

»Verbindlichen Dank für den guten Rat«, spottete der Kosak.

»Erst mit ihm fertig werden«, fuhr der Ratgeber fort, »dann können wir ein bißchen Tempo in die Geschichte bringen und ein paar ordentliche Fischzüge tun, damit was herausschaut.«

»Verbindlichen Dank für den guten Rat«, wiederholte der Kosak. (Der will was reden, wo er doch nicht einmal reiten kann, dachte er verächtlich.)

Der Direktor blickte auf seine Uhr.

»Wo ist Willi?« fragte er.

»Willi? Der plagt sich und harkt die Manege. Was hast denn du gedacht?«

»Ja so — aha. Unsereiner wartet natürlich mit dem Wagen«, sagte der Direktor aus alter Gewohnheit. Er sah sich um. »Am besten, ich lasse meine Telephonnummer da, denn ich werde jetzt eine Zeitlang nicht auf dem Holzplatz sein, bis die Luft wieder rein ist. Ich lasse meine Nummer hier, dann könnt ihr mich erreichen, wenn der Karren gebraucht wird. Ich werde sie aufschreiben, denn du könntest sie vergessen.« Er kramte ein Stück Papier und einen Bleistiftstumpf hervor. Er benetzte den Bleistift mit der Zunge und begann, eine Telefonnummer aufzuschreiben. Dabei erweckte er den Eindruck, als sei er mit einer schwierigen Gedankenarbeit beschäftigt.

Endlich hatte er die Ziffern der ganzen Nummer hingemalt. Er hielt den Zettel vor sich hin und las die Nummer noch einmal durch. Zum Schluß erklärte er:

»Hier habe ich die Telefonnummer aufgeschrieben. Damit ich erfahren kann, wann ich den Karren das nächste Mal bereithalten soll.«

Der Kosak wollte nach dem Zettel greifen, aber der Direktor riß ihn weg.

»Warte mal«, meinte er, »ich stecke diesen Zettel lieber in Willis Tasche, dann bin ich sicher, daß er ihn bekommt.«

»Mach keine Umstände! Her mit dem Wisch!« rief der Kosak. Er richtete sich halb in dem Stuhl auf.

»Du kannst es vergessen, siehst du. Es ist am besten, Willi bekommt die Nummer direkt. Sag ihm, daß ich diesen Zettel in seine Anzugtasche gesteckt habe, dann weiß er schon. Er hat wohl seine Klamotten da hinter dem Vorhang, nicht?«

»Mach keine Umstände, ja!« schrie der Kosak von Tranas, der oft meinte, es würden zuviel Geschichten mit diesem Willi gemacht, der nicht einmal reiten konnte. »Her mit dem Wisch!«

»Du könntest ihn aber verlieren, und dann erfahre ich nicht, wann das Auto klar sein soll«, entgegnete der Direktor und ging auf den Vorhang zu. »Hat er seine Kleider dort?«

Der Kosak verstellte ihm den Weg.

»Mach keine Geschichten, sage ich! Bildest du dir vielleicht ein, unsereiner kann nicht einmal auf eine einfache Telefonnummer achtgeben?«

»Sie ist aber gar nicht so einfach, siehst du. Es ist eine ziemlich schwere Nummer. Manche Nummern sind leicht zu merken und andere schwer, da kannst du fragen, wen du willst. Mach Platz, Kosak, damit ich herankomme.«

»Du gehst nicht dorthin, sage ich! Du hast in diesem Wagen nichts zu bestimmen. Her mit dem Wisch! Ich hebe ihn selbst auf!« knurrte der Kosak und packte den Direktor an seinem schlachtschiffgrauen Löwenärmel.

»Weg mit dir!« schrie nun der Direktor und versuchte ihn abzuschütteln. Der Kosak war jedoch ein geschickter Reiter, gewohnt, nicht lockerzulassen, und hing fest an dem Ärmel.

Der Mann im Löwen-Anzug, der über beachtliche Körperkräfte verfügte, packte den Kosaken mit beiden Händen um den Leib, hob ihn auf und pflanzte ihn auf das Sofa, daß es nur so krachte (sei es nun das Sofa oder der Kosak gewesen). Mit zwei langen Schritten hatte er den Kleidervorhang erreicht. Er drehte sich um und blickte auf den Kosaken, während er die Hand hinter den Vorhang steckte und nach einer Wiesel-Tasche tastete. Als er eine Tasche spürte, steckte er den Zettel mit der Telefonnummer hinein, ohne den Blick von dem Kosaken aus Tranas abzuwenden, der auf dem Sofa saß und verächtlich vor sich hinschnaubte.

Der Mann im Löwen-Anzug entfernte sich ohne Lebewohl und verschwand im Dunkel des Rinaldoschen Zirkusplatzes. Der Kosak blickte ihm durch die Tür verächtlich schnaubend nach.

Als der Direktor mit den Körperkräften sich in sicherer Entfernung befand, trat er sofort zu dem Vorhang und zog ihn beiseite.

Da hing Willi Wiesels kleiner Dunkelblauer. Der Kosak suchte in all den kleinen, gutgebügelten Cheviottaschen, bis er den Zettel mit der Telefonnummer fand. Er steckte ihn in seine eigene Tasche und rief mit lauter Stimme in den Herbstabend hinaus:

»Du bist mir der Rechte! Du kannst ja nicht einmal reiten!«

7 Es wird ernst

»Herzlichen Dank, Herr Omar!« sagte Tiegelmann drinnen in dem arabischen Wagen. »Das ging beinahe ins Auge. Ich wäre nicht gern dort in dem Wagen gesehen worden. Wenn die wüßten, daß ich ihnen zugehört und was ich alles gehört habe, dann würde die ganze Zirkusliga schon heute abend verduften.«

»Abgesehen davon, daß eine Entdeckung in einem Reiterwagen nicht besonders angenehm sein dürfte«, gab Herr Omar zu bedenken.

»Tja«, stimmte Tiegelmann mit einem Achselzucken bei. »Also nochmals herzlichen Dank, Herr Omar!«

»Keine Ursache, Herr Tiegelmann, keine Ursache«, versicherte Herr Omar mit einer Verbeugung. »Ich genoß zum Glück durch das Fenster einen ziemlich guten Überblick über den Reiterwagen. Ein Kleidervorhang dürfte ein unzureichender Schutz sein. Meiner geringen Erfahrung nach machen sich die Leute immer früher oder später an einem Kleidervorhang zu schaffen. Ich erinnerte mich, daß der russische Reiterwagen mit zwei Türöffnungen versehen war und hatte die Freude zu entdecken, daß die Tür hinter dem Vorhang sich mit diesem unbedeutenden Schlüssel öffnen ließ.« Herr Omar zeigte auf den Schlüssel, der in seinem eigenen Türschloß steckte.

»Ausgezeichnet, Herr Omar. Herzlichen Dank. Nun müssen wir fort! Aber zuerst gehen wir hinüber zu Rinaldos Wagen. Wir müssen uns noch ein wenig über Verschiedenes unterhalten, ehe wir verschwinden.«

Im Direktionswagen war die ganze Familie Rinaldo versammelt, sogar die Direktorskinder, die beiden kleinen Reiter ohne Gegenstück. Der Direktor, immer noch in seinem stattlichen Galafrack, mußte gleich wieder zum Zelt zurück. Teils, um auf das Ganze ein Auge zu haben, teils, weil er noch eine große Freiheitsdressur vorführen mußte.

Miß Rita hingegen mußte nicht zurück. Sie hatte ihren blauen Morgenrock angezogen. Ein solcher Morgenrock mag zwar kleidsam sein, aber wenn man ihn mit einem feuerroten Kleid für die Hohe Schule vergleicht, ist er die reinste Katastrophe. Miß Rita war für heute abend fertig, da Isabella leider nicht anwesend war. Sonst wäre ihr Schulritt, die Phantasie-Gavotte, die vorletzte Nummer gewesen. Doch ein anderes Pferd wollte sie nicht reiten, wie zum Beispiel den Schimmel Nadir, mit dem sie mehrere Jahre hindurch die Hohe Schule vorgeführt hatte. Wenn Frau Gustavsson nicht wollte, dann wollte sie eben nicht. Das kam von ihrem Artistentemperament.

Die alte Frau Gustavsson saß nur da und wiegte mit schicksalsschwerem Gesichtsausdruck den Kopf hin und her.

An Stelle von Isabella mußte man nun eine Seiltänzernummer einlegen. Es war ohne Zweifel ein geschickter und strebsamer Seiltänzer, aber ein Pferd war er eben doch nicht. Frau Gustavsson hielt dies für den größten Fehler, mit dem ein Seiltänzer behaftet sein konnte. Sie fühlte sich seit Isabellas Verschwinden ein wenig in den Hintergrund gedrängt.

»Das sind Divalaunen, und das paßt uns nicht. Du könntest Nadir reiten«, hielt Herr Gustavsson ihr eben vor, als es an die Tür klopfte und Bezirkslandvermesser T. Tiegelmann-Lundin und Herr Omar von der arabischen Wüste den Gustavssonschen Wagen betraten.

»Guten Abend, meine Freunde, guten Abend!« rief Tiegelmann. »Ich habe ein paar Worte mit Ihnen zu sprechen. Der Fall ist ernster, als ich glaubte. Sagen Sie mir, wer wohnt im Wagen nebenan?« erkundigte sich Tiegelmann und zeigte durchs Fenster.

»Der wirkt bei der ersten Nummer mit, der Kosakenreiter. Gustavsson heißt er übrigens«, antwortete der Direktor mit einem matten Lächeln.

»Es wohnt noch einer dort. Wer ist das?« kam es mit scharfer Stimme von Tiegelmann.

»Das ist ein Tierwärter. Er hilft auch in der Manege ein wenig. Ein kleiner Italiener. Adolfi heißt er.« Der Direktor warf einen Blick auf die Uhr.

»Ach so, Adolfi heißt er?« lächelte Tiegelmann. (Na ja, dachte er, seine Auswahl an Namen kann kaum mehr groß sein!)

In diesem Augenblick hörte man eilige Schritte und ein Pochen an der Tür. Es war der Schimpansendresseur Müller. Er war ganz atemlos.

»Einer von meinen Schimpansen ist fort! Wo ist er?« schrie der Dresseur, der über ein ausgeprägtes Artistentemperament verfügte.

Direktor Gustavsson war nahe daran, von seinem eigenen Artistentemperament erstickt zu werden. Er sank auf einen Stuhl und trocknete sich mit einem Taschentuch die Stirn.

»Wo ist er?« schrie der Schimpansendresseur.

»Es ist noch nicht an der Zeit, sich über diese Sache zu äußern«, antwortete Tiegelmanns scharfe Stimme. »Wie viele Schimpansen haben Sie noch?«

»Wie viele ich noch habe? Vier«, schrie der Schimpansenmann und starrte den Landvermesser an.

»Das reicht aus! Mit vier Schimpansen kann man schon auskommen. Es gibt Leute, die sich ohne einen einzigen behelfen. Guten Abend!« erklärte Tiegelmann und schloß hinter dem verdutzten Dresseur die Tür.

»Hier wird noch mehr verschwinden. Größere Dinge als Schimpansen«, verkündete Tiegelmann.

»Erik!« wandte sich die alte Frau Gustavsson plötzlich an ihren Sohn. »Warum können wir nicht Tag und Nacht rund um den Zirkus Wachen aufstellen, die jeden Schimpansen kontrollieren, der hinausgeführt wird. Alles, meine ich.«

»Tut das nur!« erboste sich Tiegelmann. »Stellt Wachen auf! Aber dann riskiert ihr, daß überhaupt nichts mehr verschwindet. Ich hatte einmal mit einem ähnlichen Fall zu tun — es handelte sich auch um einen Zirkus. Man stellte Wachen auf, und es verschwand kein einziges Tier mehr!«

»Dann meine ich, wir sollten es tun«, beharrte die alte Frau Gustavsson mit gekränkter Miene. Sie besaß einen gesunden Menschenverstand, und im übrigen hatte alles seine Grenzen.

»Wenn nichts verschwindet, haben wir sehr wenig Aussichten, das wiederzufinden, was bereits verschwunden ist. Es handelt sich aber darum, die ganze Liga einzukreisen und dann zuzuschlagen, wenn sie im besten Zuge ist. — Für den Anfang stellen wir Herrn Omars Nummer bis auf weiteres ein.«

»Einstellen?« fuhr Herr Gustavsson auf, der eine größere Partie Datteln (500 kg erster Sorte) gekauft hatte.

»Ja«, bekräftigte Tiegelmann. »Bis auf weiteres wird Herr Omar sich hier nicht zeigen. Und ich auch nicht. Ich kann mich dieses Falles nicht annehmen, wenn die Zirkusliga nicht in Frieden arbeitet. Eine Liga braucht Ruhe zur Arbeit. Die brauchen wir alle. Der alte Muhammed soll indessen die Datteln austeilen.«

Direktor Gustavsson erwiderte nichts, obwohl er Direktor war. Er versuchte sich den alten bärtigen Beduinen vorzustellen, wie er Reklamedatteln austeilte. Bei einer Galavorstellung. Im Rinaldo. Auch Frau Gustavsson versuchte sich das vorzustellen. Ebenso bemühte sich die alte Frau Gustavsson, sich in die Sache hineinzudenken. Sie seufzte. Sie konnte sich des allgemeinen Eindrucks nicht erwehren, daß das ganze Unternehmen zurückging.

»Herr Omar wird an anderer Stelle benötigt. Er wird bis auf weiteres hier keine Datteln austeilen«, betonte Tiegelmann noch einmal, um jedem Mißverständnis vorzubeugen.

Herr Omar nahm die Nachricht über seine veränderte Tätigkeit mit orientalischer Ruhe auf. Er verbeugte sich achtungsvoll, ohne ein Wort zu äußern oder eine Miene zu verziehen. Frau Gustavsson blickte mit einem gewissen erstaunten Interesse auf Tiegelmann.

»Und wann bekommen wir Isabella zurück?« fragte sie langsam.

»Es ist noch zu früh, um sich über diese Sache zu äußern, Frau Gustavsson. Hören Sie zu! Ich werde mich hier nicht mehr zeigen, bis wir die Liga gesprengt haben. Auch Herr Omar nicht. Aber wir werden miteinander in Verbindung bleiben. Sie haben ja hier im Wagen ein Telephon. Rufen Sie meine Sekretärin, Fräulein Hanselmeier an, sobald etwas los ist. Es ist Tag und Nacht jemand am Apparat.«

Direktor Gustavsson versprach widerwillig, sich mit Fräulein Hanselmeier in Verbindung zu setzen, sobald etwas los sei.

»Und ihr, meine jungen Freunde«, setzte Tiegelmann fort, »haltet euch bereit! Ich habe bald einen wichtigen Auftrag für euch.«

Erik und Vanja blickten einander an. Die jungen Freunde waren die einzigen in der Familie, die den Eindruck erweckten, fröhlich und zu jedem x-beliebigen Auftrag bereit zu sein.

»Meine Nachforschungen im Zirkus Rinaldo sind beendet. Nun wird es Ernst«, erklärte Tiegelmann. Er stand auf. »Ich werde die Arbeit an einem ganz anderen Ort fortsetzen.«

»Wo?« wollte die alte Frau Gustavsson, die viel praktische Veranlagung besaß, wissen.

»Dort, wo Isabella sich befindet. Guten Abend, meine Herrschaften! Kommen Sie, Herr Omar!«

204

Teffan Tiegelmann öffnete die Tür, die in das herbstliche Dunkel führte. Trompetenstöße von Rinaldos Blauen drangen in den Wagen. Die beiden Freunde verschwanden in dem geheimnisvollen Dunkel des Zirkusgeländes.

Ein kühner Plan 8

Am Eingang zu einem gutgeführten Zirkus steht immer und in allen Ländern eine Anzahl jüngerer Elemente auf Posten (auch wenn die alte Frau Gustavsson schon lange aufgehört hat, Eintrittskarten zu verkaufen). Ihre Aufgabe besteht im Anhören der herausdringenden Musik und darin, daß sie einfach hier herumlungern.

Nachdem Tiegelmann und Omar die diensthabenden Elemente am Eingang zum Zirkus Rinaldo passiert hatten, setzten sie ihren Weg in die Stadt weiter fort.

»Wollen mal sehen, ob man uns beschattet«, sagte Tiegelmann leise.

Sie wanderten mit nicht allzu raschen, aber auch nicht mit allzu langsamen Schritten die Nordzollstraße hinauf. Tiegelmann bemühte sich, genau das Tempo einzuhalten, das für eine beschattende Person am bequemsten ist.

»Wir biegen jetzt in diese Gasse ein«, flüsterte er, und sie bogen in die stille Sauerbrunngasse ein.

Die Sauerbrunngasse, eine typische Wohngasse, war nie wegen eines besonders lebhaften Abendverkehrs bekannt gewesen, und da die Bewohner dieser Gasse außerdem die Gewohnheit haben, ziemlich früh schlafen zu gehen, sieht man nach Einbruch der Dunkelheit auch nicht viele Fußgänger. Die Sauerbrunngasse genießt darum unter Leuten, die unterwegs sind, um andere zu beschatten, keinen besonders guten Ruf. Sie ist eine anerkannt schwierige Gasse in bezug auf Beschattung.

Tiegelmann und Omar blieben bei einem Zigarettenautomaten stehen und begannen in ihren Taschen zu wühlen. Aus den Augenwinkeln beobachteten sie, wie ein Radfahrer von der Nordzollstraße einbog. Sie hörten ihn hinter sich vorbeifahren, während sie so taten, als mühten sie sich mit dem Automaten ab. Der Radfahrer schwenkte in die nächste Seitengasse ein und war verschwunden. Im selben Augenblick kam noch ein Radfahrer aus der Nordzollstraße. Er hielt hinter einem Lastauto an, das zum Glück an einer passenden Stelle parkte.

»Ha!« machte Tiegelmann.

Sie steckten die Päckchen ein, die sie endlich aus dem Automaten gezogen hatten, und jeder zündete sich eine Abendzigarre an, damit der Radfahrer sich sicher fühlen möge.

Sie kehrten zur Nordzollstraße zurück, schritten diese ein Stück hinauf und bogen schließlich in die Observatoriumstraße ein. Diese ist eine ziemlich kurze, aber sehr beliebte und behagliche Villenstraße mit ruhiger und vergleichsweise zentraler Lage.

In einem der Häuser dieser Straße wohnte Herrn Omars Vetter, der Teppichhändler Omar gleichen Namens, bei welchem Herr Omar seinerseits während seines Stockholmer Aufenthaltes zu Gast war.

Herr Omar öffnete die Haustür, und sie nahmen den Lift hinauf zur Wohnung des Teppichhändlers Omar.

Man betrat zuerst ein ungewöhnlich orientalisches Vorzimmer. Den Boden bedeckten lautlose Teppiche, in einer Ecke stand ein Diwan, und die drei Türen waren mit dicken, arabischen Draperien verhängt.

»Dieser Raum liegt wohl auf der Straßenseite?« fragte Tiegelmann, und öffnete eine Tür. »Kein Licht machen. Kommen Sie!«

Beide schritten zum Fenster und lugten vorsichtig hinaus. Auf der anderen Straßenseite stand ein Radfahrer, der sich über sein Rad beugte und an der Laterne zu schaffen machte. Dann und wann warf er einen Blick zum Haus hinauf. Irgendwelche andere diensthabende Radfahrer waren im Augenblick vom Fenster des Teppichhändlers aus nicht zu sehen.

»Ja, das wissen wir also«, sagte Tiegelmann und drehte das Licht an, so daß er selbst und Herr Omar nun im Fenster vollkommen sichtbar wurden. Er ließ die Gardine herunter und wandte sich um. Der ganze Raum erstrahlte in orientalischer Teppichpracht. Teppiche lagen haufenweise auf dem Boden, andere, die dort keinen Platz gefunden hatten, standen zusammengerollt in den Ecken. Sogar an den Wänden hingen Teppiche in wunderbaren Qualitätsmustern. In der ganzen Observatoriumstraße gab es sicher kein zweites Zimmer mit so vielen Teppichen darin.

»Mein Vetter, der Teppichhändler, hat sowohl das Verkaufslokal wie das Lager hier in seiner Wohnung«, erklärte Herr Omar. »Mit Rücksicht auf die allgemeine Mietenlage hält er dies für vorteilhaft für den an Teppichen interessierten Kundenkreis, der kaum in dieser ganzen Straße ein besseres Lager finden dürfte. Leider ist er selbst ausgegangen, aber es wäre mir ein großes Vergnügen, zu einer Tasse Kaffee einzuladen, insofern Herr Tiegelmann nicht meinen, daß wir dadurch unsere radfahrenden Freunde allzu lange aufhalten.«

»Herzlichen Dank, Herr Omar!«

Sie betraten ein anderes Zimmer, wo es zwar auch Teppiche gab, aber diese waren private (leicht durch Meerwasser beschädigte) Wohnungsteppiche, die, einer neben dem anderen, auf dem Boden lagen. Auch hier gab es einen orientalischen Diwan und schwere Draperien vor den Türen. Da und dort glänzten Messinggegenstände geheimnisvoll. Und draußen auf der Straße hielten die Radfahrer Wache.

Tiegelmann setzte sich, um über den Fall Isabella nachzudenken.

Die Schwierigkeit dieser Nachforschungsarbeit lag darin, daß eine viel zu große Volksmenge schon wußte, daß er, Tiegelmann, sich mit dem Fall beschäftigte. Er machte einen Überschlag und kam zu dem Ergebnis, daß bereits nicht weniger als acht Personen davon wußten: Direktor Gustavsson, Frau Gustavsson, die beiden Kinder Gustavsson, Wiesel-Adolfi, der Kosak von Tranas, der Direktor und Herr Omar. Dabei hatte er noch die alte Frau Gustavsson vergessen. Neun Personen, die davon wußten, daß Teffan Tiegelmann an dem Fall arbeitete. Zehn mit ihm selbst. Außerdem eine unbestimmte Anzahl von Radfahrern und anderen Helfershelfern.

Tiegelmann versank in tiefe Gedanken. Ganz so viele Leute pflegte er sonst nicht in die Untersuchungsarbeit einzuweihen. Es galt nun einen Plan auszudenken, der sich trotz dieser ganzen unnötigen Menschenmenge als unfehlbar erweisen mußte.

Es war still im Zimmer. Das Lampenlicht spiegelte sich in dem arabischen Messing. Die Draperien und unmerklich durch Meerwasser beschädigten Teppiche verliehen dem ganzen Raum ein lautloses und geheimnisvolles Gepräge.

Als Herr Omar hereinkam, auf einem Tablett mit eingelegtem Perlmutter (einem Erbstück aus Teppichhändler Omars Elternhaus in Mekka) zwei kleine Tassen und eine arabische Kanne tragend — als also Herr Omar hereinkam, hatte Teffan Tiegelmann seinen unfehlbaren Plan fertig.

Während die beiden Freunde eine kleine Tasse schwarzen, arabischen Kaffees nach der anderen leerten, setzte Tiegelmann dem arabischen Freund seinen Plan, den kühnsten, den er je ersonnen hatte, in seinen Einzelheiten auseinander.

Herr Omar lauschte stumm. Nur dann und wann zeigte er durch eine gedämpfte, morgenländische Verbeugung an, daß er mit gespannter Aufmerksamkeit folge.

»Wir beginnen also«, schloß Tiegelmann und erhob sich. »Ich rechne damit, daß Isabella spätestens morgen vormittag zurück sein wird. Wir setzen die ganze Sache per Telefon in Gang. Wo ist hier das Telefon, Herr Omar?«

»Mein Vetter«, antwortete Herr Omar, »besitzt teils einen Geschäftsapparat draußen im Lagerraum, und teils einen Wohnungsapparat für private Gespräche in diesem Zimmer. Welchen der beiden wünschen Sie zu benützen?«

»Den nächsten.«

»Der Wohnungsapparat befindet sich hier«, sagte Herr Omar und öffnete die Tür eines kleinen geschnitzten Schrankes mit schönen, arabischen Einlegearbeiten, der an der Wand dicht neben Tiegelmanns Kopf hing. In diesem kleinen, orientalischen Wandschrank befand sich das Privattelefon des Teppichhändlers.

Teffan Tiegelmann rief zunächst Fräulein Hanselmeier an. Wenn der Privatdetektiv mit einer wirklich ernsten Nachforschungsarbeit betraut war, pflegte sie zuweilen im Büro auf einem Sofa zu schlafen, um Tag und Nacht auf das Telefon achten zu können. Es gab im Büro auch eine wohleingerichtete Kochnische. Oft kam ihre Schwester von Kungsholmen und leistete ihr bei solchen Gelegenheiten Gesellschaft. Sowohl Fräulein Hanselmeier als auch ihre Schwester fanden diese Abende im Büro richtig gemütlich. Da strickten sie an ihren Topflappen, aßen belegte Brote und gönnten sich ein angenehmes Plauderstündchen.

»Guten Abend, Fräulein Hanselmeier!« telefonierte Tiegelmann. »Ich rufe nur an, um Ihnen meine jetzige Telefonnummer mitzuteilen. Ich befinde mich bei einem Teppichhändler Omar in der Observatoriumstraße. Telefonieren Sie sofort hierher, falls etwas los sein sollte. Ich habe es im Gefühl, daß sich allerlei ereignen wird. Guten Abend!«

Dann zog Tiegelmann aus seiner Tasche einen Zettel mit einer langen, umständlichen Nummer darauf.

»Hallo? Ist dort der Direktor? Ich bin es, der Kosak. Jetzt mußt du den Karren bereithalten! Transport! — Ein Pferd. Du startest sofort, was? — Das ist fein, Direktor. Wo parkst du? — Gut. Die zwei Kinder von meinem Bruder werden das Pferdevieh hinbringen, auf die Art geht es ruhiger, da brauchen wir uns nicht soviel zu zeigen. Die Rangen sind ja an Pferde gewöhnt. Nimm du nur das Pferd entgegen, das weitere werde ich dir dann erklären. — Gut, Direktor, machen wir es so. Aber sei vorsichtig. — Tschüß bis dahin.«

»Das hätten wir«, atmete Tiegelmann auf, als er den Hörer zurücklegte. »Jetzt haben wir ein Auto. Nun muß ich nur noch um ein Pferd für das Auto telefonieren, dann macht sich das übrige von selbst.«

Er rief den Gustavssonschen Direktionswagen an. Zum Glück antwortete ihm der Direktor selbst.

»Ist dort der Direktor Gustavsson? Privatdetektiv Tiegelmann hier. Ich habe ein Transportauto bereit. Es wartet unten im Park vor dem Zirkus. Nehmen Sie sofort ein Pferd und führen Sie es dorthin.«

Es wurde still im Telefon. Eine vorbereitende Stille. Dann hörte man den Direktor:

»Ein Transportauto?«

»Draußen im Park. Nehmen Sie jetzt sogleich ein Pferd und führen Sie es hin!«

»Ein Pferd?«

»Lassen Sie es vom Fahrer übernehmen und fortbringen. Den Rest mache ich.«

»Es fortbringen?«

»Nehmen Sie ein hübsches Vollblut. Das erste beste. Aber rasch!«

»Vollblut?«

»Dann nehmen Sie eben eine alte, wertlose Schindmähre. Irgendwas. Aber machen Sie schnell!«

»Wertlos?« wiederholte der Direktor. »Schindmähre?«

Es wurde noch einmal still in der Leitung. Beinahe stiller als vorher. Und mitten in dieser vollkommenen Stille glaubte man zu hören, wie eine unendliche Schar Rinaldoscher Vollblüter herangetänzelt kam, Kopf an Kopf, mit schönen, wehmütigen Augen, in einer Wolke von altem, vornehmem Zirkusstaub.

»Tja — wertlos. Relativ. Sie besitzen doch wohl ein Pferd zu etwas niedrigerem Schätzwert?« Tiegelmann stampfte ungeduldig mit dem Fuß auf die lautlosen, leicht von Meerwasser beschädigten Privatteppiche.

Da sagte der Direktor plötzlich mit lauter, klarer Direktionsstimme:

»Nein! Das wird niemals geschehen!«

Alle Menschen haben ihre Eigenheiten, und Direktor Gustavsson ging es aus irgendeinem Grunde gegen den Strich, eines seiner Pferde zu Transportautos zu bringen, die im Herbstdunkel des Parkes warteten.

Ein Privatdetektiv ist daran gewöhnt, blitzschnelle Entschlüsse zu fassen.

»Könnte ich mit Frau Gustavsson sprechen? Ist sie hier?« fragten er mit einem Blick auf die Uhr. Nun war das Auto schon unterwegs.

»Hallo!« meldete sich Frau Gustavsson, die sich immer noch in den Hintergrund gedrängt fühlte und deren Stimme vollkommen gleichgültig klang. (Just im Augenblick trat der Seiltänzer auf. Nicht Isabella! Der Seiltänzer.)

»Hier spricht Privatdetektiv Tiegelmann. Führen Sie ein Pferd hinaus. Irgendeines, aber rasch!« Und Tiegelmann erklärte das Nähere.

»Ein Pferd?« fragte Frau Gustavsson-Rinaldo. »Na ja«, machte sie. Tiegelmann glaubte zu hören, wie sie die Achseln zuckte.

Er erklärte genau, wo das Auto, ein Transportwagen für Pferde, wartete.

»Jasoo — damit die Pferde auch einmal hinauskommen und ein bißchen fahren können«, meinte Frau Gustavsson, und Tiegelmann glaubte zu spüren, wie sie kühl ihren Mann anblickte, der für alles verantwortlich war. »Das werden wir schon machen«, hörte man sie weiterreden. »Ich werde es gleich anordnen.«

»Lassen Sie es von Larsson aus dem Zelt holen und schicken Sie den Kosaken mit irgendeinem Auftrag weg, damit er nichts merkt. Dann lassen Sie das Pferd von den Kindern hinführen. So wird es niemand auffallen.«

»Die Kinder?« fragte Frau Gustavsson.

»Die Kinder«, bestätigte Tiegelmann. »Wir haben es mit sehr gefährlichen Gegnern zu tun, und das Wichtigste von allem ist, daß sie keinen Verdacht schöpfen.«

»Gefährlich?« wiederholte Frau Gustavsson. »Gegner?!«

»Es besteht keine Gefahr für die Kinder. Der Fahrer weiß überhaupt nichts. Er ist vollkommen ungefährlich«, beruhigte Tiegelmann.

Alle Menschen haben ihre Eigenheiten, und Frau Gustavsson sträubte sich aus irgendeinem Grunde dagegen, ihre Kinder ins herbstliche Dunkel zu einem vollkommen ungefährlichen Lastwagenlenker hinauszuschicken, der gar nichts wußte.

Tiegelmann, in Unkenntnis dieser Eigenheit, trommelte ungeduldig mit den Fingern auf den orientalischen Wandschrank des Teppichhändlers. Ein Privatdetektiv ist daran gewöhnt, blitzschnelle Entschlüsse zu fassen.

»Darf ich mit dem Direktor Gustavsson sprechen?« bat er.

»Hallo!« kam die Stimme des Direktors.

»Da ist also dieses Pferd, über das Frau Gustavsson schon Anweisung gegeben hat. Lassen Sie es von den Kindern übernehmen und den rückwärtigen Weg zum Auto hinausführen.«

»Die Kinder?« rief Direktor Gustavsson. »Das wollen wir gleich haben. Die sind an Pferde gewöhnt.«

Ein Privatdetektiv ist gewöhnt, alles zu bemerken. Tiegelmann glaubte eine gewisse, wenn auch gedämpfte Schadenfreude in der Stimme des Direktors zu bemerken.

»Wir dürfen unter keinen Umständen eine Menge Außenstehender in die Sache hineinziehen«, erklärte Tiegelmann. »Das könnte alles umstürzen.«

»Eben«, stimmte der Direktor verständnisvoll zu.

»Sind die Kinder da? Darf ich mit ihnen sprechen?«

Nun hörte man ein paar eifrige junge Stimmen, die beide versuchten, den Hörer an sich zu reißen. Dann erklang Klein-Vanjas Stimme.

»Hallo! Hier ist Vanja.«

»Guten Abend, Vanja. Wollt ihr, du und Erik, mir helfen, Isabella zu suchen?« fragte Tiegelmann und setzte auseinander, was sie zu tun hatten.

Vanja verstand alles ohne die geringste Schwierigkeit.

»Wir werden Bukefalos nehmen, der ist schon alt, da macht es nicht soviel«, versprach sie sofort.

»Ausgezeichnet!« rief Tiegelmann. »Hör nun zu, Vanja. Der Fahrer kennt euch nicht, aber sicherheitshalber sollt ihr euch ein wenig verändern. Ihr könnt zum Beispiel . . .« Tiegelmann dachte nach.

»Er will, daß wir uns in jemand anderen verkleiden«, hörte man unterdessen Vanja mit leiserer Stimme. Da wurde ihr der Hörer entrissen.

»Wir hätten ein paar Pfadfinderausrüstungen hier!« schrie Erik ganz aufgeregt.

»Ausgezeichnet! Dann kommt ihr als Wölflinge, meine jungen Freunde. Oder wie heißt das . . . blaue Falken?« fragte Tiegelmann, der sich in diesen Dingen nicht ganz auskannte.

»Wölflinge! Dazu ist man wohl schon zu alt! Und blaue Falken!« Die Stimme des Pfadfinders Gustavsson klang verächtlich.

»Beeilt euch bloß!« unterbrach Tiegelmann. »Übergebt das Pferd dem Fahrer. Antwortet nichts, falls er fragt, sagt nur, daß es eilig sei. Nehmt dann eure Fahrräder und folgt dem Auto. Es fährt nicht so rasch. Aber haltet euch im richtigen Abstand, damit er euch nicht sieht.«

Zum allgemeinen Erstaunen ließ sich plötzlich die Stimme der alten, praktischen Frau Gustavsson am Telefon vernehmen. Sie war praktischer als jemals, sie war so praktisch, daß Herr Omar, der doch in einiger Entfernung mit seiner kleinen arabischen Kaffeetasse saß, das ganze praktische Summen hörte.

»Ich finde das wirklich sehr sonderbar, Herr Tiegelmann. Zuerst soll Bukefalos hinaus, und dann sollen die Kinder hinaus und radfahren, und das um diese Zeit, ich muß schon sagen, das ist sehr sonderbar, wenn ich mich dieser Sache angenommen hätte, dann würde ich wirklich —«

Ehe Tiegelmann zu einer Antwort kam, wurde es plötzlich still in der Leitung. Tiegelmann legte den Hörer auf.

»Eine Unterbrechung in der Leitung«, erklärte er Herrn Omar, der gleich einem Schatten in der Tür zum Lagerraum auftauchte. »Auch recht«, fügte er hinzu. Dank seiner großen Erfahrung wußte er, daß ein Telefongespräch mit einem ganzen Direktionswagen äußerst zeitraubend sein kann.

»Ich hatte vorhin im Lagerraum das Mißgeschick, aus Versehen die Verbindung zu dem dortigen Apparat umzuschalten, wodurch das Gespräch mit dem Wohnungsapparat unterbrochen wurde«, entschuldigte sich Herr Omar mit einem vollkommen unmerklichen Lächeln. Seine Augen waren dunkel und unergründlich wie die morgenländische Nacht.

Er hatte kaum das letzte Wort gesprochen, als es im Wandschrank klingelte.

»Hallo! Tiegelmann. — So steht es also. Herzlichen Dank, Fräulein Hanselmeier.«

Tiegelmann schloß die Schranktür.

»Noch ein Schimpanse«, berichtete er Herrn Omar, der die Mitteilung mit orientalischer Ruhe entgegennahm. »Die Burschen haben Bericht erstattet, daß wir aus dem Weg sind«, fügte er hinzu, mit dem Daumen aus dem Fenster zeigend. »Jetzt haben wir die Sache in Schuß gebracht. Und wenn wir erst ganz verschwinden, wird es richtig losgehen.«

Herr Omar, der in Tiegelmanns unfehlbaren Plan vollkommen eingeweiht war, verbeugte sich unter ehrfürchtigem Schweigen.

9 *Der Holzplatz*

Im Stall warf der alte Larsson eine rinaldoblaue Decke über den Araber Bukefalos, der in letzter Zeit an einem Krampf im rechten Hinterbein litt, im übrigen aber noch ein recht verläßlicher alter Araber war und gute Dienste als Reservepferd leistete. Gleichzeitig eilte der Kosak Gustavsson zum Artistentelefon, um auf ein Ferngespräch aus Tranas zu warten. Frau Gustavsson selbst hatte ihn eben davon benachrichtigt, daß eines kommen sollte.

Der alte Larsson führte Bukefalos mitten während der Vorstellung hinaus. Da er der erste Pferdewärter und im übrigen ein wenig eigensinnig veranlagt war, nahm sich niemand die Mühe, ihn etwas zu fragen. Im Schutze der Wagen und des herbstlichen Dunkels wurde Bukefalos zu dem rückwärtigen Ausgang des Platzes geführt, einem Gittertürchen in der Einzäunung, das sonst verschlossen gehalten wurde.

Am Türchen warteten eine schweigende Pfadfinderin (Patrouille Hindin) und ein schweigender Pfadfinder (Patrouille Adler), die der alte Larsson als Direktor Gustavssons eigene Kinder erkannte und denen er nach einigem Zögern Bukefalos übergab. Er brummte etwas und blickte dem alten Fuchs nach, der auf dem dunklen Abhang zum Park hinunter verschwand, an jeder Seite seines Kopfes eines der Gustavssonschen Kinder.

Die Parkanlage lag finster und verlassen da. Bukefalos Hufe klapperten auf dem asphaltierten Weg. Der Wind säuselte in den hohen Bäumen zu beiden Seiten, wo ein geheimnisvolles Dunkel herrschte. Unter einem der Bäume lagen zwei Fahrräder versteckt.

Sie bogen in einen kleineren, schlecht beleuchteten Seitenweg ein, der in einer Kurve verlief. Als sie diese hinter sich hatten, sahen sie ein abgenutztes Lastauto, für den Transport gestohlener Zirkuspferde bestimmt, vor einem einsamen Laternenpfahl stehen. Neben dem Auto, das im Licht der einsamen Laterne noch abgenutzter aussah, aber offenbar noch gefahren werden konnte, da es ja bis hierher gekommen war, stand ein größerer Mann in einem imprägnierten Übergangsmantel und mit einem hellgrauen Hut des sogenannten Modells Homburg auf seinem unbeweglichen Kopf und starrte den verschlungenen Seitenpfad hinauf, der sich im säuselnden Herbstdunkel verlor.

Die Ladefläche des Autos war mit einem Heck oder sogenannten Käfig mit besonders hohen Seiten versehen, so daß auch die stattlichsten Tiere während der Reise verborgen und vor Zugluft geschützt stehen konnten. Nur für Giraffen war diese Konstruktion unzureichend. Für Pferde hingegen war der Wagen mit seinen hohen Planken und den gesunden Luftverhältnissen geradezu ideal.

Bukefalos schnaubte zwischen seinen beiden Begleitern, die den alten Araber schnell und schweigend zu dem wartenden Transportauto hinführten. Als hätte der Mann unter der einsamen Laterne nur auf dieses Schnauben gewartet, zuckte er zusammen und hatte es eilig, die Ladeplanke des Wagens, die er trotz ihrer beachtlichen Schwere mit Leichtigkeit handhabte, herunterzulassen.

»Das sind also die jungen Gustavssons, denke ich?« sagte der imprägnierte Mann, der sofort das Leitseil an sich riß und das Pferd zur Ladeplanke führte.

Die jungen Gustavssons wollten sich eben davonmachen, als Bukefalos nervös zu stampfen begann. Er hob den Kopf, spitzte die Ohren und verdrehte die Augen, daß man das Weiße sah.

»Helft mit hier, damit wir von der Stelle kommen«, forderte der Mann sie auf und zog am Leitseil. Wer nur im mindesten ein Herz für Pferde auf Laufplanken hatte, konnte nicht zögern, hier zu helfen.

Erik stürmte über die Bretter hinauf und übernahm die Zügel, und Vanja stürmte gleichfalls hinauf und streichelte Bukefalos den Hals, wobei sie »soso, soso«, murmelte — und das half. Bukefalos beruhigte sich soweit, daß sie ihn auf das Auto hinaufbrachten. Dort wurde er fest angebunden. Aber noch ehe Erik und Vanja aussteigen konnten, hatte der Mann den Laufgang auf den Boden des Autos geworfen und den Käfig mit einem Knall zugeschlagen. Sie waren gefangen.

»Ihr müßt mitkommen und ihn beruhigen«, befahl der Mann. Dann startete er den Wagen.

»Wir werden durchaus nicht mitkommen!« schrie Vanja. Beinahe hätte sie hinzugefügt: »Wir müssen ja mit dem Rad nachfahren!«

»Schrei nicht so, zum Kuckuck! Ich führe euch dann wieder zurück«, ließ sich die Stimme des Fahrers vernehmen, und schon fuhr der Pferdeexpreß los.

Da standen sie nun zusammen mit Bukefalos zwischen hohen, rüttelnden Holz-wänden eingeschlossen und konnten nur einander und die Sterne über sich sehen.

»Wir hä-hätten gleich absprin-hingen so-hollen«, stotterte Erik. (Auf Grund des veralteten Federungssystems des Autos wurden ihm die Worte im Munde auseinan-dergeschüttelt.)

»Das ko-honnten wir ni-hicht we-hegen Buke-he-fa-halos!«

Es stimmte. So etwas konnte man nicht. Bukefalos auf dem unsicheren Laufsteg mit einem fremden Kerl, der nur am Zügel zerrte und sich nicht auf Pferde ver-stand — wenn man selbst so gut wie im Sattel geboren war und sich täglich draußen bei den Ständen herumtrieb, um seine Lieblinge zu begrüßen, dann konnte man das nicht.

Obwohl das Ganze wirklich ekelhaft war. Man wußte nicht einmal, wohin man fuhr. Man konnte merken, daß man den Park verlassen hatte — es säuselten keine hohen Baumkronen mehr über dem Kopfe. Man hörte und spürte, daß man auf einer Straße fuhr. Dort blinkte Licht in einem hohen Haus.

Die Geschwindigkeit wurde gleichmäßiger und höher. Beinahe ein bißchen zu hoch, wenn man bedachte, daß die Straße nicht gleichmäßiger wurde. Da hing in gleicher Höhe mit dem Auto eine goldene Brezel. Das war das einzige Merkzeichen, das sie auf dem ganzen Weg sahen, aber eine Goldbrezel ist auch nicht zu verachten, sie ist ein gutes Kennzeichen.

Bukefalos hielt sich brav. Er machte einen zugleich beunruhigten und erschöpften Eindruck. Ein älteres Pferd, insbesondere ein Zirkuspferd, hat es gelernt, mit seinen zweibeinigen Freunden und deren ermüdenden Einfällen Nachsicht zu haben. Wie jetzt zum Beispiel diese Autotour. Sonst ist der Verschlag und eine kleine Abend-erquickung aus Hafer beinahe das Gesündeste um diese Tageszeit, aber immerhin... Bukefalos spitzte bei den ärgsten Kurven die Ohren, zeigte aber im übrigen die größte Nachsicht.

Vanja und Erik wußten, daß sie die Stadt in nördlicher Richtung verließen. Wären sie nämlich in einer anderen Richtung gefahren, dann hätten sie beleuchtete Fenster in hohen Häusern sehen müssen. Sie sahen aber gerade jetzt gar nichts. Der Expreß brauste an dem einen oder anderen Vorstadthaus vorbei, aber sonst war weiter nichts zu sehen als die Sterne am Himmel.

Nun wurde die Fahrt langsamer, der Motor lief ruhiger. Eine scharfe Kurve wurde genommen, Bukefalos trampelte, um das Gleichgewicht zu bewahren. Der Zweig eines Baumes fegte dicht über dem Heck vorbei, es gab keinen Asphalt mehr, die Reifen knirschten auf Schotter.

»Jetzt sind wir wohl bald dort«, meinte Erik.

»Wir laufen davon, so schnell wir können«, schlug Vanja vor.

Der Kies knirschte immer langsamer und langsamer unter den Reifen, die Hand-bremse wurde mit einem Ruck angezogen, und als man das Gleichgewicht wieder erlangt hatte, hörte man durch das Motorgebrumm die Stimme des imprägnierten Mannes:

»Muß bloß das Tor aufmachen!«

Man hörte einen Schlüssel in einem widerspenstigen Schloß klirren, dann das Kreischen von Torangeln. Eine Lampe wurde irgendwo vor ihnen angezündet — es wurde ein wenig heller.

Der Übergangsmantel stieg wieder ein und fuhr ein kleines Stück, und nachdem man nach dem neuerlichen Handbremsenruck wieder ins Gleichgewicht gekommen war, verstummte der Motor. Es wurde unerhört still. Erik und Vanja hatten noch nie einen so stillen Motor gehört. Man war am Ziel. Über ihnen schaukelte an einem Stahlseil eine Lampe im Herbstwind hin und her und leuchtete mit flackerndem Vorstadtschein. Wieder kreischten die Angeln, das Tor wurde ins Schloß geworfen und der Schlüssel umgedreht.

Erik und Vanja blickten einander an.

»Na also, das ist ja gut gegangen«, hörte man den imprägnierten Mann sprechen. »Das war weiter keine Kunst.« Seine Stimme klang nun wie die eines netten Onkels, der ein paar kleinen Freunden gerade über einen Graben oder dergleichen geholfen hat. »Na also«, redete er weiter und plagte sich mit dem Heckgatter hinten am Auto. »Das ist ja famos gegangen.« Dann wurde er plötzlich in der Öffnung sichtbar. »Jetzt müßt ihr mir nur noch helfen, das Pferdevieh herunterbugsieren, dann kutschiere ich euch gleich zurück.« Er packte die schwere Laufplanke und schob sie ebenso mühelos hinaus, als ob sie leicht gewesen wäre.

»Herunter jetzt mit der Schindmähre!« rief er und klatschte ein paarmal in die Hände, wie man es macht, wenn sie staubig sind und man seinen Imprägnierten in acht nehmen will.

Er stand ganz nahe an der Ladefläche und war nur bis zur Hälfte sichtbar. Über sein Gesicht, das groß und flach und ausdruckslos wie eine kleinere Vorstadtwand war, schwankten die wilden Schatten der Krempe seines Homburghutes auf und ab. Hinter ihm konnte man undeutlich einen hohen, rotgestrichenen Zaun und das geschlossene Tor erkennen.

Der Mann betrat den Laufsteg. Sofort verdrehte Bukefalos die Augen und begann mit seinen arabischen Hufen zu donnern. Der Mann hielt es nicht für ratsam, sich diesen Hufen zu nähern.

»Könnt ihr ihn nicht herunterbringen?« fragte er und tat sehr erstaunt. Er schien so erstaunt, daß er sich von der Laufplanke zurückziehen mußte.

Es blieb nichts anderes übrig. Man konnte Bukefalos nicht hier oben lassen. Vanja und Erik wußten genau, wie sie ihn beruhigen mußten, und sie zeigten dem Mann mit dem Wandgesicht, wie man so etwas anstellt.

Es dauerte nicht lange, bis alle drei auf dem Boden standen. Sie befanden sich auf einem Holzplatz.

Das Auto stand mitten im Lagerhof, der auf zwei Seiten von dem hohen, rotgestrichenen Plankenzaun, auf der dritten von einer Reihe Schuppen mit verschlossenen Türen und Vorhängschlössern und auf der vierten von einer Feuermauer umgeben war, die mehrere Stockwerke in die Höhe ging und außerordentlich kahl und schmutzig aussah. Vor der Mauer befand sich ein Holzstapel von etwa vier Klaftern, außerdem waren noch ein paar kleinere, schlampige Holzhaufen da und hier und dort einiges gewöhnliches Gerümpel. Was sich außerhalb des Zaunes befand, konnte man nicht wissen, aber das Ganze machte einen ziemlich wüsten und verlassenen Eindruck.

Der Mann sperrte einen von den Schuppen auf, hielt die Tür offen und wartete auf Bukefalos.

»Da! Hierher!« rief er.

Drinnen schimmerte etwas Weißes. Etwas Weißes, das einmal aufstampfte und den Kopf wandte.

Es war Isabella.·

»Dort ist sie«, flüsterte Vanja.

»Ja. Aber wie sollen wir jetzt entwischen können?« raunte Erik.

Während sie Bukefalos in einen Verschlag führten, wartete der Mann mit dem Vorhängeschloß in der Hand an der Tür. Als er sah, daß sie sich für das weiße Pferd interessierten, meinte er:

»Das ist nichts. Wir halten uns nur ein paar Pferde, obwohl wir eigentlich Autos haben. Kommt, jetzt fahren wir.«

Der Mann ging zum Tor, sperrte es auf und schlug die beiden Torflügel weit auseinander, um mit dem Transportwagen durchzukönnen.

»Jetzt!« zischte Erik.

Klein-Vanja konnte nicht mehr antworten. Es war schon zu spät. Alles geschah innerhalb weniger Sekunden.

Das Tor war kaum richtig offen, als zwei Radfahrer dahergesaust kamen und geradewegs in den Hof hineinfuhren. Der erste war ein Mann mit Schirmmütze, kariertem Rock und einer Hose in einer widerwärtigen, braunen Schattierung. Er hatte ein Bündel Bananen auf dem Gepäckträger. Hinter ihm kam ein äußerst dunkelhäutiger kleiner Bursche, offenbar ein Negerjunge, auf einem Kinderfahrrad angetrudelt. Er trug zum allgemeinen Erstaunen eine Schimütze mit heruntergeklappten Ohrenschützern.

»Mach das Tor zu!« schrie der Mann mit dem Bananenbündel. Er riß dem Jungen die Mütze vom Kopf.
Der Junge war ein Schimpanse.
Der Mann mit den Bananen war der Kosak von Tranas.
Der Mann im Übergangsmantel machte das Tor zum Holzplatz zu.

Die Geheimnisse des Holzplatzes 10

Der Mann im Herbstmantel sperrte eine der kleineren Buden auf und stieß den Schimpansen hinein. Nun fiel der Blick des Kosaken auf Erik und Vanja, die sich rücklings zu der Planke hin verziehen wollten.

»Was haben wir denn da?« fragte er und packte sie an den Armen.

»Das sind doch die Kinder von deinem Bruder. Mach die Augen besser auf, dann brauchst du nicht so viel zu fragen«, antwortete der Direktor, der nicht vergessen hatte, wie ungemütlich der Kosak unlängst im Zirkuswagen gewesen war, als es sich um die Telefonnummer handelte. Ausgesprochen läppisch und ungemütlich. »Ein anderes Mal halte deine Glotzaugen offen, dann erkennst du vielleicht deine Verwandten.« Er stand mit dem Rücken zu ihnen und kämpfte mit dem verrosteten Schloß zur Schimpansenbude.

Der Kosak hielt die Kinder mit eisernem Griff fest. Nun war es zu spät, zu entwischen. Viel zu spät.

»Das sind doch die Kinder Gustavsson!« schrie er.

»Ach so, die Kinder Gustavsson sind es. Das ist doch zu merkwürdig! Du heißt doch auch Gustavsson. Genau wie dein Bruder. Kann mir nichts Merkwürdigeres vorstellen«, spottete der Direktor, dem das Schloß mehr denn je zu schaffen machte.

Der Kosak, der keine Hand frei hatte, wollte den beiden Kindern Gustavsson gleichzeitig die Pfadfinderhüte herunterreißen, um sie besser in Augenschein nehmen zu können. Da er es nicht wagte, den Eisengriff um ihre Arme zu lockern, mußte er sich damit begnügen, sie wie Handschuhe hin und herzuschütteln. Er schleuderte sie gegen die Wand und gegen einander, so daß sie Beulen auf der Stirn bekamen.

»Hier mußt du ein neues Schloß anbringen, Kosak«, rief der Direktor, dessen Rücken immer ungeduldiger aussah.

»Halt den Schnabel!« schrie der Kosak wütend. »Das sind die Kinder Gustavsson, sage ich dir!«

»Aber ja«, gab der Direktor zu und drehte sich um. »Nur immer mit der Ruhe. Ich meine, daß hier ein neues Schloß herkommen muß.« Nun hatte er dem Kosaken das ganze Wandgesicht zugekehrt.

»Schafskopf!« schrie dieser.

»Was hast du da gesagt?« Der Direktor kam langsam näher.

»Schafskopf!« wiederholte der Kosak, ohne sich um sein Näherrücken zu kümmern.

In einem gewissen Kreis von Geschäftsleuten, die ihr Lager auf abseits gelegenen Holzplätzen untergebracht hatten, war der Direktor als Geschäftsmann mit ungewöhnlichen Körperkräften bekannt. Seine Körperkräfte waren ihm oft eine gute Hilfe bei schwierigen Geschäftsabschlüssen gewesen. Er konnte sich immer gute Bedingungen herausholen. Er konnte sich, auf Grund seiner Körperkräfte, die elegantesten Löwen-Anzüge und die wohlimprägniertesten Übergangsmäntel leisten. Mäntel und Anzüge ihrerseits hatten ihm den Namen »Direktor« eingetragen. Nun kam also dieser Direktor näher.

Jeder andere beliebige Geschäftspartner hätte sich jetzt in acht genommen und sich gefragt, ob er nicht lieber ausgehen und einen Bissen essen solle. Aber der Kosak sah nicht einmal zu ihm hin, er fuhr einfach fort, die Kinder zu schütteln und ihn einen Schafskopf zu nennen.

Schließlich war der Direktor beim Kosaken angelangt.

»Was hast du gesagt, Kosak?« fragte er.

»Es sind Gustavssons Kinder!« schrie der Kosak. »Schafskopf!« In diesem Augenblick sah er zufällig auf und das Wandgesicht des Direktors dicht vor sich. Neunundneunzig von hundert Geschäftsleuten hätten nun aufgehört, Schafskopf zu schreien. Der Kosak von Tranas war einer von diesen neunundneunzig.

»Verstehst du nicht, was ich sage?« fragte er mit der weichen und entgegenkommenden Stimme, die sich für minder günstige Geschäftsabschlüsse eignet.

Der Direktor trat einen halben Schritt näher. Noch näher konnte er nicht kommen.

Der Kosak stand mäuschenstill. Die Kinder (die Gustavsson hießen), hatten noch nie vorher so still gestanden.

Der Direktor begann die geschäftliche Auseinandersetzung damit, daß er den Kosaken mit den Augen verschlang und sich den Imprägnierten auszog, so daß er im bloßen Löwen-Anzug dastand.

»Die Kinder Rinaldo!« piepste der Kosak mit schwacher Stimme. Er ließ die Kinder Gustavsson los, die sofort wie zwei geölte Blitze zum Tor hinschossen. Es war versperrt.

Der Kosak galoppierte davon, stellte sich hinter einen unbedeutenden Holzhaufen und schrie, daß dies Direktor Rinaldos eigene Kinder seien.

Der Direktor begriff den Sinn dieser Worte nicht recht. Er näherte sich dem Holzhaufen.

»Es sind Rinaldos eigene Kinder! Fang sie!«

Dem Direktor kam es langsam zu Bewußtsein, daß die geschäftliche Auseinandersetzung eine unerwartete Wendung genommen hatte.

»Was?« fragte er.

»Der Zirkusdirektor selbst ist der Papa von diesen Kindern da«, erklärte der Kosak, so genau er konnte. »Sie haben uns hinters Licht geführt! Nimm dich in acht!«

Der Direktor blieb stehen und blickte sich um. Die Kinder liefen im Hof umher wie Mäuse, die einen Ausgang suchen.

»Was?« brüllte der Direktor. »Warum sagst du das nicht gleich! Du hast doch wohl einen Mund zum Reden!« Der Mann im Löwen-Anzug setzte mit Tigersprüngen hinter den Kindern Rinaldo her, die am Zaun entlangliefen.

Der Kosak sprang mit einem Satz über den Holzhaufen, und nachdem er dieses Hindernis passiert hatte, sprengte er weiter und versuchte mit einem Galopp ohne Beispiel den Kindern den Weg abzuschneiden.

»Davon habe ich doch die ganze Zeit geredet!« schrie er. »Schafskopf!«
Vanja und Erik hielten atemlos in der Ecke zwischen dem Zaun und den Buden an. Aber nur einen Augenblick.

»Hinter den Holzstapel!« keuchte Erik und riß Vanja mit sich.

Der Holzstapel, der vor der Feuermauer stand, mochte sechs oder sieben Meter lang sein. Er stand nicht ganz an der Mauer, es gab einen kleinen Zwischenraum. Es gelang ihnen, diesen zu erreichen und hineinzuschlüpfen.

»Hier erwischen sie uns«, keuchte Vanja.

Sie standen im Dunkeln in dem schmalen Zwischenraum zwischen der Mauer und dem Holzstapel, in den man von beiden Seiten eindringen konnte. Man kann kaum auf einem gefährlicheren Platz stehen, wenn man zwei Verfolger hinter sich hat. Eine Mausefalle dürfte ein ebenso sicherer Zufluchtsort sein wie ein solcher Holzstapel. Die Kinder hielten einander an der Hand und vermochten kaum zu atmen.

»Es geht nicht, hier erwischen sie uns«, keuchte Vanja wieder.

»Ja, aber was sollen wir tun?« gab Erik atemlos zurück.

Der Kosak war schon auf ihrer Spur und begann sich hereinzudrängen. Nichts kann unheimlicher sein als ein Kosak, der sich hinter einen Holzstapel zwängt. Erik und Vanja wichen verzweifelt nach der anderen Seite aus, obwohl sie fürchten mußten, dort den Direktor auftauchen zu sehen.

Der aber trampelte hinter dem Kosaken drein und drängte sich von derselben Seite hinter das Holz. Es gelang ihm nur mit knapper Not, so eng war es dort.

»Von der anderen Seite!« schrie der Kosak über die Schulter. »Schafskopf!«

Es war zu spät: die Kinder Gustavsson waren schon draußen. Und im übrigen war der Direktor eingeklemmt.

Vanja und Erik hatten eine kurze Atempause gewonnen. Beide Verfolger befanden sich hinter dem Holzstapel.

»Versuchen wir es mit dem Tor!« schrie Vanja.

»Warte noch, ich will nur —« Erik hatte einen alten Sägebock entdeckt, den er zu dem Holzstapel hinschleppte und in die Öffnung zu klemmen versuchte. »Hilf mir hier!«

Es war ein unheimliches Unternehmen, den Sägebock zwischen Mauer und Holz zu zwängen und zu schieben — vor der Nase des wütenden Kosaken, den nur noch wenige Meter von der Freiheit trennten. Aber sie schoben und stießen verzweifelt, und der Sägebock paßte genau hinein. Er saß fest wie ein Felsen.

Der Kosak, der nun eine gehörige Verzögerung vor sich sah, überschüttete die beiden Pfadfinder mit den ärgsten Drohungen. Was den Direktor betraf—der saß fest.

»Wer zum Kuckuck legt denn das Holz so unpraktisch! Hier kann man sich ja gar nicht rühren!« donnerte er im Finstern. Er konnte sich nicht bewegen, ohne seinen neuen Löwen-Anzug zu beschädigen.

Nun galt es.

Noch nie sind zwei Pfadfinder so schnell über einen Holzplatz gelaufen wie Vanja und Erik Gustavsson. Sie waren eine Zierde ihrer Patrouillen.

Aber das Tor war versperrt. Das Vorhängeschloß hielt eisern.

Sie blickten auf den Plankenzaun und suchten etwas zu entdecken, auf dem man hinaufklettern konnte, fanden jedoch nichts Taugliches.

Hinter dem Holzstapel konnten sie den Kosaken hören, wie er sich mit dem Sägebock abmühte. Es konnte nur noch einen Augenblick dauern, bis er draußen war. Allerhöchstens zwei. Und dann würde er noch wütender sein als zuvor.

Die Lampe auf dem einsamen Stahldraht, der quer über den Hof gespannt war, schaukelte, daß die Schatten sich auf und ab bewegten. Von draußen war kein Laut zu hören. Nur hinter dem Holzstapel ging es laut und lebhaft zu.

Wohin sollten sie laufen? Es war nach jeder Seite hin gleich hoffnungslos.

»Wir schreien um Hilfe«, meinte Vanja. »Vielleicht hört uns jemand.«

Da hörten sie eine Stimme:

»Hallo ihr dort! Hallo, Vanja und Erik!«

Es war eine scharfe, aber zugleich gedämpfte Stimme, die von irgendwo aus der Höhe kam. Die Kinder drehten sich im Kreis herum, und nun sahen sie oberhalb des Bretterzauns den Kopf und die Schultern des Bezirkslandvermessers Lundin.

»Pst!« zischte dieser und legte den Finger an den Mund. »Hört zu!«

»Laß uns hinaus!« bat Erik.

»Laß uns hinaus, Onkel Tiegelmann!« bettelte Vanja.

»Wenn ich euch jetzt heraushelfen würde, dann wäre die ganze Bande in fünf Minuten wie fortgeblasen. Ich kann nicht allein mit ihnen fertig werden, versteht ihr?«

Sie antworteten nichts. Mit zurückgelegten Köpfen starrten sie eifrig die Planken hinauf.

»Ihr werdet bald frei sein. Bald!« versprach das Gesicht auf dem Zaun.

»Die lassen uns nie los!« sagte Erik und schluckte etwas hinunter.

»Die sind ja nicht recht gescheit«, fügte Vanja hinzu. »Laß uns hinaus, Onkel Tiegelmann!«

»Bald! Ich behalte euch die ganze Zeit im Auge. Wollt ihr Papa und Mama helfen, Isabella wiederzubekommen, oder nicht?«

Die Kinder antworteten nichts. Sie schienen wieder schlucken zu müssen.

»Kriecht unter das Auto, wenn der Kosak kommt. Dort könnt ihr unterhandeln. Fürchtet euch nicht, er hat selbst viel mehr Angst.«

Erik und Vanja waren nicht ganz davon überzeugt, daß der Kosak selbst mehr Angst hatte.

»Haltet euch an den Kosaken, er hat zu bestimmen — nicht der andere. Seid nicht bange. Ich komme bald zurück. Hört ihr: Ich komme bald zurück!«

Bezirkslandvermesser Lundins Kopf verschwand vom Bretterzaun. Nie hat ein Bezirkslandvermesser eine größere Leere auf einem Holzplatz hinterlassen. Jetzt sah es hier einsamer und unheimlicher aus als je zuvor.

Erik und Vanja drehten sich zögernd um und blickten zu dem Holzstapel hin. Sie konnten gerade noch ein letztes Mal schlucken, dann war der Kosak draußen. Es blieb keine Zeit mehr zum Nachdenken.

Sie liefen zu dem Auto hin, das mitten im Hof stand. Der Kosak entdeckte sie sofort und stieß einen Wutschrei aus. Er sah sie unter das Auto kriechen und verschwinden.

»Versucht es nicht, euch dort zu verstecken! Hervor mit euch!« schrie er und galoppierte mit verdoppelten Kräften zum Auto hin.

Er bückte sich und wollte ihnen nachkriechen, besann sich aber. Er wußte, daß es keinen Sinn hatte, unter ein Transportauto zu kriechen, um ein paar Zirkuskinder zu ergreifen, wenn man allein war. Die Kinder kriechen dann bald auf der anderen Seite heraus. Der Kosak von Tranas schätzte dieses Spiel nicht. Nicht, wenn er allein war. Wenn man zu zweit ist, dann steht die Sache anders.

»Steckst du noch immer?« schrie er zum Holzstapel hin. »Komm her!«

»Was?« kam die garstige Stimme vom Holz her.

»Ob du steckst? Oder was du machst?«

»Stecken? Ja, wer zum Kuckuck nur das Holz so unpraktisch gelegt hat! Ich . . .«
Die Stimme ertrank im Dunkel. Der Geschäftsmann im Löwen-Anzug konnte nicht
mehr ordentlich sprechen.

»Schafskopf!« brummte der Kosak und bückte sich. Er konnte die Kinder Gustavsson kaum in dem Expreßdunkel erkennen. Dann blickte er zum Tor hin. Er
lauschte.

»Hört mal, Kinder«, begann er mit ganz freundlicher Stimme. »Ihr sollt jetzt
hervorkommen, damit wir miteinander reden können.«

Er schielte wieder zum Tor und sicherheitshalber auch zum Giebel der Feuermauer hinauf. Dies hier mußte ein Ende haben. Die Kinder ohne weiteres hinaus und
zurück zum Zirkus laufen zu lassen, war ganz unmöglich. Da konnte man ebensogut gleich sein Testament machen. Auch lag ihm nicht besonders viel daran, hinterher Wiesel zu begegnen. Keine angenehme Aussicht für ihn. Andererseits wollte
ihm auch diese Geschichte hier im Holzhof nicht gefallen. Hier konnte alles mögliche
geschehen. Die Kinder liegen unter dem Auto, und der Direktor steckt hinter dem
Holzstoß. Wie lange sollte das noch so weitergehen?

Er beugte sich hinunter und probierte es noch einmal:

»Was habt ihr denn da zu suchen?« fragte er und versuchte dabei möglichst
freundlich auszusehen.

Es erfolgte keine Antwort. Der Bezirkslandvermesser hatte vergessen, ihnen mitzuteilen, was sie hier zu suchen hatten. Sie wagten nicht, etwas zu sagen.

»Was habt ihr hier zu tun gehabt?«

Aus der Dunkelheit unter dem Auto kam keine Antwort. Der Kosak grübelte.
Dann verstand er.

»Es war dieser Tiegelmann, was? Er hat euch gesagt, ihr sollt mit hierher kommen
und schnüffeln, was?«

Keine Antwort.

»Natürlich, ist ja ganz klar. Jetzt begreife ich!«

Der Kosak verstand. Die ganze überwältigende Wahrheit stürmte auf ihn ein:
solange dieser Tiegelmann los und ledig umherging, gab es keinen wirklichen
Frieden. Um die letzten, entscheidenden Schläge auszuführen, würde man vielleicht
nie die nötige Arbeitsruhe erlangen.

Je mehr er darüber nachdachte, desto unerquicklicher erschien ihm die Geschichte
hier auf dem Holzplatz. Es mußte ein Ende haben. Das mit den Kindern mußte
rasch und geschickt erledigt werden.

Er entfernte sich zu dem Holzstapel hin. Der Kosak von Tranas erkannte, daß
man zu allererst den Mann im Löwen-Anzug beschwichtigen mußte, wenn die Sache
still und geschickt in Ordnung gebracht werden sollte.

Er steckte den Kopf hinter das Holz.

»Hervor jetzt, damit wir die Rangen einsperren. Aber wir müssen es ruhig und
manierlich machen!«

»Was?« stöhnte der Direktor.

»Heraus da! Wir haben keine Zeit!«

Der Direktor war sich endlich über seine Lage klar geworden. Er sah ein,
daß er sich unmöglich allein befreien konnte. Andererseits war ihm mit erschrek-
kender Deutlichkeit bewußt, daß es ebenso unmöglich war, den Durchgang
mit Gewalt zu erzwingen, ohne dem Löwen-Anzug ernsten Schaden zuzu-

fügen. Er rief dem Kosaken, der zum Auto zurückeilte, mit gebrochener Stimme nach:

»Räume die Holzscheite fort, ja? Das könntest du wohl tun, Kosak!«

»Schafskopf«, brummte der Kosak, ohne sich auch nur umzusehen. (Es waren vier Klafter.)

»Wenn ihr jetzt brav hervorkommt und keine Scherereien macht, dann werde ich auch keine machen. Aber wenn ihr noch einmal zu entwischen versucht, dann seid ihr selbst an allem schuld!« redete er den Kindern Gustavsson zu.

Zuerst hörte man nichts. Dann ließ sich ein leises Gleiten vernehmen, und in dem traurigen Schein der schaukelnden Lampe zeigten sich zwei Köpfe. Endlich waren die Kinder Gustavsson hervorgekrochen und konnten sich erheben. Sie standen mäuschenstill und blickten zu Boden.

»So, jetzt wollen wir einmal ganz ruhig und vernünftig miteinander reden«, ermunterte sie der Kosak und legte sicherheitshalber seine Hände auf die Schultern der Kinder.

Plötzlich ein schreckliches Gepolter. Es kam vom Direktor, der mit Aufbietung seiner äußersten Kräfte den ganzen Stapel umgeworfen hatte, so daß vier Klafter Sekunda-Nadelholzscheite mit dem ohrenbetäubendsten Krach der Welt übereinanderpurzelten. Als endlich das letzte Scheit zum Stillstand gekommen war, stiefelte der Direktor gelassen über die Trümmer, stellte sich unter die Lampe und besichtigte seinen Löwen-Anzug, der dank seiner Umsicht nicht den geringsten Schaden davongetragen hatte.

»Also, was gibt es denn da?« rief er dem Kosaken und den Kindern zu. Seine Laune hatte sich bedeutend gebessert. Teils, weil er den Anzug gerettet hatte, teils, weil es ihm gelungen war, einen ganzen Holzstapel umzuwälzen. Er zündete sich sehr befriedigt eine Zigarre an.

Der Kosak, der nun im Ernst nervös geworden war, machte eifrige Zeichen mit dem Kopf, und der Direktor trabte friedlich zu einer der Buden und sperrte sie auf.

Mit je einer Kosakenhand auf der Schulter wurden die Kinder Gustavsson zu dem Schuppen geführt und durch die Tür hineinbugsiert.

»Gib ihnen eine Decke oder was!« befahl der Kosak und stellte sich in die Tür, während der Direktor fügsam eine Decke oder was holen ging.

Die Tür wurde zugeworfen. Vanja und Erik waren Gefangene.

Plötzlich fiel dem Kosaken etwas ein.

»Was habt ihr denn heute abend für eine Fuhre hier heraus gehabt?« fragte er, und faßte sich ans Kinn.

»Na, doch das Pferdevieh«, antwortete der Direktor, der eben seinen Wagen starten wollte. »Du hast mich ja selbst daheim angerufen und den Karren verlangt!«

»Ich dich angerufen, was?« staunte der Kosak.

»Du bist ja nicht recht gescheit!« brummte der Direktor. Er entfernte einen Splitter Sekunda-Nadelholz von seinem schlachtschiffgrauen Rockärmel.

Der Kosak gab keine Antwort. Schließlich fragte er:

»Welches Pferdevieh? Kann ich es mal sehen?«

Sie sperrten die Stalltür auf und gingen hinein. Durch ein kleines Fenster hoch oben an der Wand fiel schwaches Licht, und in diesem Licht schimmerte Isabella, die ihren weißen Kopf umwandte und sie mit ihren traurigen anglo-arabischen Augen anblickte. Neben Isabella stand ein dunkleres Ding in Schwarz oder Braun, das nicht den Kopf drehte.

Der Kosak zündete das Licht an und ging ganz hinein. Er sah sich den Neuen genau an.

»Das ist Bukefalos«, stellte er fest. »Ich weiß gar nicht, daß wir ihn holen sollten. An dem ist nicht viel dran.«

Das kann nur Wiesel gewesen sein, dachte er. »Leute, die niemals auch nur auf einem Pferd gesessen sind, wollen ein solches Ding drehen«, schnaubte er verächtlich.

»Hat gar keinen Sinn, etwas gegen Wiesel zu sagen«, meinte der Direktor, der nicht noch mehr Unannehmlichkeiten haben wollte. Der Kosak versprach, nichts gegen Wiesel sagen zu wollen. Es war am besten, über Bukefalos ganz den Mund zu halten.

Ehe der Direktor seinen Transportwagen bestieg, hänselte er den Kosaken: »Du alter Schwindler du! Natürlich warst du es, der mich angerufen hat, was?« Dabei stieß er ihn mit dem Ellbogen in die Seite, daß der Kosak wie ein Taschenmesser zusammenklappte.

Dann brauste er ab. Der Kosak verschloß das Tor hinter ihm und begab sich dann in eine Rumpelkammer, wo ein altes, ganz durchgesessenes Sofa mit zerrissener Polsterung stand. Für ein unbequemes Sofa war dieses jedoch vergleichsweise ziemlich bequem. Außerdem gewährte die offene Tür der Kammer einen guten Überblick über sämtliche Budentüren.

Er drehte die Hoflampe aus und legte sich auf das Sofa unter eine besonders warme und schöne lichtblaue Pferdedecke, die genaugenommen Isabella gehörte.

Der Holzplatz lag dunkel und verlassen da.

Ein nächtlicher Transport **11**

Etliche Stunden später traten im Fall Isabella einige sehr merkwürdige Ereignisse ein. Auch wenn man bedenkt, daß die Zirkusliga aus anerkannt rücksichtslosen und geschickten, ausgesuchten Leuten bestand, lag doch eine gewisse Besonderheit in dem, was geschah.

Bezirkslandvermesser Lundin verließ die Wohnung des Teppichhändlers und trat, eine Abendzigarre im Munde, auf die Observatoriumstraße hinaus. Eben schlug die Uhr von einem nahen Kirchturm halb eins. Die Straße lag verlassen da.

Lundin bog in eine der Seitengassen ein, die noch verlassener war. Er promenierte ziemlich langsam mit der Aktentasche in der Hand dahin und blies eine ruhige, beinahe friedliche Rauchwolke nach der anderen aus. Zwei Nachtwanderer holten ihn ein und traten auf leisen Kreppgummisohlen je an eine seiner Seiten.

»Stehengeblieben! Stillhalten!« zischte der eine. Dabei stieß er ihn ruhig, beinahe friedlich, mit einem harten Gegenstand in die Seite.

Landvermesser Lundin blieb stehen und schielte an seiner kleinkarierten Anzugseite hinab. Der harte Gegenstand war eine Pistole.

Der andere packte ihn am Arm.

Ein älteres Transportauto mit hohem Heck, das von einem Mann in untadelig imprägniertem Übergangsmantel gelenkt wurde, hielt im selben Augenblick neben dem Gehsteig. Das Heckgatter wurde von einem Mann, der verborgen dort oben gestanden hatte, aufgerissen, und Landvermesser Lundin erhielt Befehl, hinaufzuklettern.

Der Landvermesser, der eigentlich nach Hause spazieren wollte, verspürte keine Lust, hinaufzuklettern, aber da der Wagen mit außerordentlich wohlbewaffnetem Personal versehen war, glaubte er sich kaum weigern zu können. Das Wagenpersonal bestand aus zwei Männern, die drinnen in dem hohen Käfig Gelegenheit hatten, ihrer Beschäftigung unter guten Arbeitsverhältnissen, ohne störenden Einblick nachgehen zu können.

Der eine machte sich mit seiner Pistole zu schaffen. Der andere betastete mit der Hand die kleinkarierten Landvermessertaschen. Als er nichts fand, riß er die helle Lederaktentasche an sich und wühlte in einer Masse von Papieren und anderem Zeug, fand aber auch hier nichts von Bedeutung. Dies kam dem Wagenpersonal so merkwürdig vor, daß es noch einmal sämtliche kleinkarierte Taschen auf dem Auto untersuchte, ohne etwas zu finden.

Dann erhielt der Landvermesser, nachdem ihm die Hände auf den Rücken und ein besonders garstiges Tuch über den Mund gebunden worden waren, die Erlaubnis, sich in eine Ecke zu setzen.

Während sich dies zutrug, war der Wagen ein kurzes Stück gefahren und hielt nun vor dem Haustor des Teppichhändlers Omar in der Observatoriumsstraße, wo er mit leise tickendem Motor wartete.

Oben in der orientalischen Wohnung traf Herr Omar Anstalten, einige Stunden wohlverdienter Ruhe auf dem Diwan zu suchen. Er entfernte den Überwurf und zog seine Taschenuhr auf, die er auf einen kleinen runden Tisch mit eingelegtem Muster legte. Auf demselben Tisch stand eine morgenländische Lampe in Gestalt einer Palme, in deren Blattwedel eine 25-Watt-Glühbirne eingebaut war.

Herr Omar schaltete die Deckenbeleuchtung aus, wodurch das Zimmer noch geheimnisvoller wurde. Die Palmenlampe verbreitete einen gedämpften orientalischen Schein über den Tisch und den Diwan, der übrige Raum lag in tiefen Schlagschatten. Die Teppiche waren vollkommen lautlos.

Herr Omar, der sich eben seines dunklen, abendländischen Rockes entledigt hatte, hielt mitten im Gähnen inne. Ein unbedeutendes Geräusch war an sein Ohr gedrungen.

Er lauschte. Die Tür zum Vorzimmer war geschlossen, aber die zu dem dunklen Lagerraum stand offen.

Nun war wieder alles still. Von der Straße hörte man das leise Brummen eines wartenden Nachtautos. Herr Omar setzte sein Gähnen fort, und als er damit fertig war, hörte er mit erschreckender Deutlichkeit, daß jemand an die Vorzimmertür klopfte. Drei gedämpfte, genaugenommen lautlose, aber durchaus erkennbare Schläge.

Mit orientalischer Geistesgegenwart schlich er auf den Zehenspitzen zur Tür und lauschte. Er faßte vorsichtig nach der Klinke, um die Tür zu öffnen. Sie war versperrt.

Herr Omar zögerte zwei Sekunden. Dann ging er ebenso leise zu der Tür, die zum Lagerraum führte und weit offenstand. In dem Raum war es still und dunkel. Im Schein der Straßenlaternen konnte man die zusammengerollten Teppiche in der

Ecke wahrnehmen und die gedämpften Qualitätsmuster der aufgehängten Teppiche schwach erkennen.

Herr Omar betrat den Lagerraum und versuchte dort, die Tür zum Vorzimmer zu öffnen. Auch sie war versperrt. Da machte er kehrt, um über Wohnzimmer und Küche die letzte der drei Vorzimmertüren zu erreichen.

Als er gerade halbwegs durch den Lagerraum gekommen war, blieb er plötzlich stehen. Hier stimmte irgendetwas nicht. Eine neue Merkwürdigkeit. Man mußte doch das Licht von der Tischpalme, das freilich besonders gedämpft und behaglich war, durch die offene Tür zum Wohnzimmer wahrnehmen. Denn so traulich, daß man es überhaupt nicht sehen konnte, war es doch ganz gewiß nicht. Herr Omar erblickte nichts als Dunkelheit vor sich. Die ganze Wand war ein einziger, zusammenhängender Schlagschatten ohne den geringsten Palmenschimmer. Die Tür war zu. Er versuchte sie zu öffnen, sie war versperrt.

Jemand hatte sie in der kurzen Zeitspanne, während er durch das Zimmer ging, hinter seinem Rücken zugesperrt.

Er knipste die Deckenbeleuchtung, eine weiße Kugel, an. Der Raum erstrahlte in der hellsten Geschäftsbeleuchtung. Nirgends war etwas Ungewöhnliches zu entdecken. Dennoch überkam Herrn Omar, teils wegen des Anklopfens, teils wegen der versperrten Türen, die kribbelnde Empfindung, daß sich jemand in der Wohnung befand. Und nicht nur in der Wohnung: er spürte förmlich, daß der Fremde im Lagerraum sein mußte.

Herr Omar stand vor der versperrten Tür und blickte sich um. Da sah er in dem scharfen Geschäftslicht mit erschreckender Deutlichkeit, wie ein zusammengerollter Teppich, ein dunkelroter Anatol, 1½ : 2 m, sich bewegte. Genauso, als stünde jemand dahinter. Und jetzt bewegte sich noch ein anderes Exemplar, ein Schiraz. Herr Omar wurde von einem noch kribbelnderen Gefühl überrieselt und wußte, daß ein Unbefugter sich im Lagerraum aufhielt.

Im nächsten Augenblick kam eine Herrn Omar unbekannte Person von ziemlich ungemütlichem Aussehen, eine Dienstpistole in der Hand, hinter der Teppichrolle hervor. Gleichzeitig tauchte ein anderer Fremdling von ähnlichem Aussehen hinter dem Schiraz auf.

Dies alles war so schnell gegangen, daß Herrn Omar keine andere Wahl blieb, als die Hände hochzuheben. Der eine dieser Fremden durchsuchte seine Taschen, fand aber nur ein Abrechnungsbuch mit orientalischen Wachstuchdeckeln, das er in eine Ecke schleuderte. Dann wurde Herrn Omar bedeutet, sich still zu verhalten und mitzukommen. Er wurde davor gewarnt, um Hilfe zu rufen oder sonst ein Wort zu äußern.

Herr Omar, der keinen Rock mehr anhatte, ging unter vollkommenem, orientalischem Schweigen mit. Er stand in seinen abendländischen Hemdärmeln zwischen den beiden Fremdlingen eingeklemmt im Lift, ohne um Hilfe zu rufen oder sonst ein Wort zu äußern.

Vor dem Haustor wartete ein geräumiger Transportwagen mit leise brummendem Nachtmotor. Herrn Omar wurden die Hände rückwärtsgebunden, er wurde mit einem Knebel versehen und durfte sich dann in eine Ecke mit guten Luftverhältnissen neben einen anderen Fahrgast setzen, dem er guten Abend wünschte, ohne ein Wort zu sagen.

Das Wagenpersonal stellte sich auf seine Posten, das Motorgebrumm wurde lebhafter. Man war wieder unterwegs.

Der nächste Morgen war wolkig. Die schwerste Wolke hatte sich im Direktions-wagen niedergelassen. Nun waren Klein-Vanja und Klein-Erik ebenfalls verschwun-den. Man hatte per Telefon durch Privatdetektiv Tiegelmann eine beruhigende Mitteilung erhalten, die niemanden beruhigte. Er hatte erklärt, daß sich alles nach Berechnung abwickle und daß die ganze Angelegenheit auf schnellstem Wege bereinigt sein werde.

Man bedankte sich in der Direktion für die Tiegelmannschen Berechnungen. Nicht genug damit, daß Isabella fort war. Die Kinder waren weg. Der Kosakenritt mußte vom Programm gestrichen werden. Ebenso das orientalische Intermezzo. Die Direktion weigerte sich, den alten Muhammed Datteln austeilen zu lassen. Zwei Schimpansen wurden vermißt, und der Dresseur wies es von sich, mit dreien statt mit fünfen aufzutreten. Drei Schimpansen würden seinem Ansehen ernstlich schaden, erklärte er. Die Schimpansennummer mußte gestrichen werden.

Daß die Direktion derartige Berechnungen nicht schätzte, kann sich jeder leicht denken, der nur die geringste Erfahrung im Zirkusleben hat. Auch jemand, dem es an Erfahrung fehlt, kann sich dies leicht ausmalen. Direktor Gustavsson hatte sich am Telefon einer besonders kurzangebundenen Direktionsstimme bedient und erklärt, daß er sich an die Polizei wenden würde, wenn er bis zum Abend nicht alles zurückbekäme, was verschwunden war. Ob Herr Tiegelmann glaube, daß man sich volle Preise zahlen lassen könne, wenn es nichts zu sehen gab? »Nicht, daß wir hohe Preise hätten«, beteuerte er, »aber hier ist ja kaum noch eine Nummer übrig.«

Die alte Frau Gustavsson beharrte darauf, daß Tag und Nacht rings um das ganze Gelände Wachen aufgestellt werden sollten.

»Wir dürfen nicht so dumm und unpraktisch sein!« rief sie.

Also wurden Wachen aufgestellt. Verläßliche Leute, von der alten Frau Gustavsson selbst aus dem Zirkuspersonal ausgewählt. Sie erhielten genaue Anweisungen, nicht ein einziges Pferd oder anderes Tier, sei es unter welchem Vorwand auch immer, aus dem Zirkusgelände hinauszulassen.

Eine Stunde, nachdem die praktischen Wachen aufgestellt waren, verschwanden Castor und Pollux, die beiden Schecken. Ihr Verschwinden trug sich folgender-maßen zu:

Der alte Larsson fand sich im Direktionswagen ein und berichtete, daß Castor und Pollux die Köpfe hängen ließen. Sie machten keinen munteren Eindruck. Larsson konnte sich nicht denken, was mit ihnen los war.

»Das kommt natürlich daher, daß ihnen jemand irgendein ungeeignetes Futter gegeben hat!« schrie Direktor Gustavsson. »Es ist eine Unsitte, das Publikum im Stall umherrennen zu lassen. Das habe ich schon immer gesagt.«

»So wie es jetzt aussieht, können wir sie am Abend nicht vorführen«, meinte Larsson zu Frau Gustavsson gewendet.

Frau Gustavsson sah den alten Larsson mit einem völlig leeren Blick an. Dann schaute sie mit einem beinahe noch leereren Blick auf den Platz hinaus, wo der Kosak und einige andere Leute einen Wagen schoben, wobei sie auf ein Rad blickten und kopfschüttelnd feststellten, daß etwas entzwei sein müsse. Frau Gustavsson interessierte sich indessen nicht für zerbrochene Wagen. Wenigstens jetzt nicht.

Inzwischen war ihr Mann, Direktor Gustavsson, zum Tierzelt geeilt.

»Ich glaube nicht, daß es geht«, murmelte der alte Larsson, der hinter ihm nachtrottete.

Castor und Pollux standen mit hängenden Köpfen da, als habe sie ein schwerer Kummer getroffen. Trotz ihrer großen, lustigen Flecken waren diese Warmblüter ungewöhnlich düster.

Direktor Gustavsson schaute ihnen ins Maul und in die Augen. Dann gab er Befehl, sie sogleich ins Tierspital zu führen, das zum Glück ganz in der Nähe war. Er beauftragte den Italiener Adolfi, das eine Pferd zu führen, und dieser mit seinem südländischen Temperament befahl seinerseits einer Aushilfskraft, die eine ziemlich gute Hand mit Pferden gezeigt hatte, das andere Pferd zu führen.

Die verläßliche Wache der alten Frau Gustavsson, die an der rückwärtigen Gattertür stand, weigerte sich entschieden, sie hindurchzulassen. Direktor Gustavsson, der von seinem Platz aus sah, daß es irgendwelche Verwicklungen gab, mußte persönlich mit seiner kräftigsten Stimme den Befehl erteilen, sie hinauszulassen.

»Was sind das für Dummheiten!« schrie er.

Nach einer Weile rief er beim Tierspital an, um sich zu erkundigen, wie die Sache stehe. Eine Person, die, wie Direktor Gustavsson argwöhnisch meinte, nicht einmal ein Diplom besaß, antwortete, daß niemand irgendwelche scheckigen Warmblüter gesehen habe. Nach einer halben Stunde rief er wieder an und erklärte, daß es dringend sei.

»Hier spricht Direktor Gustavsson, Zirkus Rinaldo!« donnerte er.

Trotzdem hatte niemand ein Paar entkräftete Schecken gesehen.

Nun warf Direktor Gustavsson sich in ein Auto und fuhr durch den Park zum Tierspital. Die Pferde waren nicht dort.

Nach seiner Rückkehr lief er überall umher und fragte, ob niemand Adolfi gesehen habe. Im Stall hatte man ihn nicht gesehen und auch sonst nirgends. Die Aushilfskraft hatte auch niemand gesehen.

Dies geschah also eine Stunde nachdem die alte Frau Gustavsson ihre praktischen und verläßlichen Wachen aufgestellt hatte.

Kurze Zeit später erhielt der Direktor die Mitteilung, daß die beiden irischen Ponys vermißt wurden. Der Wachtposten an der kleineren Gittertür hatte sich einmal entfernt. Er war zum Telefon gerufen worden, also ging er für einen Augenblick zum Artistenapparat, aber alle konnten beschwören, daß keine Ponys, weder irische noch irgendwelche von einer anderen Rasse, über den Platz geführt worden waren. Das hätte man sehen müssen. Der ganze Platz sei vollkommen frei von Ponys gewesen.

Als Direktor Gustavsson zu seinem Wagen zurückkehrte, machte die festliche und wohlgepflegte Haartolle über seiner Stirn einen gebrochenen Eindruck.

Die Nacht in der Holzbude war für Vanja und Erik, die mit einem alten, schimmeligen Sack bedeckt auf den Sägespänen lagen, entsetzlich lang gewesen. Müde, wie sie waren, schliefen sie ziemlich bald ein, erwachten aber nach wenigen Stunden, als der nächste Transport im Hof eingeliefert wurde und Landvermesser Lundin samt Herrn Omar beim schwachen Schein einer Taschenlampe in die Bude hineingeschoben wurden.

Nach und nach begann ein wenig graues Licht durch die Ritze unter der Tür hereinzusickern, und auch durch ein paar Ritzen in den Bretterwänden sickerte ein bißchen Dämmerung. Es war schauerlich. Graues Morgenlicht in einem stillgelegten Holzschuppen gehört zu den widerlichsten Lichtern, die es gibt. Da war es fast tröstlicher, als es noch ganz finster war.

Nach einer weiteren Stunde hörte man draußen ein kräftiges Gähnen und dann laute Stimmen.

»Willi rechnet damit, daß er irgendwann am Vormittag mit dem Karren hier sein wird.« Das war die Stimme des Kosaken.

»Das ist wohl keine Neuigkeit«, warf eine andere Stimme ein.

»Wenn wir die ganze Ladung auf den Weg zum Schiff gebracht haben, müssen ein paar von uns hier bleiben. Tiegelmann können wir nicht vor ein, zwei Tagen loslassen. Und diesen arabischen Schnüffler auch nicht.«

»Ein Tag ist auf keinen Fall genug«, vernahm man wieder die andere Stimme. »Es müssen mindestens zwei oder drei sein.«

»Willi soll das machen, wie er meint. Er hat vielleicht andere Pläne. Ich für meinen Teil möchte am lieb —«

Die Stimmen entfernten sich.

»Jaso«, sagte Bezirksvermesser Lundin. Er blickte auf seine goldene Uhr, dem Geschenk einiger Kollegen zu seinem fünfzigsten Geburtstag. »Es ist sieben. Guten Morgen!« Dabei streckte er sich. Herr Omar verbeugte sich in dem düsteren Dämmerlicht und wünschte ebenfalls einen guten Morgen.

Erik und Vanja verwunderten sich darüber, daß weder Herr Omar noch der Feldvermesser die geringste Unruhe zeigten. Einen unheimlicheren Ort als diesen Holzplatz hier konnte es doch nicht geben! Und wie wollte Onkel Tiegelmann Isabella zurückschaffen, wenn er selbst hier saß?!

Onkel Omar nahm vorsichtig seinen roten Fez ab, und zum allgemeinen Erstaunen sah man sechs kleine, feine Schokoladetafeln auf die Holzspäne und das Sägemehl fallen, gefolgt von einer Rolle saurer Bonbons in verschiedenen hübschen Farben und einer netten Packung gefüllter Waffeln. Man konnte sich keinen besseren Fez denken.

»Ich habe ein geringfügiges Frühstück mitgenommen, als ich zu diesem Ausflug eingeladen wurde«, erklärte Herr Omar.

»Hast du denn gewußt, Onkel Omar, daß du gefangen wirst?«

»Was geschehen soll, das pflegt meiner geringen Erfahrung nach auch zu geschehen. Sofern es nicht auf eine andere Art geschieht, aber auch dann geschieht es«, belehrte Herr Omar. Seine Augen waren dunkel und unergründlich wie die orientalische Nacht.

Jeder nahm sich eine Zitronenwaffel, und Erik fragte:

»Wie ist es nur gekommen, Onkel Tiegelmann, daß sie dich gefangen haben?«

Der Landvermesser, der sich gerade eine neue, gute Morgenwaffel genommen hatte, konnte bis auf weiteres nicht antworten.

Einige Stunden später kamen die Stimmen zurück, das Vorhängschloß klirrte, und die Tür wurde aufgerissen.

In der Türöffnung stand der Kosak von Tranas, hinter ihm zeichneten sich zwei andere Gestalten gegen das düstere Morgenlicht ab. Es war das bewaffnete Wagenpersonal.

»Wie geht es den Herrschaften?« erkundigte sich der Kosak.

Niemand in dem Schuppen gab Antwort.

»Nein, so etwas, Tiegelmann hat auf einmal Interesse für Pferde«, höhnte der Kosak.

Nun kam er in den Schuppen herein.

»Setzt euch an die Wand, in jede Ecke einer, damit man weiß, wo man euch hat«, befahl er.

Die vier Nachtgäste setzten sich jeder in seine Ecke. Der Kosak selbst stellte sich mitten in den Schuppen, die beiden anderen blieben an der Tür stehen.

»Jetzt glaube ich wirklich, Tiegelmann könnte mit seinem Schwindel aufhören«, begann der Kosak wieder. »Hat ja keinen Sinn mehr. Geben Sie die Augengläser herunter.«

Der Bezirkslandvermesser nahm die Augengläser ab.

»So ist es recht. Und jetzt pflücken wir uns die Perücke und diese lächerlichen Augenbrauen ab, dann sieht es gleich ein bißchen gemütlicher aus.«

Der Landvermesser traf keine Anstalten, sich die Haare und die Augenbrauen abzupflücken. Er saß ruhig in seiner Ecke. Der Kosak trat heran und stellte sich breitbeinig vor ihm auf. Das Wagenpersonal paßte scharf auf, jederzeit bereit, einzugreifen.

»Haben Sie gehört, Tiegelmann?«

Da antwortete der Mann in der Ecke leise:

»Nein, er hat es nicht gehört.«

Es wurde ganz still in der Bude. Der Kosak konnte schreien, wie er wollte. Er stellte sich noch breitbeiniger hin und brüllte:

»Es hatte keinen Sinn mehr, sage ich!«

»Ich für meinen geringen Teil bin derselben Ansicht«, kam es aus der arabischen Ecke.

»Du dort sei still, alter Schnüffler!« schrie der Kosak und starrte den Schnüffler an, der mit einer arabischen Verbeugung still war.

»Herunter jetzt mit der Perücke und den Augenbrauen! Wir sind nicht auf einer Maskerade, falls Sie sich das einbilden sollten, Tiegelmann!«

»Ich kann aber nichts heruntertun«, kam es mit ruhiger und klarer Stimme aus der Landvermesserecke. Diese Ecke hatte also nicht einmal soviel Verstand, sich zu fürchten, genauso wie die arabische Ecke.

Der Kosak streckte zornig die Hand nach einer von des Landvermessers Augenbrauen aus und zog mit einem noch nie dagewesenen Ruck daran.

Die dunkle, buschige Braue saß fest wie angewachsen. Der Landvermesser verzog das Gesicht zu einer leichten Grimasse, äußerte aber nichts.

Der Kosak sah in diesem Augenblick teils verwundert, teils zornig aus. Auf jedem aufgelassenen Holzplatz ist dies eine besonders gefährliche Mischung.

Er griff heftig in die Haare des Landvermessers und riß rasend vor Wut daran. Bis auf eine unbedeutende Strähne, die ihm in der Faust blieb, erzielte er keine Veränderung. Das Haar saß felsenfest. Und doch hatte Wiesel-Adolfi dem Kosaken sehr genau erklärt, wie lächerlich diese Verkleidung sei, die nicht einmal ein Kind hinters Licht führen könne. Um wieviel weniger einen Reiter oder ein Wiesel.

Aus der arabischen Ecke hörte man nun etwas, was einem unterdrückten, arabischen Gelächter sehr ähnlich war.

Der Kosak, der nun völlig erstaunt und wütend aussah, drehte sich jählings zu dieser Ecke um. Die Ecke verbeugte sich. Da ging er hin und hieb dem Schnüffler, um einen Anfang zu machen, den lächerlichen roten Fez vom Kopf, daß er zwischen die Sägespäne rollte. Dann stach ihm der kleine schwarze Schnurrbart des Schnüfflers in die Augen. Trotz seiner Wut wußte er sehr genau, daß der Dattelschnüffler, der im Zirkus Rinaldo auf dem Kamel ritt, einen natürlichen Schnurrbart besaß. Andererseits wußte er schon nicht mehr, was er nun beginnen sollte. Deshalb faßte er nach dem Schnurrbart des Schnüfflers und riß daran.

Der Schnurrbart blieb ihm in der Hand.

Gedämpftes Lachen vom Landvermesser. Da riß der Kosak in Ermangelung eines Besseren dessen Augengläser an sich, da der Landvermesser die Frechheit besessen hatte, sie wieder aufzusetzen, und schleuderte sie gegen die Wand, daß sie zerbrachen. Der Landvermesser blinzelte, gab aber keinen Laut von sich.

Nun stand der Kosak wieder mitten im Schuppen und wußte nicht, was er unternehmen sollte. Selbst in diesem dämmerigen Licht konnte man erkennen, daß er ängstlich dreinzuschauen begann. Die beiden Wachposten standen nur da und gafften.

In diesem Augenblick hörte man das Signal des Transportwagens. Der Kosak und die Wachposten sprangen hinaus, versperrten die Tür und galoppierten zum Tor, das sie mit einer gewissen Erleichterung weit aufrissen, während der Landvermesser drinnen in der Bude sich mit der größten Ruhe eine Reservebrille aufsetzte.

Das Transportauto fuhr rasch in den Hof herein, dicht gefolgt von einem Polizeiauto, das ebenso rasch nachkam. Polizisten von äußerst sicherem und verläßlichem Aussehen tauchten plötzlich im Tor auf, das hastig geschlossen wurde. Auf dem Wagen waren ein größerer, gefesselter Geschäftsmann in einem Übergangsmantel, ein kleinerer im Stalloverall mit spitzen, italienischen Schuhen und vier andere ebenfalls gefesselte Geschäftsleute in Stallmänteln transportiert worden. Sie wurden von bewaffnetem Wagenpersonal bewacht. Weiters befanden sich auf dem Wagen zwei weiße Warmblüter mit großen, rotbraunen Flecken und hängenden Köpfen, sowie zwei quicklebendige irische Ponys.

Der Transportwagen wurde von Privatdetektiv Teffan Tiegelmann gefahren. Ihm zur Seite saß Herr Omar.

Die Sonne, die sich den ganzen Morgen hinter einer langsamen Herbstwolke versteckt hatte, begann plötzlich zu strahlen.

Aus einer der Buden hörte man ein anglo-arabisches Wiehern.

13 *Teffan Tiegelmann erstattet Bericht*

Es war ein einmalig schöner Herbsttag am Stadtrande von Stockholm. Die Luft war klar und der Himmel rinaldoblau. Der Verkauf der Eintrittskarten am Eingang wurde heute von einer anderen Kraft besorgt: die alte Frau Gustavsson hatte an Wichtigeres zu denken. Sie stand in ihrer roten Bluse neben dem Direktionswagen, beschattete die Augen mit der Hand und blickte die Straße hinab, auf der man bis jetzt nichts anderes wahrnahm als den gewöhnlichen Verkehr.

»Seht ihr, ich habe es ja gleich gesagt, daß Herr Tiegelmann alles einrenken wird«, behauptete sie.

»Hauptsache, wir bekommen Isabella wieder«, äußerte Frau Gustavsson. Sie saß auf einem Stuhl in der Sonne, einen langen, feuerroten und festlichen Handschuh in der Hand. Sie mußte einen der Säume zunähen, der geplatzt war. Im übrigen hatte sie sich schon im voraus ihre gutsitzenden Reithosen angezogen, um ohne einen Augenblick Verzögerung mit dem Training der Phantasie-Gavotte beginnen zu können. »Hauptsache, wir bekommen Isabella wieder«, sagte sie noch einmal. »Das ist das Wichtigste!« Dabei verzog sie um ein Winziges ihren Direktorsgattinnenmund.

»Ja, aber das meine ich doch auch!« stimmte die alte Frau Gustavsson zu, die so praktisch veranlagt war, und hielt noch schärfer Ausschau.

Direktor Gustavsson trug ebenfalls Reithosen, die alten graukarierten, die er beim Training und beim Anhören von Personalbeschwerden zu tragen pflegte. Er schritt barhaupt auf und ab und rauchte während des Wartens eine Premiere.

Jetzt konnte man in dem übrigen Verkehr einen besonders hohen, schneidig dahinbrausenden alten Expreßwagen unterscheiden, der vielleicht vollbesetzt war, aber ebensogut leer sein konnte, da das Heck so hoch war, daß nicht ein einziger Kopf darüber hinausragte.

Der Wagen hielt vor dem Eingang zum Zirkus Rinaldo, die rückwärtige Hecktür wurde aufgerissen. Nun sah man, daß die ganze Ladefläche schwarz von Leuten war. Sie standen in zwei Gruppen: die eine bestand aus sechs oder sieben Personen mit besonders düsteren Gesichtern, unter denen man einen kleinen Mann mit spitzer Nase bemerkte, der einen Stalloverall und kleine, wohlgeputzte, spitze, italienische Schuhe trug — der Pferdewärter Wiesel-Adolfi. Weiters stand dort ein Kosak, der abgesessen hatte. Auch einen Geschäftsmann konnte man sehen, unter dessen imprägniertem Übergangsmantel ein Paar untadeliger Löwen-Hosen mit schlachtschiffgrauen Bügelfalten sichtbar wurden. Der Mann in den Untadeligen hatte ein flaches, ausdrucksloses Wandgesicht, weshalb es unmöglich war, vom Aussehen auf den Stand der Geschäfte zu schließen. Außerdem bemerkte man in dieser Gruppe eine Anzahl düsterer Passagiere, von welchen einige vor kurzem noch eine Anstellung im Stall des Zirkus Rinaldo innehatten, während man ein paar andere draußen auf dem Feld arbeiten gesehen hatte.

Diese Gruppe wurde von einer anderen bewacht, die am rückwärtigen Ende des Wagens postiert war. Alle Personen dieser Gruppe waren mit Dienst- oder Reservepistolen bewaffnet. In dieser Gruppe unterschied man einige Polizisten. Andere folgten dicht hinterher in einem Auto.

Von dem Transportauto, das mit laufendem Motor vor dem Zirkuseingang hielt, sprang nun der größte Teil der hinteren Gruppe herunter: Privatdetektiv Teffan Tiegelmann, Stockholm, sein Freund Herr Omar von der arabischen Wüste, Bezirkslandvermesser Lundin aus einem gutgeführten, mittelschwedischen Distrikt sowie der Teppichhändler Omar, wohnhaft in der Observatoriumstraße.

»Ja«, sagte Tiegelmann, »dann wünschen wir also glückliche Reise, Herr Wiesel!«

Auf seinem Platz im Transportwagen knirschte Willi Wiesel-Adolfi in ohnmächtiger Wut mit den Zähnen.

»Wie gesagt, Herr Wiesel«, fuhr Tiegelmann fort, während er seinen Rockärmel abbürstete, »man trifft sich eben zuweilen, auf dem einen oder anderen Holzplatz.«

Willi Wiesel schäumte vor wahnsinniger Transportwut. Der Mann mit der Löwen-Hose und dem Wandgesicht verzog überhaupt keine Miene. Das einzige, worüber er möglicherweise grübelte, war, ob er nicht einfach das ganze Auto umwerfen solle. Da ihm jedoch einfiel, daß er sich selbst darauf befand, mußte er diesen Gedanken aufgeben. Der Kosak äußerte nichts, trug aber eine höhnische Miene ohne Beispiel zur Schau.

Alle drei beobachteten mit düsterem Zorn, wie der Bezirkslandvermesser Lundin und der Teppichhändler Omar ohne Schnurrbart sich höflich verabschiedeten, ehe das Auto weiterfuhr.

»Danke für die Hilfe, Jungens!« rief Tiegelmann den Polizisten zu. »Nun werdet ihr schon allein fertig. Ich werde ehestens meinen Rapport abgeben.«

Die vier Fahrgäste spazierten mit raschen Schritten in das Rinaldosche Zirkusgelände. Die ganze Direktion kam ihnen strahlend entgegen. Aber als die Direktion näherkam, war sie ganz verblüfft. Man kann sich keine verblüfftere Direktion denken.

Der erste war Privatdetektiv Tiegelmann. Darüber konnte kein Zweifel bestehen. Dann kam Privatdetektiv Tiegelmann als Landvermesser Lundin verkleidet. Auch das konnte kein Irrtum sein. Ehe man sich von diesem Mirakel erholt hatte, entdeckte man Herrn Omar, der leise plaudernd neben Herrn Omar ging. Der einzige Unterschied zwischen ihnen bestand darin, daß Herr Omar einen Rock trug, während Herr Omar wegen des schönen Herbstwetters in Hemdärmeln ging. Ein anderer unbedeutender Unterschied bestand darin, daß Herr Omar einen schwarzen Schnurrbart besaß, wogegen Herr Omar glattrasiert war.

Man konnte sich keine verblüfftere Direktion denken.

»Guten Tag!« begrüßte Tiegelmann die gesamte Direktion. »Herrlicher Tag, ungewöhnlich schönes Herbstwetter.«

»Es ist mir ein großes Vergnügen, mich wieder auf dieser Arbeitsstätte zu befinden«, beteuerte einer der Herren Omar (im Rock) mit einer Verbeugung.

Tiegelmann stellte nun der Direktion den Bezirkslandvermesser Lundin und den Teppichhändler Omar vor.

Man war begierig, zu erfahren, wann die Kinder und Isabella zurückkommen würden. Gustavssons zum Beispiel konnten sich für nichts anderes interessieren.

»Tja«, meinte Tiegelmann, auf die Uhr blickend, »es wird wohl nur noch eine kleine Weile dauern.«

»Ich habe im Wagen Kaffee bereitgestellt«, ließ sich nun die alte Frau Gustavsson vernehmen. »Aber wir warten doch, bis Klein-Vanja und Klein-Erik kommen?«

Alle hielten es für das beste, zu warten. Man ließ sich vor dem Direktionswagen auf verschiedenen Stühlen nieder.

»Nun wollen wir hören, wie alles zugegangen ist. Alles!« bat Direktor Gustavsson.

»Es war eigentlich ein sehr einfacher Fall«, bemerkte Tiegelmann. »Obwohl er andererseits sehr kompliziert war. Ungewöhnlich. Das heißt, in gewisser Beziehung«, fügte er mit einem Blick auf die Uhr hinzu. »Die Schwierigkeit lag gerade darin, daß man mich sofort erkannte. Die Kinder erzählten dem Kosaken, daß ich gekommen sei. Ich wurde trotz meiner sorgfältigen Verkleidung schon auf dem Weg hierher beschattet. Ich hatte mich in eine genaue Kopie meines alten Freundes Lundin hier verwandelt. Oft ist es besser, sich nach einem bestimmten Modell zu richten. Aber es half nichts.«

»Nein, nein«, warf Bezirkslandvermesser Lundin mit sehr vergnügter Miene ein. »Und Herr Omar erhielt sofort einen Warnbrief. Nun war es klar: wir hatten es mit Wiesel zu tun. Kein anderer konnte wissen, daß Herr Omar viele Male vorher so freundlich war, mir als Reservekundschafter zu helfen.«

»Das Vergnügen dürfte ausschließlich auf meiner geringen Seite gewesen sein«, versicherte Herr Omar mit einer taktvollen, arabischen Verbeugung.

»Absolut nicht, Herr Omar. Also. Das mit dem Bezirkslandvermesser konnte man nicht fortsetzen. Ich war durchschaut.«

Dies schien Herr Lundin ungeheuer lustig zu finden. Er sah sich mit einem quietschvergnügten Blick hinter seinen Augengläsern um.

»Was die Liga brauchte, war vor allem Ruhe zur Arbeit«, setzte Tiegelmann fort. »Ich wußte, daß sie versuchen würden, uns unschädlich zu machen, sobald sie an uns herankommen konnten. Sie hatten uns bis zur Wohnung des Teppichhändlers Omar in der Observatoriumstraße beschattet. Deshalb verließen Herr Omar und ich das Haus durch einen Hinterausgang, über den Hof. Unsere Freunde blieben weiter stehen, sie glaubten uns noch in der Wohnung. Herr Teppichhändler Omar, der sich gerade bei einem Geschäftsfreund aufhielt, wurde um halb eins zu Hause erwartet.«

Der Teppichhändler verbeugte sich schweigend in seinen abendländischen Hemdärmeln. Seine Augen waren dunkel und unergründlich wie die arabische Nacht. Er war seinem Vetter, Herrn Omar, zum Verwechseln ähnlich.

»Ich hatte den Teppichhändler und meinen Freund Lundin hier im voraus angerufen und sie gefragt, ob sie uns in einer kleinen Sache helfen wollten. Es galt nur, sich von der Liga gefangennehmen zu lassen. Eine Routinesache. Beide gelangten auf dem Hinterweg, über den Hof, in das Haus in der Observatoriumstraße.«

»Ja«, fiel der Landvermesser ein, »in meiner Jugend wollte ich Privatdetektiv werden und eignete mir auch einige Praktiken an. Mein Vater hatte zu seiner Zeit nichts dagegen, aber meine Mutter wollte unbedingt, ich solle Landvermesser werden. Jedenfalls konnte ich mir in dieser Branche einige Übung erwerben.«

»Nun«, fuhr Tiegelmann fort, »Teppichhändler Omar und Herr Lundin wurden also ergriffen und fortgeschleppt. Jetzt«, unterbrach er sich und glich plötzlich einem Habicht, »jetzt hatten wir endlich freie Hände. Und wir wußten, daß nun die Transporte in Schuß kommen würden.«

»Nein, so etwas!« wunderte sich die alte Frau Gustavsson.

»Der sogenannte Direktor war schon vorher freundlich genug gewesen, in meine Tasche einen Zettel mit der Telefonnummer für das Transportauto zu stecken. Ich bestellte das Transportauto und bereitete den Scheintransport des alten Bukefalos zur Sammelstelle auf dem Holzplatz vor. Unsere jungen Freunde sollten mit dem Rad nachfahren. Sie wurden gefangen.«

»Ja, wissen Sie, Herr Tiegelmann, das wollte mir gar nicht gefallen. Das hätte ja so schlimm wie nur möglich ausgehen können«, sagte Frau Vanja und blickte den Privatdetektiv mit dunklen Direktionsaugen ohne das geringste 100-Watt-Lächeln an.

»Tja«, entgegnete Tiegelmann, »ich hielt das Risiko nicht für so groß. Lundin beobachtete die Abfahrt hinter einem Baum unten im Park. Und als er sah, daß die Kinder auf dem Wagen festgehalten wurden, folgte er nach und behielt das Ganze im Auge.«

»Dann natürlich«, seufzte die alte Frau Gustavsson erleichtert.

»Außerdem wußten wir ja, daß ich und Herr Omar, das will sagen, Lundin hier und der Teppichhändler Omar, ebenfalls bald ergriffen und dorthin gebracht werden würden.«

Alle bedachten diesen sinnreichen Plan. Der Verkehr auf der Straße flutete wie gewöhnlich. Aber einer von der Gesellschaft glaubte plötzlich etwas Ungewöhnliches zu sehen und erhob sich halb vom Stuhl. Alle anderen richteten sich nun auch auf, um einen besseren Überblick zu gewinnen, sanken aber sogleich wieder zurück, da der Verkehr gewöhnlicher denn je dahinflutete.

»Die Kinder hielten sich ausgezeichnet auf dem Holzplatz. Ausgezeichnet. Sie fürchteten sich nicht«, berichtete Tiegelmann weiter. »Aber jetzt kommt das Lustige. Statt der Telefonnummer für das Auto des Direktors hatte ich meine eigene Nummer in die Tasche von Wiesels Anzug hinter dem Vorhang gesteckt. Sowie nun alles zum großen Schlußtransport klar war, brauchte ich mich nur in mein Büro zu setzen und auf die Meldung zu warten. Und so kam es! Wiesel-Adolfi rief selbst an und glaubte, mit dem Direktor zu sprechen. So erfuhr ich den genauen Zeitpunkt für den letzten großen Schlag. Wiesel teilte ihn mir selbst mit.«

»Aber das ist ja geradezu frech!« rief Direktor Gustavsson mit leuchtenden Augen. »Geradezu frech, nicht?!« wiederholte er und zeigte alle Zähne in einem zufriedenen Lachen.

»Tja«, meinte Tiegelmann anspruchslos, »man muß sich eben helfen wie man kann. Dann rief ich also den Direktor an — ich hatte ja seine Nummer — und gab die Bestellung genauso weiter. Und so hatten wir die ganze Liga beisammen. Keiner von ihnen, weder Adolfi noch der Kosak noch ein anderer von ihren Helfershelfern hatte im Sinn gehabt, wieder hierher zurückzukommen. Das wäre ja auch unmöglich gewesen. Sie gedachten sich in Rauch aufzulösen und die Tiere einfach mit irgendeinem Schiff fortzuschaffen.«

»Nun müssen wir aber erfahren, wie sie es fertigbrachten, die Tiere hinauszuschmuggeln«, bat die alte Frau Gustavsson.

»Die Schecken bekamen jeder eine Spritze, so daß sie krank aussahen und ins Tierspital mußten. Wir wissen ja, daß sie statt dessen auf dem Holzplatz landeten. Ich sandte einen Veterinär nach, der ihnen eine kräftige Gegenspritze verabreichte, so daß sie sich bald wieder erholten. Wir dürfen sie jeden Augenblick hier erwarten.« Wieder warf Tiegelmann einen Blick auf die Uhr. Alle richteten sich halb in ihren Stühlen auf, sanken aber wieder zurück, da man in dem Verkehr keine Schecken ausnehmen konnte.

»Aber Isabella?« fragte Frau Gustavsson.

»Die Ponys?« gab Tiegelmann zurück. »Die bekamen sie durch einen ungewöhnlich frechen kleinen Streich hinaus. Zuerst rollten sie Adolfis Wagen zum Eingang des Tierzeltes. Sie bückten sich zu den Rädern und ließen verlauten, daß irgendetwas entzwei sei. So brachten sie die kleinen Pferde in den Wagen hinein! Dort standen sie, während vier Männer den Wagen quer über den Platz schoben und darüber redeten, daß etwas zerbrochen sei.«

»Das habe ich ja gesehen!« rief Frau Gustavsson. »Ich glaubte, es sei an dem Wagen etwas nicht in Ordnung.«

»Eben das«, bestätigte Tiegelmann. »Sie stellten den Wagen ganz nahe an den rückwärtigen Eingang. Dort holten sie die Tiere aus dem Wagen und ließen sie durch das Gittertürchen hinaus. Es war unmöglich, das von hier aus zu sehen, weil der Wagen sie abschirmte, und später verbargen sie die Bäume. Außerdem standen einige von den Gaunern da und machten sich an den Rädern zu schaffen.«

»Och!« rief Frau Vanja mit Abscheu in der Stimme. »Aber Isabella? Mitten in der Vorstellung, vor dem ganzen Stallpersonal?«

»Dann haben wir die Schimpansen«, fuhr T. Tiegelmann unbekümmert fort. »Das ist eine lustige kleine Geschichte. Der Kosak biederte sich an den Dresseur an und machte sich mit den Schimpansen bekannt. Er trieb seine Possen dort und schwatzte mit ihnen und gab ihnen jedesmal Bananen, bis die Schimpansen ihn schließlich kannten. In einem unbewachten Augenblick kam er mit einem ganzen Bündel Bananen und holte einen aus dem Käfig heraus. Der Schimpansenkäfig steht ganz dicht neben der Zeltbahn. Die Fahrräder hatte er draußen vor die Hintertür gestellt. Im Finstern war es ja nicht so schwer, den Schimpansen dorthin zu führen. Er zog dem Tier eine lange Hose an und stülpte ihm eine Schimütze über die Ohren, und wenn jemand etwas fragen sollte, wollte er sagen, es handle sich um einen kleinen Negerjungen, um den er sich annehmen müsse. Das ist so frech, daß es beinahe unglaublich klingt.«

»Man möchte sich am liebsten weigern, so etwas zu glauben!« empörte sich Direktor Gustavsson.

»Aber jetzt möchte ich wirklich wissen, wie sie Isabella hinausbekommen konnten, ohne daß eine lebende Seele es sah!« rief Frau Gustavsson. Sie hatte sich die ganze Zeit mit ihrem feuerroten Handschuh beschäftigt. Nun legte sie ihn beiseite und blickte Privatdetektiv Tiegelmann erwartungsvoll an.

»Das müssen wir unbedingt erfahren, hörst du, Teffan!« pflichtete Bezirkslandvermesser Lundin bei und blinzelte lebhaft hinter seinen Augengläsern.

Die Herren Omar verbeugten sich zustimmend unter abwartendem, arabischem Schweigen!

»Isabella?« sagte Tiegelmann. »Das war beinahe das Einfachste!« Er stand hastig auf. »Jetzt haben wir Isabella hier!« rief er.

Alle erhoben sich, und diesmal sanken sie nicht mehr auf ihre Stühle zurück.

»Na also! Endlich haben wir sie hier!« rief die alte Frau Gustavsson aus. Sie suchte nach einem Gegenstand, auf den sie hinaufsteigen konnte, um einen besseren Überblick zu haben, aber da sie nur ein altes Waschgestell entdeckte, ließ sie es bleiben.

Isabella kehrt zurück 14

Etwas Ähnliches hatte man nie zuvor auf der Reichsstraße gesehen. Die Verkehrsteilnehmer mußten anhalten oder mindestens langsamer fahren, um sich das anzusehen.

Zuerst kamen Vanja und Erik auf ihren kleinen Pferden geritten, die lebhafter und dem Format nach passender denn je wirkten, mit ihren kurzen, flinken Beinen und den zerzausten irischen Köpfen. Vanja und Erik waren unterwegs an einer goldenen Brezel vorbeigekommen, und ein besseres Wegzeichen konnte man nicht verlangen. Sie hatten die Brezel angeguckt und gelacht: Nun wußten sie sicher, daß sie auf dem Heimweg waren.

Dann kam Isabella.

Es gab keinen Zweifel. Schon von weitem sah man, daß es Isabella sein mußte, denn so schneeweiß konnte kein anderes Pferd sein, und so einzigartig leicht und anglo-arabisch konnte kein anderes einhertänzeln.

Sie kam mit ihrer schönen Decke in blauestem Rinaldoblau herangetrippelt, am Zügel geführt von einem älteren Stallknecht von verläßlichem Aussehen, der eine Reithose und eine gemütliche gelbe Weste trug. Die schneeweiße Stute tänzelte dauernd. Nahm sie einmal drei Schritte in gewöhnlichem Takt, dann war das schon viel. Nachher mußte sie gleich wieder tanzen. Sie wiegte ihr Hinterteil und den wogenden, musikalischen Schweif, während der kleine feine anglo-arabische Kopf vom Stallknecht festgehalten wurde, der unerschütterlich in seiner ernsthaften Reithose weitertrottete.

Hinter Isabella erblickte man Castor und Pollux mit ihren edlen Formen, die auf Grund ihrer großen rotbraunen Zeichnungen gleich eine gewisse Munterkeit verbreiteten. Sie machten einen so munteren Eindruck wie immer und ließen die Köpfe nicht im geringsten hängen. Sie trugen gutsitzende karierte Decken in Kamelhaarfarbe mit einem großen roten »R« in der Ecke. (Die rinaldoblaue Farbe war etwas heikel, deshalb hatte Direktor Gustavsson nur eine begrenzte Anzahl Decken in dieser Farbe nähen lassen.) Die beiden weißen, rotgescheckten Araber tanzten ebenfalls, wenn auch mit etwas feurigeren und gleichsam lustigeren Seitenschritten. Sie wurden von zwei vollkommen zuverlässigen und befugten Stallburschen geführt.

Auf die Schecken folgte ein Fuchs, der stattliche alte Reservearaber Bukefalos, geführt von einer verläßlichen und vernünftigen Kraft in etwas zu engen Reithosen. Bukefalos hatte eine von den hellblauen Decken, eine etwas ältere, verblichene, aber immer noch außerordentlich schöne Rinaldodecke. Bukefalos tänzelte nicht. Er ging mit leichten, gemessenen Schritten und trug den Kopf mit den wachsamen Augen hoch. Es sah aus, als ob Bukefalos die Augen verdrehen wollte, es aber bei näherem Nachdenken lieber sein ließ.

Nichts kann feiner sein als ein Reitpferd, das zu fein ist, um unnötig geritten zu werden und deshalb mit einer Decke auf dem Rücken geführt werden muß. Man kann sich nichts Feineres denken als ein solches Pferd. In diesem Fall waren es sogar ihrer vier. (»Wir müssen wirklich einmal in den Zirkus gehen.«)

Der interessante und abwechslungsreiche Zug, der überall, wo er vorbeikam, großen Beifall erntete, wurde von zwei radfahrenden Schimpansen in gutsitzenden roten Höschen (aber ohne Schimützen und andere unpassende Wintersachen) beschlossen. Diese zwei Schimpansen wurden von einem wachsamen Dresseur mit Artistentemperament und gründlicher Fachausbildung begleitet. Da er indessen gekleidet war wie andere Leute auch, nahm man von ihm, trotz seiner Ausbildung, nicht sonderlich viel Notiz. Die lustigen Schimpansen in ihren roten Höschen, die so tapfer die Pedale ihrer kleinen, spezialangefertigten Fahrräder traten, bildeten den allseits beliebten Abschluß des Zuges. (»Ja, da müssen wir wirklich einmal hingehen!«)

Nun bog der Zug in das Rinaldosche Gelände ein.

»Meine lieben Kinder!« rief Frau Vanja. Sie eilte ihnen entgegen und schloß Vanja und Erik in die Arme. Dann streichelte sie Isabella. Dabei zeigte sie ein

Lächeln, das beinahe noch strahlender war als das, dessen sie sich in der Manege bediente.

»Liebe Kinderchen!« sagte die alte Frau Gustavsson mit gebrochener Stimme und reihte sich zwischen den Ponys ein, die sie zu dem Wohnwagen hinführte. »Nein, so etwas«, murmelte sie.

»Hierher!« rief Frau Vanja und winkte mit erhobenen Armen der gelben Weste zu, die zwar verläßlich war, aber zuweilen eine Art eigensinnigen Unverstand im Dienst zeigte. Jetzt wollte er mit Isabella im Stall verschwinden, als ob nichts geschehen sei. »Hierher!« wiederholte Frau Vanja mit erhobenen Armen.

Alle versammelten sich um den Direktionswagen. Die Pferde wurden getätschelt, und den Schimpansen gab man zur Begrüßung die Hand.

Im Wagen war ein ausgezogener Kaffeetisch für neun Personen gedeckt. Einen gemütlicheren Kaffeetisch kann man sich nie und nimmer denken. Jeder, der es einmal versucht hat, weiß, daß man nirgends so gut Kaffee trinken kann wie in einem Wohnwagen. Die kleingewürfelten Gardinen wehen in dem sanften Wind, die Septembersonne strömt durch die kleinen Fenster herein und vergoldet den ganzen Wagen.

Mitten auf dem Tisch stand eine Sahnetorte für achtzehn Personen (oder für neun, falls jeder zwei Stücke nahm, und das tut man immer in einem Zirkuswagen, wenn eine Isabella zurückgekommen ist). Auf der Torte stand in roten Buchstaben ISABELLA. Es gab auch kleine Kuchen verschiedener guter Sorten, die von der alten Frau Gustavsson persönlich ausgewählt worden waren, denn sie mochte nicht alle Sorten und hatte in dieser Beziehung kein volles Vertrauen zu Vanja. Außerdem lag eine Anzahl schlichter, aber ungemein gut gebackener Semmeln in einer Tüte auf dem Tisch. Daneben stand ein Teller mit guten Zuckerstücken. Zwei Vasen mit Astern und Levkojen bildeten den Tafelschmuck. Man konnte sich keinen schöneren und gemütlicheren Kaffeetisch denken.

Die Semmeln waren für die Pferde bestimmt. Jedes bekam vier und dazu eine Menge Zuckerstücke. Sie standen kauend an der Wagentür, und alle klopften ihnen den Hals, daß es klatschte. Auch die Schimpansen erhielten Semmeln und Zuckerstücke.

»Nun also, tretet ein, bitte, dann wollen wir ein bißchen Kaffee trinken«, lud die alte Frau Gustavsson ein.

Die Pferde und Schimpansen wurden zum Zelt geführt, und man versammelte sich um die Isabella-Torte und den duftenden Wagenkaffee der alten Frau Gustavsson. Als man mit dem ersten prächtigen Tortenstück fertig war, sagte Frau Gustavsson:

»Aber jetzt, Herr Tiegelmann, müssen wir endlich hören, wie Isabella verschwinden konnte!«

»Wir wissen alles!« schrie Klein-Vanja hinter einem Berg Sahne.

»Klein-Vanja!« rügte ihre Mutter.

»Vielleicht können wir eine kleine Zigarre einschieben?« schlug Direktor Gustavsson vor und reichte eine Kiste Premierezigarren herum. Teffan Tiegelmann, Herr Omar, Bezirksfeldvermesser Lundin und Teppichhändler Omar zündeten sich jeder seine Premiere an, und der kleine Raum des Wagens wurde von duftenden Rauchwolken erfüllt, die langsam durch die kleinen Fenster mit den wehenden Vorhängen hinausschwebten.

»Also«, erinnerte Direktor Gustavsson, »nun sind wir bereit, von Isabella zu hören.«

»Ganz recht, Teffan!« rief der Bezirkslandvermesser mit einem wachen Blick hinter seinen Reservebrillen. »Schieß los!«

Herr Omar verbeugte sich zustimmend, ebenso der Teppichhändler Omar. »Isabella?« staunte Tiegelmann. »Das war beinahe das Einfachste von allem«, meinte er und stieß eine duftende Premierewolke aus. »Ausgezeichnete Zigarren, das, Herr Direktor. Wirklich gutes Aroma!« Er wischte mit der Papierserviette einen unbedeutenden Sahnefleck von seinem linken Daumen ab. »Herzlichen Dank für den Kaffee, Frau Gustavsson.« Er blickte auf die Uhr.

»Erzähle nun, Onkel Tiegelmann!« schrie Erik mit etwas dicker Stimme.

»Man soll nicht sprechen, wenn man soviel Torte im Mund hat«, tadelte seine Mutter. »Darf es noch ein Stück sein?«

»O ja, bitte«, sagte Erik und hielt seinen Teller hin.

»Ich habe Herrn Tiegelmann gemeint«, verwies seine Mutter und schnitt eine weitere Reihe prächtiger Tortenstücke ab.

»Herzlichen Dank«, sagte Tiegelmann. »Eine ausgezeichnete Sahnetorte das, wirklich gut verrührt.«

»Wenn Onkel Tiegelmann jetzt nicht erzählt, dann tue ich es!« meldete sich Klein-Vanja.

»Aber Vanja!« tadelte ihre Mutter.

»Wie Isabella verschwand?« fragte Tiegelmann und blickte sich im Kreis um. »Man schlich in die Box hinein und malte sie an. Ob zwei Schecken oder drei, das fällt einem nicht weiter auf, wenn man sie beisammen sieht. Einer hier und einer dort — niemand läuft im Gang umher und zählt die Pferde.«

Es wurde still im Wagen.

»Nein, so etwas!« ließ sich endlich die alte Frau Gustavsson vernehmen.

»Aber bester Herr Tiegelmann!« brach Frau Vanja aus.

»Ist denn so etwas möglich?« fragte Direktor Gustavsson langsam und nachdenklich. »Wann hatten sie denn dazu Gelegenheit? Ohne daß es jemand bemerkte?«

»Drinnen in der Box, während des Luftaktes. Es war Premiere, alle waren neugierig, es war vielleicht gerade nicht ein einziger Mann im Stall. Jeder hatte seinen Platz verlassen, um diese selbstleuchtenden Burschen zu sehen, und ein Pferd anzumalen ist weiter keine Kunst. Pferde werden oft angemalt. Make up!«

»Ja, ja«, bestätigte der Direktor, der ja tatsächlich etwas von Pferden verstand.

»An derlei denken die Leute nicht«, fuhr Tiegelmann fort. »Betrachtet nur einmal die Hofstallungen. Was gibt es da nicht alles. Ein Rappe mit Weiß an den Beinen. Strümpfe nennt man es — darf nicht vorkommen. Weder ganze noch Halbstrümpfe. Wäre ein Skandal, muß übermalt werden. Ebenso ein Stern oder eine Blesse. Darf nicht sein. Muß gestrichen, übermalt werden. Wäre die reine Schande. Stellt euch vor, ihr steht selbst im Regen und wartet auf einen Fiaker. Und dann kommt ein Wagen mit Strümpfen — Pferd! will ich sagen. Ein Pferd mit Weiß an den Beinen. Taugt nicht, muß gestrichen, übermalt werden. Das sollt ihr euch merken, daß —«

»Aber ich muß mich doch immerhin wundern, wie sie es fertigbrachten?« unterbrach Direktor Gustavsson ein wenig ungeduldig.

»Das ging wohl im Handumdrehen, es sah sie ja niemand in der Box. Es lag ja auch eine kamelhaarfarbene Decke über ihr, so eine, wie Castor und Pollux sie haben. Das ersparte ihnen wohl ein paar Quadratmeter, so daß sie nicht so viel anzustreichen hatten. — Mir fiel sofort auf, daß ein wenig Farbe auf dem Stroh in der Box war.«

Der ganze Wagen dachte darüber nach.

»Ein interessanter Fall im großen und ganzen«, schloß Tiegelmann und warf den Premierestummel auf den Kies hinaus. »Nun muß ich mich aber bedanken und verabschieden. Auf Wiedersehen, Frau Gustavsson. Dank für den Kaffee. Eine ausgezeichnete Torte.«

»Auf Wiedersehen, Herr Tiegelmann«, sagte die alte Frau Gustavsson, Tiegelmanns Hand bedächtig auf- und abschwenkend, immerzu auf und ab.

»Nein so etwas, darauf konnte doch niemand verfallen«, wunderte sie sich noch immer und fuhr fort, Tiegelmanns Hand nachdrücklich zu schütteln.

»Auf Wiedersehen, Frau Gustavsson«, wandte sich Tiegelmann nun an Frau Vanja, nachdem das Händeschütteln zu Ende war.

»Ich hätte nie geglaubt, Isabella wiederzusehen, nie hätte ich es geglaubt«, beteuerte Frau Vanja. »Ich hätte weinen können, wenn ich in die Box hineinging, und sie war leer. Ich werde jedesmal an Sie denken, wenn ich in die Box gehe, Herr Tiegelmann, ganz bestimmt.« Und Frau Vanja hätte beinahe auch mit einem nachdrücklichen unaufhörlichen Händeschütteln begonnen. »Danke!« rief sie.

»Auf Wiedersehen, Herr Direktor. Heute nacht können wir ruhig schlafen.«

»Heute nacht können wir ruhig schlafen, Herr Tiegelmann«, wiederholte Herr Gustavsson mit so starkem Nachdruck wie bei einer Direktionskonferenz. Man hörte gleichsam den Hammer des Vorsitzenden auf dem Tisch. »Ich und meine Familie vereinigen uns in warmem Dank.« Damit ergriff er Tiegelmanns Hand, daß sie knackte.

»Auf Wiedersehen, meine jungen Freunde. Seid recht schön bedankt. Ihr habt euch ausgezeichnet gehalten. Paßt nun auf eure Pferde auf!«

»Auf Wiedersehen, Onkel Tiegelmann. Danke schön!«

Teffan Tiegelmann drehte sich in der Tür um und warf noch einen Blick in den kleinen, freundlichen Wagen. Auf die kleingewürfelten, wehenden Gardinen, die Sonne, die durch die kleinen Fenster schien, ein wenig übriggebliebene Sahne von der Isabella-Torte. Ein Privatdetektiv ist gewöhnt, alles zu bemerken, und T. Tiegelmann wußte, daß er unter Freunden war. Die Freunde Gustavsson. Immer würde er in ihrem kleinen Wagen willkommen sein. Dank seiner großen Erfahrung wußte er, daß man bei anderen Leuten als seinen Freunden nie willkommen ist.

Dann schritt er rasch zwischen den Wagen hindurch, hinaus auf den sonnigen Platz. Er war ziemlich klein von Gestalt und glich zum Verwechseln einem Habicht.

Nun drehte er sich noch einmal um und winkte.

»Auf Wiedersehen, alle zusammen, auf Wiedersehen!« rief er. Beinahe wäre er über ein altes, falsch konstruiertes Waschgestell gestolpert, das auf dem Kies lag.

»Kannst du nicht einmal wiederkommen, Onkel Tiegelmann?« rief Klein-Vanja in der Tür.

»Ja, Onkel Tiegelmann!« schrie Erik. »Komm wieder und erzähl uns etwas!«

Aber er hörte sie nicht mehr. Er war fort.

DETEKTIV TIEGELMANN
IN STOCKHOLM

1   *Ein Dezembersonntag bei Juwelier Eriksson*

Die Weihnachtsmanngasse in Stockholm ist eine einmalig gemütliche Gasse. Das hört man ja schon am Namen. Es klingt fast unglaublich, daß es eine Gasse mit einem so gemütlichen Namen geben kann. Dennoch spielten sich in dieser Gasse vor einigen Jahren dunkle und geheimnisvolle Ereignisse ab, die von Privatdetektiv Teffan Tiegelmann rasch und geschickt wie immer aufgeklärt wurden. Juwelier Eriksson hätte natürlich am liebsten die ganze Geschichte totgeschwiegen, aber da war nichts zu machen. Man konnte in jeder Zeitung darüber lesen.

Die Weihnachtsmanngasse liegt in einem vortrefflichen Stadtteil, der Vasastaden heißt. In diesem Stadtteil besteht das Geschäftsleben zum größten Teil aus Milchläden, kleinen Geschäften mit Schneiderzubehör und aus Gasthäusern. So ist es auch in der Weihnachtsmanngasse. Nur gibt es dort außerdem einen Juwelierladen.

JUWELIER HENRIK ERIKSSON

steht auf einem Schild über dem Fenster.

238

Man möchte meinen, die Lage sei für einen Juwelier nicht besonders günstig, so außerordentlich gemütlich eine Gasse wie die Weihnachtsmanngasse auch sein mag — aber darin irrt man. Unvermutet will jemand im Dreierhaus heiraten, und da sagt man: »Gehen wir zu Eriksson und suchen wir dort ein Hochzeitsgeschenk aus. Vielleicht nehmen wir etwas aus Neusilber.« Juwelier Eriksson ist in der ganzen Weihnachtsmanngasse wegen seiner schönen Hochzeitsgeschenke berühmt. Nirgends bekommt man so hübsche Neusilbertassen und Kerzenleuchter oder Schüsseln wie bei Juwelier Eriksson. Gar nicht zu reden von den Neusilbergabeln. (»Ein halbes Dutzend — oder sollen wir ein ganzes nehmen?«)

Juwelier Erikssons Traum waren aber Juwelen und Diamanten, die ganz großen, berühmten. Er las ganze Bücher über die weltberühmten Steine, er wußte alles über ihren Schliff, ihre Karate, ihre Eigentümer und Preise. Am liebsten las er von Edelsteinen, die so groß waren, daß sie gar keinen Preis mehr hatten. Er besaß ein ganzes Regal voll Bücher über Diamanten. Juwelier Eriksson wußte alles über den Großmogul und den Koh-i-noor.

»Sitzest du schon wieder da und liest über den Großmogul«, schalt seine Frau zuweilen, »anstatt dir etwas Nützliches vorzunehmen.«

Der Juwelier liebte es auch, bei seinen Sonntagsspaziergängen in der Stadt vor den eleganten Läden der Branche stehenzubleiben, deren Auslagen riesig groß waren. Da betrachtete er die Steine und wiegte sich in dem Gedanken, einmal etwas Ungewöhnliches zu entdecken. Kam er dann nach Hause in die Weihnachtsmanngasse, warf er einen Blick auf das Neusilber in seinem eigenen Auslagefenster, ehe er hinaufging, um Kalbsbraten mit Apfelkompott zu essen. Die Familie hatte nämlich ihre Wohnung im selben Haus. Ein Juwelier kann nicht bequemer wohnen: Man brauchte nur in den Aufzug zu steigen und drei Stockwerke hinaufzufahren. Es war eine geräumige und gute, modernisierte Vierzimmerwohnung mit drei Zimmern und einer Küche sowie einem kleineren Raum hinter der Küche. Dieser war zwar etwas dunkel und düster, im übrigen aber sehr behaglich und nett.

Wenn Sonntag war, sagte Juwelier Eriksson vielleicht beim Abendessen:

»Heute sah ich einen schönen Diamanten drinnen in der Stadt. Feine Sache. Wenn auch nicht der Schliff — kein holländischer Rosettenschliff. Ich hätte ihn nie so geschnitten!«

»Wie hättest denn du ihn geschliffen?« fragte Frau Eriksson. »Jetzt sollte Tante Agda bei uns sein. Sie schwärmt ja so für Apfelkompott. Und sie hat auch selber immer so gutes!«

»Apfelkompott?« wiederholte der Juwelier und blickte verträumt von seinem Teller auf. »Rubinen, meinst du.«

»Nein«, entgegnete Frau Eriksson, und ihr Mund wurde etwas kleiner, als er gewöhnlich war. »Das meine ich nicht.«

Ihr Mann, Juwelier Eriksson, blickte sie mit aufrichtigem Erstaunen an. »Aber liebste Freundin, du weißt doch, daß Tante Agda einen Ring mit drei Rubinen besitzt. Erstklassig! Beinahe von Weltklasse, nicht weit davon entfernt. Taubenblutfarben mit Seidenschattierung, wie wir es zu nennen pflegen.«

»Ja, ich glaube beinahe, daß ich das weiß«, brummte Frau Eriksson.

»Ich dachte doch, du sagtest . . .?« wunderte sich der Juwelier. Sein Mund blieb halboffen stehen.

Sonja Eriksson antwortete leise, nachdrücklich und mit einer gewissen Drohung in der Stimme:

»Ich sagte: Nun müßte Tante Agda hier sein. Sie schwärmt so für Apfelkompott.«

»Das tue ich auch. Wenn auch nicht für Apfelkompott!« beeilte sich der zerstreute Juwelier, zuzustimmen. »Ich meine . . .«

Es gab zwei Kinder in der Familie: Elisabeth Eriksson und ihr Bruder, Henrik Eriksson junior. Beide fanden viel Vergnügen an dem Gespräch der Eltern. Das konnte manchmal fast ebenso unterhaltsam sein wie ins Kino zu gehen. Beide wußten ganz genau, wie sie es anstellen mußten, um ein wenig nachzuhelfen.

»Was meinst du denn, Papa?« fragte Elisabeth. Sie hatte hellblaue Augen und einen blonden Pferdeschwanz und trug ihr kariertes Sonntagskleidchen. Aber gerade jetzt schien sie nur aus hellblauen Augen zu bestehen.

»Was meintest du, meine Kleine?« fragte ihr Vater leicht irritiert.

»Mama sagte doch«, fiel Henrik ein, »daß Tante Agda immer so gutes Apfelkompott hat, und da meintest du, Papa, daß es beinahe von Weltklasse sei.« Er runzelte die Stirn und dachte heftig nach.

»Ja, genau das hast du gesagt, Papa!« rief Elisabeth.

»Drei Stück!« fuhr Henrik junior fort. »Drei Kompotte von Weltklasse.« Er runzelte die Stirn noch stärker als zuvor. Man sah förmlich, wie er nachdachte.

»Jetzt seid ihr aber still!« befahl Frau Eriksson.

Es war also eine ganz gewöhnliche Juwelierfamilie, die an diesem Dezembersonntag in der Weihnachtsmanngasse beim Abendessen saß. Draußen hatte es zu schneien begonnen. Es war nicht mehr lang bis Weihnachten. Niemand ahnte das mindeste. Und doch war es gerade dieser Abend, an dem die rätselhaften und unangenehmen Ereignisse ihren Anfang nehmen sollten.

Das Telefon klingelte. Es hatte seinen Platz im Vorzimmer. Es war eine Eigenheit bei Erikssons, daß die ganze Familie zusammenfuhr und durcheinanderzurufen begann, sobald das Telefon sich meldete.

»Telefon!« rief Frau Eriksson.

»Ein Anruf! Ich gehe abheben!« schrie der junge Henrik und sprang auf, daß er beinahe den Stuhl umgeworfen hätte.

»Nein, ich!« schrie Elisabeth und sprang ebenfalls auf, aber ein bißchen zu spät.

»Mir war so, als hätte es geläutet?« fragte der Juwelier, von seinem Teller aufblickend. »War es nicht das Telefon?«

Jede Juwelierfamilie hat ihre Eigenheiten, bei Erikssons zeigten sie sich darin, daß man beinahe Kopf stand, sobald das Telefon klingelte.

»Hallo!« rief Henrik, der nun beim Telefon angelangt war.

Die ganze Familie lauschte.

»Ach so, guten Abend«, sagte Henrik draußen im Vorzimmer. Dann entstand ein kurzes Schweigen.

»Was glaubt ihr, wer es ist?« fragte Frau Sonja mit gedämpfter Stimme am Eßtisch.

»Pst!« zischte Elisabeth.

»Ja«, meinte der Juwelier, »möchte wissen, wer anruft.« Alle horchten gespannt hinaus.

»Willst du mit Papa oder mit Mama sprechen, Tante Agda?« ließ sich Henriks Stimme vernehmen.

»Tante Agda!« brach Frau Eriksson aus.

»Tante Agda?« fragte der Juwelier.

Frau Eriksson erhob sich und ging ins Vorzimmer hinaus. Ihr Mann, Juwelier

Eriksson, erhob sich ebenfalls und folgte ihr mit der Serviette in der Hand. Elisabeth stand schon beim Telefon.

»Nun kommt Mama«, sagte der junge Henrik. »Also, leb wohl!« Er überreichte den Hörer seiner Mutter.

»Hallo?« begann Frau Eriksson. »Ach so, du bist es, Tante Agda«, fuhr sie mit herzlicher Telefonstimme fort. »Zu Weihnachten?« — Ihre Stimme klang plötzlich etwas verändert — »Ja gewiß ... gewiß kannst du ...« Alle hörten zu. »Es wird ja ein bißchen unbequem, aber natürlich bist du willkommen, Tante Agda.« Frau Eriksson bemühte sich, ihre Telefonstimme wiederzugewinnen, aber es wollte ihr noch nicht so recht gelingen. Nun machte sie einen neuen, ernsten Versuch: »Du mußt eben damit vorliebnehmen, Tante Agda, wie es bei uns ist ...« Dann hatte sie keine Zeit mehr für weitere Versuche, denn die drei Minuten waren vergangen, und da konnte Tante Agda nur noch auf Wiedersehen sagen und auflegen. Frau Eriksson in der Weihnachtsmanngasse brachte auch nur eben »Auf Wiedersehen« hervor und legte auf.

Im Erikssonschen Vorzimmer entstand nun ein kurzes Schweigen.

»Guten Morgen! Da haben wir die Bescherung!« hänselte der junge Eriksson.

»Schönes Wetter heute!« fiel Elisabeth ein. »Wie habt ihr geschlafen?«

»Wird sie wirklich kommen?« fragte Henrik. »Zu Weihnachten?«

»Es sieht so aus«, antwortete Sonja kurz.

Worauf alle in schweigendem Gänsemarsch zum Apfelkompott zurückkehrten.

»Ach so, Tante Agda war das?« fragte der Juwelier leise, nur um das Schweigen im Speisezimmer zu brechen. »Die anrief, meine ich?«

Frau Eriksson würdigte ihn keiner Antwort. Schweigen senkte sich über das gemütliche Heim. Man hörte nur die allgemeinen Geräusche, die immer entstehen, wenn eine Juwelierfamilie Apfelkompott ißt.

Sechs Stunden später war das Licht gelöscht, und das Erikssonsche Heim lag im Dunkeln. Drinnen im Schlafzimmer der Eltern fiel durch die Rollgardinen schwaches Licht von den Straßenlaternen über Wände und Decke. Die beiden atmeten langsam und tief. Auf dem Nachtkästchen des Juweliers lag ein aufgeschlagenes Buch, das von Diamanten handelte. Seine Sonntagshose aus dunkelblauem Kammgarn lag der Bügelfalten wegen unter der Matratze. Auf Frau Erikssons Nachtkästchen lag eine Liste von Waren, die sie für Weihnachten besorgen mußte. Unten auf der Straße fuhr ein einzelnes Nachttaxi vorbei.

In ihrem Kämmerchen hinter der Küche schlief Elisabeth. Auf dem Tisch lag eine englische Grammatik und auf der Bettdecke eine aufgeschlagene Wochenzeitung, die zu Boden glitt, als Fräulein Eriksson sich im Schlaf umdrehte.

Im Wohnzimmer lag ihr Bruder, Henrik Eriksson junior, schlafend auf einem Sofa. Daneben auf einem Stuhl lagen die drei Samtkissen und der Überwurf, die jeden Abend von dem Sofa weggenommen wurden, wenn der junge Eriksson sich niederlegen sollte. Auch stand da ein kleiner, runder, sogenannter Rauchtisch mit klirrender Metallplatte, auf der eine englische Grammatik und eine Brieftasche lagen, die fünfundsiebzig Öre enthielt und in einem Seitenfach zwei Briefmarken und eine halbgerauchte Zigarette. Auf der Bettdecke lag eine aufgeschlagene Wochenzeitung, die herunterfallen mußte, wenn der junge Henrik sich umdrehte.

Die Juwelierfamilie schlief. Die Turmuhr in der Stadt schlug zwölf. Eine Stunde später schlug die Turmuhr eins. Nach einer weiteren halben Stunde schlug die Turmuhr halb zwei.

Es führten zwei Eingänge aus dem Hausflur in die Erikssonsche Wohnung. Auf der einen Tür stand »Eriksson«, auf der anderen stand »Küche«. Die Küchentür war mit einem altmodischen, prächtigen, sogenannten Patentschloß versehen. Ein solches Schloß ist in vieler Beziehung praktisch und gut. Wenn man zum Beispiel den Schlüssel vergessen hat, kann man es ziemlich leicht mit einem anderen öffnen. So ein Patentschloß ist immer praktisch und verläßlich.

Als die Turmuhr halb zwei schlug, vernahm man einen unhörbaren Knacks im Erikssonschen Patentschloß. Dann hörte man noch ein paar Knackse, die niemand hörte. Die Tür öffnete sich behutsam, und ein ungemütlicher Schatten glitt in die Küche hinein. Der Schatten schob die Tür hinter sich zu, ließ aber das Schloß nicht einschnappen. Ein erfahrener Schatten wirft niemals eine Tür hinter sich ins Schloß, denn man kann nie wissen, wie hastig man sie noch öffnen muß.

Der erfahrene Schatten blieb hinter der Tür stehen und knipste eine Taschenlampe an. Das Licht fiel zufällig auf das Spülbecken. Mit erschreckender Deutlichkeit trat ein Stoß Teller mit Kompottresten hervor.

Der Schatten durchschritt die Abstellkammer, löschte seine Lampe und drang lautlos weiter in das Vorzimmer vor. Dort blieb er stehen und lauschte. Das Schweigen war vollkommen. Ebenso die Dunkelheit. Der Schatten sah nicht die Hand vor den Augen, was teils auf der Dunkelheit beruhte, teils darauf, daß es keine Hand zu sehen gab.

Nun schaltete er die Lampe wieder ein und sah, daß er zwischen zwei Türen wählen konnte. Er löschte die Lampe und öffnete die eine, und als sich noch immer kein Laut hören ließ, leuchtete er in den Raum hinein. Das Licht fiel auf den Eßtisch der Familie, auf dem eine Fruchtschale mit einem halben Dutzend Apfelsinen aus Messina und eine Abendzeitung zu sehen waren.

Da versuchte der Schatten die andere Tür. Er lauschte in das Zimmer hinein. Alles war still bis auf ein gewisses Schnaufen. Das Schnaufen kam langsam und regelmäßig. Nun knipste der Schatten die Taschenlampe an und blickte wachsam und mit größtem Interesse auf Henrik Eriksson junior auf dem Sofa.

Dann glitt der Schatten quer durch das Zimmer zur nächsten Tür, die er lautlos öffnete, nachdem er seine Lampe ausgelöscht hatte.

Er lauschte und hörte dort drinnen ein doppeltes Schnaufen — ein regelmäßiges und beruhigendes Doppelschnaufen.

Da schaltete der Schatten die Taschenlampe wieder ein.

Der Lichtschein fiel gerade auf die Juwelierhose aus Kammgarn, die von der Matratze auf den Schlafzimmerteppich herunterhing.

Die Lampe wurde wieder ausgelöscht, der Schatten huschte geschmeidig im Finstern zu der Hose hin, hielt inne und lauschte. Nun hatte er das Schnaufen vermutlich ganz neben sich. Es klang aus der Nähe noch beruhigender. Es ging beinahe in ein Schnarchen über.

Da bückte sich der Schatten und begann in den Hosentaschen des Juweliers zu suchen.

Der Hut 2

In der Weihnachtsmanngasse war es Montagmorgen.

»Wer ist hier gegangen?« fragte Frau Eriksson, auf den Parkettboden im Vorzimmer zeigend. Frau Eriksson war wegen ihrer Parkettböden berühmt. Abdrücke von nassen Schuhen gab es einfach nicht darauf. »Warst du es?« fragte sie Henrik und zeigte auf eine Reihe schöner Abdrücke, die von der Anrichtekammer bis zur Wohnzimmertür führten, wo sie auf dem Teppich verschwanden.

»Ich kann es doch gar nicht gewesen sein!« verwahrte sich Henrik. Er und Elisabeth saßen bei ihrer Schokolade mit Weißbrotschnitten: gleich mußten sie in die Schule eilen. »Wo ich doch überhaupt noch nicht draußen war!«

»Aber gestern?« examinierte Frau Eriksson.

»Gestern schon«, gab Henrik zu.

Frau Eriksson dachte nach. Gestern waren die Abdrücke noch nicht da gewesen.

»Warst du es?« rief sie in die Wohnung hinein.

»Was gibt es, meine Liebe?« fragte ihr Mann, der im Schlafzimmer den Kleiderschrank durchstöberte.

»Ich frage, ob du diese Spuren auf dem Fußboden gemacht hast?«

»Was für Uhren?« fragte der Juwelier, der eifrig etwas suchte.

»Die Spuren!« schrie Frau Eriksson quer durch die Wohnung.

»Keine Spur«, antwortete Herr Eriksson. »Was für Spuren?«

»Guten Morgen!« stichelte Henrik von seinem Platz aus.

»Wie haben die Herrschaften geschlafen?« fiel Elisabeth ein.

Dann faßte Henrik sich nachdenklich ans Kinn und scherzte:

»Ich müßte doch Spuren lesen können!«

»Ich auch!« sekundierte Elisabeth. »Sollten wir nicht eine Lupe nehmen?«

»Nun aber still, ihr beiden!« schalt Frau Eriksson.

Im selben Augenblick kam der Juwelier mit einem Schlüsselbund in der Hand ins Vorzimmer. »Ich kann nicht begreifen, wo ich meinen Schlüsselbund hingetan habe«, sagte er.

»Hast du diese Spuren hier gemacht?« fragte ihn seine Frau.

»Ich entsinne mich nicht, meine Liebe. Was sind das für Spuren, von denen du schon den ganzen Morgen redest?«

Da griff Elisabeth ein.

»Papa kann es unmöglich gewesen sein. Gestern waren sie noch nicht da, und heute war Papa noch nicht draußen.«

Frau Eriksson blickte ihren Mann, den Juwelier Eriksson, an. Er trug seinen grauen Schlafrock und Pantoffel an den Füßen. Sie begriff sofort, daß er an diesem Morgen noch nicht aus dem Haus gewesen sein konnte. Andererseits konnte sie von dieser Fußspurenfrage nicht abgehen. Sie war nicht umsonst wegen ihrer Fußböden berühmt. Wieder warf sie einen Blick auf die Abdrücke: sie schienen mindestens Schuhnummer 46 zu sein. »Warst du es?« richtete sie der Ordnung halber ihre Frage auch an Elisabeth.

»Wie ist heute das Wetter?« beeilte sich Henrik Elisabeth zu fragen. »Wo du doch schon draußen gewesen bist?«

Frau Eriksson dachte nach. Schließlich erklärte sie:

»Jemand muß es doch gewesen sein!«

»Ihr müßt euch die Schuhe abputzen, Kinderchen«, ermahnte der Vater die Kinder. »Ihr müßt euch merken, daß ihr euch das merken sollt.«

Bald darauf gingen die kleinen Juweliersprößlinge in die Schule.

»Richtig, hör einmal, hast du nicht die Schlüssel zum Schreibtisch gesehen?« erkundigte sich der Juwelier. Dabei rasselte er mit dem Bund, den er in der Hand hielt. »Sie sind vollkommen verschwunden.«

»Der Schlüsselbund! zum Schrank?« Frau Eriksson vergaß beinahe die Fußabdrücke.

»Nein, den habe ich hier. Ich meine den anderen, den kleinen Privatbund. Für den Schreibtisch und die Türen. Den kleinen Privatschlüsselbund, du weißt schon.«

Frau Eriksson beruhigte sich ein wenig. Unter ‚Schrank‘ verstand man den Kassenschrank in dem Zimmer hinter dem Laden, in dem ein Teil des Lagers und die Tageskasse verwahrt wurden.

»Ach so, den«, meinte sie. »Wo hattest du ihn zuletzt?«

244

»In meiner grauen Alltagshose, unordentlicherweise, aber nun habe ich ihn ja gefunden«, antwortete der Juwelier, mit dem Schlüsselbund winkend. »Im Kleiderschrank!«

»Ich frage, wo du den anderen Schlüsselbund zuletzt gehabt hast, den, der fort ist, den, den du nicht finden kannst. Wo hast du den zuletzt gehabt? Den, den du vermißt?«

»In der blauen Hosentasche. Ich hatte sie wie gewöhnlich wegen der Bügelfalte unter die Matratze gelegt.«

»Du meinst, daß du die Privatschlüssel in dem blauen Anzug hattest, den du gestern trugst?«

»Im blauen Sonntagsbund, ja. Das habe ich ja eben gesagt. Aber nun ist er weg.«

Frau Eriksson blickte auf die Fußspuren. Man konnte meinen, sie sehe ein Gespenst quer über den Parkettboden gehen.

Herr Eriksson blickte zuerst seine Frau an und dann auf den Boden. Nun schien auch er ein Parkettgespenst zu sehen.

»Du meinst doch nicht . . . ?« begann er.

»Ich kann es mir überhaupt nicht erklären«, sagte Frau Eriksson leise und verbissen. Damit nahm sie ein paar Tassen und trug sie in die Küche.

Plötzlich hörte man, wie sie dort einen Schrei ausstieß.

Ihr Mann, Juwelier Eriksson, ahnte das Schlimmste und beeilte sich, ihr zu Hilfe zu kommen.

»Was ist denn passiert? Was gibt es denn?« fragte er.

Frau Eriksson deutete mit Entsetzen im Auge auf einen Stuhl, der neben der Tür stand. Und Herr Eriksson sah:

Auf dem Stuhl lag ein Hut.

Er hob ihn vorsichtig auf. Es war ein besonders unsympathischer Hut. Die Nummer war ungewöhnlich groß und unbehaglich, die Farbe eine Schattierung zwischen Schmutziggelb und Preiselbeersaft. Man hätte es kaum für möglich gehalten, daß es eine solche Farbe gab. Noch weniger einen solchen Hut. Außerdem war er rundherum voller Fettflecken. Im übrigen hatte er überhaupt keine Form. Er glich zum Verwechseln einem verwachsenen Pilz irgendeiner ungenießbaren Sorte, den man an einem Herbstsonntag lieber nicht pflückt, um ihn mit nach Hause zu nehmen.

Jeder, der einmal einen solchen Hut auf einem Küchenstuhl gefunden hat, weiß, wie unbehaglich einem zumute wird. Das Ärgste ist, daß sich ein kriechendes, schleichendes Gefühl von kommenden Gefahren einstellt. Wer einen fremden Hut auf seinem Küchenstuhl findet, weiß, daß dieser Hut nur ein kleiner Anfang ist.

Es war in der Weihnachtsmanngasse, einige Tage vor dem Christfest. In allen Geschäften war der Eifer bis auf den Siedepunkt gestiegen. Ganz Vasastaden war in großer Eile. Wenn es in Vasastaden auf das Geschäftsleben schneit, dann entsteht mitten in all dem Betrieb eine einzigartige Traulichkeit, und durch die Schneeflocken schimmern die Neusilbersachen in Juwelier Erikssons Schaufenster besonders festlich in der frühen Dämmerung.

Mitten in der Auslage stand ein kleiner Weihnachtsmann, ungefähr so groß wie ein Kerzenhalter. Er hielt in der einen Hand eine Tafel, auf der

PASSENDE WEIHNACHTSGESCHENKE

zu lesen war. Zwei andere kleine Weihnachtsmänner, ungefähr so groß wie Gabeln, saßen jeder mit einem Teelöffel in der Hand da und taten, als äßen sie Grütze aus einer kleinen Neusilberschale.

Im Geschäft drinnen war der Weihnachtsrummel in vollem Gange. Drei beschneite Kunden standen gleichzeitig dort und kauften ein. Der Juwelier und seine Hilfskraft, Fräulein Hansson, hatten alle Hände voll zu tun. Sie verkauften Serviettenringe und Tortenschaufeln, ovale oder runde Tassen für Kuchen usw. Die Tür zum rückwärtigen Zimmer war angelehnt. Man konnte durch den Spalt einen Schreibtisch, einen Arbeitstisch und einen altmodischen, grünen Kassenschrank erkennen.

Fräulein Hansson, die seit vielen Jahren bei dem Juwelier arbeitete, verkaufte, was das Zeug hielt. Es war ein reines Vergnügen, ein halbes Dutzend Dessertlöffel, Modell Gustav Wasa, von ihr zu kaufen, und es in ein Etui mit gefältelter Seide gelegt zu bekommen.

Juwelier Erikssons Blick dagegen war irgendwie abwesend, wenn er Neusilber verkaufte. Handelte es sich dagegen um einen Ring mit einem kleinen Stein, dann trat in seine Augen ein Blick wie etwa der eines Arztes. Er stellte die Diagnose und erklärte über Glanz und Schliff. Zuweilen geschah es geradezu, daß der zerstreute Juwelier den Ring oder die Brosche, die er eben verkaufen sollte, in Grund und Boden verdammte. Dann mochte der Kunde wohl sicherheitshalber meinen, er wolle es sich noch überlegen, und wieder seiner Wege gehen.

Das kam niemals vor, wenn Fräulein Hansson bediente. Es war ein reines Vergnügen, von ihr eine Zuckerzange zu kaufen, die sie einem dann in rosa Seidenpapier einschlug.

Eben war sie dabei, einem Kunden in grauem Ulster ein Dutzend Gustav-Wasa-Löffel zu zeigen. Es war ein ungewöhnlich großer Kunde. Auch sein Ulster war ungewöhnlich groß. Auf die Glasplatte des Verkaufspultes hatte er seine Mütze hingelegt, ein riesiges, schneebedecktes Ding aus Schafspelz. Der Schnee schmolz, kleine Bächlein flossen über das Glas, das die Halsketten und Ringe bedeckte, die dort als Muster lagen. Das Gesicht des Mannes glich einem großen, freundlichen Vollmond.

Er nahm einen glänzenden Gustav-Wasa-Löffel in seine riesigen Finger, die wie Bananen aussahen.

»Ein wirklich netter Löffel«, lobte er.

»Ja, dieses Modell ist sehr beliebt«, sagte Fräulein Hansson.

»Und praktisch zum Essen«, fuhr der Vollmond fort.

Dann betrachtete er ein halbes Dutzend Fischmesser (Modell Salzsee). Er nahm eines aus dem Etui und meinte:

»Wirklich hübsch! Für gedämpften Aal, was? Ja, ich sage, es geht nichts über gedämpften Aal, wenn es sich um Fische handelt.«

Fräulein Hansson gab mit einem freundlichen, aber ein wenig eiligen Lächeln zu, daß gedämpfter Aal vorzüglich sei.

Dann begann der Vollmond ein Salzfaß zu loben, eine ovale und zwei runde Tassen sowie den Wursthobel Engelbrecht. Er war mit allem zufrieden, man konnte sich keinen zufriedeneren Kunden denken. Andererseits kaufte er jedoch nicht, er konnte sich zu nichts entschließen. Indessen saß auf einem Stuhl eine ältere Frau und wartete, während der Schnee von ihren Galoschen schmolz. Man sah es ihr an, daß Wursthobel ihr aus irgendeinem Grunde mißfielen. Man ahnte, daß sie niemals gedämpften Aal verzehrte.

»Also, haben Sie etwas Passendes gefunden?« fragte Fräulein Hansson schließlich.

Der Mann faßte sich nachdenklich ans Kinn, sein Blick irrte über die Gestelle und Glasschränke hinter dem Pult. Er spähte auch in das Hinterzimmer.

Im selben Augenblick öffnete sich die Tür und eine ziemlich große und kräftige ältere Dame in einem alten, umgeänderten, aber wohlgepflegten Pelz betrat den Laden. In der einen Hand trug sie eine Reisetasche, die sie niederstellte, während sie die Tür hinter sich schloß. In der anderen Hand trug sie eine zweite Reisetasche, außerdem war sie mit einer Handtasche und einem Regenschirm beladen.

Sie stellte das ganze Gepäck mitten in den Laden und begann sich vom Schnee zu säubern.

»Husch!« rief sie aus und schüttelte sich. »Das ist das Ärgste, was ich je erlebt habe!«

Alle drehten sich zu ihr um. Sie erweckte den Eindruck, als wolle sie sich für unbestimmte Zeit in dem Lokal niederlassen.

Sie wischte sich das Gesicht mit einem Taschentuch ab.

»Das war das Ärgste, was ich je erlebt habe!« wiederholte sie, gerade so, als sei sie hier zu Hause.

Juwelier Eriksson war eben mit einer Kundin beschäftigt, die zwischen einem silbernen Medaillon mit einem kleinen Aquamarin und einem Ring mit einem kleinen Topas wählte. Gerade hatte er über den Topas das Urteil gesprochen und wollte mit dem Aquamarin beginnen, als seine Augen auf die Dame mit dem Pelz fielen, die sich nun den ärgsten Schnee vom Gesicht abgewischt hatte.

Der Juwelier starrte sie an. Es sah aus, als wolle er sich hinter dem Verkaufspult verstecken. Die Fremde hatte nun bereits das ganze Gesicht freigelegt, und Henrik Eriksson erkannte mit erschreckender Deutlichkeit Tante Agda in ihr.

Tante Agda war am Hauptbahnhof in einem überfüllten Zug angekommen, in dem manche Reisende Apfelsinen schälten und andere Butterbrote verzehrten. Soweit sie nicht säuerliche Bonbons lutschten. Einen Träger hatte sie nicht ausfindig machen können. Als sie sich aus dem Hauptbahnhof hinausgekämpft hatte und mit ihren Taschen unter den fallenden, weißen Flocken stand, konnte sie kein Taxi auftreiben. In der ganzen Stadt schien es kein freies Taxi zu geben. Durch eine wahrlich ermüdende Kombination von Autobussen und Straßenbahnen gelang es ihr, bis nach Vasastaden zu kommen. Von der letzten Haltestelle an legte sie dann noch eine stärkende Fußwanderung zu Erikssons in der Weihnachtsmanngasse zurück.

Das Schlimmste war, daß alles zusammen Henriks Schuld zu sein schien. Erklären konnte er das nicht — niemand hatte ja gewußt, daß sie schon kommen würde. Trotzdem beschlich ihn das Gefühl, daß alles seine Schuld sei.

»Jaja«, rief sie über das Neusilber hinweg. »Jetzt bin ich da!«

Alle im Lokal Anwesenden wandten sich erwartungsvoll dem Juwelier zu.

»Nein so etwas, Tante Agda, bist du schon da!« staunte dieser.

Alle drehten sich nach Tante Agda um.

»Ja«, verkündete sie, »jetzt bin ich also da, Henrik!«

Nun drehten sich wieder alle zu Henrik.

»Wir wußten wirklich nicht, daß du heute kommen würdest, Tante Agda! In diesem Fall ... Willst du nicht hinaufgehen?« Mit ‚hinauf‘ meinte er die Wohnung.

»Ich bin nicht imstande, die Taschen zu schleppen. Ich will mich zuerst ein wenig ausruhen«, erwiderte Tante Agda und steuerte auf den Kontorraum zu, als sei sie hier ganz zu Hause.

Der Mann mit der riesigen Schafspelzmütze und dem Vollmondgesicht blickte nun noch freundlicher drein als zuvor.

»Vielleicht kann man ein bißchen mit dem Gepäck behilflich sein«, fragte er. Er packte die beiden Reisetaschen so mühelos, als handle es sich um ein paar Gustav-Wasa-Löffel, und bahnte sich den Weg hinter das Verkaufspult und ins Kontor hinein, wo die Dame im Pelz auf einen Stuhl sank.

»Mit solchen Taschen hier hat man immer seine Mühe«, meinte er. »Obwohl sie ja natürlich recht praktisch sind, wenn man etwas hineinpacken will.«

»Vielen Dank«, sagte Tante Agda. »Danke für die freundliche Hilfe.« Man konnte genau hören, daß es nicht Henrik war, dem sie dankte.

»Gern geschehen«, grinste der Mann. »Nicht der Rede wert. Ich war nur da, um mir ein paar Fischmesser für Weihnachten anzusehen.«

»Es war sehr freundlich«, erklärte Tante Agda. Man begriff, daß sie nicht Henrik meinte.

»Ja«, begann das Vollmondgesicht wieder, »jetzt haben wir Schneewinter, aber richtige Kälte ist noch keine.«

Nachdem er diese Erklärung abgegeben hatte, blieb er einfach stehen. Tante Agda fand, daß er nun eigentlich gehen könnte. Aber dann fiel ihr etwas anderes ein.

»Sagen Sie, dürfte ich Sie nicht um ein wenig Hilfe mit den Taschen bitten? Ich muß drei Treppen hinauf, und hier scheint es ja niemand anderen zu geben, der einem helfen wollte.«

Einen Augenblick später sahen alle im Laden zu ihrem Erstaunen, wie der Mann in dem großen Ulster mit den Taschen herausgestürmt kam, die er so leicht trug wie ein paar Tortenschaufeln.

Droben in der Wohnung stand Frau Eriksson vor dem Küchenherd, auf dem ein gut drei Kilo schwerer Schinken in einem Kessel brodelte. Elisabeth war eben vom Schulschluß nach Hause gekommen. Sie befand sich in ihrem kleinen Zimmer hinter der Küche. Henrik junior war ebenfalls vom Schulschluß heimgekommen. Er saß auf dem Sofa und zog sich die Schuhe aus.

Nun läutete es an der Tür.

Frau Eriksson rief von ihrem Platz, wo sie mit der Schinkengabel in der Hand stand, mit lauter Stimme:

»Es hat geklingelt!«

Elisabeth riß die Tür ihres Zimmers auf und schrie:

»Es hat an der Tür geklingelt!«

Irgendwo drinnen in der Wohnung hörte man den jungen Eriksson brüllen, daß jemand läutete. Dann hörte man ihn etwas von Schuhen hinzusetzen.

»Was sagte er?« fragte Frau Eriksson. »Geh du öffnen!«

Elisabeth öffnete die Tür und erblickte einen barhäuptigen Mann mit einem Vollmondgesicht und zwei Reisetaschen.

»Soll nur diese beiden Dinger hier abliefern«, erklärte er und trat ohne weiteres ins Vorzimmer. »Ist es hier recht?« Er stellte die Taschen nieder. »Immer beschwerlich, mit solchen Reisetaschen im Weihnachtsrummel. Aber das spielt keine Rolle. War überhaupt nicht beschwerlich«, wandte er sich an Frau Eriksson, die eben herbeikam. Henrik wurde in der Wohnzimmertür sichtbar, er war in bloßen Strümpfen. »Ich war gerade im Laden und besah mir ein paar Salzseemesser. Nicht die geringste Mühe.« Der Mann winkte abwehrend mit der Hand. »Ja, dann will ich nicht länger stören«, sagte er und verließ die Wohnung.

Als er die Tür hinter sich geschlossen hatte, bückte Elisabeth sich und las die Visitenkarte auf der Tasche.

AGDA ERIKSSON

stand darauf.

»Es ist Tante Agda!« rief sie.

Frau Eriksson beugte sich ebenfalls vor und las. Auch ihr Sohn, der junge Henrik, kauerte sich auf den Boden und entzifferte die Karte.

»Guten Morgen!« grinste er. »Wie habt ihr geschlafen?«

»Guten Morgen!« fiel Elisabeth ein. »Schönes Wetter heute!«

»Nun seid ihr aber still!« zürnte ihre Mutter. »Wer war das?«

»Ich hörte nur, daß er was von Salzseemessern faselte«, lachte Elisabeth. »Und dann sagte er, daß es mit Reisetaschen immer beschwerlich ist, obwohl es gar nicht beschwerlich war.«

Frau Eriksson wußte nicht, was sie von dem Mann halten sollte. Wer war dieser Mann eigentlich, der sich ohne weiteres den Weg in ihre Wohnung bahnte und von Salzseemessern schwatzte? Sie wurde beinahe von demselben kriechenden, unbehaglichen Gefühl beschlichen, das der pilzförmige Hut auf dem Küchentisch ihr eingeflößt hatte. Und nicht genug damit: Tante Agda war mitten im Weihnachtsreinemachen gekommen! Wo immer sie im Augenblick auch sein mochte.

Frau Eriksson blickte in stummer Anklage auf die Taschen. Dann kehrte sie langsam zum Herd zurück, wo der Weihnachtsschinken so friedlich vor sich hinbrodelte, als gäbe es keine Gefahren.

Weit, weit weg, in der Oase Kaf mitten in der arabischen Wüste saß Herr Omar
in seinem Urlaubszelt und studierte eine illustrierte Zeitschrift, »Das Palmenblatt«.
Herr Omar war sonst in der Stadt Djof ansässig, einer behaglichen, hübschen Stadt
im arabischen Binnenland. In den Straßen Djofs herrschte indessen ein ziemlich
lebhaftes arabisches Gewimmel, deshalb verbrachte Herr Omar seine freie Zeit
lieber in der ruhigen Oase. Er fand, daß es in der Stadt beinahe zu stark wimmelte.
  Es war mitten im Dezember, einer in Arabien besonders heißen und staubigen
Zeit. Der Sonnenschein strömte wie geschmolzenes Gold über den Wüstensand,
aber in Herrn Omars hübschem Urlaubszelt war es schattig. Der Wind raschelte
leise in den Palmkronen darüber. Es klang wie Regen.
  Wenn Herr Omar seinen Blick von der Wochenzeitung »Das Palmenblatt« hob
und über den Wüstensand hinausblickte, sah er in der Ferne eine Reihe Kamele auf
ihre ernsthafte Art am Horizont dahinziehen. Der Sand schien in der Hitze zu zittern.
Herr Omar selbst besaß drei Kamele: Rubin, Smaragd und Juwel. Sie standen wieder-
käuend draußen in ihrem Sommerstall.
  Er fuhr fort, im »Palmenblatt« — oder, wie man es gewöhnlich zu nennen pflegte,
in der »Palme« zu lesen. Eine gut redigierte, sehr beliebte Zeitschrift. Besonders
bekannt ist die »Palme« wegen ihrer glänzenden Artikel über fremde Länder und
Orte. Gediegene, gut geschriebene Artikel, die sowohl von Kindern wie von älteren
Leuten geschätzt wurden. Unterhaltsame, zugleich lehrreiche Artikel, die viele
interessante Aufklärungen über verschiedene Teile der Erdkugel enthielten. Das
»Palmenblatt« ist im ganzen Nahen Osten gerade wegen seiner einzigartigen,
wohlredigierten Reiseschilderungen von fremden Ländern bekannt. Aber die »Palme«
verfügt ja auch über einen geschickten und kundigen geographischen Mitarbeiter-
stab. Man kann sich schwerlich etwas Besseres denken. Jeder Mensch las das »Palmenblatt«.
  »Hast du die letzte Palme gelesen?« fragte man einen Bekannten auf der Straße.
»Diesen Artikel über den Kongo? Also das ist etwas!« Und dann verabschiedete
man sich. »Schöne Grüße an deine Frau!«
  Oder man traf vielleicht einen seiner Freunde im großen Basar, und dann sagte
man:
  »Ja, guten Tag, Hussein! Lange nicht gesehen. Darf ich fragen, ob du die letzte
Palme gelesen hast?«
  »Die Palme! Selbstverständlich!« antwortete Hussein, der ein Jahresabonnement
hatte. »Diesen Artikel über Stockholm, was? Das ist etwas!« Und die beiden Abon-
nenten verabschiedeten sich, und jeder eilte in seine Wohnung.
  Den Wert der geographischen Artikel des »Palmenblattes« pflegen noch Photos
zu erhöhen, die immer scharf, gut aufgenommen, interessant und schön sind. Man
kann sich keine besseren Bilder denken.
  Als nun Herr Omar so in seinem Urlaubszelt saß und die letzte Nummer des
»Palmenblattes« durchblätterte, erblickte er plötzlich ein Bild von Stockholm,
genauer von dem Stadtteil Vasastaden. Man sah die Ecke der St. Eriks- und der

Weihnachtsmanngasse und ein wenig von einigen anderen Gassen, sowie eine Anzahl Dächer und Schornsteine mit viel Schnee darauf.

VASASTADEN IM SCHNEE

stand darunter.

Herrn Omar fiel ein, daß sein Freund, der Privatdetektiv Teffan Tiegelmann, in Stockholm wohnte, deshalb las er den Artikel mit doppeltem Interesse. Er handelte von einem Fest, das Weihnachten genannt wird.

Er las da von merkwürdigen alten Sitten und Gebräuchen. Man überrascht sich gegenseitig mit schönen Geschenken, die man leicht umtauschen kann, wenn sie einem nicht gefallen. Die Kinder bekommen Spielsachen und die Erwachsenen Pantoffel oder Briefpapier. Viele wünschen sich ein gutes, neu erschienenes Buch, das man umtauschen kann. Über der ganzen Stadt liegt eine Decke von feinstem, weißem Schnee. In jedem Haus gibt es einen Christbaum (eine Art Nadelbaum, der in Schweden über ausgedehnte Landschaften verbreitet ist), und auf diesen Christbaum steckt man Stearinkerzen und behängt ihn mit verschiedenem Zierat. Wenn man am Heiligen Abend, der alljährlich auf den vierundzwanzigsten Tag eines Monats fällt, der Dezember genannt wird, die Stearinkerzen anzündet, wissen die Kinder sich vor Freude nicht zu fassen. Aus dem Artikel ging hervor, daß die Kinder in die Hände klatschen und fröhlich hüpfen und tanzen. Sogar Personen reiferen Alters fühlen sich zu Weihnachten froh und glücklich, wie man aus dem »Palmenblatt« erfahren konnte. Weiters ging daraus hervor, daß es von etwas wimmelt, das man Weihnachtsmänner nennt. Das ist eine Art rotgekleideter guter Geister, die vermutlich eine bestimmte Aufgabe erfüllten, die aber aus dem Artikel nicht recht zu entnehmen war.

Herr Omar las dies alles mit der größten Aufmerksamkeit.

»Es wäre wirklich ein großes Vergnügen, einem Schneefall persönlich beiwohnen zu können«, murmelte er vor sich hin. »So eine Decke von weißem Schnee erleben zu dürfen!«

Er betrachtete noch einmal die schöne Photographie. Durch den Anblick des Schnees auf den Dächern von Vasastaden wurde er in tiefe Nachdenklichkeit versetzt. Herr Omar hatte noch niemals Schnee gesehen. Dagegen hatte er einige Jahre früher, anläßlich eines Besuches in Stockholm, tatsächlich in Vasastaden geweilt. Er entsann sich, daß es ein besonders wohlgebauter und angenehmer Stadtteil mit großen, zur Hälfte alten Miethäusern in langen Reihen war.

Dann las er den ganzen Artikel noch einmal.

»Schöne, willkommene Gaben, sogenannte Weihnachtsgeschenke«, murmelte er. »Das darf ich also nicht vergessen. Am besten wäre es, den großen Basar in Djof aufzusuchen. Laß einmal sehen: Herr Tiegelmann und seine Sekretärin, Fräulein Hanselmeier. Oder sind es mehr?« Herr Omar grübelte, aber er konnte sich nicht erinnern, noch mehr gute Bekannte in Stockholm zu haben, denen er willkommene Gaben mitbringen mußte, wenn er dorthin reiste.

Er war froh, daß ihn das »Palmenblatt« über diese schöne Sitte aufklärte. Es würde gewiß sehr unfreundlich aussehen, wenn man sich ohne Geschenke einfand. Aber das »Palmenblatt« war ja bekannt wegen seiner wohldurchgearbeiteten und zuverlässigen geographischen Informationen.

Herr Omar griff nach einem orientalischen Notizbuch mit Perlmuttereinlagen auf dem Deckel und nach seinem Drehbleistift. Langsam und gedankenvoll begann er eine Liste von Weihnachtsgeschenken zu schreiben. Es war das erstemal, daß Herr Omar, mitten in der arabischen Wüste, eine Liste von Weihnachtsgeschenken schrieb. Es war schwerer, als man glauben möchte.

Juwel, Rubin und Smaragd stampften im Sand. Der Wind raschelte eintönig in den Palmkronen. In der Ferne zog eine neue Reihe Kamele ernsthaft über den Wüstensand. Langsam und mit nahöstlicher Geduld schrieb Herr Omar ein Geschenk nach dem anderen in sein Merkbuch.

»Vielleicht bekomme ich auch einen Weihnachtsmann zu Gesicht«, murmelte er. Und mitten in dem glühenden arabischen Sandmeer glaubte er eine Decke von weißestem Schnee mit einem Gewimmel von kleinen roten Weihnachtsmännern darauf zu sehen.

5 *Noch einmal : Der Mann mit dem Vollmondgesicht*

Wieder war es Sonntag in der Weihnachtsmanngasse, zwei Tage vor dem Heiligen Abend. Dafür, daß es Sonntagabend war, fiel das Abendessen ungewöhnlich alltäglich aus. Zuerst löffelte man eine Art hellgelber Suppe aus der Dose, in der aus irgendeinem Grunde Spargelstücke schwammen.

»Das war eine gute Suppe«, bemerkte Tante Agda. »Was für eine Art Suppe war denn das ?«

»Spargelsuppe«, antwortete Frau Sonja.

Dann verzehrte man einige widerwärtige, konservierte Bissen faserigen Fleisches, das in einer reichlichen Menge Soße schwamm.

Frau Eriksson sprach nichts. Sie fragte höchstens, ob es nicht noch etwas mehr sein dürfe. Tante Agda antwortete, daß sie für ihren Teil nichts mehr haben wolle. Dem Juwelier gelang es, mit zerstreuter Miene ein Stück Fleisch aufzufischen, das ihm sofort in den Zähnen hängen blieb.

»Die sind schon ganz verschrumpelt«, nörgelte der junge Henrik und goß einige Löffel voll nahrhafter Soße über die Kartoffeln.

»Jetzt wird gegessen«, befahl die Mutter.

»Was für Fleisch ist das eigentlich ?« erkundigte sich Elisabeth.

»Das ist Frikassee. Jetzt wird aber gegessen«, antwortete ihre Mutter.

Draußen in der Speisekammer standen schon herrliche Vorräte für das Weihnachtsessen. Wurst und Sülze in Reihen, und ein sehr beruhigender Schinken. Frau Eriksson hatte indessen bestimmt, daß nichts im voraus berührt werden dürfe.

Der junge Henrik goß sich einen halben Liter gute Soße nach, fischte nach ein wenig Faserfleisch und meinte:

»Eigentlich hätten wir ja heute mit der Weihnachtswurst beginnen können.«

»Jetzt wird gegessen!« wies seine Mutter ihn ab.

Gäste, die zu früh kommen, fallen einem immer zur Last. Es ist sonderbar, daß es Gäste gibt, die mitten ins Weihnachtsreinemachen hineinschneien. Das sonderbarste ist, daß sie selbst nicht verstehen, wie sonderbar das ist. Sie kommen drei Tage vor dem Fest und quartieren sich in dem kleinen Zimmer hinter der Küche ein, als sei dies das natürlichste von der Welt. Elisabeth muß in einem zusammenlegbaren Touristenbett schlafen, das man jeden Abend aus einem Abstellraum herbeischleppen muß. Mitten im Weihnachtstrubel.

Vom Weihnachtsessen durfte nichts angerührt werden. Auf Sonja Erikssons Gesicht lag während der ganzen Mahlzeit ein verbissener Ausdruck.

»Ja, ihr müßt mit dem vorliebnehmen, was wir so knapp vor Weihnachten noch anbieten können«, erklärte sie, da die Sache merkwürdigerweise einer Erklärung zu bedürfen schien.

Tante Agda saß stumm da. Sie war eine große und kräftige Fünfundsiebzigerin, die einige schöne Steine, aber keine anderen Verwandten als diese Familie besaß. Obwohl die Steine, die auf einem Ring an ihrem Finger saßen, praktisch genommen von Weltklasse waren, setzte man ihr hier in der Weihnachtsmanngasse so zähes und drahtiges Fleisch vor, daß sie schon die ganze Zeit überlegte, ob sie diese Verwandten überhaupt mochte oder nicht. Sie konnte sich zu keinem Entschluß durchringen.

Dem Juwelier gefiel die Wolke nicht, die sich über den Familientisch gesenkt hatte. In der Neusilberbranche kann die Konjunktur oft ein wenig unsicher werden. Wie leicht konnte das Geschäftsleben in Vasastaden unter Krisen zu leiden haben! Wenn man dann bedenkt, daß es ältere, alleinstehende Verwandte, Besitzer von taubenblutfarbenen Edelsteinen von Weltklasse gibt, bekommt man gleich ein ganz anderes Gefühl von Sicherheit. Wenn nur Sonja ein wenig mehr Geschäftssinn hätte, dachte er. Sie ist nicht vorausblickend. Juwelier Eriksson war ein besonders friedfertiger Mensch, der Wolken über dem Familientisch nicht leiden konnte.

Außerdem konnte er wegen des Hutes auf dem Küchentisch keine Ruhe finden. Immer mußte er an diesen Hut denken. Und an den Schlüsselbund. Freilich war es nur der kleine Privatschlüsselbund, der verschwunden war, und man hatte sofort ein neues Schloß sowohl für die Vorzimmer- wie für die Küchentür anfertigen lassen. Und den Geschäftsschlüsselbund hielt er in guter Verwahrung. Er konnte jeden Augenblick die Hand in die Tasche stecken und spüren, daß die Kassenschlüssel da waren. Aber trotzdem, das mit dem Privatschlüsselbund verursachte ein unangenehmes Gefühl. Und dann der Hut, und die Fußabdrücke. Und nun noch dieses Frikassee!

Der Juwelier fühlte sich immer mehr irritiert.

»Jetzt essen wir!« rief er plötzlich und blickte mit strenger Miene umher.

Als man gegessen hatte, fragte der junge Henrik:

»Wirst du heuer wieder der Weihnachtsmann sein, Papa?«

Alles hat seine Grenzen. Immer wieder den Weihnachtsmann spielen. Der Juwelier hatte es satt.

»Papa macht doch immer den Weihnachtsmann«, bemerkte Elisabeth.

»Ich werde die Maske abstauben«, versprach Henrik.

»Und ich werde gern den Kittel flicken, falls er ein Loch hat«, erbot sich Elisabeth.

»Jetzt haltet ihr aber beide einmal den Mund!«

Die Sache war die, daß er schon viel zu lange den Weihnachtsmann gespielt hatte. Er konnte sich nichts Schlimmeres denken.

»Ja, aber gewiß wirst du wieder wie gewöhnlich der Weihnachtsmann sein«, mischte sich Frau Eriksson freundlich ein. Sie wünschte, man möge die Abendbrotwolke vergessen.

Nur Tante Agda blieb stumm. Sie trank ihren Kaffee, ohne ein Wort zu sprechen. Frau Eriksson geriet geradezu in Besorgnis darüber, daß sich die Abendtischwolke nicht zerstreuen ließ. Sie war mit hinein ins Wohnzimmer gekommen und schwebte nun über dem Sofa, auf dem der junge Eriksson nachts zu schlafen pflegte.

»Wie nett, daß Tante Agda gekommen ist«, begann Frau Eriksson munter. »So sind wir doch zu Weihnachten alle beisammen. Aber ja, natürlich wirst du wieder der Weihnachtsmann sein, Henrik. Für uns ist das gar kein richtiges Weihnachten, wenn Henrik nicht den Weihnachtsmann spielt«, erklärte sie zu Tante Agda gewandt.

»Ist doch klar, daß Papa den Weihnachtsmann macht«, schrie Henrik junior aus einem anderen Zimmer.

Der Juwelier blickte wortlos von einem zum anderen. Er nahm seine Kaffeetasse in die Hand und verließ das Zimmer. Das war entschieden nicht gut, im Hinblick auf die Wolke. Sonja fühlte, wie diese sich verdichtete. Wenn er nur ein wenig mehr Geschäftssinn hätte, dachte sie.

Der Juwelier ließ sich auf einen Stuhl im Vorzimmer nieder, um sich einen Augenblick Ruhe zu gönnen. Schlüsselbund und Hut und dazu noch dieses Frikassee. Und zu allem Überfluß Weihnachtsmänner. Er dachte gar nicht daran, wieder den Weihnachtsmann abzugeben. Zum erstenmal wollte er nicht. Koste es, was es wolle.

Der Juwelier machte sich gerade Gedanken darüber, wozu Weihnachten überhaupt gut sei, als er im Briefkasten an der Tür ein Stück Papier schimmern sah. Offenbar ein Prospekt, vermutlich für chemische Reinigung zu herabgesetzten Preisen. Als ob ein vernünftiger Mensch sich mitten im ärgsten Weihnachtstrubel um chemische Reinigung kümmern konnte. Oder vielleicht Färbemittel. Ebenso blödsinnig. Kein vernünftiger Mensch ...

Er holte auf jeden Fall das Papier heraus und sah es an. Er las es einmal. Dann setzte er sich und las es noch einmal.

AN DEN HAUSVATER
Vertrauliche Mitteilung vor Weihnachten.

Weihnachten, das größte Fest des Jahres, das eigentliche Fest der Familie und des Heimes, steht nun wieder einmal vor der Tür. Die Kinder haben die Tage gezählt, ihre Augen leuchten, wenn der große Tag, die große Stunde endlich gekommen ist.

Sie selbst nehmen am Glück der Familie teil, Sie nehmen teil an der Freude, Sie erleben aufs neue die ganze wunderbare Stimmung rings um die brennenden Stearinkerzen, der wir alle, jung und alt, entgegengesehen haben.

Aber — es gibt ein Aber. Und das ist es, worüber wir uns vertraulich mit Ihnen unterhalten wollen. Hand aufs Herz: haben Sie nicht das Gefühl, daß Sie aus dem Kostüm des Weihnachtsmannes herausgewachsen sind? Macht Ihnen das Kummer? Lassen Sie uns Ihnen eine wahre Geschichte erzählen: Ein Geschäftsmann hatte Sorgen, der Beruf erforderte seine ganzen Kräfte, und gleichzeitig mußte er Weihnachtsmann sein. Das schwerste von allem war, er fühlte sich lächerlich als Weihnachtsmann, und wie viele geplagte Familienväter haben dasselbe Gefühl vor Weihnachten! Er wußte, wenn der Weihnachtsmann seine Gaben ausgeteilt hat, kann er gehen. Und nicht genug damit, der Weihnachtsmann wird immer durchschaut! Man lacht vielleicht geradezu über ihn! Dieser Geschäftsmann sah ein, daß die ganze Weihnachtsmannsitte in Gefahr war. Deshalb kam er zu uns. Er vertraute uns sein Problem an, er übergab die ganze Angelegenheit den Fachleuten.

Folgen Sie seinem Beispiel! Dann brauchen Sie nicht einmal zu Hause sein. Niemand merkt es. Rufen Sie noch heute bei »Jedem sein eigener Weihnachtsmann« an und bestellen Sie sich Ihren eigenen Weihnachtsmann. BEACHTEN SIE: Bei größeren Aufträgen Rabatt! Kredit kann gewährt werden. BEACHTEN SIE: Nur nüchterne und zuverlässige Weihnachtsmänner!

Juwelier Eriksson versank in tiefe Gedanken und las den Prospekt ein drittes Mal. Er faltete ihn langsam zusammen und steckte ihn in die Tasche. Dann ging er mit federnden Schritten ins Wohnzimmer zurück und rief fröhlich:
»Nun wollen wir alle noch ein Täßchen Kaffee trinken, Tante Agda!«

Es war Nacht. Die Stadt war zur Ruhe gegangen. Die Familie in der Weihnachtsmanngasse war gleichfalls zur Ruhe gegangen. Alle Türme der Stadt sandten ihre schallenden Mitternachtsschläge in die Winternacht hinaus.
Im Schlafzimmer schlummerten Juwelier Eriksson und seine Frau Sonja Eriksson. Auf dem Wohnzimmersofa schlief Henrik Eriksson junior. Im Speisezimmer lag Elisabeth auf einem zusammenklappbaren Feldbett, das man aus dem Abstellraum hervorgeholt hatte.
In der kleinen Kammer hinter der Küche lag Tante Agda und fand keinen Schlaf. Stunde um Stunde lag Tante Agda wach, nachdem die Mitternachtsschläge verklungen waren. Sie grübelte die ganze Zeit darüber nach, ob sie sich wohlfühle oder nicht. Faseriges Fleisch, wenn man einmal zu Besuch kam. Zu den einzigen Verwandten, die man besaß. Obwohl die Speisekammer voller Eßwaren stand.
Auf dem Tisch neben dem Bett lag der Ring mit den großen Steinen und funkelte in vornehmem Glanz.
Tante Agda stand auf und schlüpfte in einen Morgenrock. Sie war hungrig. Nach einem solchen Abendessen hatte jeder das Recht, hungrig zu sein. Nichts konnte sie nun hindern. Das Festessen, das nicht angerührt werden sollte, stand auf der Stellage in der Speisekammer.
Sie öffnete die Tür zur Küche. Vom Fenster fiel ein schwacher Lichtschein herein. Mit einem Schrei des Entsetzens fuhr sie in die Kammer zurück und verriegelte die Tür.
Der Mann mit dem Vollmondgesicht saß auf einem Stuhl in der Küche.

6   *Juwelier Eriksson besucht Teffan Tiegelmann*

Es gibt viele Menschen, die in die Drottningstraße gehen, und die meisten wollen zu Teffan Tiegelmann, dem gesuchtesten Privatdetektiv im ganzen Lande. Natürlich gehen viele Leute auch aus einem anderen Grund durch die Drottningstraße — denn sie ist eine sehr lebhafte Geschäftsstraße. Aber auf jeden Fall wollen unerhört viele Leute zu Tiegelmann.

Unter all diesen Leuten konnte man auch den Juwelier Eriksson bemerken. Noch dazu am Tag vor dem Heiligen Abend, dem betriebsamsten Tag des ganzen Jahres. Ein Juwelier läßt sein Geschäft an diesem Tage nicht gern im Stich, noch dazu, wenn ihm seine Schlüssel gestohlen wurden. In der Hand trug Herr Eriksson einen großen Papiersack.

In Tiegelmanns Wartezimmer waren wie gewöhnlich ungewöhnlich viele Leute. Juwelier Eriksson saß auf einer Bank, den Papiersack auf den Knien, und wartete. Er saß zwischen einer älteren Frau, die ihre Wohnung verloren hatte, und einem wohlhabenden Mann mittleren Alters, dem auf unerklärliche Weise seine Braut verlorengegangen war, mit der er schon seit zwölf Jahren verlobt war.

Fräulein Hanselmeier, Tiegelmanns Sekretärin, ließ einen nach dem anderen in das Büro des Privatdetektivs ein und geleitete ebensoviele hinaus. Schließlich war Juwelier Eriksson an der Reihe, einzutreten.

»Tiegelmann«, stellte der Privatdetektiv sich vor.

»Mein Name«, erklärte Eriksson, »ist Eriksson.« Dann wußte er nicht recht, wie er beginnen sollte. Man sitzt ja nicht jeden Tag bei einem berühmten Privatdetektiv. Er sah eine große Dienstpistole auf dem Schreibtisch liegen und in einer Ecke eine Anzahl falscher Voll- und Schnurrbärte hängen, die offenbar für ein hastiges Ausrücken bestimmt waren.

Der Juwelier legte den Sack auf den Tisch und räusperte sich. Er hielt es für das beste, mit dem Anfang zu beginnen.

»Meine Frau nimmt es immer sehr genau mit den Fußböden«, fing er an.

»Fußböden?« Tiegelmann betrachtete ihn forschend.

»Ja. Sie sind immer gebohnert und sauber. Wir gehen nie mit nassen Schuhen hinein.«

Tiegelmann trommelte mit den Fingern auf den Tisch.

»Ja—a?« machte er.

»Und ich weiß, daß auch die Kinder nicht —«

»Einen Augenblick!« unterbrach ihn Tiegelmann, beugte sich vor und blickte in den Papiersack, der auf dem Tisch lag. Er konnte einen Hut erkennen. Er nahm das fleckige, schwammige Gebilde heraus und betrachtete es von allen Seiten. Der Juwelier schwieg, er wagte es nicht, ihn zu stören.

»Sie sind Juwelier!« rief Tiegelmann plötzlich.

Herr Eriksson fuhr zusammen und hätte am liebsten abgeleugnet, Juwelier zu sein. Nicht daß an diesem Beruf irgend etwas Unrechtes war, aber kein Mensch liebt es, so durchschaut zu werden. Falls man Juwelier war, wollte man am liebsten selbst darüber sprechen.

»Sie vermissen einen Schlüsselbund?« setzte Tiegelmann fort.

Der Juwelier hätte das in seiner Verblüffung beinahe verneint. Als er sich ein wenig gefaßt hatte, sagte er mit einer gewissen Entschlossenheit in der Stimme:

»Also, meine Frau ist sehr genau mit den Fußböden, wie ich vorhin ausführte. Es gibt nie Spuren von nassen Schuhen —«

»Aber eines schönen Tages gab es solche Spuren auf dem Parkettboden«, fiel ihm Tiegelmann ins Wort, »nicht wahr?«

»Jawohl«, gab der Juwelier widerstrebend zu.

»Na also! Und nun vermissen Sie einen Schlüsselbund?«

Der Juwelier war leider gezwungen, dies zuzugeben.

»Die Schlüssel zum Laden? Zum Kassenschrank?«

»Nein!« Die Stimme des Juweliers klang aus irgendeinem Grunde triumphierend. »Keineswegs. Nur zur Wohnung.«

»Aha!«

»Der kleine Privatschlüsselbund, wie wir ihn nennen.«

»So ist es also«, nickte Tiegelmann. »Und weiter?«

»Ja«, fing der Juwelier wieder an und rückte sich im Stuhl zurecht. »Die Sache war also so:« — Und er begann zu erzählen. Er fing vom Anfang an und erzählte von den Fußböden.

Tiegelmann sah ein, daß es zeitsparender war, ihn vorerst alles von den Fußböden erzählen zu lassen. Dann erfuhr er noch einmal von den verschwundenen Wohnungsschlüsseln.

»Ich ließ sofort in der Eingangstür und in der Küchentür ein neues Schloß einsetzen«, berichtete der Juwelier. »Aber dieser Tage war ein Kunde da und sah sich Fischmesser an. Sehr freundlich und nett, muß ich sagen. Er bot sich an, ein paar Taschen hinaufzutragen.« Und nun erzählte der Juwelier alles von Tante Agda und dem hilfsbereiten Kunden.

»Er trug die Taschen ins Vorzimmer hinauf, aber nachher vermißte meine Frau ihre Wohnungsschlüssel. Die neuen nämlich. Sie lagen auf einem Tischchen im Vorzimmer, das weiß sie ganz bestimmt. Der Mann muß sie genommen haben.«

Tiegelmann nickte.

»Beschreiben Sie sein Aussehen!« bat er.

»Er war groß und rund. Ich habe nie zuvor einen Kunden mit einem so runden Gesicht gesehen. Es war wie ein Vollmond, wenn man sich das vorstellen kann.«

»Sonst noch ein Kennzeichen?«

»Ich weiß nicht . . . Doch! Er mag so gern gedämpften Aal, erzählte er.«

»Weiter!« befahl Tiegelmann.

Der Juwelier berichtete nun alles darüber, wie Tante Agda mitten in der Nacht aufstand und das Vollmondgesicht auf einem Stuhl in der Küche sitzen sah.

»Es war unheimlich. Sie behauptete, daß sie nie zuvor etwas Schlimmeres erlebt habe. Und weshalb in aller Welt saß er nur dort?«

»Vermutlich saß er dort und schlief«, meinte Tiegelmann.

»Schlief?!« rief der Juwelier. »Aber warum in . . .?«

»Ich werde es Ihnen erklären«, sagte Tiegelmann und blickte hastig auf seine Uhr. »Dieser Hut gehört dem Schlampigen Svante. Wir haben es hier mit der großen Neusilberliga zu tun.«

»Die Neusilberliga!« rief der Juwelier erblassend aus.

Die große Neusilberliga war der Schrecken vieler Juweliere. Es war eine Bande, die sich auf Neusilber spezialisiert hatte. Nie griff sie die großen Geschäfte im Zentrum an, sondern begnügte sich mit den kleineren Läden in den Vorstädten. Hunderte Kilo Neusilber konnten auf einmal verschwinden. An dem einen Tag zum Beispiel hatte ein strebsamer Goldschmied in Söder oder Vasastaden seine Regale noch voll mit den schönsten Neusilbergegenständen, und am nächsten Tag waren sie leer.

Kein Wunder, daß Juwelier Eriksson aus der Weihnachtsmanngasse erbleichte.

»Die große Neusilberliga hat nie einen Kassenschrank geknackt oder eine Scheibe zertrümmert. Sie trachten die Schlüssel zu bekommen, und dieser Schlampige Svante, der besorgt sie. Svante ist der gefährlichste Schlüsselbesorger, mit dem wir es je zu tun gehabt haben. Er geht einfach überall hinein und gerade auf die Schlüssel los. Er hat einen sechsten Sinn für Schlüssel!«

»Aber warum wird er ‚Schlampiger Svante‘ genannt?«

»Er heißt eben Svante, und er ist ungemein schlampig«, erklärte Tiegelmann.

»Geschickt, aber schlampig. Er holte sich ja die Schlüssel, ohne daß jemand aufwachte, aber dann ließ er seinen Hut in der Küche liegen, nicht wahr?«

»Jawohl«, nickte der Juwelier düster. Er war nun auf das Schlimmste gefaßt. »Aber an den Geschäftsschlüsselbund ist er nicht herangekommen!«

»Damals nicht«, meinte Tiegelmann. »Aber als neue Schlösser an die Türen kamen, ging er geradewegs hinauf und holte sich die neuen Schlüssel. Er brauchte nur ein wenig von Fischmessern und gedämpftem Aal zu schwatzen. Dann konnte er seelenruhig hinaufgehen und sie nehmen. Also. In der Nacht kam er dann wieder, um sich die Ladenschlüssel anzueignen. Er wählte den Kücheneingang. In der Küche setzte er sich auf einen Stuhl, um zu rasten, und schlampig wie er ist, fiel er in Schlaf. Das war gerade in dem Augenblick, als Fräulein Eriksson ihn erblickte. Als er sich entdeckt sah, ging er sofort ruhig und still seines Weges. Der Schlampige Svante macht nie Lärm. Die ganze Neusilberliga arbeitet schweigsam und leise.«

»Sehen Sie hier«, fuhr Tiegelmann fort, indem er auf den Hut zeigte. Er war mit S. S. gemerkt. »Der Schlampige Svante weiß selbst, daß er alles vergißt. Den Hut läßt er immer liegen. Und er glaubt, wenn er nur mit S. S. gemerkt ist, wird niemand erkennen, daß es sein Hut ist. Ha!« Tiegelmann trommelte mit den Fingern auf den Tisch.

»Was soll ich nun machen?« fragte der Juwelier.

»Wenn wir nur wüßten, wer der Anführer der Bande ist«, sagte Tiegelmann. Er blickte zum Fenster hinaus, wo immer noch große, schöne Schneeflocken fielen. »Und wo sie ihr Lager haben. Es ist uns nicht gelungen, sie aufzuspüren. Noch nicht.«

»Aber was soll ich jetzt tun?« wollte der Juwelier wissen. »Das schlimmste ist, daß meine Verwandte, Fräulein Eriksson — die mit den Taschen — mich gebeten hatte, einen Ring in den Kassenschrank zu legen. Es ist ein Rubinring, der ihr gehört. Eine ungewöhnliche Sache. Er hat wohl einen Wert von ... ja, jedenfalls, das habe ich getan, denn sie behauptet, daß sie es nicht länger wagt, ihn an sich zu tragen. Aber nun kommen sie wohl jeden Augenblick und stehlen mir den Ring und das ganze Lager.«

»Sobald sie an die Schlüssel herankommen. Beachten Sie wohl: die große Neusilberliga sprengt nie und zertrümmert nie!«

Beide saßen eine Weile schweigend da, in tiefe Gedanken versunken.

»Hören Sie gut zu«, begann Tiegelmann endlich. »Verstecken Sie die Schlüssel gut während der Nacht. Lassen Sie niemals jemand Unbefugten in die Wohnung. Verschwinden die Ladenschlüssel trotzdem — und das werden sie sicher —, dann rufen Sie mich sofort an. Dann geht es um Sekunden. Bis auf weiteres kann ich nichts unternehmen. Guten Tag!«

Der Juwelier wanderte auf die Drottningstraße hinaus. Seine Stimmung war düsterer denn je zuvor. Warten und immer warten. Warten, bis das ganze Lager fort ist.

Juwelier Eriksson war in seinem Glauben an Privatdetektive erschüttert. Er begann zu argwöhnen, daß dieser Berufszweig weit überschätzt werde.

Für jemand, der darauf wartet, daß ihm sein Warenlager geplündert wird, ist es eine harte Geduldsprobe, gleichzeitig Weihnachten feiern und fröhlich dreinsehen zu müssen. Mehr denn je fragt man sich dann, wozu Weihnachten überhaupt gut sein soll. Jede zweite Minute steckt man die Hand in die Tasche, um nachzufühlen, ob die Schlüssel noch dort sind. Das einzig Erfreuliche ist, daß man nicht Weihnachtsmann zu sein braucht. »Jedem sein eigener Weihnachtsmann« sorgt dafür. »Jedem sein eigener Weihnachtsmann« schickt eine erfahrene Kraft herauf, die sich der ganzen Sache annimmt, das ermüdende Austeilen der Geschenke besorgt und fachkundig Behagen um sich verbreitet.

Als Jung-Henrik und Elisabeth mit ihrem gewöhnlichen »Du wirst doch wohl der Weihnachtsmann sein, Papa?« kamen, antwortete der Juwelier nichts. Er machte nur ein geheimnisvolles Gesicht, und da wußten alle, daß er der Weihnachtsmann sein würde.

Das Programm für den Weihnachtsabend der Familie sollte das übliche sein. Zuerst tat man mehrere Stunden hindurch gar nichts (fanden Henrik und Elisabeth). Man trödelte und blödelte nur herum, so daß die wichtige Bescherung unnötig hinausgezögert wurde. Elisabeth und Henrik gingen in dieser Zeit umher wie Hühner, die ein Ei legen wollen (fanden ihre Eltern). Es gab nichts zu tun, der Christbaum war geschmückt, die Pakete hatte man alle schon betastet, wie gut sie auch versteckt sein mochten, seine eigenen Pakete hatte man längst mit Hilfe einer Unmasse Siegellack fertiggepackt. Es gab nichts mehr zu tun.

Und dann kam doch noch, als man schon gar nicht mehr daran glauben wollte, der Weihnachtsmann mit seinem Sack. Und dann sollte gegessen werden. Viel gegessen! Die Familie Eriksson hielt nichts davon, sich schon früher am Tage einen »Happen« zu genehmigen. Dafür aß man dann um so mehr auf einmal. Zuerst Schinken und Wurst und all das andere, was nicht hatte angerührt werden dürfen, und dann Stockfisch und Grütze. Zum Abschluß würde man Kaffee trinken — nicht, daß alle Kaffee haben wollten — manche nahmen sich statt dessen ein Stückchen von dem rosa Marzipanschweinchen, das unter den Geschenken gewesen war.

So pflegte es jeden Heiligen Abend bei der Familie Eriksson in der Weihnachtsmanngasse zuzugehen. Aber diesmal wurde es ganz anders. Das ganze Programm wurde in seinen Grundfesten erschüttert. Dieser Heilige Abend glich keinem der früheren Heiligen Abende. Er ließ sich überhaupt mit nichts vergleichen.

Schon einmal dieser Weihnachtsmann, um mit dem Anfang zu beginnen! Als seine Stunde gekommen war, klopfte es wie gewöhnlich an die Tür. Das war in Ordnung. Aber anstatt des richtigen Weihnachtsmannes kommt so ein ungefüges Gestell herein und brummt, daß die Decke hätte einstürzen können:

»Gu'n Abend in der gu'n Stube! Gibt es 'n paar brave Kinder da?«

Im Zimmer wurde es totenstill.

Das war nicht der gewöhnliche Weihnachtsmann! Man schielte nach allen Seiten, um festzustellen, wo Papa war. Nicht zu sehen! Und der fremde Weihnachtsmann, der ungefähr das Wuchtigste dieser Sorte sein mußte, das man sich vorstellen konnte, nimmt ein Paket aus dem Sack und grollt, daß das ganze Zimmer dröhnt:

»Für Elisabeth. Gute Weihnachten! von Papa und Mama. — Ist Elisabeth auch immer artig gewesen?« und Elisabeth muß ihm die Hand geben und knicksen und »Ja« sagen, ehe sie das Paket bekommt.

Genauso ergeht es Henrik. Der Weihnachtsmann donnert, und Henrik muß die Hand geben und beteuern, daß er artig gewesen sei. Das ist ja so, daß man ...

Dann war Tante Agda an der Reihe.

»Für Tante Agda mit herzlichen Weihnachtswünschen!« las der Weihnachtsmann mit seiner lautesten Donnerstimme. Darauf folgte noch ein Vers:

»Nichts macht wie ich so dünne Spalten,
drum sollst du mich in Ehren halten.«

Tante Agda machte in ihrem Schrecken Versuche, sich aus dem Stuhl zu erheben, aber »Jedem sein eigener« donnerte:

»Bleib doch sitzen, Tantchen!« Da sank Tante Agda wieder zurück und bekam endlich ihr Paket (den Wursthobel Engelbrecht).

Im Zimmer nebenan saß der Juwelier und schmunzelte und vergaß dabei ganz, an die große Neusilberliga zu denken. Wirklich gewissenhafte und geschickte Leute haben sie, dachte er. Eine gutgeführte Firma.

Die anderen hatten sich nun etwas erholt und begannen zu begreifen, daß die ganze Sache ein Schwindel sein mußte. So etwas konnte man sich nicht ohne weiteres in seinem eigenen Heim bieten lassen!

Henrik junior blickte Elisabeth an und schüttelte vielsagend den Kopf. Elisabeth sandte einen Blick zur Decke hinauf und schnalzte bedauernd mit der Zunge.

Nun holte der Weihnachtsmann ein Paket für den Juwelier aus dem Sack.

»Für Papa. Frohe Weihnachten!«

Als kein Papa sich meldete, fuchtelte er mit dem Paket in der Luft herum und donnerte:

»Für Papa!«

Da kam der Juwelier schmunzelnd, die Hände in den Hosentaschen, hereingeschlichen. Alle erwiderten sein Schmunzeln, wenn es auch nicht ganz von Herzen kam. Die Neuheit mit »Jedem sein eigener Weihnachtsmann« hatte noch nicht so recht in der Familie eingeschlagen.

Aber »Jedem sein eigener« kämpfte weiter. Der Inhalt des Sackes nahm ab. Als er das letzte Paket herausholte (ein willkommener Schlips, den man umtauschen konnte) sagte der Juwelier:

»Vielleicht dürfen wir den Weihnachtsmann nun zu einem Schälchen Kaffee einladen?«

»Jedem sein eigener« grunzte jedoch hinter seiner Maske, daß er Eile habe. Eine Menge anderer Familien warte auf seine Weihnachtsgeschenke.

Ehe er ging, verbreitete er noch ein wenig fachkundige Weihnachtsfreude um sich. Er kniff Frau Eriksson ins Ohr und wünschte ihr ein wirklich fröhliches Weihnachtsfest, ermahnte die Kinder, von nun an tatsächlich artig zu sein, da sie so viele schöne Sachen bekommen hatten, und klopfte dem Juwelier (der ihm 25 Kronen zahlte) auf die Schulter, schüttelte ihm lange die Hand, klopfte ihm auf die andere Schulter, puffte ihn schließlich in den Rücken und drückte die Hoffnung aus, daß alles zur Zufriedenheit ausgefallen sei.

Als man sich dann zu Tisch gesetzt und die Kerzen angezündet hatte, entdeckte Frau Eriksson, daß von dem Apfelmus etwas fehlte. Ihr Mann, der Juwelier, entdeckte, daß die Schlüssel fehlten.

Privatdetektiv Teffan Tiegelmann machte sich bereit, Weihnachten zu feiern. Soeben waren die Büroräume für die Feiertage geschlossen worden. An der Tür hing eine kleine Tafel, auf der

WÄHREND DER FEIERTAGE GESCHLOSSEN

zu lesen war.

Fräulein Hanselmeier, seine Sekretärin, hatte für ihre Schwester auf Königsholm drei Dutzend Topflappen gestrickt. Die lagen nun in zierliches Weihnachtspapier eingeschlagen in der Schreibtischlade. Fräulein Hanselmeier war zwar immer sehr beschäftigt, aber sie hatte doch die Topflappen in den freien Stunden, die sie nie hatte, fertiggestrickt.

Wie wohltuend ist es, am Weihnachtsabend sein Schild an die Tür zu hängen, etwas früher als gewöhnlich zu schließen, zusammen eine Tasse Kaffee zu trinken und einander fröhliche Weihnachten zu wünschen, während große, schöne Schneeflocken über der unteren Drottningstraße vom Himmel fallen.

Tiegelmann verwahrte seine Dienstpistole in der Schreibtischlade, nachdem er ihr ein Buchpaket entnommen hatte, das er Fräulein Hanselmeier als Weihnachtsgeschenk überreichen wollte. Er betrat den inneren Raum, wo eine Weihnachtskerze ihren flackernden, behaglichen, zugleich etwas geheimnisvollen Schimmer verbreitete. Auf Fräulein Hanselmeiers Arbeitstisch stand Kaffee, einzigartig feines Safranbrot und Pfefferkuchen in hübschen Weihnachtsformen von der Konditorei Rosa. Dort lag auch ein großes Paket, ein Karton mit Siegellack und roten Schnüren.

FÜR PRIVATDETEKTIV TEFFAN TIEGELMANN MIT DEN BESTEN WÜNSCHEN FÜR EINE WIRKLICH FRÖHLICHE WEIHNACHT!

stand auf dem Paket. Es war ein Weihnachtsgeschenk vom Personal (Fräulein Hanselmeier).

Tiegelmann setzte sich an den Tisch und legte sein Paket neben das andere. Das Kerzenlicht schimmerte geheimnisvoller denn je, der Kaffee duftete, und draußen vor dem Fenster fiel der Schnee. Der Verkehr auf der Drottningstraße begann etwas nachzulassen. Weihnachtsfrieden senkte sich langsam über die gehetzte Stadt.

Fräulein Hanselmeier füllte zwei Tassen mit Kaffee und legte in jede zwei Stück guten Zucker.

»Haben wir einen Rapport über den Straßenbahndieb bekommen?« fragte Tiegelmann. Ein Privatdetektiv muß an alles denken. Tatsache ist, daß der Weihnachtsfrieden gewisse Schwierigkeiten überwinden muß, bevor er sich auf einen praktizierenden Privatdetektiv senken kann. (Der Straßenbahndieb war ein Mann, der mit unglaublicher Frechheit ganze Straßenbahnwagen stahl, sie übermalte und dann als Wochenendhäuschen verkaufte. Er arbeitete mit einem äußerst verschlagenen Dieb zusammen, der leerstehende Bauplätze stahl.)

»Ja«, antwortete Fräulein Hanselmeier, »es ist eben ein Rapport gekommen. Sie haben eine ganze Wochenendhäuschen-Siedlung mit Straßenbahnen und Fischereirecht verkauft.«

»Ausgezeichnet!« rief Tiegelmann und trank einen Schluck Kaffee. Eben als der Weihnachtsfrieden sich im Ernst auf Privatdetektiv Teffan Tiegelmann samt Sekretärin senken wollte, läutete es an der Tür. Ein schwaches, kurzes und diskretes Klingeln.

Tiegelmann stellte sofort seine Kaffeetasse hin und blickte scharf nach der Tür. Fräulein Hanselmeier stellte ebenfalls ihre Kaffeetasse hin. Es klingelte, obwohl GESCHLOSSEN an der Tür stand! Die Kerze flackerte, die Schatten im Bürozimmer bewegten sich. Beide blickten auf die Uhr.

»Vermutlich jemand, der Staubsauger verkaufen will«, meinte Tiegelmann. »Einfach lächerlich am Heiligen Abend! Kein Mensch —«

»Oder es ist eine Sammelliste für ausgediente Weihnachtsmänner. Wir öffnen nicht«, sagte Fräulein Hanselmeier. Sie goß noch etwas Kaffee nach, während draußen vor dem Fenster eine weitere Anzahl von Schneeflocken fiel.

Da läutete es noch einmal. Ein äußerst kurzes und angenehmes Läuten.

»Ich sage, daß niemand da ist«, beschloß Fräulein Hanselmeier und ging zur Tür.

In der unsicheren Treppenbeleuchtung stand ein großer Mann mit einer schwarzen Pelzmütze und verbeugte sich. Er war ganz mit Schnee bedeckt. Unter dem Arm trug er eine Anzahl Pakete.

»Wir haben geschlossen«, erklärte Fräulein Hanselmeier. »Es ist niemand da.«

Der Mann verbeugte sich, daß der Schnee in Mengen auf den Flurboden fiel. Fräulein Hanselmeier wollte eben die Tür zuschlagen, als der Mann unter erneuten Verbeugungen die Pelzmütze abnahm. Fräulein Hanselmeier sah zu ihrem Erstaunen, daß er unter der Pelzmütze einen roten Fez trug.

»Es ist mir eine große Ehre, Fräulein Hanselmeier wiederzusehen«, beteuerte der Fremdling. Seine Augen waren dunkel und unergründlich wie die arabische Nacht.

»Herr Omar!« rief Fräulein Hanselmeier aus. Sie riß die Tür weit vor dem dunkelhäutigen Fremden auf.

»Es ist Herr Omar!« rief sie in die inneren Räume hinein.

»Unmöglich!« schrie Tiegelmann, bereit, zu seiner Dienstpistole in der Schreibtischlade zu stürzen. Ein Privatdetektiv ist beständig von allen Seiten Gefahren ausgesetzt, und wenn es an der Tür klingelt und jemand behauptet, er sei ein Reisender aus dem Inneren Arabiens, hat er allen Anlaß, auf seiner Hut zu sein.

Währenddessen zog Herr Omar draußen auf dem Flur seinen wohlgenähten nah-östlichen Reisemantel aus. Er hatte ihn von dem Händler Hussein im großen Basar in Djof gekauft. Hussein war berühmt wegen seiner warmen Reisemäntel. Wenn man sie in dem heißen Basar anzog, geriet man gleich in Schweiß. Weiter nördlich schwitzte man etwas weniger. Und wenn man noch weiter nach Norden gekommen und in ein Schneetreiben geraten war, schwitzte man nicht im geringsten. Im Schneewetter gab es sogar den einen oder anderen Reisenden, der sich Husseins Mäntel noch schweißtreibender gewünscht hätte.

Herr Omar schüttelte den Mantel mit arabischer Gründlichkeit, daß der Schnee nur so wirbelte. Dann zog er aus der Tasche eine kleine schöne, orientalische Reisebürste in einem Lederetui, mit welcher er nachhalf. Er stampfte noch den Schnee von den Galoschen, daß es im Treppenhaus widerhallte, worauf er unter erneuten Verbeugungen die Tiegelmannschen Büroräume betrat.

»Herr Omar!« rief Tiegelmann, sobald er begriff, daß kein Irrtum vorlag.

»Es ist mir eine unverdiente Ehre«, versicherte Herr Omar, »Herrn Tiegelmann persönlich ein frohes Weihnachtsfest wünschen zu dürfen.«

»Herzlichen Dank, Herr Omar. Setzen Sie sich. Ebenfalls frohe Weihnachten!« erwiderte Tiegelmann, und alle setzten sich.

Nun senkte sich eine noch nie dagewesene Weihnachtsstimmung über die drei. Herr Omar legte zum allgemeinen Erstaunen eine Anzahl Pakete zu den anderen und erklärte mit nah-östlicher Ruhe, daß es Weihnachtsgeschenke seien. Seine Augen waren unergründlich wie die Nacht.

»Aber sagen Sie doch, Herr Omar«, fragte Tiegelmann, »wie können Sie wissen, daß es hierzulande Sitte ist, einander Weihnachtsgeschenke zu geben?«

»Eben, in Arabien feiert man doch nicht Weihnachten?« wunderte sich auch Fräulein Hanselmeier. »Noch ein Täßchen, Herr Omar?«

»Nein«, antwortete Herr Omar, »in meiner Heimat haben wir nicht die Ehre, Weihnachten zu feiern, was meiner geringen Meinung nach darauf beruhen dürfte, daß es bei uns völlig unbekannt ist. Herzlichen Dank«, unterbrach er sich und hielt Fräulein Hanselmeier die Tasse zum Nachschenken hin. »Außerdem fällt der Winter bei uns leider in den Sommer.«

Teffan Tiegelmann unterzog die orientalischen Pakete einer aufmerksamen Musterung. Er bemerkte, daß sie in starkes, braunes Papier eingewickelt und mit kräftigen Schnüren umwunden waren. Im übrigen verbreiteten sie einen schwachen, aber gut erkennbaren Duft nach Haustieren. Sowohl Tiegelmann wie Fräulein Hanselmeier spürten deutlich diesen besonderen Duft, der sich in dem flackernden Kerzenschein mit den Kaffeedämpfen mischte.

Tiegelmann beugte sich ein wenig näher und schnupperte vorsichtig. Pferd? Auch Fräulein Hanselmeier schnupperte. Sie lehnte sich über den Tisch und wischte ein paar unbedeutende Krumen von dem Tischtuch, so daß ihre Nase genau über die orientalischen Pakete kam. Es war ein leiser, gemütlicher Duft nach Haustieren — aber welchen?

»Nun sagen Sie aber, Herr Omar«, begann Tiegelmann wieder, »wie können Sie das mit den Weihnachtsgeschenken wissen?«

»Ich habe die Ehre, Abonnent des ,Palmenblattes' zu sein«, war die einfache Entgegnung.

»Aha —?« machte Tiegelmann.

»Ach so —?« staunte Fräulein Hanselmeier. »Palmenblatt?«

»Ja. Palmenblatt. Ich bin schon seit Jahren Abonnent dieser Zeitschrift.«

Hierauf erzählte Herr Omar, wie er in seinem Urlaubszelt in der Wüste saß und die letzte Nummer des »Palmenblattes« studierte. Einen Artikel von Weihnachten in Stockholm, das immer so weiß und schön sei.

»Na ja«, meinte Tiegelmann.

»Man kann ja nicht gerade sagen, daß es immer so ist«, bemerkte Fräulein Hanselmeier.

»Immer«, beharrte Herr Omar mit einer höflichen Verbeugung. »Immer zu Weihnachten liegt Schnee wie ein weißer, schöner Teppich auf den Straßen dieser Stadt. Das ,Palmenblatt' ist unsere führende Zeitschrift«, erklärte er.

Dann berichtete er, wie er eine Photographie des Stadtteils Vasastaden im Schnee gesehen habe.

»Na ja«, machte Tiegelmann wieder.

»Es ist wohl in den verschiedenen Jahren ein wenig verschieden«, meinte Fräulein Hanselmeier.

Herr Omar verbeugte sich mit dem stets gleichen unergründlichen Lächeln. Man sah deutlich, daß er sich nichts vormachen ließ.

»Im ‚Palmenblatt‘ las ich auch, daß es zu Weihnachten die schöne Sitte gibt, seinen Freunden willkommene Gaben zu schenken. Deshalb nahm ich mir die Freiheit, einige unbedeutende Kleinigkeiten einzukaufen, die man leicht zuhause in unserem Basar umtauschen kann.«

»Ach wie lieb!« rief Fräulein Hanselmeier. »Wenn wir gewußt hätten —«

Herr Omar beeilte sich mit orientalischem Takt, dem Gespräch eine andere Richtung zu geben.

»Außerdem hatte ich in der Palme, wie wir unsere Zeitschrift gewöhnlich nennen — außerdem hatte ich also im ‚Palmenblatt‘ Gelegenheit, von einer Art rotgekleideter Personen zu lesen, die Weihnachtsmänner genannt werden.«

»Ganz richtig!« stimmte Tiegelmann zu.

»Obwohl es mir andererseits nicht gelang, mir eine ganz klare Vorstellung von diesen Weihnachtsmännern zu machen«, setzte Herr Omar hinzu.

Fräulein Hanselmeier und Tiegelmann versuchten, eine grundlegende Aufklärung über die Weihnachtsmänner zu geben, aber es zeigte sich zu ihrer eigenen Verwunderung, daß dies fast unmöglich war. Herr Omar verbeugte sich schweigend und sprach von etwas anderem.

Nichts kann gemütlicher sein, als wenn man am Heiligen Abend in einem Detektivbüro mit seinen Freunden beisammen sitzt und plaudert. Damit sei nichts Böses über Weihnachten im Heim und im Familienkreis gesagt. Die Frage ist nur, ob man sich etwas Traulicheres denken kann als einen Heiligabendnachmittag in einem privaten Detektivbüro, das wegen der Feiertage geschlossen ist. Dort zu sitzen und mit seinen Freunden zu plaudern, während der Schnee auf die Drottningstraße fällt, das Kerzenlicht schimmert und Fräulein Hanselmeier noch eine Tasse Kaffee einschenkt. Jeder, der einmal einen solchen Heiligabendnachmittag in einem privaten, gut geführten und geschlossenen Detektivbüro zugebracht hat, weiß, welch einzigartige Weihnachtsstimmung sich über die Räumlichkeiten senkt.

Zum Schluß, ehe man aufbrach und einander frohe Weihnachten wünschte, öffnete man die Weihnachtspakete.

Man begann mit einem wohlverpackten arabischen Paket, und der leichte Duft nach Haustieren machte sich nun stärker bemerkbar.

»Ich bat im Basar, man möge meine geringen Weihnachtsgaben gut und haltbar einpacken, da ich so weit reisen müsse«, sagte Herr Omar.

»Ausgezeichnet!« lobte Tiegelmann und brach sich an der Verschnürung einen Nagel ab.

»Auf der ersten Strecke lud ich meine geringen Gaben auf mein Kamel Juwel«, fuhr Herr Omar fort.

»Ah! Das ist es also!« rief Tiegelmann. Nun wußten er und Fräulein Hanselmeier, daß es Kamelduft war, der den nah-östlichen Paketen entströmte. Ein sehr anheimelnder Geruch. Wenn man die Augen zumachte, glaubte man die Palmen rauschen zu hören und ein sonnenüberflutetes Sandmeer vor sich zu sehen.

»Natürlich, Sie besitzen ja ein Kamel!« erinnerte sich Fräulein Hanselmeier, die endlich ihr Paket aufgebracht hatte.

»Ich besitze drei«, verbesserte Herr Omar mit einer anspruchslosen Verbeugung. »Juwel, Rubin und Smaragd.«

Fräulein Hanselmeiers Paket enthielt ein wenig echten arabischen Kaffee in einem Kästchen mit hübscher Einlegearbeit, und Tiegelmann bekam eine kleine Büropalme in einem Blumentopf.

Dazu bekam jeder eine kleine arabische Kaffeetasse, die selbst in Anbetracht ihrer Kleinheit ungewöhnlich klein war. Im Notfall hätte man diese praktischen Tassen als Fingerhüte benützen können.

Außerdem bekam Tiegelmann ein Paket geräuschloser, rauchschwacher Munition für seine Dienstpistole, natürlich orientalischer Erzeugung, und Fräulein Hanselmeier eine Kamelglocke. Die Kamele tragen nämlich Glocken um den Hals, wenn sie durch die Wüste dahinschreiten, damit man sie kommen hört. Eine solche Glocke bekam also Fräulein Hanselmeier als Weihnachtsgabe von Herrn Omar.

Nun öffnete Fräulein Hanselmeier Herrn Tiegelmanns Buchpaket. Es enthielt ein wertvolles Werk mit dem Titel: »Wie wird man eine perfekte Sekretärin.«

Fräulein Hanselmeier saß zuerst ganz still da. Dann sagte sie:

»Ich habe wirklich immer versucht, mein Bestes zu tun. Ich erinnere mich, daß ich schon vom ersten Anfang an . . .«

»Daran erinnere ich mich ebenfalls!« beschwichtigte Tiegelmann. »Und es gelang ja. Perfekt! Dies hier sollte eine kleine Erinnerungsgabe an verflossene Tage sein, Fräulein Hanselmeier.«

Fräulein Hanselmeier schlug die erste Seite auf. Tiegelmann paffte eine Wolke aus seiner Feiertagszigarre.

Die Weihnachtsbescherung ging ihrem Ende entgegen. Nun war nur noch ein Paket übrig: Fräulein Hanselmeiers Geschenk für Teffan Tiegelmann, der große Karton.

Tiegelmann legte seine Festtagszigarre weg und ergriff eine Schere. Herr Omar saß unbeweglich dabei und sah zu. Fräulein Hanselmeier ging mit der Kaffeekanne hinaus und meinte, es sei gar nichts, nur eine Kleinigkeit.

Aus dem Karton zog Tiegelmann zum allgemeinen Erstaunen ein Weihnachtsmannkostüm mit Zipfelmütze und Maske. Eine komplette Weihnachtsmannausrüstung.

»Unser früheres beginnt fadenscheinig zu werden«, erklärte Fräulein Hanselmeier.

Tiegelmann besaß einen ganzen Koffer mit Kleidern der verschiedensten Art, so daß er sich jederzeit in was immer verkleiden konnte. Natürlich gab es da auch ein Weihnachtsmannkostüm mit Zipfelmütze und Maske, aber das fing nun an, alt und zerschlissen zu werden. Die rote Zipfelhaube war außerdem unmodern, und der Bart nach einem Modell, das nur noch selten getragen wurde. Wer in solch einem veralteten Kostüm auftrat, konnte leicht Mißtrauen erwecken. Angenommen, es galt in der Weihnachtzeit eine rasches Ausrücken. Ein perfekte Sekretärin ist wirklich unschätzbar!

Fräulein Hanselmeier hatte selbst in den freien Stunden, die sie nie hatte, das neue, gutsitzende Weihnachtsmannkostüm genäht. Tiegelmann probierte es sofort. Es saß wie angegossen auf den Schultern. Auf dem Rücken saß es auch sehr gut. Der Bart und die Kapuze waren ganz modern. Niemand konnte etwas argwöhnen.

»Vielleicht sollte ich den Kittel etwas kürzen«, meinte Fräulein Hanselmeier zweifelnd.

»Gewiß nicht!« wehrte Tiegelmann ab. »Absolut nicht!«

Dann trank man wieder Kaffee. Man versuchte die Mischung in dem arabischen

Kästchen und trank aus den kleinen Fingerhuttassen. Tiegelmann und Fräulein Hanselmeier versicherten, daß sie nie in ihrem Leben einen so ausgesucht guten Weihnachtskaffee gekostet hätten.

»Meine geringe Mischung dürfte weit entfernt von Wohlgeschmack sein«, entgegnete Herr Omar mit einer anspruchslosen Verbeugung.

Der einzige Nachteil eines Weihnachtsabends in einem Detektivbüro besteht darin, daß das Telefon auf Fräulein Hanselmeiers Tisch plötzlich zu klingeln beginnen kann.

»Erlauben Sie, daß ich abhebe«, bat Herr Omar, der am nächsten saß. »Hallo! Hier das Büro von Privatdetektiv Tiegelmann. — Nein, ich habe nicht die Ehre, Herr Tiegelmann persönlich zu sein. — Ja, Herr Tiegelmann weilt im Lokal. Wenn der Herr die Güte haben wollte, einen unbedeutenden Augenblick zu warten, werde ich das Vergnügen haben, Herrn Tiegelmann herbeizurufen. Gestatten Sie mir, bis auf weiteres meine innigsten Weihnachtswünsche vorzubringen«, sprach Herr Omar, wie er es im »Palmenblatt« gelesen hatte. Er überreichte den Hörer Teffan Tiegelmann mit den Worten:

»Eine mir unbekannte Person wünscht Herrn Tiegelmann eine telefonische Mitteilung zu machen. Er wünschte hervorzuheben, daß die Sache eile.«

Tiegelmann übernahm den Hörer.

»Hallo! Tiegelmann!«

Er vernahm eine atemlose Stimme:

»Jetzt sind die Schlüssel fort! Da haben wir's!«

»Ja—a«, machte Tiegelmann, sich mit einer Papierserviette den Mund abwischend. Ein Privatdetektiv ist daran gewöhnt, daß alles verschwindet, deshalb war Tiegelmann nicht im geringsten erstaunt. »Mit wem spreche ich?«

»Ich spreche mit Privatdetektiv Tiegelmann«, verkündete die fremde Stimme, die nun ganz gehetzt klang.

»Wer ist es?« fragte Tiegelmann scharf.

»Wenn man das wüßte! Ich weiß nur, daß vorhin ein Weihnachtsmann hier war, er war von *JEDEM SEIN EIGENER WEIHNACHTSMANN*, aber ich kenne ihn gar nicht.«

»Mit wem spreche ich?« wiederholte Tiegelmann seine Frage. »Ihr Name!«

»Juwelier Eriksson. Na also! Jetzt sind sie weg! Die Ladenschlüssel! Das ist das Ende! Da haben wir's!«

Teffan Tiegelmann erkannte sofort die ganze Größe der Gefahr. Es ging um Sekunden. Ein erfahrener Einbrecher kann mit den richtigen Schlüsseln in der Hand jeden beliebigen Kassenschrank ausleeren. Auch ein weniger erfahrener Einbrecher kann unter solchen Umständen eine Kasse leeren.

Privatdetektiv Tiegelmann grübelte schweigend. Er glich aufs Haar einem Habicht (wenn man sich einen Habicht in Weihnachtsmannkleidern vorstellen kann).

»Hören Sie!« sagte er. Und als er dann weitersprach, klang es wie eine Serie scharfer Pistolenschüsse. »Schicken Sie die Kinder hinunter, sie sollen beim Laden Ausguck halten. Suchen Sie ein paar alte Weihnachtsmannkostüme und Masken für sie heraus, damit der Schlampige Svante sie nicht erkennt. Ich bin in zwei Minuten dort. Höchstens drei. Ich bin auch Weihnachtsmann. Ich werde ‚Alle Jahre wieder' pfeifen, dann wissen Sie, daß ich es bin. Auf Wiedersehen!«

T. Tiegelmann warf den Hörer hin, stülpte sich die rote Zipfelmütze auf den Kopf und nahm die Maske vor das Gesicht.

»Nehmen Sie das alte Kostüm aus dem Koffer dort!« wandte er sich an Herrn Omar, der mit nah-östlicher Geschmeidigkeit das abgetragene Weihnachtskostüm anlegte. Es war ihm viel zu klein, Herr Omar sah verdächtig aus, aber Tiegelmann rechnete damit, daß niemand etwas ahnen würde, wenn er nur erst ordentlich mit Schnee bedeckt war.

Schließlich steckte er seine furchteinflößende Dienstpistole in die Tasche und gab Herrn Omar eine Reservepistole. Einen Augenblick später warfen die beiden Weihnachtsmänner sich in ein Auto, das in dem dichten Schneetreiben auf der Drottningstraße verschwand.

9 *Weihnachtsmänner packen Neusilber ein*

Die beiden Weihnachtsmänner stiegen einen Häuserblock vor Juwelier Erikssons Laden in der Weihnachtsmanngasse aus dem Auto.

Der Schnee fiel immer dichter. Vasastaden habe seit siebzig Jahren keinen solchen Schneefall gehabt, behaupteten die Meteorologen. Der eine oder andere Fußgänger kämpfte sich mit Paketen oder einem verspäteten Christbaum in der Hand vorwärts.

Tiegelmann bog hastig in eine Seitengasse ein und zog Omar mit sich in eine Toreinfahrt, durch einen Hinterhof hinaus und dann in eine andere Einfahrt. Die Treppenbeleuchtung war ausgeschaltet, sie standen im Dunkeln und spähten durch die Glasscheiben des Tores hinaus. Sie hatten nun einen freien Ausblick auf Juwelier Erikssons beleuchtete Schaufenster, die sich genau gegenüber befanden. Dort bot sich ihnen ein sonderbarer Anblick. Der sonderbarste, den Tiegelmann je gesehen hatte.

Zwei Weihnachtsmänner räumten Neusilbergegenstände von den Regalen. Der eine war riesig groß, einer der größten Weihnachtsmänner, den man sich denken konnte, der andere ungewöhnlich klein. Sie arbeiteten rasch und gewissenhaft. Sie steckten die Waren in ein paar große Taschen und einen Sack. Wenn sich auf der Straße Schritte näherten, hörten sie auf und verbargen sich hinter dem Verkaufspult. Dann räumten sie weiter aus. Es mußte jemand in der Nähe sein, der ihnen Zeichen gab.

»Kommen Sie!« befahl Tiegelmann.

Sie verließen den dunklen Torweg und traten auf die Gasse hinaus. Augenblicklich hörten die Weihnachtsmänner mit dem Einpacken von Neusilber auf und verschwanden hinter dem Verkaufspult.

»Scharf nach allen Seiten Ausschau halten«, instruierte Tiegelmann. »Wir gehen zum Fenster hin.« Er vergewisserte sich, ob die Dienstpistole auch an ihrem Platz in der Tasche sei. »Halten Sie sich bereit!«

Herr Omar verbeugte sich unmerklich im Schneetreiben und fühlte seinerseits nach, ob er seine Reservepistole noch habe.

Nun hatten sie Juwelier Erikssons erleuchtetes Schaufenster erreicht. Beide blieben stehen und gaben sich den Anschein, als betrachteten sie die Waren.

»Den sollte man haben«, bemerkte der eine Weihnachtsmann, auf einen Neu-

silberrahmen mit dem Bilde eines Filmstars zeigend. »Den sollte man haben!«
wiederholte er mit einem ganz natürlich klingenden, lauten Lachen.

»Ein besonders schöner Rahmen«, stimmte der andere Weihnachtsmann mit
einem unbeschwerten arabischen Lachen zu. Niemand, der ihnen möglicherweise
zuhörte, konnte den geringsten Verdacht schöpfen.

Ein erfahrener Privatdetektiv spürt es immer, wenn er beobachtet wird. Privatdetektiv Teffan Tiegelmann fühlte, daß jemand nach ihm blickte. Er konnte aber
selbst niemand sehen und wollte sich nicht zu auffällig umdrehen.

»Wo nur Erikssons kleine Weihnachtsmänner sein mögen?« murmelte er hinter
der Maske. Er pfiff leise »Alle Jahre wieder«, und kaum hatte er das getan, da
spürten er und Herr Omar, daß jemand sie leicht am Bein kratzte. Sie blickten
hinunter und entdeckten unter dem Fenster eine Kellerluke.

»Onkel Tiegelmann«, flüsterte es aus der Luke.

Die beiden Weihnachtsmänner bückten sich sofort und machten sich an ihren
Schuhbändern zu schaffen. In der Luke erblickten sie zwei Weihnachtsmänner,
zwei kleine, wachsame Juwelier-Weihnachtsmänner mit roten Zipfelmützen.

»Nun?« fragte Tiegelmann. Er mühte sich nach Kräften, seine Schuhbänder
zu knüpfen. Auch Herr Omar kämpfte mit seinem lästigen Schuhband.

Da flüsterte der eine kleine Weihnachtsmann:

»Es sind zwei Stück dort drinnen!«

»Ja«, murmelte Tiegelmann.

»Zwei Stück«, stimmte der arabische Weihnachtsmann vollkommen unhörbar zu.

»Und zwei Stück stehen irgendwo in der Gasse auf Wache«, berichtete der andere
kleine Weihnachtsmann.

»Aha!« machte Tiegelmann, der auf Grund seiner langjährigen Erfahrung längst
gewußt hatte, daß er beobachtet wurde.

»Zwei Stück auf der Gasse«, murmelte der orientalische Reserve-Weihnachtsmann
und knüpfte sein Schuhband zum drittenmal.

»Bleibt, wo ihr seid, meine jungen Freunde. Aber haltet die Augen offen!« sagte
Tiegelmann gedämpft.

»Klar«, antworteten die kleinen Weihnachtsmänner, und die beiden anderen,
denen es nun endlich gelungen war, ihre Schuhbänder in Ordnung zu bringen,
richteten sich wieder auf.

Als Tiegelmann sich umdrehte, entdeckte er keine zwei Schritte entfernt einen
furchterregenden Weihnachtsmann, der ganz still stand und ihn anstarrte — man
wußte nicht woher er gekommen sein konnte.

Das Unheimliche an einem solchen Weihnachtsmann ist, daß man nicht weiß,
mit wem man es zu tun hat. Man sieht nur ein unbewegliches Gesicht aus Papier-
masse mit zwei schaurigen Löchern für die Augen und einen leblosen, weißen
Bart. Unter den Privatdetektiven werden solche Weihnachtsmänner für das Gefährlichste und Unangenehmste gehalten, das einem unterkommen kann. Es gibt
Privatdetektive mit langjähriger Berufserfahrung, die lieber zehn aufgeregten
Sprengstoffattentätern begegnen als einem einzigen solchen Weihnachtsmann.

Als Herr Omar sich umdrehte, entdeckte er zwei Schritte entfernt ein zweites
solches Pappendeckelgesicht, das unbeweglich im Schneetreiben stand und ihn
auf dieselbe fürchterliche Weise anstarrte.

Es konnte kein Zweifel darüber bestehen, daß die beiden Wachtposten Verdacht
geschöpft hatten.

»Hübsche Sachen das«, plauderte Tiegelmann und blickte wieder ins Fenster.
»Ein ausgezeichnetes Faß, um Salz hineinzugeben«, pflichtete Herr Omar bei.
»Und dann diese Zuckerschale!« rief Tiegelmann, mit dem Finger deutend.
»Eine sehr hübsche Salzschale«, stimmte Omar zu. »Zuckerfaß, wollte ich sagen.«
»Zu dumm, daß ich mir keine solche Zuckerschale kaufte, als das Geschäft offen war«, setzte Tiegelmann so unbekümmert wie möglich fort.

Die beiden anderen Weihnachtsmänner, die schweigend diese Unterhaltung mitangehört hatten, rückten einen Schritt näher. Mit dumpfer Stimme brummte der eine unter der Maske:

»Verschwindet!«

Mit beinahe noch dumpferer Stimme der andere:

»Verschwindet!«

Tiegelmann hatte nun die Wahl zwischen zwei Dingen: er konnte entweder stehenbleiben, wo er stand, so gefährlich das auch sein mochte. Die Pappendeckelgesichter, die der großen Neusilberliga angehörten, waren sicher bis an die Zähne bewaffnet. Oder er konnte sich schweigend zurückziehen und versuchen, irgendeine Verstärkung herbeizuschaffen. Aber dann würden wahrscheinlich sämtliche Neusilbermänner — sowohl diejenigen, die drinnen im Laden arbeiteten, als auch die anderen, die ihr Arbeitsfeld auf die Gasse verlegt hatten — im Schneetreiben verschwunden sein, bis er wiederkam. Damit würden auch seine Aussichten, die große Neusilberliga zu entlarven, im selben Schneetreiben verschwinden.

Privatdetektiv Teffan Tiegelmann zog es vor, zu bleiben.

10   *Ein Neusilber-Weihnachtsmann verschwindet*

Als die zwei unbeweglichen Weihnachtsmänner erkannten, daß die beiden anderen vor dem Schaufenster stehenblieben und weiterhin die Weihnachtsgeschenke betrachteten, waren sie plötzlich nicht mehr unbeweglich. Beide fuhren mit der rechten Hand in die Tasche.

T. Tiegelmann mit seiner großen Erfahrung wußte, was eine solche Bewegung zu bedeuten hat. Die Weihnachtsmänner waren bewaffnet. In einer verlassenen Gasse in Vasastaden, eingehüllt in ein meteorologisches Schneetreiben, kann unter solchen Umständen das Schlimmste passieren.

Tiegelmann handelte blitzschnell. Er führte das aus, was Privatdetektive untereinander den »großen Dunkelsacktrick« nennen.

Er packte seinen Gabensack, schüttete mit einer einzigen Bewegung die darin befindlichen alten Zeitungen auf die Gasse, zog dem nächsten Weihnachtsmann den Sack mit einigen blitzschnellen Handgriffen über den Kopf und band ihn unterhalb der Knie zusammen. Herr Omar handelte mit nah-östlicher Geschmeidigkeit auf dieselbe Weise. Er leerte seinen Reservesack aus, stülpte ihn über den Kopf des anderen Weihnachtsmannes und knüpfte ihn unter dessen Knien zusammen.

Die beiden Wachtposten waren nun vollkommen wehrlos. Sie sahen weder Sonne noch Mond und konnten drinnen in den engen, festgenähten Säcken nicht einmal die Arme bewegen.

Diese Säcke waren in Wirklichkeit eine Spezialkonstruktion und hatten Tiegelmann und seinen Mitarbeitern schon viele Male das Leben gerettet. Unzählige andere Privatdetektive verdankten solchen Säcken das Leben. Da der Verbrecher sich zu seiner größten Bestürzung plötzlich in undurchdringlicher Finsternis befindet, pflegt man einen solchen Sack »den großen Dunkelsack« zu nennen.

Derartige Säcke haben gerade die richtige Länge und Weite — sie reichen einem erwachsenen Verbrecher bis zu den Knöcheln — und sind mit einer starken Schnur versehen, die der Privatdetektiv unter den Knien des betreffenden Verbrechers zusammenbindet. Man kann dann mit ihm umgehen wie mit einem Postpaket. »Der große Dunkelsack« ist außerordentlich leicht zu gebrauchen (nachdem die erforderlichen Handgriffe gut eingeübt wurden), seine Betriebskosten sind gering, ebenso sein Umfang in zusammengelegtem Zustand. Weiters eignet er sich ebenso gut für größere wie für kleinere Verbrecher, und das Wetter spielt keine Rolle. »Der große Dunkelsack« kann sowohl sommers wie winters benützt werden. Im Sommer kann ein Privatdetektiv, um keinen Argwohn zu erregen, seinen Dunkelsack vor der Benützung mit frischgemähtem Gras füllen. Im Winter sieht man oft Detektive Holz oder Kohle in ihren Dunkelsäcken tragen, um jeden Argwohn zu vermeiden. Zur Weihnachtszeit ergibt es sich von selbst, die Dunkelsäcke als Weihnachtsgabensäcke zu maskieren.

Kurze Anleitung für den großen Dunkelsacktrick

1. Den Sack ausschütteln
2. Bereitstellung
3. Sack überziehen
4. Zubinden
5. Forttragen des Burschen
   Passende Verkleidungen

Die beiden kleinen Juwelier-Weihnachtsmänner in der Kellerluke hatten mit atemloser Spannung zugesehen. Sie waren fast zur Hälfte aus ihrem Versteck herausgekrochen, um sich keine Einzelheit entgehen zu lassen.

»Schnell, meine jungen Freunde!« zischte Tiegelmann. »Zeigt uns den Weg in den Keller.«

Einen Augenblick später tauchten die kleinen Weihnachtsmänner droben im Torweg auf und liefen dann voran in den Keller.

Die beiden Postpakete konnte man mit der größten Leichtigkeit mitnehmen. Wenn eines von ihnen zögerte, die Kellertreppe hinunterzusteigen, brauchte Tiegelmann nur leicht mit seiner Dienstpistole auf den Rücken des Paketes zu drücken. Ebenso brauchte Omar das andere Paket nur leicht seine Reservepistole fühlen zu lassen, um jedes Zögern zu überwinden. Beide Postpakete wurden auf diese Art leicht expediert und zeigten keine Vorurteile gegen Kellertreppen.

Im Erikssonschen Kellerraum befanden sich unter anderem ein Sack Kartoffeln und ein kleinerer Sack mit Mohrrüben aus dem Grundstück der Familie. Auf einem Regal standen Einsiedegläser mit Marmelade und Apfelmus und einige dauerhafte Winteräpfel, sorgsam in Papier gewickelt.

Zur Weihnachtszeit eignet sich ein solches Lokal großartig zur Einlagerung von Paketen. Tiegelmann und Omar befahlen ihren Paketen, sich auf den Boden zu setzen, zogen die Dunkelsackschnüre noch fester an, warnten die beiden, ja keinen Lärm zu machen, und schlangen ihnen zum Schluß noch einen Extrastrick um Arme, Beine und Oberkörper.

Dies alles geschah mit unglaublicher Schnelligkeit. Wer schon einmal einen Privatdetektiv mit einem Dunkelsack hantieren sah, weiß, was Schnelligkeit ist.

Die Kellertür wurde verschlossen, und die vier Weihnachtsmänner stürmten wieder hinauf.

»Es ist gut, meine jungen Freunde«, sagte Tiegelmann zu Henrik und Elisabeth. »Haltet die Augen offen. Wir brauchen euch vielleicht noch.«

Tiegelmann und Omar kehrten nun vorsichtig zum Schaufenster zurück. Seit die Gasse von den Neusilber-Weihnachtsmännern befreit war, ließ sich die Nachtluft leichter atmen. Auch hatte man einen besseren Überblick über das Lokal. Das ist nämlich von größter Wichtigkeit für einen Privatdetektiv, der sich auf frischer Spur befindet.

Tiegelmann entdeckte den Kopf des einen Weihnachtsmannes, der sich hinter dem Verkaufspult verbarg und zwischen einem Kerzenleuchter und einer kombinierten Soßen- und Salatschüssel hervorlugte. Dieser Weihnachtsmann wartete offenbar auf ein Zeichen. Tiegelmann hob die Hand. Sofort stürzte ein anderer, riesiger Weihnachtsmann hinter dem Pult hervor, und beide begannen wieder damit, das Neusilber in ihre Säcke zu packen. Tassen, Schalen, Kerzenhalter, Rahmen, Messer, Gabeln, Löffel, Salzfässer, Zuckerschalen, Tortenschaufeln, Wursthobel — alles flog in Säcke und Taschen. Kilo um Kilo erstklassiges Neusilber verschwand von den Regalen. Es war ganz unglaublich.

»Jetzt!« flüsterte Tiegelmann. »Aufgepaßt!«

»Es wird mir ein großes Vergnügen sein, aufzupassen«, gab der Reserve-Weihnachtsmann zurück, und beide steckten die Hand in die Tasche, um zu kontrollieren, ob die Pistolen an ihrem Platz wären.

Die Tür war nicht verschlossen.

»Was habt ihr denn da drinnen zu schaffen?« fragte der riesige Weihnachtsmann, der gerade eine Partie Gustav-Wasa-Gabeln in den Sack warf. »Bleibt lieber draußen und paßt auf!«

Aber der Kleine zuckte zusammen und zog sich langsam nach rückwärts zurück. Was dann geschah, ging so schnell, daß niemand erfassen konnte, wie es eigentlich zuging.

Das Licht verlosch. Es wurde finster im Lokal. Auch im Schaufenster. Man sah kaum die Hand vor den Augen. Geschweige denn Weihnachtsmänner. Tiegelmann zog rasch seine starke Dienstlaterne aus der Tasche. Mit der Pistole in der einen und der Laterne in der anderen Hand suchte er den Lichtschalter und knipste an.

»Was treibt ihr denn da«, brummte der große Weihnachtsmann. »Dreht das Licht aus!«

Der Kleine war nicht zu sehen. Hinaus in die Weihnachtsmanngasse konnte er nicht gerannt sein, weil Omar neben der Tür stand, und einen anderen Ausgang gab es nicht.

Tiegelmann riß die Tür zum Kontor auf. Der Raum war leer. Er leuchtete in alle Winkel. Kein Weihnachtsmann weilte in dem Kontor.

»Wo ist er?« murmelte Tiegelmann hinter der Maske.

»Was? Wer?« brummte der Große. Erst jetzt bemerkte er, daß der Kleine fort war. »Das ist aber auch —! Ist er ausgerissen? Das ist eine Art, was! Pack an da, daß wir hier 'rauskommen. Schnell!«

Tiegelmann murmelte etwas Undeutliches und packte an. Herr Omar murmelte etwas noch Undeutlicheres und packte ebenfalls an. Ehe sie Juwelier Erikssons

Neusilberladen mit allem Gepäck verließen, machte Tiegelmann noch eine Blitz-untersuchung der Lokalitäten. Er leuchtete mit der Laterne hinter das Verkaufs-pult, und drinnen im Kontor leuchtete er unter den Tisch und hinter die Gardinen. Vor dem Fenster befand sich ein dickes Eisengitter. Er blickte auch noch hinter den Kassenschrank, der geschlossen war und einen unberührten Eindruck machte; die Weihnachtsmänner hatten ihn offenbar nicht plündern können. Der kleine Weih-nachtsmann war nirgends in den Räumlichkeiten zu sehen.

»Schnell! Wir müssen sehen, daß wir weiterkommen!« brummte der Große in der Tür.

Die drei Weihnachtsmänner ergriffen jeder zwei schwere Packen und erreichten ungesehen das Schneetreiben in der Weihnachtsmanngasse.

Zwei kleine Weihnachtsmänner in roten Zipfelmützen folgten ihnen in einem Ab-stand von zehn Schritten.

Ein Weihnachtsabend unter der Erde **11**

»Geht voraus!« kommandierte der große Weihnachtsmann mit breiiger Stimme hinter seiner Maske.

Tiegelmann und Omar rückten mit ihren schweren Taschen nach vorne, so daß sie ein paar Schritte vor dem anderen gingen.

»Damit man weiß, wo man euch hat«, ließ sich die teigige Stimme vernehmen. »Mal sehen, ob ihr euch diesmal ein bißchen besser macht als das vorige Mal.«

»Das ist der Schlampige Svante«, wandte sich Tiegelmann mit leiser Stimme an Omar. »Der Mann mit dem Vollmondgesicht, einer von den Neusilbermännern.«

Herr Omar verbeugte sich unmerklich.

Sie stapften durch den Schnee und begegneten dem einen oder anderen verspä-teten Wanderer, der fröhlich und verständnisinnig schmunzelte, wenn er die drei prächtigen Weihnachtsmänner, schwer beladen mit Geschenken, erblickte.

Es gibt jetzt immer mehr fremde Weihnachtsmänner bei uns, mochte der späte Wanderer denken. Dann begegneten ihm zu seinem Erstaunen noch zwei Weih-nachtsmänner, zwei ganz kleine. Obwohl es leicht zu Übertreibungen führen kann, dachte er nun wohl.

Herr Omar ging dicht neben Tiegelmann und murmelte:

»Meiner geringen Meinung nach dürfte es jetzt passend sein, sowohl das Gepäck wie Herrn Svante der Polizei zu übergeben.«

»Absolut nicht, Herr Omar«, wandte Tiegelmann sofort ein. »Wir müssen die ganze Bande einkreisen. Svante zeigt uns den Weg zum Lager. Dies hier ist nicht so besonders viel wert«, fügte er hinzu und schüttelte die Tasche, daß es klapperte.

»Werdet ihr dort stillhalten! Ihr zerkratzt ja das Silber!« ertönte die Stimme des Vollmonds hinter ihnen. »Laßt jetzt sehen, wie ihr euch macht, daß Willi mit euch zufrieden ist. Marschiert besser drauflos!«

»Ha!« fauchte Tiegelmann und marschierte besser drauflos. »Herr Omar«, fügte er mit äußerst leiser Stimme hinzu. »Wir haben es mit Willi Wiesel zu tun! Hätte ich mir ja denken können!«

Herr Omar verbeugte sich unter vollkommenem Schweigen.

»Wiesel ist der Anführer der großen Neusilberliga!«

Herr Omar verbeugte sich, sein Schweigen war noch vollkommener.

»Marschiert drauflos, Jungs!« befahl die Stimme des Vollmondes hinter ihnen. Die Jungs marschierten drauflos.

»Wohin mag Wiesel gekommen sein?« flüsterte Tiegelmann. »Sie standen doch in der Tür, Herr Omar?«

»Ich hatte die Ehre, mitten in der Türöffnung zu weilen, und ich weilte immer noch dort, als Herr Tiegelmann die Güte hatte, den elektrischen Beleuchtungsstrom einzuschalten. Ich kann deshalb versichern, daß Herr Wiesel nicht durch die Tür entkam.«

Es war also offenbar, daß Willi Wiesel, der glatteste und gefährlichste Verbrecher der ganzen Stadt, ja, in mehreren Städten, gegenwärtig Chef der großen Neusilberliga war, die seit langem den Schrecken der Juweliere bildete. Man hatte berechnet, daß die Liga schon mehrere Tonnen wertvollsten Neusilbers geraubt haben mußte.

»Ha!« rief Tiegelmann so laut aus, daß der Schlampige Svante es hörte. »Immer dieser Wiesel!«

»Da sei du nur froh, Alterchen«, mengte der Schlampige Svante sich in die Unterhaltung. »Von dem kannst du was lernen. Finde, daß manche recht dankbar sein könnten! Von mir könntet ihr euch auch was abgucken. Marschiert besser drauflos! Könnt ihr vielleicht schnurgerade in ein Schlafzimmer hineingehen und einen Schlüsselbund mausen, ohne daß eine Katze erwacht? Gerade hinein, was? Ihr könnt ja nicht einmal vor einem Fenster Wache halten.«

Das stimmte. Tiegelmann wußte es. Der Schlampige Svante besaß eine nahezu unheimliche Gabe, nachts den Weg zu einer Juweliers- oder Bankiershose zu finden, die wegen der Bügelfalten unter der Matratze lag. So groß und plump er war, bewegte er sich so geschmeidig und ortskundig, daß es ganz unglaublich schien. Gewöhnlich zog er bei seinen Besuchen die Schuhe aus und ging in den nylonverstärkten Socken. Nicht eine Diele knarrte. Und um Hunde bekümmerte sich Svante nicht. Der wachsamste Bluthund im Vorzimmer fiel bloß in friedlichen Schlummer, wenn Svante kam. Es war wirklich unglaublich.

Sein einziger Fehler war, daß er so vergeßlich und schlampig war. Sah er einen bequemen Stuhl im Laternenschein, der durchs Fenster kam, dann konnte er nicht anders, er mußte sich daraufsetzen. Es hatte sich sogar zugetragen, daß er einschlief, und wenn dann ein gähnender Bankier oder Juwelier am Morgen herauskam, um die Zeitung aus dem Briefkasten zu holen, entdeckte er zu seinem Entsetzen einen riesigen Fremden, der schlafend auf einem Stuhl saß. In einem solchen Fall bat der Schlampige Svante sofort um Entschuldigung und ging geschmeidig und höflich mit den Schlüsseln seines Weges.

Seinen Hut vergaß er oft. Und auch die Schuhe (während der kalten Jahreszeit war er deshalb oft schwer erkältet). Es war sogar einmal passiert, daß er das Hemd vergaß, das er ausgezogen hatte, weil er sich einbildete, im Schlafzimmer eines Bankiers einen Floh erwischt zu haben. Als er dann das Hemd aus dem offenen Fenster in die Regierungsstraße ausschüttelte, merkte er, daß es Mückenstiche waren, die ihn juckten. Er legte das Hemd auf einen Stuhl und vergaß es. Am Morgen konnte man sich dann nicht um die Welt erklären, wieso auf einem Stuhl im Wohnzimmer ein riesiges blaugestreiftes Hemd lag. So etwas war noch nie vorgekommen; wie sehr man auch grübelte, es gelang niemals, das Problem zu lösen. Die ganze Sache war äußerst unheimlich und peinlich.

»Das sollt ihr euch merken, Jungs«, ertönte jetzt seine Stimme hinter den beiden anderen, »daß Sprengen etwas Garstiges ist. Ich habe niemals gesprengt. Lernt lieber eine saubere und hübsche Arbeit, Jungs. Marschiert drauflos.«

Die Jungs murmelten etwas und marschierten drauflos.

Plötzlich blieb der Vollmond bei einem Haustor stehen und blickte sich um. Er öffnete das Tor mit einem falschen Schlüssel und ging in den leeren, hallenden Torweg hinein. Die beiden anderen folgten ihm.

»Jetzt können wir diesen gesegneten Blödsinn abnehmen«, sagte er und riß sich die Maske samt der roten Zipfelmütze herunter. »Das tut gut!« schnaufte er. Sein ganzes rundes Vollmondgesicht dampfte. (Eine Weihnachtsmannmaske ist nämlich ziemlich schweißtreibend, besonders beim Tragen von Neusilber!) »Herunter jetzt mit den Kinkerlitzchen. Steht nicht so da und gafft!« knurrte er und zog sich den roten Kittel über den Kopf.

Die Jungs gafften nur immerzu. Sie trafen keine Anstalten, irgend etwas auszuziehen.

»Sputet euch! Hier können wir uns nicht ins Gästebuch einschreiben!«

Die Jungs machten keine Miene, sich zu sputen.

»Der Sicherheit halber . . .« murmelte der eine.

»Für meinen unbedeutendenTeil . . .« begann der andere.

»Ach so, ihr habt Angst? O je, o je! Man fühlt sich gleichsam ein bißchen sicherer, wenn man sich so versteckt. Soll Papa euch vielleicht an die Hand nehmen?«

Svante stülpte sich einen schwammigen Hut auf den Kopf, dann gingen sie weiter. Bald waren sie vorne am Odenplan, dem großen, schönen Knotenpunkt von Vasastaden, wo die Straßenbahnen und die Bewohner von Vasastaden nach allen Richtungen davonbrausen können.

»Könnten wir nicht ein Auto nehmen?« fragte Tiegelmann, dem die Taschen beschwerlich zu werden begannen.

»Auto? Du Dummkopf! Wenn es hinterher Stunk gibt, dann ist es immer ein Taxichauffeur, der einen festnagelt. Man ist dort und dort hingefahren. Du bist wohl auf dem Mond zu Hause. Aber mit der Straßenbahn können wir fahren. Steigen wir gleich hier in den Dreier ein.«

Der Vollmond sowie die Weihnachtsmänner Tiegelmann und Omar blieben stehen, um auf Linie 3 zu warten, die nach Süden fuhr.

Der Schneefall hatte nachgelassen. Nun fielen Weihnachtsflocken von einem kleineren Modell, stille und ziemlich kümmerliche kleine Flocken, die einen müden Eindruck machten. In den Fenstern schimmerten da und dort angezündete Christbäume. Die Bevölkerung von Vasastaden ist berühmt wegen ihrer außerordentlich schönen Christbäume, und rings um den Odenplan sah man viele in den Fenstern funkeln. Während man auf den Dreier wartet, kann man sechs, nein, sieben brennende Christbäume sehen, und gerade wenn die Straßenbahn ankommt, entdeckt man den achten.

Die drei Neusilbermänner stampften den Schnee von den Schuhen und stiegen mit ihren wohlgefüllten Taschen ein. Eine lange Weile saßen sie da und ließen sich rütteln. Die anderen Fahrgäste musterten zuerst neugierig die Weihnachtsmänner, dann blickten sie auf etwas anderes.

Sie fuhren die Vasastraße entlang, dann sahen sie den Strom und das Rathaus und das Schloß im Mondschein daliegen. Nichts kann schöner sein. Aber Tiegelmann und Omar saßen in höchster Spannung da und konnten die schöne Aussicht von der Linie 3 nicht richtig genießen. Der Schlampige Svante war so halb und halb eingeschlafen.

Man rasselte durch die Altstadt, und dann war man an der Schleuse. Der Dreier fuhr weiter, Svante schlummerte. Nun bog man zum Südende hinauf.

Nichts kann trister sein, als am Weihnachtsabend in der Straßenbahn zu fahren. So schön der Mondschein auch durch die Fenster der Linie 3 aussieht, man will trotzdem am Weihnachtsabend nicht lange in der Straßenbahn sitzen. Es ist schwer zu erklären, worauf das beruht, aber kein Mensch will am Heiligen Abend mit der Straßenbahn fahren.

Deshalb waren Tiegelmann und Omar froh, als der Schlampige Svante erwachte und ihnen bedeutete, daß man am Ziele sei. Alle drei stiegen aus. Aus dem Anhängerwagen hüpften zwei kleine Weihnachtsmänner heraus.

Sie befanden sich nun am südlichsten Rande der Stadt. Nach einer kurzen Wanderung kamen sie in einen schütteren Park. Der Schlampige Svante blieb stehen und blickte sich um. Auch Tiegelmann und Herr Omar blieben stehen und blickten sich um. Niemand war zu sehen. Auch die beiden aufmerksamen und flinken kleinen Juwelier-Weihnachtsmänner waren nicht zu sehen.

Svante ging noch ein paar Schritte weiter. Dann blieb er wieder stehen.

»Alles klar, was?« fragte er und sah sich zwischen den Bäumen und Büschen um.

»Glaube ja«, murmelte Tiegelmann.

»Soviel ich sehen kann«, murmelte Omar.

Da beugte Svante sich zur Erde, kratzte Schnee und Zweige weg und hob einen Holzladen, der über einer Öffnung im Boden lag.

Er machte den anderen ein ungeduldiges Zeichen.

»Rasch, rasch, rasch!« drängte er. »Vielleicht seid ihr noch nie da hinuntergegangen, was?«

Unter der Luke war eine Betonwand mit Eisenklammern darin. Privatdetektiv Teffan Tiegelmann stieg an diesen Klammern hinunter. Nach ihm kam sein arabischer Helfer, Herr Omar. Der Vollmond reichte das Gepäck hinunter, kletterte selbst ein Stück hinab, legte den Laden an seinen Platz und stieg dann weiter.

Man befand sich in einem der trockengelegten Kanäle der Stadt.

Jede Großstadt hat ihre Kanäle. Kleinere Städte natürlich auch, aber das ist etwas anderes. In den Großstädten gibt es ganz vortreffliche, trockengelegte Kanäle, die ihre Zeit überdauert haben und zu nichts mehr nütze sind, seit die großen Kanalsysteme angelegt wurden. Stockholm hat ein ungeheures Netz solcher trockengelegter geheimer Gänge unter der Erde. Man kann jeden Stockholmer nach ihnen fragen — keiner kennt sie. Und das ist eben das Feine. Aber diese Gänge, die sich kilometerweit erstrecken und unter der Erde ein trockengelegtes Labyrinth bilden, sind nicht unbewohnt. Und gerade das beweist, daß eine Stadt eine Großstadt ist. Untersuche irgendeine Stadt: wohnen Leute in einem trockengelegten und relativ hygienischen Kanalsystem, dann ist sie eine Großstadt. Sonst ist sie bloß eine Kleinstadt. Das ist ein sicheres Zeichen. Verkehr und Hochhäuser und Lift in allen Ehren, aber das unterirdische Kanalsystem zeigt erst, wie weit es eine Stadt gebracht hat.

Der Schlampige Svante zündete eine Taschenlampe an, schob den Hut in den Nacken und schnaufte.

»Schön, wieder einmal daheim zu sein. Jetzt in der Weihnachtszeit so arbeiten! Puh! Da wird der Schinken schmecken, was?« Er stupfte Tiegelmann scherzhaft mit seinen Bananenfingern in die Seite. »Und ein bißchen Grütze, was?« Das Bananenbündel holte zu einem spielerischen Schlag auf Herrn Omar aus, der jedoch mit arabischer Geistesgegenwart ausweichen konnte.

Alle drei wanderten mit ihren Säcken und Taschen den Gang entlang. Man konnte nicht aufrecht gehen, sondern mußte sich leicht vorbeugen, um nicht mit dem Kopf an die Decke zu stoßen.

So humpelte man immer weiter und schleppte sich mit dem Gepäck. Der Gang verlief in einem weiten Bogen, man konnte kein Ende sehen. Neusilber durch ein stillgelegtes Ablaufsystem zu tragen ist das Ermüdendste, was man sich vorstellen kann. Außerdem beschleicht einen leicht das Gefühl, daß man in einer Mausefalle gefangen ist.

Schließlich war man in einer Art langgestrecktem Raum auf der einen Seite des Ganges angelangt. Dafür, daß er eigentlich feucht sein sollte, war dieser Raum ungewöhnlich trocken. Es tropfte nicht mehr als unbedingt nötig von den Wänden.

Da saß nun die ganze Neusilberliga, etwa zehn energische und strebsame Personen. Sie saßen auf Zuckerkisten und Decken, während andere Kisten als Tische dienten. Ein paar Stearinkerzen warfen ihren flackernden Schein auf die Neusilbermänner, die alle Schirmmützen trugen. Die Mützenschirme beschatteten ihre verbissenen, energischen Gesichtszüge, in denen man jedoch, da es gerade Weihnachten war, eine gewisse gemütliche Entspannung wahrnehmen konnte.

Ein Spirituskocher summte: Die große Neusilberliga wollte sich an ihrer Grütze gütlich tun. Auf einer Zuckerkiste war ein ungewöhnlich fetter und großer Schinken angerichtet.

Als die Neusilbermänner die beiden Weihnachtsmänner erblickten, brachen sie in ein herzliches, lautes Gelächter aus, das im Gang widerhallte.

»Habt ihr euch diesen Dreß noch nicht ausziehen können?« rief einer von der Liga.

»Sie haben Angst, hehe!« lachte der Schlampige Svante. Er wischte sich die Stirn mit einem Handtuch ab, das er in einer Küche auf dem Königsholm entlehnt hatte und nun als Taschentuch benützte.

Ein schallendes Neusilberlachen begrüßte diese Mitteilung.

»Wo ist Willi?« erkundigte sich einer der ältesten und verantwortungsbewußtesten Silberligamänner.

»Willi?« Der Vollmond sank auf eine Zuckerkiste, die sofort unter seinem enormen Gewicht zusammenbrach. »Ja richtig. Wo ist er?« Er sah sich so erstaunt um, daß man sich kein erstaunteres Vollmondgesicht denken konnte. Er starrte von einem zum anderen.

»Na hör einmal, Svante, hast du vielleicht jetzt auch noch den Chef irgendwo vergessen?« stichelte einer der jüngeren Neusilbermänner, der für seine witzigen Einfälle bekannt war. Darüber lachte ein Teil der Jüngeren, daß das Echo sich weit in der trockengelegten Abzugsleitung fortpflanzte.

Doch die gesetzteren Elemente bekamen Bedenken.

»Haltet den Mund!« schrie einer der Verantwortungsbewußten. »Das taugt nichts. Wo ist Willi? Haltet die Klappe!« schrie er noch einmal, und die jüngeren Elemente verstummten.

Keine Antwort. Es stimmt, daß Svante ein geschickter Schlüsselschleicher war, ein Künstler auf seinem Gebiet, aber wenn es galt, Dinge zu vergessen, war er beinahe noch geschickter. Manchmal waren es Hüte, zuweilen Hemden, und diesmal war es der Chef.

Da wandte sich ein älterer, strebsamer Neusilbermann an die beiden Weihnachtsmänner:

»Frasse und Silber-Nisse! Wo ist er? Nehmt übrigens diesen Unfug da herunter, damit ihr wie Menschen aussehtt! Wo ist er?«

Alle wandten sich den beiden Weihnachtsmännern zu. Tiegelmann war ungemein auf der Hut. Jeden Augenblick konnte er entlarvt werden. Auch Herr Omar war auf der Hut. Nichts kann gefährlicher sein, als sich in einer stillgelegten Abflußleitung unter einer Schar wachsamer Neusilberspezialisten zu befinden. Die Möglichkeiten zu entkommen sind äußerst gering, falls man entlarvt wird.

»Wo ist Willi?« schrie der strebsame Mann noch einmal.

»Verschwunden«, antwortete Tiegelmann-Frasse. »Er ist einfach verschwunden.« Hinter der Maske war Tiegelmann-Frasses Stimme von beruhigender Undeutlichkeit. Es hätte ebenso gut Frasses Stimme sein können.

»Quatsch!« knurrte der Verantwortungsbewußte. »Grünschnabel! Hast du etwas zu sagen, Silber-Nisse?« wandte er sich an Herrn Omar.

»Er verschwand aus dem Laden, ohne eine Mitteilung zu hinterlassen. Wir konnten nicht beobachten, in welcher Richtung Herr Wiesel die Güte hatte, zu verschwinden«, entgegnete Omar-Silber-Nisse mit teigiger Stimme und verbeugte sich.

»Nein sowas!« brummte der verantwortungsbewußte ältere Neusilbermann, durch das wohlerzogene Benehmen der jüngeren besänftigt. »Aber wünscht euch Brillen zu Weihnachten, damit ihr ein anderes Mal etwas seht«, fügte er mit etwas mehr Gemütlichkeit in der Stimme hinzu, und die ganze Bande brüllte vor Lachen.

T. Tiegelmann sah ein, daß die Gefahr für den Augenblick vorüber war. Auch Herr Omar begriff, daß die Gefahr für den Augenblick vorüber war, aber sicherheitshalber machte er noch einige weitere Verbeugungen.

»Nein, Jungs, jetzt wollen wir aber einhauen!« rief jemand. Das schien allen ein guter Vorschlag zu sein. Beinahe hätte man den Schinken vergessen.

Wiederum hing die Gefahr über Tiegelmanns und Omars Häuptern. Niemand kann mit der Weihnachtsmannmaske vor dem Gesicht Schinken essen. Selten befand sich ein praktizierender Privatdetektiv mit seinem arabischen Gehilfen in einer gefährlicheren Lage.

Da griff Herr Omar mit orientalischer Geistesgegenwart ein.

»Nachdem wir nun einmal zufällig unsere Weihnachtsmannkostüme anhaben, könnten vielleicht Herr Frasse und ich am heutigen Weihnachtsabend nach unserem geringen Vermögen das Servieren übernehmen?« fragte er.

Der ältere, verantwortungsbewußte Neusilbermann freute sich zu hören, daß die jüngeren Elemente endlich gesetzter zu werden begannen und ein anständiges Benehmen an den Tag legten.

»Brave Burschen«, lobte er. »Also sputet euch!«

Frasse und Silber-Nisse sputeten sich. Sie schnitten eine Anzahl triefender fetter Scheiben von dem Schinken und servierten nach links und rechts.

Dank Herrn Omars nah-östlicher Geistesgegenwart war ihnen wieder eine kurze Frist mit ihren Masken gegönnt. Tiegelmann grübelte während dieser Zeit über einen unfehlbaren Plan. Teils galt es, diese ganze Liga einzufangen, teils, sich selbst in Sicherheit zu bringen. Er schnitt Schinken auf, daß seine Arme wie ein Uhrwerk arbeiteten, und sein Gehirn lief auf Hochtouren, während er aufschnitt.

Herr Omar servierte den einzigdastehend fetten Schinken mit zuvorkommender Aufmerksamkeit. Alle aßen, niemand sprach ein Wort. Man vernahm nur das kräftige Geräusch, das immer entsteht, wenn eine Anzahl hungriger Neusilberspezialisten sich über den Weihnachtsschinken hermacht.

Tiegelmann grübelte nach eine Weile, dann war sein Plan fertig.

»Pst!« machte er plötzlich und hob einen Finger in die Höhe. Alle Messer und Gabeln blieben in der Luft stehen, alles blickte auf Tiegelmann und lauschte. Als man nichts Besonderes hörte, begann man wieder zu essen.

»Pst!« machte Tiegelmann wieder. »Schmatz nicht so, du dort!« schrie er den älteren verantwortungsbewußten Neusilberspezialisten an, der ganz außer sich geriet.

»Wa ...?« stammelte er in der ersten Verblüffung.

»Schmatz nicht, sage ich! Man kann ja sonst keinen Ton hören«, zischte Tiegelmann mit erhobenem Finger. »Ich glaube, ich habe drüben bei der Luke etwas gehört.«

Alle lauschten.

»Vielleicht ist es am besten, wenn Silber-Nisse und ich einmal hingehen und nachsehen«, schlug Tiegelmann-Frasse vor.

»Dableiben und weiter servieren«, befahl der Verantwortungsbewußte. Tiegelmann mit seiner großen Erfahrung hatte vorausgesehen, daß er das sagen würde. »Geh du!« rief er einem jüngeren Element zu, das folgsam seinen Schinken verließ, um sich zum Ausgang zu begeben.

»So ist es recht!« lobte Tiegelmann das jüngere Element und klopfte ihm auf den Rücken. »Aber sieh dich vor!« Er versetzte dem folgsamen Element noch einen raschen, aufmunternden Klaps auf den Rücken, ehe es in den Tiefen des Ganges verschwand.

Während man auf seine Rückkehr wartete, beschäftigte man sich leise und gedämpft mit dem Schinken und lauschte mit halbem Ohr zum Ausgang hin.

Als das folgsame Element zurückkehrte, eilte Tiegelmann ihm im Gang entgegen.

»Nun?« fragte er.

»Pah! Nicht eine Stecknadel.«

»Das ist gut«, lobte Tiegelmann mit ein paar aufmunternden Klapsen auf den Rücken.

Herr Omar hatte mit größter Aufmerksamkeit alles beobachtet, was Tiegelmann unternahm. Er wußte, Tiegelmann hatte begonnen, seinen unfehlbaren Plan ins Werk zu setzen.

»Grütze!« riefen alle Neusilbermänner. Der Schinken war aufgegessen, es lag nur noch ein großer Knochen auf der Zuckerkiste. »Grütze!«

Tiegelmann und Omar servierten Grütze. Beide waren wachsam bis aufs Äußerste und lauschten auf jeden Ton. Tiegelmann schöpfte Grütze auf die Teller. Er arbeitete so langsam wie nur möglich, um Zeit zu gewinnen. Er schöpfte mit einem lächerlich kleinen Löffel (Modell Mälarkönigin), der keineswegs für Grütze bestimmt war, und Herr Omar ging mit so langsamen und schleppenden Schritten umher, daß man meinen konnte, er wandle im Schlaf. Zum Glück war die ganze Neusilberliga so satt und schläfrig nach der Schwerarbeit mit dem Schinken, daß sie sich nicht um die mangelhafte Bedienung kümmerte.

»Möchte wissen, wie es in der anderen Richtung des Ganges aussieht«, murmelte Tiegelmann zu Omar. »Wir sollten hier besser mit den Lokalitäten vertraut sein. Und wo haben sie ihr Lager?«

Ehe Herr Omar eine Antwort geben konnte, ließ sich vom Eingang her ein schwaches, aber deutliches Geräusch vernehmen. Alle wußten, was dieses Geräusch zu bedeuten hatte: die Luke war geöffnet und wieder geschlossen worden.

Nun näherten sich Fußtritte. Alle Neusilbermänner fuhren in die Höhe und mit der Hand in die rechte Hosentasche.

Privatdetektiv Teffan Tiegelmann steckte die Hand in die Tasche seines Weihnachtsmannkittels und faßte nach der Dienstpistole. Diese Fußtritte waren nicht das, worauf er gewartet hatte. Auch Herr Omar ließ die Hand in die Tasche gleiten und hielt die Reservepistole bereit.

Die Schritte kamen immer näher.

In dem flackernden Kerzenschein wurden zwei Weihnachtsmänner sichtbar. Tiegelmann und Omar erkannten sie sofort.

12 *Tiegelmann sprengt die große Neusilberliga*

Nichts kann fürchterlicher sein als ein schweigendes, drohendes Pappendeckelgesicht. In diesem Fall waren es sogar zwei. Der Dunkelsacktrick schien diesmal aus irgendeinem Grunde nicht geglückt zu sein.

Die Neusilbermänner standen ringsherum und wußten nicht, was sie von der Sache halten sollten. Sie zählten die Weihnachtsmänner, machten einen Überschlag und meinten, daß sie plötzlich doppelt sahen (was sie ja auch taten). All dies geschah innerhalb weniger Sekunden.

Tiegelmann rief blitzschnell:

»Nehmt sie fest! Es sind Spione!«

Die ganze Silberliga warf sich auf die beiden neuen Weihnachtsmänner, und in dem Tumult versuchten Tiegelmann und Omar, den Ausgang zu gewinnen. Es war unmöglich: der Gang wurde von Neusilberspezialisten und Weihnachtsmännern versperrt, alle in einem einzigen Knäuel (die Weihnachtsmänner lagen zuunterst).

Den beiden neuen Weihnachtsmännern, die sich nicht um die Welt Gehör verschaffen konnten, wurden glücklicherweise die Masken und Kapuzen heruntergerissen, so daß ihre natürlichen Gesichter zum Vorschein kamen.

Die Neusilbermänner erkannten zu ihrer Bestürzung, daß es Silber-Nisse und Frasse waren. Diese Entdeckung wirkte lähmend auf alle. Zuerst mußten sie sich von dem Vorurteil freimachen, daß die neuangekommenen Weihnachtsmänner unmöglich Frasse und Silber-Nisse sein konnten. Hierauf konnte man erst an die beiden anderen Weihnachtsmänner denken, und all dies nahm einige Augenblicke in Anspruch.

Tiegelmann nützte diese Augenblicke gut.

»Schießen Sie!« rief er Omar zu und löschte selbst mit einem wohlgezielten Dienstschuß die eine Stearinkerze aus. Herr Omar löschte mit einem ebenso wohlgezielten arabischen Reserveschuß die andere Kerze.

Es wurde schwarz im Kanal. Die beiden Freunde rannten in die Richtung des Ausgangs. Keiner von den Neusilbermännern hinter ihnen wagte es, eine Taschenlampe aufzublenden. Sie fürchteten, daß sie ihnen ausgelöscht werden könnte — während sie selbst sie in der Hand hielten. Nichts kann gefährlicher sein. Tiegelmann und Omar tasteten sich vorwärts, so gut sie konnten, entdeckten einen Seitengang, bogen um die Ecke und waren bis auf weiteres in Sicherheit.

»Vorwärts!« hörten sie die Stimme des verantwortungsbewußten Mannes. »Anzünden!«

»Die schießen, wenn wir Licht machen«, ließ sich eine andere Stimme vernehmen.

»Quatsch! Vorwärts dort!« Das war wieder die Stimme des Verantwortungsbewußten. Eine Laterne wurde angezündet.

Tiegelmann und Omar standen im Seitengang und beobachteten, wie das Licht sich näherte. Sobald die Laterne selbst an der Ecke sichtbar wurde, löschten sie sie mit einem Schuß. Die Bande zögerte und wagte nicht, um die Ecke zu biegen.

Tiegelmann knipste seine Taschenlampe an und legte sie auf den Boden des Seitenganges, so daß sie in den großen Gang hinausleuchtete. Die Bande begriff, daß die beiden bewaffneten Spione hinter der Ecke lauerten. Keiner wagte sich in das Licht vor.

Der Privatdetektiv ließ die brennende Taschenlampe, wo sie lag, knipste eine andere an, und die beiden eilten, so schnell sie konnten, in den Seitengang hinein.

Der Gang teilte sich aufs neue, sie wählten die linke Abzweigung. Ihre Weihnachtsmannmasken hatten sie längst abgeworfen. Es gibt kaum etwas Ungeeigneteres als eine heiße Weihnachtsmannmaske, wenn man vorgebeugt in trockengelegten Kanälen läuft. Besonders, wenn man schon entlarvt ist.

Nun hörten sie weit hinter sich Lärm. Es war die große Neusilberliga, die einen Durchbruchsversuch wagte, und der es unter fürchterlichem Schießen und Lärmen gelang, um die Ecke zu biegen, wo sie eine völlig harmlose Taschenlampe entdeckte, die dort lag und für sich selbst leuchtete.

Unter erneuten Flüchen stürmte das Neusilber weiter. Tiegelmann und Omar hatten nun einen guten Vorsprung gewonnen, so hatte Tiegelmann Zeit, eine Falle zu errichten.

Als der Gang sich wieder teilte, schlichen sie nach links. Tiegelmann warf seine rote Zipfelmütze auf den Boden. Ein Stück weiter zog Omar seinen zu kleinen Reservekittel aus und warf ihn von sich. Schließlich hängten sie ihre Masken mit Bart und allem auf ein paar hervorstehende Steine in der Wand, so daß man sie recht gut sehen konnte. Dann sausten sie blitzschnell zurück.

Es galt, die Abzweigung zu erreichen und nach rechts zu verschwinden, ehe sie von der heranstürmenden Neusilberbande gesehen wurden, die nun von rasender Wut ergriffen war. Tiegelmann und Omar entwickelten eine solche Geschwindigkeit in dem niedrigen und engen Gang, daß es zweifelhaft ist, ob ein Privatdetektiv mit seinem nah-östlichen Gehilfen jemals schneller in einem trockengelegten Abflußrohr gelaufen ist. Sie rannten, daß sie beinahe die Schallgeschwindigkeit übertroffen hätten. Es war ganz unglaublich.

Es gelang ihnen, sich beizeiten in die rechte Abzweigung zu werfen. Der Gang verlief in einer Biegung, so daß sie bald von der eigentlichen Abzweigung aus unsichtbar waren. Nun konnten sie Atem holen. Das Verfolgerrudel blieb an der Wegkreuzung stehen und beratschlagte. Man konnte sie keuchen hören.

»Teilt euch! Teilt euch!« schnaufte der ältere, strebsame Spezialist. »Die eine Hälfte rechts, die andere links!« vermochte er hervorzupressen.

»Gar nicht!« schrie ein jüngeres Element, das Augen im Kopf hatte. »Hier liegen die Kinkerlitzchen, die sie verloren haben!« schrie er und zeigte: »In dieser Richtung!«

Und die ganze Bande stürzte dorthin, als habe sie einen guten Himbeerplatz entdeckt.

Die rote Zipfelmütze war ein Fund, der Kittel ein noch besserer, aber als sie gar die beiden Weihnachtsmannmasken an der Wand sahen, konnten sie über den Weg nicht mehr im Zweifel sein. Mit einem Gebrüll, unter dem das ganze unterirdische Labyrinth einzustürzen drohte, stürmten sie weiter. Ihre Stimmen wurden immer schwächer.

Tiegelmann und Omar gönnten sich nun etwas mehr Ruhe. Sie wanderten in gemächlichem Tempo zurück. Einmal verirrten sie sich in eine ganz falsche Richtung und kamen zu einer kleinen mechanischen Werkstätte, wo falsche Autonummern erzeugt wurden, aber nach und nach fanden sie wieder den Weg zum Quartier der Neusilberliga. In weiter Entfernung hörten sie ein schwaches Echo der unterirdischen Jagd.

T. Tiegelmann und Omar zündeten kaltblütig ihre Weihnachtszigarren an.

»Schätze, daß wir die Polizei nun jeden Augenblick hier haben werden«, bemerkte Tiegelmann und blickte mit größter Ruhe auf seine Uhr.

Und richtig! Als sie noch ein unterirdisches Stück weiter gegangen waren, begegnete ihnen eine Schar vertrauenerweckender Polizisten, die Tiegelmann sofort erkannten und wissen wollten, um was es sich handle.

Ehe Tiegelmann zu einer Erklärung kam, stürmten zwei kleine flinke Juwelier-Weihnachtsmänner in roten Zipfelmützen herbei.

»Onkel Tiegelmann!« riefen sie.

»Es ist gut, meine jungen Freunde. Ihr habt euch ausgezeichnet gehalten«, sagte Tiegelmann und klopfte ihnen anerkennend auf die Schultern. Ein Mann mit orientalischem Aussehen tauchte hinter Tiegelmann auf, und die beiden begrüßten auch Onkel Omar.

»Meiner geringen Meinung nach dürfte es keine jungen Freunde geben, die sich besser halten«, sagte er und machte eine tiefe Verbeugung vor den jungen Freunden.

»Um was handelt es sich, Herr Tiegelmann?« erkundigte sich ein Oberinspektor.

»Hören Sie nur!« bat Tiegelmann, und alle lauschten. Aus der Ferne näherte sich schallender Lärm. Das war das zurückkehrende Neusilberrudel. »Die Große Neusilberliga«, erklärte Tiegelmann. »In einigen Minuten haben wir sie hier. Wo sie ihr Lager haben, weiß ich noch nicht, aber das pflegt sich ja herauszustellen.«

Die Polizeimacht postierte sich an passenden Plätzen. Sie stellte sich an alle Seitengänge, um den Rückgang abzuschneiden, und eine beruhigende Anzahl bewachte den Ausgang.

Nun hörte man das Neusilber heranstürmen. Der Lärm klang lauter, das Echo kräftiger. Jetzt kamen die ersten angekeucht. Sie waren so ausgepumpt, daß ihnen die Zunge aus dem Munde hing, und konnten kein Wort hervorbringen. Und dabei war dies das jüngere Element mit der besseren Kondition. Dann kam eine Mittelgruppe. Inmitten dieser Gruppe kämpfte der Schlampige Svante. Zum Schluß kamen zwei Männer, die den älteren, verantwortungsbewußten Mann trugen.

Er vermochte kaum mehr zu atmen. Er hatte eine Strecke von über drei Kilometern in diesen niedrigen, feuchten Gängen zurückgelegt. Auf Grund seiner verantwortungsbewußten Haltung konnte er trotzdem noch einige letzte Instruktionen geben.

»Alle fort von hier! Vielleicht kommt die Polizei!« keuchte er. Aber niemand nahm davon Notiz.

Die ganze Schar war in einer Falle gefangen. Als sie plötzlich entdeckten, daß sie eingekreist waren, machte keiner von ihnen einen Ausbruchsversuch. Sie blieben ruhig stehen und machten verdutzte Gesichter.

»Nun also«, meinte der Oberinspektor. »Und wo haben wir nun all das Silber?«

Sie sahen noch erstaunter drein, so als könnten sie sich nur mit der allergrößten Schwierigkeit entsinnen, was Silber überhaupt sei.

»Ihr habt es hier in den Winkeln versteckt«, fuhr der Oberinspektor fort. »Es ist am besten, wenn ihr es uns gleich zeigt.«

Keiner schien auch nur ein einziges Wort zu begreifen.

»Ich habe kein Silber«, beteuerte der Schlampige Svante. Er hielt seine plumpen Bananenbündel hin, so daß jeder sich von der Wahrheit überzeugen konnte.

»Und was habt ihr dann hier unten in den Gängen zu tun?« fragte einer von den Polizisten.

»Das ist nur ein Abkürzungsweg«, murmelte ein jüngeres Element.

Wo sich das große Neusilberlager befand, war noch immer ein Rätsel. Man wußte, daß viele hundert Kilo hier unten versteckt waren. Einige Polizisten waren mit ihren Taschenlampen auf die Suche gegangen, hatten aber nichts gefunden. Es blieb nichts anderes übrig, als die ganze Bande abzuführen, um nachher eine genauere Untersuchung vornehmen zu können. Diese Neusilberspezialisten waren offenbar hartgesottene Burschen.

Die Bande marschierte in guter Ordnung durch den Gang. Ehe man die Luke erreichte, schrie der Schlampige Svante:

»Hab den Hut vergessen! Bekomme einen kalten Kopf!«

Er durfte unter Bewachung zurückgehen, um seinen Hut zu suchen.

»Jetzt weiß ich, wo ich ihn hingelegt habe«, sagte er. »Ich habe ihn drinnen im Lager gelassen.«

Svante drückte mit einem seiner Bananenfinger auf einen geheimen Knopf, eine unsichtbare Öffnung in der Wand ging auf, und er kroch hinein. Der Oberinspektor hinter ihm. Ebenso Tiegelmann.

Drinnen bot sich ihnen ein ganz überraschender Anblick. Auf den Regalen in dem sicheren Lagerraum befanden sich säuberlich geordnet an die 3000 Messer und Gabeln in Etuis mit gefälteter Seide, ungefähr ebenso viele Löffel in verschiedenen beliebten Modellen, 150 Photorahmen, 600 ovale und 700 runde Tassen. Ferner hunderte Serviettenringe, 73 Salzfässer und mehr als 400 Zuckerschalen. Außerdem 500 Stück gern gekaufte Tortenschaufeln und 600 praktische Wursthobel, die besonders dünn schneiden konnten.

Erst als Svante seinen Hut auf einem glänzenden Kerzenleuchter erblickte, besann er sich.

Aber da war es zu spät.

Ein Auto hielt vor dem Haus in der Weihnachtsmanngasse, in dem Juwelier Eriksson mit Familie wohnte. Vier Personen stiegen aus: Privatdetektiv T. Tiegelmann, Stockholm, Herr Omar aus der arabischen Wüste, sowie die zwei Kinder des Juweliers, Henrik junior und Elisabeth. Der Juwelier selbst hatte seit zwei Stunden am Fenster gestanden und auf die Straße hinuntergeblickt, so daß er nun zu allem Überfluß ziemlich blaugefroren war. Er sah, daß der Chauffeur den Gepäcksraum des Autos öffnete und zwei Taschen und einen Sack auf den verschneiten Gehsteig stellte.

Einige Augenblicke später waren alle — bis auf Frau Eriksson, die schon vor längerer Zeit hinausgegangen war, um Apfelmus zu holen — im Wohnzimmer versammelt.

Es herrschte nicht die geringste Weihnachtsstimmung im Heim. Der Juwelier selbst befand sich im Zustand der Auflösung. Er wußte zwar alles über große Diamanten, aber ungesetzlichen Weihnachtsmännern und Burschen mit Vollmondgesichtern gegenüber verlor er leicht die Fassung.

Tante Agda wußte nur eines: in diesem Heim konnte man auf alles mögliche gefaßt sein. Man wurde mit faserigem Fleisch in einer Unmenge Soße empfangen; sobald man eine Tür öffnete, um den gröbsten Hunger zu stillen, begegnete man einem Schreckgespenst in der Küche; man gibt sicherheitshalber seine Rubine von Weltklasse seinem Verwandten, einem Fachmann, in Verwahrung, und sogleich strömen falsche Weihnachtsmänner herbei. Wo waren nun diese Rubine?

Sie saß ganz stumm da und weigerte sich zu sprechen und zu antworten. Es war, als sitze man im Theater und sähe eine unsterbliche Tragödie, in der der Schrecken kein Ende nahm. Just wenn man denkt, jetzt kann es nicht mehr schlimmer kommen, bereiten die Schicksalsmächte etwas Neues vor. Der einzige Unterschied war, daß hier alles auf Schlamperei beruhte.

»Im großen und ganzen, ein sehr interessanter Fall«, sagte Tiegelmann, als er und die anderen ins Zimmer traten. »Darf ich vorstellen: mein Freund, Herr Omar.«

Herr Omar begrüßte Herrn Eriksson und versicherte, daß es ihm ein unverdientes Vergnügen sei, persönlich die Bekanntschaft eines so berühmten, nordischen Juweliers zu machen. Dann wandte er sich an Tante Agda und verbeugte sich, daß die Quaste an seinem Fez baumelte. Tante Agda weigerte sich, den Gruß zu erwidern. Sie erkannte von weitem, daß dieser Mann mit den schwarzen Augen, der sich aus irgendeinem Grund in der Wohnung befand, binnen kurzem neues Entsetzen über sie bringen würde. Der Fremdling verbeugte sich indessen mit verstärkter Höflichkeit und erklärte, daß es ihm eine große Ehre sei, persönlich Fräulein Erikssons Bekanntschaft zu machen.

»Und ganz besonders hier in dem Stadtteil Vasastaden, der auch in meiner Heimat wegen seines einzigartigen Weihnachtswetters gepriesen wird«, beteuerte er.

Fräulein Eriksson hätte nichts antworten können, selbst wenn sie gewollt hätte.

Tiegelmann hatte erst wenige Minuten bei der Familie Eriksson zubringen können, als er sich aufs neue gezwungen sah, einzugreifen und ein Problem zu lösen.

»Wo ist Mama?« fragte Elisabeth, die vor Eifer brannte, alles erzählen zu dürfen.

»Sie wollte nur um ein wenig Apfelmus gehen, sagte sie, und seither haben wir sie nicht mehr gesehen«, erklärte der schwergeprüfte Juwelier. »Ich kann es nicht fassen«, wandte er sich an Tiegelmann.

Teffan Tiegelmann grübelte zwei Sekunden.

»Aha!« rief er dann aus. »Herr Omar, unser Dunkelsacktrick mißglückte teilweise auf Grund von Apfelmus.«

Herr Omar verbeugte sich schweigend.

»Henrik«, gebot Tiegelmann, »spring in den Keller hinunter und hole Mama herauf. Dort habt ihr ja wohl das Apfelmus, nicht wahr? — Elisabeth, richte ein warmes Bad!«

Als der junge Henrik die Kellertüre geöffnet und das Licht angedreht hatte, wurde ihm ein wahrlich trauriger Anblick zuteil. Seine Mutter, Frau Eriksson, saß an Händen und Füßen gefesselt, ihr Taschentuch in den Mund gestopft und einen garstigen Lumpen vor die untere Gesichtshälfte gebunden, auf dem Kartoffelsack.

Als sie befreit war, eilte sie schnurgerade ins Badezimmer hinauf, wo Elisabeth aus den warmen Dampfwolken auftauchte.

»Wie gut, daß du daran gedacht hast«, lobte sie.

»Das war Onkel Tiegelmann, der gesagt hat, daß ich ein warmes Bad richten soll«, erklärte Elisabeth.

Ein ausgezeichneter Privatdetektiv, dachte Frau Eriksson, als sie in dem wohltuenden heißen Wasser lag. Er denkt doch an alles!

Daß es Tiegelmann gelungen war, Frau Eriksson so rasch herbeizuschaffen, machte im Wohnzimmer einen sichtlich guten und nachhaltigen Eindruck.

Während man von ferne das Rauschen im Badezimmer hörte, sah Herr Eriksson um eine Ahnung ruhiger aus. Tante Agda saß etwas weniger unbeweglich im Stuhl. Andererseits gedachte sie sich nicht hinters Licht führen zu lassen. Das mit dem Apfelmus konnte der reine Zufall sein. Leg du erst die Rubine auf den Tisch, dachte sie.

»Tja«, wiederholte Tiegelmann, »ein interessanter Fall im großen und ganzen. Erlauben Sie, daß ich mir eine Zigarre anzünde?« wandte er sich an den Juwelier und öffnete eine Kiste mit Geschäftszigarren, die auf dem Rauchtischchen neben dem Sofa stand. »Eine Zigarre, Herr Omar?« fragte er und reichte die Kiste Herrn Omar Dann bot er dem Juwelier an, der sich auch eine von seinen Geschäftszigarren nahm.

Nun konnte Herr Eriksson nicht umhin, zu fragen:

»Aber sagen Sie nun, Herr Tiegelmann — der Kassenschrank? Ist noch alles drin, oder gelang es den Verbrechern, ihn zu leeren?« Er schielte zu Tante Agda hinüber, die nur noch auf diesen letzten Schrecken wartete.

»Nichts fehlt. Ich habe die Schlüssel«, antwortete Tiegelmann und rasselte mit dem Ladenschlüsselbund.

»Aber wie können Sie so bestimmt wissen, daß sie nichts herausgenommen haben — ich muß sagen, ich lege immer nur das Allerwertvollste in den Schrank«, beharrte Henrik Eriksson und schielte zu Tante Agda.

»Sehr klug. Ausgezeichnetes Prinzip«, lobte Tiegelmann und sog in aller Gemütsruhe an seiner Geschäftszigarre. »Bleiben Sie auch in Hinkunft dabei.«

»Aber wäre es nicht am besten, wenn wir hinuntergingen und nachschauten?! Wenn ich die Schlüssel haben dürfte —«

»Ich wollte zuerst den Fall auseinandersetzen. Gleich wenn Frau Eriksson aus dem Bad kommt, denn sie ist vielleicht auch daran interessiert«, antwortete Tiegelmann mit einem Blick auf die Uhr.

»Aber während dieser Zeit können wir vielleicht hinuntergehen und nachsehen?«

»Absolut unnötig!« sagte Tiegelmann, und streifte die Asche von seiner Geschäftszigarre ab. »Gute Zigarren, das. Ausgezeichnetes Aroma«, fügte er hinzu.

»Wieso ist es unnötig?«

Welcher Juwelier kann jemals einsehen, daß ein Kontrollblick in den Kassenschrank unnötig sein sollte?

»Deshalb, weil die Wertsachen im Kassenschrank während des ganzen Abends unter spezieller Bewachung standen.«

»Guten Abend, Frau Eriksson, guten Abend«, rief Tiegelmann, als die noch leicht dampfende Frau Eriksson ins Wohnzimmer trat. »Dumme Geschichte. Hätte beizeiten an das Mus denken sollen. Immer feucht und ungemütlich in einem Vorratskeller!«

Und nun begann Teffan Tiegelmann den Fall zu erklären. Alle saßen schweigend da.

»Das Typische für die Große Neusilberliga ist, daß sie still und angenehm und alltäglich arbeitet. Nichts wird gesprengt, nichts zertrümmert, nichts zerstört. Leise und bescheiden kommt man ins Haus und holt sich die Schlüssel. Man stört keinen Menschen, alle können in Frieden schlafen. Und was trägt man dann mit sich fort? Edelsteine und Gold und Kostbarkeiten? Nein, Alltagsgegenstände. Einfaches, bescheidenes Neusilber.«

»Na ja, bescheiden...« fiel der Juwelier ein. »Ich pflege nichts anderes zu führen als...«

»Ja gewiß, Herr Eriksson«, beschwichtigte Tiegelmann. »Außerordentliche Sachen. Charmant! Aber wir dürfen nie vergessen, welch ungeheurer Unterschied besteht zwischen einer Neusilberschüssel und beispielsweise einem Rubin.«

Bei dem Worte Rubin zuckten alle zusammen.

»Genauso ist es, ja!« rief Tante Agda, die nicht mehr still bleiben konnte. »Und wo sind dann also die Rubine?«

»Und ob es einen Unterschied zwischen einer Neusilberschüssel und einem Rubin gibt!« schrie der Juwelier, und griff sich an den Kopf. Alles hat seine Grenzen. Ein Juwelier liebt es nicht, wenn man ihn über den Unterschied zwischen einer Schüssel und einem Rubin aufklärt.

»Ja, die Rubine?« fragte nun auch Frau Eriksson und blickte Tiegelmann an.

Tiegelmann wieder blickte von einem zum anderen. Diese Familie ertrug es aus irgendeinem Grunde nicht, das Wort ‚Rubin‘ zu hören. Sie war offenbar allergisch für Rubine. Ganz so, wie andere allergisch für Katzen oder frischgemähtes Gras sein können. Na ja, es gibt eben kleine Unterschiede, dachte Tiegelmann.

»Was ich meine, ist nur«, fuhr er fort, »daß Neusilber alltäglicher ist als — Brillanten und dergleichen. Die Bande räumte also in einem Geschäft nach dem anderen das Neusilber aus. Hübsche Sachen, Alltagsware, die keine Aufmerksamkeit erregt. Neusilber läßt sich leicht versilbern. Die Burschen wurden vermutlich von ihrem Chef pro Kilo bezahlt.«

»Von welchem Chef?« fragte der Juwelier.

»Willi Wiesel«, war Tiegelmanns Antwort.

Alle schwiegen. Sie hatten in den Zeitungen von Wiesel gelesen, dem gefährlichen Verbrecher, den kaum ein Mensch je gesehen hatte. Man wußte, daß dieser Mann eine unheimliche Gabe besaß, spurlos zu verschwinden. Niemand war vor ihm sicher.

Und nun von diesem Wiesel in seinem eigenen Heim, wo man so viele Jahre gewohnt und die Kinder aufgezogen hatte, reden zu hören, das war wie ein kalter Windhauch, der durch das Wohnzimmer zog. Oder so, als wäre Wiesel verborgen hinter der Gardine gestanden.

»Dann haben Sie diesen Wiesel jetzt wohl ordentlich festgesetzt, Herr Tiegelmann?« fragte Tante Agda drohend und triumphierend zugleich.

»Ja«, antwortete Tiegelmann. »Er sitzt fest. Er sitzt drinnen.«

Tante Agda wußte hierauf nichts mehr zu sagen, der Juwelier wurde von neuer Hoffnung beseelt (wenn man nur einmal zur Sache kommen könnte), Frau Eriksson fühlte sich schon ganz sicher, und Herr Omar verbeugte sich unter abwartendem, arabischem Schweigen.

Nur Henrik und Elisabeth schienen es für selbstverständlich zu halten, daß Wiesel festsaß. Sie kannten ja Onkel Tiegelmann soviel besser als die anderen.

»Na, diesmal hatte Wiesel also Herrn Erikssons Laden aufs Korn genommen«, nahm Tiegelmann seinen Bericht wieder auf. »Er sollte als nächstes drankommen. Und wie gewöhnlich mußte der Schlampige Svante zuerst ausrücken. Er leistete geschickte Arbeit, aber zufällig hatte er hier ein bißchen Pech, wie ihr wißt. Er erwischte nicht die Schlüssel zum Laden und zum Kassenschrank. Da nimmt Willi Wiesel die Sache selbst in die Hand. Er begreift, daß ihr gewarnt seid und daß es Svante nicht mehr auf die gewöhnliche Art gelingen wird, eines Nachts die Schlüssel zu holen. Da erfindet er die große Weihnachtsmanngeschichte. Er sendet einen Prospekt, und dann erscheint der Schlampige Svante wieder. Als Weihnachtsmann. Beachten Sie, wie gemütlich und alltäglich man vorging. Diesmal nimmt Svante die Schlüssel direkt aus Herrn Erikssons Tasche. Und dann konnte man anfangen, Neusilber zu ernten. Zwei standen draußen Wache. Alle als Weihnachtsmänner. Man kann sich am Heiligen Abend nichts Praktischeres denken als eine Weihnachtsmannmaske. Eine völlig unkenntlich machende, wasserdichte Maske, die dennoch gemütlich und natürlich wirkt.«

»Die Weihnachtsmänner sollten abgeschafft werden«, zürnte Juwelier Eriksson.

»Dank unseren jungen Freunden hier«, berichtete Tiegelmann weiter, »gelang es uns, zwei von ihnen zur Verwahrung in den Keller zu schaffen.«

»Ja, ich konnte doch nicht ahnen, wer die Kerle waren«, fiel Frau Eriksson ein. »Ich wollte nur ein wenig Apfelmus zum Schinken holen. Ich hielt sie für Mieter aus unserem Haus, die vielleicht überfallen wurden, denn es kommt ja so viel vor, und ihre Gesichter konnte ich doch auch nicht sehen, aber kaum hatte ich ihnen geholfen, freizukommen, da —«

»Aber nun hast du ja gebadet, Sonja«, unterbrach Tante Agda, die das zähe, faserige Fleisch noch nicht vergessen hatte.

»Als Herr Omar und ich in den Laden traten, ahnte ich, daß der kleinere von den beiden Weihnachtsmännern Wiesel war. Auch er wurde sofort mißtrauisch. Vermutlich waren unsere Kostüme ein wenig verschieden von denen der beiden Wache-Weihnachtsmänner. Und vielleicht wich das Modell unserer Bärte auch ein wenig ab. Das ist ja leicht möglich.« Tiegelmann tat einen tiefen Zug an der Geschäftszigarre.

Alle saßen schweigend da und warteten darauf, daß das Geheimnis um Willi Wiesels Verschwinden endlich gelüftet werde.

»Svante merkte natürlich nichts. Er fuhr fort, Neusilber einzupacken. Aber Wiesel drehte das Licht aus. Als wir es wieder anknipsten, war er fort. Unsere weiteren Abenteuer dürfen Henrik und Elisabeth dann erzählen. Habe jetzt keine Zeit.« Tiegelmann blickte auf die Uhr. »Möchte nur darauf hinweisen, daß wir die ganze Liga unter der Erde fanden. Um die Polizei zu Hilfe zu rufen, war ich gezwungen, einen Neusilbermann mit einer Mitteilung hinaufzuschicken.«

Tiegelmann nahm ein Stück Zeug aus der Tasche, ungefähr so groß wie die Nummernlappen, die ein Läufer auf dem Rücken trägt. Oder ein Radfahrer. Es war an den Ecken mit Sicherheitsnadeln versehen. Tiegelmann hielt den weißen Lappen wie eine Fahne in die Höhe, so daß man folgende Mitteilung lesen konnte:

SCHICKT DIE POLIZEI HIERHER

»Ich wußte, daß Henrik und Elisabeth sich irgendwo in der Nähe des Kanaleingangs aufhielten«, erläuterte Tiegelmann.

»Der Mann, der heraufkam, stand nur so da und glotzte«, rief Henrik dazwischen. »Wir waren ganz in der Nähe hinter einem Baum.«

»Er hat fürchterlich dumm dreingesehen!« lachte Elisabeth.

»Und als er sich umdrehte, um wieder hinabzusteigen, war es keine Kunst, das da im Mondschein zu lesen!« triumphierte Henrik.

»Und dann liefen wir und telefonierten, und dann warteten wir auf die Polizei, und sie kam in zwei großen Autos!« rief Elisabeth.

»Ja, und am Telefon sagten wir, daß es sich wahrscheinlich um die Große Neusilberliga handelt«, setzte Henrik hinzu.

»Ja, und dann zeigten wir ihnen den Weg zur Luke«, sagte Elisabeth.

»Und dann krochen wir selbst auch hinunter!« rief Henrik. »Haben wir das nicht getan, Onkel Tiegelmann? Ganz bestimmt waren wir auch dort unten, nicht wahr?!«

»Ja, ganz gewiß waren wir auch dort unten, Onkel Tiegelmann, nicht wahr?« echote Elisabeth.

»Gewiß, meine jungen Freunde, ganz gewiß!«

»Aber sagen Sie nun«, fing der Juwelier wieder an, »ist etwas aus dem Kassenschrank verschwunden? Sie hatten doch die Schlüssel?«

»Wir können davon ausgehen«, erklärte Tiegelmann, »daß Wiesel sofort die Kassenschrankschlüssel von Svante ausborgte und allerlei hübsche Kleinigkeiten zu sich steckte. Als Nebenbeschäftigung sozusagen. Ich bin davon überzeugt, daß er sich die Taschen angefüllt hat.«

»Die Rubine hat er auch?« rief Tante Agda entsetzt.

»Wenn dort Rubine waren, dann nahm er sie. Wiesel macht absolut keinen Unterschied zwischen Rubinen und anderen Steinen.«

»Aber vorhin sagten Sie doch, Herr Tiegelmann, daß der Kassenschrank den ganzen Abend bewacht wurde«, sagte der Juwelier mit gebrochener Stimme. »Spezielle Bewachung sagten Sie, Herr Tiegelmann!«

»Entschuldigen Sie mich einen Augenblick, darf ich das Telefon benützen?« bat Tiegelmann und erhob sich.

Nachdem Herr Tiegelmann gegangen war, entstand ein so peinliches Schweigen im Zimmer, daß Herr Omar sich mit arabischem Takt verpflichtet fühlte, einige Worte zu sagen, um die Stimmung zu heben.

»Da wir gerade von edlen Kassenschranksteinen sprechen«, begann er, »ich besitze in der Oase Kaf, wo ich meine unbedeutenden Urlaubstage zu verbringen pflege, drei Kamele mit Namen Juwel, Smaragd und Rubin.«

Herr Omar verbeugte sich höflich, nachdem er diese Mitteilung gemacht hatte. Niemand äußerte ein Wort.

Endlich kam Tiegelmann zurück.

»Herr Eriksson«, verkündete er, »wir gehen jetzt in den Laden hinunter. Herr Omar, nehmen Sie die Reservepistole und kommen Sie. Es ist Zeit, daß wir dieses Abenteuer beenden.«

Er selbst zog seine schreckenerregende Dienstpistole aus der Tasche und kontrollierte, ob sie geladen sei. Er eilte hinaus, die beiden anderen folgten ihm. Sie liefen in einer Reihe die Treppe hinunter, daß es an dem stillen Weihnachtsabend laut hallte.

Elisabeth und Henrik schlichen hinterdrein. Sie mußten sehen, wie dieses Abenteuer zu Ende ging.

Vor dem Laden wartete ein Polizeiauto.

»Guten Abend«, grüßte Tiegelmann. »Kommen Sie mit mir.« Zwei Polizisten folgten ihm in den Laden. Er ging weiter in das Kontor, und als alle drinnen waren, schloß er die Tür.

Da standen nun Henrik und Elisabeth auf der Straße vor der verschlossenen Ladentür und konnten nicht das geringste sehen.

»Zum Hoffenster!« flüsterte Elisabeth.

»Schnell!« rief Henrik leise, und beide liefen zum Haustor hinein und hinaus in den Hof und drückten die Nasen an das vergitterte Kontorfenster. Die Gardinen waren zugezogen, aber durch eine Ritze hatte man einen ziemlich guten Überblick.

Sie sahen, daß Onkel Tiegelmann ihrem Vater einen Schlüsselbund reichte und der Juwelier langsam zu dem verschlossenen Kassenschrank ging. Einer der Polizisten stellte sich neben den Schrank, der andere vor die Tür. In der Mitte standen Tiegelmann mit seiner Dienstpistole und Omar mit seiner Reservepistole.

Der Juwelier steckte den Schlüssel ins Schloß und öffnete vorsichtig die schwere Panzertür.

Henrik und Elisabeth hielten vor Spannung den Atem an. Jetzt war die Tür ganz offen, sie konnten gerade in den großen Kassenschrank hineinsehen.

Dort drinnen saß ein kleiner Weihnachtsmann. Er hatte eine spitze Nase. Unter dem roten Kittel lugten eine kleine, wohlgebügelte, heimtückische Cheviothose und ein Paar spitzer Schuhe hervor. Die Maske hatte er abgenommen, es ist auch ohne sie schwer genug, in einem Kassenschrank zu atmen.

Willi Wiesel!

Er krabbelte wütend aus dem Schrank heraus. Es gab keinen Grund für ihn, noch länger drin zu verweilen.

Er mußte die Hände hochheben, während er durchsucht wurde. Es kam eine Menge aus den Taschen heraus. Alles wurde auf den Tisch gelegt.

»Dort ist Tante Agdas Ring!« rief Elisabeth.

Es stimmte. Dort lag er auf dem Tisch, und die drei großen Rubine glühten dunkel. Wiesel wurde abgeführt. Die beiden Fenstergucker sahen, wie Onkel Tiegelmann etwas zu ihm sagte. Wiesel fauchte nur und nieste zur Antwort.

Als das Auto mit Willi Wiesel weggefahren war, war Juwelier Eriksson so fröhlich wie seit langem nicht. Man konnte sich keinen fröhlicheren Juwelier denken. Er hüpfte förmlich in den Laden hinaus, öffnete einen Schrank und entnahm ihm ein schönes, geräumiges Zigarrenkästchen aus echtem Silber, das er Tiegelmann zur Erinnerung an die Unschädlichmachung der Großen Neusilberliga überreichte. Herr Omar erhielt ein Dutzend hübscher Teelöffel (Modell Mälarkönigin).

»Es kann ohne weiteres umgetauscht werden«, erklärte Herr Eriksson aus alter Gewohnheit.

Tiegelmann wollte nicht umtauschen, aber Herr Omar, der sich immer gewundert hatte, wie die Teegroßhändler sich durchbringen konnten, wo es doch Kaffee auf dem Markt gab, erklärte, daß es ihm ein großes Vergnügen sein würde, die willkommene Gabe gegen Kaffeelöffel umtauschen zu dürfen, falls Herr Eriksson nichts dagegen hätte. Also bekam er ein Dutzend außerordentlich schöner kleiner Mokkalöffel, die er mit orientalischer Dankbarkeit entgegennahm.

»Wollen die Herren nicht zu uns hinaufkommen und in meinem bescheidenen Heim einen Bissen Schinken essen?« fragte der Juwelier, während er die Laden-türe versperrte.

»Herzlichen Dank«, sagte Tiegelmann. »Wenn er nur mager ist. Von fettem Schinken haben wir für heute genug!«

»Es wird mir ein großes Vergnügen sein, einen echten nordischen Weihnachts-abend bei einer Familie in Stockholm, der berühmten Winterstadt, zu verbringen«, erwiderte Herr Omar. Alle gingen hinauf.

Zuerst kam Juwelier Eriksson. Er betrat das Wohnzimmer und hielt den Ring in die Höhe. Die Rubine glühten dunkel. Ihre Glut war Weltklasse.

»Bitte sehr, Tante Agda«, sagte er. »Ich holte ihn aus dem Kassenschrank her-auf, denn ich dachte, daß du ihn vielleicht heute am Weihnachtsabend anstecken willst.«

»Schöne Sache«, bemerkte Tiegelmann. »Feiner Schliff. Brillantes Feuer.«

Da öffnete Frau Eriksson die Tür zum Speisezimmer.

»Bitte, seid nun so lieb«, bat sie, und alle gingen hinein.

Man kann sich keinen festlicheren Weihnachtstisch denken.

Der Schinken war außerordentlich mager und leicht verdaulich, es gab eine Reihe Sülzen und Würste, die nie ein Ende nahm. Wenn man dachte, daß man sie nun alle versucht habe, tauchte in der letzten Minute wieder eine neue auf.

»Großartiges Apfelmus, das«, lobte Tiegelmann.

»Aber nehmen Sie doch etwas mehr«, forderte Frau Eriksson ihn auf, deren Apfelmus berühmt war.

Tiegelmann nahm sich noch ein wenig.

»Herr Omar, schmeckt es denn nicht?« fragte sie Herrn Omar, auf dessen Teller sich ein ganzer Berg von nordischem Weihnachtsessen häufte.

Nachdem Herr Omar mit orientalischer Geistesgegenwart ein paarmal gekaut und geschluckt hatte, entgegnete er:

»Auch wenn ich durch die Zeitschrift ,Palmenblatt' in geringem Maße darauf vor-bereitet war, was einem reisenden Fremdling in dieser Stadt um die Weihnachts-zeit bevorsteht, kann ich versichern, daß die Wirklichkeit an diesem Weihnachts-tisch alle Voranzeigen unserer Zeitschrift in den Schatten stellt!« Er verbeugte sich nach allen Seiten.

»Noch ein wenig Sülze vielleicht?« fragte Frau Eriksson, die an vieles denken mußte und nicht recht verstanden hatte, wovon Herr Omar sprach.

»Das einzige, was ich mir die Freiheit nehme, etwas überschätzt zu finden, ist dieses ausgebreitete Weihnachtsmannwesen. Es scheint mir auch nicht ganz ohne Gefahr zu sein«, fuhr Herr Omar fort.

»Die Weihnachtsmänner sollten abgeschafft werden!« bekräftigte der Juwelier.

»Wie konnte denn Wiesel drinnen im Kassenschrank atmen?« wollte Henrik junior wissen.

»Er braucht nicht soviel Sauerstoff«, antwortete Herr Tiegelmann. »Darf ich viel-leicht um ein wenig Senf bitten?«

»Ja«, pflichtete Herr Omar bei, »die Sauerstoffmenge in Herrn Erikssons Kassen-schrank dürfte für Herrn Wiesels begrenzten Bedarf ausreichend gewesen sein.«

»Also, nun wissen wir, wie es zuging, als Wiesel verschwand«, sagte Tiegelmann.

»Er sprang in den Kassenschrank und warf die Tür hinter sich zu. Er rechnete wohl damit, daß der Schlampige Svante ihn dann herauslassen würde. Als ich in aller Eile das Kontor durchsuchte, sah ich die Schlüssel an der Kassentür stecken und nahm sie an mich. Erst im unterirdischen Gang kam mir der Gedanke, daß Wiesel im Schrank sitzen mußte.«

»Kann man sich das vorstellen!« rief Herr Eriksson. Er schenkte sich ein Glas gutes Weihnachtsbier ein. »Ausgerechnet im Kassenschrank!«

»Geben Sie zu, daß die Wertsachen auf diese Art gut bewacht waren!«

Tante Agda vermochte der Unterhaltung nicht recht zu folgen. Dieses ganze Geschwätz von Weihnachtsmännern und Palmenblättern und Wieseln und Sauerstoffbedarf plätscherte an ihr vorbei. Sie wußte nur, daß sie noch nie einen solchen Weihnachtsabend erlebt hatte. Völlig stumm saß sie da. Die Rubine und die Kerzen und die lieben Verwandten! Und dann dieser geschickte und sympathische Privatdetektiv. Und sein Gehilfe, ein ungemein feiner und liebenswürdiger Orientale. Und dann das gute Essen, das die tüchtige Sonja aufgetragen hatte!

Tiegelmann und Omar blieben nicht lange. Teffan Tiegelmann rauchte nur noch eine von Herrn Erikssons ausgezeichneten Geschäftszigarren, und Herr Omar leerte noch eine begrenzte Anzahl Kaffeetassen. Dann brachen sie sofort auf, um diese gastfreundliche Familie nicht länger bei ihrer Weihnachtsfeier zu stören.

»Auf Wiedersehen, Frau Eriksson, herzlichen Dank. Auf Wiedersehen, Herr Eriksson. Nun können sie ruhig sein. Und ihr, meine jungen Freunde, habt Dank! Ein interessanter Fall im großen und ganzen«, schloß Tiegelmann. »Guten Abend!«

Teffan Tiegelmann und Herr Omar aus der arabischen Wüste wanderten durch die stille verschneite Gasse davon. Der Himmel war hoch und klar, jeder einzelne Stern funkelte nach besten Kräften, und von allen Kirchtürmen in der ganzen Stadt verkündeten die Glocken die Mitternachtsstunde.

»Fröhliche Weihnachten, Onkel Tiegelmann und Onkel Omar!«

Die beiden Wanderer blickten empor und sahen zwei Gesichter in einem offenen Fenster. Sie winkten hinauf und gingen weiter.

DETEKTIV TIEGELMANN IN PARIS

Frau Smith erhält Gewißheit **1**

Es war ein herrlicher Tag. Der Ozeanriese *Atlantic* hatte auf der Fahrt von Amerika nach Frankreich ungefähr die Hälfte seines Weges zurückgelegt. Frau Smith saß in einem Deckstuhl auf dem A-Deck. Auch sie hatte nun die Hälfte ihres Weges zurückgelegt. Sie reiste von Chicago zum Eiffelturm, aber natürlich wollte sie auch die anderen Sehenswürdigkeiten besuchen. Denn sie hatte schon viel von Frankreich gehört. Doch niemand sollte glauben, sie beschummeln zu können. Nein, sie würde sich nicht irgendeinen Unsinn aufschwatzen lassen. Denn sie hatte viele Ringe an den Fingern und reiste erster Klasse.

Übrigens reiste sie aus einem ganz besonderen Grund nach Frankreich. Sie wollte sich umsehen, ob sie nicht irgendwo ein Schloß kaufen könnte. So ein kleines, hübsches, echt französisches Schloß. Alt — garantiert alt, das war die erste Bedingung. Natürlich durfte es nicht allzu mächtig und umständlich sein, sondern gerade groß genug, um im Sommer einige Monate darin zu verbringen.

Viele Passagiere saßen in einer langen Reihe in ihren Deckstühlen, andere wandelten auf und ab. Das Wetter war außerordentlich schön, die Wellen geradezu lächerlich klein, wenn man bedachte, daß es nordatlantische waren.

»Meer ist auf jeden Fall Meer«, ließ sich ein kleiner, dunkler Mann mit Reisekappe und Monokel vernehmen. »Das kann niemand abstreiten.«

Frau Smith gab keine Antwort. Sie machte ein Gesicht, als wolle sie leugnen, daß das Meer wirklich das Meer sei. Doch sie äußerte nichts. Sie wollte sich nicht beschwindeln lassen. Überall, auch auf dem A-Deck, kann es Schwindler geben. Möglicherweise sogar internationale. Ja, ganz besonders auf dem Promenadendeck, davon war sie überzeugt. Dort mußte es geradezu davon wimmeln.

»Herrliches Reisewetter«, wandte sich der Mann mit dem Monokel an Frau Smith. Dann setzte er seinen Weg auf dem Promenadendeck fort und verschwand um die Ecke beim Terrassencafé.

Bald tauchte er wieder auf.

Frau Smith war nun ganz davon überzeugt, daß der Mann ein Schwindler war. Vielleicht sogar ein internationaler. Sie hütete sich, ihm eine Antwort zu geben. Das ist nämlich das Dümmste, was man tun kann. Sobald man sich in ein Gespräch eingelassen hat, sitzt man schon fest. Dann ist es nur noch eine Frage der Zeit, bis man begaunert wird.

Als der Mann das nächste Mal auftauchte, machte er keine Bemerkung. Statt dessen blieb er plötzlich stehen, als sei ihm etwas ungemein Wichtiges eingefallen. Er warf einen Blick auf seine Armbanduhr und trippelte mit kurzen, raschen Schritten zu einer Klingel in der Nähe von Frau Smiths Deckstuhl.

»Entschuldigen Sie«, bat er Frau Smith, die nicht im mindesten im Wege saß. »Danke für die Freundlichkeit«, fügte er hinzu. »Diese Klingeln sind immer unbequem angebracht.«

Frau Smith wollte eben in einen anderen Stuhl übersiedeln, als ein Kellner in weißer Jacke auftauchte. Doch sie fand es sehr lustig, einmal zu hören, was ein Schwindler mit einem Monokel wünscht.

»Steward! Ich erwarte ein Telegramm. Mein Name ist André.«

»Jawohl, mein Herr.«

»Sagen Sie im Büro Bescheid, daß ich hier bin, damit man weiß, wo man mich suchen soll, wenn es kommt. Sagen Sie, daß ich auf dem A-Deck promeniere.«

»Jawohl, mein Herr.«

»Warten Sie mal. Ich will hier eine kleine halbe Stunde Bewegung machen. Melden Sie das im Büro. Dann gehe ich zum Friseur, und hernach eine Weile ins türkische Café. Dort soll man mich suchen, wenn ich nicht mehr beim Friseur bin.«

»Gewiß, mein Herr.«

»Und wenn ich nicht mehr im Café bin, soll man im Schwimmbad nachsehen.«

»Sehr wohl.«

»So warten Sie doch noch ein wenig! Wenn ich mit dem Bad fertig bin, werde ich vor dem Mittagessen noch einen Aperitif auf der Caféterrasse nehmen.« Herr André blickte wieder auf seine Uhr. »Können Sie sich das jetzt merken, damit es kein

Durcheinander gibt? Ich erwarte jeden Augenblick ein wichtiges Telegramm.«
»Aber gewiß doch, mein Herr! Zuerst hier und dann beim Friseur, nach diesem im Schwimmbad und dann auf der Caféterrasse. Geht in Ordnung, mein Herr.« Er eilte fort.

»Hallo Sie! Sie haben das türkische Café vergessen!« rief Herr André ihm nach.
»Merkwürdig, wie nachlässig diese Leute sind!« wandte er sich an Frau Smith.
»Ganz merkwürdig. Die einfachsten Dinge . . .« Er schüttelte den Kopf und grüßte zerstreut eine ältere Französin, eine Frau Camembert, die eben vorbeischritt.

Nun versenkte er sich in die Betrachtung der nordatlantischen Wellen, wobei er ungeduldig mit den Fingern auf die Reling erster Klasse trommelte. Seinem Rücken war anzusehen, daß er jeden Augenblick ein Telegramm erwartete. Es hätte bereits hier sein müssen, wenn im Telegrafenamt Ordnung herrschte . . .

Frau Smith war froh, als Frau Camembert sich auf einem freien Stuhl neben ihr niederließ. Nicht daß sie sich vor diesem Mann gefürchtet hätte. Sie fürchtete sich vor niemand. Sie besaß ein viereckiges Gesicht, einen resoluten Zug um den Mund und ein dickes Aktienpaket. Aber sie war neugierig geworden. Es war ungemein spannend, einmal aus nächster Nähe einen dieser internationalen Promenadendeckschwindler zu sehen, von denen man so viel hörte. Deshalb wollte sie die Gelegenheit benützen und hören, was die französische Dame von diesem Mann hielt. Sie kannte Frau Camembert ein wenig, weil sie zufällig im Speisesaal am gleichen Tisch saß.

Ehe Frau Smith den Mund auftun konnte, stürzte Herr André wieder zur Klingel.
»Entschuldigen Sie, meine Damen, entschuldigen Sie!« wandte er sich an die beiden Damen, die in sicherem Abstand von der Klingel saßen. »Bleiben Sie nur ruhig sitzen. Vielen Dank. Entschuldigen Sie!« rief er und drückte auf die Klingel.
»Es ist immer so lästig mit diesen Klingeln.«

Frau Smith versuchte mit einem scharfen Blick Frau Camemberts Meinung zu ergründen. Diese schien jedoch gar nichts zu meinen, was Frau Smith dumm von ihr fand.

»Hallo! Steward!« rief Herr André. »Meine Aktentasche! Ich habe sie auf dem oberen Deck liegen lassen.«

»Auf dem oberen Deck, mein Herr?«

»Ja. Schornsteindeck oder wie ihr es nennt. Gleich neben einem Rettungsboot erster Klasse.«

Herr André bekam seine Aktentasche, setzte sich in einen Deckstuhl, putzte sein Monokel, zog ein Bündel Papiere aus der Aktentasche und begann eifrig darin zu studieren. Er schien ganz versunken in seine Akten.

»Wer ist das?« fragte schließlich Frau Smith, mit dem Daumen zeigend. Sie verfügte über eine ganz besondere Stimme, wenn sie von Leuten sprach, deren Dasein sie für überflüssig hielt. Es klang, als spreche sie eigentlich von Insekten. Frau Camembert sah in die bezeichnete Richtung und erwartete den Anblick einer Fliege oder Mücke.

»Wer? Ah! Aber das ist doch Herr André! Charles André.«

Frau Smith staunte nicht. Der Name war ebenso gut wie ein anderer. Möglich, daß der Mann auf dem Promenadendeck schon bekannt war.

»Ja, das meinte ich auch. Habe es sofort bemerkt.«

»Ja gewiß, gnädige Frau«, meinte Frau Camembert. »Mir ging es genauso. Sobald ich ihn erblickte, sagte ich mir: Das muß Charles André sein, sagte ich.«

Frau Smith wurde ein wenig unsicher.

»Mein Mann sagt immer: Charles André ist der größte lebende Gebäudemakler, den es je gegeben hat. Das Haus, das Herr André nicht verkaufen kann, ist noch nicht gebaut worden, behauptet er immer. André & Co., wissen Sie.«

»Ach so, André...« murmelte Frau Smith.

»— — & Co., ja!«

Frau Smith konnte sich freilich nicht entsinnen, den Namen je vorher gehört zu haben. Andererseits schien dieser Makler hier auf dem Promenadendeck sehr bekannt zu sein. Sie wurde immer unsicherer.

»Er hat sein Hauptbüro in New York und überall Filialen.«

Da kam das Telegramm.

»Hier, mein Herr, Ihr Telegramm. Bitte sehr«, flötete die weiße Jacke und überreichte die Depesche auf einem Tablett.

Herr André vermochte sich nur mit sichtlicher Anstrengung von seinen Papieren loszureißen.

»Was ist?« fragte er ungeduldig. »Was für ein Gelaufe gibt es denn hier?«

»Aber, mein Herr, Ihr Telegramm...«

»Ah! Reden Sie doch so, daß man Sie versteht.« Herr André nahm das Telegramm und spendete, ohne hinzusehen, ein prächtiges Trinkgeld.

»Hallo!« rief er dann. »Ich lasse den Friseur aus. Gehe direkt ins Türkische. Melden Sie das im Büro, falls noch mehrere Depeschen kommen. Direkt ins Türkische, merken Sie sich das!«

Und Herr André riß sein Telegramm auf und überflog es mit jener Schnelligkeit, die das Kennzeichen versierter Gebäudemakler mit Filialen ist.

Die Damen Smith und Camembert guckten ihn neugierig an. Sie sahen, daß er die Achseln zuckte und sich sofort wieder in seine Geschäftspapiere vertiefte.

»Es war offenbar nichts Wichtiges«, flüsterte Frau Smith.

»Das kann man nie wissen. Es kann sich um ein Vermögen gehandelt haben. Möglicherweise um zwei«, tuschelte Frau Camembert.

Frau Smith blickte hinaus über die herrliche Weite des Atlantischen Ozeans. Sie dachte eine Weile nach, dann sagte sie:

»Sie erinnern sich, daß ich ein kleines französisches Schloß kaufen wollte?«

»Sie wollten kaufen, meinen Sie...?« Frau Camembert suchte angestrengt in ihrer Erinnerung.

»Ich erzählte es doch gestern beim Mittagessen!«

»Ah! Richtig! Jetzt entsinne ich mich, gnädige Frau! Richtig!«

»Glauben Sie, daß Herr André in Paris eine Filiale hat?« fragte Frau Smith geradeheraus.

»Filiale? In Paris? Ob Herr André hat? Aber das ist doch selbstverständlich. Das muß er ganz einfach. Fragen Sie ihn.«

Im selben Augenblick erhob sich Herr André und eilte, seine Aktentasche in der Hand, mit kleinen, raschen Schritten das Deck entlang.

»Jetzt geht Herr André ins Türkische, aber versuchen Sie es bei einer anderen Gelegenheit.«

Gerade, als er an ihnen vorbeikam, mußte er nießen. Er zog sein Taschentuch, wobei das Telegramm herausfiel, ohne daß der eilige Geschäftsmann etwas merkte.

Es blieb unmittelbar vor Frau Smiths Füßen liegen.

Frau Smith war von Natur aus nicht neugierig. Nicht ein bißchen. Aber Geschäft ist Geschäft. Wenn sie nur einen einzigen Blick in das Telegramm werfen könnte, würde sie Gewißheit darüber haben, ob dieser Mann der war, für den er sich ausgab. Sie hielt es also praktisch genommen für ihr gutes Recht, das Telegramm zu lesen.

Sie schielte zu Frau Camembert hinüber, die ihrerseits in eine ganz andere Richtung blickte. So bückte Frau Smith sich und hob das Telegramm rasch auf.

Es war von New York abgesandt, adressiert an Herrn Charles André, Ozeandampfer *Atlantic*, und von jemandem unterzeichnet, der sich Co. nannte — offenbar dem Kompagnon.

Frau Smith aus Chicago las zu ihrer Verblüffung:

SENDE SOFORT OFFERT FÜR SCHLOSS IN VERSAILLES KOMPLETT MÖBEL UND SPIEGEL ODER ANDERE WELTHISTORISCHE GEBÄUDE NÄHE AUTOBUSHALTESTELLE MIT ANGABE GRUNDFLÄCHE.

Frau Smith ließ die Depesche langsam zu Boden gleiten. Sie hatte Gewißheit erhalten.

Herr Piccard hat Sorgen 2

»Gnädige Frau, erzählen Sie bitte alles!« bat Herr Piccard.

»Das habe ich doch schon getan«, entgegnete Frau Smith, die bereits mehrere Tage in Frankreich weilte. »Das Schloß war fort.«

Herr Piccard fuhr sich mit dem Taschentuch über die Stirn. Um die Stimmung aufzulockern, schenkte er ein Glas Champagner ein und schob es zu Frau Smith aus Chicago hinüber. »Bitte sehr, meine Gnädige«, säuselte er mit beruhigender Stimme.

»Ich mag nichts«, sagte Frau Smith und leerte das Glas auf einen Zug. »Das Schloß war fort.«

Herr Piccard war Hotelier. Sein kleines Hotel stand auf dem Marktplatz der kleinen Stadt Petit-Ville, die ein paar Reisestunden von Paris entfernt war. Frau Smith gehörte zu den Gästen des Hotels, und das Gespräch fand im Kontor statt. An der Tür stand »BUREAU«. Falls man nicht etwa drinnen saß und plauderte. Denn dann hieß es »UAERUB«, weil nämlich die Tür eine Glasscheibe hatte.

Herr Piccard wünschte sehr, die Gäste mögen sich in seinem Hotel wohlfühlen. Frau Smith jedoch fühlte sich nicht wohl. Sie mißbilligte im Augenblick ganz Frankreich, und Herrn Piccards Hotel lag, wie wir uns erinnern, just in Frankreich. Er konnte freilich nichts für Schlösser, die verschwinden, aber andererseits . . . er hätte es so gerne gesehen, daß Frau Smith bliebe. Sie hatte das Eckzimmer mit Balkon, eine Treppe hoch.

Herr Piccard sprach nun mit der beruhigenden Stimme, die jeder erfahrene Hotelier anwendet, wenn aus Nr. 63 eine Tasche oder aus dem Eckzimmer mit Balkon ein Schloß verschwunden ist. Just dieselbe Stimme, deren sich ein Familienvater bedient, wenn aus dem Kinderzimmer eine Puppe oder eine Lokomotive verschwunden ist.

»Bitte, berichten Sie mir nun alles der Reihe nach.«

»Das habe ich ja schon getan. Ich fuhr heute hin, um es anzusehen, aber es war nicht dort. Es war weg. Es stand nicht mehr da. Es existierte nicht. Es war nicht vorhanden. Man konnte es nicht sehen. Deutlicher kann ich es nicht erklären.«

Herr Piccard schien diese Erklärung nicht sehr deutlich zu finden. Er zuckte die Achseln und gestikulierte mit den Händen, daß der Ring am linken kleinen Finger in der Sonne blitzte.

»Aber, meine Gnädige, das ist doch nicht möglich!« rief er.

»Möglich, daß es nicht möglich ist. Jedenfalls war es fort.«

»Aber das ist unmöglich!«

»Unmöglich ist, daß es unmöglich sein kann.« Frau Smith atmete heftig durch die Nase, und bei einem Gast, der solcherart durch die Nase atmet, muß man sich vorsehen. Das ist nicht gut. Hotelgäste sollen ruhig und zufrieden abwechselnd durch den Mund und die Nase atmen. Ganz besonders eine Dame vom Eckzimmer mit Balkon soll hie und da durch den Mund atmen.

Herr Piccard begütigte:

»Gewiß, meine Gnädige, gewiß . . . es ist wohl möglich, daß das Schloß verschwunden ist. Aber — was wollen Sie? — Viele Dinge verschwinden. So etwas ist immer möglich.«

»Möglich! Sie behaupten, daß ein ganzes Schloß verschwinden kann! Sitzen da und behaupten, so etwas sei möglich!«

Frau Smith besaß viele Aktien, und das hörte man ihrer Stimme an. Die genaue Anzahl ging natürlich nicht daraus hervor, doch konnte man erraten, daß es mehr als eine war.

»Möglich!« wiederholte sie, und nun konnte man nicht mehr daran zweifeln, daß es mehr als zwei waren.

Frau Smith durchbohrte Herrn Piccard mit ihren Blicken und trommelte mit den Fingern auf den Tisch, so daß die Ringe auf dem Zeige-, dem Mittel- und dem sogenannten Ringfinger sowie auf dem kleinen Finger in dem französischen Sonnenschein blitzten, der durch das Kontorfenster hereinströmte.

Herr Piccard fühlte den unangenehmen Gedanken in sich aufsteigen, das Verschwinden des Schlosses sei seine Schuld. Um des Ansehens seines Hotels willen mußte er es wieder herbeischaffen.

Doch zuerst machte er einen neuen Versuch. Ein erfahrener Hotelfachmann macht immer einen neuen Versuch. Insbesondere, wenn er zugleich ein erfahrener Familienvater ist, und das traf auf Herrn Piccard zu. Die Familie bewohnte einige Räume im Untergeschoß, auf der Hofseite. Er hatte zwei Kinder, die kleine Marie und den kleinen Pierre. Deshalb sagte er:

»Gnädige Frau, nun wollen wir die Sache einmal schön in aller Ruhe durchnehmen. Es kommt bestimmt alles in Ordnung.«

Jedoch das Eckzimmer atmete durch die Nase.

»Das ist unmöglich!«

»Aber meine Gnädigste, glauben Sie mir, ich versichere — es ist nicht möglich, daß es unmöglich ist.«

Beide wurden nun von einem leichten Schwindel ergriffen, als befänden sie sich in einem Karussell. Denn es war ein Kreis, bei dem sich kein Ende absehen ließ.

Herr Piccard schloß die Augen, und als er die Fassung wiedergewonnen hatte, meinte er:

»Sie wünschen also ein Schloß zu kaufen?«

»Deshalb bin ich hier.«

»Eben. Ich verstehe«, nickte Herr Piccard, der nicht ein einziges Wort verstand.

»Entweder wollte ich im Sommer einige Wochen darin verbringen, oder es niederreißen und wieder aufbauen.«

»Gewiß. Natürlich, meine Gnädige«, stimmte Herr Piccard zu und wunderte sich im stillen, warum es niedergerissen und wieder aufgebaut werden sollte. Das schien ihm unpraktisch.

»Zu Hause. Ich besitze eine Farm. Dort würde es hinpassen. Ich sah es nur aus der Entfernung, aber ich erkannte, daß es hinpassen würde. Und heute war es verschwunden.«

Herr Piccard konnte sich immer weniger des Gefühls erwehren, daß dies seine Schuld sei.

»Ich habe schon die Anzahlung geleistet. Eine Million Francs habe ich gezahlt.«

»Eine Million Francs! Und wem?«

»Einem Maklerbüro in Paris.«

»Aber dann, meine Gnädige, dann müssen Sie sich eben an dieses Büro wenden!«

»An was?«

»An das Maklerbüro. Ich versichere Ihnen, die ganze Sache wird sich in zwei Sekunden aufklären. In einer!«

»Ich weiß nicht, von welchem Maklerbüro Sie sprechen.«

Herr Piccard starrte die Dame erschrocken an.

»Sie meinen doch nicht, daß auch das Büro . . .?«

»Doch.«

Herr Piccard vermochte nur ein neues Glas Champagner einzuschenken.

»Ich mag nichts mehr«, protestierte Frau Smith und leerte es mit einem Zug. »Es hat mir so gut gefallen. Es hatte zwei Türmchen. In dem einen dachte ich mir mein Schlafzimmer und in dem anderen beispielsweise einen Flügel. In allen Zimmern waren französische Fenster. Ich konnte es nur aus der Entfernung sehen, aber es gefiel mir so, daß ich gleich die Anzahlung gab. Die ist auch weg«, klagte Frau Smith. »Ich werde mich an die Polizei wenden.«

Herr Piccard zuckte zusammen.

Für jeden Menschen gibt es etwas, das er nicht leiden kann. Die einen verabscheuen Pfandbriefe, andere Klapperschlangen. Es gibt auch Leute, die keine Galoschen mögen, wenn es regnet. Und im Besonderen natürlich, wenn es nicht regnet. Ein Hotelier hat etwas gegen Polizisten, die Untersuchungen anstellen. So etwas spricht sich herum. Der ganze Betrieb kann in schlechten Ruf kommen. Die Gäste reisen ab.

Schon sah Herr Piccard sich vom Ruin bedroht.

Er entgegnete mit leiser Stimme und warnend erhobener Hand:

»Nur nicht die Polizei, meine Gnädigste!«

»Doch, gerade die Polizei!« schrie Frau Smith. »Geben Sie Ihre Hand hinunter.«

Herr Piccard ließ die Hand sinken.

»Nicht die Polizei, gnädige Frau«, flüsterte er und hob wieder die Hand. »Einen geschickten Privatdetektiv, meine Gnädigste!«

»Warum ausgerechnet einen Privatdetektiv? Tun Sie Ihre Hand hinunter!«

Herr Piccard gehorchte.

»Diskretion, Gnädige. Ein Privatdetektiv bringt das in der Stille in Ordnung. Ganz lautlos.«

»Meinetwegen«, gab Frau Smith zu und erhob sich. »Nehmen Sie also einen lautlosen Privatdetektiv. Aber tun Sie es! Ich muß das Schloß zurückhaben.«

Herr Piccard dachte: Ganz, wie ich es mir vorgestellt habe! Es ist meine Schuld. Er seufzte und sagte laut:

»Lassen Sie mal sehen. Hier in der Stadt gibt es keinen . . .«

Das stimmte nicht. Auf der anderen Seite des Marktplatzes wohnte im Gegenteil Herr Lebrun, ein sehr bekannter und vielbeschäftigter Privatdetektiv. Man konnte ihn oft in den Seitengassen irgendein verdächtiges Individuum beschatten sehen. Jeder in der Stadt kannte ihn. Aber Herr Piccard wollte ihn nicht in diese Sache hineinziehen. Kein Hotelier will es in der ganzen Stadt bekannt werden lassen, daß dem Eckzimmer mit Balkon im ersten Stock ein ganzes Schloß entschwunden ist. Eine abgetragene Reisetasche aus einem Hofzimmer, das mag angehen. Aber nicht ein ganzes Schloß. Deshalb meinte er, indem er sich ans Kinn faßte:

»Wir werden sehen, gnädige Frau . . . natürlich haben wir die Sûreté in Paris.«

»Ach so, haben wir?« warf Frau Smith ein, die nie von der Sûreté in Paris gehört hatte.

»Gewiß, Gnädigste, das ist ja die Hochburg. Die Hochburg der Geheimpolizei!«

»Dann holen Sie die Hochburg her. Aber tun Sie es!«

Herr Piccard fuhr fort zu überlegen. Die lautloseste Möglichkeit von allen wäre eine ausländische Kraft.

Und Herrn Piccard kam eine Idee.

»Ich habe es, meine Gnädigste!« triumphierte er. »Bitte, setzen Sie sich. Ich weiß genau, was wir tun müssen. Sie wollen das Schloß zurückhaben, nicht wahr?«

»Schwätzen Sie nicht.«

»Ich rede kein Wort. Sie wollen die Sache rasch erledigt haben und . . . und so weiter?«

Frau Smith blickte den strahlenden Hotelwirt drohend an.

»Dann, liebe gnädige Frau, gibt es nur eine Möglichkeit: Wir müssen uns an Teffan Tiegelmann in Stockholm wenden.«

Frau Smith wollte etwas einwenden, aber Herr Piccard war nicht aufzuhalten.

»Ich sage kein böses Wort über die Burschen in der Sûreté. Kein Wort. Ausgezeichnet in jeder Weise. Brillant! Aber, was wollen Sie, wenn es sich um einen solchen Fall handelt, gibt es nur einen einzigen: Für Teffan Tiegelmann ist ein Schloß eine Kleinigkeit.«

»Dann sprechen Sie mit ihm. Aber tun Sie es auch wirklich!«

»Ich werde mich beeilen und ein Gespräch mit Stockholm anmelden.«

»Nein«, protestierte Frau Smith. »Ich habe genug Unannehmlichkeiten gehabt. Melden Sie kein Gespräch an.«

»Aber . . .«

»Melden Sie kein Gespräch an, sage ich. Ich bin dessen sicher, daß es auch verschwinden würde. Sie können sich ja keiner Sache annehmen, ohne daß sie verschwindet.«

»Aber . . .«

»Ich reise selbst nach Stockholm. Bestellen Sie eine Flugkarte. Aber sehen Sie zu, daß nicht auch Stockholm verschwindet!«

Frau Smith atmete Aktien durch die Nase. Herr Piccard wischte sich die Stirn ab

Vor einem Haus in der Drottningstraße in Stockholm hielt ein Auto, aus dem eine Dame aus Chicago stieg. Auf einer Tafel im Torweg las sie:

TEFFAN TIEGELMANN
Praktizierender Privatdetektiv

Sie fuhr ein Stockwerk mit dem Lift hinauf und klingelte an einer Tür. Eine ältere, bebrillte Dame öffnete. Es war Fräulein Hanselmeier, Tiegelmanns Sekretärin.

»Ist der Privatdetektiv da?« fragte die Dame aus Chicago.

»Nehmen Sie Platz, bitte.«

»Ich mag nicht sitzen. Ist er hier?«

»Er ist hier, aber es warten schon viele Leute«, antwortete Fräulein Hanselmeier. »Bitte, nehmen Sie doch Platz.«

Die fremde Dame blickte sich um. In Teffan Tiegelmanns Wartezimmer waren wie gewöhnlich ungewöhnlich viele Leute. Fünf saßen auf Stühlen, sechs drückten sich auf einer Bank aneinander, und sieben standen an die Wand gelehnt.

Die fremde Dame runzelte die Stirn und musterte die Volksansammlung.

»Ich komme aus Chicago«, äußerte sie.

»Hoffentlich haben Sie eine gute Überfahrt gehabt«, sagte Fräulein Hanselmeier freundlich. Sie war es gewohnt, Fälle zu übernehmen, die von weither kamen.

In diesem Augenblick kam aus Tiegelmanns Zimmer ein Mann heraus. Es war ein Musiker, der eine Melodie verloren hatte. Und nun war der nächste dran.

»Frau Smith, bitte«, wandte Fräulein Hanselmeier sich an eine Dame auf der Bank, die sich erhob, aber gleich wieder setzte, als Frau Smith aus Chicago ohne weiteres zu Tiegelmann hineinging und die Tür hinter sich schloß.

»Wie ist der Name? Bitte, setzen Sie sich. Worum handelt es sich?« fragte der Privatdetektiv und griff nach seinem Notizblock.

»Ich sitze schon«, bemerkte Frau Smith und musterte unverfroren den berühmten Mann. Er war von ziemlich kleinem Wuchs, trug einen sonderbar karierten Anzug und hatte ein messerscharfes Profil. Auf dem Schreibtisch lag eine große Dienstpistole.

T. Tiegelmann auf der anderen Seite des Schreibtisches hatte seine Musterung bereits beendet. Ein praktizierender Privatdetektiv gewinnt immer rasch einen Überblick. Die Fremde besaß ein viereckiges Gesicht und hätte praktisch genommen Feldherr werden können, wenn es sich so gefügt hätte. Der Hut, den sie trug, hätte gut und gern aus Paris sein können, wenn er nicht aus Chicago gewesen wäre.

»Was ist verschwunden?« fragte Tiegelmann, bereit, sich seine Notizen zu machen.

»Ein Schloß!« antwortete Frau Smith und bereitete sich vor, zürnend durch die Nase zu atmen.

»Aha. Beschreiben Sie mir sein Aussehen«, forderte Tiegelmann auf, ohne sich auch nur im geringsten erstaunt zu zeigen.

»Das Aussehen?« rief Frau Smith. »Ja, darüber kann ich berichten. Da waren zwei Türmchen. In dem einen wollte ich mir mein Schlafzimmer einrichten und in das andere vielleicht einen Flügel stellen. Es war ein echt französisches Schlößchen. Alle Zimmer hatten französische Fenster.«

»Habe nie gehört, daß sie in französischen Häusern etwas anderes als französische Fenster anbringen«, warf Tiegelmann wachsam ein. »Wo lag das Schloß, als Sie es zuletzt sahen?«

»In der Nähe einer kleinen Stadt namens Petit-Ville in Frankreich.«

»Und nun ist es also weg?« fragte der Detektiv, und blickte Frau Smith scharf an.

»Ich konnte es nicht mehr finden. Es ist fort.«

»Möglich«, bemerkte Tiegelmann.

»Es war ein so gemütliches kleines Schloß. Ganz entzückend.«

»Gerade deshalb ist es ja weg«, fiel Tiegelmann sofort ein. »Häßliche und unmögliche Schlösser verschwinden nie. Die können jahrhundertelang stehenbleiben, ohne daß sich jemand um sie kümmert.«

»Ich habe bereits eine Anzahlung gegeben«, seufzte Frau Smith.

»Das ist möglich. In diesem Fall ist das Geld auch weg.«

Frau Smith fand es unterhaltend, mit einem praktizierenden Privatdetektiv zu sprechen. Ein Privatdetektiv behauptet niemals, daß etwas unmöglich sei. Hört er, daß ein Schloß verschwunden ist, dann sagt er bloß, das sei durchaus möglich und notiert es auf seinem Block. Ganz anders als diese Hoteliers.

Frau Smith fand keinen Grund, durch die Nase zu atmen.

»Erzählen Sie von Anfang an«, bat Tiegelmann, und Frau Smith erzählte von dem Gebäudemakler André und Frau Camembert auf dem A-Deck, die wußte, daß er Makler sei.

»Ich fragte ihn, ob er ein passendes Schloß auf Lager habe, und er antwortete, daß er das im Moment wirklich nicht sagen könne. Er erkundigte sich, in welchem Hotel in Paris ich absteigen wolle, und versprach anzurufen, sobald er ein Schloß in Aussicht habe. Schon am nächsten Tag rief er an und teilte mir mit, daß er eines habe. Es liege in der Nähe von Petit-Ville, sagte er. In dieser Stadt gebe es ein gutes Hotel, ich solle vorausreisen, er würde in den nächsten Tagen in seinem Auto nachkommen und mir das Schloß zeigen, sagte er.«

»Aha!« rief Tiegelmann. »Bitte weiter.«

In diesem Augenblick schrillte das Telefon.

»Verzeihung«, murmelte Tiegelmann. Er hob ab. »Hallo! Tiegelmann! — Ja, wir sind auf seiner Spur. Er ist als Polizist verkleidet, aber ich weiß noch nicht, in welcher Straße er patrouilliert. — Danke. Guten Tag.« Er legte den Hörer auf.

»Bitte weiter«, wandte er sich an Frau Smith.

»Ich sagte, daß ich zuerst in das Realitätenbüro kommen und mir die Pläne ansehen wolle, und er meinte, das gehe natürlich ohne weiteres. Als ich hinkam, war aber nicht er selbst dort, sondern ein anderer, der mir die Pläne zeigte. Ich wollte die genaue Lage des Schlosses wissen, aber das konnte der Mann mit den Plänen mir nicht erklären. Er richtete mir nur von Herrn André aus, daß ich nach Petit-Ville vorausfahren und im Hotel ,Majestic' absteigen solle. Herr André würde dann in den nächsten Tagen hinkommen und mir das Schloß zeigen.«

Frau Smith holte Atem.

»Erzählen Sie bitte weiter«, bat Herr Tiegelmann.

»Also reiste ich nach Petit-Ville und zog in dieses Hotel, das so gut sein sollte. Aber ich habe nie in einem schlechteren gewohnt. Abscheulich! Der Wirt faselt die ganze Zeit, daß es unmöglich möglich sein könne.«

»Ich habe Eile«, drängte Tiegelmann. »Setzen Sie fort!«

»Es dauerte ein paar Tage, bis André kam. Ich hatte indessen ein Auto gemietet und fuhr umher, um mich selbst umzusehen, aber ich konnte kein passendes Schloß in der Umgebung entdecken. Das einzige, was ich sah, war ein altes Monstrum von Schloß, das jetzt als Altersheim dient, und ich dachte, wenn du dieses meinen solltest, Kleiner, dann werde ich dir schon zeigen, daß ich noch nicht so alt bin, um da wohnen zu wollen.«

Der Privatdetektiv trommelte mit den Fingern auf den Tisch.

»Weiter!« rief er.

»Schließlich tauchte er auf, der Gebäudemakler. Es waren bereits drei Tage vergangen, und ich meinte schon, nun sei es mit dem Schloß Essig geworden. Das gab ich ihm auch zu verstehen. Da erzählte er mir, die Sache habe einen Haken, denn die ganze Familie auf dem Schloß liege krank. Der Herr des Hauses habe sich ein fürchterliches Magenübel zugezogen, weil er sich nicht davon abhalten ließ, im Bach zu baden. Denn in der Nähe fließe ein Bach vorbei, erzählte André, aber kein vernünftiger Mensch bade in ihm wegen des schlechten Wassers.«

»Ein höchst sonderbarer Fall«, bemerkte Tiegelmann. »Weiter, Frau Smith, weiter.«

»Der Schloßherr war jedenfalls so eigensinnig gewesen, darin zu baden, und dann kam es eben, wie es kam. Er wurde von schrecklichen Leibschmerzen befallen, erzählte der Makler, und steckte Frau und Kinder und alle Leute im Schloß an, sogar den Gärtner, obwohl der in einem Häuschen im Park wohnt. ‚Dorthin fahre ich nicht!‘ rief ich. ‚Da verzichte ich lieber!‘ Aber André behauptete, wir könnten sehr wohl fahren und es aus der Ferne betrachten. So geschah es auch. Wir fuhren auf einem schmalen, elenden Weg, der wie ein Kuhsteig aussah.«

»Aha!« machte Tiegelmann. »Bis zum Schloß?«

»Ja, beinahe. Er faselte, daß gerade das vornehm und idyllisch sei. An den großen Landstraßen wimmle es von Schlössern, die kein Mensch haben wolle, behauptete er. Ein Schloß an der Landstraße sei nicht anzubringen, sagte er. Etwas Idyllischeres als ein Schloß an einem Kuhsteig gebe es nicht. In ein solches Schloß käme ich gar nicht hinein, ehe ich es gekauft habe, meinte er, als wir so im Auto dahinrumpelten. Und auf einmal hielt er an, deutete mit der Hand hin und erklärte, nun brauchten wir nicht mehr weiterzufahren, denn nun könnten wir das Schloß sehen.«

»Aha!« brummte der Detektiv.

»Ja, und ich muß zugeben, es war gerade das, was ich suchte. Es stand in einem Park, obwohl dieser so aus der Ferne eher wie eine gewöhnliche Waldlichtung aussah. Gerade die richtige Größe, und zwei nette Türmchen. Entzückend! Aber davon ließ ich zu André nichts verlauten, damit er nicht etwa den Preis hinauftriebe. Ich fragte bloß: ‚Das soll es sein?‘ fragte ich. ‚Mit dem kann man aber nicht viel Staat machen.‘ ‚Das meinen Sie!‘ gab er zurück. ‚Die Leute stehen Schlange darum.‘ Darauf ich: ‚Hier auf dem Kuhsteig jedenfalls nicht. Aber wir könnten ja ein wenig näher hinfahren, um es besser zu sehen‘, meinte ich. Auch das wollte er nicht wegen der Ansteckung, er erklärte, daß der Wind aus dieser Richtung wehe, und man könne nie vorsichtig genug sein. Jetzt hätte ich es immerhin gesehen, meinte er, und wenn ich sicher sein wolle, es zu bekommen, dann brauchte ich nur eine Anzahlung zu

geben, ich könne es aber auch bleiben lassen, denn morgen sei es bestimmt weg —
‚ich bin seit dreißig Jahren in der Branche‘, sagte er. Da schrieb ich einen Scheck
auf eine Million Francs aus. Ich glaubte nichts zu riskieren, ich besaß ja die Pläne.
Er gab mir eine Quittung und erklärte, den Rest könnten wir später in Ordnung
bringen, wenn ich das Schloß von innen besichtigt hätte, und wenn ich dann nicht
zufrieden sei, könne der Kauf ja rückgängig gemacht werden, sagte er.«

»Fahren Sie fort!« rief Tiegelmann.

»Ja, dann fuhr er fort, und ich versprach, ihn in Paris aufzusuchen, um den Kontrakt zu unterzeichnen. Am nächsten Tag wollte ich hinfahren und mir das Schloß
in aller Ruhe ansehen. Sie wissen ja, wie das ist — wenn man sich soeben ein Schlößchen gekauft hat, möchte man sich gerne daran freuen. So mietete ich mir also ein
Auto und fuhr hin. Aber es war nicht da!«

»Vielleicht war es ein anderer Weg? Ein anderer Kuhsteig?«

»Nein. Es war genau derselbe. Das Schloß war ganz einfach fort. Die Waldlichtung lag noch da, aber das Schloß war verschwunden. Das weiß ich, denn ich fuhr
weiter. Ich fuhr sogar am Schloß vorbei, ich meine an dem Platz, wo es tags zuvor
gestanden hatte. — Absolut leer!«

»Ein interessanter Fall!« murmelte Teffan Tiegelmann. »Weiter!«

»Da machte ich kehrt und gab Gas, daß ich dachte, das Auto würde auf dem wunderbaren Kuhsteig in seine Bestandteile auseinanderfallen. So schnell ich konnte,
fuhr ich nach Paris. Das Maklerbüro war fort!«

»Sehr möglich«, gab Tiegelmann zu.

Wieder klingelte das Telefon.

»Verzeihung«, bat Tiegelmann und hob ab. »Hallo! Tiegelmann! — Der Güter-
zugdieb? Ja, er stahl einen Zug, doch wir wissen, daß er irgendwo im Süden ist. —
Ja, er ist so um zehn Uhr herum mit einem ganzen Güterzug an Alvesta vorbeigekommen, so daß er kurz nach zwölf in Malmö sein dürfte. Ich lasse den Bahnhof
bewachen. Guten Tag.«

»Was soll ich nun tun?« fragte Frau Smith, die bereits ein abgrundtiefes Vertrauen in die Fähigkeiten des Privatdetektivs setzte.

»Reisen Sie sofort nach Petit-Ville zurück. Ich selbst komme morgen nach. Im
großen und ganzen ein interessanter Fall.«

4 *Ein Reisender in Servietten*

Die kleine Stadt Petit-Ville döste in der Mittagshitze. Alles war warm und friedlich.
Der Marktplatz lag verlassen da, die Geschäfte waren geschlossen, die Kaufleute
saßen zu Hause beim Essen. Die Sonne brannte herab, man sah kaum einen Menschen auf der Straße. Der einzige, den man erblickte, war Herr Lebrun, der Detektiv,
der ein verdächtiges Individuum in einer Seitengasse beschattete — aber das tat er
fast immer.

Vor dem Hotel Majestic schlief eine schwarze Katze im Schatten. Sogar das Hotel schien zu schlafen. Die Läden an den Fenstern des Eckzimmers im ersten Stock waren der Sonne wegen geschlossen.

Herr Piccard, der am Fuße der Treppe unter einer Palme in einem Korbstuhl saß, war in düstere Gedanken versunken. — Eine Tasche, das mag hingehen. Oder ein Mantel. Etwa ein Mantel mit Mottenlöchern aus einem der billigen Zimmer. Aber ein ganzes Schloß! Jeder erfahrene Hotelier weiß, welche Folgen das haben kann.

Der geplagte Wirt stützte den Kopf in die Hand und schloß die Augen.

Da hielt ein Taxi vor dem Hotel. Ihm entstieg eiligst ein kleingewachsener Mann mit scharfem Profil, schwarzem, von Pomade glänzendem Haar und einem zierlichen, nach oben gedrehten Schnurrbart, der ebenfalls von Pomade glänzte.

»Guten Tag. Gaspard mein Name. Zimmer ist bestellt. Frau Smith zu Hause? Sagen Sie ihr bitte, mein Herr, daß ich da bin.«

»Aber, mein Herr, sie nimmt gerade ein Bad«, antwortete Herr Piccard.

»Woher wissen Sie das?« war die blitzschnelle Frage des Fremden.

»Ich hörte vorhin, wie es in den Röhren rauschte, und um diese Zeit kann es nur Frau Smith einfallen, ein Bad zu nehmen. Ich hörte das Rauschen, mein Herr.«

»Dann lassen wir sie weiterrauschen«, gab Herr Gaspard zurück. »Ich habe Eile. Muß in einer Viertelstunde nach Paris fahren.«

Herrn Piccard kam plötzlich ein glänzender Gedanke. Mit strahlendem Lächeln schritt er auf den Zehenspitzen zu Herrn Gaspard hin und zischelte geheimnisvoll:

»Wäre es möglich? Sind Sie Herr Tiegelmann?«

Herr Gaspard musterte den strahlenden Hotelinhaber mit äußerster Wachsamkeit und knurrte ärgerlich:

»Da haben wir es! Ich hatte doch Frau Smith um Stillschweigen gebeten.«

»Nun, nun, Herr Tiegelmann, sie hat nichts verraten, ich versichere es Ihnen. Ich selbst habe ja vorgeschlagen, sie möge sich an Herrn Gaspard wenden — an Herrn Tiegelmann, meine ich — entschuldigen Sie, Herr Gaspard«, beteuerte der Hotelier mit lebhaften Handbewegungen.

»Hören Sie«, fauchte Tiegelmann-Gaspard und trat drohend einen Schritt näher. »Kein Wort über die Sache. Niemand darf wissen, daß ich hier bin.«

»Aber gewiß doch, mein Herr, gewiß doch!« rief Herr Piccard. Dann hob er einen Finger in die Luft und flüsterte: »Hören Sie! Jetzt ist sie mit dem Bad fertig. Hören Sie nur, mein Herr!«

T. Tiegelmann-Gaspard lauschte aufmerksam. Er hörte, wie es in einem Rohr plätscherte. Nicht das energische Rauschen, das beim Füllen einer Badewanne entsteht, sondern eben nur das sanfte Plätschern im Abflußrohr, wenn man fertig gebadet hat und sich den Rücken abtrocknet.

»Merken Sie sich«, sagte Tiegelmann, »daß ich Gaspard heiße!«

»Aber natürlich! Ein glänzender Name! Brillant, Herr Tiegelmann. Herr Gaspard, meine ich.«

»Ich bin von . . . sagen wir, von Marseille.«

»Ausgezeichnet, mein Herr!« jubelte der Hotelier. Es lag ihm sehr viel daran, daß diese ganze Schloßgeschichte in Ordnung kam. »Wunderbare Stadt! Sind Sie schon in Marseille gewesen?«

»Nein, niemals. Aber ich komme also von dort. Ich bin hier wegen . . . sagen wir, Servietten. Ich reise in Servietten. In Papierservietten.«

»Aber das ist ja großartig, mein Herr. Servietten aus Marseille! Eine brillante Idee, versichere ich Ihnen!« Herr Piccard rieb sich vor Entzücken die Hände.

»Rufen Sie Frau Smith an und melden Sie ihr, daß ich hier bin. Ich beginne sofort mit den Nachforschungen.«

Herr Piccard telefonierte zum Eckzimmer mit Balkon, seine Stimme klang äußerst geheimnisvoll:

»Verzeihung, meine Gnädigste, aber Herr Gaspard aus Marseille ist gekommen.« Und noch geheimnisvoller fügte er hinzu: »Aber merken Sie sich, es handelt sich um Servietten.«

»Was?« schrie Frau Smith. »Was soll ich mir merken? Servietten?«

»Genau, meine Gnädigste! Papierservietten.«

Nun wurde es auf der anderen Seite der Leitung ganz still. Man konnte ahnen, daß das Eckzimmer zweifelte, ob es den Hörer auflegen solle oder nicht. Endlich ließ es sich vernehmen: »Herr Piccard, ich habe soeben gebadet. Ich verstehe kein Wort von dem, was Sie sagen. Ich bin ganz naß.«

Da flüsterte der Hotelier so leise, daß er es selbst kaum hörte:

»Aber, gnädige Frau, er beginnt sofort mit den Nachforschungen!«

»Nachforschungen? Wonach denn? Hat er Servietten verloren?«

Das Eckzimmer wollte eben den Telefonhörer auflegen, da fiel der Sprecherin etwas ein. Sie schrie:

»Ist Herr Tiegelmann aus Stockholm da?«

»Keineswegs, gnädige Frau«, rief Herr Piccard erschrocken aus und schielte zu Herrn Gaspard hin. »Merken Sie sich: Gaspard. Marseille. Servietten.«

Mit dem Mann stimmt etwas nicht, dachte Frau Smith. Das kommt von der Hitze!

»Ha!« knurrte T. Tiegelmann-Gaspard und trommelte ungeduldig mit den Fingern auf dem Korbtischchen. »Ich habe Eile!« Er schrieb ein paar Worte auf einen Zettel. »Geben Sie das Frau Smith«, bat er.

Soeben kam Herrn Piccards kleine Tochter Marie vorbei. Sie mochte ungefähr zehn Jahre alt sein, hatte ein rosa Kleidchen, bloße Beine und lockiges, schwarzes Haar.

»Ach so!« rief Herr Piccard. »Du bist es. Na, dann lauf nur schnell mit diesem Briefchen zu Frau Smith ins Eckzimmer im ersten Stock hinauf.«

Die kleine Marie Piccard nahm den Zettel. Sie blickte von ihrem Vater zu dem Fremden.

»Aber rasch, meine Kleine, rasch!« drängte ihr Vater.

Mariechen eilte davon. Sobald sie aber die Treppe hinaufgekommen war, blieb sie stehen und las:

ERBITTE SOFORTIGE UNTERREDUNG. BETRIFFT SCHLOSS-
NACHFORSCHUNGEN.

T-F TGLMN

»So lauf doch, Kleine, schnell!« rief ihr Vater, der keine Schritte mehr auf der Treppe hörte.

Frau Smith ruhte sich eben nach dem Bade aus. Die Läden waren geschlossen, es herrschte Halbdunkel im Zimmer. Alles war ruhig, warm und friedlich.

»Wer ist da?« rief sie, als es an der Tür klopfte.

»Ich bin es, gnädige Frau«, antwortete Marie von draußen.

»Und was willst du, meine kleine Freundin?« fragte Frau Smith. »Ich habe mich hingelegt und möchte in Ruhe gelassen werden«, fügte sie hinzu.

»Es ist ein Brief für Sie da«, entgegnete Marie eifrig. »Hier kommt er!« Mariechen wußte, wie man so etwas macht — sie schob das Papier in den Spalt unter der Türe.

Gut, daß er gekommen ist, dachte Frau Smith, nachdem sie gelesen hatte. Ihr Vertrauen zu Privatdetektiven war gewachsen. Die behaupten nicht, daß es ein Ding der Unmöglichkeit sei, wenn Schlösser verschwinden. Großartige Leute. Dagegen fand sie, daß Hotelwirte im großen und ganzen eine weit überschätzte Berufsklasse seien.

Sie kleidete sich an und eilte hinunter. In der Halle schritt ein kleiner, dunkler Mann mit Schnurrbart auf dem roten Teppich auf und ab. Den Privatdetektiv Teffan Tiegelmann aus Stockholm konnte sie nirgends entdecken.

»Guten Tag, meine Gnädige, guten Tag!« grüßte der fremde Mann, als er sie erblickte. »Setzen Sie sich einen Augenblick«, fuhr er fort, indem er auf einen der Korbstühle unter den Palmen zeigte.

Frau Smith aus Chicago blickte den fremden Mann verdutzt an. So etwas war ihr noch nie vorgekommen. Sie begann empört durch die Nase zu atmen. So etwas wäre zu Hause in Amerika undenkbar.

»Setzen Sie sich, damit wir alles besprechen können«, bat der Fremde wieder. Nun bemerkte sie auch noch sein höchst unsympathisches dunkles Schnurrbärtchen, ein geradezu widerliches kleines Ding.

»Ich reise in einigen Minuten nach Paris«, fuhr der Schnurrbart mit größter Unverfrorenheit fort. »Sie kommen jetzt nicht mit, aber ich werde bald wieder hier sein, und dann nehme ich Sie mit. Halten Sie sich bereit. Packen Sie eine Reisetasche.«

Frau Smith holte mit sichtlicher Anstrengung Atem. Dann rief sie mit einer Stimme, die auf eine beträchtliche Anzahl Aktien hindeutete:

»Herr Piccard!«

Der Hotelier kam aus seinem Kontor herausgestürzt.

»Gibt es hier in dieser Stadt keine Polizei?« schrie Frau Smith.

»Auf keinen Fall, gnädige Frau! Nur nicht die Polizei!« wehrte Herr Piccard mit eifrigen Handbewegungen ab.

»Er soll sofort verschwinden!« Frau Smith zeigte erregt auf den Schnurrbart. »Und wo ist Herr Tiegelmann? Nehmen Sie Ihre Hand hinunter!«

Ehe sie noch mehr äußern konnte, wurde sie mit einem raschen Griff von rückwärts ins Kontor geschoben. Wieder war es dieser fremde Mann, und es ging so schnell, daß sie gar nicht zur Besinnung kam, bevor er zischte:

»Pscht! Niemand darf wissen, daß ich hier bin. Ich heiße Gaspard. Reise jetzt nach Paris. In Servietten. Merken Sie sich: Gaspard. In Servietten. Geben Sie mir die Adresse von dem verschwundenen Realitätenbüro!«

Frau Smith sank in einen Stuhl und stöhnte:

»Rue Manasse 100.«

»Gut«, sagte T. Tiegelmann-Gaspard. Er öffnete die Tür zur Halle und fuhr mit lauter Stimme fort:

»Tausend Dutzend also, erste Qualität. Danke. Ist bereits notiert. Wir liefern die Servietten frei Bahnstation. Guten Tag.«

Damit stürzte er hinaus auf den Marktplatz, wo das Taxi wartete.

Die Aktentasche in der Hand, warf Tiegelmann-Gaspard sich ins Auto und befahl dem Fahrer, von dem man nur Kappe und Zigarette sah:

»Paris!«

»Gewiß, mein Herr, das weiß ich. Die Fahrt nach Paris ist ja bestellt — aber welche Adresse?«

Ein erfahrener Privatdetektiv verrät nichts. Er könnte, wenn er in seinen Nachforschungen unterwegs ist, gleichzeitig selbst beschattet werden. Wie leicht könnte ein Taxi-Chauffeur mit einem Schloßschwindler zusammenarbeiten!

»Die Adresse, mein Herr?«

»Zum Eiffelturm!«

»Zum Eiffelturm! Gut!« Der Fahrer ließ den Motor an. »Ja, den müssen alle Touristen sehen. Die Aussicht ist hervorragend, ganz einfach hervorragend, mein Herr.«

»Habe nie davon gehört«, entgegnete Tiegelmann, der nicht das Geringste verraten wollte. »Ich bin kein Tourist. Sehen Sie zu, daß wir dort sind, ehe der Turm geschlossen wird. Ehe die Büros geschlossen werden, meine ich. Es handelt sich um Servietten.«

»Aha!« sagte der Chauffeur.

Felder, Wiesen, Häuser, Radfahrer und Hecken tauchten auf und verschwanden. Die Landschaft brauste, kurz gesagt, vorbei. Der Motor brummte, die Reifen sangen auf dem Asphalt.

»Aber, mein Herr«, begann der Fahrer nach einer Weile, »der Eiffelturm . . . dort gibt es doch keine Serviettengeschäfte?«

»Im Gegenteil!« sagte Tiegelmann-Gaspard wachsam. Es war deutlich, daß der Mann ihn ausholen wollte. »Der Eiffelturm ist das Zentrum der gesamten französischen Serviettenindustrie. Fahren Sie los!«

Der Mann fuhr drauflos, so daß noch mehr Felder, Wiesen, Häuser, Radfahrer — kurz gesagt, daß noch mehr Landschaft vorbeisauste.

Als man endlich beim Eiffelturm angelangt war, sprang Tiegelmann aus dem Auto, bezahlte und gab ein Päckchen Servietten als Trinkgeld. Die Servietten hatte er im Speisesaal des Hotels Majestic entliehen.

Sobald der Taximann im brausenden Pariser Verkehr untergetaucht war, warf Tiegelmann sich in ein anderes Taxi und fuhr in die Rue Manasse.

Das war eine ganz gewöhnliche Gasse. Sie machte den Eindruck, als sei sie eine der allergewöhnlichsten Gassen von Paris. Da gab es Miethäuser mit kleinen Läden im Erdgeschoß, eine schwarzgekleidete, alte Frau mit einem Laib Brot unter dem Arm ging eben von einer Seite auf die andere, und da war ein kleines Straßenrestaurant, wo zwei ältere Pariser saßen und Domino spielten. Außerdem schlief dort eine schwarze Katze. Die Rue Manasse war eine ungewöhnlich gewöhnliche Gasse.

Tiegelmann-Gaspard stellte sich hin und besah sich das Haus, in dem es Direktor Andrés Realitätenbüro nicht gab. Keine Tafel am Eingang, kein Anschlag in irgendeinem der Fenster, gar nichts.

Der Hauswart fegte den Gehsteig mit einem Besen.

»Entschuldigen Sie, mein Herr. Guten Tag«, redete Tiegelmann ihn an. »Gibt es hier in diesem Haus nicht zufällig ein freies Lokal? Vielleicht einen kleineren Büroraum?«

»Doch, zufälligerweise. Sie haben Glück, mein Herr. Wir haben einen vorzüglichen kleinen Büroraum frei.«

»Wirklich?«

»Ja. Möbliert.«

»Dürfte ich ihn ansehen?«

»Aber natürlich. Nichts einfacher als das.«

»Und wer hatte ihn früher gemietet?« fragte Tiegelmann-Gaspard so nebenbei.

»Ein Realitätenbüro, aber das ist nach ein paar Tagen hopsgegangen.«

»Aha! Tatsächlich?«

»Ja, leider. Aber was wollen Sie, die Zeiten sind schlecht.«

»Nur allzu wahr! Und wissen Sie, wo er hinzog?«

»Wer?«

»Der Mann, dem das Realitätenbüro gehörte?«

»Ach der! Nein, das weiß ich nicht, mein Herr. Der ist wohl bloß zugrunde gegangen, ich glaube nicht, daß er übersiedelt ist.«

Der Mann schloß eine Tür auf, und sie gingen hinein.

»Ein ganz behaglicher Raum, nicht? Als Kontor?«

Dafür, daß er behaglich sein sollte, war dieser Raum so unbehaglich, wie man sich nur denken konnte. Verstaubt und dunkel.

»Praktisch möbliert!« pries der Portier an.

Die praktische Möblierung bestand aus einem alten, ungemütlichen Schreibtisch und einigen Stühlen.

Tiegelmann blickte sich mit äußerster Wachsamkeit um.

»Besonders hell ist es ja vielleicht nicht«, bemerkte der Mann.

»Nein. Und außerdem ist es ganz finster«, entgegnete Tiegelmann-Gaspard. Er guckte in den Papierkorb — leer!

»Möglicherweise handelt es sich bei Ihnen auch um Gebäudegeschäfte?« forschte der Hauswart.

»Servietten!« antwortete Tiegelmann und zog ein ganzes Paket aus der Aktentasche. »Marseille-Servietten! — Darf ich mir den Schreibtisch näher ansehen?«

Er zog eine Lade heraus. Sie war leer. In der nächsten lagen ein Bleistiftstümpfchen, eine leere Zigarettenschachtel und ein Zündholz. In der dritten befanden sich einige staubige Kleinigkeiten. Aber in der letzten Lade lag ein benütztes Löschpapier.

»Da — sehen Sie nur! Ein Flugzeug!« rief Tiegelmann, zum Fenster zeigend. Der Portier guckte, und mit einer der blitzschnellen Bewegungen, die sofort den erfahrenen Privatdetektiv verraten, ließ Tiegelmann das Löschpapier in die Tasche gleiten.

Der Hausmeister konnte kein Flugzeug sehen. Er wandte den Kopf und blickte forschend auf Tiegelmann, der rasch auf die Tür zuschritt.

»Nein, dieses Lokal paßt nicht. Zu dunkel. Servietten brauchen viel Licht. Massenhaft Licht«, erklärte Tiegelmann.

Als sie wieder zum Haustor hinunterkamen, überreichte er dem Mann eine Papierserviette.

»Nehmen Sie eine zur Probe«, sagte er. »Und vielen Dank für die Bemühung.«

Der Mann stand mit der Serviette in der Hand da und blickte Tiegelmann mißtrauisch nach, der hastig davonschritt. Schon wollte er die Serviette in den Rinn-
stein werfen, als ihm einfiel, daß es heute mittag Kaninchenbraten mit Knoblauch
gab. Er zuckte die Achseln, steckte die Marseille-Serviette in die Tasche und fuhr
fort, den Gehsteig zu fegen.

Tiegelmann-Gaspard eilte in das nächste Spiegelgeschäft.
»Guten Tag«, grüßte er, »ich möchte mir einen Spiegel ansehen.«
»Und welche Sorte, mein Herr?«
»Spielt keine Rolle. Irgendeinen Spiegel.«
»Aber ... es gibt so viele verschiedene ...«
»Tja, dann nehmen Sie eben einen Badezimmerspiegel. Oder einen Taschen-
spiegel. Irgendeinen. Ich habe es ein bißchen eilig.«
Der Mann brummte etwas in seinen Bart und reichte mit einem Achselzucken
den nächstbesten Spiegel hin. Es traf sich, daß er gerade die richtige Größe hatte.
»Ausgezeichnet! Gutes Modell«, lobte Tiegelmann. Er blickte sich um. »Aber
ich möchte mir doch gerne den ansehen, der dort drüben hängt.« Er deutete auf
einen Spiegel, der ganz oben an der Wand, beinahe unter der Decke, hing. Es war
ein großes, schweres Ding, ein Vorzimmerspiegel, in dem die Gäste sich beschauen
können, ehe sie hineingehen, um die Gastgeber zu begrüßen.
Der Verkäufer zuckte uninteressiert die Achseln.
»Es braucht ein bißchen Zeit, den herunterzubekommen«, meinte er.
»Ausgezeichnet!« sagte T. Tiegelmann.
Der Mann holte eine Leiter. Rasch zog Tiegelmann das Löschpapier aus dem
Maklerbüro aus der Tasche. Er hielt es vor den Spiegel auf dem Pult. Erst mußte er
eine Menge gleichgültiger Worte und Sätze entziffern, aber dann fand er, wonach er
suchte. Er las: Rue Bonbon Nr. 30.
T. Tiegelmann-Gaspard notierte sich rasch diese Spiegeladresse, steckte das Lösch-
papier wieder in die Tasche und rief dem Mann oben auf der Leiter zu:
»Brauche gar keinen, wenn ich es mir genauer überlege.«
»Was?!«
»Wozu braucht man schon Spiegel! Man sollte erst die verbrauchen, die man hat
Guten Tag.«
Tiegelmann-Gaspard warf sich in ein vorbeifahrendes Taxi und fuhr in die Rue
Bonbon.
Ha! dachte er und trommelte mit den Fingern gegen die Scheibe. Die alte Ge-
schichte mit dem Löschpapier. Wann werden denn diese Burschen endlich einmal
lernen, vorsichtig zu sein! Lächerlich ist es obendrein. Mitten in Paris und alles
miteinander. Sollte es am Ende zum erstenmal sein, daß sie löschen? Ha!
Der Pariser Verkehr brauste dahin. Er brauste großartig. In der Ferne zeichnete
sich der Eiffelturm gegen den blauen Pariser Himmel ab. Diesen Turm habe ich schon
einmal irgendwo gesehen, dachte Tiegelmann. Diesen hohen Eisenturm dort. Hatte
sicher irgend etwas dort zu tun ... Richtig, die Servietten! Falls man beschattet
würde. Schöner Turm jedenfalls. Hoch und ordentlich gebaut, grübelte er gähnend.
Die vorbereitenden Untersuchungen pflegten ihn immer zu ermüden. Wie oft hatte
er schon in Stockholm, London oder in der arabischen Wüste gähnen müssen!
In der arabischen Wüste wohnte ein Freund von ihm — Omar. Der hatte auch
schon lange nichts von sich hören lassen. Schön wäre es, wenn man ihn hier hätte.

Angenommen, man sähe sich plötzlich von einer ganzen Verbrecherbande umgeben? Oder auch nur von einer halben? Wie angenehm, dann einen schweigsamen, arabischen Reservedetektiv zur Seite zu haben!

Muß ihn doch heute abend noch anrufen, dachte Tiegelmann. Da hielt das Auto an. T. Tiegelmann stieg aus. Die vorbereitenden Nachforschungen schienen dieses Mal besonders einförmig zu werden.

Er blickte sich um. Dann runzelte er die Brauen und sah sich noch einmal um. War er in der Rue Bonbon, oder war er wieder in die Rue Manasse zurückgekommen? Dieselben Miethäuser mit den kleinen Verkaufsläden im Erdgeschoß, die gleichen Menschen, genau das gleiche kleine Straßenrestaurant an der Ecke und dieselbe Katze in einem Haustor. Tiegelmann erblaßte. Er glaubte zuerst, man habe ihn auf irgendeine Art überlistet und faßte nach der Dienstpistole in seiner Tasche.

Dann entdeckte er gewisse kleine Verschiedenheiten. Die schwarzgekleidete alte Frau, die über die Gasse schlurfte, war hier braun angezogen, und das Brot, das sie unter dem Arm trug, waren zwei Brote. Die beiden Domino spielenden Pariser waren vier. Die schwarze Katze war grau gestreift. Es erschien ihm als eine ausgemachte Verschwendung, daß es in ein und derselben Stadt zwei einander so ähnliche Gassen gab.

In der Rue Manasse hatte Tiegelmann nicht erwartet, ein Maklerbüro zu finden. Kein erfahrener Privatdetektiv würde in jener Gasse ein derartiges Büro erwarten, nachdem Frau Smith um ihre Anzahlung geprellt worden war. Also hatte er dort nicht besonders vorsichtig zu sein brauchen. Hier jedoch, in der Rue Bonbon, war es etwas ganz anderes. Hier konnte man auf alle Arten von Realitätenbüros gefaßt sein. T. Tiegelmann-Gaspard wußte, daß nun die allgemeinen Nachforschungen zu Ende waren, und vergewisserte sich noch einmal, daß er seine geladene Dienstpistole in der Tasche hatte.

Ein Gemüsehändler kam eben mit seinem Karren daher und blieb ausgerechnet vor dem Hause Nr. 30 stehen. Der Karren war mit einem ganzen Berg gesunden Gemüses beladen. Tiegelmann stellte sich dahinter und musterte das Haus. Vorsichtig reckte er seinen Kopf über die Gurken, Melonen und Tomaten.

»Schöne Tomaten heute, der Herr?« fragte der Gemüsehändler, der eine Tüte bereithielt.

Nun entdeckte Tiegelmann in einem Fenster des ersten Stockwerks ein Schild.

»Heute sind sie billig«, fuhr der Grünzeugmann fort.

Tiegelmann versuchte ungeduldig zu lesen, was auf dem Schild stand.

»Sehen Sie nur, mein Herr«, redete der Händler weiter und hielt Tiegelmann eine Handvoll Tomaten unter die Nase. »Sie sind ungewöhnlich schön und billig heute.«

»Ja, ja«, antwortete Tiegelmann zerstreut. »Sie sehen sehr billig aus. Ungewöhnlich!«

»Realitätenbüro FERM«, las er. Darunter stand etwas in kleineren Buchstaben, die schwer zu entziffern waren.

Der Gemüsemann sah zu seinem Entsetzen, wie der sonderbare Herr ein großes Fernglas aus einer Innentasche zog, sich neben das Gemüse hinkauerte und das Glas auf ein unbekanntes Ziel richtete.

Es ist nun aber so, daß Pariser Gemüsehändler es nicht leiden können, wenn man hinter ihrem Gemüse durchs Fernglas guckt. Aus irgendeinem Grunde mögen sie es nicht, daß man ihre Ware als Versteck benützt. Mit Ferngläsern und derartigem Zeug. Und noch dazu gratis.

»Wieviel?!« Er raschelte drohend mit dem Papiersack.

»Eine«, meinte Tiegelmann, nur um seine Ruhe zu haben.

Mit einer geschmeidigen Bewegung schob der Mann eine besonders große Melone in den Sack und bekam sein Geld. Dann raschelte er mit einer zweiten Tüte und begann von Gurken zu faseln.

Dieses ewige Geschwätz über Gemüse, ärgerte Tiegelmann sich im stillen. Er hatte nun das Fernglas eingestellt und sah mit erschreckender Deutlichkeit, was auf dem Schild im Fenster stand:

REALITÄTENBÜRO *FERM*
SPEZIALITÄT: BLITZKONTRAKTE FÜR REISENDE
ANERKANNT SCHNELLSTES BÜRO DER BRANCHE

Jetzt glaubte er jemanden hinter der Scheibe zu erblicken und sah besonders scharf hin. Jemand war ans Fenster getreten — eine ältere, rothaarige Dame. Sie blickte auf die Gasse hinunter.

»Darf es heute nicht eine schöne Melone sein, der Herr?« begann nun wieder der Gemüsehändler.

»Geben Sie also eine her, aber dann halten wir den Mund. Für heute ist genug über Gemüse geschwätzt worden«, bedeutete Tiegelmann ihm mit fester Stimme.

Der Mensch legte eine kleine Tomate in die Tüte und war durchtrieben genug, sich für eine Melone bezahlen zu lassen. Dann schob er seinen Karren ein Stück weiter die Gasse hinab, wo ein größerer Mangel an Gemüse herrschen mochte.

Privatdetektiv T. Tiegelmann merkte nicht, daß der Karren fortrollte. Er stand nun einsam mitten auf der Gasse und guckte durch das Fernglas, und das sah sehr eigentümlich aus. Eine Szene, die sich nicht oft in einer Pariser Gasse ereignet. Auch in den Gassen anderer Städte kommt es nicht häufig vor. Die Dame mit dem roten Haar war daher sehr erstaunt, einen Mann zu erblicken, der in höchster Spannung vorgebeugt unten auf der Gasse stand und den Feldstecher genau auf sie richtete.

Jeder, der einmal ans Fenster trat und unvermutet einen fremden Feldstecher auf sich gerichtet fand, weiß, wie sehr einen das verblüfft. Es wird einem unbehaglich zumute, und man fragt sich, was das bedeuten möge. Gilt es dem Fenster, das schon längst geputzt werden sollte? Oder ist das ganze Unternehmen entlarvt?

T. Tiegelmann-Gaspard ahnte noch nicht, daß er mutterseelenallein, zwei Papiersäcke voll Gemüse neben sich, in der Rue Bonbon stand. Er wußte auch nicht, daß er von dem Realitätenbüro entdeckt worden war — er glaubte sich noch immer hinter einem Berg gesunden Grünzeugs verborgen. Er bemerkte, daß die rothaarige Realitätendame sich vom Fenster zurückzog und mit einer anderen Person im Zimmer sprach. Da ließ er den Feldstecher sinken.

Was dann geschah, vollzog sich mit großer Geschwindigkeit.

Tiegelmann war sehr erstaunt, sich nicht mehr hinter dem Gemüsewagen versteckt zu finden. Er nahm seine beiden Tüten auf und wollte gerade weggehen, als ein Paar kleiner, heimtückischer, wohlgebügelter, dunkelblauer Cheviothosen durch das Tor herausspazierte. Ein Gesicht konnte er wegen des dichten Volksgewimmels nicht sehen. Dafür aber die Schuhe. Sie waren klein und spitz und hatten ein ebenso heimtückisches Aussehen wie die Cheviothosen.

Privatdetektiv Teffan Tiegelmann stand wie versteinert.

»Immer wieder . . .« murmelte er und fuhr mit der Hand in die Tasche. »Immer wieder dieser Wiesel.«

In diesem Augenblick fegte ein staubiger Windstoß durch die Rue Bonbon. Ein Blumenkohlblatt flatterte auf dem Boden, ein Mann griff nach seinem Hut, erinnerte sich aber, daß er ihn zu Hause gelassen hatte, ein Fenster knallte zu — und T. Tiegelmann-Gaspards gewichster, schwarzer Schnurrbart wurde vom Wind losgerissen und verschwand in Paris. Der Privatdetektiv hatte weder einen Reserveschnurr- noch -vollbart bei sich, und der Mann im Cheviotanzug näherte sich mit kleinen, argwöhnischen, spitzen Schritten, um nachzusehen, was der Feldstecher vorhatte.

Jeder erfahrene Privatdetektiv kann sich vorstellen, was es bedeutet, plötzlich ohne französischen Schnurrbart, ohne die geringste Verkleidung, mitten in einer Gasse im Herzen von Paris zu stehen, in der Hand nichts als ein paar Papiersäcke mit Gemüse, und in der Aktentasche einige unbedeutende Papierservietten. Sogar ein unerfahrener Privatdetektiv sieht ein, was das bedeutet.

Herr Wiesel pflegte sich für gewöhnlich außerordentlich schnell zu bewegen, und beim Anblick eines wohlbekannten Privatdetektivs würde er sofort verschwinden. Mit ihm das Realitätenbüro, samt seinen Blitzkontrakten. In einem Augenblick wäre alles wie von der französischen Erde verschlungen. Und alle ermüdenden Voruntersuchungen müßten von neuem begonnen werden.

Es ging um Sekunden. Die spitzen Schuhe näherten sich unerbittlich, sie bahnten sich ihren Weg zwischen den anderen Schuhen auf dem Gehsteig. Eine solche Situation erfordert die größte Geistesgegenwart, das weiß jeder, dem einmal in der Rue Bonbon vom Wind der Schnurrbart entführt wurde.

Tiegelmann leerte rasch den einen Papiersack aus, warf die Tomate einem eben vorbeigehenden hungrigen Vegetarier zu, riß mit Blitzesschnelle zwei Gucklöcher in das Papier und stülpte sich den Sack über den Kopf. Dann machte er sich auf die Beine.

Er lief und stolperte und sprang. Die Leute wichen erschrocken zur Seite, als sie den Mann mit dem weißen Kopf davonrennen sahen. Ein paar Kinder begannen zu schreien, sie hatten einen Onkel, der zu Weihnachten dasselbe gemacht hatte, und damals hatten sie auch geschrien. Jetzt meinten sie, er sei wieder da.

Der Mann mit dem weißen Kopf bog um eine Straßenecke und war verschwunden.

Herr Rodolphe speist zu Abend 6

In seinem Zimmer im Hotel Majestic, Petit-Ville, stand Herr Gaspard aus Marseille und wählte unter einer Anzahl von Voll- und Schnurrbärten. Diese leichten französischen Schnurrbärte sind in vieler Hinsicht gut. Sie sehen vor allem verwirrend französisch aus, aber sie haben den Fehler, daß sie einem kräftigen Windstoß nicht standhalten.

Herr Gaspard entschied sich für einen Vollbart, ein dunkles, leicht angegrautes Ding, das so aussah, als könne es allem möglichen standhalten. Er band sich diesen Reservebart vor dem Spiegel um und beschloß, sich Rodolphe zu nennen. Herr Rodolphe aus Cherbourg zum Beispiel. Reisender ... ja, worin reist man denn eigentlich in Cherbourg? Sardinen? Sonst gibt es sicher nur noch Ozeandampfer dort. Oder vielleicht arbeitet man für ein Reisebüro, wenn man in Cherbourg wohnt? Doch was hat man dann in Petit-Ville zu tun? Man kann doch nicht in Reisen reisen. Da sind Sardinen beinahe gesünder.

Herr Tiegelmann-Rodolphe begab sich in die Küche und sprach den erstbesten Mann in weißer Mütze an:

»Guten Tag. Kann ich hier ein paar Schachteln Sardinen bekommen?«

Die weiße Mütze blickte auf und sah inmitten des Küchendunstes einen Mann mit Vollbart stehen.

»Wie meinten Sie, mein Herr? Sardinen?«

»Ja. Mein Name ist Rodolphe. Rodolphe aus Cherbourg. Könnte ich hier ein paar Schachteln bekommen? Öl und Tomaten gemischt. Schreiben Sie es auf meine Rechnung. Rodolphe ist mein Name.«

Der Herr aus Cherbourg hielt seine offene Aktentasche hin.

Die weiße Mütze öffnete einen Schrank, nahm zwei Büchsen Sardinen mit Öl und zwei mit Tomaten heraus und ließ sie in die Aktentasche des Vollbarts fallen.

Herr Rodolphe überreichte dem Koch eine Tüte mit den Worten:

»Hier ist eine Pariser Melone. Sehen Sie zu, daß sie abends an meinem Tisch serviert wird. Und dann habe ich noch eine Tomate ... nein, richtig, die habe ich nicht. Guten Tag.«

Hierauf schritt Herr Rodolphe aus Cherbourg geradewegs in Herrn Piccards Kontor.

»Herr Piccard, bitte wollen Sie dafür sorgen, daß dieses Telegramm sofort aufgegeben wird«, ersuchte er den Hotelmann und überreichte ihm ein Stück Papier. »Es ist ein Telegramm in die arabische Wüste, äußerst wichtig.« Die Depesche war an Herrn Omar, einen guten Freund Tiegelmanns, gerichtet. Tiegelmann bat den überaus klugen und gefälligen Orientalen, ihm bei wichtigen Schloß-Nachforschungen zu helfen.

»Und wie ist Ihr Name, mein Herr? Auf wessen Rechnung geht es?« fragte Herr Piccard, der sich vergeblich dieses Barts zu entsinnen suchte. Er konnte sich nicht erinnern, unter seinen Gästen einen Mann mit Vollbart zu beherbergen.

Tiegelmann-Rodolphe gab mit leiser Stimme zurück:

»Rodolphe, Herr Piccard, Rodolphe. Nicht Gaspard. Aus Cherbourg. Nicht Marseille. In Sardinen. Nicht Servietten. Sardinen. In Öl oder Tomaten, aber sonst dieselbe Qualität.«

»Oh! Aber das ist ja glänzend, mein Herr! Sardinen — welche Idee! Und Rodolphe aus Cherbourg — ich versichere Ihnen, das ist großartig!«

»Ich gehe nun zum Essen hinein. Vergessen Sie das Telegramm nicht.«

Herr Rodolphe wandelte in den Speisesaal. Niemand hatte diesen Herrn zuvor gesehen. Nicht einmal Frau Smith konnte sich erinnern, diesen Vollbart je gesehen zu haben. Sie nahm rasch einen Schluck Eiswasser, das besser hätte sein können. — Ein neuer Gast offenbar.

Der Herr mit dem auffallenden Vollbart setzte sich an einen Ecktisch — denselben, an dem vordem Herr Gaspard gesessen hatte — und stützte den Kopf in die Hand.

Er müßte nun rasche und gefahrvolle Beschlüsse fassen. Wäre doch nur Herr Omar hier! Hätte schon früher telegrafieren müssen, dachte Tiegelmann-Rodolphe. Es kann einige Tage dauern, bis er kommt. Aber wer konnte wissen, daß man es wieder mit Wiesel zu tun hat.

Das Maklerbüro FERM konnte in jedem Augenblick den Ort wechseln. Es war ja auf Geschwindigkeit spezialisiert. Es veränderte sich vielleicht gerade jetzt. Am sichersten wäre es gewesen, zu bleiben und die Bewegungen des Büros zu beschatten. Aber das ist nicht leicht, wenn man dabei von Willi Wiesel erkannt wird, sich mit einer Melone abschleppen muß und einen weißen Papiersack über dem Kopf hat.

Möglich, daß der Name Willi Wiesel in Petit-Ville noch unbekannt ist. Daß er zufällig diese Stadt links liegen ließ. Ansonsten dürfte dieser gewiegte Verbrecher so ziemlich in den meisten Städten samt Umgebung ein Begriff sein, obwohl nur verschwindend wenige Menschen ihn je zu Gesicht bekamen. Es ist praktisch genommen unmöglich, ihn dingfest zu machen. Aus den geschicktesten Fallen windet er sich heraus. Der glatteste und gefährlichste Verbrecher, den es gibt. Teffan Tiegelmann aus Stockholm ist der einzige, dem es je glückte, ihn zu fangen.

Ha! dachte Tiegelmann-Rodolphe an seinem Ecktisch. Immer dieser Wiesel! Und wieder machte er sich Vorwürfe, nicht schon längst an Herrn Omar telegrafiert zu haben. Ein schweigsamer Reservedetektiv mit orientalischer Geschmeidigkeit, ein Gehilfe, erfahren in einfachen wie schwierigen Schloß-Nachforschungen — eines solchen Mannes bedurfte man, wenn man es mit Wiesel zu tun hatte.

»Hallo Sie!« rief er den Kellner, der eben eine kleine Vorspeise auf seinen Tisch stellte, ein paar kleine Fische mit ein paar Salatblättern. »Was soll das sein?«

»Selbstverständlich doch Sardinen, mein Herr.«

»Das sehe ich«, sagte Herr Rodolphe, der Spezialist. »Aber in Tomaten? Warum nicht in Öl?«

»Die Sardinen in Öl sind leider gerade ausgegangen, mein Herr.«

»Ach so! Hätte ich mir denken können«, bemerkte Herr Rodolphe, und der Kellner sah zu seiner Verblüffung, wie der Vollbart aus seiner Aktentasche eine Sardinenbüchse herausnahm, die er flink aufmachte. Es waren Sardinen in Öl!

»Es geht nicht nur um den Geschmack«, fuhr der Sardinenspezialist fort, »denken Sie immer daran, daß die Fische selbst ebenfalls —«

Hier wurde Herr Rodolphe von einer kleinen blauen Uniform unterbrochen, die zwischen den Tischen umherging und fragte: »Herr Rodolphe? Herr Rodolphe?« und gerade am Ecktischchen angelangt war.

»Herr Rodolphe?«

»Telefon?« fragte Herr Rodolphe zurück.

»Nein, mein Herr«, antwortete die kleine blaue Uniform. »Es ist ein Herr draußen, der Herrn Rodolphe sucht.«

»Und wer ist das?« fragte Tiegelmann-Rodolphe, indessen er weiter Sardinen (in Öl) und Salatblätter kaute.

»Ein Herr Omar, mein Herr.«

An dem Ecktisch wurde es still. Tiegelmann legte die Gabel hin. Man hörte nur das leichte Brausen, das immer einen Speisesaal erfüllt, in dem viele Menschen gleichzeitig Sardinen und Salat essen.

»Wer?« stieß Tiegelmann-Rodolphe mit so scharfer Stimme hervor, daß die kleine blaue Uniform zusammenzuckte. Es klang wie ein Pistolenschuß.

»Herr Omar aus Arabien, mein Herr.«

Es wurde totenstill am Tisch. Nur das allgemeine Sardinenbrausen war zu hören.

»Wo ist er?« fragte Tiegelmann, nachdem er sich ein wenig gefaßt hatte.

»Er sitzt unter den Palmen«, antwortete die kleine blaue Uniform und verschwand.

Tiegelmann genehmigte sich einen Schluck stärkenden Landweines und erhob sich.

Unter einer der Palmen in der Empfangshalle saß ein großer, dunkler Mann, ein Reisender aus der arabischen Wüste. Seine Augen waren schwarz und unergründlich wie die arabische Nacht.

Ein anderer Reisender, Herr Rodolphe aus Cherbourg, kam soeben mit der Serviette in der Hand aus dem Speisesaal gestürzt. An der Tür blieb er stehen und wischte sich ein bißchen gutes Öl aus dem Bart, während er sich umblickte. Dann lief er mit ausgestreckter Hand auf den dunkelhäutigen Fremdling zu.

»Guten Tag! Herzlich willkommen! Guten Tag!«

Der Mann aus der arabischen Wüste erhob sich, ohne eine Miene zu verziehen.

»Meiner geringen Meinung nach dürfte es sich um einen Irrtum handeln. Jedoch erlaube ich mir, Ihnen zu versichern, daß das Vergnügen ausschließlich auf meiner Seite gewesen wäre, wenn wir einander schon einmal begegnet sein sollten. Ich habe die Ehre, Ihnen einen guten Abend zu wünschen.« Herr Omar verbeugte sich und nahm wieder Platz. Man glaubte förmlich zu hören, wie der Wüstenwind in den Hotelpalmen raschelte.

»Herr Omar!« zischelte Tiegelmann-Rodolphe, hastig den Bart lüftend. »Ich bin es! Aber kein Wort! Ich nenne mich Rodolphe. In Sardinen. Aus Cherbourg.«

Omar erhob sich aufs neue, ohne eine Miene zu verziehen.

»Herr Rodolphe!« murmelte er und grüßte mit unterdrückter arabischer Herzlichkeit.

»Kommen Sie mit herein, wir essen zusammen eine Sardine«, forderte Herr Rodolphe ihn auf. Beide schritten in den Speisesaal.

Der Tiegelmann-Rodolphesche Tisch stand glücklicherweise ein wenig im Verborgenen. Man konnte ziemlich ungestört plaudern. T. Tiegelmann senkte die Stimme und sprach mit äußerster Wachsamkeit.

»Herr Omar«, begann er, »wie ist das möglich? Ich habe Ihnen erst vor einer knappen Stunde telegrafiert!« Er musterte sein Gegenüber scharf.

»Ich hegte schon lange die Hoffnung, einmal das unverdiente Vergnügen zu genießen, meinen Urlaub in Frankreich zu verbringen. Also nahm ich mir die Freiheit und setzte mich mit Ihrem Büro in Stockholm telefonisch in Verbindung. Ich wollte mich nach der Möglichkeit erkundigen, zusammen mit Ihnen einige Zeit in diesem schönen, berühmten Lande zu verbringen.«

»Aha! So war es also!«

»Ja«, lächelte Herr Omar mit einer Verbeugung. »Ihre Sekretärin, Fräulein Hanselmeier, teilte mir gütigerweise mit, daß Herr Tiegelmann gerade abgereist sei. Sie hatte auch die Güte, mir die Adresse dieses gutgeführten Hotels mitzuteilen. Ich —«

»Ausgezeichnet! Hören Sie. Ich stehe mitten in einer äußerst gefährlichen Schloß-Nachforschung.« Und Herr Tiegelmann-Rodolphe erzählte alles.

Herr Omar lauschte mit arabischer Aufmerksamkeit. Dann und wann verbeugte er sich schweigend. Das Sardinenrauschen im Speisesaal hatte sich übrigens ein wenig gelegt. Es war da und dort von einem gedämpften Brathühnchengeknister mit Gemüse ersetzt worden.

Zum Schluß verkündete Tiegelmann-Rodolphe:

»Ich habe einen Plan. Aber er ist gefährlich. Sehr!«

Herr Omar beugte sich vor, um ja keinen Buchstaben dieses Planes zu verlieren. Ein Kellner stand in der Nähe, fast zu nahe.

»Hallo! Ein wenig Soße hier! Zweimal Soße!« rief Tiegelmann, worauf der Mann mit französischer Aufmerksamkeit die nächste unberührte Rodolphesche Soßenschüssel ergriff und hinauseilte.

»Morgen in aller Frühe fahren wir nach Paris! Wir gehen zum Realitätenbüro FERM hinauf. Sie sind … sagen wir, Kaffeegroßhändler aus Mokka. Oder sollen wir lieber Tee nehmen?«

»Ich habe Kaffee immer dem Tee vorgezogen«, entgegnete Herr Omar.

»Sie sind Millionär!«

»Das wäre mir ein großes Vergnügen.«

Nun kam die Soße. Eine Unmenge Soße. Herr Piccard in Petit-Ville war für seine reichhaltigen Soßen bekannt. Doch der Kellner entfernte sich nicht, sondern begann statt dessen auf eine ungemein irritierende und pedante Weise von dem leeren Tisch nebenan kleine Krümel wegzuwischen.

»Hallo!« rief Tiegelmann, indem er das Salzfaß in seiner Tasche verschwinden ließ. »Dürfen wir um ein wenig Salz bitten. Zweimal Salz!« Da stürzte der Mann davon, um ein wenig Salz zu holen.

»Sie, Herr Omar, nennen sich Muhammed oder ähnlich. Sie wollen zu Ihrem Vergnügen ein kleines, behagliches Schloß kaufen, nicht zu groß und nicht zu klein.«

Herr Omar verbeugte sich, ohne eine Miene zu verziehen. Seine Augen waren unergründlich wie die arabische Nacht. In der Ferne glaubte man die Palmenkronen der Wüste im Winde rauschen zu hören. Kurz gesagt, Herr Omar war der ideale Erkundungsgehilfe.

Im Speisesaal des Hotels aß man zum Schluß noch Käse und gemischtes Obst. Aber am Tiegelmann-Rodolpheschen Ecktisch speiste man eine Melone, ungemischt. Eine außerordentlich große und prächtige Netzmelone von der Rue Bonbon in Paris. Sie war saftig und lecker, und selbst das Netz war besonders feinmaschig und schön.

Aus dem Küchentrakt kamen die beiden Kinder des Hauses, Pierre und Marie, in den Speisesaal. Sie schlenderten langsam zwischen den Tischen umher, lutschten jedes an einer Pflaume und blickten sich um.

»Meine kleinen Freunde«, fragte Tiegelmann sie, »habt ihr Lust auf ein wenig Melone? Ihr könnt es auch Papa und Mama und Frau Smith sagen — ihr wißt schon, das ist die Dame, die dort drüben eben Wasser trinkt.«

Ein Weilchen später saßen sie alle um den Ecktisch herum und ließen sich die Melone schmecken. Tiegelmann stellte seinen arabischen Erkundungskollegen vor, und dann setzte er ihnen in aller Kürze die Situation auseinander.

»Herr Omar und ich reisen morgen bei Tagesanbruch nach Paris. Wir machen einen Versuch — aber ich kenne Wiesel. Ich glaube nicht, daß wir ihn auf den ersten Anhieb entlarven können. Es ist im Gegenteil sehr wahrscheinlich, daß er …«

»Daß er, Herr Rodolphe, daß er —?« drängte Herr Piccard.

»Still nun, Herr Piccard«, fuhr Frau Smith dazwischen. »Daß er — sagten Sie, Herr Tiegelmann?«

»Daß er statt dessen uns entlarvt. Obwohl wir verkleidet kommen werden.«

Darüber dachten alle nach. Tiegelmann zündete sich eine Zigarre an. Frau Smith machte ein mißvergnügtes Gesicht. Herr Piccard ein betrübtes. Herrn Omars Züge waren unergründlich. Marie und Pierre sahen drein, als säßen sie im Kino, wo etwas sehr Spannendes und für Kinder beinahe Verbotenes gespielt wurde.

»Aber Herr Tiegelmann ... Herr Rodolphe, meine ich«, begann Herr Piccard, »was gedenken Sie in einem solchen Falle zu tun?«

»Da gibt es nur eine Möglichkeit.«

»Nämlich?«

»Mir Pierre und Marie auszuborgen. Sie mit hinaufzunehmen ins Maklerbüro. Nichts wirkt so natürlich und gemütlich, wie wenn man Kinder bei sich hat. Meine jungen Freunde, morgen ist Herr Omar euer Papa. Wir starten um sieben Uhr früh. Herr Piccard, bestellen Sie bitte für sieben Uhr ein Auto. Und nun guten Abend, meine Damen und Herren.«

T. Tiegelmann-Rodolphe erhob sich und verließ mit festen Schritten den Speisesaal.

7 *Ein Besuch im Realitätenbüro FERM*

Punkt sieben Uhr wartete vor dem Hotel ein Auto. Vier Personen stiegen ein. Einer von den Herren trug einen hellen, leichten Sommerhut, blaue Brillen, einen graumelierten Vollbart, eine Aktentasche in der einen und einen Stock in der anderen Hand. Jeder konnte sehen, daß er ein wohlbekannter, geachteter Reisender in Sardinen war. Aus der Gegend von Cherbourg oder so.

Weiter sah man eine karierte Sportmütze, grüne Brillen, einen langen, hellen Mantel, Feldstecher und Kamera mit Riemen über die Schulter gehängt und Gamaschen (an den Füßen). Jeder konnte sehen, daß es sich um einen offenbar wohlhabenden Touristen aus dem Vorderen Orient handelte.

Dagegen konnte niemand sehen, daß der Vollbart eine geladene Dienstpistole in der Tasche trug. Auch nicht, daß in der hinteren Tasche des orientalischen Gamaschenträgers eine geladene Reservepistole steckte.

Die beiden anderen waren zwei Kinder, ein Knabe und ein Mädchen. Daß der Tourist ihr Vater war, konnte man an ihrer Gesichtsfarbe erkennen. Beide besaßen eine etwas dunklere Haut als sonst die französischen Kinder zu haben pflegen, einen nah-östlichen Zug, eine gewisse olivenfarbige Tönung. Sie waren jedoch genauso gekleidet wie andere französische Kinder auch, wenn sie von Petit-Ville nach Paris und zurück fahren. Das Mädchen trug ein rotes Jäckchen, einen karierten Rock und weiße Halbstrümpfe. Der Junge eine blaue Jacke und graue Flanellhosen. Beiden hing eine kleine Touristenkamera an einem Riemen über die Schulter.

»Rue Bonbon 30«, sagte der Mann mit dem Vollbart, während er sich eine Zigarre anzündete. Auch die Gamaschen setzten eine Zigarre in Brand.

Felder, Äcker, Wiesen, Scheunen, Gärten, Radfahrer, Bäume — mit einem Wort, die Landschaft sauste vorbei.

Herr Rodolphe ermahnte mit leiser Stimme die beiden jugendlichen Orientalen: »Vergeßt nicht, daß ihr fehlerhaft sprechen müßt. Und so wenig wie möglich. Euer Französisch muß sehr schlecht sein, sonst wirkt es verdächtig.«

Die beiden nah-östlichen Kinder gelobten, ganz abscheulich zu sprechen.

»Ihr habt in der Schule zu Hause in Mokka immer schlechte Noten in Französisch gehabt. Immer und ewig schlechte Noten und Ermahnungen!«

»Es bereitet mir großen Kummer, das zu hören«, bemerkte Herr Muhammed.

Nach ein paar Stunden war man in Paris. Der Morgenverkehr hatte begonnen. Benzindämpfe und Staub hatten soeben ihre Herrschaft für den Tag angetreten. In der Ferne ragte der Eiffelturm in den Himmel. Aus der Untergrundbahn strömten die Leute an ihre Arbeitsplätze. Kurz gesagt, die vier Automobilisten waren mitten in Paris.

Sie traten in das Tor des Hauses Rue Bonbon Nr. 30 und stiegen eine dunkle und ziemlich steile Treppe hinauf.

»Haltet euch bereit!« murmelte Herr Rodolphe.

»Ich habe die Ehre, auf alles vorbereitet zu sein«, murmelte Herr Omar zurück.

Der Sardinenspezialist schob seine Hand in die Tasche und kontrollierte, ob seine Dienstpistole in Ordnung sei. Zuerst fand er nur einen Salzstreuer, dann aber auch die Pistole.

Muhammed legte einen orientalischen Zeigefinger auf seine schön genähte Manteltasche und nickte.

Alle vier stiegen nun weiter hinauf und läuteten an der Tür des Büros FERM. Eine ältere Dame mit rotem Haar öffnete.

»Guten Morgen«, sagte Tiegelmann-Rodolphe. »Haben Sie nicht zufällig ein Schloß auf Lager?«

Die rothaarige Dame musterte die Besucher einen Augenblick. Dann antwortete sie mit einem gewinnenden, besonders verkaufsfreudigen Realitätenlächeln:

»Wir werden nachsehen. Bitte nehmen Sie Platz.«

Alle vier setzten sich vor einen Schreibtisch, auf dem eine Unmenge Pläne lagen.

»Im Moment ist es mit Schlössern ein bißchen schlecht bestellt. Aber irgendetwas werden wir schon finden.«

Die rothaarige Dame zog einen sehr genau ausgearbeiteten Plan zu einem Schloß hervor, das es vermutlich nicht gab. Während sie über den Grundriß plauderte, blickte Tiegelmann sich vorsichtig um. Er hatte erwartet, Wiesel hier zu finden, konnte ihn aber in dem Raum nicht entdecken.

Die rothaarige Dame deutete auf die Zeichnungen.

»Dies hier ist tatsächlich ein kleines Juwel von einem Schloß«, erklärte sie mit einem verkaufsfreudigen Bürolachen. »Geradezu ein Märchenschatz, haha.«

Plötzlich vernahm man irgendwo hinter dem Schreibtisch, nahe dem Fußboden, ein Niesen. Tiegelmann-Rodolphe fuhr rasch mit der Hand zur Tasche. Omar-Muhammed faßte ebenfalls an seine Tasche.

Ein kleiner, schwarzhaariger Mann mit spitzer Nase, unstetem Blick und spitzen Schuhen tauchte mit einigen Papieren in der Hand auf und nieste noch einmal.

»Habe nach ein paar Planzeichnungen gesucht«, entschuldigte er sich. »Guten Morgen.«

»Guten Morgen«, erwiderten die beiden Schloß-Interessenten.

»Mein Name«, stellte Teffan Tiegelmann sich vor, »ist Rodolphe. Dies hier ist mein Freund, Herr Muhammed aus Mokka, und hier das junge Fräulein Muhammed und Herr Muhammed junior.«

Die Familie Muhammed verbeugte sich mit orientalischer Höflichkeit. Der Makler erklärte, Rollon zu heißen.

»Es ist seit langem meine sehnlichste Hoffnung gewesen, Herr Rollon«, begann Muhammed, »mir ein Freizeitschloß auf dem französischen Lande erwerben zu können, das ich überall wegen seiner weltberühmten Schönheit preisen hörte.«

Die rothaarige Dame und der spitznasige Makler lauschten gespannt.

»Herr Muhammed befindet sich auf einer eiligen Durchreise hier«, erklärte Herr Rodolphe. »Ich selbst reise in Sardinen.«

»Wie mein Freund, Herr Rodolphe, soeben die Güte zu erwähnen hatte, weile ich nur als eiliger Durchreisender hier. Ich wäre deshalb gezwungen, ein rasches Geschäft zu machen, wenn ein kleines passendes Schloßgebäude zum Verkauf stünde. Am liebsten möchte ich es gleich heute erledigen.« Herr Muhammed blickte auf seine orientalische Taschenuhr. Die Kinder Muhammed guckten ebenfalls auf ihre Uhren.

Herr Rodolphe deutete auf seinen Freund und flüsterte den begeisterten Maklern zu:

»Absolut solider Käufer. Millionär! In Kaffee.« Zur Erläuterung tat Herr Rodolphe, als führte er eine Tasse Kaffee zum Munde.

Die Dame mit dem roten Haar probierte bereits ein Kontraktlächeln. Herr Rollon blinzelte und nieste ärger denn je.

»Dann fahren wir am besten gleich zur Besichtigung«, meinte er. »Die Leute stehen ja Schlange.«

»Es wäre mir ein unverdientes Vergnügen, mich mit in die Schlange stellen zu dürfen«, versicherte der arabische Kauflustige. Alle erhoben sich von ihren Plätzen.

Doch als sie eben die Tür erreicht hatten, rief die rothaarige Dame:

»Oh! Welches Unglück! Einen Augenblick!« Sie hielt einen soeben geöffneten Brief in der Hand.

»Das ganze Schloß liegt an einem ansteckenden Magenleiden erkrankt darnieder, schreibt der Besitzer hier. Sogar der Gärtner leidet an Leibschmerzen. Welches Pech!«

»Welches Pech!« wiederholte der Makler mit der spitzen Nase. »Aber wir können immerhin aus der Entfernung einen Blick darauf werfen. Dieses Schloß geht jede Stunde weg. Ich bin seit sechsunddreißig Jahren in der Branche.«

»Vielleicht können wir es ebenso gut gleich heute ansehen?« meinte Herr Rodolphe zu Herrn Muhammed.

Muhammed verbeugte sich mit undurchdringlicher Miene.

»Die Zahl der Tage ist unendlich, aber der heutige Tag ist immer der nächste«, philosophierte er. Seine Augen waren rätselhaft und dunkel wie die Nacht im Vorderen Orient.

Herr Rollon fuhr seinen Wagen mit demselben Eifer, mit dem er nieste. Als man endlich die ärgsten Benzindämpfe hinter sich gelassen hatte, als der Eiffelturm am Horizont kleiner zu werden begann und die Häuser allmählich spärlicher wurden — mit einem Wort, als man endlich die Weltstadt an der Seine verlassen hatte, legte er ein Tempo vor, das im besten Sinne des Wortes unglaublich war.

Nach ein paar Stunden war man in Petit-Ville und passierte den Marktplatz. Auf ihrem Eckbalkon im ersten Stock stand Frau Smith und ärgerte sich über Frankreich.

Bald war man wieder draußen auf dem flachen Lande und bog nach einer Weile in einen kleineren Weg ein, wo Herr Rollon langsamer fahren mußte.

Bis dahin war er schweigsam gewesen. Doch nun begann er zu sprechen.

»Darf ich fragen, von wo Sie sind, Herr Rodolphe?« erkundigte er sich.

»Aus Cherbourg, Herr Rollon, aus Cherbourg! Ich reise in Sardinen. Tomaten und Öl. Wir angeln eine Menge Sardinen dort in der Gegend.«

Herr Rollon fuhr noch langsamer und drehte sich um.

»Angeln? Sardinen?«

»Selbstverständlich! Wie sollte man sie denn sonst aus dem Wasser bekommen und einlegen?«

T. Tiegelmann erkannte zu spät, daß er einen Fehler begangen hatte.

Ein praktizierender Privatdetektiv muß an alles denken. Aber wenn man gerade so dasitzt und darauf wartet, daß ein kleines französisches Schloß auftaucht, ein Schloß, von dem man weiß, daß es auf eine spukhafte Art am nächsten Tag verschwunden sein wird — in einer solchen Lage kann auch der gewiegteste Privatdetektiv im Hinblick auf die Art, wie man Sardinen fängt, einen Irrtum begehen.

»Werden die Sardinen denn geangelt?« fragte der Makler noch einmal, und nun klang seine Stimme ausgesprochen argwöhnisch. »Das habe ich wirklich nicht gewußt«, fügte er hinzu und drehte sich fragend zu den anderen um, so daß er beinahe in einen Baum gefahren wäre.

»Ich auch nicht!« fiel Tiegelmann blitzschnell ein. »Sah es zum erstenmal gerade in Cherbourg. Tausende Angler draußen an den Ufern. Aber dann wird eben auch handgeangelte Qualitätsware daraus! — Sind wir bald am Ziel?«

»Jeden Moment.«

Wirklich tauchte nun das Schloß auf!

Es stand am Rande eines dichtbelaubten Parkes. Ein Schlößchen, genau in der richtigen Größe, mit Türmchen an den Ecken. Durch den Park schlängelte sich ein Bach. Man konnte sich nichts Schöneres und Traulicheres denken. Es war fast so schön wie die bekannten Schlößchen auf Ansichtskarten.

Die ganze Gesellschaft blieb eine Weile stumm im Auto sitzen.

»Also«, sagte der Makler. »Näher heran wage ich nicht zu fahren, denn der Wind kommt gerade aus dieser Richtung. Wir wollen ja nicht riskieren, uns anzustecken.«

Tiegelmann und Omar stiegen aus. Die Kinder ebenfalls. Tiegelmann stellte fest, daß nicht der leiseste Wind ging. Es war im Gegenteil ein außergewöhnlich windstiller Tag für diese französische Gegend. Alle blickten schweigend auf das Schloß. Muhammed junior tat einen Schritt vorwärts, aber Herr Rollon hielt ihn an seiner blauen Jacke zurück. Dann wollte das kleine Fräulein Muhammed ein wenig näher gehen, wurde aber von Herrn Rollon an ihrem roten Jäckchen zurückgehalten.

»Darf ich mir einen Augenblick das Fernglas ausborgen?« bat Tiegelmann mit leiser Stimme Herrn Omar.

Omar verbeugte sich schweigend und öffnete die Autotür, um das große Fernglas herauszuholen, das während der Fahrt neben ihm auf dem Rücksitz gelegen hatte.

Das Fernglas war fort.

Tiegelmann sah sich schweigend um, während er sich eine Zigarre anzündete. Er konnte den Feldstecher nirgends erblicken. Herr Rollon bückte sich und nestelte an seinem Schuhband, wobei er leise vor sich hinpfiff. Die beiden orientalischen Kinder guckten von einem zum anderen. Auch sie konnten nirgends das Fernglas entdecken, das ihr Vater mitgenommen hatte. Niemand sah es.

»Tja«, sagte Herr Rollon schließlich mit einem Blick auf seine Uhr. »So sieht es aus. Wenn es zusagt, dann müssen Sie auf der Stelle zugreifen. Ich bin seit sechsunddreißig Jahren in der Branche. Die Reflektanten stehen Schlange.«

»Auch wenn ich für meine geringe Person hier auf dem Weg keinerlei Schlangestehen wahrnehmen kann, sehe ich doch keinen Grund, das Geschäft aufzuschieben. Das Innere des Gebäudes dürfte ebenso wohlgebaut sein wie die Außenfassaden. Außerdem habe ich Eile. Der Kaffee ruft. Welche Anzahlung wollen wir bestimmen, Herr Rollon?«

Der Makler nieste und blinzelte.

»Zehn Millionen Francs, mein Herr«, erklärte er. Darauf pfiff er nachlässig eine kleine heimtückische Melodie vor sich hin.

»Zehn Millionen Francs! Ein recht großer Betrag für eine Anzahlung. Wir wollen uns aber nicht um die Summe streiten. Bitte, führen Sie uns nach Paris zurück, dann werde ich die Ehre haben, Ihnen im Büro einen Scheck auszustellen.«

Die ganze Gesellschaft setzte sich wieder ins Auto, das auf dem unebenen Weg zurückschaukelte. Niemand sprach. Tiegelmann und Omar hielten die Hand an die Pistole in der Tasche. Sie waren voller Mißtrauen gegen das, was Rollon-Wiesel nun unternehmen würde. Er grübelte vielleicht unausgesetzt über den Sardinenfang bei Cherbourg.

Als sie nach Petit-Ville kamen, sagte Herr Rodolphe:

»Hier halten wir. Nicht wahr, Herr Muhammed? Oder was meint ihr, meine jungen Freunde? Wäre lustig, sich diese Stadt anzusehen.«

»Ich habe mir seit langem gewünscht, eine der weniger bedeutenden französischen Kleinstädte zu besehen. Gestatten Sie mir, daß ich zu einem einfachen Aperitif in dem kleinen, gutgeführten Straßenrestaurant dort einlade, dann haben wir gleichzeitig Gelegenheit, einen Anzahlungsscheck auszustellen. Danach dürfte es wohl an der Zeit sein, daß Herr Rollon uns für heute Lebewohl sagt.«

Wiesel-Rollon fuhr zu dem Straßenrestaurant, wo sich alle um einen Tisch setzten.

Herr Muhammed bestellte drei gute Aperitifs und zwei Flaschen Orangeade. Unterdessen glückte es Tiegelmann-Rodolphe, mit einer blitzschnellen Bewegung einen Zettel in die Hand des Kellners zu schmuggeln, ohne daß es jemand bemerkte.

Der Kellner las zu seinem Schrecken:

RUFEN SIE SOFORT DIE POLIZEI AN. ER IST GEFÄHRLICH.

Herr Muhammed begann nach seiner Brieftasche zu suchen. Er durchforschte alle seine orientalischen Taschen, eine nach der anderen. Schließlich fand er sie. Mit nah-östlicher Ruhe sah er nun in einem Fach nach dem anderen nach. Herr Rollon beobachtete ihn ungeduldig.

Tiegelmann hatte seine Dienstpistole herausgenommen. Er hielt sie unter dem Tischtuch bereit und hoffte, daß die Polizeimacht möglichst bald erscheinen werde. Keinem von den anderen Gästen fiel etwas Ungewöhnliches auf.

»Hier habe ich endlich mein unbedeutendes Scheckheft«, lächelte Herr Muhammed, und mit vollendetem Mangel an Eile tastete er nach seiner Füllfeder. Eine Tasche nach der anderen griff er ab. Schließlich stand er auf, um mit mehr Erfolg suchen zu können.

Wiesel scharrte ungeduldig mit dem Fuß und pfiff leise vor sich hin. Um ihn zu beruhigen und die Zeit hinzuziehen, bis die Polizei kam, öffnete Tiegelmann mit der linken Hand seine Aktentasche und überreichte ihm eine Schachtel Sardinen (in Tomaten).

»Nehmen Sie eine Probeschachtel. Feinste französische Marke. Kosten Sie.«

Wiesel warf einen schiefen Blick auf die Büchse. »Danke«, knurrte er und ließ sie mit einem Knall auf den Tisch fallen.

Nun erschien der Kellner mit einem Servierbrett. Er nickte Tiegelmann unmerklich zu, während er die Gläser auf den Tisch stellte.

Welcher ist nun der Gefährliche? dachte er. Der Große, der aufgestanden ist und in seinen Taschen kramt, oder der Kleine mit der spitzen Nase? Es muß der Große sein, dachte er, man sieht es ihm ja schon von weitem an.

Er machte sich in der Nähe zu schaffen, um ihn den Polizisten zeigen zu können, sobald sie kamen. Endlich hörte der große Mann mit dem Suchen auf. Er hielt eine Feder in der Hand.

Da ereignete sich etwas völlig Unerwartetes.

Die Hände des kleinen Mannes mit der spitzen Nase streckten sich mit unglaublicher Schnelligkeit vor, packten den Hut Tiegelmanns und die Reisekappe Omars und zogen sie ihnen über die Augen, so daß sie weder Sonne noch Mond sehen konnten. Dann bückte sich der Kleine, schlängelte sich wie ein Aal unter den Tischbeinen durch und war fort, ehe jemand sehen konnte, welchen Weg er nahm.

»Haltet ihn fest!« schrie Tiegelmann-Rodolphe, als er seine Augen endlich von dem Hut befreit hatte.

In dem Durcheinander ging zufällig seine Dienstpistole los. Glücklicherweise traf der Schuß nur eine leere Wasserkaraffe, die auf einer Anrichte in der Ecke stand, aber es hätte leicht schlimmer ausfallen können: gleich daneben standen eine volle Karaffe und ein Senftiegel.

Jetzt kam die Polizei — zwei Mann hoch, zum Äußersten bereit. Um ihn am Durchgehen zu verhindern, warf sich der Kellner, ein starker, geschickter Mann, von hinten auf Herrn Omar und zog ihn zu Boden.

Der Tisch fiel um. Gläser zerbrachen, alles war ein einziger Wirrwarr. Eine Schachtel Sardinen (in Tomaten) rollte vor Tiegelmanns Füße — die Schachtel, die er Wiesel gegeben hatte.

Er stieß sie ungeduldig mit dem Fuß weg und versuchte Omar von zwei Polizisten, einem Kellner, zwei weiteren Kellnern und einer Anzahl Gäste zu befreien, die nicht gezögert hatten, zum Entsatz der Polizei herbeizukommen.

Gleichzeitig hörte Tiegelmann, wie ein Auto gestartet und ein Gang nach dem anderen in rasendem Tempo eingelegt wurde. Er wußte, was das bedeutete: Wiesel war wieder einmal entkommen.

Endlich kamen Herr Rodolphe, Herr Muhammed und die beiden Kinder Muhammeds ins Hotel Majestic zurück.

Teffan Tiegelmann sagte:

»Ihr habt euch wacker gehalten, meine jungen Freunde. Es war nicht eure Schuld, daß Wiesel Verdacht geschöpft hat. Ihr habt ganz vorzüglich geschwiegen. Man konnte glauben, daß ihr alle beide eine Fünf in Französisch hattet. Ausgezeichnet! Geht nun und wascht euch die Wüstenfarbe ab.«

Ihr Vater, Herr Omar, meinte:

»Es wäre besonders interessant zu erfahren, warum Herr Rollon-Wiesel sich so überstürzt davongemacht hat. Was machte ihn plötzlich so mißtrauisch?«

»Ha! Es waren die Sardinen, über die wir gestolpert sind!« antwortete Tiegelmann. »Ich sah, wie er sich die Sardinenbüchse anschaute, die ich ihm gab. Ich bemerkte es zu spät.«

Er öffnete die Aktentasche und nahm eine Schachtel heraus, die er Herrn Omar überreichte.

Omar ergriff die Schachtel, besah sie sich von allen Seiten und erklärte mit einer taktvollen Verbeugung:

»Es sind portugiesische.«

Einige Zeit später, als die Dämmerung sich bereits über die französische Landschaft samt Umgebung zu senken begann, radelten zwei Arbeiter in blauen Overalls zur Stadt hinaus. Sie folgten zuerst ein Stück der großen Landstraße, bogen dann aber in einen unbedeutenden Weg ein, den man eher einen Kuhsteig nennen konnte. Der eine von ihnen war etwas kleiner, wogegen der andere etwas größer war.

Die Dämmerung wurde immer dichter, aber die beiden Radfahrer zündeten ihre Lampen nicht an. Sie glitten im Dunkeln dahin.

Schließlich konnte man schon nicht mehr von Dämmerung sprechen: es war so gut wie stockfinster. In den Baumkronen seitlich vom Wege rauschte es schwach.

Als die beiden Arbeiter, die sichtlich Rohrleger waren, den Kuhsteig nicht mehr wahrnehmen konnten, stiegen sie ab und verbargen ihre Räder in einem dichten französischen Gebüsch. Hierauf setzten sie ihren Weg langsam zu Fuß fort.

»Pst!« zischte plötzlich der eine. Beide blieben lauschend stehen.

Man vernahm nichts als den Wind, der im unsichtbaren Laubwerk raschelte.

Wieder wanderten sie ein Stück weiter. Beide hatten ungemein dicke und lautlose Gummisohlen unter den Füßen. Sie machten damit so wenig Geräusch wie nur möglich. Zwei Rohrleger können sich praktisch genommen nicht leiser bewegen.

Zuweilen stieß einer von ihnen an ein unbedeutendes Steinchen, so daß es auf den Weg kollerte. Beide blieben dann stehen und lauschten.

Es war so finster, daß sie einander kaum noch unterscheiden konnten, wenn sie stehen blieben, um zu lauschen. Es war beinahe zu dunkel, um richtig horchen zu können. Hoch oben zwischen den schwarzen, wogenden Laubmassen der Baumkronen leuchtete eine begrenzte Anzahl bleicher Sterne.

»Jetzt kann es nicht mehr weit sein«, flüsterte der eine.

»Ich nehme mir die Freiheit, dieselbe Ansicht zu hegen«, flüsterte der andere mit einer Verbeugung im Dunkeln. »Wir dürften das Unbehagen genießen, uns ganz in der Nähe des Schlosses zu befinden.«

»Soweit es noch existiert, ja. Möglicherweise ist es schon weg.«

»Ich persönlich bin nicht vertraut mit den Gewohnheiten des Schlosses, doch würde es mich sehr freuen, wenn es sich heute abend Zeit gelassen hätte.«

»Es muß noch da sein. Ich glaube nicht, daß sie es vor Einbruch der Dunkelheit wagen — pst!«

Sie glaubten Fußtritte zu vernehmen. Beide blieben stehen, doch da hörte man nichts mehr. Eine Weile hielten sie an und horchten. Dann gingen sie mit doppelter Vorsicht weiter — und sogleich erklangen wieder die Schritte. Jemand kam ihnen leise und schleichend entgegen.

Wieder hielten sie inne. Die fremden Schritte verstummten ebenfalls. Alles war still. Nur das Laub raschelte schwach. Aber die beiden Rohrleger spürten, daß irgendwo jemand stand und auf sie lauerte.

Der eine Arbeiter ergriff den anderen am Arm und zog ihn auf lautlosen Sohlen mit sich in ein dichtes Gebüsch hinein.

Es war höchste Zeit. Im nächsten Augenblick fegte ein suchender Lichtkegel auf dem Weg hin und her. Nun beleuchtete er gerade den Platz, wo sie ein paar Sekunden zuvor gestanden hatten.

Das Licht verlöschte, und man hörte, wie sich jemand auf dem Sträßchen entfernte.

Plötzlich sahen sie im Abstand von etwa einem Kilometer zwischen den schwarzen Baumstämmen und Laubmassen Lichter aufblitzen und verschwinden. Sie hörten Hammerschläge, gedämpfte Stimmen und das Brummen eines Automotors.

Auf dem Weg rührte sich nichts.

»Kommen Sie!«

Beide schlichen aus dem Gebüsch heraus. Sofort erklang wieder das Geräusch sich nähernder Fußtritte.

»Ha! Der Weg ist bewacht«, zischelte der eine Rohrlegerschatten.

»Er dürfte sich unter Bewachung befinden«, stimmte der andere leise mit einer unsichtbaren Verbeugung zu.

Nun hörte man aus mehreren Richtungen das Nahen von Schritten. Die beiden Schatten wußten nicht, nach welcher Seite sie entweichen sollten. Mehrere starke Laternen waren gleichzeitig angezündet worden. Es wurde hell wie am Tage. Man sah mit erschreckender Deutlichkeit jeden kleinen Stein. Das Laub nahm plötzlich seine grüne Farbe an. Die ganze Wegpartie war in Licht gebadet. Und inmitten des Lichtbades standen die beiden blaugekleideten Rohrleger geblendet da und blinzelten.

»Was habt ihr hier zu schaffen?« fragte eine sehr unangenehme Stimme, die man trotz all dem Licht nicht sehen konnte.

»Und was habt ihr hier zu schaffen?« gab der eine Rohrleger scharf zurück.

»Wo wollt ihr hin?« forschte die unangenehme Stimme.

»Und wo wollt ihr hin?« knurrte der Rohrleger zurück.

»Na, jetzt stell mal das Echo wieder ab!« brüllte die unangenehme Stimme. »Wohin wollt ihr?«

»Wohin wir wollen? Ein Rohr ist geplatzt. Es geht um Sekunden. Der ganze Füllboden steht schon unter Wasser.«

»Ach so. Und wo habt ihr denn euer Werkzeug?«

»Werkzeug? Wir müssen doch zuerst nachsehen, was eigentlich an dem Rohrbruch schuld ist.«

»Stell die Abendnachrichten ab, ja!« unterbrach die unangenehme Stimme, und ein ganzer Chor von Stimmen brach aus vollem Halse in ein fürchterliches Lachen aus, so daß es im Wald auf eine besonders gräßliche Weise widerhallte.

»Ist nicht gut für die Gesundheit, abends hier draußen herumzutrödeln«, ließ sich wieder die garstige Stimme vernehmen, und die anderen lachten, daß es einen noch ärgeren Widerhall gab.

Sowohl der kleinere wie der etwas größere Rohrleger waren bewaffnet. Doch ein geblendeter Rohrleger kann von seiner Dienstpistole keinen Gebrauch machen. Also wurden sie an Händen und Füßen gebunden und in den Wald geschleppt, wo man sie ihrem Schicksal überließ. Sie hörten ein Lastauto vorbeirattern. Dann senkten sich Stille und Dunkelheit über Weg, Wald und zwei gefesselte Rohrleger.

Am nächsten Morgen saß Privatdetektiv Teffan Tiegelmann erschöpft auf einem Stuhl in seinem Zimmer im Hotel Majestic und betrachtete seine geschwollenen Handgelenke. Er zog die Strümpfe aus und besichtigte seine Knöchel und Füße. Auch sie waren geschwollen.

Herr Omar saß auf einem anderen Stuhl und entledigte sich seiner nah-östlichen Strümpfe mit Nylonverstärkung. Beide badeten ihre geschwollenen Gliedmaßen in einem wohltuenden Kräuterbad. Vor sich auf dem Boden hatte jeder eine Waschschüssel stehen, und in das kühle französische Wasser stellten sie ihre Füße.

»Das haben Sie geschickt gemacht, Herr Omar«, sagte Tiegelmann. »Sehr geschickt!«

»Ich verfüge über eine gewisse — mag sein unbedeutende — Gabe, mich von einengenden Stricken zu befreien. Als Knabe genoß ich den Vorzug, von einem indischen Fakir einige wertvolle Entfesselungstricks zu lernen.«

»Ausgezeichnet, Herr Omar, ausgezeichnet!« rief Tiegelmann, während er vorsichtig das eine Handgelenk massierte.

»Ich und meine Kameraden pflegten ein jugendliches Vergnügen daran zu finden, Arme und Beine mit Stricken zu binden und dann nach unserem geringen Vermögen zu versuchen, uns zu befreien. In meiner Jugend bereitete es mir ein großes Vergnügen, das indische Fakirspiel zu üben.«

»Bedeutend nützlicher als Fußball«, meinte Tiegelmann. »Wir haben bei uns zu Hause viel zu wenig Fakire, das habe ich schon immer gesagt.«

Herr Omar verbeugte sich mit orientalischem Takt.

Tiegelmann zündete eine Zigarre an und versank in tiefe Gedanken. Herr Omar schlürfte einige kleine Tassen Kaffee, der ebenso schwarz war wie die arabische Nacht. Die Vormittagssonne brannte mit voller Kraft auf den Marktplatz draußen hernieder. Die Fensterläden waren geschlossen, ebenso die Balkontür. Es herrschte angenehmes Halbdunkel im Zimmer.

Lange saßen die beiden schweigend da. Man hörte nur hie und da ein leichtes Plätschern in den Waschschüsseln. Omar wußte, daß Tiegelmann sich darauf vorbereitete, einen neuen Plan ins Werk zu setzen. Er wußte, daß im Halbdunkel des Zimmers ein gefährlicher Schachzug geplant wurde, ein entscheidender Schlag, der die ganze Gebäudeliga unschädlich machen sollte. Mit orientalischer Geduld vermied es Herr Omar, irgendwelche Fragen zu stellen. Schweigend leerte er noch einige Schälchen Kaffee und machte sich Gedanken darüber, wie eigentlich die Teegroßhändler ihr Leben fristen konnten.

Schließlich erhob sich Tiegelmann. Er stand in seinem Waschbecken und verkündete:

»Ich reise nach Paris. Werde einige Tage ausbleiben. Warten Sie hier.«

Herr Omar stand in seinem Waschbecken auf.

»Richten Sie Piccard und den Kindern und Frau Smith aus, daß sie sich bereithalten sollen!«

»Vollkommen, Herr Tiegelmann«, antwortete Herr Omar. »Ich bürge dafür, daß wir alle vollkommen vorbereitet sein werden.« Er verbeugte sich so tief, daß er beinahe in der kleinen Waschschüssel ausgeglitten wäre. Mit orientalischer Geschmeidigkeit gewann er sein Gleichgewicht wieder und fragte:

»Sonst noch etwas, ehe Sie abreisen, Herr Tiegelmann?«

»Bestellen Sie Piccard, daß seine Frau das Unternehmen einige Tage allein führen muß. Diese französischen Hotelleute können zuweilen recht eigensinnig sein, aber wir werden keinen Unsinn dulden. Schärfen Sie ihm das ein: Wir dulden keinen Unsinn, ja!«

Herr Omar verbeugte sich vorsichtig in seinem Waschbecken, und Tiegelmann fuhr fort, ihm seinen Plan auseinanderzusetzen.

Endlich stiegen beide aus ihrem Fußbad heraus und trockneten sich die Füße ab.

Am selben Abend verschwand Tiegelmann aus dem Hotel. Niemand bemerkte etwas. Er war einfach nicht mehr da. Auch Herrn Gaspard oder Herrn Rodolphe sah niemand verschwinden. Es war mitten in der Fremdensaison, viele Menschen kamen und gingen, aber Herr Piccard fand es doch sehr merkwürdig. Er pflegte auf alle, die kamen und gingen, genau zu achten. Auch seine Frau, Frau Piccard, pflegte genaueste französische Aufsicht zu halten.

Aber Marie flüsterte Pierre in einer Ecke zu:

»Ich weiß es.«

»Was weißt du denn?«

»Wegen Onkel Tiegelmann. Ich weiß alles ganz genau.«

»Gar nichts weißt du. Oder laß schon hören!«

»Ja, wenn du eine Kinokarte besorgst. Sonst wirst du nie im Leben was erfahren. Ich möchte ‚Die Frau des Kalifen‘ im Cosmorama sehen, das ist ein Film für Kinder.« Damit lief Marie auf die Straße hinaus und spielte so hingebungsvoll mit der Katze Isabella, daß man glauben konnte, sie kümmere sich weder um die ‚Frau des Kalifen‘ noch um die Geheimnisse des Onkels Tiegelmann. »Bellchen«, schmeichelte sie und nahm die Katze auf den Arm, »Bellchen, wie fein du bist!« Mit der Katze auf dem Arm lief sie um die Ecke.

Nun fand es Pierre am klügsten, nachzusehen, ob das Telefon im Kontor frei sei. Vorsichtig öffnete er die Tür, auf der BUREAU stand. Es war niemand drinnen.

Pierre und Claude, der jüngste Sohn des Kinounternehmens Cosmorama, waren Klassenkameraden, und nun rief er leise und vorsichtig bei Claude zu Hause an. Er murmelte und flüsterte und schielte dabei beständig zur Türe. Er durfte nämlich ohne Erlaubnis nicht telefonieren. Besonders nicht ins Cosmorama. Sein Vater meinte, er ginge allzu oft ins Kino.

Schließlich legte er leise den Hörer wieder auf und machte ebenso leise die Kontortür hinter sich zu.

Eine Weile später verzogen Pierre und Marie sich in die Palmengrotte. So nannten sie einen Winkel unter der Treppe. Die Tür zu diesem Kämmerchen befand sich hinter einer der Palmen in der Empfangshalle, und drinnen war es dunkel, staubig und gemütlich. Da standen ein alter Koffer, ein ausgedienter Staubsauger, ein paar zersprungene Blumenvasen und anderes Zeug, das überflüssig wird, wenn man ein Hotelunternehmen führt. Für jemand, der etwas Wichtiges zu besprechen hatte, war die Palmengrotte der beste Ort.

Sie knipsten eine Taschenlampe an und setzten sich auf den Koffer.

Marie begann die verblüffendsten Dinge zu erzählen.

»Wir werden bald mit Onkel Tiegelmann nach Paris fahren. Papa und Frau Smith und Onkel Omar sind auch dabei. Papa und Frau Smith werden unsere Eltern vorstellen und Onkel Tiegelmann einen Bekannten von uns, der Advokat ist.«

Pierre schwieg eine Weile. Endlich fragte er:

»Wieso weißt du denn das alles?«

»Weil ich auf dem Balkon von Onkel Tiegelmanns Zimmer stand, und ich hörte alles mit an, aber ich konnte nichts dafür. Mama schickte mich hinauf, um die Blumen auf dem Balkon zu gießen, und es war niemand im Zimmer, als ich anklopfte, aber als ich zurückgehen wollte, waren die Läden der Balkontür zugemacht worden, ohne daß ich es bemerkte. Da guckte ich durch die Ritzen, und da saßen Onkel Tiegelmann und Onkel Omar, jeder mit den Füßen in einer Wasserschüssel, stell dir das mal vor! Da konnte ich doch nicht hineingehen! Was hättest denn du getan?«

»Aber was sollen wir denn in Paris machen?«

»Onkel Tiegelmann hat natürlich einen Plan, aber er will nicht mit Onkel Omar allein reisen, weil ihn Wiesel dann vielleicht erkennt. Wir sollen selbstverständlich alle verkleidet sein.«

Es wurde still in der Palmengrotte. Nach einiger Zeit fragte Pierre:

»Was wird denn aber mit Onkel Omar?«

»Er soll uns fahren. Er ist der Chauffeur.«

»Und wird Wiesel ihn da nicht erkennen?«

»Nein.«

»Wieso denn nicht?«

»Weil Onkel Omar ein Neger sein wird.«

Jean verschwindet 10

Am Außenrand von Paris lag ein Schloß, das dem Grafen de la Brie gehörte, einem einsamen Mann, den man in der letzten Zeit nicht viel zu sehen bekam. Der Park war von einer hohen Hecke umgeben, und außerhalb der Hecke zog sich noch ein hoher Eisenzaun mit einem großen Gittertor hin. Wenn man am Tor stehenblieb und hineinschaute, sah man wohlgepflegte Rasenflächen und Blumenrabatten, verschlungene Pfade und gerade Wege und einen Springbrunnen, und über den schattigen Laubkronen einen Schimmer des steilen Schloßdaches mit seinen alten, vornehmen Schornsteinen. In der Nähe des Tores stand ein kleines, hinter Kletterrosen fast verborgenes Gebäude. Dort wohnte der Torwächter.

Es war ein schöner Tag mit viel Sonnenschein. Vor dem Gittertor hielt ein Auto. Es war ein großes Auto, alt und mit einem sehr hohen Verdeck. Daß der Katalogpreis auch hoch gewesen sein mußte, läßt sich denken, denn sonst hätte es nie so alt werden können. In diesem Auto saß man wie in einer Glasveranda. Nur der Fahrer saß außerhalb der Veranda, in der frischen Luft.

Innerhalb der Glasveranda befand sich ein Sprachrohr, das in einem Trichter neben dem Ohr des Chauffeurs endete.

»Läuten Sie die Glocke, Jean!« befahl einer der Insassen durch das Sprachrohr. Jean stieg aus.

Jean war ein Neger mit schwarzglänzendem Gesicht. Ein riesiger Neger in weißer

Sommerlivree. Er legte seinen kohlschwarzen Zeigefinger an den Klingelknopf des einen Torpfeilers. Dann bestieg er wieder das Auto und wartete.

Aus dem Torwächterhäuschen kam mit hastigen Schritten ein Mann herbeigeeilt.

»Ja?« fragte er.

»Die Herrschaften Rodrique«, meldete der Chauffeur.

Der Mann starrte überwältigt auf die rollende Glasveranda und den stattlichen Neger.

»Bitte sehr!« Der Torhüter öffnete die schweren Eisengitter, »Der Herr Graf erwartet die Herrschaften.«

Das Auto fuhr hinein. Der Mann grüßte im Vorbeifahren die Reisenden in der Glasveranda. Einer von ihnen, ein ziemlich kleiner Mann mit runden Wangen und gelocktem blondem Haar, blickte sich um und bemerkte, daß der Mann die beiden Flügel des Gittertores besonders sorgfältig schloß. Er rüttelte an ihnen, um sich zu überzeugen, daß sie ordentlich zu waren. Dann blickte er dem großen Auto nach, das langsam und vornehm auf dem breiten Kiesweg, der zur Schloßtreppe führte, dahinrollte.

Der blitzblanke Neger sprang heraus, öffnete eine der Verandatüren und blieb mit der Mütze in der Hand stehen, während die Reisenden ausstiegen.

Zuerst kam Frau Rodrique, eine Dame mit blonden Locken und runden Wangen. Dann stieg ihr Mann aus, der Schiffsreeder Rodrique. Er sah eher wie ein Hotelbesitzer aus irgendeiner kleineren Stadt aus, aber er war Schiffsreeder. Ihm folgte Frau Rodriques Bruder, der Advokat Octave. Er besaß ebenso runde Wangen und blonde Locken wie seine Schwester. Zum Schluß hüpften die beiden Kinder Rodrique aus dem Auto, ein Junge und ein Mädchen. Sie trugen beide noch ihre Pfadfindertracht, weil sie keine Zeit zum Umkleiden gehabt hatten.

»Es ist gut, Jean«, sagte Advokat Octave, als alle aus dem Auto gestiegen waren. »Warten Sie hier.«

Ehe sie ins Schloß eingelassen wurden, blickte der Advokat sich nach allen Seiten um. Er konnte aber nichts Ungewöhnliches bemerken, nur den wohlgepflegten Park.

»Seid vorsichtig«, flüsterte er den anderen zu.

»Vorsichtig sollen eher gewisse Leute sein«, fauchte Frau Rodrique. »Das werden wir ihnen bald zeigen.«

»Nur immer mit der Ruhe. Es ist gefährlich«, warnte der Advokat. »Wir wissen nicht, was passieren kann.«

»Ich will ja gern nach Kräften helfen, aber ich weiß nicht recht, wozu meine Anwesenheit gut sein soll«, flüsterte der Schiffsreeder, der unruhig auf der Treppe hin und herging.

»Wir müssen eine große Familie vorstellen und gemeinsam der Gefahr begegnen«, erklärte der Advokat gedämpft.

Ein Diener öffnete nun die Tür. Eigentlich hätte man ihn für einen Ringkämpfer halten können, der eine Anzahl von Meisterschaften hinter sich hatte. Die Familie spazierte hinein. Der Advokat warf dem Ringkämpfer seinen Hut zu, desgleichen der Schiffsreeder.

»Hallo, du dort!« rief der Riese dem jungen Rodrique zu, der eilig seinen Pfadfinderhut abnahm. »Treten Sie hier ein Nur geradeaus«, wandte er sich an die anderen, und alle schritten in eine mächtige Halle mit Steinfliesen. Sie war hoch wie eine Kirche, an den Wänden ringsum hingen große Ahnenbilder in Öl. Mitten in der Halle stand ein riesiger Eichentisch mit hochrückigen Samtstühlen herum.

Nun erschien der Graf de la Brie selbst. Er hatte dünnes weißes Haar und humpelte mühsam an einem Stock.

»Guten Tag, meine Herrschaften, guten Tag. Sie sind gekommen, um dieses Haus zu besichtigen? Sehr gut. Tun Sie es, aber tun Sie es so schnell Sie können. Ich bin nunmehr vielem Reden und Umständlichkeiten nicht mehr gewachsen. Bitte sehr!« Er wies mit der Hand nach allen Richtungen auf einmal.

Der Advokat nickte dem Schiffsreeder und Frau Rodrique, die in einen anderen Raum gingen, unmerklich zu. Die beiden Pfadfinder Rodrique trippelten vorsichtig in eine andere Richtung.

»Advokat Octave«, krächzte der Graf de la Brie, indem er ein Knopfloch des Advokaten anfaßte. »Sie wissen, wenn ein Geschäft daraus werden soll, heißt es, sofort einschlagen. Wie ist es mit diesem Rodrique, ist er solide?«

»Solide, Graf?« fragte der Advokat zurück. »Ob er solide ist?« Er zuckte die Achseln, als gehe das wirklich zu weit. »Wenn er das Schloß haben will, erlegt er die Anzahlung in barem Geld. Hier auf den Tisch!«

»Jaja, jaja...hm...an die Anzahlung dachte ich ja eben«, räumte der Graf blinzelnd ein. »Er...hat...also das Geld bei sich?«

»Graf de la Brie«, antwortete der Advokat würdevoll, »erlauben Sie mit die Bemerkung, daß wir irgendwelche Verhöre absolut nicht zu schätzen wissen. Herr Rodrique hat immer Geld bei sich, für den Fall, daß er Lust bekommen sollte, etwas zu kaufen. Aber die Geschäfte werden durch mich getätigt, und ich lege das Geld auf den Tisch, falls wir an dem Kauf interessiert sind. Nun wollen wir einmal hier sehen...« Er klopfte mit einer Füllfeder an die Wand. »Wie steht es mit den Wänden?«

»Die Wände sind hervorragend, Herr Advokat. Bessere Wände finden Sie nirgends«, versicherte der Graf mit einem Niesen. »Bitte gehen Sie herum und schauen Sie, aber versuchen Sie mit einiger Schnelligkeit zu schauen. Ich befinde mich indessen im cremefarbenen Kabinett.« Er humpelte unter mehrmaligem Niesen hinaus.

Dem Advokaten fiel auf, daß er kleine, wohlgebügelte, dunkelblaue Cheviothosen und spitze Schuhe trug.

Er blickte durch das hohe Fenster. Auf dem Rasen hantierte ein Mann mit einer kleinen Mähmaschine. Ein anderer tauchte auf und begann den Kiesweg zu harken. Advokat Octave zählte an den Fingern: der Torhüter, der Grasschneider, der Harker, de la Brie...den Ringkämpfer nicht zu vergessen...das sind bereits fünf Stück. Wie viele mochten es im ganzen sein? Er runzelte die Stirn. Das war kein guter Anfang.

Indessen waren der Schiffsreeder und Frau Rodrique in einen großen Seidensalon mit Prismen gekommen. Eine Tür öffnete sich, und eine rothaarige Dame unbestimmten Alters, Graf de la Bries Tochter, schritt mit einem wohleinstudierten Salonlächeln auf sie zu.

Frau Rodrique blieb jäh stehen und starrte die Rothaarige an. Sie konnte kein Wort hervorbringen, aber sie griff beinahe nach einem schweren Kerzenleuchter aus (gestempeltem) Silber, der auf dem Kaminsims stand. Im letzten Augenblick gelang es ihr, sich zu bezähmen. Die Rothaarige ahnte nicht, daß sie nie in ihrem Leben so nahe daran gewesen war, einen Kerzenhalter aus dem 17. Jahrhundert an den Kopf zu kriegen. Frau Rodrique atmete mühsam durch die Nase.

»Die Hitze, nicht wahr?« meinte die Rothaarige. »Dürfen wir vielleicht zu einem kleinen Tee einladen? Es ist immer ermüdend, ein altes Schloß zu besichtigen.« Sie drückte auf einen Knopf, worauf ein Diener in gestreifter Weste hereinkam.

»Stellen Sie ein Teetablett in die Halle, Maurice!« befahl sie.

»Sehr wohl, gnä' Frau«, murmelte Maurice und zog sich zurück.

»Bitte, sehen Sie sich auf eigene Faust um, dann ist Ihnen vielleicht in einer Weile ein wenig Tee genehm«, bat die Tochter des Grafen. Ihre Stimme klang salonmäßiger denn je, und diesmal fehlte auch nicht viel, und eine Porzellanschäferin aus dem 18. Jahrhundert wäre ihr an den Kopf geflogen.

Die Herrschaften Rodrique irrten ein wenig in den Räumen umher und trafen nach einiger Zeit mit dem Advokaten in der Halle zusammen. Ein Bedienter in gestreifter Weste trug soeben ein Teetablett herein, ein anderer in ebenso gestreifter Weste folgte ihm. Beide richteten den Tee auf dem Hallentisch an, worauf sie mit einer stummen Verbeugung verschwanden.

Der Advokat zählte an den Fingern ... sechs, sieben. Sieben bis jetzt. Er hatte angenommen, der Graf würde so gut wie allein zu Hause sein.

»Haben sie dort drinnen etwas gesehen?« fragte er, nach dem Seidensalon weisend.

»Frau Camembert vom A-Deck«, preßte Frau Rodrique zwischen den Zähnen hervor. Ein Atemzug durch die Nase folgte ihren Worten.

»Aha!« machte der Advokat. »Das habe ich mir beinahe gedacht. Sonst noch jemand?«

»Einen anderen solchen gestreiften Bedienten.«

»Acht, neun«, zählte der Advokat mit leiser Stimme. »Dies ist gar nicht gut. Ich glaubte, es würden nur ein paar Stück daheim sein. Das wird ein hartes Spiel werden«, flüsterte er. »Wenn wir sie jetzt entwischen lassen, finden wir sie nie mehr.«

Er blickte sich gespannt um. Er betrachtete äußerst wachsam eines der historischen Bilder an der Wand, das einen Ahnen in roter Uniform darstellte. Die Augen des Ahnen bewegten sich!

Advokat Octave wandte den Blick rasch in eine andere Richtung und flüsterte: »Seid vorsichtig. Wir werden beobachtet.« Mit lauter Stimme fragte er: »Wie ist es mit dem Abfluß? Habt ihr den untersucht?« Wieder flüsterte er: »Wo sind die Kinder?«

Niemand hatte sie gesehen. Draußen vor dem Fenster klirrte der Mann mit der Harke, auf dem Rasen ließ der andere die Mähmaschine surren. Beide warfen zuweilen einen Blick zum Fenster. Und rings im Hause wimmelte es von gestreiften Westen. Es lohnte sich kaum mehr, sie zu zählen. Außerdem war da ein verborgener Bildspäher. Und das Gittertor war verschlossen und versperrt.

»Ihr begreift den Grund, warum es hier so von Leuten wimmelt«, flüsterte der Advokat. »Nicht nur wir werden bewacht; Wiesel wird ebenfalls bewacht. Die anderen trauen ihm nicht, sie wissen, daß er versuchen wird, sich aus dem Staube zu machen, sobald er seine Anzahlung erhalten hat. Sie bewachen ihn auf Schritt und Tritt.«

Im selben Augenblick sahen sie drei Kammerzofen und sechs gestreifte Westen auf dem Rasen vorübergehen und durch das hohe französische Fenster spähen.

Der Graf hatte durchblicken lassen, daß derzeit niemand in dem Schloß wohne, daß aber er und seine Tochter, Frau Camembert, sich für ein paar Stunden hier aufhalten würden, um die Käufer einzulassen und ihnen alles zu zeigen.

Wo nur die Kinder sein mochten? Wenn sie nicht verschwunden wären, könnte der Advokat den Pfadfinder Rodrique durch die Hecke und das Gitter schlüpfen lassen, um die Polizei anzurufen.

Privatdetektiv Tiegelmann-Octave befand sich in einer sehr schwierigen Lage.

Der Schiffsreeder war unbewaffnet. Seine große Erfahrung hatte Tiegelmann-Octave schon im voraus erkennen lassen, daß der Reeder sich besser als Hotelier eignete denn als Schloßnachforscher, und er hatte es nicht für richtig gehalten, ihn zu bewaffnen. Frau Smith-Rodrique hingegen trug einen kleinen Revolver in ihrer Handtasche und glaubte, damit umgehen zu können, falls es nötig sei. Herr Omar besaß eine Reservepistole, aber er war ja nicht hier. Jean mußte sich beim Auto aufhalten, denn es erweckt leicht unnötigen Verdacht, wenn man einen Neger entdeckt, der die Abflußleitungen im Gebäude untersucht.

Ein längeres Verweilen in der Halle versprach ungemütlich zu werden. Man spürte gleichsam von allen Seiten Augen auf sich gerichtet. Mehr denn je vermißte Tiegelmann-Octave Herrn Omar mit seiner orientalischen Ruhe. Er konnte Jean sehen, der mit der Mütze in der Hand auf dem Trittbrett des Autos saß. Die Sonne brannte heftig auf ihn hinab, sein Gesicht glänzte wie ein Paar frischgeputzter schwarzer Schuhe.

Nun kam Graf de la Brie aus dem cremefarbenen Kabinett herausgehumpelt und krächzte:

»Nun, wie geht es? Was sagen die Herrschaften? Herr Advokat?« Er blickte auf die Uhr.

»Herr Graf«, antwortete Advokat Octave, »wir sind mit dem Gebäude im großen und ganzen zufrieden, obwohl die Tür dort geölt werden sollte. Sie knarrt. Nun wollen wir uns noch ein wenig im Garten umsehen, ehe wir uns entscheiden.«

»Ja, das Geschäft muß jetzt oder nie abgeschlossen werden«, krächzte der Graf. »Morgen ist es zu spät.«

Advokat Octave sowie der Schiffsreeder und Frau Rodrique wandelten in den Garten hinaus. Es galt vor allem die Kinder zu finden, falls man zu einer schleunigen Abreise gezwungen war.

Als sie draußen waren, rief Frau Camembert dem armen Chauffeur, der in der Sonnenglut schmolz, zu:

»Kommen Sie doch herein auf eine Tasse Tee, während Sie warten müssen.«

Der Chauffeur setzte seine Mütze auf, um grüßen und sich bedanken zu können. Dann nahm er sie wieder ab und ging hinein.

Aber im Dunkeln, hinter dem Ahnen in Öl, stand der verborgene Späher und starrte durch die ausgeschnittenen Augenlöcher.

Jetzt kam ein großer Neger herein und setzte sich an den Tisch. Er kostete an einer Tasse Tee, schob aber die Tasse sofort wieder von sich. Nun nahm er einen kleinen Spiegel aus der Tasche, hielt sein Gesicht ganz nahe daran und drehte den Kopf hin und her. Bist du nicht schwarz genug, dachte der Bildspäher höhnisch. Er hatte es satt, im Finstern zu stehen.

Im nächsten Augenblick geschah etwas sehr Sonderbares.

Der Neger hielt die eine Wange an den Spiegel. Er sah unzufrieden drein. Mit zwei Fingern strich er über die Wange, betrachtete die Fingerspitzen und machte ein noch unzufriedeneres Gesicht. Mit raschen, leisen Schritten huschte er von einer Tür zur anderen und vergewisserte sich, ob nicht jemand dort sei. Dann nahm er wieder seinen Platz am Tisch ein, holte eine Tube schwarzer Schuhcreme hervor und begann sein Gesicht zu wichsen, daß es stärker denn je glänzte. Dann schmierte er auch ein wenig auf die linke Hand.

Der Chauffeur war so in diese Beschäftigung vertieft, daß er nicht merkte, wie eines der großen Bilder an der Wand sich wie eine Tür auftat.

»Hände hoch!«

Jean ließ die Bürste in die Teetasse fallen und streckte die Hände hoch. In der Bildöffnung stand eine gestreifte Weste mit einer Pistole in der Hand. Die Weste machte eine bezeichnende Handbewegung, und der Chauffeur war gezwungen, mit hocherhobenen Händen voraus in die Schließtäfelung zu marschieren. Beide verschwanden im Dunkeln.

11   *T. Tiegelmann-Octave sprengt die Gebäudeliga*

Advokat Octave, der Schiffsreeder und Frau Rodrique wanderten im Garten umher. Als sie zu einem dichten Gebüsch von Jasminsträuchern kamen, gewahrten sie unter dem Grün eine Pfadfinderin. Gleich darauf sahen sie auch einen Pfadfinder durch das Grün schimmern.

Tiegelmann-Octave lugte zwischen den Zweigen hindurch. Dort saßen sie alle beide.

»Pst!« machte Pierre. »Wir haben gerade etwas entdeckt.« Er deutete auf ein grasbewachsenes Viereck in der Sträuchergruppe. Das Viereck hatte nicht ganz dieselbe Farbe wie das Gras ringsum. Auch zeigte sich darauf ein Handgriff aus Holz. »Wenn man an diesem Griff zieht, kann man eine Luke öffnen«, flüsterte Pierre. »Wir sahen gerade einen Mann darin verschwinden.«

»Aha!« sagte der Advokat. »Hier haben wir einen Geheimgang. Vermutlich endet er hinter einem der Bilder in der Halle. Das ist gut, meine jungen Freunde. Ausgezeichnet!«

Tiegelmann-Octave überlegte drei Sekunden lang. Während dieser unbedeutenden drei Sekunden heckte er einen untrüglichen Plan aus, wie er die ganze Bande fangen wollte. (Teffan Tiegelmanns Unschädlichmachung der großen Gebäudeliga ist seither immer als einer der kühnsten und glänzendsten Streiche eines Privatdetektivs angesehen worden, der jemals in der Umgebung von Paris ausgeführt wurde.)

Nun geschah alles Schlag auf Schlag. Die ganze Angelegenheit war in der kürzesten Zeitspanne erledigt.

»Herr Piccard«, befahl Tiegelmann mit einer Stimme, die wie ein gedämpfter Pistolenschuß klang, »stellen Sie sich hinter diesen Strauch und passen Sie auf, daß niemand aus dem Geheimgang heraufkommt. Schlagen Sie jedem, der die Luke zu öffnen versucht, mit etwas Hartem über den Kopf. Lassen Sie jeden hineinkriechen, aber keinen heraus. Pfadfinder Piccard, du stellst dich hieher und versuchst so gut wie möglich einem Jasminbusch zu gleichen. Du auch, Marie. Das muß man können, wenn man Pfadfinder ist. Es wird bald einen Sturm auf den Geheimgang geben. Zählt sie alle, wie sie der Reihe nach kommen. Frau Smith, nun gilt es! Kommen Sie! Aber wir gehen ruhig und natürlich. Zünden Sie sich eine Zigarette an!«

Frau Smith gehorchte, und beide gingen mit ruhigen Schritten zur Halle zurück und taten, als sei gar nichts Besonderes los. In der Halle angekommen, bemerkten sie, daß eines der Bilder sich wie eine Tür in der Täfelung aufgetan hatte, und dahinter gewahrten sie einen dunklen Gang.

»Aha!« brummte Tiegelmann. »Sie ist offen. Um so besser. Warten Sie hier. Sehen Sie nach, ob Ihr Revolver geladen ist.«

Er trat hastig in das cremefarbene Kabinett ein, wo der Graf in einem Stuhl saß und Zeitung las.

»Nun?« forschte der alte Graf mit einem Versuch, sich aus dem Sessel zu erheben.

»Jawohl, Herr Graf«, sagte Advokat Octave.

»Haben Sie . . .?«

»Die Sache ist klar. Es gibt natürlich da und dort kleine Schäden — einer von den Gartenwegen sollte zum Beispiel ein bißchen besser mit Kies bestreut werden — aber wir sind auf jeden Fall bereit, das Schloß zu dem vereinbarten Preis zu erstehen.«

Graf de la Brie fuhr wie ein Jüngling aus dem Stuhl empor. Dann nieste er und sank langsam wieder zurück.

»Das wußte ich, Herr Advokat, das wußte ich«, krächzte er. »Ein besseres Objekt können Sie nicht bekommen, und das wissen Sie selbst ebensogut, hehe.«

»Wir wollen so bald wie möglich einen genauen Kontrakt aufsetzen. Heute handelt es sich also um eine Anzahlung.«

»Sie sagen es, ja. Die Anzahlung«, wiederholte der Graf unter Blinzeln und Niesen.

Advokat Octave zog ein Scheckbuch aus der Tasche. Er warf dabei einen Blick durch das Fenster. Dort stand der Grasmäher und starrte herüber. Nun schlenderte der Mann vom Torhüterhäuschen langsam heran. Und gerade vor dem Fenster stand der Ringkämpfer und glotzte herein. In einem venezianischen Spiegel an der Wand konnte Tiegelmann sehen, daß im nächsten Zimmer eine Kammerzofe hinter einer Draperie hervorlugte.

»Sagen wir zehn Millionen Francs«, schlug der Advokat vor und griff nach seiner Füllfeder.

»Stimmt genau!« rief der Graf entzückt. Dann besann er sich. »Zwanzig Millionen! Sagen wir zwanzig!«

»Also gut«, stimmte Advokat Octave zu, »zehn oder zwanzig spielt ja keine Rolle. Die Anzahlung wird ohnehin von der richtigen Kaufsumme abgezogen.«

»Genau das!« jubelte der Graf und rieb sich die Hände. »Fein, daß wir heute so schönes Wetter haben, Herr Advokat!«

Der Advokat schrieb den Scheck und überreichte ihn dem Grafen. Dann steckte er die Hand in die rechte Rocktasche. Graf de la Brie betrachtete den Scheck und las:

SIE SIND ENTLARVT. VERHALTEN SIE SICH RUHIG. GEBEN SIE NIEMAND EIN ZEICHEN. SONST SCHIESSE ICH.

Den Grafen traf beinahe der Schlag. Er sank in den Sessel zurück und starrte Tiegelmanns Rocktasche an: sie buchtete sich so aus, daß man die geladene Pistole darin erkennen konnte.

»Wir sind unser dreiunddreißig«, fauchte er. »Sie können nicht entkommen. Lassen Sie die Pistole in der Tasche!«

»Kommen Sie jetzt, sonst schieße ich. Gehen Sie voraus in die Halle und machen Sie ein fröhliches Gesicht. Ich schieße sonst.«

Wiesel-de la Brie knirschte mit den Zähnen und machte ein fröhliches Gesicht. Draußen vor dem Fenster sah er nicht weniger als sieben Exemplare seines Personals, die der Gartenarbeit zugeteilt waren. Innerhalb des Hauses wimmelte es von

gestreiften Westen und bewaffneten Kammerzofen. Sie waren in seiner Reichweite, aber er wagte nicht das geringste Zeichen zu geben. Wiesel-de la Brie war machtlos.

»Sehen Sie vergnügt drein, sonst kracht es!« zischte Tiegelmann hinter ihm. Er wußte, daß ihnen viele Augen folgten, als sie durch den Raum gingen.

Endlich hatten sie die Halle erreicht.

Als Wiesel die Tür zum Geheimgang weit offen stehen sah, sprang er mit einem geschmeidigen Satz in den Gang und warf das Bild hinter sich zu. Tiegelmann vernahm hinter der Täfelung ein Hohngelächter, daß es nur so widerhallte. (Einige Augenblicke später, zwischen den Jasminbüschen, erhielt Wiesel-de la Brie einen harten Schlag auf den Kopf, daß er niederstürzte.)

»Frau Smith«, sagte Tiegelmann, »bisher ist alles nach Berechnung gegangen. Jetzt wird es hier einen Ansturm geben. Lassen Sie alle in den Gang hineinlaufen, aber niemanden heraus!«

»Da können Sie ganz ruhig sein«, antwortete Frau Smith und holte ihren kleinen Revolver aus der Handtasche. Tiegelmann stürmte hinaus.

Nun verbreitete sich unter dem ganzen Hauspersonal wie ein Lauffeuer die Kunde, der Advokat habe in dem cremefarbenen Kabinett einen Scheck ausgestellt, und der Chef habe ihn übernommen und sei in den Geheimgang entwischt, um sich damit aus dem Staub zu machen.

Die gestreiften Westen strömten von allen Seiten herbei. Bewaffnete Kammermädchen traten hinter den Draperien hervor. Selbst das Gartenpersonal war nicht mehr zu halten. Alle liefen, was sie nur konnten. Der ganze Stab hastete zum Geheimgang.

Die meisten stürmten zum Jasmineingang, um Willi Wiesel den Weg zu verstellen.

Sie rissen die Luke auf und tauchten ins Schwarze hinab. Gestreifte Westen und Kammerzofen und Gartenpersonal durcheinander. Andere liefen zu dem Eingang in der Täfelung. Sie drückten auf einen geheimen Knopf, das Bild schwenkte heraus, und sie stürmten Hals über Kopf ins Dunkel. Zum Schluß kam auch Frau Camembert dahergerannt und verschwand in der Täfelung.

Dann ließ das Gerenne nach. Der Volksstrom versiegte.

Einige versuchten wieder herauszukommen, begegneten aber in der Halle so bösartigen Schüssen aus Frau Smiths kleinem Revolver, daß sie schleunigst den Kopf zurückzogen. Zwischen den Jasminbüschen aber stand Herr Piccard mit einer Zaunlatte in der Hand. Sobald jemand die Luke einen Spaltbreit öffnete, bekam er die Latte über den Kopf, daß er zurücktaumelte.

Während all dies vor sich ging, lief Tiegelmann auf der Suche nach einem Telefon durch das Schloß. Schließlich begegnete er in einem kleineren Seitenzimmer (dem chinesischen Frühstückszimmer) einer heranstürmenden verspäteten Weste.

»Entschuldigen Sie! Wo gibt es da ein Telefon?« rief Tiegelmann dem Burschen nach.

»Dort!« schrie die Weste, in ein anderes Zimmer deutend.

»Danke!« sagte Tiegelmann, ging hin und rief die Polizei an. Dann kehrte er in die Halle zurück.

»Wie viele sind denn in diese Wand hineingelaufen?« fragte er Frau Smith, die in einer Wolke von Pulverdampf stand.

»Zwölf mit de la Brie.«

»Es ist gut, Frau Smith. Laden Sie nur wieder. Wir haben noch mehr Ausbruchs-versuche zu erwarten.«

Frau Smith lud wieder. Mit ihrer kleinen, scharfen Filigranwaffe in der Hand und ihrem viereckigen Kinn hatte sie etwas von einem Hilfsfeldherrn an sich. Sie murmelte zwischen den Vorderzähnen:

»Die Camembertsche ist auch dort drinnen!«

»Ausgezeichnet! Aber haben Sie nicht Herrn Omar gesehen?«

»Nein.«

»Passen Sie scharf auf. Ich komme gleich wieder.«

Frau Smith paßte äußerst scharf auf. Besonders wegen Frau Camembert. Zuweilen machte irgendeine gestreifte Weste die Bildtür einen Spaltbreit auf, aber sofort setzte ein so heftiges Schießen ein, daß etwas Gips von der Decke fiel und die Weste die Bildtür wieder zuwarf.

T. Tiegelmann eilte zu den Jasminbüschen. Piccard hielt in der einen Hand die Latte und wischte sich mit der anderen die Stirn ab.

»Wie viele?«

»Einundzwanzig!« antwortete eine Pfadfinderin zwischen den Jasminsträuchern.

»Einundzwanzig!« wiederholte ein Pfadfinder.

»Zwölf und einundzwanzig — das macht dreiunddreißig. Also haben wir sie alle. Paßt auf hier!«

Die Luke hatte sich ein wenig geöffnet, und der Ringkämpfer streckte seinen Kopf heraus. Herr Piccard gebrauchte seine Latte, und der Ringkämpfer verschwand.

»Ist Herr Omar gesehen worden?« fragte Tiegelmann.

»Nein!« antworteten die beiden flinken Pfadfinder.

Nun hörte man draußen auf der Straße die Sirenen der Polizeiautos heulen. Tiegelmann lief zum Gittertor und brachte es mit vieler Mühe endlich auf. Im Handumdrehen wimmelte es von Polizisten, auf dem Rasen, zwischen den Jasminbüschen, auf der Treppe. In dem Pulverrauch in der Halle konnte man ebenfalls eine Anzahl verläßlicher Polizeimänner unterscheiden.

Bewaffnet bis an die Zähne drang die französische Polizeimacht in den Geheimgang ein, gleichzeitig vom Bild- und vom Jasmineingang.

Teffan Tiegelmann und seine Freunde standen in der Halle und sahen zu. Es war ein schmählicher Auszug. Da kamen das Gartenpersonal und die Westen und die Kammerzofen in gemischtem Gänsemarsch, alle mit bestaubten und erdigen Kleidern, und alle mit Handschellen. Dort kam André-Rollon-de la Brie-Wiesel.

»Guten Tag, Herr Wiesel«, spottete Tiegelmann-Octave. »Welches Glück, daß wir uns manchmal treffen!«

Wiesel schielte nach allen Seiten und biß die Zähne aufeinander, daß es knirschte.

»Eine hervorragende Mausefalle ist das hier. Ich meine den Geheimgang, Herr Wiesel.«

Frau Camembert trat auch aus der Täfelung heraus.

»Sie dürfen sich ja nicht einbilden, daß Sie mich hinters Licht führen können!« rief Frau Smith.

»Danke für die Gesellschaft!« entgegnete Frau Camembert.

Unter denen, die mit Handschellen herausgeführt wurden, bemerkte man zur allgemeinen Verwunderung einen Hochlandneger. Er wurde rasch von seinen Fesseln befreit, was er für ein unverdientes Vergnügen erklärte.

Unten im Gang hatte es eine Schlägerei gegeben. Die Erbitterung gegen den Neger schien unter der Erde enorm gewesen zu sein, denn seine Livree war zerrissen und sein Hemd bestand nur noch aus Fetzen, so daß fast der ganze Oberkörper entblößt war. Das Merkwürdige war nun, daß der Neger im Gesicht und an den Händen kohlschwarz, im übrigen aber von heller Hautfarbe war. Es sah aus, als habe er schwarze Handschuhe an. Das wirkte so sonderbar, daß sich die Polizisten zuerst weigerten, ihn freizulassen.

Die Gebäudeliga zog im Gänsemarsch durch den Park und kletterte in die bequemen französischen Polizeiautos.

»Es ist gut, Jungen. Mit dem Rest werdet ihr allein fertig«, sagte Privatdetektiv Teffan Tiegelmann zu den Polizisten, und dann fuhren alle Autos zum Gittertor hinaus.

»Nun haben wir nur noch eines zu klären, ehe wir nach Petit-Ville heimreisen«, bemerkte Tiegelmann. »Wo ist der Besitzer?«

»Der Besitzer?« kam es wie ein Echo von den anderen.

»Ja. Der Besitzer des Schlosses.«

An einen Besitzer hatte man in dem Durcheinander wirklich nicht gedacht.

»So etwas pflegt sehr einfach zu sein«, erklärte Tiegelmann und zündete sich eine Zigarre an. »Bedarf vermutlich nur einer kleinen Routineuntersuchung. Teilt euch, meine Freunde, und seht euch um. Wenn ihr irgendwo in einer versperrten Rumpelkammer gefesselte Menschen mit einem Knebel im Munde stöhnen hört, seid ihr auf der richtigen Spur!«

Herr Omar, Frau Smith, Herr Piccard, Marie und Pierre eilten von dannen, jeder in eine andere Richtung. Tiegelmann ließ sich mit seiner Zigarre in einem bequemen Gartenstuhl auf dem wohlgeschorenen Rasen nieder.

»Wollen mal sehen, wer zuerst kommt!« rief er den anderen nach.

Marie und Pierre waren die ersten, die wiederkamen. Sie waren zu dem kleinen Torhüterhaus gelaufen, weil es ihnen mit seinen Kletterrosen so gut gefiel.

Der wirkliche Graf de la Brie und seine Tochter sahen ein wenig schlaftrunken aus, als sie ins Tageslicht traten.

»Guten Tag, meine Herrschaften«, begrüßte sie Tiegelmann. »Mein Name ist Tiegelmann. Die Gefahr ist vorüber. Wir werden diese Angelegenheit lieber später erklären. Dazu haben wir jetzt keine Zeit. Herr Omar, bitte fahren Sie mit dem Auto vor.«

»Es wird mir ein großes Vergnügen sein, wieder nach Petit-Ville zurückzukehren«, erwiderte Omar.

Graf de la Brie und seine Tochter sahen die fremde Gesellschaft in ein hohes, altes Auto einsteigen, das von einem Mann gefahren wurde, der in die erbärmlichsten Lumpen gekleidet war, dazu kohlschwarz im Gesicht und mit schwarzen Handschuhen an den Händen. Da sahen sie noch schlaftrunkener aus als zuvor.

»Guten Abend!« rief Herr Tiegelmann, als sie auf dem Kiesweg vorbeiratterten. »Gemütliches Schloß. Gute Mauern. Werde später alles näher erklären.« Er sandte durch eines der Verandafenster eine Rauchwolke hinaus, und der Tabakduft vermischte sich mit dem Jasminduft des Gartens.

Teffan Tiegelmann erstattet Bericht 12

Es war Teffan Tiegelmanns letzter Abend im Hotel Majestic zu Petite-Ville. Auch Frau Smith und Herr Omar wollten bald abreisen. Deshalb lud Herr Piccard sie alle zu einem guten Abendessen am Ecktisch ein.

Die französische Küche genießt überall Weltruf, an dem nicht zu rütteln ist. Küchen in anderen Ländern haben fast immer irgendeinen Mangel aufzuweisen. Man merkt es schon an den Speisendämpfen: entweder sind sie zu dünn und vermischt, oder zu dick und mehlig. Falls sie nicht zu fade sind. Die französische Küche ist immer ein Volltreffer, und was das Essen selbst betrifft, so ist es mindestens ebenso gut wie die Küche.

Herrn Piccards Küche lag, wie wir uns erinnern, in Frankreich. Er war in ganz Petite-Ville berühmt für seine französische Küche.

»Das Eiswasser ist entschieden besser geworden«, bemerkte Frau Smith und stellte ihr beschlagenes Glas auf den Tisch. »Früher hatte es einen Beigeschmack.«

»Aber, gnädige Frau . . .« verwahrte sich Herr Piccard.

»Es schmeckte nach Schwimmbassin. — Geben Sie ihre Hand hinunter«, sagte Frau Smith und trank einen Schluck Eiswasser.

Vor Herrn Omar stand eine Tasse mit arabischem Kaffee. Er hatte den Kaffee selbst in der französischen Küche bereitet, damit er so arabisch wie möglich sei.

»Sind Herr Omar mit dem Kaffee zufrieden gewesen?« erkundigte sich Herr Piccard.

Herr Omar antwortete nicht, verbeugte sich aber taktvoll. Seine Augen waren unergründlich wie die arabische Nacht.

Marie und Pierre hatten sich zum Nachtisch wünschen dürfen, was sie wollten.

Marie hatte sich viel Eis bestellt — Vanille und Erdbeer gemischt. Pierre hatte sich gemischtes Pistazien- und Schokoladeeis gewünscht. Nun saßen sie mit den rosa und gelben, den grünen und braunen Eisbergen vor sich da. Sie kosteten jedes vom anderen und probierten, welches das beste sei. Pierre fand, das grüne und braune sei hundertmal besser, aber Marie behauptete, das rosa und gelbe sei mindestens tausendmal besser. Bald prahlten sie, daß jede Sorte hundert Millionen mal besser als alle anderen Sorten sei. Schließlich teilten sie gleichmäßig, so daß jeder rosa und gelbes und grünes und braunes Eis auf seinen Teller bekam, und mehr Sorten und Farben gab es nicht einmal in Herrn Piccards französischer Küche.

Teffan Tiegelmann zündete sich eine Hotelzigarre an und blickte auf die Uhr. Draußen in der Empfangshalle stand seine Reisetasche bereits fertig gepackt unter den Palmen. Neben der Tasche lag ein Kleidersack, der ein Paar blaue Overalls, verschiedene falsche Voll- und Schnurrbärte, Reservepistolen und vieles andere enthielt, was ein reisender Privatdetektiv benötigt.

»Es würde uns ein großes Vergnügen sein, wenn Herr Tiegelmann die Güte hätte, den Fall für uns zu erklären«, bat Herr Omar.

»Darauf habe ich schon lange gewartet«, fiel Frau Smith ein, die so ungeduldig geworden war, daß sie beinahe begonnen hätte, durch die Nase zu atmen. Doch dann fiel ihr ein, daß die Anzahlung, die sie Wiesel gegeben hatte, nun in aller Sicherheit in Herrn Piccards Kassenschrank im Kontor lag. »Falls Herr Tiegelmann Zeit hat«, lenkte sie ein und atmete dankbar durch den Mund.

»Gerne«, entgegnete Tiegelmann. »Also, wir haben es mit einem typischen sogenannten Sahnetörtchenfall zu tun gehabt.«

»Sahnetörtchenfall?« rief der ganze Tisch.

»Ja. Sahnetörtchenfall. Wir pflegen es so zu nennen. Ganz einfach eigentlich.« Er schnippte ein wenig Zigarrenasche von seinem Ärmel. »Gute Zigarren das. Feines Aroma«, wandte er sich an Herrn Piccard, der wegen seiner ausgesuchten Hotelzigarren berühmt war.

»Dann erlaube ich mir, noch ein paar Stück für die Reise einzupacken!« rief Herr Piccard entzückt und stürzte mit der ganzen Zigarrenkiste hinaus, um sie in den Kleidersack zu stecken.

»Was ist denn ein Sahnetörtchenfall eigentlich?« wollte Pierre wissen.

»Ja, was ist das, Onkel Tiegelmann?« wollte auch Marie wissen.

»Meine jungen Freunde, habt ihr noch nie ein Sahnetörtchen gegessen? Ihr wißt, wie das ist: sobald man begonnen hat, auf ein Sahnetörtchen zu beißen, sinkt es zusammen, so daß kaum etwas übrig bleibt. Nur ein wenig Luft.«

Frau Smith trank ungeduldig einen Schluck gutes Eiswasser, Herr Omar verbeugte sich abwartend mit nah-östlicher Geduld, und Pierre und Marie wußten nicht, was sie dazu sagen sollten.

Herr Piccard hatte ebenfalls noch nie von einem Sahnetörtchenfall gehört, aber als Hotelfachmann wußte er jedenfalls über Sahnetörtchen Bescheid.

»Sahnetörtchenfall!« rief er entzückt und rieb sich die Hände. »Aber das ist ja glänzend!«

»Denken Sie selbst nach«, fuhr Tiegelmann fort. »Wir sehen ein kleines, behagliches Schloß — es verschwindet! Wir sehen ein Realitätenbüro — es verschwindet, so daß nur ein Löschpapier zurückbleibt. Sobald wir sozusagen in die Sachen hineinzubeißen beginnen, sinken sie zusammen und verschwinden. Das ist es eben, was man in Detektivkreisen einen Sahnetörtchenfall zu nennen pflegt.«

»Das habe ich nicht gewußt«, staunte Frau Smith. »Das ist interessant.«

»Außerordentlich«, bemerkte Herr Omar. »Es ist mir eine große Ehre, daß ich persönlich einem solchen Sahnetörtchenfall beiwohnen durfte. Auch wenn ich für meinen geringen Teil mir erlaube, chepchouka, unser arabisches Gemüsegericht, vorzuziehen.«

»Redet jetzt nicht so viel!« ermahnte Frau Smith. »Sahnetörtchen und Gemüse! Nun soll Herr Tiegelmann so gut sein und sich ein wenig beeilen.« Beinahe hätte sie ein paar Aktien durch die Nase geatmet.

»Wie gesagt«, setzte Tiegelmann seinen Bericht fort und tat einen Zug an der Zigarre, »das Typische für einen Sahnetörtchenfall ist, daß alles miteinander zusammensinkt, sobald man sich ein wenig näher damit befaßt. Sie treffen eine Frau Camembert auf dem Atlantischen Ozean. Ihre einzige Aufgabe bestand darin, zu bezeugen, wer der mystische Passagier sei, und dann zu verschwinden. Es blieb nur Luft, genau wie bei einem Sahnetörtchen.«

»Aber erlauben Sie, Herr Tiegelmann«, wandte Herr Piccard mit lebhaften Handbewegungen ein. »Ein Sahnetörtchen darf absolut nicht bloß aus Luft bestehen. Ich versichere Ihnen, unsere Sahnetörtchen hier . . .«

»Still!« unterbrach ihn Frau Smith mit der Miene eines Feldherrn. »Geben Sie die Hand hinunter! Weiter!« Das letzte Wort war an Tiegelmann gerichtet.

»Ja, das Rätsel auf dem A-Deck war ziemlich leicht zu lösen. Sie hatten einen Spießgesellen in New York, der im richtigen Augenblick telegrafierte, und Frau Smith ließ sich hereinlegen.«

»Was? Ich ließ mich hereinlegen?« protestierte Frau Smith. »Kaum daß ich ihn gesehen hatte, mißtraute ich diesem Schwindler. O nein!«

Herr Omar verbeugte sich mit orientalischem Takt, Herr Piccard goß rasch ein wenig Eiswasser in das Glas, und Tiegelmann sprach weiter:

»Wiesel beeilte sich, ein möbliertes Bürolokal in Paris zu mieten und ein Schild ins Fenster zu stellen. Sie kommen hin und sehen sich die Pläne an.«

»Das wissen wir bereits. Nun will ich endlich hören, wie das Schloß verschwinden konnte!« sagte Frau Smith. »Aber kommen Sie mir jetzt nicht wieder mit Sahnetörtchen!«

»Sie durften das Schloß nur aus der Entfernung ansehen. Ich wollte es natürlich auch gerne sehen. Dazu brauchte man nur das Büro aufzuspüren, denn ein so erfolgreiches Büro hat ja keinen Anlaß, zuzusperren. Herr Omar und ich besichtigten also das Schloß, und ich merkte . . .«

»Wir haben es doch auch gesehen, nicht wahr, Onkel Tiegelmann?« rief Pierre.

»Ja, wir auch!« fiel Mariechen ein. »Nicht wahr, Onkel Tiegelmann, wir haben es auch gesehen?«

»Gewiß, meine jungen Freunde, habt ihr es auch gesehen. Eßt nun euer Eis. — Wir durften das Fernglas nicht benützen, beachten Sie das. Unser Feldstecher verschwand. Da begann ich zu ahnen, wie alles zusammenhing. Ich begann zu ahnen, daß wir es mit einem ungewöhnlich krassen Sahnetörtchenfall zu tun haben — ungewöhnlich kraß! Wir hätten Wiesel auf dem Heimweg festgenommen, wenn nicht diese elenden Sardinen gewesen wären. In Tomaten natürlich. Ha!«

»Aber unsere Gäste haben nie über diese Sardinen geklagt, Herr Tiegelmann«, versicherte der Hotelmann eifrig. »Es ist eine bekannte Marke.«

»Herr Piccard! Wenn Sie noch ein einziges Wort sagen, verlange ich die Rechnung und ziehe aus!« Das Eckzimmer atmete durch die Nase

»Die Rechnung? Aber meine Gnädige, die ist ja schon geschrieben«, antwortete Herr Piccard mit aufrichtigem Erstaunen. »Sie waren ja schon entschlossen, morgen abzureisen?«

»Sie reden eben zuviel, Herr Piccard«, erklärte Frau Smith.

»Es war vielleicht gut, daß es uns damals nicht glückte, Wiesel zu fangen, denn dann wären die anderen entwischt. Also war es vielleicht noch ein Glück, daß die Sardinen aus Portugal stammten. — Schön! Am selben Abend fuhren Herr Omar und ich mit dem Rad dorthin.«

»Wohin? Nach Portugal?« fragte Frau Smith.

»Wir fuhren mit den Fahrrädern los, um zu sehen, wie es dem Schloß so um die Abendzeit erging. Wir wollten uns vergewissern, ob es während der Nacht im Freien stehen blieb. Es war eine gefährliche Radtour. Freund Wiesel war von den Sardinen gewarnt worden. Ich wußte, daß er überall seine Helfershelfer hatte, denn wir sahen ja, wie ungeheuer weitläufig dieser Sahnetörtchenfall war. Die warteten nämlich auf uns! Sie ahnten schon, daß wir kommen würden.«

Aller Blicke wanderten von Tiegelmann zu Omar und wieder zurück zu Tiegelmann.

»Nun, wir kamen davon. Wir leben noch. Wir sitzen hier.« Tiegelmann wedelte mit einer Marseiller Serviette ein wenig Asche vom Tischtuch.

»Es ist mir ein unverdientes Vergnügen, weiter atmen und am selben Tisch wie meine Freunde sitzen zu dürfen«, sagte Herr Omar leise und verbeugte sich der Reihe nach vor seinen Freunden. Die Freunde saßen schweigend und verdutzt da. Keiner von ihnen hatte gewußt, daß ein Radausflug so gefährlich sein konnte.

Schließlich fragte Frau Smith mit gedämpfter Energie:

»Und dieses Schloß . . .?«

»Wir erkannten, daß wir es nie wieder sehen würden. Die Bande konnte das Risiko nicht auf sich nehmen, es noch einmal zu verkaufen und verschwinden zu lassen. Aber wie sollten wir dann jemals Wiesel und seine Spießgesellen ergreifen?

Ja, meine Freunde, hier haben wir etwas Typisches gerade für einen Sahnetörtchenfall: Der Gegner beginnt das Spiel damit, daß er Luft verkauft. Alles verschwindet, höchstens ein Löschpapier bleibt zurück. Aber wenn sie uns nicht mehr Luft verkaufen wollten, wie sollten wir sie dann erwischen? Also, nun sind wir an der Reihe, auszuspielen. Um sie hervorzulocken, machten wir ein sogenanntes Gegensahnetörtchen in der gleichen Branche.«

»Was meinst du denn mit einem Gegensahnetörtchen in der gleichen Branche, Onkel Tiegelmann?« fragte Pierre.

»Wir pflegen es so zu nennen«, antwortete Tiegelmann. »Nun kommen wir mit einem Luftangebot, sie gehen alle miteinander brav darauf ein, und dann braucht man nur noch die Polizei zu rufen. Hört nun zu, ich will euch von dem Gegensahnetörtchen berichten.« Er machte einen tiefen Zug an der Hotelzigarre.

Alle saßen so still, daß man eine Stecknadel hätte fallen hören, falls gerade jemand eine verloren hätte.

»Ich ließ in mehreren Zeitungen eine Anzeige einrücken, daß ich ein Schloß zu kaufen wünschte, am liebsten in der Nähe von Paris. Große Anzahlung in bar. Persönliche Vorsprache bei Advokat Octave, Hotel Adieu in Paris. Ich fuhr nach Paris, mietete mich in dem Hotel ein und wartete nun ab. Ich wußte, daß dies Wiesel zusagen mußte, ich war dessen sicher, daß er kommen würde. Sehen Sie, meine Freunde, da haben Sie just, was wir in Detektivkreisen ein Gegensahnetörtchen in der gleichen Branche zu nennen pflegen.«

»Das ist sehr interessant!« unterbrach ihn Frau Smith.

»Glänzend!« rief Herr Piccard.

»Auch ich für meinen geringen Teil finde ein solches Gegensahnetörtchen besonders aufregend«, versicherte Herr Omar mit einer aufmerksamen Verbeugung.

»Ich maskierte mich äußerst sorgfältig. Ich steckte sogenannte Wangenpolster in den Mund, um so runde Backen wie möglich zu bekommen. Es erschienen ja auch andere, die Schlösser zu verkaufen hatten, aber zum Schluß kam ein alter Graf, der sich de la Brie nannte. Er humpelte an einem Stock herein, gerade als ich die Hoffnung aufzugeben begann. Ich erkannte ihn sofort am Schnupfen und den spitzen Schuhen. Ich sagte, daß ich von einem Schiffsreeder Rodrique den Auftrag hätte, sofort ein Schloß zu kaufen. Er erkannte mich nicht, aber als man dann das Schloß besichtigen sollte, hielt ich es für das beste, eine Familienangelegenheit daraus zu machen. Darum meinte ich, Frau Smith könnte meine Schwester sein, geborene Octave also. Mit runden Wangen.«

»Diese Wangenpolster sind abscheulich im Munde«, warf Frau Smith ein.

»Aber die blonde Haarfarbe stand Frau Smith charmant, fand ich«, sagte Herr Piccard. »Charmant, meine Gnädigste!«

»Fanden Sie das wirklich, Herr Piccard?« fragte Frau Smith nachdenklich. Sie trank einen Schluck Wasser. »Das Eiswasser ist in der letzten Zeit besser geworden«, lobte sie.

»Ja, das war die ganze Sache«, schloß Tiegelmann. »Den Rest wißt ihr.«

Da wurden alle ungeduldig. Es brodelte und zischte am Ecktisch nur so von Unzufriedenheit. Tiegelmann runzelte die Stirn. Es fiel ihm auf, daß irgend etwas nicht stimmte.

»Aha!« machte er. »Es ist also das Schloß, von dem ihr hören wollt? Das Schloß, das verschwand? Das ist sehr einfach.«

Und endlich begann man sich dem großen Schloßgeheimnis zu nähern.

»Als ich Frau Camembert im Realitätenbüro sah«, begann Tiegelmann von neuem, »da fand ich, daß sie etwas von einer Schauspielerin an sich habe, einer ältlichen Schauspielerin in kleineren Rollen, die jetzt vielleicht gar keine Rolle mehr hatte. Es gelang mir, sie mit einer Miniaturkamera zu knipsen, ohne daß sie es merkte. Dann gab ich das Bild meinem Freund Pierre Piccard hier. Er ist Spezialist in Filmen. Er läuft das ganze Jahr hindurch zweimal in der Woche ins Kino.«

»Das ist aber nicht wahr, Onkel Tiegelmann! Einmal in der Woche!« rief Pierre dazwischen.

»Aber Pierre!« ermahnte Herr Piccard.

»Einmal in der Woche — da kann man jedenfalls eine ganze Menge Filme hinter sich bringen«, meinte Tiegelmann.

»Ja, aber das kommt nur daher, daß ich einen Schulkameraden mit einem Kino habe, oder vielmehr, sein Papa hat eines, meine ich, das Cosmorama.«

»So etwas ist natürlich immer günstig«, gab Tiegelmann zu. »Pierre fand jedenfalls leicht heraus, wer die rothaarige Dame war.«

»Das war gar nicht Pierre, der das herausgefunden hat!« rief Marie. »Das war Claudes Papa, dem das Cosmorama gehört!«

»Das kann schon sein, aber jedenfalls war ich es, der . . .«

»Meine jungen Freunde«, unterbrach sie Tiegelmann, »dank euren großen Kenntnissen über Filme und euren ausgedehnten Verbindungen mit Kinobesitzern erfuhren wir nach und nach, daß Frau Camembert zuletzt eine kleine Nebenrolle in einem Film spielte, der ,*Es geschah im Park*' hieß.«

»Aber der war gar nicht gut. Das hat Claudes Papa auch gesagt«, äußerte Marie.

»Mariechen!« ermahnte Herr Piccard.

»Also. Ich fragte bei Cosmorama an, ob man mir Aushängebilder verschaffen könne, alle Aushängebilder, die es von diesem Film gab.«

»Was für Dinger, Onkel Tiegelmann? Aushängebilder? Was ist denn das?« wollte Marie wissen.

»Reklamebilder. Solche, die in einem Glaskasten neben dem Kinoeingang hängen. Die man sich anschaut, ehe man hineingeht. Wo man dann sagt: Möchte wissen, ob das hier etwas ist. Sollen wir es uns ansehen?«

»Ach so, dann weiß ich schon«, sagte Marie.

Tiegelmann nahm seine Aktentasche vom Fußboden auf und zog ein Aushängebild heraus.

»Ihr habt freilich von einem Schloß gesprochen, das verschwand. Es war ja widerwärtig, daß es immer verschwand, aber paßt nun auf und seht es euch noch einmal an. Ihr seht es hier zum letztenmal.« Damit warf er das Aushängebild auf den Tisch.

Alle Köpfe streckten sich vor, als habe man an einer Schnur gezogen. Man sah ein schönes, türmchengeschmücktes Schloß in einem Park.

Frau Smith riß das Bild an sich.

»Hier ist es ja«, rief sie. »Das ist ja mein kleines Schloß! Die beiden Türmchen und der Park und alles!« Sie fand wieder viel Gefallen an dem Schloß, jetzt, wo sie die Anzahlung in Sicherheit wußte. (Wiesel hatte das Geld bei sich gehabt, als er verhaftet wurde.) »Mein kleines Schloß!« wiederholte sie.

Herr Omar warf einen unergründlichen arabischen Blick auf das Bild und bemerkte: »Es ist dasselbe Schloßgebäude, das ich leider aus der Ferne betrachten mußte.«

»Ich habe es auch gesehen!« rief Marie. »Nicht wahr, Onkel Tiegelmann, ich habe es doch auch gesehen?«

»Und hier ist Frau Camembert«, verkündete Pierre. Er deutete auf eine Dame, die zwischen den Bäumen im Park dahinwandelte. »Obwohl das natürlich nicht ihr echter Name ist.«

»,*Es geschah im Park*' war gar kein guter Film«, erklärte Marie sachverständig.

»Das Filmunternehmen ist also zugrundegegangen«, erzählte Tiegelmann weiter. »Es war ein kleines, schlechtes Unternehmen, ziemlich dunkel. So, meine Freunde, nun wißt ihr alles.«

Man hatte das Bild mit einem solchen Eifer betrachtet, daß man eine Weile das eigentliche Schloßgeheimnis ganz vergaß. Aber nun begann es wieder um den Tisch zu brodeln und zu zischen.

»Doch«, beharrte Tiegelmann, »nun habt ihr alles begriffen. Wiesel arbeitete diesmal mit einer großen Bande zusammen. Unter anderem mit einigen Gelegenheits-Szenenarbeitern von diesem kleinen, dunklen Filmunternehmen, das zugrundegegangen war. Auch Frau Camembert war darunter. Man borgte sich ganz einfach diese Schloßkulisse in einem Magazin aus« — er zeigte auf das Bild — »und stellte sie im richtigen Augenblick in einer abgelegenen Gegend auf, die man sich vorher ausgesucht hatte. Wenn die Vorstellung vorüber war, schaffte man sie rasch wieder fort.«

»Nein, aber daß sie das konnten! Ich finde das sehr tüchtig!« staunte Frau Smith, die ihre Anzahlung unter Dach und Fach hatte. »Ich muß gestehen, das war phantastisch geschickt gemacht.«

»Es waren ja erfahrene Leute. Ihnen war es eine Kleinigkeit, Schlösser aufzustellen. Vermutlich machten sie Überstunden, mit Lastautos und einer gewaltigen Ausrüstung und Organisation. Wiesel muß beträchtliche Unkosten gehabt haben.«

Tiegelmann blickte auf die Uhr und erhob sich.

»Auf Wiedersehen, Herr Piccard«, sagte er. »Werde das Majestic weiterempfehlen. Seien Sie nur ein bißchen vorsichtig mit den Sardinen. Öl, nicht Tomaten. — Auf Wiedersehen, Frau Smith«, wandte er sich an diese.

»Auf Wiedersehen, Herr Tiegelmann. Tausend Dank. Und wenn wieder einmal mit irgendeinem anderen Schloß etwas nicht stimmen sollte, darf ich mich an Sie wenden. Es könnte immerhin möglich sein.«

»Absolut nicht. Das kann nicht möglich sein. Nächstes Mal wird Ihnen etwas anderes zustoßen«, antwortete Tiegelmann. »Auf Schlösser fallen Sie nicht mehr herein. Da sind Sie immun geworden, wie wir Detektive zu sagen pflegen. Schloßimmun. Aber nehmen Sie sich vor Bergwerken und Ölgemälden in acht. Auf Wiedersehen, Frau Smith. Ein interessanter Fall im großen und ganzen.«

Herr Omar trank seinen Kaffee aus und stellte die Tasse mit einem vollkommen lautlosen, nah-östlichen Knall auf den Tisch.

»Es würde mir eine große Ehre sein«, versicherte er, »wenn Herr Tiegelmann Gelegenheit hätte, einmal ein wenig schlechten Kaffee bei mir zu Hause in meinem unbedeutenden Zelt zu trinken. Und einen Teller einfache chepchouka zu essen.«

»Vielen Dank, Herr Omar, vielen Dank!« antwortete Tiegelmann. »Aber wann sollte ich dazu Zeit finden? Ich möchte so gerne manchmal meine Freunde besuchen, aber es wird wohl nie etwas daraus, Herr Omar, es wird wohl nie etwas daraus. Guten Abend. Danke für die gute Mitarbeit!«

Dann verabschiedete Tiegelmann sich von Marie und Pierre, und das war beinahe das schwerste. Sie wollten ihn einfach nicht fortlassen. Sie bestanden darauf, das Gepäck zum Auto hinauszutragen, obwohl es für sie viel zu schwer war. Marie stolperte über den Kleidersack, und Pierre ließ den Koffer fallen.

»Onkel Tiegelmann, du kannst doch wiederkommen, wenn etwas ist?« fragte Marie. »Nicht, Onkel Tiegelmann?«

»Aber hier geschieht doch nie etwas«, jammerte Pierre. »In dieser Stadt!«

»Im Gegenteil, mein Freund, im Gegenteil. Hier geht es äußerst lebhaft zu. Habe kaum je eine unruhigere Kleinstadt gesehen. Hier ist keiner sicher. Aber ihr sollt noch etwas bekommen.«

Aus dem Sack holte er einen kleinen Sommerschnurrbart hervor, den er Marie zum Andenken gab. Und Pierre bekam einen schwarzen, fast schon blauen Vollbart — ein älteres, süditalienisches Reservemodell, das Tiegelmann nur selten benützte. Sowohl der Schnurr- wie auch der Vollbart waren einfache, aber völlig verwendbare Gegenstände, die zu besitzen sein Gutes haben konnte. Auf jeden Fall waren es nette Andenken.

Draußen wartete ein Taxi. Der Marktplatz lag ruhig und schummerig in dem warmen, französischen Sommerabend da.

Pierre und Marie schmückten sich mit ihren hübschen Erinnerungsgeschenken, als sie von der Tür aus winkten.

»Auf Wiedersehen, Onkel Tiegelmann, auf Wiedersehen!«

Teffan Tiegelmann wollte eben ins Auto springen, als ihm etwas einfiel. Er zog einen Salzstreuer aus der Tasche. Ein praktizierender Privatdetektiv muß an alles denken.

»Sehen Sie hier, Herr Piccard! Das ist Ihrer. Er gehört dem Hotel. Stellen Sie ihn wieder auf meinen alten Tisch. Guten Abend!«

Und Teffan Tiegelmann verschwand in den warmen Abend hinein.

Herr Piccard blickte auf den Salzstreuer, den er in der Hand hielt.

»Das hätte beinahe auch so ein kleiner Sahnetörtchenfall werden können«, murmelte er mit einem spitzbübischen Zwinkern.

INHALT

PRIVATDETEKTIV TIEGELMANN

1. Wie Teffan Tiegelmann wirklich heißt 7
2. Ein Sommertag in Preißelbeerkirchen 9
3. Teffan Tiegelmann bekommt einen Auftrag 15
4. Der Besucher mit dem Teppich 19
5. Teffan Tiegelmann unternimmt seinen ersten Flug 23
6. Teffan Tiegelmann kauft einen fliegenden Teppich 25
7. Kommt Herr Tiegelmann noch nicht bald? 29
8. Erkundungsflug über Preißelbeerkirchen 32
9. Tiegelmann im Wespennest 37
10. Welches ist die richtige Eiche? 41
11. Der nächtliche Spuk 44
12. Erfolglose Rückkehr vom Berg 48
13. Tiegelmann kann sich auf seinen Teppich verlassen 50
14. Wiesel und Ochse im Garten von Friedrichsruh 53
15. Eine gefährliche Luftreise 55
16. Der Teppich landet im Büro 60
17. Zeitungsberichte werden gelesen 64

DETEKTIV TIEGELMANN IN DER WÜSTE

1. Tiegelmann braucht einen kurzen Urlaub 69
2. Ingenieur Brombeer macht Kühlschränke 71
3. Eine seltsame Speise 73
4. Tiegelmann wird zum Abendessen eingeladen 77
5. Die Villa auf dem Zwetschkensteig 79
6. Tiegelmann speist ein Zaubermahl 82
7. Eine geschäftliche Besprechung 86
8. Tiegelmann trifft seine Reisevorbereitungen 89
9. Der Dienstmann berichtet 91
10. Zwischenlandung hinter Pfirsichdorf 93
11. Ein Morgen auf dem Teppich 96
12. Ein Kamel wurde gestohlen 100
13. Die Nachforschungen beginnen 103
14. Der ehrenwerte Pastetenbäcker 105
15. Tiegelmanns Aufgabe wird schwieriger 109

16. Herr Omar liest im »Wüstenkurier« 112
17. In Muhammeds Keller 115
18. Ein seltsamer Traum um die Mittagszeit 120
19. Tiegelmann führt seinen Plan aus 124
20. Tiegelmann ist unfehlbar 128

DETEKTIV TIEGELMANN IN LONDON

 1. Lord Hubbard hat Sorgen 133
 2. Lord Hubbard reist zu Teffan Tiegelmann 135
 3. Die Ankunft in Park Street 140
 4. Meister Tiegelmann verwandelt sich 143
 5. Tiegelmann löst das Rätsel 146
 6. Mister Smith verschwindet 151
 7. Smith-Wiesel kommt wieder 155
 8. Die Männer im Keller 159
 9. Mary und Dick berichten 163
10. Teffan Tiegelmann im Kellerloch 165
11. Rückkehr in die Park Street 170
12. Meister Tiegelmann löst das letzte Geheimnis 171

DETEKTIV TIEGELMANN UND ISABELLA

 1. Isabella verschwindet 175
 2. Die Unterhaltung im Direktionswagen 179
 3. Landvermesser Lundin besucht den Zirkus Rinaldo 184
 4. Eine Warnung im Dunkeln 187
 5. Warum Herr Omar Reklamedatteln warf 192
 6. Tiegelmann untersucht den Wagen des Kosaken 195
 7. Es wird ernst 202
 8. Ein kühner Plan 205
 9. Der Holzplatz 210
10. Die Geheimnisse des Holzplatzes 215
11. Ein nächtlicher Transport 221
12. Dunkle Wolken am Zirkushimmel 224
13. Teffan Tiegelmann erstattet Bericht 228
14. Isabella kehrt zurück 233

DETEKTIV TIEGELMANN IN STOCKHOLM

 1. Ein Dezembersonntag bei Juwelier Eriksson 238
 2. Der Hut 243
 3. Der Mann mit dem Vollmondgesicht 246

4. Herr Omar studiert »Das Palmenblatt« 250
5. Noch einmal: Der Mann mit dem Vollmondgesicht 252
6. Juwelier Eriksson besucht Teffan Tiegelmann 256
7. Jedem sein eigener Weihnachtsmann 260
8. Ein Besuch nach Büroschluß 262
9. Weihnachtsmänner packen Neusilber ein 268
10. Ein Neusilber-Weihnachtsmann verschwindet 270
11. Ein Weihnachtsabend unter der Erde 273
12. Tiegelmann sprengt die große Neusilberliga 280
13. Ein sehr interessanter Fall 284
14. Weihnachtsabend in der Weihnachtsmanngasse 290

DETEKTIV TIEGELMANN IN PARIS

1. Frau Smith erhält Gewißheit 293
2. Herr Piccard hat Sorgen 297
3. Das Rätsel des verschwundenen Schlosses 301
4. Ein Reisender in Servietten 304
5. Ein aufschlußreiches Löschpapier 308
6. Herr Rodolphe speist zu Abend 313
7. Ein Besuch im Realitätenbüro FERM 318
8. Das rätselhafte Schloß 321
9. Der geniale Plan 327
10. Jean verschwindet 329
11. T. Tiegelmann-Octave sprengt die Gebäudeliga 334
12. Teffan Tiegelmann erstattet Bericht 339